Un grito al cielo

Título original: *Cry to Heaven*
Traducción: Montserrat Gurguí
1.ª edición: enero, 2017

© Anne O'Brien Rice, 1982
© Ediciones B, S. A., 2017
   para el sello B de Bolsillo
   Consell de Cent, 425-427 - 08009 Barcelona (España)
   www.edicionesb.com

Printed in Spain
ISBN: 978-84-9070-319-9
DL B 22115-2016

Impreso por NOVOPRINT
              Energía, 53
              08740 Sant Andreu de la Barca - Barcelona

Anne Rice

Un grito al cielo

*Este libro está dedicado con amor
a Stan Rice y Victoria Wilson*

PRIMERA PARTE

1

A Guido Maffeo lo castraron cuando tenía seis años y lo mandaron a estudiar con los más prestigiosos maestros de canto de Nápoles.

Sólo había conocido hambre y crueldad en el seno de la numerosa familia campesina de la que era el undécimo hijo. Durante toda su vida, Guido recordaría que los primeros que le ofrecieron una buena comida y una cama confortable fueron los mismos que lo convirtieron en eunuco.

La habitación a la que lo llevaron en Caracena, aquella localidad rodeada de montañas, era hermosa. El suelo era de lisas baldosas y, por primera vez en su vida, Guido vio en la pared un reloj que hacía tic-tac y sintió miedo. Los hombres de trato amable que lo habían arrancado de los brazos de su madre le pidieron que cantara para ellos. Después, como premio, le dieron vino tinto mezclado con abundante miel.

Aquellos hombres lo desnudaron y lo metieron en una bañera de agua caliente, pero lo embargaba una modorra tan dulce que no estaba asustado. Unas manos suaves le frotaban la nuca, y al deslizarse de nuevo dentro del agua, Guido sintió que algo maravilloso e importante estaba sucediendo: nadie le había prestado nunca tanta atención.

Cuando lo sacaron de la bañera y lo ataron con correas a una mesa, estaba casi dormido. Por un instante le pareció que se caía. Le habían puesto la cabeza más baja que los pies. Entonces se durmió de nuevo, firmemente sujeto y acariciado por aquellas manos sedosas que se movían entre sus piernas y le proporcionaban un placer ligeramente perverso. Cuando notó el cuchillo abrió los ojos y gritó.

Arqueó la espalda, pugnó con las correas, pero junto a él una voz dulce y reconfortante le habló al oído, reprendiéndolo con cariño: «Ah, Guido, Guido.»

El recuerdo de todo aquello nunca le abandonó.

Esa noche despertó entre sábanas blancas como la nieve que olían a hierba fresca. Bajó de la cama, pese al dolor que procedía de aquel pequeño vendaje de la entrepierna, y en el espejo se encontró ante un niño. Al cabo de un instante se percató de que era su propio reflejo, que no había visto nunca salvo en las aguas quietas. Vio sus cabellos rizados y se tocó la cara, sobre todo la naricita chata, que le pareció más un trozo de arcilla húmeda que una nariz como la de todo el mundo.

El hombre que lo sorprendió no le castigó, sino que le ofreció sopa con una cuchara de plata y le habló en una lengua extraña, tranquilizándolo. En las paredes había pequeños cuadros de vistosos colores que representaban rostros. Al amanecer, aquellos rostros se hicieron más tenues y Guido vio en el suelo un par de hermosas botas de cuero, negras y brillantes, pequeñas, a la medida de sus pies. No dudó que serían para él.

Corría el año 1715. Luis XIV, el Rey Sol, acababa de morir. Pedro el Grande era el zar de Rusia.

En la remota colonia norteamericana de Massachusetts, Benjamin Franklin había cumplido nueve años. Jorge I acababa de acceder al trono de Inglaterra.

Los esclavos africanos labraban los campos del Nuevo Mundo a uno y otro lado del ecuador. En Londres colgaban a un hombre por haber robado una hogaza de pan. En Portugal quemaban a los herejes.

Para salir de casa, los caballeros se cubrían la cabeza con grandes pelucas blancas. Llevaban espada y aspiraban rapé que pellizcaban de pequeñas cajas de orfebrería. Vestían pantalones sujetos con hebillas a la altura de la rodilla y abrigos con enormes bolsillos, y calzaban zapatos de tacón alto. Las damas, embutidas en fruncidos corsés, se empolvaban las mejillas, bailaban el minué con faldas ahuecadas por miriñaques, regentaban salones, se enamoraban, cometían adulterio.

El padre de Mozart aún no había nacido; Johann Sebastian Bach tenía treinta años. Hacía setenta y tres que Galileo había muerto. Isaac Newton ya era viejo; Jean Jacques Rousseau, todavía un niño.

La ópera italiana había conquistado el mundo. Ese año se estrenarían *Il Tigrane*, de Alessandro Sacarlatti, en Nápoles y *Narone fatta Cesare*, de Vivaldi, en Venecia. Georg Friedrich Händel era el compositor de más éxito en Londres.

En la soleada península itálica, la dominación extranjera había avanzado de manera considerable. El archiduque de Austria gobernaba la ciudad de Milán en el norte y el reino de Nápoles en el sur.

Guido, sin embargo, no sabía nada del mundo. Ni siquiera hablaba la lengua de su país.

La ciudad de Nápoles era lo más fascinante que jamás hubiera conocido, y el conservatorio al que le llevaron se erigía con la magnificencia de un *palazzo*, dominando la ciudad y el mar.

El traje negro con cinturón rojo que le hicieron vestir era la prenda más hermosa que sus manos habían tocado y apenas podía creer que iba a quedarse allí, a cantar e interpretar música para siempre. Seguro que aquél no era su destino. Un día lo mandarían de regreso a casa.

No obstante, eso nunca ocurrió.

En las tardes bochornosas de los días festivos, caminando en lenta procesión con los otros niños *castrati* por las abarrotadas calles, con el traje inmaculado y sus rizos oscuros y brillantes, se sentía orgulloso de ser uno de ellos. Sus himnos flotaban en el aire como el aroma de los lirios y las velas. Cuando entraban en la soberbia iglesia y sus finas voces se alzaban de repente en medio de un esplendor que nunca había visto antes, Guido experimentaba como jamás lo había hecho la auténtica felicidad.

Durante años su vida transcurrió apaciblemente. La disciplina del conservatorio no suponía ningún sacrificio para él. Tenía una voz de soprano que podía quebrar el cristal, garabateaba melodías cada vez que le daban un lápiz y aprendió a componer antes que a leer y a escribir. Sus maestros lo adoraban.

A medida que transcurría el tiempo, sin embargo, su entendimiento se agudizaba.

Guido ya había advertido que no todos los músicos que le rodeaban habían sido castrados cuando niños. Algunos crecerían y se harían hombres, se casarían, tendrían hijos. Sin embargo, por muy bien que tocasen los violinistas, por mucho que escribieran los compositores, ninguno alcanzaría la fama, las riquezas y la gloria absoluta de un gran cantante *castrato*.

El mundo entero pedía músicos italianos para los coros de las iglesias, las orquestas de las cortes y los teatros de ópera.

Sin embargo, era al soprano a quien el mundo adoraba. Era por él por quien los reyes rivalizaban y los diferentes públicos contenían el aliento; era el cantante el que daba vida a la verdadera esencia de la ópera.

Nicolino, Cortono, Ferri: sus nombres eran recordados mucho después de que los compositores que escribieran para ellos cayesen en el olvido. Y en el pequeño mundo del conservatorio, Guido formaba parte de un grupo selecto y privilegiado al que se alimentaba y vestía con más esmero, que ocupaba habitaciones más acogedoras y cuyo singular talento era fomentado.

Pero cuando cada año los *castrati* de más edad se marchaban y nuevos *castrati* pasaban a engrosar las filas, Guido veía que cientos de ellos eran sometidos a la acción del cuchillo para obtener tan sólo un puñado de voces hermosas. Procedían de todas partes: Giancarlo, primer cantante de un coro de Toscana, castrado a los doce años gracias a la intercesión de un maestro de canto rural que lo llevó a Nápoles; Alonso, procedente de una familia de músicos, cuyo tío era a su vez un *castrato* que costeó la operación; o el orgulloso Alfredo, que había vivido tanto tiempo en casa de su mecenas que no recordaba ni a sus padres ni al cirujano.

Y luego estaban los desharrapados, los analfabetos, los niños pobres que al llegar no hablaban la lengua de Nápoles: los chicos como Guido.

Llegado cierto punto, comprendió que sus padres lo habían vendido. Se preguntó si, antes de que eso ocurriera, algún maestro había valorado adecuadamente su voz. No se acordaba. Tal vez había caído por azar en una trampa dispuesta con la certeza de atrapar algo de valor.

Todo eso Guido lo veía por el rabillo del ojo. Primer cantante del coro y solista en el conservatorio, había empezado ya a escribir ejercicios para sus alumnos más jóvenes. A los diez años lo llevaron al teatro a escuchar a Nicolino, le regalaron un clavicémbalo para él solo y le dieron permiso para quedarse despierto hasta tarde para que practicara. Mantas calientes, un elegante traje: la recompensa era mucho mayor de lo que él nunca hubiera soñado. De vez en cuando, además, lo llevaban a cantar ante una audiencia que se deleitaba escuchándolo en el esplendor de un *palazzo*.

Antes de que las dudas lo asaltaran durante la segunda década de su vida, Guido había fundamentado su existencia en la disciplina y el estudio. Su voz, alta, pura, inusualmente ligera y flexible, era ya una maravilla oficialmente reconocida.

Sin embargo, como ocurre con todas las criaturas humanas, la sangre de sus antepasados, pese al cambio motivado por la castración, continuó dándole forma. Proveniente de una familia de piel atezada y constitución robusta, Guido, a diferencia de muchos eunucos de su entorno, se desarrolló por completo. Su cuerpo más bien fuerte, estaba armoniosamente proporcionado, y daba una ilusoria impresión de poder. Y aunque sus rizos castaños y su boca sensual aportaban un toque de querubín a su rostro, una pelusa negra sobre el labio superior lo dotaba de masculinidad.

En realidad, su físico hubiese sido agradable de no ser por dos peculiaridades: la nariz, que se había roto en la infancia a consecuencia de una caída, era plana, como si un gigante la hubiera aplastado; y sus ojos marrones, grandes y expresivos, brillaban con la astuta brutalidad característica de sus antepasados campesinos.

Con todo, si bien esos hombres habían sido taciturnos y sagaces, Guido era estudioso y estoico; si bien ellos habían luchado contra los elementos de la naturaleza, él se entregaba con pasión a cualquier sacrificio por el bien de su música.

En resumen, las maneras o el físico de Guido distaban mucho de ser vulgares. Al contrario, tomando como modelo a sus maestros, puso todo su empeño en adquirir un porte elegante, así como en impregnarse de la poesía, el latín y el italiano clásico que le enseñaban.

De este modo se convirtió en un joven cantante de presencia imponente cuyos rasgos primitivos le conferían un perturbador poder de seducción.

Durante toda su vida, algunos dirían de él «qué feo es», mientras que otros afirmarían «pero si es hermosísimo».

Sin embargo, había una característica de la que no era consciente: emanaba amenaza. Su familia había sido más brutal que las bestias que criaba y él tenía el aspecto de alguien capaz de hacer daño. Se debía a su mirada apasionada, la nariz aplastada, la boca exuberante, la suma de todo ello.

Así, sin advertirlo, una coraza protectora fue envolviéndolo. Nadie osaba intimidarle.

Aun así todos los que le conocían lo apreciaban. Los chicos normales le tenían tanto afecto como sus compañeros eunucos. Los violinistas lo adoraban porque percibían la fascinación que todos y cada uno de ellos ejercían sobre Guido y porque éste les escribía una música exquisita. De esta forma se labró fama de tranquilo y pragmático, se convirtió en el dulce cachorro de oso al que, cuando se le conocía, no había por qué temer.

Poco antes de cumplir quince años, una mañana lo despertaron y le dijeron que tenía que bajar de inmediato al despacho del maestro. No se puso nervioso. Nunca había tenido problemas.

—Siéntate —le dijo su profesor favorito, el maestro Cavalla.

Todos los demás estaban reunidos a su alrededor. Jamás se habían comportado con él de una manera tan informal; y en aquel círculo de rostros algo le resultó desagradable. De inmediato supo de qué se trataba. Le recordaba la habitación donde lo habían castrado, pero decidió no dar importancia a aquella sensación.

El maestro, que estaba sentado tras la mesa labrada, mojó la pluma, escribió con grandes trazos y le tendió el pergamino.

Diciembre de 1727. ¿Qué significaba aquello? Un ligero estremecimiento recorrió su cuerpo.

—Ésta es la fecha —dijo el maestro incorporándose— en la que debutarás como *primo uomo* en la ópera de Roma.

Lo había conseguido.

No se quedaría en los coros de las iglesias, ni en las parroquias de pueblo, ni en las grandes catedrales de las ciudades. No, ni siquiera en el coro de la Capilla Sixtina. Se había elevado por encima de todo eso, hasta alcanzar el sueño que inspiraba a todos los músicos, año tras año, sin importar lo ricos o lo pobres que fueran, sin importar su procedencia: la ópera.

—Roma —susurró mientras salía solo al pasillo.

Había dos alumnos allí, parecían estar esperándole, pero pasó junto a ellos como si no los hubiera visto.

—Roma —susurró otra vez, dejando que el sonido rodara por su lengua, esa densa explosión de aire que la humanidad entera había pronunciado con reverencia y temor durante dos mil años: Roma.

Sí, Roma y Florencia, y Venecia, y Bolonia, y de allí a Viena, Dresde y Praga, todas las líneas del frente que conquistaban los *castrati*. Londres, Moscú, y de vuelta a Palermo. Estuvo a punto de echarse a reír.

Pero alguien le había tocado el brazo. Le resultó desagradable. No podía desprenderse de aquella visión de hileras de palcos y de un público enardecido.

Cuando se le aclaró la vista, descubrió que se trataba de Gino, un eunuco alto que siempre le había llevado ventaja, un italiano del norte, rubio y espigado, con los ojos rasgados. Junto a él estaba Alfredo, el rico, el que siempre tenía dinero en los bolsillos.

Le decían que fuera con ellos a la ciudad, que el maestro le había dado el día libre para que lo celebrase.

Entonces comprendió por qué se encontraban allí. Ambos eran las estrellas nacientes del conservatorio.

Y él también era ahora una de ellas.

2

Cuando Tonio Treschi tenía cinco años, su madre lo empujó escaleras abajo. En realidad no había sido ésa su intención; sólo quería darle una bofetada, pero él resbaló hacia atrás en el suelo de mármol y cayó rodando, presa del pánico.

Tonio podría haberlo olvidado. El amor que le profesaba su madre estaba teñido de una imprevisible crueldad. Era capaz de sentirse inundada de desesperado cariño en un momento dado y de maltratarlo al siguiente. Vivía desgarrado entre una dependencia espantosa y el terror más absoluto.

Pero aquella noche, para congraciarse con él, lo llevó a San Marco a ver a su padre en procesión.

La gran iglesia era la Capilla Ducal y el padre de Tonio era el inquisidor general.

Luego le parecería un sueño, pero había sido real y lo recordaría toda su vida.

Después de la caída se había escondido de su madre durante horas. El gran *palazzo* Treschi se lo tragó. A decir verdad, conocía mejor que nadie los cuatro pisos de la ruinosa mansión renacentista, y estaba familiarizado con todos los armarios y arcones donde poder refugiarse, donde poder estar solo el tiempo que quisiera.

La oscuridad no le asustaba. La posibilidad de perderse carecía de importancia para él. Las ratas no le daban miedo, al contrario. Observaba su rápido correteo por los pasillos con vago interés. Le gustaban las sombras en las paredes, los escarceos de luz procedentes del Gran Canal, que centelleaban tenues en los techos decorados con pinturas antiguas.

Sabía más de esas habitaciones mohosas que del mundo exterior. Constituían el paisaje de su infancia, y en todo su laberíntico recorrido reconocía señales dejadas en anteriores retiradas y peregrinaciones.

Lo que le hacía realmente sufrir era estar sin ella. Y angustiado y tembloroso, volvió a rastras a su lado como hacía cada vez que los criados perdían la esperanza de encontrarlo.

Se hallaba tumbada en la cama, sollozando. Y entonces apareció él, un hombre de cinco años, dispuesto a la venganza, con el rostro enrojecido y surcado por los regueros de las lágrimas.

Por supuesto no volvería a hablar con su madre en toda su vida, aunque no soportase estar sin ella.

Aun así, tan pronto como ella abrió los brazos se precipitó sobre su regazo y se inclinó contra su pecho, tan inmóvil como si estuviera muerto, con una mano alrededor del cuello y la otra agarrándole el hombro con tanta firmeza que le hacía daño.

Su madre era poco más que una niña, pero él no lo sabía. Notó sus labios en las mejillas, en el cabello. Su dulzura lo envolvió. Y en lo profundo del dolor que en aquel momento era su mente, pensó que si la sujetara, si la sujetara con fuerza, siempre sería como ahora, y la otra criatura no saldría de ella para lastimarle.

Entonces ella se incorporó, acariciándose las recias e indómitas ondas de su negro cabello, con los ojos aún enrojecidos pero desbordantes de súbita excitación.

—¡Tonio! —dijo impulsiva, meciéndose como una niña—. Todavía hay tiempo. Yo te vestiré. —Dio palmadas de alegría—. Te llevaré conmigo a San Marco.

Las institutrices del pequeño intentaron disuadir a la madre, pero no hubo forma de detenerla. El alborozo colmó la habitación iluminada con velas, cuyas llamas oscilaban y temblaban mientras los criados los seguían y los diestros dedos de su madre le abrochaban los pantalones de satén y el chaleco de brocado. Pasó el peine sobre los suaves rizos de Tonio entonando la vieja cantinela..., parecían seda negra..., y lo besó dos veces con brusquedad.

Y Tonio oyó a lo largo de todo el corredor su voz cantando suavemente a sus espaldas, mientras avanzaba intrigado por el repiqueteo de sus elegantes sandalias en el mármol.

Ella estaba radiante con su vestido de terciopelo negro y el leve rubor que iluminaba su piel aceitunada, y cuando se aposentó en la oscura *felze* de la góndola, su rostro de ojos rasgados parecía el de una *madonna* de las antiguas pinturas bizantinas. Lo tomó en su regazo. La cortina se cerró.

—¿Me quieres? —le preguntó. Él la acarició. Ella presionó una mejilla contra su rostro y las pestañas de ambos se entrecruzaron hasta que Tonio soltó una carcajada incontenible—. ¡Me quieres! —Ella le apretó el hombro.

Cuando él contestó que sí, sintió su abrazo enternecedor y, por un segundo, se sintió incapaz de reaccionar, como si estuviera paralizado, contra ella.

Ya en la *piazza* la tomó del brazo y bailó con ella de un lado a otro. ¡Todo el mundo estaba allí! Hizo reverencias a diestro y siniestro, decenas de brazos se alargaban para revolverle el cabello, para estrecharlo contra faldas perfumadas. El *signore* Lemmo, joven secretario de su padre, lo lanzó al aire siete veces antes de que su madre le pidiera que parase. Y su hermosa prima Catrina Lisani, seguida por dos de sus hijos, se echó el velo hacia atrás y, tomándolo en brazos, lo aprisionó entre sus fragantes senos blancos.

Pero tan pronto como entraron en la inmensa iglesia Tonio se quedó callado.

Nunca había presenciado un espectáculo semejante. Multitud de velas envolvían las columnas de mármol y las ráfagas de aire que invadían el recinto a través de las puertas abiertas hacían crepitar las antorchas sobre sus soportes. En las inmensas cúpulas resplandecían ángeles y santos, y a su alrededor los arcos, las paredes, las bóvedas, todo vibraba, cubierto por millones y millones de diminutas y centelleantes facetas doradas.

Sin mediar palabra, Tonio se aferró al cuello de su madre, y se encaramó a ella como si fuera un árbol. Ella se tambaleó hacia atrás bajo su peso, riendo.

Entonces pareció que una conmoción sacudía a la multitud y un murmullo, como de leña ardiendo, se extendía. Sonó el fragor de las trompetas. Frenético, Tonio se volvió a ambos lados, incapaz de localizarlas.

—¡Mira! —le susurró su madre, apretándole la mano.

Por encima de las cabezas de los presentes apareció el dux en su gran silla, bajo un palio oscilante. Un intenso y fragante aroma de incienso inundó el aire, y las trompetas subieron el tono, agudas, brillantes, estremecedoras. Entonces hizo su entrada el Inquisidor general en sus diamantinos atuendos.

—¡Tu padre! —exclamó la madre de Tonio con un espasmo de excitación casi infantil.

La alta y huesuda figura de Andrea Treschi apareció. Las mangas de sus vestiduras llegaban hasta el suelo, los cabellos blancos semejaban la melena de un león, y sus hundidos y claros ojos miraban con la misma fijeza que los de la estatua que tenía delante.

—¡Papá!

El susurro de Tonio se propagó con toda claridad. Algunas cabezas se volvieron, estallaron risas ahogadas. Y cuando el inquisidor desvió la mirada y distinguió a su hijo entre la multitud, la clavó en él. El anciano rostro se transformó, con una sonrisa casi de embeleso, y sus ojos cobraron vida, brillantes.

La madre de Tonio se ruborizó.

Pero, de repente, una gran cántico pareció irrumpir de la nada, entonado por voces altas, claras y desafiantes. A Tonio se le formó un nudo en la garganta. Durante un instante permaneció inmóvil y con el cuerpo absolutamente rígido mientras absorbía el impacto de aquel canto; luego se retorció, mirando hacia arriba, momentáneamente cegado por las velas.

—Estáte quieto —dijo su madre, que apenas podía sostenerlo. El cántico se hizo más rico, más pleno.

Surgía en oleadas de todos los rincones de la inmensa nave, melodía entretejida con melodía. Tonio casi podía verla. Era como una gran red de oro lanzada en un mar agitado bajo la trémula luz del sol. El mismo aire se colmaba de sonido. Finalmente los vio. Los cantantes estaban justo arriba.

Se hallaban en dos grandes galerías a izquierda y derecha de la iglesia, con la boca abierta y el rostro resplandeciente de luz. Parecían los ángeles de los mosaicos.

En un segundo, Tonio saltó al suelo. Notó la mano de su madre que intentaba detenerlo, pero se precipitó entre la multitud de faldas y capas, perfume y aire invernal, y vio que la puerta de acceso a la escalera estaba abierta.

Mientras subía, tenía la impresión de que las paredes que lo rodeaban vibraban a los acordes del órgano y, de repente, se encontró en la calidez de la galería del coro, entre aquellos altos cantantes.

Se produjo un pequeño tumulto. Se hallaba junto a la barandilla con la mirada fija en los ojos de un hombre gigantesco cuya voz manaba tan nítida y áurea como el registro de la trompeta. El hombre pronunciaba la más grande de las palabras: «¡Aleluya!», que tenía el sonido peculiar de una llamada, una convocatoria. Y todos los hombres que estaban detrás de él le seguían, entonándola una y otra vez a intervalos, superponiéndose los unos a los otros.

Mientras, en el lado opuesto de la iglesia, el otro coro la repetía en tono ascendente.

Tonio abrió la boca y empezó a cantar. Pronunció la palabra al unísono con el cantante alto y notó que la mano del hombre se cerraba afectuosamente en su hombro. El cantante asentía, con sus grandes ojos casi soñolientos le decía «sí, canta», sin decírselo. Tonio notó el enjuto costado del hombre bajo su túnica y luego un brazo que lo asía por la cintura para cogerlo en brazos.

Abajo resplandecía toda la congregación: el dux en su silla tapizada de oro, el senado con sus túnicas púrpura, los inquisidores del estado vestidos de escarlata, todos los patricios de Venecia con sus blancas pelucas. Sin embargo, los ojos de Tonio estaban clavados en el rostro del cantante mientras, como el tañido lejano de una campana, escuchaba su propia voz, de distinto registro a la del cantante. Tonio notó que el cuerpo lo abandonaba. Se dejó llevar, elevado por su voz y la voz de aquel hombre al tiempo que los sonidos se confundían. Percibió placer en los ojos trémulos del cantante, y que la somnolencia desaparecía de ellos, pero el sonido poderoso que surgía de su pecho lo pasmaba.

Cuando todo terminó y lo condujeron de nuevo junto a su madre, ésta alzó la cabeza hacia aquel gigante que le hacía una gran reverencia y le dijo:

—Gracias, Alessandro.

—Alessandro, Alessandro —musitó Tonio. Y mientras se agazapaba junto a ella en la góndola, preguntó con desespero—: *Mamma*, cuando sea mayor, ¿cantaré así? ¿Cantaré como Alessandro? —Le resultaba imposible explicárselo—. ¡*Mamma*, quiero ser un cantante como ésos!

—No, Tonio, por Dios. —Su madre soltó una carcajada. Y con un vanidoso ademán de la mano hacia Lena, la institutriz de Tonio, alzó la vista al cielo.

La casa entera temblaba y crujía, desde la planta baja hasta el terrado. Y al mirar hacia la desembocadura del Gran Canal, anticipo de ese infinito hechizo de oscuridad que era la laguna, Tonio vio que el mar ardía. Cientos y cientos de luces, unas sobre otras, flotaban en el agua. Era como si toda la destellante iluminación de San Marco se hubiera derramado, y en un respetuoso susurro su madre le explicó que los hombres de estado iban a venerar las reliquias de San Giorgio.

Durante un momento todo permaneció en silencio, salvo el silbante viento que hacía tiempo había roto las frágiles celosías del jardín. Árboles muertos yacían por doquier, sus raíces todavía unidas a la tierra en las macetas volcadas, con las hojas mordisqueadas por el viento, crepitantes.

Tonio inclinó la cabeza. Ofreció la suave carne de su cuello a la cariñosa mano de su madre y sintió un temor mudo y atenazante que lo empujaba hacia ella.

Más tarde, esa noche, en la cama, tapado hasta la barbilla, no podía dormir. Su madre estaba tumbada boca arriba, con los labios entreabiertos y los rasgos angulosos suavizados, como si, contra su voluntad, sus ojos cerrados, a diferencia de los de él, se unieran en el centro de la cara en una expresión ceñuda no acorde con el sueño, sino más bien fruto de la preocupación.

Tras apartar las mantas (su padre nunca dormía con ellos, lo hacía siempre en sus aposentos), Tonio bajó de la cama y sintió el suelo frío bajo los pies.

Por la noche había cantantes callejeros, estaba seguro. Abrió los postigos de madera, asomó la cabeza, y permaneció a la escucha hasta que captó la vaga y lejana tonada de un tenor. Luego entró un *basso*, la áspera disonancia de las cuerdas y, describiendo círculos sin parar, la melodía, cada vez más alta, más amplia.

La noche era brumosa, sin formas ni contornos a excepción de la aureola de una sola antorcha de resina cuyo denso olor se mezclaba con el de salitre marino. Y mientras escuchaba, con la cabeza apoyada en la pared húmeda, los brazos rodeando con indolencia las rodillas, seguía estando en el coro de San Marco. En aquellos momentos, la voz de Alessandro lo esquivaba, pero lo embargaban la sensación y el hechizo de la música.

Separó los labios, cantó unas cuantas notas altas al unísono con los lejanos cantantes de la calle y notó de nuevo la mano de Alessandro en el hombro.

¿Por qué le asaltaba de repente la inquietud? ¿Qué era aquello que le importunaba como un mosquito revoloteando a su alrededor? Su mente, más aguda y despejada que nunca gracias al aprendizaje del lenguaje escrito, percibió de nuevo el tacto de esa mano apoyada suavemente en la nuca, vio la ondulante manga subir hasta el hombro y rebasarlo. Todos los demás hombres altos que conocía tenían que encorvarse para acariciar a un niño tan pequeño como Tonio. Y recordó que incluso en la galería del coro, entre aquel canto, le había sorprendido la facilidad con que descansaba en él aquella mano.

Parecía monstruoso, mágico: el brazo que lo levantaba, la mano que lo había asido del pecho como si fuera un juguete y lo elevaba cada vez más hasta alcanzar la música.

Pero la canción lo sacaba de esos pensamientos, lo arrastraba como siempre hiciera la melodía, con una desesperada necesidad del clavicémbalo que tocaba su madre, o de su pandereta, o del sonido conjunto de sus voces. Cualquier cosa que impidiera el final. Sin darse cuenta, temblando en el alféizar, se quedó dormido.

Tenía siete años cuando se enteró de que Alessandro y los otros cantantes altos de San Marco eran eunucos.

3

Y cuando cumplió nueve años se enteró de qué les habían cortado a aquellas espigadas criaturas y en qué las habían convertido, y que su altura y sus luengos miembros eran obra del cuchillo porque, después de la terrible operación, sus huesos no se endurecían como los de los hombres que podían engendrar hijos.

Se trataba, sin embargo, de un misterio frecuente. Cantaban en todas las iglesias de Venecia. Cuando envejecían enseñaban música. Beppo, el tutor de Tonio, era eunuco.

Y en la ópera, a la que Tonio debido a su corta edad no podía asistir, eran maravillas celestiales. Nicolino, Carestini, Senesino... Al día siguiente los criados suspiraban al pronunciar sus nombres, e incluso la madre de Tonio había caído una vez en la tentación de abandonar su vida recluida para ir a ver al joven napolitano Farinelli, conocido como *Il Ragazzo*. Tonio lloró porque no le permitieron ir. Y horas de vela después vio que su madre, de vuelta en casa, se sentaba ante el clavicémbalo en la oscuridad, el velo titilante de lluvia, la cara blanca como la de una muñeca de porcelana, mientras con voz débil e incierta enhebraba retazos de las arias de Farinelli.

Ah, los pobres hacen cualquier cosa a cambio de comida y bebida, de modo que siempre disfrutaremos de esas voces milagrosamente agudas. Sin embargo, cada vez que Tonio veía a Alessandro en la puerta de la iglesia, no podía evitar preguntarse: «¿Lloró? ¿Intentó escapar? ¿Por qué su madre no trató de esconderlo?» Pero en Alessandro sólo destacaba esa expresión de buen humor soñoliento, su cabello castaño, marco lustroso de una piel tan hermosa como la de una muchacha, y aquella voz que dormitaba en lo profundo, esperando su momento en la galería del coro, esperando el telón de fondo de oro repujado que, a los ojos de Tonio, lo transformaba en un ángel más.

En cualquier caso, también por esa misma época, Tonio supo que era Marc Antonio Treschi, hijo de Andrea Treschi, anteriormente comandante de las galeras de la Serenísima en mares extranjeros, y que después de años de servicio en el senado acababa de ser elegido para el Consejo de los Diez, aquel temible grupo de inquisidores con poder para arrestar, juzgar, emitir la sentencia y ejecutarla, aunque fuera de muerte.

En otras palabras, el padre de Tonio era uno de esos hombres más poderosos que el mismísimo dux.

El apellido Treschi aparecía en el Libro de Oro desde hacía un milenio. Se trataba de una familia de almirantes, embajadores, procuradores de San Marco y senadores, tan numerosa que resultaba imposible mencionar a todos sus miembros. Tres hermanos de Tonio, los tres muertos desde hacía tiempo, hijos de una primera esposa también fallecida, habían ocupado altos cargos.

Al cumplir los veintitrés años, Tonio ocuparía un puesto entre esos jóvenes políticos que paseaban por aquella larga franja de *piazetta* ante las Oficinas del Estado conocida como el Broglio.

Antes de eso, su paso obligatorio por la universidad de Padua, dos años en el mar, quizás una vuelta al mundo. Aunque, por el momento, pasaba horas en la biblioteca del *palazzo* bajo la mirada dulce pero inexorable de sus preceptores.

De esas paredes colgaban retratos. Antepasados de cabello negro y tez blanca, hombres cortados por el mismo patrón, de huesos delicados pero altos, con frentes amplias que se extendían erguidas hasta el nacimiento del abundante pelo peinado hacia atrás. Incluso siendo un niño, Tonio advertía que se parecía más a unos que a otros. Tíos, primos, aquellos hermanos muertos: Leonardo, que había fallecido de tuberculosis en una de las habitaciones superiores; Giambattista, ahogado en el mar ante las costas de Grecia; Philippo víctima de la malaria en un remoto destacamento del imperio.

De vez en cuando aparecía un rostro mucho más perfecto que el de Tonio, un joven con sus mismos ojos grandes y negros y la misma boca exuberante, aunque alargada, siempre al borde de la sonrisa. Miró sólo por encima los grandes grupos de hombres lujosamente ataviados, alguno de los cuales podía ser Andrea de joven, con sus hermanos y sobrinos. Resultaba, sin embargo, difícil darles un nombre a cada uno de ellos, distinguir unos de otros entre tantos. Una historia común los absorbía a todos por igual en unos episodios maravillosamente forjados, con coraje y sacrificio.

Los tres hijos, junto a su padre y la lúgubre primera esposa de éste, miraban desde el más grande de los cuadros enmarcados en oro del inmenso comedor.

—Te están vigilando —bromeó Lena, la institutriz de Tonio, mientras le servía la sopa con el cucharón. Ya mayor, pero con un gran sentido del humor, era más la institutriz de Marianna, la madre de Tonio, que de él, y lo único que pretendía era distraerlo.

No podía imaginar cómo le dolía contemplar aquel espectáculo de caras vigorosas, perfectamente pintadas. Hubiera deseado que sus hermanos estuviesen vivos, los quería allí en aquel momento para poder abrir puertas de habitaciones rebosantes de suaves risas y alboroto. A veces imaginaba cómo sería la gran mesa del comedor con sus hermanos sentados en torno a ella: Leonardo alzando la copa, Philippo contando batallas navales... Y los rasgados ojos de su madre, tan pequeños cuando estaba triste, agrandados por el entusiasmo.

Pero aquel juego inocente tenía un carácter absurdo que fue advirtiendo con el paso de los años. Lo asustaba terriblemente. Mucho antes de conocer todas las consecuencias, ya le habían enseñado que en las grandes familias venecianas sólo se casaba un hijo. Era una costumbre tan antigua que se había convertido en una norma, y en aquella época le había tocado a Philippo, cuya esposa, al no tener descendencia, había regresado con los suyos después de la muerte de éste. Pero si alguna de aquellas sombras hubiese vivido lo suficiente como para engendrar un hijo con el apellido Treschi, Tonio no estaría allí. Su padre nunca hubiera tomado una segunda esposa. Él ni siquiera hubiese llegado a existir. Y de ese modo, el precio pagado por su vida era la muerte de sus hermanos sin sucesión.

Al principio no lo entendía, pero al cabo de un tiempo se convirtió en una verdad irrefutable: él y esos hermanos no estaban destinados a conocerse.

Sin embargo, seguía dando rienda suelta a su fantasía. Veía esas profundas salas brillantemente iluminadas, oía música, imaginaba hombres de palabras amables y mujeres pertenecientes a su propia familia, un enjambre de primos sin nombre.

Y su padre siempre rondaba por allí a la hora de la cena, en el salón de baile, volviéndose para coger en brazos al más pequeño de sus hijos con una profusión de besos espontáneos.

En realidad, Tonio apenas veía a su padre.

Con todo, aquellas ocasiones en las que Lena iba a buscarlo, susurrándole con ansia que Andrea había mandado llamar a su hijo, eran extraordinarias. Lo vestía con sus mejores galas: una chaqueta de terciopelo color ocre que a él le encantaba, o tal vez la azul oscura, que era la favorita de su madre. Le cepillaba el cabello hasta darle un brillo intenso y se lo dejaba suelto, sin lazos. Parecía un bebé, protestaba él. Y luego aparecían los anillos, la capa con la orilla de piel, y su pequeña espada con rubíes engarzados. Ya estaba listo. Sus tacones producían aquel delicioso repiqueteo en el mármol.

El gran salón de la planta principal era siempre el escenario elegido. Una estancia inmensa, la más espaciosa de una mansión de amplias habitaciones, amueblada sólo con una larga mesa laboriosamente tallada. En aquella mesa, entre un extremo y otro, cabían tres hombres tumbados. En el suelo había un dibujo veteado que representaba un mapa del mundo, y en el techo, una infinita panorámica azul con ángeles suspendidos desplegando una gran cinta en la que figuraba una inscripción en latín. La luz, irregular, entraba por las puertas abiertas que daban a otras habitaciones, a menudo acompañada de calor matinal, cuando bañaba la leve y casi espectral figura de Andrea Treschi.

Tonio le hacía una reverencia. Cuando alzaba la vista, ni una sola vez había dejado de percibir aquella pasmosa vitalidad en la mirada de su padre, unos ojos tan jóvenes que parecían ajenos a ese rostro esquelético, rebosantes de incontenible orgullo y afecto.

Andrea se inclinaba para besar a su hijo. Sus labios, suaves y mudos como el polvo, se demoraban en la mejilla de Tonio y, de vez en cuando, aunque el muchacho crecía y pesaba más cada año, Andrea lo cogía en brazos y durante un momento lo estrechaba contra su pecho, susurrando su nombre, como si esa palabra, Tonio, fuese una pequeña bendición.

Sus ayudantes lo rodeaban. Sonreían, se hacían guiños. La habitación parecía llenarse de una oleada de dulce emoción. Luego todo terminaba. Tonio corría hasta la ventana de la habitación de su madre, en el piso de arriba, y veía la góndola de su padre navegar canal abajo hacia la *piazetta*.

Sin necesidad de que nadie se lo dijera, Tonio sabía que era el último de su estirpe. La muerte había devastado con tal saña todas las ramas de aquella gran casa que no le quedaba ni un solo primo que llevase su apellido. Tonio «se casaría joven», tenía que prepararse para llevar un vida llena de responsabilidades. Y en las escasas ocasiones en que se ponía enfermo, sentía escalofríos al ver el rostro de su padre en la puerta. Los Treschi yacían con él en la almohada.

Le intrigaba, le aterrorizaba, y nunca recordaría el momento exacto en que captó la exacta dimensión de su universo. El mundo entero parecía discurrir por las amplias y verdes aguas del Gran Canal que pasaba frente a su puerta. Regatas durante todo el año, con cientos de elegantes góndolas surcando la corriente, espléndidos desfiles las tardes de los sábados estivales, cuando las grandes familias adornaban sus *peotti* con guirnaldas y áureos dioses y diosas, la diaria procesión de los patricios de camino hacia sus asuntos de estado, con las barcas tapizadas de alfombras de intensos colores. Si Tonio se asomaba al pequeño balcón de madera que daba a la puerta principal, veía la laguna, los lejanos barcos fondeados. Escuchaba el rumor suave de sus saludos, el fragor de las trompetas en el exterior del *palazzo ducale*.

Oía las interminables canciones de los gondoleros, melodiosos tenores cuyas voces resonaban en las paredes rosa y verde oliva, el rico y dulce rasgueo de las orquestas flotantes. Por la noche, los enamorados navegaban bajo las estrellas, la brisa transportaba serenatas. E incluso por la mañana, a primera hora, cuando estaba triste o aburrido, podía contemplar el trajín interminable de barcas cargadas de verduras que se dirigían con estrépito a los mercados del Rialto.

Pero a los trece años Tonio estaba harto de ver el mundo desde las ventanas.

Si algo de aquel mundo, sólo un poco, se colara por la puerta principal... O mejor aún, si pudiera salir a él...

Sin embargo, el *palazzo* Treschi no era únicamente su hogar: también era su prisión. Si podían evitarlo, los preceptores no lo dejaban nunca solo. Beppo, el viejo *castrato* que había perdido la voz hacía tiempo, le enseñaba francés, poesía y contrapunto, mientras que Angelo, el joven y serio sacerdote de cabello oscuro y constitución delgada, le enseñaba latín, italiano e inglés.

Dos veces por semana iba a la casa el profesor de esgrima. Tonio tenía que aprender el correcto manejo de la espada, al parecer más por entretenimiento que para utilizarla en serio.

Y luego estaba el *ballerino*, un francés encantador que lo introducía en los remilgados pasos del minué, mientras Beppo tocaba al teclado los ritmos festivos adecuados. Tonio tuvo que aprender a besar la mano a una dama, cuándo y cómo hacer una reverencia, todos aquellos detalles que insuflaran refinamiento en los modales de un caballero.

Resultaba bastante divertido. En ocasiones, cuando estaba solo, cortaba el aire con su espada o danzaba con hermosas muchachas, imaginadas a partir de las que, de vez en cuando, veía en las estrechas calles.

Pero, a excepción de los interminables espectáculos religiosos —Semana Santa, Pascua—, de la música y el esplendor habitual de la misa de los domingos, las únicas escapadas que Tonio realizaba sólo eran a las entrañas de aquella casa, cuando huía a estancias olvidadas de la planta baja donde nadie le encontraba.

Allí, con una vela en la mano, a veces se sumergía en los gruesos volúmenes del viejo archivo, maravillado ante aquellas enmohecidas crónicas de la dilatada historia familiar. Bastaba un mero recuento de hechos y fechas, unas páginas que se quebraban peligrosamente al tacto, para encender su imaginación: cuando fuera mayor se haría a la mar, vestiría la túnica escarlata de los senadores; ni siquiera la silla del dux quedaba fuera del alcance de un Treschi.

Una sombría emoción corría por sus venas. Siguió investigando. Abría pestillos que nadie había accionado en años, levantaba antiguos cuadros de sus húmedos rincones para mirar con curiosidad caras desconocidas. Las despensas aún olían a especias antaño traídas de Oriente, en los viejos tiempos en que los barcos se detenían ante la mismísima puerta del *palazzo* y descargaban una fortuna en alfombras, joyas, especias, sedas. Y allí seguía, todavía húmeda, la cuerda de cáñamo enrollada, con trozos de caña y aquella amalgama de fragancias incitantes, seductoras.

De vez en cuando se detenía. La espectral llamita de la vela danzaba insegura a merced de las corrientes de aire. Escuchaba el rumor del agua debajo de la casa, el mortecino crujir de los pilotes. Y muy arriba, si cerraba los ojos, alcanzaba a oír a su madre llamándolo.

Allí abajo, sin embargo, estaba a salvo de todo. Las arañas caminaban de puntillas por las vigas y un repentino movimiento de la vela hacía que una telaraña pareciera dorada, repujada. Un postigo roto cedió al tocarlo, la luz grisácea de la tarde brilló empañada a través de un cristal rayado y, cuando miró hacia fuera, vio a las ratas nadar seguras y confiadas entre los desperdicios esparcidos en las lentas aguas del canal.

Se sintió triste. Tuvo miedo. De repente lo invadió una pena desconocida, un terror que despojaba de prodigio el designio de las cosas.

Su padre era demasiado viejo, su madre demasiado joven. Y en el núcleo de todo aquello parecía habitar algún horror innombrable que lo aguardaba. ¿Qué temía? Lo ignoraba. Era como si intuyera secretos en el aire que lo rodeaba. Un nombre susurrado y luego negado, alguna sutil referencia, entre los criados, a pasados problemas. No estaba seguro.

Tal vez, en definitiva, se tratara tan sólo de que, desde que él naciera, su madre había sido muy desdichada...

4

A partir del momento en que se decidió que Guido se dedicaría al mundo de la escena, en el brillante teatro de la ópera, noche tras noche, el trabajo fue abrumador. Allí observaba, cantaba en el coro si lo había, y se marchaba embriagado por los aplausos y el aroma de perfumes y polvos.

Durante aquella temporada y la siguiente, las composiciones que él había escrito fueron rechazadas, dejadas de lado en beneficio de interminables ejercicios.

No obstante, esos años estuvieron colmados de una

intensidad tan espléndida que ni siquiera el despertar de la pasión consiguió desviar a Guido de su trayectoria.

Y hacía tiempo que Guido había aceptado que no podría sentir pasión alguna.

En realidad, el celibato lo atraía. Creía en los sermones que le predicaban. Como era eunuco, no le dejarían casarse, ya que el matrimonio era para engendrar hijos y el papa nunca había concedido una dispensa a un *castrato*. Así pues, viviría como un sacerdote, llevaría la única vida de virtud y gracia que le estaba permitida.

Como veía que los eunucos eran los sumos sacerdotes de la música, aceptaba esa vida de buen grado.

Si alguna vez sopesaba durante un instante el sacrificio que implicaba aquel sacerdocio, lo hacía con la muda esperanza de que jamás comprendería su alcance real.

«¿Qué significa todo eso para mí?», se preguntaba con poca convicción. Tenía una voluntad indestructible y cantar era lo único que le importaba.

Pero una noche en que había vuelto tarde del teatro, tuvo un extraño sueño en el cual se veía acariciando a una mujer que había vislumbrado en el escenario. Se trataba de una cantante menuda y regordeta. Lo que vio en el sueño fueron sus hombros desnudos, la curva de sus brazos y el punto en el que su gracioso cuello se alzaba por encima de la sinuosa plenitud. Se despertó sudando, desdichado.

En los meses siguientes, ese sueño se repetía otras dos veces. Se encontró besando a esa mujer, doblándole el brazo y besando el suave pliegue. Y una noche, al despertar, le pareció oír ruidos a su alrededor en el oscuro dormitorio, susurros, pasos. Luego, el sonido de una risa aguda y reiterativa.

Hundió la cabeza en la almohada. Una serie de imágenes desfilaron por su mente: ¿eran eunucos voluptuosos o mujeres?

Después de eso, en la capilla, no podía apartar los ojos de los pies de Gino, que estaba a su lado. El corte del cuero en el alto empeine del pie de su compañero hacía que a

Guido se le formara un extraño nudo en la garganta. Contempló los músculos que se tensaban bajo las ajustadas medias de Gino. La curva de la pantorrilla le parecía hermosa, provocativa. Deseó acariciarla y, contrariado, vio que el chico se levantaba para ir a comulgar.

Una tarde de finales de verano apenas podía cantar, distraído como estaba admirando la chaqueta negra de corte ajustado que llevaba un maestro que se encontraba ante él.

Ese maestro estaba casado, tenía mujer e hijos. Iba todos los días al conservatorio a enseñar poesía y dicción, disciplinas que cualquier cantante debía dominar a fondo. «¿Por qué —se preguntó Guido— observo su chaqueta de este modo?»

Cada vez que el joven se volvía, Guido miraba la prenda que ceñía su espalda, el ajustado talle y el leve acampanado que formaba a la altura de las caderas, y también sintió deseo de tocarla. Cada línea de la prenda le hacía experimentar algo semejante a un intangible y mudo sobresalto.

Cerró los ojos y cuando los abrió de nuevo le pareció que el profesor le sonreía. El hombre se había sentado y, balanceándose en la silla, hizo un repentino movimiento con la mano para disponer más cómodamente el peso que tenía entre las piernas. Cuando miró a Guido, su expresión resplandecía de inocencia. ¿O no era así?

A la hora de la merienda sus miradas se encontraron de nuevo. Y también durante la cena, unas horas más tarde.

Cuando la oscuridad cayó, lenta y lánguidamente, sobre las montañas, y las ventanas de cristal ocre se volvieron de un negro mate, Guido se encontró recorriendo un largo pasillo que discurría ante habitaciones desde hacía mucho tiempo desocupadas.

Cuando llegó ante la puerta del maestro, vislumbró la tenue figura del joven por el rabillo del ojo. Una luz plateada procedente de una ventana abierta iluminó las manos enlazadas del hombre, su rodilla.

—¡Guido! —susurró éste desde la penumbra.

Aquello era como un sueño. No obstante, le parecía

más incitador y desatinado que cualquiera de los sueños que había tenido: el áspero roce de los tacones de Guido en el suelo de piedra, el golpe apagado de una puerta que se cerraba a su espalda.

Al otro lado de la ventana, unas luces centellearon en las colinas, perdidas entre las formas cambiantes de los árboles.

El joven se levantó y cerró los postigos.

Durante un momento, Guido no vio nada; su respiración era ronca y vibrante. Luego vio de nuevo aquellas manos luminosas en las que se concentraba todo lo que quedaba de luz mientras desabrochaban la bragueta de los pantalones.

Así que el pecado secreto que él había imaginado era conocido y compartido.

Avanzó como si su cuerpo no le obedeciera. Se dejó caer de rodillas y sintió la lisa piel sin vello del abdomen del maestro antes de atraer de inmediato hacia su boca el misterio de todo aquello, aquel órgano más largo y grueso que el suyo.

No necesitó instrucciones. Notó cómo se hinchaba mientras lo acariciaba con la lengua y los dientes. Su cuerpo se estaba convirtiendo en su boca, mientras sus dedos apretaban la carne de las nalgas del maestro, impulsándolo hacia delante. Los gemidos de Guido era rítmicos, desesperados, se elevaban por encima de los pausados suspiros de su compañero.

—Oh, despacio —le susurró el maestro—, despacio. —Pero, adelantando bruscamente las caderas, presionó contra Guido todas las esencias de su cuerpo, el vello húmedo y rizado, la carne salada y almizcleña. Al sentir la cima de su yerma e inexperta pasión, Guido profirió un gutural aullido.

Pero en ese momento, mientras se asía, debilitado y tembloroso por la conmoción, a las caderas del maestro, el semen del hombre lo inundó. Llenó su boca, que Guido abrió con una sed irresistible al tiempo que su amargura y su delicioso sabor amenazaban con asfixiarlo.

Inclinó la cabeza, se desplomó hacia delante. Y en ese

instante advirtió que si no se lo tragaba de inmediato, le repugnaría.

No estaba preparado para que aquello terminara de una manera tan brusca.

Y entonces la náusea que lo invadió, le obligó a apartarse al tiempo que se debatía por mantener los labios sellados y no expulsar el líquido.

—Ven —susurró el maestro, intentando coger a Guido por los hombros. Pero Guido yacía en el suelo. Se había arrastrado hasta el clavicémbalo y se metió debajo, con la frente apoyada en la fría piedra, y ese frío le alivió.

Sabía que el maestro se había arrodillado junto a él y volvió el rostro hacia el otro lado.

—Guido —le dijo el hombre con dulzura—. Guido —repitió como si le riñera. ¿Cuándo había oído antes ese mismo tono seductor?

Y al oír su propio gemido, la angustia que contenía le sorprendió.

—No, Guido, no... —El maestro se había agachado a su lado—. Escúchame, jovencito —le instó con paciencia.

Guido se tapó los oídos con las manos.

—Escúchame —insistió el hombre, pasándole la mano por la nuca—. Tú haces que se arrodillen ante ti —le susurró.

Y cuando reinó el silencio, el maestro rió. Era una risa suave, tranquila, sin ánimo de burla.

—Aprenderás —le dijo poniéndose en pie—. Aprenderás cuando en tus oídos suenen todos esos «bravos», cuando te lancen flores y alabanzas.

5

Marianna ya no le pegaba casi nunca, a sus trece años era tan alto como ella.

No había heredado su piel oscura ni sus rasgados ojos

bizantinos; era de tez pálida, aunque tenía los mismos rizos negros y abundantes y la misma figura ágil y casi felina. Cuando ambos bailaban, cosa que hacían constantemente, parecían gemelos, la luz y la oscuridad, Marianna moviendo las caderas y aplaudiendo, y Tonio golpeando la pandereta al tiempo que describía rápidos círculos en torno a su madre.

Bailaban la *furlana*, la frenética danza de la calle que las doncellas les habían enseñado. Y cuando la antigua iglesia que se alzaba detrás del *palazzo* celebraba su *sagra* o feria anual, se asomaban juntos a las ventanas traseras para ver a las criadas bailando con sus faldas cortas y así aprendían mejor los pasos.

En su vida compartida, tanto si se trataba de la danza como del canto, de juegos o de libros, era Tonio quien llevaba la voz cantante.

Muy pronto advirtió que Marianna era mucho más infantil que él y que nunca había pretendido hacerle daño, pero en sus estados de ánimo más lóbregos el mundo se le caía encima, y cada vez que Tonio se acercaba a ella, asustado y lloroso, Marianna lo aterrorizaba.

Luego pasó a las bofetadas furiosas, a los aullidos, llegó incluso a lanzarle objetos desde el otro extremo de la habitación antes de taparse los oídos con las manos para no oír sus gemidos.

Sin embargo, Tonio ya había aprendido a disimular su temor en aquellas ocasiones, y se esforzaba en calmarla, en distraerla. Hacía todo lo que estaba en su mano por alejarla de sus momentos de oscuridad y entretenerla. El único remedio infalible era la música.

Marianna había crecido rodeada de música. Huérfana al poco de nacer, la habían llevado al Ospedale della Pietà, uno de los cuatro famosos conventos conservatorio de Venecia, cuya orquesta y coro, formados únicamente por muchachas, asombraban a Europa entera. Durante su infancia, un hombre de la talla de Antonio Vivaldi había sido *maestro di capella* allí y le había enseñado a cantar y a tocar el violín con sólo seis años, edad en la que ya hacía gala de un exquisito talento.

En sus aposentos se apilaban composiciones de Vivaldi. Había vocalizaciones de su puño y letra que había escrito para las chicas, y Marianna siempre conseguía las partituras de sus últimas óperas.

Desde el momento en que advirtió que Tonio había heredado su voz, lo colmó de un desesperado y amargo afecto. Le enseñó sus primeras canciones y a cantar y tocar de oído de un modo que maravillaba a sus preceptores. De vez en cuando, afirmaba:

—Si hubieras nacido sin oído, te hubiera arrojado al canal. O me hubiera arrojado yo.

Y mientras Tonio fue pequeño, la creyó.

Así, cuando Marianna atravesaba aquellos abismos, con la mirada vidriosa, cruel y el aliento apestando a vino, Tonio adoptaba una actitud despreocupada y divertida, y la atraía hacia el clavicémbalo.

—Vamos, *mamma* —decía con dulzura, como si no pasara nada—. Vamos, *mamma*, canta conmigo.

Al temprano sol de la mañana, sus habitaciones siempre tenían un aspecto encantador: la cama envuelta en seda blanca, una sucesión de espejos que reflejaban el papel de la pared, con sus querubines y guirnaldas. Le encantaban los relojes, relojes pintados de todo tipo que hacían tic-tac sobre cómodas, mesas y en la repisa de mármol de la chimenea.

Y allí, en medio de todo eso, estaba ella, despeinada, el vaso de olor agrio en la mano, mirándolo como si no lo conociera.

Tonio no esperaba. Desenfundaba la doble hilera de teclas de marfil y empezaba a tocar de inmediato. Con frecuencia ejecutaba partituras de Vivaldi, o de Scarlatti, o de un compositor más oscuro y melancólico de Venecia, un patricio llamado Benedetto Marcello. Y al cabo de unos minutos notaba que ella se dejaba caer lánguidamente a su lado.

Tan pronto como escuchaba la voz de Marianna entremezclarse con la suya, se llenaba de alborozo. La brillante y potente voz de soprano de Tonio subía más, pero la de ella tenía un matiz más pleno y fascinante. Marianna rebuscaba las arias que más le gustaban entre sus viejas partituras o, después de hacerle recitar alguna poesía que él acababa de aprender, le ponía música.

—¡Eres un espejo! —exclamaba Marianna cuando él seguía perfectamente un intrincado pasaje. Alargaba una nota, lentamente, con destreza, sólo para escuchar el eco perfecto de Tonio. Y entonces, lo cogía de repente entre sus cariñosas y fuertes manos y exclamaba:

—¿Me quieres?

—Claro que te quiero. Te lo dije ayer y anteayer, pero ya lo has olvidado.

Era la exclamación más conmovedora que ella profería, un grito que salía de lo más profundo de su alma. Se mordía el labio, abría desmesuradamente los ojos, los entornaba. Él siempre le daba lo que ella quería, pero en el fondo sufría.

Cada mañana, cuando abría los ojos, sabía si su madre era feliz o desdichada. Lo podía palpar. Así, organizaba sus horas de estudio de manera que pudiera escapar cuanto antes a su lado.

A pesar de todo ello, Tonio no la comprendía.

Y empezaba a advertir que la soledad infantil, las habitaciones vacías y silenciosas, aquel vasto y sombrío *palazzo*, tenían tanto que ver con la timidez y el aislamiento de su madre como con la anticuada severidad de su padre.

A fin de cuentas, ¿por qué Marianna no tenía amigas, cuando el Ospedale della Pietà estaba lleno de damas de categoría, y muchas, incluso expósitas, casadas con caballeros de buenas familias?

Su madre, sin embargo, nunca hablaba de ese lugar. Nunca salía.

Un día en que la prima de su padre, Catrina Lisani, fue a verla, Tonio descubrió que Marianna recibía a las visitas breve y amablemente. Se comportaba como una monja de clausura. Vestía de negro, cruzaba las manos sobre el regazo, con su cabello negro bruñido como el satén. Y Catrina, que lucía un alegre estampado de seda en tonos amarillos, llevaba todo el peso de la conversación.

A veces, a Catrina la acompañaba su escolta, un caballero muy elegante y atractivo que era sirviente suyo y también primo lejano, aunque Tonio nunca recordaba de dónde procedía el parentesco. Pero era divertido, porque el primo lo abordaba en el gran salón y le contaba lo que publicaban las gacetas y lo que ocurría en el teatro. Calzaba zapatos de tacones rojos y llevaba un monóculo sujeto con una cinta azul.

A pesar de ser patricio, el hombre era un holgazán que perdía el tiempo en compañía de mujeres y Tonio sabía que a Andrea no le gustaba que alguien de esas características se relacionara con su esposa. A Tonio tampoco le gustaba.

Sin embargo, también creía que si Marianna tuviera un escolta saldría de casa, conocería gente que, de vez en cuando, iría a visitarla, y todo sería diferente.

Pero a Tonio le repelía la idea de un caballero sirviente tan cerca de su madre, en la góndola, en misa, en la mesa. Le invadían unos celos furiosos y mortíferos. Ningún hombre había estado nunca tan cerca de Marianna, salvo su hijo.

—Si yo pudiera ser su criado... —suspiraba. Se miró al espejo y vio a un joven alto con cara de muchacho—. ¿Por qué no puedo protegerla? —susurraba—. ¿Por qué no puedo cuidar de ella?

6

De todas formas, ¿qué se puede hacer con una mujer que, a menudo, prefiere la botella de vino a la luz del día? ¡Enfermedad! ¡Melancolía! Cuando Tonio tenía catorce años, Marianna nunca se levantaba antes de media tarde. Casi siempre alegaba estar «demasiado cansada» para cantar, cosa que alegraba a Tonio porque la visión de Marianna tambaleándose por la habitación era más de lo que podía soportar. Su sentido común le dictaba quedarse en la cama, recostada en un nido de blancos almohadones, con el rostro demacrado, la mirada extraviada y chispeante, y escuchar cualquier concierto que Tonio quisiera dedicarle.

Hacia la puesta de sol Marianna se volvía caprichosa y maniática. No quería ir a la Pietà, sólo faltaría. ¿Por qué tenía que ir?

—Cuando vivía allí, todo el mundo me conocía —explicó un atardecer—. Era la sensación de toda Venecia. Los gondoleros juraban que yo era la mejor cantante de las cuatro escuelas, la mejor que habían oído en toda su vida. Marianna, Marianna, la gente repetía ese nombre en los camerinos de París y Londres; era muy popular en Roma. Un verano navegamos en una barcaza por el Brenta, cantamos en todas las villas y luego, si nos apetecía, bailábamos y bebíamos vino con todos los invitados...

Tonio se quedaba atónito.

Lena la lavaba y la peinaba como si fuera una niña, le servía vino para serenarla, y entonces se llevaba a Tonio a un rincón y le decía:

—A todas las muchachas de los conservatorios las adulaban así, no seas estúpido. Hoy en día ocurre lo mismo. Pregúntale a Bruno. A los gondoleros les gustan las mujeres, tanto si son damas de alcurnia y futuras esposas de patricios como vulgares muchachas sin linaje. Por el amor de Dios, nada de eso guarda ningún parecido con subir al escenario. ¿Por qué pones esa cara?

—Yo tendría que haber actuado en los teatros —decía Marianna de repente. Apartaba el edredón que la cubría y dejaba que la cabeza le colgara hacia delante con el cabello cayéndole en cascadas sobre la piel amarillenta.

—Calla —le decía Lena—. Tonio, sal un momento.

—¡No! —replicaba Marianna—. ¿Por qué tiene que irse? Canta, Tonio. Lo que sea, canta algo que hayas compuesto. Tenía que haberme escapado a la Ópera, eso es lo que tenía que haber hecho. Y tú hubieras vivido entre bastidores, jugando con los decorados, detrás del escenario. Pero no, ya ves, tú eres su excelencia, Marc Antonio Treschi...

—Estás desvariando —la interrumpía Lena.

—Claro, querida, ¿acaso no sabes que los locos se crían en los hospicios? —gritaba Marianna.

Fueron unos tiempos terribles.

Cuando Catrina Lisani iba a visitarla, Lena la hacía desistir de su intento con confusos diagnósticos y en las escasas pero periódicas ocasiones en que Andrea Treschi se acercaba a los aposentos de su esposa, Lena lo disuadía con las mismas excusas.

Por primera vez, Tonio estuvo tentado de escaparse del *palazzo*.

La ciudad estaba inmersa en los frenéticos preparativos de la más grande de las fiestas venecianas: la Ascensión o Senza, cuando el dux salía en su barca oficial de oro reluciente, llamada *Bucintoro*, y lanzaba su anillo ceremonial al mar para ratificar su matrimonio con éste y el dominio de Venecia sobre la azul inmensidad. Venecia y el mar, una alianza antigua y sagrada. A Tonio le producía escalofríos de placer, y eso que sólo veía lo que se divisaba desde el tejado. Con el paso del tiempo, cuando recordaba las dos semanas de carnaval que seguían a ese día —enmascarados en las calles y en los muelles, niños pequeños con máscaras, algunos todavía en brazos, corriendo hacia la *piazza*—, enfermaba de impaciencia y resentimiento.

Con más dedicación que nunca, reunía pequeños regalos para lanzarlos por la noche a los cantantes callejeros a fin de que se quedasen bajo su ventana. En aquella ocasión se trataba de un reloj de oro estropeado que había encontrado envuelto en un hermoso pañuelo de seda. Ellos desconocían su identidad. A veces, se la preguntaban cantando.

Y una noche en que se sentía especialmente inquieto y sólo faltaban dos semanas para la Senza, respondió cantando: «¡Soy el que esta noche te ama más que nadie en Venecia!»

Su voz resonó en los muros de piedra, su emoción rozó la hilaridad y continuó, tejiendo en su canción toda la poesía floral que conocía en alabanza de la música hasta que comprendió que estaba haciendo el ridículo. Fue maravilloso. No se percató siquiera de que en la calle reinaba el silencio. Y cuando en la estrecha acera sonaron aplausos y gritos desaforados, se sonrojó de vergüenza y rió para sus adentros.

Entonces arrancó los botones de pedrería de su chaqueta para arrojárselos a ellos.

Algunas veces, sin embargo, cuando llegaban los cantantes era ya muy tarde. Y otras, ni siquiera aparecían. Quizás estuvieran cantando serenatas por encargo a una dama o a una pareja de enamorados en el canal. Era imposible saberlo. Sentado en la ventana, con las manos entrelazadas sobre el alféizar mojado, soñaba que descubría la puerta de una bodega que nadie conocía y se marchaba con ellos. Soñaba que no era rico, que no era un patricio, sino un pilluelo libre para cantar y tocar el violín toda la noche por las cuatro esquinas de aquel denso y mágico recinto de piedra que era su ciudad y que se alzaba compacto a su alrededor.

Tonio tenía la creciente sensación de que algo estaba a punto de suceder.

En su opinión, las cosas no podían irle peor.

Y entonces, una tarde, inesperadamente, Beppo trajo a Alessandro, el primer cantante de San Marco, para que escuchara a Tonio cantando con su madre.

Al parecer, unos días antes, Beppo había asomado la cabeza en el dormitorio de Marianna para preguntarle si permitiría esa visita. Beppo estaba muy orgulloso de la voz de Tonio... y a Marianna la adoraba como a un ángel.

—Claro, tráelo cuando quieras —le dijo alegremente. Iba por su segunda botella de vino blanco español, paseándose por la habitación con su peinador puesto—. Tráelo, me encantará recibirle. Si quieres, bailaré para él; Tonio tocará la pandereta, será como un auténtico carnaval.

Tonio se sentía mortificado. Lena acostó a su señora. Beppo debía haberse dado cuenta, pero era demasiado viejo. Sus ojillos azules centellearon como luces inciertas y al cabo de unos días allí estaba Alessandro, en el salón principal, espléndido en su terciopelo de color crema y la chaqueta de tafetán verde, obviamente complacido por aquella invitación especial.

Marianna se hallaba profundamente dormida, las cortinas corridas. Tonio no tardaría en despertar a la Medusa.

Se pasó un peine por el cabello, escogió su mejor chaqueta y recibió personalmente a Alessandro, haciendo las funciones de amo y señor de la casa.

—No sé qué hacer, *signore* —le dijo—. Mi madre está enferma y sin ella yo no me atrevo a cantar para usted.

Sin embargo, aquella inesperada compañía lo alborozaba. El sol se derramaba como un torrente sobre la caoba y los damascos de la habitación. Todo el conjunto rebosaba armonía pese a la descolorida alfombra y los techos desmesuradamente altos.

—Trae café, por favor —ordenó a Beppo. Y luego abrió el clavicémbalo.

—Perdonadme, excelencia —dijo Alessandro en voz baja—. No quisiera importunaros. —Su sonrisa era dulce y lánguida. Sin la túnica del coro su aspecto distaba mucho de parecer etéreo, todo lo contrario. Era un caballero corpulento, casi desgarbado, aunque un ritmo fluido impregnaba todos sus gestos—. Yo sólo pretendía sentarme en un rincón, sin molestaros, y escucharos cantar con vuestra madre. Beppo me ha hablado mucho de vuestros duetos, y recuerdo vuestra voz, excelencia, nunca la he olvidado.

Tonio rió. Si aquel hombre se marchaba, se echaría a llorar. ¡Se encontraba tan solo!

—Siéntese, por favor, *signore*. —Experimentó un alivio inmenso cuando vio aparecer a Lena con una humeante cafetera seguida de Beppo, que traía unas partituras.

Tonio era presa de la desesperación. En su rescate acudió la brillante idea de producir en Alessandro tal deleite que éste regresara una y otra vez a escucharlo. Escogió *Moctezuma*, la última ópera de Vivaldi. Las arias eran del todo nuevas para él, pero no podía arriesgarse a cantar algo pasado y aburrido, y al cabo de unos instantes, se encontraba en medio de una enérgica y espectacular pieza, a la que su voz se adecuaba rápidamente.

Nunca había cantado en aquella estancia. Allí dominaba el mármol sobre tapices y cortinajes, y éste amplificaba su voz y la hacía sonar excelsa. Cuando terminó, el silencio lo estremeció. No podía mirar a Alessandro. Sintió que en su interior brotaba una extraña emoción, una desasosegante felicidad.

Entonces, respondiendo a un impulso, hizo una seña a Alessandro. Casi se sorprendió al ver que el eunuco se levantaba y se dirigía al clavicémbalo. De repente mientras Tonio se lanzaba al primer dueto, oyó a sus espaldas aquella magnífica voz que elevaba y arrastraba a la suya, aquella fuerza estridente.

A éste lo siguió otro dueto, y otro, y otro aún, y cuando ya no encontraron más, cantaron duetos con las arias. Interpretaron aquellos fragmentos de las partituras que más los estusiasmaban, algunos de los que no les gustaban y continuaron con más música. Finalmente, convenció a Alessandro de que compartieran el pequeño banco y les sirvieron el café.

La sesión de canto se prolongó hasta abandonar toda formalidad. Eran simplemente dos personas, incluso las voces con las que hablaban eran distintas. Alessandro destacaba pequeños aspectos de esta y aquella composición. De vez en cuando insistía en escuchar a Tonio cantar solo, y luego sus alabanzas se precipitaban como una cálida cascada, en su afán de hacerle comprender que no se trataba de halagos de cumplido.

Sólo se detuvieron cuando alguien les puso un candelabro delante. La casa estaba oscura, era tarde, y ellos habían perdido la noción del tiempo.

Tonio guardaba silencio y el aspecto sombrío que cobraban los objetos lo oprimía. Le pareció que la casa se lo tragaba de un bostezo, y las luces del canal centelleando en el cristal le provocaron deseos de iluminar aquella sala con todas las velas que pudiera encontrar. La música latía aún en su cabeza y, con ella, su dolor. Al contemplar la dulce sonrisa dibujada en el rostro de Alessandro, experimentó un irreprimible afecto hacia él.

Hubiera querido hablarle de aquella lejana noche en que había cantado en San Marco por vez primera, decirle cuánto le había complacido, asegurarle que nunca lo olvidaría. Le fue imposible, sin embargo, traducir en palabras aquel primer anhelo infantil de ser cantante, imposible decir «claro que yo no puedo serlo», imposible comentarle lo ridículo que resultaba todo aquello, porque él no sabía que Alessandro era... ¿qué? Detuvo sus pensamientos, repentinamente humillado.

—Por favor —le dijo, poniéndose en pie—, tiene que quedarse a cenar. Beppo, por favor, dile a Angelo que desearía que nos acompañara, y comunícaselo a Lena ahora mismo. Cenaremos en el comedor principal.

Enseguida estuvo la mesa dispuesta con la mantelería y la vajilla adecuadas para la ocasión. Pidió más candelabros y tras sentarse a la cabecera de la mesa, como hacía siempre que estaba solo, Tonio se volcó de lleno en una conversación desbordante.

Alessandro reía con facilidad. Sus respuestas eran largas. Alabó el vino y pasó a describir el último banquete del dux.

Aquello sí que fue una gran celebración, con cientos de invitados a la mesa, las puertas abiertas de par en par, y la gente entrando desde la *piazetta* para contemplar el espectáculo.

—Desapareció una taza de plata —Alessandro sonrió, alzando sus densas y oscuras cejas—, e imaginad, excelencia, todos los jefes de estado esperando a que contaran la vajilla una y otra vez. Yo apenas podía contener la risa.

Su manera de narrar la historia no suponía, sin embargo, una falta de respeto, y de inmediato se lanzó a contar otra. Poseía un lánguido refinamiento y a la luz de las velas su rostro adquiría un matiz ultraterreno.

En plena velada, Tonio no podía evitar percatarse de que Angelo y Beppo, sentados a su derecha, acataban todas sus órdenes.

—Otra botella de vino —sugirió Tonio y, al momento, Angelo mandó traerla.

—Que sirvan el postre —ordenó—. Y si en la casa no hay nada, que salga alguien a buscar chocolate o helados.

Beppo lo observaba con admiración, y Angelo parecía incluso algo intimidado.

—Pero cuénteme qué siente cuando canta ante un rey, el rey de Francia, el rey de Polonia...

—Es lo mismo que cantar para cualquier otra persona, excelencia —respondió Alessandro—. No quieres cometer ningún fallo. Tu propio oído no soporta error alguno. Por este motivo no canto cuando estoy solo en mis aposentos. No quiero escuchar nada que no suene... que no suene perfecto.

—¿Y la ópera? ¿Nunca ha deseado subir a un escenario? —insistió Tonio.

Alessandro unió los dedos y colocó las manos debajo de la barbilla. Obviamente estaba concentrándose en la respuesta.

—Ante los focos es distinto —aseguró—. No sé si me explico. Bueno, ya habéis visto a los cantantes en el...

—No, todavía no —lo interrumpió Tonio sonrojándose. Alessandro se daría cuenta de su juventud y de lo peculiar de aquella invitación.

Pero Alessandro se limitó a seguir explicando que en la ópera había que encarnar un papel, actuar, estar presente en aquel espacio reducido, que el público te viera. La iglesia era completamente distinta, allí la voz se elevaba por encima de todo.

Tonio tomó otro sorbo de vino y justo cuando iba a decir que deseaba con toda su alma asistir a una ópera, advirtió que Angelo y Beppo se habían levantando apresuradamente. Alessandro miró hacia el extremo de la mesa y siguió su ejemplo. Tonio los imitó antes de vislumbrar la figura de su padre que emergía de la oscuridad azulada.

Andrea acababa de hacer su entrada en la habitación con su túnica púrpura absorbiendo la luz, y tras él estaba el *signore* Lemmo, su secretario, y esos jóvenes que siempre lo acompañaban para que el reverenciado anciano los instruyera en retórica y política.

A Tonio lo asaltó un miedo tan instantáneo que desterró por completo sus pensamientos.

¿Cómo se le había ocurrido invitar a alguien a cenar? Pero Andrea ya se hallaba frente a él. Se inclinó para besar la mano de su padre preguntándose qué ocurriría.

Andrea ocupó una silla junto a Alessandro e invitó a algunos de los jóvenes a quedarse. Tonio lo contemplaba con mudo asombro. El *signore* Lemmo pidió a Giuseppe, el viejo criado, que encendiera las antorchas de las paredes y los paneles de satén azul cobraron vida de forma súbita y espléndida.

Andrea hablaba, decía alguna ocurrencia y mandó que le sirvieran la cena, lo mismo que a los jóvenes. A Tonio volvieron a llenarle la copa y cuando su padre lo miró, sus ojos sólo reflejaban un intenso cariño, una dulzura y un amor sin límites que se manifestaban abierta y generosamente.

¿Cuánto tiempo transcurrió? ¿Dos, tres horas? Más tarde, ya tumbado en la cama, Tonio rememoraba cada sílaba, cada risa. Después de la cena volvieron a la sala y, por primera vez en su vida, Tonio cantó para su padre. Alesandro también cantó y luego tomaron café y melón y un helado muy elaborado que fue servido en pequeños platos de plata. Su padre ofreció una pipa de tabaco a Alessandro y hasta sugirió que su joven hijo la probara.

En medio de aquel grupo, Andrea se veía anciano, la translúcida piel tan tirante sobre el rostro que a través de ella se adivinaba la forma de los huesos, pero los ojos, atemporales, suavemente radiantes, contradecían, como siempre, aquella imagen de vejez. No obstante, su boca temblaba levemente a veces y cuando se puso en pie para despedir a Alessandro, pareció que aquel gesto le resultaba doloroso.

Hacia medianoche se marcharon los demás. Con un movimiento lento y cansino Andrea siguió a Tonio hasta sus aposentos, a los que nunca iba, excepto cuando Tonio estaba enfermo. De pie en el dormitorio, casi ceremoniosamente, lo inspeccionó todo con obvia aprobación.

En aquel espacio su figura de nuevo inmensa y majestuosa parecía estar en suspenso, como un lago de brillante luz púrpura en mitad de la habitación.

La vela convertía su cabello blanco en un resplandor níveo que parecía disolverse y flotar ingrávido sobre su cabeza.

—Eres todo un caballero, hijo mío —dijo, y en sus palabras no había ningún reproche.

—Perdonadme, padre —susurró Tonio—, pero *mamma* estaba enferma y Alessandro...

Su padre lo interrumpió con un leve ademán de su mano.

—Me siento orgulloso de ti, hijo mío. —Y si su mente albergaba otros pensamientos, los guardó para sí.

A Tonio, con la cabeza apoyada en la almohada, una angustiosa excitación lo mantenía desvelado. No encontraba la manera de que sus miembros se relajasen y un hormigueo le corría por piernas y brazos.

Aquella sencilla cena había colmado de tal forma sus sueños, aquellas fantasías en las que sus hermanos volvían a la vida que, en esos momentos en los que todo había terminado, sentía un gran dolor interior y nada podía aliviarle.

Finalmente, cuando los relojes de la casa dieron las tres, se levantó, se metió una vela y una cerilla de azufre en el bolsillo, aunque en realidad no las necesitaba, y se fue a vagar por el *palazzo*.

Subió a los pisos superiores. Entró en los aposentos

de Leonardo, donde aún permanecía su cama, tan parecida al esqueleto de un animal, y también visitó los que había ocupado Philippo con su joven esposa, donde la única señal de una vida anterior la constituían los trozos descoloridos de las paredes que en un tiempo habían estado cubiertos por cuadros. Después se dirigió al estudio de Giambattista y contempló sus libros todavía alineados en las estanterías. Luego pasó ante los cuartos del servicio y subió al terrado.

La ciudad estaba envuelta en una niebla que no la ocultaba, sino que la dotaba de una belleza singular. Los oscuros tejados brillaban por la humedad y la luz de la *piazza* resplandecía contra el cielo rosado y apacible en la lejanía.

Le asaltaron extraños pensamientos. ¿Quién sería su esposa? Los nombres y rostros de sus primas, todavía en conventos, no significaban nada para él. La imaginaba vivaz y dulce, retirándose el velo hacia atrás para dejar escapar una risa tímida y apasionada. Nunca estaría triste, nunca sería presa de la melancolía. Y darían grandes bailes, danzarían juntos toda la noche, tendrían hijos sanos y en verano irían a una villa junto al Brenta como todas las familias ilustres. En esa casa, si así lo deseaban, podrían vivir incluso sus tíos y tías ancianos y sus primas solteras, les harían sitio a todos. Cambiaría el papel de la pared y renovaría las tapicerías. Las espátulas rascarían el moho de los murales. No habría ni un solo rincón vacío o frío, sus hijos llevarían a sus amigos, docenas de ellos, siempre yendo y viniendo con sus preceptores e institutrices. Imaginó hileras de niños bailando el minué, sus chaquetas y volantes en una miscelánea de espléndidas sedas de color pastel y la casa tintineando al son de la música. Nunca dejaría a sus hijos solos, por muy ocupado que estuviera con los asuntos de estado, nunca, nunca los dejaría solos en aquella inmensa casa vacía, nunca...

Con esos pensamientos, recorrió de nuevo los escalones de piedra y penetró en la atmósfera helada de los aposentos que ocupaba su madre.

Entonces rascó enérgicamente la cerilla en la suela del zapato para encenderla y acercó la llama a la vela.

Pero su madre seguía profundamente dormida. Cuando se aproximó, percibió su aliento amargo aunque el rostro, en su milagrosa belleza, conservaba su inocencia. Se quedó contemplándola mucho rato, más de lo que lo había hecho jamás. Admiró la pequeña prominencia de su barbilla, la pálida curva del cuello.

Y tras apagar la vela, se metió en la cama con ella. Su cuerpo estaba caliente bajo las colchas. Su madre se le acercó, pasándole la mano por el cuello como si fuera a agarrarse a él.

Tumbado a su lado, imaginó sus sueños.

Vio a las damas de alcurnia en misa, vio a los caballeros escoltas. No le gustó aquella escena.

Con vago terror, vio toda la vida de su madre desfilar ante él, su soledad sin esperanzas, su gradual desmoronamiento.

Al cabo de mucho rato ella gimió en su sueño, un gemido que poco a poco fue haciéndose más hondo.

—*Mamma* —susurró él—. Estoy aquí, estoy aquí contigo.

Ella se debatió para incorporarse. El cabello le caía por el rostro formando un sucio velo de luz destellante y enredos.

—Pásame el vaso, cariño mío, tesoro —le dijo.

Él descorchó la botella. Luego la observó beber y volver a tumbarse, y después de apartarle el cabello de la frente, se apoyó sobre el codo y permaneció largo tiempo contemplándola.

A la mañana siguiente, cuando Angelo le anunció que, a partir de ese día, darían un paseo diario de una hora de duración por la plaza, apenas podía creerlo.

—Excepto cuando se celebre el carnaval, ¡por supuesto! —añadió airado. Y luego, incómodo, con una cierta agresividad que denotaba su reticencia añadió—: Tu padre ha dicho que ya eres lo bastante mayor.

7

Después de su breve encuentro con el joven maestro, o bien Guido se había puesto un letrero en la frente para que todos lo leyeran o la venda había caído de sus ojos, porque el mundo se revelaba ante él vibrante de seducción. Por la noche, tumbado en la cama, oía los sonidos de los que se amaban en la oscuridad. En el teatro de la ópera, las mujeres le sonreían abiertamente.

Finalmente, una tarde, mientras los otros *castrati* se disponían a acostarse, se retiró al extremo opuesto del pasillo del ático. La noche fue su aliada cuando completamente vestido se sentó dejando colgar una pierna en el amplio alféizar de la ventana. Le pareció que transcurría una hora, tal vez menos, y entonces unas figuras irreconocibles empezaron a salir. Se escuchó un abrir y cerrar de puertas, y la luz de la luna iluminó a Gino que doblaba el dedo en señal de invitación.

En un rincón de la tibia habitación donde se guardaba la ropa de cama, Gino le dio un largo y sensual abrazo. Esa primera noche permanecieron tumbados en un lecho de sábanas dobladas en aturdidoras oleadas de placer cuya culminación se permitían retrasar una y otra vez a fin de prolongarlas infinitamente. La piel de Gino era dulce y cremosa, su boca fuerte y sus dedos intrépidos. Él jugueteó suavemente con las orejas de Gino, le mordisqueó los pezones y le besó el vello entre las piernas, avanzando con elaborada paciencia hacia emblemas más brutales de la pasión.

En las noches que siguieron, Gino compartió su nuevo compañero con Alfredo y después con Alonso; a veces, en la oscuridad, se tumbaban abrazados dos o tres. Era frecuente que sus cuerpos se enlazaran con uno arriba y otro abajo y mientras los intensos embates de Alfredo llevaban a Guido al borde del dolor, la dura y voraz boca de Alonso lo transportaba al éxtasis.

Pero llegó un día en que Guido se sintió tentado a dejar aquellos encuentros exquisitamente modulados para ir en busca de las embestidas más violentas y ásperas de los estudiantes «normales». No temía a esos hombres completos, sin adivinar hasta qué punto su aire amenazador los había mantenido apartados.

No le acabaron de satisfacer aquellos jóvenes velludos que gruñían.

Lo que en ellos había de brutal y primario al final sólo le provocaba indiferencia.

Quería eunucos, atractivos y deliciosos expertos del cuerpo.

Tal como ocurre a veces, con las mujeres alcanzó el más alto grado de placer. Aunque su satisfacción nunca era completa porque no amaba, habría sido su perdición. Las muchachas, casi niñas, de la calle, pobres e ingenuas, eran sus favoritas. Chicas que se sentían agradecidas con la moneda de oro que les daba, a las que les seducía su aspecto aniñado y que calificaban su atuendo y modales de espléndidos. Él las desnudaba deprisa en cuartos que con esa finalidad existían encima de las tabernas y a ellas nunca les importaba que fuera eunuco, tal vez porque lo que más anhelaban era ternura, y si ponían algún impedimento, no volvía a verlas porque siempre había otras.

De todas formas, a medida que su fama aumentaba, a Guido se le abrían más puertas. Era invitado a cenas en las que cantaba, y después damas encantadoras lo atraían escaleras arriba, a estancias secretas.

Se acostumbró a las sábanas de seda, a los querubines dorados retozando sobre espejos ovales y doseles profusamente adornados.

Y a los diecisiete años, durante un tiempo, tuvo por amante a una condesa casada dos veces y muy rica. A menudo, su carruaje lo esperaba a la salida del teatro. Después de horas de ensayo, abría las ventanas de su habitación del ático para verlo parado abajo, por entre las gruesas ramas del árbol.

Ella era demasiado mayor para él, pasada la flor de la juventud, pero exuberante y dominada por un deseo apremiante que resultaba irresistible. En brazos de Guido, los pezones se le erizaban y adquirían un tono escarlata, entrecerraba los ojos y él se sentía flotar.

Aquéllos fueron tiempos plenos y felices, Guido estaba a punto de debutar en Roma como solista. A los dieciocho años medía un metro y setenta y cinco centímetros y tenía capacidad pulmonar para llenar un gran teatro tan sólo con la pureza estremecedora de su voz.

Y ése fue el año en el que su voz se extinguió para siempre.

8

La *piazza* representaba una pequeña victoria, pero durante los días siguientes Tonio permaneció en un estado de arrobamiento. El azul del cielo se extendía infinito; a lo largo del canal, los toldos rayados revoloteaban en la brisa templada, y los alféizares de las ventanas cobraban vida colmados de flores primaverales. Hasta Angelo se mostraba contento, aunque se le veía frágil en su fina sotana negra y un tanto vacilante. Se apresuró a puntualizar que toda Europa acudía a la ciudad para la Senza y los envolvía el sonido de las lenguas extranjeras.

Los cafés salían de sus pequeñas y lúgubres habitaciones, ocupaban las arcadas de las calles y estaban atestados de ricos y pobres por igual; las criadas jóvenes se movían de aquí para allá con sus cortos vestidos, sus vistosos chalecos y los brazos deliciosamente desnudos. Una sola mirada bastaba a Tonio para hacerle sentir una pasión irrefrenable. Le parecían encantadoras hasta lo indecible, con sus rizos y cintas y los tobillos embutidos en medias al descubierto. Si las damas vistiesen de aquel modo, pensó, sería el final de la civilización.

Siempre presionaba a Angelo para quedarse un rato más, para recorrer una distancia mayor.

Al parecer, no había nada que pudiera rivalizar con la *piazza* en cuanto a espectáculo. Había narradores de historias que bajo los arcos de la iglesia atraían a un público atento, patricios vestidos con túnicas y damas que, libres de los *vesti* negros que se ponían para acudir a la iglesia las fiestas de guardar, paseaban sus elegantes atuendos de seda estampada. Hasta los mendigos cobraban un cierto encanto.

Pero tampoco podían perderse la Mercería, y tirando de Angelo bajo la torre del reloj que exhibe el león de oro de San Marco, Tonio se encontró recorriendo aquella calle pavimentada de mármol en la que confluía todo el comercio de Venecia. Allí estaban los joyeros, los encajeros, los boticarios, los sombrereros, exhibiendo sus extravagantes tocados llenos de frutas y pájaros, la gran muñeca francesa ataviada a la última moda de París.

El detalle más insignificante lo deleitaba, y seguía hacia la Panetteria, llena de tahonas, los puestos de pescado de la Pescheria, y al llegar al puente del Rialto se paseaba entre los vendedores de verdura.

Angelo, claro está, no quería ni oír hablar de pararse en un café o en una taberna y Tonio se descubrió ansioso de fiambres baratos y vino malo, atraído por su exótica apariencia.

Tenía que ser prudente.

Todo llegaría a su debido tiempo. Angelo nunca había parecido tanto la carcasa de un joven como en aquellos momentos. Su impetuoso pupilo le ganaba en estatura y conseguía embarcarle en cualquier nueva diablura sin darle tiempo a pensárselo dos veces. Tonio consiguió hurtarle una gaceta a un buhonero de la calle, y ya había leído una cantidad considerable de cotilleos antes de que Angelo se diera cuenta de su travesura.

Pero era el librero quien ejercía sobre Tonio un mayor poder de seducción. Veía a los caballeros reunidos en el interior de la tienda, tomando vino y café, oía ocasionales estallidos de risa. Allí se hablaba de teatro, la gente discutía el mérito de los compositores de las óperas recién estrenadas. Se vendían periódicos extranjeros, tratados de política, poesía.

Angelo tenía que llevárselo a rastras. En algunas ocasiones vagaban por el centro mismo de la *piazza*, y Tonio, dando vueltas y más vueltas sobre sí mismo se sentía deliciosamente a la deriva, mareado entre las multitudes rodantes, sobresaltado de vez en cuando por el aleteo de las palomas que alzaban el vuelo.

Cuando pensaba en Marianna, en casa, tras las cortinas corridas, le entraban deseos de llorar.

Llevaban ya cuatro días haciendo aquellas salidas, y cada paseo era más entretenido y maravilloso que el anterior, cuando atisbaron a Alessandro y sucedió un pequeño incidente que sumió a Tonio en una profunda consternación.

Ver a Alessandro lo llenó de júbilo, y al advertir que éste se dirigía al librero, no quiso desaprovechar la ocasión. Angelo apenas podía seguirle el paso y, al cabo de unos minutos, Tonio se encontró en el interior de la abarrotada tienda, envuelto por el denso humo del tabaco y el aroma de café, tirando suavemente de la manga a Alessandro para llamarle la atención.

—Oh, excelencia. —Alessandro lo abrazó enseguida—. Qué alegría encontraros —dijo—. ¿Adónde vais?

—Sólo le estaba siguiendo, *signore* —respondió Tonio, y al instante se arrepintió de sus palabras que le sonaron infantiles y ridículas. Pero Alessandro, con una exquisita cortesía, le contó de inmediato lo mucho que había disfrutado en una cena a la que había asistido recientemente. Como la conversación seguía muy animada a su alrededor, Tonio se sintió plácidamente anónimo. Alguien hablaba de ópera y de Caffarelli, el cantante napolitano.

—El más grande del mundo —afirmaban—. ¿No están de acuerdo, caballeros?

Entonces, alguien pronunció claramente el apellido Treschi, y luego lo repitió unido al nombre de Carlo.

—¿No vais a presentarnos? —preguntó el hombre—. Éste es Marc Antonio Treschi, tiene que serlo.

—Es idéntico a Carlo —añadió otro. Alessandro volvió amablemente a Tonio hacia los hombres allí reunidos y le fue diciendo sus nombres, tras lo cual éstos asentían levemente. Alguien preguntó a Alessandro si creía que Caffarelli era el cantante más grande de Europa.

A Tonio todo aquello le parecía maravilloso. Acaparaba toda la atención de Alessandro y en un espontáneo arranque de efusividad, lo invitó a beber una copa de vino.

—Será un placer —se apresuró a contestar Alessandro. Cogió dos periódicos de Londres y los pagó—. Caffarelli —murmuró por encima del hombro—. Cuando lo escuche sabré lo grande que es.

—¿Es ésta la nueva ópera? ¿Va a venir Caffarelli? —quiso saber Tonio. Le encantaba aquel lugar y también el hecho de que todos hubieran querido conocerlo.

Alessandro, sin embargo, ya lo conducía hacia la puerta, y varias personas se habían levantado para saludarlo con una leve inclinación de cabeza.

De pronto se produjo el encuentro que cambiaría el color mismo del cielo, alteraría el aspecto de las níveas nubes y haría que el día adquiriera una sombría resonancia.

Uno de los patricios más jóvenes los siguió hasta la arcada, un hombre alto y rubio, con el cabello surcado de canas y la piel curtida por el sol, como si hubiese estado en alguna tierra tropical. No vestía la túnica ceremonial, sólo el amplio y largo *tabarro*. Tenía un aire casi amenazador, aunque Tonio no podía adivinar por qué cuando alzó la vista hacia él.

—¿A qué café le apetecería ir? —estaba diciéndole Tonio a Alessandro en aquel preciso instante. Aquello tenía que hacerse bien. A Angelo, Alessandro lo intimidaba y, últimamente, también Tonio. Su vida mejoraba día a día.

De repente, el hombre tocó el brazo de Tonio.

—No te acuerdas de mí, ¿verdad que no, Tonio? —le preguntó.

—No, *signore*, debo confesar que no. —Tonio sonrió—. Discúlpeme.

Sin embargo, lo invadió una extraña sensación. El tono del hombre era cortés, pero sus ojos, pálidos y azules, ligeramente llorosos, como si estuviera enfermo, poseían una desasosegante frialdad.

—Tengo mucha curiosidad por saber si últimamente has recibido noticias de tu hermano Carlo —prosiguió el hombre.

Durante un prolongado momento, Tonio miró fijamente a aquel sujeto. El bullicio de la plaza parecía haberse fundido en un rumor disonante y un zumbido lo distorsionaba todo.

Estaba a punto de contestarle «Se equivoca», pero percibió su respiración entrecortada. Lo invadió una debilidad física tan ajena a sí mismo que se sintió aturdido.

—¿Hermano, *signore*? —preguntó. Carlo. El nombre había despertado un eco concluyente en el interior de su cabeza y si en aquel momento su mente hubiese tenido forma, sería la de un inmenso e interminable corredor. Carlo, Carlo, repetía un susurro en el pasillo. «Es igual que Carlo», había dicho alguien hacía unos momentos, aunque le parecía que desde entonces habían transcurrido siglos—. No tengo hermano, *signore*.

Le pareció que pasaba una eternidad antes de que ese hombre irguiera los hombros y sus ojos acuosos y azules se entornaran deliberadamente. Luego, todo su porte se agitó con una ira dramática y estudiada. No estaba sorprendido, aunque lo aparentaba. No, se sentía amargamente satisfecho.

Más asombroso que todo aquello era la prisa con que Alessandro quería llevárselo de allí.

—Tendrá que perdonarnos, excelencia —le dijo al hombre y su presión en el brazo de Tonio se volvió ligeramente desagradable.

—¿Quieres decir que no sabes nada de tu hermano? —preguntó el desconocido con una sonrisa despectiva y bajando la voz para recobrar su aire amenazador.

—Se equivoca —farfulló Tonio. Empezó a notar el malestar debilitante de una jaqueca pero no el dolor que solía acompañarla. En su interior se gestaba una lealtad instintiva. Sin duda aquel hombre quería hacerle daño—. Soy el hijo de Andrea Treschi, *signore*, y no tengo hermanos. Si fuera tan amable de decirme quién es...

—Pero si ya me conoces, Tonio. Haz memoria. En

cuanto a tu hermano, me entrevisté con él en Istanbul hace poco. Está ansioso por tener noticias tuyas, quiere saber si estás bien, si has crecido mucho. Tu parecido con él resulta sorprendente.

—Tendrá que excusarnos, excelencia —intervino Alessandro casi con rudeza. De haber podido se habría interpuesto entre aquel hombre y Tonio.

—Soy tu primo, Tonio —continuó el hombre en el mismo tono deliberado de sombría indignación—. Marcello Lisani. Y me entristece tener que comunicarle a Carlo que no sabes de su existencia.

Se volvió hacia la tienda, mirando a Alessandro por encima del hombro. Y entonces rezongó entre dientes:

—Malditos eunucos, son insoportables.

Tonio se sobresaltó. Aquellas palabras estaban llenas de desdén, como si hubiera dicho «rameras» o «zorras».

Alessandro se limitó a bajar la mirada. Permaneció inmóvil unos segundos y luego su boca se abrió en una débil y paciente sonrisa. Tocó el hombro de Tonio y señaló un café debajo de la arcada.

En pocos minutos estuvieron sentados en los toscos bancos, casi en un extremo de la *piazza*, con los rayos oblicuos del sol calentando el hondo arco. Tonio era sólo vagamente consciente de que ése había sido siempre su sueño: sentarse en un café donde se codearan caballeros y rufianes.

En cualquier otro momento, la exquisita muchacha que se les acercó le hubiera hecho experimentar una deliciosa turbación. Tenía ese cabello oscuro veteado de oro que tanto conmovía a Tonio y unos ojos que parecían hechos de esa misma mezcla de contrastes.

Pero apenas reparó en ella. Angelo afirmaba que ese hombre estaba loco. Él por supuesto, nunca había oído hablar de él.

Alessandro estaba ya conversando de lo agradable que resultaba el tiempo en aquella época del año.

—Ya sabes el viejo chiste —le dijo a Tonio confidencialmente, en tono ligero, como si aquel episodio desagradable nunca hubiera sucedido—. Si hace mal tiempo y el

Bucintoro se hunde, por una vez el dux se acostará con su mujer para consumar el matrimonio.

—Pero ¿quién era ese hombre y de qué hablaba? —protestó Angelo entre dientes y después murmuró algo sobre los patricios que no se vestían de manera adecuada.

Tonio miraba fijamente hacia delante. La encantadora muchachita pasó ante él, se dirigía hacia su mesa con el vino en la bandeja, y mascaba un rollito de melcocha al ritmo del movimiento de sus caderas, sin dejar de sonreírle con buen humor. Cuando dejó las tazas sobre la mesa, se inclinó tanto hacia delante que bajo el suave volante de la blusa distinguió sus pezones rosados. Se desató en él un pequeño motín de pasión. En cualquier otro momento, en cualquier otra ocasión..., pero era como si nada de aquello estuviese ocurriendo: sus caderas, la exquisita desnudez de sus brazos, esos bonitos ojos. No era mayor que él, calculó, y algo en ella sugería que, de un momento a otro, pese a toda su capacidad de seducción, soltaría una tímida risita infantil.

—¿Y por qué se habrá inventado todo ese cuento? —proseguía Angelo.

—Oh, yo creo que deberíamos olvidarlo —intervino Alessandro. Abrió el periódico inglés y le preguntó a Tonio si nunca se había sentido atraído por la ópera.

—Cuánta maldad —murmuró Angelo—. Tonio —lo llamó, olvidando el tratamiento correcto, como le ocurría a menudo cuando estaban a solas—. Tú no conoces a ese hombre, ¿verdad que no?

Tonio fijó la vista en el vino. Quería beber pero le resultaba imposible moverse.

Por primera vez miró a Alesandro a los ojos. Cuando habló, su voz sonó exigua y fría.

—¿Tengo un hermano en Istanbul?

9

Era más de medianoche. Tonio se encontraba en el inmenso y húmedo salón vacío y después de cerrar la puerta por la que había entrado, quedó sumido en la más impenetrable oscuridad. A lo lejos, el carrillón de una iglesia daba la hora. Sostenía en la mano una gran cerilla de azufre y una vela.

Sin embargo, Tonio esperó. ¿A qué esperaba? ¿A que callasen las campanas? No estaba seguro.

La noche, hasta aquel momento, había sido una agonía para él.

Ni siquiera recordaba lo ocurrido. En su mente habían quedado grabadas imágenes aisladas e inconexas.

La primera, la muchachita del café, que se había apretado contra él cuando se había puesto en pie para marcharse, y le había susurrado:

—Acordaos de mí, excelencia. Me llamo Bettina.

Su risa penetrante, una risa bonita. Infantil, vergonzosa y completamente sincera. Sintió deseos de estrujarla y besarla.

La segunda, el mutismo de Alessandro ante a su pregunta. ¡Alessandro no lo había desmentido! ¡Alessandro se había limitado a desviar la mirada!

En cuanto al hombre a quien Angelo había tachado una docena de veces de loco, era su primo. ¡Tonio se acordaba de él y por lo tanto era prácticamente imposible que estuviera equivocado!

Sin embargo, ¿por qué se sentía tan inquieto? ¿Era por que experimentaba la intangible e inexplicable sensación de que aquello no era nuevo para él? Carlo. Había oído ese nombre antes. ¡Carlo! Alguien que murmuraba: «Es igual que Carlo», pero ¿cómo podía haber llegado a los catorce años sin saber que tenía un hermano? ¿Por qué no se lo había dicho nadie? ¿Por qué ni siquiera sus preceptores lo sabían?

Alessandro en cambio sí lo sabía.

Alessandro lo sabía y también otros. ¡Los que se encontraban reunidos en la librería lo sabían!

Tal vez incluso Lena lo sabía. Eso era lo que se escondía tras su repentina irascibilidad cuando se lo había preguntado.

Intentó disimular. Había ido sólo a ver a su madre, explicó. Marianna tenía el semblante de la muerte, la delicada piel de sus párpados se había vuelto azulada y su rostro presentaba una espantosa palidez. Entonces Lena le había pedido que se marchara, que más tarde intentaría levantar un rato a la señora. ¿Cuáles fueron sus palabras? ¿De qué manera había intentado expresarse? Sentía que la humillación lo ahogaba y el dolor lo abrasaba.

—¿Alguna vez habéis oído el nombre de Carlo?

—Antes de que yo naciera había cientos de Treschi, y ahora márchate. —Eso hubiera sido lo normal si no se hubiera echado a correr tras él—. Y no vengas más a molestar a tu madre hablándole de todos ésos —había dicho refiriéndose a los muertos. Su madre nunca miraba los retratos—. Y tampoco vayas haciendo preguntas estúpidas por ahí.

Ése había sido su peor error. Lena lo sabía, no cabía duda.

Todo el mundo se había acostado. La casa le pertenecía por completo, como ocurría siempre a aquella hora. Se sentía invisible y ligero en la oscuridad. No quería encender la vela. Apenas soportaba el eco de sus pisadas más leves.

Durante un buen rato permaneció inmóvil, tratando de imaginar a su padre encolerizado. Su padre nunca se había enfadado con él, nunca.

Pero no pudo resistir aquello ni un instante más. Encendió la cerilla con una mueca de disgusto ante el ruido y contuvo el aliento mientras la llama de la vela crecía y una débil claridad bañaba la inmensa habitación. La luz dejaba un tenue vestigio de sombras a su alrededor, pero le permitía estudiar los cuadros. Se acercó a examinarlos.

Su hermano Leonardo, Giambattista vestido de militar, y aquel otro de Philippo con Teresa, su joven esposa.

Los conocía a todos, y entonces se detuvo frente al rostro que deseaba indagar. Al contemplarlo de nuevo, el parecido se le antojó aterrador.

«Es igual que Carlo...»

Las palabras resonaban sin cesar en sus oídos. Levantó la llama en dirección al lienzo, moviéndola adelante y atrás para evitar su reflejo enloquecedor. Aquel hombre tenía su mismo cabello negro y abundante, la amplia y alta frente totalmente recta, su misma boca grande, los mismos pómulos prominentes. Lo que más le caracterizaba, sin embargo, lo que lo alejaba de los rasgos comunes a todos ellos, era la disposición de los ojos, tan separados como los de Tonio. Grandes y negros, esos ojos parecían ir a la deriva. Aunque Tonio nunca había sido consciente de ello, los demás también lo habían percibido en él. Mientras contemplaba asombrado aquella diminuta réplica de sí mismo, perdida entre una docena de hombres con rasgos comunes, todos vestidos de negro, sintió que aquellos ojos le devolvían la mirada con dulzura.

—Pero ¿quién eres? —susurró. Fue de rostro en rostros. Allí estaban los retratos de unos primos suyos a quienes no conocía—. Esto no prueba nada.

Había observado que aquel duplicado de sí mismo se encontraba justo al lado de Andrea. ¡Entre Leonardo y Andrea, y la mano de Andrea descansaba en el hombro de su doble!

—No, no es posible —musitó. Y sin embargo, aquélla era la pista que buscaba y siguió adelante estudiando los retratos. También estaba Chiara, la primera esposa de Andrea, y de nuevo aquel pequeño «Tonio» sentado a sus pies, junto a sus otros hermanos.

Había otras pruebas más irrefutables.

Lo advirtió mientras fijaba su atención en aquellas figuras. Algunos cuadros mostraban a sus hermanos en compañía de su padre y su madre, sin primos, sin desconocidos.

Enseguida, lo más silenciosamente que pudo, abrió las puertas del comedor principal.

Tras la cabecera de la mesa se alzaba el gran lienzo, el

retrato familiar que tanto lo había atormentado siempre. Incluso desde donde se encontraba, vio que Carlo no aparecía en él y sintió que caía por un abismo. No podía decir si lo que experimentó era alivio o decepción, porque tal vez no tenía aún motivos para ninguno de los dos sentimientos.

Sin embargo, en la pintura había un detalle que lo desconcertó. Leonardo y Giambattista estaban situados a un lado de Andrea, que estaba de pie, y la figura sentada de su esposa fallecida. Philippo se hallaba al otro lado.

—Esto es absolutamente normal —murmuró—. Al fin y al cabo, sólo hay tres hermanos, ¿qué otra cosa iban a hacer si no poner dos a un lado y uno al otro? —No obstante, era el espacio existente entre ellos lo que resultaba tan extraño. Philippo no estaba pegado a su padre, y el fondo de oscuridad formaba ahí un vacío en el que la túnica roja de Andrea se extendía un tanto burdamente, lo cual hacía que su costado izquierdo se viera mucho más grande que el derecho.

—Pero esto no es posible, no, no lo es —susurró Tonio. Sin embargo, a medida que se acercaba, la impresión de desproporción aumentaba.

¡El atuendo de Andrea ni siquiera tenía el mismo color en un lado que en el otro! Y el fondo negro que separaba su brazo del de su hijo Philippo no parecía sólido.

De manera vacilante, casi en contra de su voluntad, Tonio elevó la vela y se puso de puntillas para poder estudiar de frente aquella superficie.

Y surgiendo de aquella oscuridad, atisbando a través de ella como si se tratara de un velo, distinguió la inconfundible imagen de ése, de ése que tanto se parecía a él.

Estuvo a punto de soltar un grito. Las piernas le temblaban y tuvo que poner de nuevo los talones en el suelo y apoyar la mano izquierda en la pared. Contrajo otra vez los ojos y ahí volvía a estar una figura que se vislumbraba en el lienzo, como ocurre a menudo en los óleos en los que se ha pintado encima. Durante años no se ve nada. Luego la imagen empieza a perfilarse con un aspecto casi fantasmal.

Y eso era lo que estaba sucediendo. Se trataba del mismo joven de rostro agradable, y en el mundo de sombras que habitaba el brazo espectral de su padre se doblaba para abrazarlo.

10

La tarde siguiente, al regresar a casa, le dijeron que su madre había preguntado por él.

—Se ha despertado mientras dormías —le susurró Lena junto a la puerta—. Estaba furiosa. Ha roto sus frascos de perfume y ha empezado a arrojar cosas. Incluso yo he sufrido sus iras. Quería verte enseguida, y tú de paseo por la *piazza*.

Escuchó todo aquello casi sin poder descifrarlo, incapaz de mostrar interés alguno.

Acababa de ver a Alessandro en la *piazza* y éste se había apresurado a excusarse cariñosamente; luego desapareció antes de que él tuviera tiempo de volverle a preguntar.

Tonio no estaba seguro, incluso aunque se le presentase la oportunidad, de si quería arriesgarse a formular otra pregunta.

Un solo pensamiento le obsesionaba. Mi hermano está vivo. Justo en estos momentos se encuentra en Istanbul, vivo. Y lo que hizo para que lo desterraran de aquella casa debió de ser tan terrible que hasta su nombre y su imagen habían sido borrados. No soy el último de mi estirpe, él comparte mi ascendencia. Pero ¿por qué no se ha casado? ¿Qué atrocidad cometió para que los Treschi tuvieran que esperar un nuevo nacimiento?

—Entra y habla con ella. Hoy está mejor —dijo Lena—. Háblale, intenta convencerla de que se levante, tome un baño y se vista.

—Sí, sí —murmuró él—. Muy bien. Iré, dentro de un rato.

—No, Tonio. Ahora mismo.

—Déjame en paz, Lena —rezongó. Sin embargo se encontró atisbando por la puerta abierta la habitación sumida en la oscuridad.

—Sí, pero espera —cuchicheó Lena de repente.

—Y ahora, ¿qué pasa? —preguntó Tonio.

—No le preguntes por ese otro... ese otro que mencionaste ayer, ¿me oyes?

Era como si Lena le hubiera leído el pensamiento y durante un instante prolongado la miró fijamente. Estudió su rostro simple, arrugado y despojado de color por el paso de los años, sus ojos, pequeños e inexpresivos, no tenían la vivacidad de los de Beppo, todo lo contrario, los de Lena eran duros y planos como guijarros redondos.

Una extraña sensación se apoderó inesperadamente de él. Llevaba dos días acechándolo, pero en aquellos instantes cobró un impulso decisivo. En ella se condensaban el miedo y los misterios, y una oscura sospecha de su infancia motivada por palabras nunca pronunciadas en aquella casa, una creciente comprensión de la juventud de su madre, de su desdicha, de la avanzada edad de su padre. No entendía el significado de aquello. Temía, y tenía buenas razones para ello, que todo estuviera relacionado, aunque tal vez el horror residía en que no lo estaba, en que fuera simplemente la vida, el modo de vivirla, esa casa y, de vez en cuando, a todos los invadía un terror sin nombre y contemplaban a los demás tras las ventanas, atrapados en un sueño de inquietud y desesperación.

Pero la vida, para ellos, era ese oscuro lugar.

No era una revelación, sino un sentimiento. Sentía impaciencia y cólera contra su madre. No puede valerse por sí misma. Rompe cosas, ¿verdad? Va dando tumbos de un lado a otro de su dormitorio, una especie de santuario.

De acuerdo, él sí se valía por sí mismo. Tenía que encontrar la respuesta. Una respuesta simple a por qué toda su vida había creído ser el único, a por qué había crecido entre fantasmas mientras aquel desertor vivía en Istanbul y gozaba de buena salud.

—¿Qué te pasa? —le preguntó Lena—. ¿Por qué me miras así?

—Vete. Quiero quedarme a solas con mi madre.

—Bien. Anímala, consigue que se levante —lo urgió—. Tonio, si no lo haces, no sé cuánto tiempo más podré mantener alejado a tu padre. Esta mañana ha estado de nuevo en la puerta y ya empieza a hartarse de mis excusas, pero cómo voy a dejar que la vea en este estado...

—¿Y por qué no? —preguntó Tonio en un arrebato de ira.

—No sabes lo que dices, niño tonto —concluyó.

Cuando Tonio entró en el dormitorio de su madre, cerró la puerta a sus espaldas.

Marianna estaba sentada ante el clavicémbalo. Tenía un codo apoyado en el instrumento, el vaso y la botella a su lado y, con una mano, tocaba unas notas, rápidas y tintineantes.

Los cortinajes dejaban fuera la tarde y había tres velas encendidas. Proyectaban una sombra triple de su imagen en el suelo y en las teclas, tres hileras translúcidas de oscuridad que se movían al mismo ritmo que ella.

—¿Me quieres? —le preguntó.

—Sí —respondió él.

—Entonces, ¿por qué has salido? ¿Por qué me has dejado?

—Vendrás conmigo. A partir de ahora, saldremos a pasear cada tarde.

—¿A pasear? ¿Adónde? —musitó. Volvió a tocar las notas—. Tenías que haberme avisado de que ibas a salir.

—¿Para qué? No me hubieras hecho caso...

—¡No me hables así! —gritó ella.

Tonio se sentó a su lado en el banco acolchado. Notó el cuerpo de su madre frío, y con un olor a rancio por completo ajeno que contradecía su pálida belleza. Llevaba el cabello cepillado y a Tonio le sugirió la imagen de un gran gato negro que hubiera trepado hasta su cabeza.

—¿Conoces esta aria? —preguntó ella entre murmu-llos—. La de *Griselda*. ¿Por qué no me la cantas?

—Cántala conmigo.

—No, ahora no —dijo ella. Tenía razón. El vino hacía su voz del todo ingobernable.

Él se sabía la canción de memoria y empezó, pero en-tonó sólo a media voz, como si cantara sólo para ella, cuando de repente sintió el peso de su madre al desplo-marse sobre él. Emitió un pequeño gemido, como cuando dormía.

—*Mamma* —dijo de repente. Dejó de tocar. Se vol-vió, la incorporó y observó su perfil mortecino. Por un momento lo distrajo la maraña de sombras triples que sus figuras proyectaban en el suelo—. *Mamma*, quiero pedir-te que escuches una historia y me digas qué sabes de ella.

—Si es de hadas, fantasmas y brujas, tal vez me guste.

—Puede que los haya, *mamma*.

Marianna desvió la mirada y Tonio le describió con detalle a Marcello Lisani, le contó lo que había dicho y su búsqueda del cuadro.

También le describió el retrato del comedor y la bur-da modificación.

Y muy despacio, mientras él hablaba, ella volvió el rostro para mirarlo. Al principio no advirtió nada extraño en su expresión, sólo vio que lo escuchaba con atención.

Pero, gradualmente, su rostro empezó a alterarse. Su mirada se transformaba de forma indefinible y aquel pesa-do manto de lasitud y consumidora ebriedad fue disipán-dose.

Había en ella una cualidad casi distorsionada que se agudizaba a medida que escuchaba y daba paso a una in-equívoca fascinación.

Poco a poco, Tonio sintió que el miedo crecía en su interior.

Calló. La observó como si no pudiera dar crédito a sus ojos y vio como ella se iba convirtiendo en otra per-sona.

Era un cambio sutil, había sido lento pero total, y lo hizo enmudecer.

Su imagen apareció ante él de una sola pieza: la bata de encaje, los pies descalzos, el rostro anguloso con los rasgados ojos bizantinos, y la boca, pequeña, incolora, temblorosa como toda en ella.

—¿*Mamma*? —musitó.

Ella le tocó la muñeca; tenía la mano ardiendo.

—¿Hay retratos suyos en esta casa? —preguntó. Su rostro reflejaba una vaguedad que la rejuvenecía, absorta por completo y sorprendentemente inocente—. ¿Dónde están?

Mientras él se lo contaba, se levantó. Se envolvió en su chal amarillo y esperó a que cogiese una vela. Luego lo siguió.

Caminaba tan abstraída que cuando ya casi habían llegado al comedor, Tonio advirtió que iba descalza y no parecía darse cuenta.

—¿Dónde? —preguntó. Él abrió las puertas y señaló el gran retrato familiar.

Contempló el cuadro y luego se volvió hacia él, confundida.

—Te lo mostraré —se apresuró a tranquilizarla—. Si lo miras muy de cerca, su figura se distingue con más claridad. Ven. —La condujo hacia el lienzo.

La vela no era necesaria. El último sol de la tarde entraba por los maineles de las ventanas y los respaldos de las sillas estaban calientes al tacto.

—Mira esta zona más oscura —le dijo, situándola delante del cuadro.

Entonces la levantó del suelo, sorprendido por lo liviana que era y por el temblor invisible que agitaba su cuerpo. Suspendida en el aire, pasó la mano por la pintura; los dedos se acercaban a la figura escondida y entonces, de pronto, la descubrió. Él notó su conmoción mientras absorbía con avidez cada detalle, como si aquella imagen que surgía lentamente, al igual que había hecho durante tantos años, en realidad luchara por abrirse camino hacia la superficie.

Dejó escapar un gemido, un sonido grave que fue creciendo y acabó siendo reprimido antes de acabar. Mantenía la boca cerrada con fuerza y, repente, se revolvió de forma tan violenta que él la soltó al instante y Marianna se tambaleó hacia atrás.

Gimió de nuevo y abrió los ojos con desmesura.

—¿*Mamma*? —Tuvo miedo de ella. Y advirtió que su rostro se había convertido gradualmente en aquella máscara de cólera que tan a menudo había visto durante su infancia.

Alzó las manos en un acto reflejo. El primer golpe le dio de lleno en la mejilla, y la punzada de dolor lo exasperó.

—¡Para! —le gritó. Ella le pegó de nuevo y después lo siguió haciendo con la mano izquierda, mientras con los dientes apretados soltaba un chillido tras otro.

—¡Para, *mamma*, para! —gritó él, con las manos cruzadas ante la cara y cada vez más enfurecido—. ¡No te lo voy a consentir, para!

Pero los golpes no cesaban, ella continuaba gritando y él pensaba que nunca la había odiado tanto en toda su vida.

La sujetó por la muñeca, y se la dobló hacia atrás; entonces notó la otra mano que lo agarraba por el pelo y tiraba cruelmente de él.

—¡No me hagas esto! —gritó Tonio—. ¡No lo hagas!

Entonces la abrazó, intentó estrecharla contra su pecho y retenerla allí, inmóvil, conteniendo sus sollozos. Advirtió con dolorosa vergüenza que las puertas que daban al gran salón se estaban abriendo.

Antes de que ella se diera cuenta, allí estaban su padre y su secretario, el *signore* Lemmo, quien enseguida retrocedió.

Marianna abofeteaba a Tonio de nuevo, le gritaba, y en ese momento Andrea se acercó.

Debió de ser su túnica lo primero que ella apreciara, la gran extensión de color y, de súbito, se desplomó. Andrea la tomó en sus brazos, abriéndose a ella, envolviéndola lentamente.

Con el rostro ardiendo, Tonio se quedó mirando atónito. Era la primera vez en su vida que veía a su padre tocar a su madre. Ella se revolvió contra su esposo como si no quisiera mancharle la túnica, como si quisiera esconderse entre sus propios brazos al tiempo que gritaba como una histérica.

—Pequeños míos —susurró Andrea. Sus dulces ojos castaños recorrieron la bata y el chal de su esposa, sus pies descalzos y luego se posaron en su hijo con calma, con tristeza.

—Quiero morirme —dijo ella, temblando—. Quiero morirme... —La voz le salía de lo más hondo de la garganta. Andrea le acarició con delicadeza los cabellos. Entonces los blancos dedos se alargaron y se cerraron en torno a la cabeza menuda de Marianna, al tiempo que la atraía contra su pecho.

Tonio se secó las lágrimas con el revés de la mano. Alzó la cabeza y en voz baja dijo:

—Es culpa mía, padre.

—Excelencia, dejadme morir —musitó ella.

—Sal, hijo mío —le pidió Andrea con dulzura. Sin embargo, le hizo una seña para que se acercara y le estrechó la mano con fuerza. Su tacto era frío y seco, pero inequívocamente cariñoso—. Ahora vete y déjame a solas con tu madre.

Tonio no se movió. Contempló la delgada espalda de su madre contraerse por los sollozos, y el cabello, aquella masa bruñida, cayendo sobre el brazo de su padre. Le suplicó en silencio.

—Vete, hijo mío —repitió Andrea con infinita paciencia. Y como si quisiera tranquilizarlo, le cogió la mano de nuevo y la estrujó con ternura antes de señalarle la puerta abierta.

11

Era en esa etapa de la vida cuando la voz de Guido, de haber sido un muchacho normal, hubiese cambiado y hubiese descendido del tono de soprano propio de un niño al de tenor o bajo. Y ésa es siempre una fase peligrosa para los eunucos. Nadie sabe por qué.

Al parecer el cuerpo intenta desplegar la magia para la cual ya no tiene poder y la voz se ve tan amenazada por este vano esfuerzo que muchos profesores no permiten a sus *castrati* cantar durante esos meses. La voz, suponen, se recuperará enseguida.

Por lo general, así sucede.

Pero a veces se pierde.

En el caso de Guido, esa tragedia ocurrió.

Transcurrió medio año antes de que se supiera a ciencia cierta. Y aquéllos fueron unos meses de insoportable agonía para Guido. Por mucho que lo intentara sólo emitía sonidos roncos y mates. Sus maestros estaban abatidos por la pena. Gino y Alfredo no podían mirarlo a los ojos. Incluso quienes antes lo habían envidiado estaban mudos de horror.

Pero, por supuesto, nadie sintió tanto esa pérdida como Guido, ni siquiera el maestro Cavalla, que lo había preparado.

Una tarde, tras coger todo el dinero ganado en las fiestas y cenas en las que había cantado y los ahorros que no había gastado por falta de tiempo, Guido desapareció con un hatillo a la espalda sin despedirse de nadie.

Nadie lo guiaba. No llevaba mapa. De vez en cuando preguntaba a alguien y durante diez días caminó por los empinados y polvorientos caminos que se adentraban más y más en el corazón de Calabria.

Por fin llegó a Caracena. Salió de allí al amanecer, con la paja de la posada donde había pernoctado todavía pegado al abrigo, subió la cuesta, llegó a la tierra de su padre y encontró la casa donde había nacido tal como la había dejado doce años atrás.

Junto al fuego había una mujer acuclillada, gruesa, con las líneas de la boca hundidas por falta de dientes, los ojos inexpresivos. La grasa de cocinar hacía brillar su piel. Durante un momento dudó. Luego supo perfectamente quién era.

—¡Guido! —susurró.

Tenía miedo de tocarlo.

Esbozó una reverencia y limpió un banco para que pudiera sentarse.

Llegaron sus hermanos. Pasaron las horas. Unos niños sucios se acurrucaban en el rincón. Finalmente apareció su padre, de pie junto a él, el mismo hombre corpulento de siempre, para ofrecerle una tosca copa de vino con ambas manos y su madre le puso delante una espléndida cena.

Todos admiraban su elegante abrigo, las botas de cuero, la espada que llevaba al costado con la vaina de plata.

Él seguía sentado, contemplando el fuego, absorto como si ellos no estuvieran a su alrededor.

Pero, de vez un cuando, sus ojos se movían como accionados por una manivela.

Y observó a aquel grupo de hombres morenos y corpulentos, con las manos ennegrecidas por el vello y la suciedad, y las vestimentas de piel de cordero y cuero sin curtir.

¿Qué estoy haciendo aquí? ¿Por qué he venido?

Se levantó, dispuesto a marcharse.

—¡Guido! —musitó su madre. Se secó las manos deprisa y se acercó a él como si quisiera tocarle la cara. Nadie más se había dirigido a él en ese lugar.

Había algo en la voz de su madre que lo desconcertó. Era el tono joven del maestro en la oscura habitación de prácticas y le recordaba al del hombre que le sostuvo la cabeza durante la castración.

Guido la miró. Sus manos empezaron a moverse, a hurgar en todos los bolsillos y sacó los regalos que había ido recibiendo en sus numerosos conciertos: un broche, un reloj de oro, cajas de rapé con perlas incrustadas y, por fin, las monedas de oro que repartió entre ellos, y que éstos recogieron con manos ásperas como la tierra seca sobre una roca. Su madre lloraba.

Al caer la noche, ya estaba de vuelta en la posada de Caracena.

Nada más llegar al bullicioso centro de Nápoles, Guido vendió la pistola para alquilar una habitación encima de una taberna. Allí mismo pidió una botella de vino y en su habitación se cortó las venas con un cuchillo. Mientras la sangre brotaba, siguió bebiendo hasta quedar inconsciente. Pero lo encontraron a tiempo. Lo llevaron de vuelta al conservatorio, y allí fue donde despertó, en su propia cama, con las muñecas vendadas y el maestro Cavalla llorando sobre él.

12

¿Qué estaba ocurriendo? ¿De verdad todo estaba cambiando? Tonio había vivido tanto tiempo aterrado por la idea de que nunca iba a suceder nada que, en esos momentos, se sentía totalmente desorientado.

Su padre llevaba dos días entrando y saliendo de la habitación de su madre. Habían llamado a un médico. Cada mañana, Angelo cerraba las puertas de la biblioteca y le ordenaba:

—Estudia.

Ya no salían a pasear por la *piazza*, y por la noche juraría que oía llorar a su madre. Alessandro fue a la casa, Tonio lo vio unos breves instantes. También oyó la voz de su prima Catrina Lisani. Idas y venidas continuas, y aún así su padre no lo mandaba llamar. No le pedía explicaciones. Y cuando se acercaba a la puerta de su madre le impedían el paso, como antes hicieran con su padre, y Angelo lo llevaba de vuelta a la biblioteca.

Entonces llegó la noticia de que Andrea se había caído en el muelle cuando subía a la góndola. Ni un solo día había dejado de asistir a las asambleas del Senado o del Consejo de los Diez, pero aquella mañana faltó a su cita. Aunque sólo se trataba de un esguince, no podría aparecer detrás del dux en la Senza.

Pero ¿por qué dicen eso, cuando él es tan indestructible y poderoso como la propia Venecia?, se preguntaba Tonio, cuyos únicos pensamientos estaban dedicados a Marianna.

Lo peor de todo era que, durante aquellas horas de espera, sentía un irrefrenable entusiasmo. Había experimentado ya antes esa sensación aquel mismo año: ¡algo iba a ocurrir! Y cuando recordaba la imagen de Marianna, gritando y pegándole ante el cuadro, se sentía como un traidor.

Había querido ponerla a prueba para que su padre entendiera el auténtico alcance de su enfermedad. Apartarla de la bebida, conseguir que la dejara, sacarla de aquellas tinieblas entre las que languidecía como la bella durmiente de un cuento de hadas francés.

¡Pero no la había conducido hasta el comedor para que sucediera aquello! No pretendía traicionarla. ¿Por qué no se habían enfadado con él? ¿Cómo se le había ocurrido llevarla al comedor? Cuando pensaba en ella, sola, rodeada de médicos y de parientes que no eran de su misma sangre, no podía soportarlo. Notaba el rostro caliente y las lágrimas que se le agolpaban en los ojos. Eso era lo peor.

Sin embargo, todo aquello encerraba un misterio que se extendía más allá de su comprensión, y que explicaría el cambio radical experimentado por su madre, su grito desgarrador. ¿Quién era en realidad aquel misterioso hermano de Istanbul?

La segunda noche después del incidente tuvo la respuesta a todas sus preguntas.

Mientras cenaba solo en su habitación, nada le hacía sospecharlo.

El cielo era de un hermoso azul intenso, inundado de

luz de luna y brisa primaveral, y a ambos extremos del canal los gondoleros no cesaban de cantar. Una estrofa que se elevaba para ser respondida en otra parte, bajos profundos, altos tenores, y a lo lejos, los violines y la flautas de los músicos callejeros.

Mientras yacía en la cama, completamente vestido y demasiado cansado para llamar a su paje, le pareció oír a su madre cantando en el laberinto de aquella casa. Cuando ya había rechazado aquel pensamiento por estúpido, le llegó la modulada y extraordinariamente poderosa voz de Alessandro.

Luego cerró los ojos, contuvo el aliento, y percibió las notas diminutas y rápidas del clavicémbalo.

El sonido ya se había adueñado de su mente cuando alguien llamó a la puerta, y Giuseppe, el viejo criado de su padre, le indicó que lo acompañara: su padre quería verle.

Distinguió a su padre entre el grupo allí reunido. Se hallaba en la cama y, pese a encontrarse recostado en los almohadones, su figura era regia. Llevaba una bata muy amplia de terciopelo verde oscuro que recordaba las túnicas de los patricios.

Pero había en él tanta fragilidad, tanta lejanía...

El pequeño grupo de la habitación se encontraba apartado de Andrea, y cuando Tonio entró, su madre se levantó del clavicémbalo. Llevaba un vestido de seda rosa que acentuaba la fragilidad de su cintura y la palidez de su rostro. Sin embargo, se la veía rejuvenecida y sus ojos aparecían serenos como si cobijaran algún secreto prodigioso. Al darle un beso en la mejilla, sintió sus labios cálidos y pareció ansiosa de hablarle, aunque se contuvo, consciente de que debía esperar.

Cuando se inclinó para besar la mano de su padre, ella se puso a su lado.

—Siéntate aquí, hijo mío —le pidió Andrea. De repente, empezó a hablar, y su voz tenía algo de aquella atemporalidad que caracterizaba su enérgica expresión y hacía que la certeza de su edad pareciera algo injusta.

—Los que aman la verdad más que a mi persona a menudo afirman que no pertenezco a este siglo.

—*Signore* —se apresuró a decir Lemmo—, de ser así, este siglo estaría perdido.

—Lisonjas y tonterías —replicó Andrea—. Me temo que es cierto y que el siglo está perdido, aunque no por esta causa. Y como decía antes de que mi secretario acudiera a ofrecerme un innecesario consuelo, no pertenezco a esta época y nunca me he inclinado con complacencia ante ella.

»Pero no voy a aburrirte con una letanía de mis errores, creo que resultarían más aburridos que instructivos. He llegado a la conclusión de que tu madre tiene que conocer más este mundo, y tú lo harás con ella. Alessandro, que desde hace tiempo desea dejar la Capilla Ducal, ha aceptado un cargo en esta casa. A partir de hoy, te dará clases de música, hijo mío, ya que tienes un gran talento, y la perfección en ese arte, si tú lo permites, puede darte un gran conocimiento de la vida. Además escoltará a tu madre siempre que salga y es mi deseo que organices el horario de tus estudios para poder acompañarlos. La palidez de tu madre se debe a la reclusión a que ha estado sometida, pero tú no padeces de esa timidez incurable. Tienes que procurar que este año disfrute del carnaval, que acuda a la Ópera. Tienes que convencerla de que acepte todas esas invitaciones que muy pronto recibirá. Consigue que permita a Alessandro acompañaros.

Tonio fijó la vista en su madre, no pudo evitarlo, y al cabo de un instante percibió su inmensa felicidad. Alessandro observaba a Andrea con admiración.

—Será una nueva vida para ti —prosiguió Andrea— y espero que aceptes tus obligaciones con agrado. Empezarás pasado mañana, durante la Senza. Yo no puedo ir; tú asistirás en representación de la familia.

Tonio intentó disimular su entusiasmo. Trataba de no mostrarse demasiado contento, aunque su rostro empezaba a esbozar una sonrisa por más que se mordiera el labio, inclinara la cabeza y murmurase un respetuoso asentimiento dirigido a su padre.

Cuando alzó la vista, su padre sonreía. Durante un instante prolongado pareció que su padre se encontraba en algún lugar privilegiado, lejos de aquella habitación y sus ocupantes. O tal vez vagaba perdido en un recuerdo. De pronto el placer se disipó en su rostro y con un gesto de resignación, despidió a los allí reunidos.

—Ahora tengo que quedarme a solas con mi hijo —dijo y tomó la mano de Alessandro—. Terminaremos tarde, será conveniente que duerma hasta avanzada la mañana. Oh, sí, antes de que se me olvide. Busca alguna pregunta importante que formular a sus antiguos preceptores, hazles sentir que son necesarios, asegúrales con delicadeza que nunca serán despedidos.

Había una apacible bondad en la sonrisa de Alessandro, en su manera de acatar aquella orden sin la más mínima extrañeza.

—Lleva velas a mi estudio —pidió Andrea a su secretario.

Se levantó de la cama con dificultad. Las puertas estaban cerradas, las habitaciones casi vacías.

—Por favor, excelencia, quedaos aquí —le pidió el *signore* Lemmo.

—Vete —dijo Andrea con una sonrisa—. Cuando me muera, no le cuentes a nadie lo mal que te he tratado.

—¡Excelencia!

—Buenas noches —dijo Andrea. El *signore* Lemmo los dejó.

Andrea avanzó hacia las puertas abiertas pero, con una seña, le indicó a Tonio que esperarse. Tonio lo vio entrar en una estancia rectangular que no conocía. Tampoco había estado nunca en la que ahora se encontraba, aunque la otra ejercía sobre él mayor fascinación. Había libros hasta el techo, entre las ventanas de maineles que daban al canal, y mapas en las paredes que mostraban los inmensos dominios del imperio veneciano. E incluso desde ahí, advirtió que se trataba de una Venecia de mucho tiempo atrás. ¿No se habían perdido todas esas posesiones? Sin embargo, en la pared, el Véneto seguía abarcando un vasto territorio.

Se dio cuenta de que su padre se hallaba al otro lado del umbral, mirándolo con un ensimismamiento casi íntimo.

Tonio empezó a caminar hacia él.

—No, espera —dijo Andrea. Fue un murmullo tan leve que parecía estar hablando consigo mismo—. No tengas tanta prisa por entrar. En este momento todavía eres un muchacho, pero debes estar preparado para convertirte en amo y señor de esta casa cuando yo me vaya. Ahora reflexiona unos instantes más sobre tu ilusión por la vida. Saborea tu inocencia. Nunca se aprecia de veras hasta que se ha perdido. Reúnete conmigo cuando estés listo.

Tonio permaneció en silencio. Bajó la vista y fue consciente de que aquella deliberada obediencia a su orden le permitía pasar revista a su vida. En su imaginación, se encontró en el viejo archivo de la planta baja, oyó las ratas, el murmullo del agua. Hasta la casa misma anclada desde hacía dos siglos en las marismas, parecía moverse. Cuando alzó de nuevo los ojos, se apresuró a decir, en voz baja:

—Padre, estoy dispuesto.

Su padre lo llamó con una seña.

13

Pasaron diez horas antes de que Tonio abriera de nuevo las puertas del estudio de su padre. La clara luz del sol de la mañana lo envolvía mientras cruzaba el gran salón, camino de la puerta principal del *palazzo*.

Su padre le había dicho que saliera, que estuviese un rato en la *piazza*, que contemplase el espectáculo diario de los grandes estadistas entrando y saliendo del Broglio. Y en aquellos momentos, eso era lo que Tonio más deseaba. Lo rodeaba un delicioso silencio que ningún desconocido podía atreverse a romper.

Al llegar al pequeño embarcadero situado delante de la entrada, llamó a un gondolero que pasaba por allí y se dirigió a la *piazzeta*.

Era la víspera de la Senza y había más gente que nunca, los hombres de estado, formando en una larga hilera ante el *palazzo ducale*, recibían respetuosos besos en sus amplias mangas, mientras se hacían ceremoniosas reverencias los unos a los otros.

Tonio no reparó demasiado en el hecho de que estaba solo y era libre, puesto que aquello ya no tenía el mismo significado.

El relato que su padre le había contado estaba lleno de emociones, bañado con sangre de realidad y una inmensa tristeza. Y la historia de los Treschi formaba parte de él.

Cuando era niño, Tonio pensaba que Venecia era una gran potencia europea. Había crecido con la convicción de que la Serenísima constituía el gobierno más antiguo y sólido de Italia. En su mente, las palabras imperio, Candia, Morea estaban ligadas a batallas gloriosas y remotas.

Pero durante aquella larga noche, el estado veneciano se había vuelto decrépito, decadente, se tambaleaba en sus cimientos, casi se desmoronaba, para convertirse en una insigne y resplandeciente ruina. En 1645 se había perdido Candia, y las guerras en las que Andrea y sus hijos habían luchado no lograron recuperarla. En 1718 Venecia fue expulsada para siempre de la península de Morea.

En realidad, no quedaba nada del imperio, excepto la propia ciudad y los territorios en tierra firme que la rodeaban. Padua, Verona, pequeñas poblaciones, la gran franja poblada de espléndidas villas junto al río Brenta.

Sus embajadores ya no ejercían una influencia decisiva en las cortes de otros países, y los diplomáticos enviados a Venecia se dedicaban más a la vida frívola que a la política.

Era el gran rectángulo de la *piazza*, atestado de *bacchanalia* de carnaval en tres diferentes períodos del año, lo que los atraía. El espectáculo de las negrísimas góndolas que brillaban en las calles inundadas, la incalculable riqueza y belleza de San Marco, las cantantes huérfanas de la

Pietà. La Ópera, la pintura, los gondoleros que cantaban en verso, los candelabros de las cristalerías de Murano.

Eso era Venecia entonces, su atractivo, su poder. Todo lo que Tonio había amado desde que tenía uso de razón, nada más.

Sin embargo, era su ciudad, su estado. Su padre se la había legado. Sus antepasados se hallaban entre esos oscuros protagonistas de episodio heroicos que se habían aventurado por primera vez en esas brumosas marismas. Los Treschi habían labrado su fortuna mediante el comercio con Oriente, al igual que otras grandes familias venecianas.

Tanto si la Serenísima dominaba el mundo como si sólo sobrevivía en él, conformaría el destino de Tonio.

La independencia de la Serenísima se basaba en la fidelidad de Tonio tanto como en la de los patricios que estaban ya en la cúpula del estado. Y a Europa, que ansiaba aquella maravillosa joya, no debía permitírsele nunca que la estrechara en su seno.

—Debes empeñar todos tus esfuerzos en mantener a tus enemigos fuera de las puertas del Véneto —le había advertido su padre, con una voz tan incorpórea y enérgica como sus brillantes ojos.

Aquélla era la solemne obligación de un patricio en un momento y en una época en que las fortunas hechas con el comercio de Oriente se dilapidaban en juegos de azar, pompa y espectáculo. Aquélla era la responsabilidad de un Treschi.

Por fin llegó el momento en que Andrea debía revelar su propia historia.

—Me he enterado de que has sabido de tu hermano Carlo —dijo, distanciándose de un entramado de cosas mucho más amplio, con su voz pausada que, por vez primera, se rendía a un ligero temblor—. Tan pronto como atraviesas el umbral de la puerta, el mundo se apresura a desilusionarte con un viejo escándalo. Alessandro me ha hablado del amigo de tu hermano, uno de los muchos aliados que todavía se me oponen en el Consejo, en el Senado, allí donde ostentan algún poder. Tu madre me ha contado tu descubrimiento en el retrato del comedor.

»No, no me interrumpas, hijo mío. No estoy enojado contigo. Has de saber lo que otros deformarán y utilizarán en beneficio propio. Escucha y comprenderás.

»¿Qué me quedaba cuando por fin volví a casa después de tantas derrotas en el mar? Tres hijos muertos, una esposa fallecida tras una larga y dolorosa enfermedad. ¿Por qué Dios, en sus designios, quiso que el menor de ellos sobreviviera a los demás, un hijo tan rebelde y de carácter tan violento que su mayor deleite consistía en derrotar a su padre?

»Has visto su imagen y el gran parecido físico que guarda contigo, pero el parecido termina ahí porque tú tienes un carácter completamente distinto. Debo decirte que tu hermano Carlo personifica lo peor de aquellos tiempos: amante de los placeres, caía rendido a los pies de las *prime donne*, leía poesía, era un holgazán, un jugador, un borracho, el niño eterno al que, negada la gloria al servicio del estado, no encuentra consuelo en una dignidad sosegada.

Andrea hizo una pausa buscando el modo de continuar. Fatigado, retomó el hilo de su historia.

—Sabes tan bien como yo que casarse sin el permiso del Gran Consejo significa el fin de un patricio. Si tomas una esposa sin linaje o fortuna, el apellido Treschi desaparecerá para siempre del Libro de Oro, y tus hijos no serán más que simples ciudadanos de la Serenísima.

»Sin embargo, aquél de cuya pasión dependía esta línea de sucesión, malgastó su vida en compañía de derrochadores, despreciando las alianzas que yo forjaba para él.

»Finalmente eligió una esposa como quien elige una amante. Una muchacha sin apellido y sin dote, hija de un noble del continente, sin más recomendación que su belleza. "La quiero", me dijo. "¡No tomaré otra esposa que no sea ella!" ¡Y cuando me opuse al matrimonio e intenté aconsejarlo, ya que ése era mi deber, se marchó de esta casa, cegado por la bebida, fue al convento donde ella se alojaba y la sacó de allí con mentiras y malas artes!

Andrea estaba demasiado acalorado para seguir.

Tonio quería alzar la mano para que su padre guardase silencio. Le producía dolor físico verlo sufrir y su relato lo consternaba.

—Tú, a tu tierna edad —prosiguió Andrea tras un suspiro—, ¿puedes comprender semejante afrenta? Por una acción como ésa, hombres más poderosos han sido proscritos, perseguidos por todo el Véneto, encarcelados.

Andrea se detuvo de nuevo. Le fallaban las fuerzas, carecía incluso de la ira necesaria para proseguir con el relato.

—Un hijo mío hizo eso —suspiró por fin—. Era el mismísimo demonio, te lo aseguro. Lo único que frenó la mano del estado fue nuestro apellido y nuestra posición, mientras yo pedía tiempo para hacer uso de la razón.

»Pero tu hermano se presentó en el Broglio a mediodía. Borracho, con los ojos desencajados, murmurando obscenidades, juró amor eterno a aquella desgraciada muchacha. "¡Haz que aparezca en el Libro de Oro!", me exigió. "¡Tú eres rico, tú puedes conseguirlo!" Y allí, delante de todos los inquisidores y senadores, declaró: "¡Dame tu consentimiento o me casaré ahora mismo sin tu bendición!"

Andrea se le acercó.

—¿Comprendes, Tonio? Era mi único heredero. Y para ese escandaloso enlace, ¡quería conseguir mi permiso bajo amenazas! Pagar para inscribirla en el Libro de Oro, convertirla en una noble, y yo debía consentir ese matrimonio, eso, o de lo contrario vería mi semilla esparcida a los cuatro vientos, asistiría a la desaparición de un linaje tan antiguo como nuestra república.

—Padre.

Tonio no podía permanecer callado durante más tiempo, pero Andrea no estaba dispuesto a que lo interrumpieran.

—Pasé a ser la comidilla de toda Venecia —prosiguió Andrea con voz trémula—. ¿Consentiría ser la víctima de mi propio hijo? Mis deudos, mis compañeros en las tareas de estado... todos esperaban en silencio, escandalizados. ¿Y la muchacha? Llevado por mi ira, decidí conocer a la mujer que había apartado a mi hijo de sus deberes...

Por primera vez en el transcurso de una hora, la mirada de Andrea se posó en Tonio. Por un momento pareció que había perdido el rumbo y que su mente percibía algo para lo cual ya estaba preparado, entonces continuó hablando.

—¿Y qué fue lo que vi? ¿Una Salomé que había lanzado un malvado conjuro sobre los degradados instintos de mi hijo? No. No, ¡era una inocente niña! Una muchacha no mayor de lo que tú eres ahora, de cuerpo infantil y dulce, ignorante e indómita en su inocencia, como inocentes son las criaturas del bosque. No conocía nada de este mundo, sólo lo que él había querido enseñarle. Oh, yo no esperaba sentir nada por aquella frágil muchacha, compadecerme por su honor mancillado.

»¿Comprendes ahora la rabia que me inspiró el hombre que tan irreflexivamente la había corrompido?

Un pánico mudo se apoderó de Tonio. No pudo dominarse.

—Creedme, padre, por favor, cuando os digo que en mí tenéis a un hijo obediente.

Andrea asintió y de nuevo miró a Tonio.

—Todos estos años te he observado mucho más de cerca de lo que tú supones, hijo mío, y has sido la respuesta a mis plegarias de un modo que jamás podrás imaginar.

Sin embargo, estaba claro que en aquellos momentos nada conseguiría apaciguarlo. Siguió hablando como si ésa fuera la actitud más sabia y quedaran pocas alternativas.

—Tu hermano no fue encarcelado. No fue proscrito. Fui yo quien lo hizo detener y lo embarcó en una nave rumbo a Istanbul. Fui yo quien le obtuvo un nombramiento allí y quien le advirtió que mientras siguiera con vida, él no volvería a pisar su ciudad natal.

»Fui yo quien embargó su riquezas y le retiró todo el apoyo hasta que doblegara su orgullo y aceptara el puesto que se le ofrecía.

»Y fui yo, fui yo quien, ya anciano, tomó una esposa para engendrar ese hijo de quien depende ahora el futuro de esta familia.

Hizo una pausa. Estaba cansado, pero no había terminado.

—¡Ojalá hubiera decidido un castigo más severo! —afirmó mirando de nuevo a Tonio—. Tal vez me contuvo el amor que sentía su madre por él. Había sido su alegría desde el día en que nació, todo el mundo lo sabía. —Y los ojos de Andrea se empañaron de repente, como si, por primera vez, los pensamientos se le enmarañaran—. Sus hermanos lo querían con devoción, su frivolidad no los irritaba. No, les encantaban sus bromas, los poemas que escribía, su conversación insustancial. Oh, lo idolatraban. «Carlo, Carlo.» Y por la gracia de Dios, ninguno de ellos vivió para ver cómo empleaba ese irresistible encanto en seducir a una muchacha inocente, cómo su impetuosa agudeza se convertía en desafío.

»¡Dios mío! ¿Qué podía hacer yo? Elegí la única salida honorable.

Frunció el ceño. Su voz estaba debilitada y, durante un momento, pareció conversar consigo mismo. Luego recobró el ánimo.

—¡Lo traté con mucha indulgencia! —insistió—. Sí, mucha. Enseguida aceptó sus obligaciones. Prosperó en el cargo que se le había asignado. Y trabajando obediente al servicio de la República en Oriente, solicitó repetidas veces licencia para volver. Imploró mi perdón.

»¡Pero nunca le permitiré volver a casa!

»No obstante, esta situación no puede prolongarse indefinidamente. Tiene a sus jóvenes amigos en el Consejo de los Diez, en el Senado, muchachos que compartieron su juventud con él. Y cuando yo muera, volverá a esta casa de la cual nunca fue desheredado. Pero tú, Tonio, serás el único dueño y señor, y en el futuro contraerás matrimonio con la esposa que he elegido para ti. Tus hijos heredarán la fortuna y el apellido de los Treschi.

El sol de la mañana estallaba en el león de oro de San Marco. Empapando de brillante luz blanca los largos y elegantes brazos de las arcadas que desaparecían entre las abigarradas y cambiantes multitudes, con la gran lanza del Campanile ascendiendo bruscamente hacia el cielo.

Se detuvo ante los brillantes mosaicos que coronaban las puertas de la iglesia y contempló los cuatro grandes caballos de bronce que se alzaban sobre sus pedestales.

Se dejó empujar por el gentío, avanzando a trompicones a un ritmo inconsciente, pero sus ojos seguían clavados en el inabarcable paisaje de pórticos y cúpulas que se alzaban a su alrededor.

Nunca había sentido tanto amor por Venecia, una devoción tan pura y dolorosa. Sabía que era demasiado joven para comprender la maldición que había caído sobre ella. Parecía demasiado sólida, demasiado fuerte, demasiado pletórica de magnificencia.

Se volvió hacia el mar abierto, hacia el centelleante mar inmóvil, y se creyó por primera vez en plena posesión de la vida, del mismo modo que lo estaba de la historia.

Sin embargo, hacía tan sólo una hora que una agotada y exhausta figura lo había dejado con una expresión de resignación ante la vejez que lo aterrorizaba. Recordó las últimas palabras de su padre:

—Cuando yo muera, volverá. Convertirá esta casa en un campo de batalla. No pasan seis meses sin que reciba una carta de su puño y letra en la que promete que se casará con la esposa que yo le elija si le permito regresar a su amada Venecia.

»¡Pero nunca se casará!

»Ojalá pueda ver con mis propios ojos cómo accedes al altar con tu esposa, conocer a tus hijos, estar presente cuanto te pongas la túnica de patricio por primera vez y ocupes tu legítimo lugar en el Consejo.

»Por desgracia no hay tiempo para eso, y Dios me ha dado señales inequívocas de que debo prepararte para el futuro que te aguarda.

»¿Sabes por qué te hago salir al mundo, por qué te arrebato la infancia con ese cuento de hadas que te convierte en el acompañante de tu madre? Te hago salir para que estés preparado cuando llegue la hora, para que conozcas el mundo, sus tentaciones, su vulgaridad.

»Recuerda que cuando tu hermano esté de nuevo bajo este techo, yo ya no me hallaré aquí. No obstante, el Consejo y la ley te apoyarán. Mi voluntad te dará fuerza y tu hermano perderá la batalla como le ocurrió antes: tú eres mi inmortalidad.

14

Un cielo azul inmaculado se extendía sobre los tejados, con la sola incisión de unas nubes increíblemente blancas que iban a la deriva. Los sirvientes corrían de un lado a otro de la casa anunciando que el mar estaba en calma y que el *Bucintoro* podría llevar al dux sin peligro alguno hasta San Nicolo del Lido. Las ventanas que daban al canal estaban abiertas a la brisa refrescante, y alfombras de brillantes colores colgaban de los alféizares bajo estandartes ondeantes. Era un espectáculo que se repetía a lo largo de toda la orilla, el más espléndido que Tonio había presenciado nunca.

Cuando él, Marianna y Alessandro, los tres lujosamente ataviados, bajaron al embarcadero, se descubrió susurrando:

—Estoy aquí. ¡No es un sueño! —Le parecía imposible moverse dentro de un escenario que tan a menudo había contemplado de lejos.

Su padre los saludó desde el balcón situado sobre la puerta principal. La góndola estaba forrada de terciopelo azul y engalanada con flores. El gran remo único había sido bañado en oro y Bruno, con su flamante uniforme azul, guiaba el bote en la corriente, mientras a su alrededor navegaban otras familias ilustres. Siguiendo la estela que dejaban cientos de embarcaciones antes que ellos, se deslizaban sobre el agua hacia la desembocadura del canal y la *piazetta*.

—Ahí está —susurró Alessandro y mientras las góndolas se deslizaban hacia delante y oscilaban hacia atrás, intentando mantener su posición durante la espera, señaló el fulgor y el destello desprendidos por el *Bucintoro*, ya anclado: una gigantesca galera que resplandecía en oro y escarlata y que transportaba el trono del dux acompañado por una multitud de estatuas doradas. Tonio levantó a Marianna sujetándola por la estrecha cintura para que pudiera ver, y alzando la vista, sonrió al comprobar el mudo estupor de Alessandro.

Él mismo apenas podía disimular su entusiasmo. Nunca olvidaría el momento en que el fragor de trompetas y pífanos inflamaron el aire de esplendor, al anunciar que el dux salía del *palazzo ducale*.

El mar estaba sembrado de flores. Los pétalos surcaban las olas cortadas en facetas, y hacían que el agua pareciese sólida. Los botes dorados de los principales magistrados avanzaban mar adentro, seguidos por los embajadores y el nuncio papal. Los grandes navíos de guerra y los barcos mercantes que ocupaban la laguna de un lado a otro saludaron con las banderas desplegadas.

Finalmente, toda la flota de los patricios se dirigió hacia el faro del Lido.

Gritos, saludos, ovaciones, risas formaban un agradable bullicio que se arremolinaba en sus oídos.

Pero nada superó al griterío que se alzó cuando el dux arrojó su anillo al agua. Todas las campanas de la isla repicaron, las trompetas sonaron, miles y miles de personas aclamaron a pleno pulmón.

La ciudad entera parecía flotar, elevándose en un gran grito colectivo. Luego se interrumpió y los botes regresaron a la isla por donde pudieron, dejando tras de sí una estela de seda y satén que ondulaba en el agua. Era una sensación caótica, frenética, deslumbrante. El sol cegaba a Tonio; se llevó la mano a la frente para protegerse los ojos mientras Alessandro lo sujetaba. Los Lisani navegaban a su lado, con sus gondoleros ataviados de color rosa, y mientras los sirvientes arrojaban flores blancas al canal, Catrina lanzaba besos con ambas manos; dejando que su vestido de damasco plateado se arremolinara en torno a ella.

Todo aquello era más de lo que hubiese osado pedir. Estaba cansado y casi mareado; tenía ganas de retirarse a un rincón oscuro del mundo sólo para saborear aquel momento. Por eso, cuando Alessandro les dijo que acudirían al banquete del dux en el *palazzo ducale* casi se echó a reír.

Cientos de personas se alineaban ante las largas mesas de blancos manteles, una fortuna en cera ardía en los candelabros de plata profusamente labrada, mientras los sirvientes desfilaban por las puertas llevando sabrosísimos platos en bandejas gigantescas: frutas, helados, humeantes fuentes de carne, y en los muros se agolpaba el pueblo llano que entraba a contemplar el espectáculo interminable.

Tonio apenas pudo probar bocado, a cada momento Marianna le comentaba en susurros lo que veía, quién era ése, quién era aquél; por su parte, Alessandro, con voz grave, la ponía al corriente de todos los cotilleos que se sucedían en aquel mundo de ensueño, lleno de amigos maravillosos. A Tonio, el vino se le subió a la cabeza de inmediato. Distinguió a Catrina, que le sonreía al otro lado de un inmenso abismo pálido y brumoso: sus rubios cabellos, una masa de perfectos y compactos rizos, su abundante escote adornado con diamantes.

El rubor que tenían sus mejillas hizo que las bellezas ideales de los retratos cobraran vida de repente. Estaba espléndida, divina.

Alessandro parecía estar a sus anchas. Cortaba la carne en el plato de Marianna, apartaba las velas que la deslumbraban, sin alejarlas nunca por completo de ella. El perfecto asistente pensaba Tonio.

Pero al observarlo, Tonio experimentó la misma intriga de antaño ante el antiguo misterio de los eunucos. No había pensado en eso durante años. ¿Cómo se sentía Alessandro? ¿Cómo sería estar en su piel? Y aunque sus manos lánguidas, los párpados semicerrados y la gracia milagrosa con que arropaba el más mínimo gesto ejercían un poder magnético sobre él, lo recorrió un estremecimiento involuntario. ¿Nunca se rebela contra su condición? ¿Nunca lo consume la amargura?

Los violines volvían a sonar. En la cabecera de la mesa se oyó un estallido de carcajadas. Pasó el *signore* Lemmo y los saludó con una rápida inclinación de cabeza.

Había empezado el carnaval. Todo el mundo se levantaba para acudir a la *piazza*.

Magníficas pinturas se exhibían en sus marcos para que todos las admiraran, las mercancías de los joyeros y los vidrieros destellaban y resplandecían a la luz que inundaba la calle procedente de los cafés atestados de gente que tomaba chocolate, vino, helados. Las tiendas fulguraban con frívolos candelabros y los espléndidos tejidos que en ellas se mostraban; mientras que la multitud misma formaba un rutilante enjambre de satenes, sedas y damascos deslumbrantes.

La inmensa plaza se extendía hasta el infinito. La luz tenía la intensidad de un mediodía, y coronando todo aquel espectáculo, los mosaicos redondos de los arcos de San Marco emitían un tenue centelleo, como si estuvieran vivos y dieran fe de lo que ocurría.

Alessandro se mantenía cerca de sus protegidos y fue él quien condujo a Marianna y Tonio a la pequeña tienda donde de inmediato fueron ataviados con sus bautas y dominós.

Tonio nunca había llevado bauta: la máscara de yeso blanco en forma de pájaro que no sólo cubría la cara, sino también la cabeza bajo una negra capucha. Su olor, que se arremolinaba alrededor de la nariz y los ojos, le resultó extraño y se sobresaltó al no reconocerse, ante el espejo. Pero era el dominó, aquella larga prenda negra que llegaba hasta el suelo, lo que los volvía del todo anónimos. No se sabía quién era hombre y quién mujer, no dejaba al descubierto ni un ápice del vestido de Marianna; y la convertía en un pequeño gnomo de risa dulce y vivaz.

A su lado, Alessandro parecía un espectro.

Al salir de nuevo a la luz cegadora, no eran más que un trío entre tantos otros grupos anónimos, perdidos en la muchedumbre, aferrándose mutuamente mientras la música y los gritos llenaban el aire, y disfraces desenfrenados y fantásticos se agitaban a su alrededor.

Las gigantescas figuras de la *commedia dell'arte* se elevaron por encima del gentío. Era como ver marionetas henchidas de monstruosa vida, caras pintadas que resplandecían grotescas bajo las antorchas. De pronto Tonio se percató de que Marianna se estaba partiendo de risa. Alessandro le había susurrado algo al oído mientras la llevaba del brazo. Se cogió a Tonio con la otra mano.

—¡Tonio! ¡Marianna! —les gritó alguien.

—¿Cómo sabes quiénes somos? —preguntó Marianna. Pero Tonio ya había reconocido a su prima Catrina Lisani. La máscara sólo le cubría la parte superior del rostro y le dejaba al descubierto la boca, una media luna desnuda y deliciosa. Sintió una turbadora avalancha de pasión. Le vino a la mente Bettina, la pequeña camarera del café. ¿Sería posible encontrar a Bettina?

—¡Querido! —Catrina lo atrajo hacia sí—. Eres tú, ¿verdad? —Le dio un beso tan sensual que Tonio casi perdió el sentido.

Retrocedió. La repentina dureza que notaba entre las piernas le estaba enloqueciendo, prefería la muerte a que ella lo advirtiese, pero cuando la mano de Catrina se deslizó por su nuca hasta llegar al único lugar que no estaba cubierto, se sintió al borde de una humillante conmoción que no podía disimular. Ella se apretaba contra él, el roce le trastornaba.

—¿Qué mosca le ha picado a tu padre para dejaros salir a los dos? —preguntó Catrina. Y, gracias a Dios, dirigió su desbordante afecto hacia Mariana.

Tonio imaginó entonces su casa, las oscuras habitaciones, los tenebrosos pasillos, imaginó a su padre solo en el centro de aquel estudio de tenue luz, cuando el sol de la mañana convirtiera las llamas de las velas en objetos sólidos, su esquelético cuerpo soportando el peso de la historia.

Abrió las ventanas de par en par. La lluvia caía en fragantes ráfagas, sin fuerza suficiente para vaciar la plaza. Cuando la abandonaron todavía estaba llena. Alessandro los había guiado por una callejuela estrecha y abarrotada de gente hasta el canal y allí había llamado a una góndola. Tras quitarse las ropas mojadas y arrugadas, Tonio apoyó los codos en el alféizar y miró hacia arriba, por encima del muro cercano, hacia el cielo brumoso en el que no divisó estrellas, sólo la fina lluvia de plata que caía en silencio.

—¿Dónde están mis cantantes? —musitó. Le hubiera gustado estar triste, hubiera deseado poder lamentar la pérdida de su inocencia y doblarse bajo el peso de la vida, pero si aquel sentimiento era de tristeza, estaba transida de una voluptuosa dulzura. Sin pensarlo, levantó la voz y llamó a sus cantantes. Oyó cómo su voz desgarraba la oscuridad. Sintió la garganta abierta, y en las notas algo palpable que se liberaba entonces en algún lugar del oscuro y enmarañado mundo que se extendía a sus pies, otra voz le contestó, más suave, más tierna, una voz de mujer que lo llamaba.

Cantó tonterías para ella. Le cantó sobre la primavera, el amor, las flores y la lluvia con frases plagadas de vivas imágenes. Cantó más y más alto y luego se detuvo, conteniendo el aliento, hasta que cesó el rumor del último eco.

En la oscuridad los cantantes se congregaban en torno a él. Los tenores recogían la melodía que él había iniciado. Se oyó una voz en el canal y más allá el tintineo de las panderetas y los rasgueos de las guitarras. Se dejó caer de rodillas, apoyó la mano en el alféizar y rió suavemente aun cuando el sueño amenazaba con vencerlo.

Una figura errante pasó por su imaginación: Carlo con su túnica escarlata, abrazado por su padre, y de repente le pareció que estaba en otro lugar, perdido en medio de una confusión creciente, y su madre gritaba.

Pero ¿por qué gritaba? La voz de su padre le llegó ligera, íntima, aunque la respuesta lo esquivaba. En realidad, nunca se había atrevido a formular la pregunta.

¿Era ella la esposa que Carlo había rechazado? ¿Era eso? ¿Era ella la mujer que Carlo no había querido desposar? ¿Y por qué? ¿Por qué? ¿Ella le quería? Y entonces cuando ella se casó con un hombre tan viejo que...

Se despertó sobresaltado. Y en la cálida humedad lo recorrió un escalofrío. Ah, no, a ella no volvería a mencionárselo nunca. Y deslizándose de nuevo en el sueño, vio el rostro de su hermano que surgía despacio en la superficie de aquel retrato.

15

Angelo y Beppo estaban desconcertados; Lena repasaba a conciencia el vestido de su madre, aunque ésta decía una y otra vez:

—Lena, voy a llevar un dominó. ¡No lo verá nadie!

Alessandro, sin embargo, ejercía un total dominio de la situación. ¿Por qué no salían ellos dos también a pasárselo bien? Tardaron unos cinco segundos en hacer la reverencia, saludar y desaparecer.

La *piazza* estaba tan repleta de gente que apenas podían moverse. Habían levantado escenarios por doquier, donde podían admirarse malabaristas, mimos, animales salvajes que rugían cuando los domadores hacían chasquear el látigo. Los acróbatas saltaban por encima de la multitud. El viento traía una lluvia cálida que no calaba.

A Tonio no lo abandonaba la sensación de estar atrapado en una corriente humana que los empujaba hacia los cafés abarrotados o los obligaba a salir de los pórticos. Bebieron coñac y café sentados, a veces ante una mesa, el tiempo justo para descansar, y oír sus voces, que a ellos mismos les sonaban extrañas a través de las máscaras.

Mientras tanto, enmascarados extravagantes afloraban por doquier: españoles, gitanos, indios de las praderas de Norteamérica, mendigos harapientos, hombres jóvenes disfrazados de mujeres con las caras pintadas y soberbias pelucas, y mujeres que se hacían pasar por hombres, con sus adorables cuerpos indescriptiblemente seductores enfundados en pantalones de seda y medias ajustadas.

Había tantas posibilidades que no se decidían por ninguna. Marianna deseaba que le leyesen el porvenir, pero no quería hacer cola ante la mesa de la adivinadora, donde la mujer susurraba secretos a través de un largo tubo, justo en el oído de la víctima, de modo que ésta no tuviera que compartir la revelación de su destino. Más animales salvajes; el rugido de los leones era estremecedor. Una mujer cogió a Tonio por la cintura, le dio dos, tres vueltas en una danza frenética y luego lo soltó. Resultaba imposible saber si se trataba de una criada o de una princesa extranjera. Llegado cierto punto, se apoyó contra los pilares de la iglesia y vació su mente de todo pensamiento, cosa que raras veces conseguía para dejar que la multitud se fundiera en un magnífico espectáculo de color. La *commedia* se representaba en un escenario lejano, los gritos de los actores superaban el bullicio y, casi sin darse cuenta, le asaltó una acuciante necesidad de disolverse y descansar en el silencio del *palazzo*.

Entonces notó que las manos de Marianna se soltaban de las suyas y al girarse descubrió que la había perdido de vista.

Miró adelante y atrás. ¿Dónde estaba Alessandro?

Le pareció reconocerlo en una figura alta y delgada que tenía en frente, pero la vio alejarse. Soltó un fuerte grito que ni siquiera él mismo oyó, y al volverse descubrió una figura menuda con bauta y dominó en brazos de otro enmascarado. Parecían besarse o susurrarse algo al oído mientras la capucha del desconocido cubría el rostro de ambos.

—*Mamma.* —Avanzó hacia la pequeña silueta pero la

multitud se interpuso en su camino y no consiguió alcanzarla.

—¡Tonio! —oyó la voz de Alessandro a sus espaldas. Lo había llamado una y otra vez utilizando el tratamiento apropiado: excelencia, sin obtener respuesta

—¡Ha desaparecido! —dijo Tonio desesperado.

—Está allí —fue la respuesta de Alessandro, y de nuevo allí estaba aquella misteriosa figura con cara de pájaro, mirándolo con curiosidad.

Se arrancó la máscara para secarse el sudor de la cara y cerró los ojos unos instantes.

Volvieron a casa cuando ya sólo faltaban dos horas para salir hacia el teatro. Marianna se soltó el largo y negro cabello y se quedó mirando de soslayo con ojos vidriosos, como si estuviera hechizada. Entonces, al ver la expresión seria en la cara de Tonio, se puso de puntillas para besarlo.

—Pero, *mamma*... —Él retrocedió en un impulso—. ¿Cuando estábamos junto a la puerta de la iglesia, había alguien que ... alguien que te...? —Se interrumpió, incapaz de continuar.

—¿De qué estás hablando? ¿Qué te pasa? —le preguntó con cariño. Agitó la melena. Su rostro era todo ángulos, la boca se abría en una sonrisa aturdida—. No recuerdo que pasara nada junto a la puerta de la iglesia. ¿Cuando estábamos en la puerta de la iglesia? Eso fue hace horas. Además —soltó una risita— os tengo a ti y a Alessandro para que protejáis mi honor.

Él la miraba con un sentimiento cercano al horror.

Se sentó ante el espejo mientras Lena le abría los broches del vestido. Todos sus movimientos eran precisos pero inseguros. Alzó el frasco de colonia y se lo llevó a los labios.

—¿Qué me pongo? ¿Qué me pongo? Y tú, mírate, tú que te has pasado toda la vida suplicando ir a la Ópera. ¿Sabes quién canta esta noche? —Se volvió con las manos apoyadas en el borde del banco acolchado y lo observó.

Su vestido había caído y tenía los pechos casi desnudos. No era consciente de ello, parecía una niña.

—Pero *mamma*, me pareció ver...

—¡Cállate! —gritó de repente. Lena retrocedió sorprendida, pero él no se movió.

—No me mires de ese modo —dijo ella, alzando todavía la voz y con las manos en las orejas como para amortiguar su sonido. Empezó a jadear y daba la impresión de que alguien le retorcía con crueldad la piel del rostro.

—No, por favor, no... —susurró él. Le acarició el cabello, le dio unas palmaditas hasta que ella empezó a respirar más tranquila y pareció relajarse. Entonces, alzando el rostro hacia él, esbozó de nuevo aquella sonrisa brillante y hermosa que tanto lo aterrorizaba, pero duró sólo un momento. Tenía los ojos húmedos.

—No he hecho nada malo, Tonio —le imploró como si fuera su hermana pequeña—. No lo estropees. En todos estos años sólo he disfrutado del carnaval en una ocasión. No lo estropees, por favor.

—¡*Mamma*! —Ella ocultó el rostro en la chaqueta de Tonio—. Lo siento.

En cuanto entraron en el palco, Tonio supo que no oiría nada.

No era ninguna sorpresa. Le habían contado bastantes historias de lo que solía ocurrir en ocasiones así y aquella noche, con tres representaciones distintas, el movimiento de público sería constante. Catrina Lisani, con un disfraz de satén blanco, estaba ya sentada de espaldas al escenario, jugando una partida de cartas con su sobrino Vincenzo. El joven Lisani saludaba y silbaba a los que estaban abajo, y el viejo senador, marido de Catrina, dormitaba en su silla dorada y se despertaba de vez en cuando para rezongar que quería la cena.

—Venga aquí, Alessandro —dijo Catrina—, y dígame si todo lo que se dice sobre Caffarelli es cierto. —Se deshizo en carcajadas antes de que Alessandro pudiera besarle la mano, pero le indicó a Marianna con una seña que se sentase a su lado.

—Y tú, querida, no sabes cuánto me alegro de verte por fin aquí, divirtiéndote, comportándote como si fueras humana.

—Soy demasiado humana —susurró Marianna. Había algo irresistiblemente infantil en su forma de arrebujarse contra Catrina. A Tonio le resultaba imposible creer que alguien quisiera hacerle daño, que él pudiera hacerle daño. De repente le entraron ganas de llorar, de cantar.

—¡Que empiece, que empiece! —dijo Vincenzo.

—No veo por qué debo esperar a que empiece la música para poder cenar —protestó el viejo senador, que era mucho más joven que Andrea.

Unos criados con librea entraban y salían sirviendo vino en vasos de cristal. El viejo senador derramó una gota roja en su gorguera de encaje y la miró con impotencia. Había sido un hombre atractivo y todavía impresionaba, especialmente por su abundante cabello negro ondulado que le crecía a partir de las sienes. Tenía los ojos profundamente negros y una nariz aguileña que exhibía con orgullo cuando alzaba la cabeza, aunque en aquellos momentos su aspecto era el de un niño.

Tonio se asomó. La platea estaba ya llena, al igual que las tres hileras que tenía encima.

Dominaban las máscaras entre los asistentes, desde los gondoleros en el foso hasta los sobrios mercaderes de los asientos de arriba, acompañados de sus esposas vestidas de digno color negro. El murmullo de las conversaciones y el tintineo de los vasos crecía en olas a un ritmo irregular.

—Eres demasiado joven, Tonio —dijo Catrina por encima del hombro—. Pero déjame que te explique que Caffarelli... —Tonio no la miraba porque no deseaba ver la deliciosa y salvaje grieta de su boca, desnuda y roja, bajo aquella máscara blanca que daba un aire felino a sus ojos. Los brazos cubiertos de satén burdeos se adivinaban tan suaves que apretó los dientes ante la visión de sí mismo pellizcándolos sin piedad.

Sin embargo, escuchaba con atención todas aquellas estupideces sobre el gran *castrato* que iba a cantar aquella noche, al que el marido de su amante había descubierto en la cama con ésta en Roma. En la cama, había dicho Catrina. El rostro de Tonio se contrajo de dolor al pensar que su madre y Alessandro estaban escuchando ese cotilleo. Y obligado a escapar, Caffarelli se había pasado una noche en remojo, escondido en una cisterna. Después de eso, los *bravi** del marido continuaron persiguiéndole, pero la dama proporcionó a Caffarelli sus propios *bravi* para que lo protegieran hasta que se marchara de la ciudad.

Las palabras de Andrea volvían confusas a Tonio: tener compromisos con el mundo, ser puesto a prueba por el mundo. El mundo... No podía concentrar la mente en otra cosa que no fuera Caffarelli. Iba a escuchar a un gran *castrato* por primera vez en su vida, y para él lo demás carecía de importancia. Lo demás, de todas formas, quedaba fuera de su alcance.

—Dicen que antes de terminar se habrá peleado con todo el mundo y que si la *prima donna* es bonita no la dejará sola ni un instante. ¿Es eso cierto, Alessandro?

—Señora, sabe usted mucho más que yo —contestó Alessandro entre risas.

—Bueno, le daré cinco minutos —dijo Vincenzo—, y si para entonces no me ha cautivado el corazón o el oído, me iré a San Moise.

—No seas ridículo. Todo el mundo está aquí esta noche —dijo Catrina—. Éste es tu sitio; además, está lloviendo.

Tonio giró la silla, se sentó a horcajadas y observó el lejano telón del escenario. Oía a su madre reír. El viejo senador había propuesto que volvieran a casa y que ella y Tonio lo deleitasen con una cancioncilla. Así podría cenar.

—Cantarás algún día para mí, ¿verdad?

—A veces pienso que estoy casada con un estómago —protestó Catrina—. Apuéstate la ropa, pieza a pieza —le dijo a Vincenzo—. Puedes empezar por el chaleco, no, la camisa, me gusta más la camisa.

* Guardias de los antiguos señores. *(N. de la T.)*

Mientras, se había iniciado una pelea en la zona posterior de la platea. Se escucharon gritos y golpes pero enseguida se restableció el orden. Unas hermosas muchachas pasaban entre las butacas vendiendo vino y otros refrescos.

Alessandro se levantó, apoyado en la pared del palco como una sombra detrás de Tonio.

En ese preciso instante aparecieron los músicos y empezaron a deslizarse en sus sillas acolchadas entre un gran vaivén de lámparas y susurros de libretos. De hecho, todo el público hojeaba el libreto. Su venta en el vestíbulo había sido muy provechosa.

Y cuando el joven y desconocido compositor de la ópera se puso al frente de la orquesta, fue recibido por gritos leales de ánimo y una salva de aplausos.

Parecía que las luces perdían intensidad, pero no lo suficiente. Tonio apoyó la barbilla en las manos, sobre el respaldo de la silla. La peluca del compositor no era de su medida, como tampoco lo era su enorme chaqueta de brocado, y su nerviosismo resultaba patético.

Alessandro emitió un gruñido de desaprobación.

El compositor se dejó caer con torpeza ante el clavicémbalo. Los músicos alzaron los arcos y, al instante, el teatro se llenó de música festiva.

Aquellas notas emotivas, invitaban a la celebración, no presagiaban tragedia ni destinos funestos y Tonio se sintió de inmediato embrujado. Se inclinó hacia delante, mientras la gente charlaba y reía a sus espaldas. Justo donde las galería de palcos se curvaba, la familia Lemmo se disponía a cenar ante humeantes bandejas de plata. Y un inglés enojado siseaba en vano pidiendo silencio.

Pero cuando subió el telón las exclamaciones de admiración recorrieron todo el teatro. Unos pórticos y unos arcos dorados se alzaban ante un fondo de azul profundo donde las estrellas centelleaban mágicas y sobre ellas pasaban nubes al tiempo que la música, elevándose en el silencio repentino, pareció llegar hasta el techo. El compositor aporreaba las teclas, los empolvados rizos se agitaban al unísono, mientras mujeres y hombres con magníficos atuendos ocupaban el escenario para iniciar el ceremonioso pero indispensable recitativo que narraba el guión, ya de sobras conocido y del todo descabellado. Alguien iba disfrazado, alguien más era secuestrado o violado. Alguien se volvería loco. Habría una batalla entre un oso y un monstruo marino antes de que la heroína encontrara el camino de regreso a su esposo que la creía muerta, y el hermano gemelo de otro personaje sería bendecido por los dioses ya que habría derrotado al enemigo.

Ya memorizaría el libreto más tarde. En aquel momento no le importaba. Lo que le sacaba de quicio eran las risas de su madre y los gritos ocasionales de la familia Lemmo, a la que acababan de servir un elaborado pescado asado.

—Perdón. —Pasó rozando a Alessandro.

—Pero ¿adónde vais? —La larga mano de Alessandro rodeó sin esfuerzo la muñeca de Tonio.

—Abajo. Debo escuchar a Caffarelli. Quédate con mi madre, no la pierdas de vista.

—Pero, excelencia...

—Llámame Tonio. —El joven sonrió—. Alessandro, te lo ruego. Te lo juro por mi honor, sólo voy a la platea. Desde aquí podrás verme. ¡Tengo que oír a Caffarelli!

No todas las sillas estaban ocupadas. A media representación llegarían muchos más gondoleros, que eran admitidos sin pagar, y entonces sería el caos. Aunque en aquellos momentos todavía podía acercarse lo suficiente al escenario, abriéndose paso entre gentes rústicas e ignorantes, para sentarse sólo a pocos metros de la vehemente y tempestuosa orquesta.

Únicamente oía la música, en un estado de arrobo total.

Al cabo de unos instantes, irrumpió en el escenario la alta y majestuosa figura de Caffarelli.

El alumno de Porpora era, a tenor de algunos, el mejor cantante del mundo, y a medida que avanzaba hacia los focos con su enorme peluca blanca y la opaca capa de maquillaje, parecía más un dios que el gran rey cuyo papel representaba en la obra. Atractivo de un modo delicado, permitió que todos los ojos se embebieran de él. Entonces echó hacia atrás la cabeza y empezó a cantar, y a la primera nota, hinchada e inmensa, el teatro enmudeció.

Tonio se quedó boquiabierto. Los gondoleros situados junto a él soltaron alguna leve protesta y gritos complacidos de sorpresa.

La nota creció y se encumbró ajena incluso a la voluntad del propio *castrato*. Luego, una vez que la hubo concluido, sin pausa visible para respirar, atacó el aria mientras la orquesta se apuraba por seguirlo.

Aquella voz desafiaba todas las previsiones, sin ser estridente, resultaba en cierto modo violenta. En realidad, el rostro casi exquisito del castrato se percibía deformado por la ira antes de terminar.

Era un rostro maquillado, empolvado, en un esfuerzo de hacerlo parecer tan civilizado como fuera posible en su marco de rizos blancos y, sin embargo, esos ojos abrasaban mientras recorría el escenario, inclinándose para saludar con indiferencia a quienes lo aclamaban y aplaudían desde los palcos, mirando hacia el foso y, de vez en cuando, a las butacas más altas, sumido en remotos pensamientos. Pero la *prima donna* ya había empezado a cantar y pareció que el teatro se desmoronaba a su alrededor. O quizá se debía tan sólo a que Tonio divisaba la pequeña revolución que se desarrollaba entre bastidores: damas con cepillos y peines, un criado que se abalanzaba sobre Caffarelli para poner más polvos blancos en su peluca.

A pesar de todo, la fina vocecita de la *prima donna* siguió con valentía dejándose oír por encima de las notas del clavicémbalo. Caffarelli se puso a su lado pero de espaldas a ella, ignorándola, y el murmullo de la conversación ascendió de nuevo, una sorda oleada que atenuaba los acordes de la música.

Mientras, alrededor de Tonio, los verdaderos jueces de la representación emitían sus ásperas pero perspicaces opiniones. Aquella noche, las notas altas de Caffarelli no eran tan espléndidas, la *prima donna* dejaba mucho que desear. Una chica le ofreció a Tonio una copa de vino tinto. El joven buscó unas monedas, miró aquel rostro enmascarado y le pareció reconocer a Bettina. Pero cuando pensó en su padre y en la confianza que éste acababa de depositar en él, desvió la mirada profundamente ruborizado.

Caffarelli salió de nuevo ante los focos. Se echó la capa roja hacia atrás. Miraba a la primera fila. Entonces se alzó de nuevo la primera nota magnífica, creciendo, vibrando. Tonio veía el sudor que brillaba en su rostro, su inmenso tórax expandiéndose bajo el metal resplandeciente de la armadura griega. El clavicémbalo titubeó. Hubo confusión en las cuerdas.

Caffarelli no cantaba la parte correspondiente, aunque se trataba de una música que todos reconocieron. De repente, Tonio advirtió, al igual que el resto de espectadores, que estaba recreando el aria que la *prima donna* acababa de efectuar, y que se burlaba despiadadamente de ella. Las cuerdas intentaron seguirlo, el compositor se había quedado atónito. Haciendo caso omiso, Caffarelli cantaba las notas, recorría en ascenso y en descenso los gorjeos de la *prima donna* con una facilidad tan pasmosa que hacía que las dotes artísticas de ésta resultasen por completo insignificantes.

Mofándose de sus largas e hinchadas notas, la había puesto en ridículo con una crueldad espantosa. La chica se había echado a llorar pero no abandonaba el escenario, y los otros actores estaban avergonzados y confusos.

Se oyeron unos siseos procedentes de la galería, luego gritos y silbidos inundaron el teatro. Los partidarios de la dama empezaron a patear, blandiendo los puños enojados, pero los seguidores del *castrato* se doblaban de risa.

Después de captar la atención de todos los hombres, mujeres y niños del teatro, Caffarelli terminó aquella farsa con una burda y nasal parodia de la vocecilla tierna de la *prima donna*, y empezó su propia *aria di bravura* a un volumen aniquilador.

Tonio se hundió en la silla mientras una sonrisa crecía en su rostro.

Así que de eso se trataba, justo lo que todos habían dicho que sería: un instrumento humano tan poderoso y perfectamente afinado que eclipsaba al resto.

Cuando terminó, sonaron aplausos incluso desde los rincones más recónditos. Los bravos retumbaban en todo el recinto. Los leales seguidores de la chica intentaron contrarrestar aquella oleada, pero ésta enseguida los absorbió.

En torno a Tonio se alzaban aquellos roncos y violentos gritos de alabanza:

—*Evviva il coltello!*

—*Evviva il coltello!* —coreaba también él. «Viva el cuchillo» que castró a ese hombre y le arrebató la virilidad, a fin de preservar para siempre al magnífico soprano.

Después se sentía aturdido; apenas importaba que Marianna estuviera demasiado cansada para ir al *palazzo* Lisani. Era mejor saborear los placeres de uno en uno. Siempre recordaría aquella velada, sus sueños se poblarían de Caffarelli.

La noche hubiese resultado perfecta, de no ser porque, mientras se abrían paso hacia la puerta, oyó a sus espaldas las palabras «es igual que Carlo», pronunciadas clara y tajantemente junto a su oído. Se volvió, vio demasiados rostros y entonces advirtió que había sido Catrina hablando con el viejo senador, la misma que en aquellos instantes decía:

—Sí, sí, querido sobrino, estábamos comentando lo mucho que te pareces a tu hermano.

16

En los restantes días de carnaval, Tonio acudió cada noche a ver a Caffarelli para alejar cualquier otra tentación. Los teatros de Venecia representaban una misma ópera durante toda la temporada, pero ninguna lo atraía lo suficiente como para desear presenciar siquiera una parte de las otras representaciones.

Y el grueso de la sociedad volvía noche tras noche, para admirar el mismo hechizo que tenía a Tonio cautivo.

Caffarelli nunca interpretaba un aria dos veces del mismo modo, y el aburrimiento de que hacía gala entre esos genuinos momentos de gloria parecía auténtica, algo más grave que una mera pose para irritar a los demás.

Su eterna inquietud era de naturaleza sombría, en su continua inventiva subyacía la desesperación.

Una y otra vez, y sólo por obra y gracia de su genio personal, recreaba el milagro.

Se ponía ante los focos, extendía los brazos, se adueñaba del teatro y, variando la partitura del compositor a su voluntad, confundía a los músicos que se afanaban por seguirlo, él solo hacía nacer, sin la ayuda de nadie, una música que constituía el alma y el corazón de la ópera.

Por más que lo maldijeran, todos sabían que sin él la ópera no tendría razón de ser. A menudo, cuando caía el telón final, el compositor estaba frenético. Tonio se quedaba entre las sombras para oírle lamentarse:

—No cantas lo que yo he escrito, no prestas atención a lo que yo he escrito.

—¡Pues escribe lo que yo canto! —replicaba el napolitano.

En una ocasión Caffarelli llegó a desenvainar la espada y a perseguir al compositor hacia las puertas.

—¡Detenedle! ¡Detenedle o le mato! —gritaba el compositor mientras retrocedía, a todas luces aterrorizado, hacia el pasadizo.

Las desdeñosas carcajadas de Caffarelli semejaban aullidos.

Era la personificación de la ira mientras hincaba su espadín en los botones del compositor. Sólo el rostro imberbe revelaba su condición de eunuco.

Pero todos eran conscientes, incluso el joven compositor, de que Caffarelli había convertido la ópera en lo que era.

Caffarelli perseguía mujeres por toda Venecia. Entraba y salía del *palazzo* Lisani a todas horas para hablar con los patricios que se apresuraban a servirle vino u ofrecerle una silla. Tonio, siempre cerca de él, lo adoraba. Sonrió al ver el rubor en las mejillas de su madre al tiempo que seguía a Caffarelli con la mirada.

Marianna estaba viviendo unos momentos irrepetibles y a Tonio le encantaba contemplarla.

Ya no se quedaba apartada en un rincón y con mirada penetrante y recelosa, se atrevía incluso a bailar con Alessandro.

Tonio, ocupando su sitio en la majestuosa hilera de hombres y mujeres de espléndidos atuendos que llenaban el gran salón de la casa Lisani, ejecutó los precisos pasos del minué, emocionado ante la visión de escotes fruncidos, brazos exquisitos y mejillas suaves como la piel de un gato. Por el aire navegaban vasos de champán en bandejas de plata.

Vino francés, perfume francés, moda francesa.

Naturalmente, todo el mundo adoraba a Alessandro. Derrochaba sencillez a pesar de su lujoso atuendo, pero su aspecto era tan magnífico y lleno de gracia que Tonio sintió un inmenso amor por él.

Aquella noche, ya tarde, se quedaron conversando a solas.

—Temo que dentro de poco esta casa te parezca horrible —le confió Tonio.

—¡Excelencia! —rió Alessandro—. No me he criado en un magnífico *palazzo*. —Sus ojos recorrieron los elevados techos de su nueva habitación, los gruesos doseles verdes de la cama, el escritorio de madera labrada y el nuevo clavicémbalo—. Si me quedara cien años, tal vez empezaría a encontrarlo horrible.

—Quiero que te quedes para siempre, Alessandro —dijo Tonio.

En un momento de silencio, tuvo una prodigiosa sensación, imposible de describir, de cómo aquel hombre, bajo todo el oro repujado de San Marco, había transcurrido su vida afanándose por alcanzar la perfección. No era de extrañar que poseyera aquella discreta seriedad, aquella sosegada seguridad en sí mismo, reflejo de la riqueza, la educación y la belleza que siempre lo habían rodeado.

¿Cómo no iba a moverse por el salón de Catrina con una elegancia tan espontánea?

Pero ¿qué piensan de él en realidad?, se preguntó Tonio. ¿Qué piensan de Caffarelli? ¿Por qué le resultaba tan tentador imaginarse a Caffarelli en la cama con cualquiera de las mujeres de su entorno? Sólo tenía que hacer una señal para que éstas lo siguieran.

Las reflexiones de Tonio enseguida se concretaron en él mismo, qué haría él con cualquiera de ellas, porque eran bastantes las que le dirigían seductoras miradas por encima de los abanicos de encaje. En el foso del teatro había olido el dulce aroma de mil Bettinas.

A su debido tiempo, Tonio, a su debido tiempo, se dijo a sí mismo. Prefería morir antes que defraudar a su padre. Ante él todo brillaba y resplandecía a la mágica luz de la responsabilidad y el conocimiento recién adquiridos. Y por la noche, se arrodillaba ante la *madonna* de su habitación y rezaba: «Que esto no termine, por favor. Que dure siempre.»

Sin embargo, el verano estaba a las puertas. El calor resultaba ya sofocante. El carnaval pronto se derrumbaría como un castillo de naipes, y entonces empezaría la *villeggiatura*, y todas las grandes familias se retirarían a sus villas junto al río Brenta. Nadie quería estar cerca del hedor de los canales y de los interminables enjambres de moscardones.

¡Y nos quedaremos aquí solos de nuevo, oh, noooo, por favor!

Sin embargo, cuando ya podía contar con los dedos los días que quedaban, Alessandro se presentó una mañana en su habitación con los sirvientes que le llevaban el café y el chocolate y se sentó junto a su cama.

—Tu padre está muy satisfecho contigo —le dijo—. Todos le han asegurado que tu comportamiento ha sido el de un perfecto caballero.

Tonio sonrió. Quería ver a su padre. Pero ya en un par de ocasiones el *signore* Lemmo le había comunicado que aquello era prácticamente imposible. Los aposentos de su padre recibían la visita de un sinnúmero de personas. Tonio sabía que algunos de aquellos hombres eran abogados, otros, viejos amigos. No le gustaba lo que estaba pasando.

¿Qué le había hecho creer que aquella larga noche de confidencias iniciaría una nueva etapa de frecuentes conversaciones? Su padre seguía tan entregado a la política como siempre. Y si aquel tobillo no llegaba a sanar y no podía salir a su antojo, la política tenía que acudir a él. Eso era lo que, según todos los indicios, estaba ocurriendo.

Alessandro, sin embargo, le reservaba una sorpresa.

—¿Has estado alguna vez en la villa Lisani, cerca de Padua? —le preguntó.

Tonio contuvo el aliento.

—Bien, recoge tus cosas. Y si no tienes ropa de montar, dile a Giuseppe que traiga al sastre. Tu padre quiere que pases allí todo el verano y tu prima estará encantada de acogerte en su casa. Pero, Tonio —prosiguió, pues había abandonado hacía tiempo el tratamiento formal a instancias del propio muchacho—, piensa en algunas preguntas que formular a tus preceptores. No se sienten necesarios, temen que los despidan. Por supuesto, no va a ser así. Nos acompañarán. Ahora bien, tienes que hacerles sentir imprescindibles, ¿entiendes?

—¡Vamos a la villa Lisani! —Tonio dio un salto y le echó los brazos al cuello.

Alessandro tuvo que retroceder, aunque sus grandes manos lánguidas se movieron suavemente sobre el cabello de Tonio, apartándoselo de la frente.

—No se lo digas a nadie —susurró—, pero estoy tan entusiasmado como tú.

17

Después de que se le curaran los cortes de las muñecas, Guido decidió quedarse en el conservatorio donde había crecido, dedicándose a enseñar con un rigor que pocos de sus discípulos podían soportar. Tenía talento, pero no compasión.

A los veinte años, había formado a varios alumnos excelentes que fueron a cantar a la Capilla Sixtina.

Eran *castrati* cuyas voces, sin el celo y el instinto de Guido, tal vez no hubieran llegado a nada. Por más agradecidos que se sintieran por la preparación que los había encumbrado, estaban aterrorizados por el nuevo maestro y se alegraban de abandonarlo.

En realidad, todos los estudiantes de Guido lo habían odiado en alguna ocasión.

En cambio, los maestros del conservatorio lo adoraban.

Si humanamente era posible crear una voz en alguien a quien Dios no se la hubiera dado, Guido era el único capaz de conseguirlo. Una y otra vez presenciaban asombrados cómo infundía maestría musical en alumnos que carecían de originalidad y talento.

A él enviaban los más torpes y aquellos pobres niños a quienes se había castrado mucho antes de que sus voces demostrasen alguna facultad.

Guido los convertía en sopranos aceptables, competentes y bien entrenados.

Sin embargo Guido odiaba a esos alumnos. No experimentaba ninguna satisfacción en sus pequeños avances. Según su entender, la música era mucho más valiosa que él mismo, por lo que desconocía el orgullo.

El dolor y la monotonía de su vida lo sumergían más profundamente en la composición, la cual había abandonado todos los años en que había soñado convertirse en cantante, mientras otros continuaron y habían visto ya interpretados sus oratorios e incluso sus óperas.

Sus maestros no parecían percatarse, pero aunque lo

cargaban de alumnos de sol a sol, luego le reprobaban que trabajase a solas hasta altas horas de la madrugada.

La duda no era un componente de su dolor. Había perdido mucho tiempo en el desarrollo de sus facultades; aun así nunca desfallecía. Al contrario, apenas dormía y trabajaba de forma infatigable. Oratorios, cantatas, serenatas, operas enteras brotaban de él sin cesar. Sabía que sólo con que descubriera una gran voz entre sus pupilos, ganaría tiempo, y al escribir para esa voz, recuperaría los oídos que en esos momentos le eran sordos. Ésa sería su inspiración y el ímpetu que tanto necesitaba. Después llegarían otras voces dispuestas y deseosas de cantar lo que él compusiera para ellos.

Pero en las largas tardes de verano, cuando no podía soportar más la sofocante cacofonía del aula de prácticas, cogía la espada, se ponía el único par de zapatos decente con hebilla de pasta que tenía y sin dar explicación alguna salía a la ciudad efervescente.

Pocas capitales de Europa bullían el trasiego continuo de humanidad como el inmenso y destartalado puerto de Nápoles.

Bañada en la pompa y el esplendor de la nueva corte borbónica, sus calles literalmente hervían con todo tipo de hombres que acudían a visitar su magnífica costa, las impresionantes iglesias, castillos, palacios, la turbadora belleza de la campiña cercana, las islas. Y elevándose por encima de todo, el perfil majestuoso del Vesubio contra el cielo brumoso y el vasto mar que se extendía hasta el horizonte.

Carruajes dorados traqueteaban por las calles, con criados en librea colgados de las puertas pintadas y los lacayos corriendo a su lado. Las cortesanas deambulaban por los paseos, elegantemente ataviadas con encajes y joyas.

Arriba y abajo de las suaves pendientes, las calesas de un solo caballo se zambullían entre la multitud con el cochero gritando: «Dejad, paso a mi amo», y en cada esquina se apostaban vendedores de fruta y agua de nieve.

Sin embargo, en aquel paraíso donde las flores brotaban en las rendijas y las viñas cubrían las colinas, se cebaba la pobreza. Inquietos *lazzaroni*, campesinos, holgazanes, ladrones, vagaban sin rumbo por doquier, mezclándose con abogados, dependientes, caballeros, damas y monjes con sus túnicas pardas, o invadían los escalones de las catedrales.

Llevado por la multitud, Guido lo contemplaba todo con muda fascinación. Sentía la brisa marina. En algún momento estuvo a punto de ser arrollado por las ruedas de un carruaje.

De constitución fuerte y hombros anchos bajo su chaqueta negra, con los pantalones y las medias manchados de polvo, no parecía un músico, un joven compositor y mucho menos un eunuco. Por el contrario, era sólo uno más de los muchos caballeros andrajosos, a pesar de sus manos, suaves como las de una monja, con dinero suficiente para beber en todas las tabernas de los jardines en los que entraba.

Allí, en una mesa grasienta, apoyaba la espalda contra las enredaderas que cubrían la pared, vagamente consciente del zumbido de las abejas o del perfume de las flores. Escuchaba la mandolina de un cantante callejero. Mientras contemplaba el color del cielo, que se difuminaba desde el azul del mar para disolverse en una neblina rosácea, sentía que el vino sosegaba su pena, aunque en realidad el vino permitía que esa misma pena brotara.

Los ojos se le llenaban de lágrimas y cobraban un brillo peligroso. Le dolía el alma y su desdicha se le hacía insoportable.

Pero no comprendía del todo la naturaleza de ésta.

Sabía sólo, como cualquier otro maestro de canto, que necesitaba esos apasionados y dotados estudiantes a los que poder donar el legado completo de su genio. Y oía a esos cantantes, desconocidos aún, dar vida a las arias que había escrito.

Porque eran ellos los encargados de llevar su música a los escenarios y al mundo, eran ellos quienes representaban para Guido Maffeo la única posibilidad de inmortalidad que le había sido dada.

Sin embargo, también sentía el peso de su soledad.

Era como si su propia voz hubiese sido su amante, y su amante lo había abandonado.

Al imaginar a ese joven que cantaría como él ya no podía hacerlo, ese alumno al que confiaría todo su conocimiento, veía el final de su aislamiento. Por fin tendría a alguien que lo comprendería, alguien que entendería su obra. Cualquier distinción entre las necesidades de su alma y las necesidades de su corazón se disolvería.

Las estrellas tachonaban el cielo, centelleando a través de retazos de nubes que eran como la bruma del mar. Y lejos, muy lejos, perdida en la oscuridad, la montaña emitió un repentino relámpago.

Pero a Guido le eran negadas las voces prometedoras. Era un maestro demasiado joven para atraerlas. Los grandes maestros de canto como Porpora, que había sido profesor de Caffarelli y Farinelli, acaparaban a los mejores alumnos.

Aunque sus maestros estaban encantados con las óperas que escribía, seguía inmerso en una ciénaga de rivalidad. Sus composiciones eran «demasiado peculiares», se decía, o todo lo contrario, «imitaciones sin inspiración».

La monotonía de su existencia amenazaba con asfixiarle y cada vez veía con más claridad que un alumno valioso sería su salvación.

Para atraer buenos alumnos, primero debería crear un dios a partir de la vulgaridad que le era encomendada.

El tiempo pasaba. La tarea resultaba imposible. No era un alquimista, tan sólo un genio.

A los veintiséis años, desesperado porque sus deseos no se hacían realidad, consiguió que sus superiores le concedieran una pequeña asignación y permiso para viajar por toda Italia en busca de talentos nuevos.

—Tal vez lo encuentre —dijo el maestro Cavalla, encogiéndose de hombros—. A fin de cuentas, mirad lo que ha conseguido hasta ahora.

Y aunque les entristeció que se marchara por tanto tiempo, le dieron sus bendiciones.

18

Durante toda su vida, Tonio había oído hablar de aquel espléndido interludio estival llamado *la villeggiatura*, de sus interminables cenas, mesas dispuestas con vajilla de plata y servilletas de encaje que se cambiaban a cada plato, y tranquilas excursiones por los márgenes del Brenta. Habría un constante ir y venir de músicos, quizá Tonio y Marianna cantaran de vez en cuando, siempre que no lo hicieran los profesionales, y las familias formarían sus pequeñas orquestas que posiblemente constarían de un hombre diestro en el violín, otro encargado de tocar el contrabajo y algún senador al parecer tan dotado para el clavicémbalo como cualquier músico contratado. Invitarían a las chicas de los conservatorios, y harían mucha vida al aire libre: almuerzos en la hierba, paseos a caballo, competiciones de esgrima, todo ello en un escenario de inmensos jardines iluminados por farolas.

Tonio metió todas sus viejas partituras en el equipaje, preguntándose vagamente cómo sería cantar en una habitación atestada. Y Marianna, con una risa nerviosa, le recordó los miedos que albergaba respecto a ella, «¡mi mal comportamiento!» Aunque le sorprendió verla ir de un lado a otro de la habitación en corsé y camisa delante de Alessandro, allí sentado, tomando una taza de chocolate.

La mañana en que debían partir, el *signore* Lemmo fue a llamar a la habitación de Tonio.

—Vuestro padre... —dijo vacilante—. ¿Está con vos?

—¿Conmigo? No, ¿por qué? ¿Qué te ha hecho pensar que estaría aquí? —preguntó Tonio.

—No lo encuentro —susurró el *signore* Lemmo—. Nadie sabe dónde está.

—Pero eso es ridículo —dijo Tonio.

No obstante, al cabo de unos minutos, advirtió el nerviosismo de los criados.

Todo el mundo se afanó en la búsqueda. Marianna y Alessandro, que aguardaban con los baúles junto a la puerta principal, se pusieron en pie de inmediato cuando Tonio les explicó lo que pasaba.

—¿Habéis ido al archivo de la planta baja? —preguntó Tonio.

El *signore* Lemmo fue a comprobarlo, y a la vuelta le comunicó que la planta baja estaba tan desierta como de costumbre.

—¿Y en el terrado? —sugirió Tonio. Pero no esperó a que nadie lo acompañase, tenía la intuición de que sólo allí encontraría a su padre. No sabía por qué, pero a medida que subía las escaleras aquella sensación crecía.

Sin embargo, al llegar al ático, hizo una pausa porque en el otro extremo del pasillo vio que salía luz por una puerta abierta. Tonio conocía esas habitaciones. Sabía dónde dormían todos los criados, dónde dormían Angelo y Beppo, y aquella puerta siempre había permanecido cerrada con llave. De pequeño, había divisado muebles a través de la cerradura. Muchas veces había intentado abrirla sin conseguirlo.

Justo en ese instante, lo asaltó una débil sospecha. Avanzó deprisa por el pasillo, apenas consciente de que el *signore* Lemmo lo seguía.

Andrea estaba allí. Se hallaba de pie ante las ventanas que daban al canal, vestido sólo con una bata de franela. Los huesos de su espalda sobresalían bajo la fina tela y de él llegaba un débil murmullo, como si estuviera hablando. O rezando.

Tonio esperó unos momentos y sus ojos recorrieron las paredes, los cuadros y espejos que aún colgaban de ellas. Parecía que el techo se había agrietado mucho tiempo atrás y el suelo tenía grandes manchas. Todo olía a moho y abandono y advirtió que la cama estaba aún cubierta con una colcha húmeda raída. Las cortinas seguían echadas y uno de los paneles de la ventana se había caído. En una pequeña mesa, situada junto a una silla de damasco, había un vaso con un residuo oscuro en el interior. Distinguió un libro abierto con las tapas hacia arriba, y otros en los estantes que se habían hinchado hasta reventar las tiras de cuero que los ataban.

No hubo necesidad de que nadie le dijera que aquélla era la habitación de Carlo, que la habían abandonado de manera apresurada y que ningún ser humano había vuelto a poner los pies en ella.

Vio sobresaltado las zapatillas a los pies de la cama, las velas comidas por las ratas en las palmatorias y, apoyado en un cofre, como si hubiera sido arrojado allí con descuido, un retrato.

Estaba enmarcado con el habitual óvalo dorado, el mismo que tenían los cuadros de la galería y del gran salón del piso de abajo. Era evidente que procedía de allí.

Ése era el rostro de su hermano, más elocuente que en ningún otro sitio, con aquellos grandes ojos negros que contemplaban su habitación devastada con absoluta ecuanimidad.

—Espera fuera —le pidió Tonio en voz baja al *signore* Lemmo.

Desde la ventana, abierta de par en par, se extendía una vista de tejados rojos que se deslizaban en distintas direcciones, interrumpidos de vez en cuando por pequeños jardines y torres, y las cúpulas distantes de San Marco.

Andrea emitió un sonido silbante. Un agudo dolor pulsó en las sienes.

—¿Padre? —le dijo Tonio, acercándose.

La cabeza de Andrea se volvió con desgana. Los ojos marrones no dieron señal de haberlo reconocido. En su rostro, más demacrado que nunca, se apreciaba el brillo de la fiebre. Aquellos ojos, siempre tan veloces, cuando no graves, se mostraban esquivos, como cubiertos por una película cegadora.

—Lo que ocurre... lo que ocurre es que lo detesto —susurró Andrea. Su rostro se iluminaba lentamente.

—¿El qué, padre? —preguntó Tonio aterrorizado. Algo grave estaba ocurriendo, algo espantoso.

—El carnaval, el carnaval —balbuceó Andrea con labios temblorosos. Apoyó la mano en el hombro de Tonio—. Estoy... estoy... tengo que...

—¿Por qué no bajáis, padre? —sugirió Tonio vacilante.

Entonces vio cómo se operaba en su padre una terrible transformación.

Tenía los ojos desencajados y la boca torcida.

—¿Qué estás haciendo aquí? —le increpó Andrea—. ¿Cómo has entrado en esta casa sin mi permiso? —Se había erguido con dignidad, presa de una furia inmensa y aniquiladora.

—¡Padre! —susurró Tonio—. Soy yo... Soy Tonio.

—¡Ah! —Su padre había alzado la mano y la había dejado suspendida en el aire.

Siguió un momento de infinita congoja en el que de nuevo se impuso la realidad.

Avergonzado y lleno de pesadumbre, Andrea miró a su hijo. Las manos y los labios le temblaban de ansiedad.

—Ah, Tonio —suspiró—. Mi Tonio.

Durante un prolongado instante ninguno de los dos habló. Del pasillo llegaban rumores de voces que luego callaron.

—Padre, volved a la cama —le suplicó Tonio. Por primera vez reparó en los huesos de Andrea bajo el tejido que lo cubría.

Parecía frágil y desvalido. Un ser vulnerable al que sería fácil vencer.

—No, ahora no. Estoy bien —respondió Andrea. Apartó las manos de Tonio de forma un tanto brusca para dirigirse de nuevo hacia la ventana abierta.

Abajo, las góndolas se movían como un rebaño en las verdes aguas. Una barcaza avanzaba despacio hacia la laguna. Una pequeña orquesta tocaba con alegría en el embarcadero cuya barandilla estaba adornada con rosas y lirios. Unas figuras diminutas centelleaban y giraban al tiempo que se escondían bajo un toldo de seda blanca y, trepando por el muro, llegó hasta ellos el eco de una débil risa.

—A veces pienso que envejecer y morir en Venecia se ha convertido en una abominación del gusto —dijo Andrea—. ¡Sí, el gusto, el gusto, como si la vida no fuera otra cosa que una cuestión de gusto! —rugió, con un sonido ronco en la garganta, casi un estertor—. ¡Tú, gran ramera!

—Papá —susurró Tonio.

—Hijo mío, no hay tiempo para que crezcas despacio. —La mano que lo tocaba semejaba una garra—. Ya te lo dije una vez. No olvides mis palabras. Tienes que convencerte de que ya eres un hombre. Tienes que obrar como si ésa fuera la única verdad, desafiando a la química divina. Sólo entonces todo ocupará el lugar que le corresponde, ¿comprendes?

Sus pálidos ojos clavados en Tonio emitieron un destello de luz que se apagó poco después.

—Me hubiera gustado legarte un imperio, mares lejanos, el mundo, pero ahora éste es el bien más preciado de que puedo hacerte entrega: cuando hayas decidido que eres un hombre, te convertirás en un hombre y todo lo demás ocupará el lugar que le corresponde. Recuérdalo.

Pasaron dos horas antes de que pudieran convencer a Tonio de que emprendiera el viaje al Brenta. Alessandro entró dos veces en los aposentos de su padre y en ambas ocasiones salió diciendo que la orden de Andrea era inapelable.

Tenían que marcharse a la villa Lisani. Andrea estaba preocupado porque ya llevaban retraso. Quería que emprendiesen el viaje de inmediato.

Finalmente, el *signore* Lemmo ordenó que cargaran el equipaje en las góndolas y se llevó a Tonio aparte.

—Está sufriendo, Tonio —dijo—. No quiere que tú ni tu madre lo veáis de ese modo. Ahora escucha. No debe saber que estás inquieto. Si experimenta algún cambio de importancia en su estado, te mandaré llamar.

Mientras cruzaban el pequeño embarcadero, Tonio intentaba contener las lágrimas.

—Sécate los ojos —susurró Alessandro, mientras lo ayudaba a embarcar—. Está en el balcón, despidiéndonos.

Tonio alzó la vista, vio una espectral figura que apenas se mantenía en pie. Andrea se había puesto la túnica escarlata, llevaba el cabello peinado, y esbozaba una sonrisa helada, como esculpida en mármol blanco.

—Nunca volveré a verlo —suspiró Tonio.

Dio gracias a Dios por la rapidez con que navegaba el pequeño bote y por el curso serpenteante del canal. Cuando por fin se recostó en la *felze*, se echó a llorar en silencio.

Sentía la constante presión de la mano de Alessandro.

Cuando levantó la vista, advirtió que Marianna miraba por la ventana con expresión nostálgica.

—El Brenta —dijo casi en un susurro—. No he ido al continente desde que era una niña.

19

En el reino de Nápoles y Sicilia, Guido no encontró alumnos que merecieran ser llevados al conservatorio. De vez en cuando le presentaban a algún muchacho prometedor, pero no tenía valor para decirles a los padres que él recomendaría la castración.

En cuanto a los chicos ya castrados, no encontró ninguno a quien valiese la pena preparar.

Continuó su búsqueda en los estados papales, en la mismísima Roma y después más al norte, en la Toscana.

Pasaba las noches en posadas ruidosas, los días en carruajes de alquiler, a veces cenaba con los gorrones de alguna familia noble, guardaba sus pocas pertenencias en una raída maleta de cuero, y llevaba la daga sujeta a la mano derecha bajo la chaqueta para defenderse de los bandidos que por todas partes asaltaban a los viajeros.

Visitó las iglesias de las poblaciones pequeñas. Escuchaba ópera siempre que se le presentaba la ocasión, tanto en las ciudades como en los pueblos.

Cuando se marchó de Florencia, dejó a dos muchachos de cierto talento en un monasterio donde se alojarían, hasta que él volviera para llevárselos a Nápoles. No eran una maravilla, pero sí mejores que los que había escuchado hasta entonces, y no quería volver de vacío.

En Bolonia, frecuentó los cafés, conoció a los grandes representantes teatrales, pasó horas con los cantantes que allí se reunían en busca de un contrato para la temporada. Esperaba oír hablar de algún andrajoso muchacho dotado de una gran voz que tal vez soñara con los escenarios, que quizá deseara tener la oportunidad de estudiar en los grandes conservatorios de Nápoles.

De vez en cuando aparecían viejos amigos que lo invitaban a una copa, antiguos condiscípulos que le contaban sus hazañas con orgullo y cierto sentimiento de superioridad.

Pero todo resultó en vano.

Y llegó la primavera y mientras el aire se volvía más cálido y dulce e inmensas hojas verdes brotaban en las ramas de los álamos, Guido se dirigió hacia el norte, hacia el lugar que encerraba el misterio más profundo de toda Italia: la antigua y gran república de Venecia.

20

Andrea Treschi murió durante la peor canícula del mes de agosto. De inmediato el *signore* Lemmo se puso en contacto con Tonio para informarle de que Catrina y su marido serían a partir de entonces sus tutores. En cuanto Andrea comprendió que le quedaba muy poco tiempo de vida, llamó a su hijo Carlo, quien se hizo a la mar desde Istanbul.

SEGUNDA PARTE

1

La casa estaba llena de muerte y desconocidos. Hombres ancianos ataviados con túnicas negras y escarlatas susurrando sin cesar. Procedente de los aposentos de su padre, se alzó aquel terrible sonido, aquel bramido inhumano. Lo oyó comenzar, lo oyó aumentar de volumen.

Cuando por fin las puertas se abrieron de par en par, su hermano Carlo salió al pasillo y lo miró fijamente con una sonrisa pálida y leve, tímida y desesperanzada. Una sonrisa que servía de débil, terrible y avergonzado escudo de la cólera.

Observó a su hermano remontar el Gran Canal. Lo vio de pie en la proa del bote; su capa ondeaba ligeramente en la brisa húmeda, y advirtió el parecido que guardaban en el color del pelo y la forma de la cabeza. Vio a Carlo desembarcar mientras él lo esperaba en lo alto de la escalera.

Ojos negros, unos ojos negros idénticos a los suyos, y ese sobresalto repentino cuando Carlo, a buen seguro, percibió el parecido. El rostro, más ancho, bronceado por el sol, súbitamente inundado de sentimiento. Carlo había avanzado las manos en señal de bienvenida, y tras tomar a Tonio en sus brazos lo apretó con tanta fuerza contra sí que le pareció notar el suspiro que exhaló Carlo antes de haberlo oído realmente.

¿Qué esperaba Tonio? ¿Malicia, amargura? ¿Pasión reprimida transformada en astucia? Era una expresión tan sincera que parecía el cándido espejo del cariño. Aquellas manos le acariciaron sin miedo la cabeza, aquellos labios se posaron en su frente. En su tacto había una amorosa posesividad y por un momento, mientras permanecían abrazados, Tonio sintió un recóndito y glorioso alivio.

—Has venido —susurró.

Con tanta suavidad que la voz pareció retumbar en su enorme tórax, su hermano pronunció el nombre:

—Tonio.

Luego aquel grito incipiente, aquel pasmoso rugido que crecía y crecía, aquel aullido con los dientes apretados, aquel puño que caía una y otra vez sobre la mesa de su padre.

—¡Carlo! —susurró Catrina, quien apareció detrás de Tonio con un crujido de seda, el velo negro echado hacia atrás y el rostro cubierto por la tristeza al tiempo que las puertas se abrían para recibirlo.

Ruidos suaves, cuchicheos. Catrina lo siguió por el pasillo. El *signore* Lemmo corría de un lado a otro con pasos silenciosos y Marianna, de luto, tenía la vista clavada en el suelo.

De vez en cuando, Tonio distinguía el brillo de las cuentas del rosario que se deslizaba por su mano y el de sus ojos cuando los alzaba durante un instante.

Carlo entró en la habitación pero ella ni siquiera levantó la cabeza y Tonio advirtió calladamente su presencia por el rabillo del ojo.

Cuando Carlo se inclinó ante Marianna lo hizo hasta el suelo.

—*Signora* Treschi —dijo. Se parecía tanto a sus retratos que el ardiente sol de Oriente parecía haber intensificado sólo el color de su piel. El vello de sus manos era negro y de él parecía emanar un perfume oriental, almizclado y matizado de especias. En la mano derecha llevaba tres anillos.

Justo en ese momento, en algún lugar, tras otra puerta, Catrina le suplicaba:

—Carlo, Carlo.

Beppo apareció en lo alto de la escalera y, detrás de él, la esbelta figura de Alessandro.

Alessandro dejó caer el brazo sobre el hombro de Tonio. Caminaron deprisa y en silencio hacia la habitación de Tonio.

La voz de Catrina subió de volumen momentáneamente al otro lado de la pared.

—Estás en casa, ¿no te das cuenta? Estás en casa, todavía eres joven y hay vida a tu alrededor.

De nuevo se oyó aquel grave, aquel incomprensible estallido de ira que la interrumpía.

Alessandro se quitó la capa azul oscuro mientras la puerta se cerraba. Sus ropas estaban salpicadas de lluvia, y sus grandes ojos soñadores aparecían ensombrecidos por la preocupación.

—Así que ya ha llegado —susurró.

—Alessandro, quédate, te necesito —dijo Tonio—. Necesito que te quedes bajo este techo cuatro años. Te necesito hasta que me case con Francesca Lisani. Mi padre así lo ha dispuesto en su testamento, en sus instrucciones a los albaceas de la propiedad. Pero durante cuatro años, Alessandro, debo imponerme a él.

Alessandro presionó el dedo contra los labios de Tonio como si fuera el ángel que puso el sello final en el momento de la creación.

—No eres tú quien debe imponerse, Tonio, sino la voluntad de tu padre y de aquellos cuya responsabilidad es hacer que se cumpla. ¿Ha sido desheredado?

Su voz bajó de volumen con la última palabra. Eso hubiera sido un castigo terrible, sólo posible si Carlo hubiera puesto las manos encima a su padre con intención de hacerle daño, pero eso jamás había sucedido.

—Los bienes no se dividen —murmuró Tonio—, pero las instrucciones de mi padre son claras. Tengo que casarme. La mayor parte del legado se destina a mi preparación, educación y a las exigencias que se deriven de mis obligaciones como estadista. A Carlo se le asignará una exigua paga y se le aconseja que procure por el bienestar de mis hijos...

Alessandro asintió. Para él no constituía ninguna sorpresa.

—¡Está furioso, Alessandro! Exige una explicación. Es el hijo mayor y...

—Eso, en Venecia, no significa nada, Tonio —le recordó Alessandro—. Tú has sido elegido por tu padre para casarte. No tengas miedo. Todo este proceso no depende de ti, sino de la ley y de tu tutor.

—Alessandro, quiere saber por qué el destino de esta casa debe quedar en manos de un adolescente...

—Tonio, Tonio —susurró Alessandro—. Aunque quisieras, no podrías cedérselo. No te atormentes. Yo estaré a tu lado para todo lo que necesites.

Tonio contuvo el aliento. Tenía la mirada perdida, aquellas palabras de apoyo no le tranquilizaban en absoluto.

—Alessandro, si pudiera sentir desprecio hacia él... —empezó a decir.

Alessandro tenía la cabeza ladeada y su rostro adoptó una expresión de infinita paciencia.

—Pero no parece que él... Es tan...

—No depende de ti —repitió Alessandro con dulzura.

—¿Cómo era? —le presionó Tonio—. Porque seguro que habías oído hablar de él.

—En efecto —afirmó Alessandro, y sin darse cuenta, apartó un mechón de cabello de la frente de Tonio. Luego apoyó la mano en el hombro del joven—. Pero sólo estaba enterado de lo que ya sabía todo el mundo. Era un joven impetuoso. Y en esta casa hubo mucha muerte, la muerte de su madre, la muerte de sus hermanos. Poco más puedo decirte.

—Catrina no lo desprecia —susurró Tonio—. Lo compadece.

—Ah, Tonio, lo compadece pero es tu tutora y se pondrá de tu parte. Cuando comprendas que no puedes hacer nada al respecto, hallarás sosiego.

—Alessandro, cuéntame. La mujer a la que rechazó, la que mi padre le había elegido como esposa...

—Yo no sé nada de eso —lo interrumpió Alessandro sacudiendo ligeramente la cabeza.

—Pero rechazó a la esposa que mi padre había escogido para él. Se fugó con una chica de un convento y rechazó a la otra, Alessandro. ¿Era ella mi madre?

Alessandro estuvo a punto de negarlo cuando, de repente, hizo una pausa y durante unos segundos pareció desconcertado por la pregunta.

—Si mi madre es la chica a la que Carlo rechazó, ahora la vida aquí será insoportable para ella.

—No es la chica a la que rechazó —contestó Alessandro en voz baja tras un breve silencio.

Casa oscura, casa vacía, ruidos extraños.

Subió las escaleras que conducían a la planta superior.

Sabía que Carlo estaba en su antigua habitación, veía la inusitada luz del sol que iluminaba el pasillo polvoriento.

Aquella mañana, en la mesa, su hermano había preguntado por él, había enviado a sus sirvientes turcos a que lo invitaran a bajar, pero Tonio se quedó sentado en la cama, con la cabeza entre las manos, murmurando excusas a aquellos rostros extraños.

En esta ocasión caminó deprisa, de puntillas, hasta detenerse ante la puerta y observar a su hermano moviéndose entre aquellas ruinas desoladoras: la cama no era más que un andamio de harapos y polvo, el libro que sostenía en sus manos se había hinchado por la lluvia y las páginas estaban todavía húmedas.

Leía en un susurro, con el cielo azul a sus espaldas oscurecido por las mugrientas ventanas, y era como si el sonido de aquella voz perteneciera a ese lugar. Con ritmo monótono empezó a pronunciar más alto las palabras, aunque él mismo era su única audiencia, al tiempo que, lentamente, agitaba en el aire la mano derecha.

Carlo descubrió a Tonio y la calidez volvió a su rostro; al sonreír se le achicaron los ojos, cerró el libro y dejó la mano derecha sobre la cubierta.

—Pasa, hermanito —dijo—. Como puedes ver, no sé, bueno, no sé qué hacer. No puedo invitarte a que te sientes conmigo en mis antiguos aposentos.

En su tono no había ironía, y sin embargo Tonio se

ruborizó. Mortificado por la vergüenza, fijó la vista en el suelo, incapaz de articular ni una palabra.

¿Porqué no había dado órdenes a los criados para que le preparasen la habitación de inmediato? ¿Cómo no se le había ocurrido? Por el amor de Dios, había sido el amo y señor durante ese corto espacio de tiempo, ¿no era así? Y si él no daba las órdenes, ¿quién iba a hacerlo? Contempló las paredes manchadas y desconchadas, la alfombra raída.

—Ah, como puedes ver en esta casa me querían con auténtica devoción —suspiró Carlo. Dejó el libro y su mirada recorrió el techo agrietado—. Ya ves que conservaron mis tesoros, que evitaron que las polillas se comieran mi ropa, que guardaron los libros en un lugar seco.

—¡Perdóneme, *signore*!

—¿Qué debo perdonarte? —Carlo extendió la mano y mientras Tonio se acercaba lo atrajo hacia sí, y Tonio sintió de nuevo la calidez de su cariño, su fuerza. Y en algún rincón de su mente, brotó un pensamiento sereno: «Cuando sea un hombre seré así, veo el futuro con una claridad que a pocos les está permitida.» Su hermano lo besó en la frente con dulzura.

—¿Y qué podrías haber hecho tú, hermanito?

No esperó a que le respondiera. Abrió de nuevo el libro y acarició las letras borrosas del título, *La Tempestad,* y las columnas paralelas de texto impreso bajo él. Su voz descendió de nuevo hasta aquel rítmico susurro.

—*«Tu padre yace a cinco brazas de profundidad...»* —Y cuando alzó la vista de nuevo pareció sorprendido por la presencia de Tonio.

¿Qué te ocurre, qué ves? ¿Me desprecias?, pensó Tonio. Y sintió que la desolación de aquella habitación caía sobre él, que el polvo lo asfixiaba, y por primera vez respiró rodeado por el hedor de lo que se pudría allí dentro.

Sin embargo, su hermano no desvió la mirada, y sus ojos negros habían perdido toda conciencia de su propia expresión.

—Primer hijo de la unión —susurró Carlo—. Un hijo nacido en la cúspide de la pasión. Merecedor de todas las bendiciones, como dice el refrán, el primer hijo. —Entonces frunció el ceño y su boca mostró en las comisuras un leve pliegue.

—Pero yo era el último hijo engendrado por la sangre de mis padres —prosiguió— y nosotros dos somos tan iguales... Así que no hay ley que valga. ¿Verdad que no? Primer hijo, último hijo, ¡salvo el sentimiento del padre por el primer hijo!

—Por favor, *signore*, no entiendo lo que quiere decir.

—No, claro, ¿cómo ibas a entenderlo? —dijo Carlo, con el mismo tono imperturbable de antes, con la misma dulzura y sin atisbo de malicia. Miró a Tonio perplejo, como si hallara placer en hacerlo. Tonio, bajó su mirada, empequeñecía y se sentía desdichado.

—¿Y esto, lo entiendes? —preguntó Carlo—. Mira a tu alrededor. —Era de nuevo aquel bramido amenazante que rozaba los límites del lenguaje.

—*Signore*, por favor, permítame llamar a los criados para que limpien esta habitación.

—Oh, ¿lo harías? Aquí eres dueño y señor, ¿no es así? —Su voz se había dilatado y sonaba más tenue.

Tonio lo miró a los ojos. En ellos no había enojo, había cólera. Y sacudiendo la cabeza con impotencia, desvió la mirada.

—No, hermanito, no es culpa tuya —lo tranquilizó Carlo—. Y qué distinguido eres —dijo con tierna sinceridad—. Cuánto debió de quererte. Claro, probablemente, de haber sido tu padre, yo también te hubiera querido.

—¡*Signore*, enséñeme de qué modo podemos llegar a querernos!

—Si yo ya te quiero —musitó Carlo—. Pero ahora déjame solo, antes de que diga algo que después lamentaría. Mira, todavía no soy yo mismo quien está ahora aquí. He venido a esta casa para encontrarme a mí mismo asesinado, enterrado por los demás, y por eso vago por las estancias como si fuera mi propio fantasma, y en este estado mental no es difícil dejarse arrastrar peligrosamente por pensamientos y palabras diabólicos.

—Oh, entonces no se quede aquí, por favor. Por favor, ocupe los aposentos de él, los de la primera planta.

—Ah, ¿me das esas habitaciones, hermanito?

—*Signore*, no era ésa mi intención. No pretendo cometer semejante falta de respeto. Lo que quiero decir es que puede ocuparlas.

—Oh, ¿por qué no serás un niño mimado e insoportable? —suspiró Carlo—. Hubiera podido maldecirlo aún más por haberlo consentido.

—No podemos hablar de ese modo. Si lo hacemos, acabaremos aborreciéndonos.

—Y eres hábil, inteligente y valiente. Sí, eres muy valiente, hermanito. Vienes a encontrarte conmigo frente a frente y a hablarme. ¿Qué has dicho hace un momento? ¿Que tengo que enseñarte la manera de que nos queramos?

Tonio asintió. Sabía que si en aquel momento intentaba decir algo, la voz se le quebraría. Rígido por la proximidad de aquel hombre, se inclinó hasta que sus labios rozaron la mejilla de su hermano y percibió una vez más el suspiro de Carlo cuando éste lo envolvió entre sus brazos.

—Es muy difícil, mucho —dijo Catrina. Era medianoche pasada y toda la casa estaba a oscuras salvo la habitación donde Carlo caminaba sin cesar de un lado a otro. Tonio oía el vino en su voz, que era como un estallido sin modulación alguna.

—Has vuelto rico y todavía eres joven y, por el amor de Dios, ¿no hay bastantes distracciones en esta ciudad que puedan procurarte placer? No tienes esposa, ni hijos. ¡Eres libre!

—La libertad no me interesa, *signora*. Sé lo que puede comprar, lo que te puede proporcionar. Sí, rico, joven y libre, ¡hace quince años que soy todo eso! Se lo aseguro, mientras él vivía, era el fuego del purgatorio, y ahora que está muerto, ¡es el infierno! No me habléis de libertad. Ya he cumplido la penitencia que se me impuso para poder casarme y...

—¡No puedes ponerte en su contra, Carlo!

Unos sirvientes de rostros oscuros invadieron los pasillos. Jóvenes que esperaban ociosos ante las puertas de los aposentos de Andrea. Marcello Lisani llegó temprano para desayunar con Carlo en la mesa del gran comedor.

—¡Pasa, Tonio! —le indicó Carlo con una seña. Se había puesto en pie de inmediato, deslizando la silla hacia atrás sobre las baldosas rojas, al vislumbrar a su hermano en el umbral.

Pero Tonio, después de hacerle una rápida reverencia, lo evitó. Y ya dentro de su habitación, se quedó en silencio apoyado contra la puerta como si hubiera encontrado una especie de refugio.

—Resignado, no. No está resignado. —Catrina sacudió la cabeza. Sus vivaces ojos azules se estrecharon tan sólo un instante mientras hojeaba las lecciones de Tonio. Luego se las devolvió a Alessandro. Su prima tenía un número considerable de papeles en un portafolios de cuero: cuánto pagar al cocinero, cuánto pagar al criado, a los preceptores, cuánta comida debía comprar e información referente al resto de cuestiones domésticas.

—De todas formas, tienes que sobrellevar esto en silencio —dijo, cerrando la mano sobre las de Tonio—. No lo provoques.

Tonio asintió. Angelo, en un extremo de la habitación, nervioso e inquieto, alzaba esporádicamente la vista de las páginas de su breviario.

—Dejemos pues que se reúna con sus amigos, que vea quién ejerce ahora influencia, quién ostenta el poder. —La voz de Catrina bajó de tono al tiempo que se aproximaba y lo miraba a los ojos—. Dejemos que se gaste el dinero si así lo desea. Ha vuelto con una fortuna y se queja de estos cortinajes oscuros. Está ansioso de lujos venecianos, baratijas francesas y hermosos empapelados. Dejemos que...

—Sí, sí... —aceptó Tonio.

Cada mañana Tonio lo veía salir de la casa, observaba cómo bajaba deprisa las escaleras acompañado por el tintineo de las llaves, el ruido metálico de su espada en el costado y el retumbar de sus botas sobre el mármol, unos sonidos tan poco familiares que parecían cobrar vida propia, mientras por la rendija de su puerta, Tonio veía blancas pelucas en una hilera de bustos de madera barnizada, y oía el anciano susurro de Andrea: vanidad.

—Cena conmigo esta noche, hermanito. —A veces parecía salir de las sombras, como si hubiera estado apostado allí, esperándolo.

—Por favor, *signore*, perdóneme, mi estado de ánimo, mi padre...

Tonio oyó en algún lugar la voz inconfundible de su madre que cantaba.

A última hora de la tarde, Alessandro se hallaba sentado en la biblioteca, tan inmóvil que parecía una estatua. Ruido de pasos en la escalera, y la voz de ella interpretando aquella melancólica canción tan parecida a un himno, se colaban por las puertas abiertas, pero cuando Tonio se puso en pie para ir a buscarla, se encontró con que iba a salir.

Llevaba el libro de plegarias en la mano, se bajó el velo y pareció evitar su mirada.

—Lena vendrá conmigo —respondió. Ese día no necesitaba a Alessandro.

—*Mamma.* —Tonio la siguió hasta la puerta. Ella decía algo entre dientes—. ¿Estás a gusto en esta casa?

—Oh, ¿por qué me preguntas eso? —Su voz era alegre, pero su mano, que se abalanzó sobre su muñeca por debajo de la fina tela negra lo sobresaltó. Sintió una punzada de dolor y se enfureció.

—Si aquí no eres feliz, podrías vivir con Catrina —dijo, aunque temía que se marchara y que sus habitaciones también quedaran abandonadas, vacías.

—Estoy en casa de mi hijo. Abre las puertas —ordenó al portero.

Por las noches permanecía tumbado en la cama despierto, escuchando el silencio. Todo lo que quedaba fuera de su habitación se le figuraba territorio extranjero. Pasillos, estancias que conocía, hasta los rincones más húmedos y olvidados. Abajo se oían risas, y reconoció ese sutil casi imperceptible sonido de gente que recorría la casa, un sonido que sólo él percibía.

En algún momento de la noche una mujer gritó algo, cáustica, incontrolable. Se arrebujó y cerró los ojos, pero al instante se dio cuenta de que sonaba dentro de aquellas paredes.

Se había dormido. Había soñado. Al abrir la puerta, oyó de nuevo la conversación que mantenían abajo: la voz de Catrina aguda y estridente. ¿Estaba él llorando?

Hacía rato que había oscurecido. El carnaval de octubre añadía su leve y distante bullicio a los rumores de la noche. En el *palazzo* Trimani, cerca de allí, celebraban una fiesta. Tonio, solo en el gran comedor, con la mano sobre el grueso mantel, contemplaba los botes que circulaban a sus pies.

Su madre se encontraba en el embarcadero, bajo la ventana; Lena y Alessandro estaban detrás de ella. Su largo velo negro le llegaba hasta los pies y el viento, al echar hacia atrás la gasa, hacía una escultura de su cara mientras esperaba la góndola.

¿Estaba él en casa?

El gran salón era un mar profundo de oscuridad.

Estaba saboreando el silencio y la quietud de ese momento cuando lo interrumpieron los primeros sonidos: alguien avanzaba entre las sombras. Notó aquel perfume oriental almizcleño, el crujido de la puerta, unos tacones que caminaban a sus espaldas con un leve repiqueteo sobre el suelo de piedra.

Sorprendido en campo abierto, pensó, y el canal centelleó en su visión. El cielo estaba radiante sobre la lejana piazza de San Marco.

El cabello de la nuca se le erizó de manera imperceptible y sintió el contacto del hombre junto a él.

—En el pasado —le dijo Carlo entre susurros—, todas las mujeres se ponían esos velos porque las hacía parecer más hermosas. Cuando salían a la calle las envolvía un halo de misterio. Llevaban consigo una parte de Oriente.

Tonio alzó la mirada despacio y lo vio tan cerca que casi se rozaban. El color negro de la chaqueta de Carlo revelaba una cuchillada de brillante encaje blanco más semejante a un vago espejismo que a un trozo de tejido, y la peluca, con los perfectos rizos sobre las orejas y una elevación a partir de la frente, tan natural como el cabello auténtico, emitió un ligero destello.

Se acercó a la ventana y miró hacia abajo. Su parecido agitaba a Tonio cada vez que lo captaba. A la escasa luz de la vela, la piel de Carlo lucía tersa, y los únicos indicios de su edad los constituían unas líneas profundas en el contorno de los ojos que se tornaban arrugas con facilidad cuando esbozaba sus largas sonrisas.

En esos instantes una de aquellas sonrisas suavizaba su rostro, como si esa calidez irreprimible fuera señal inequívoca de que entre ellos nunca existiría enemistad alguna.

—Noche tras noche me evitas, Tonio. Cenemos juntos ahora. La mesa está puesta, la comida lista.

Tonio se volvió de nuevo hacia el agua, su madre se había ido; la noche, pese a sus pequeñas y perseverantes embarcaciones, parecía vacía.

—Mis pensamientos están con mi padre, *signore* —dijo Tonio.

—Ah, sí, tu padre. —Pero Carlo no se volvió. En las sombras se oyeron los movimientos de aquellos turcos silenciosos que empuñaban pequeñas llamas y las acercaban a los candelabros distribuidos por doquier, en la propia mesa, en el cofre situado bajo la escena de caza.

—Siéntate, hermanito.

«Necesito quererte», pensó Tonio. «No me importa lo que hayas hecho. Sé que de algún modo podrá remediarse.»

Tras inclinar la cabeza, Tonio se sentó, como tan a menudo había hecho en el pasado a la cabecera de la mesa. No transcurrió ni un minuto antes de que advirtiera lo que había hecho, y sus ojos se alzaron de inmediato para hacer frente a su hermano.

Se le desbocó el pulso. Estudió su sonrisa, aquel brillo afable. La nívea peluca hacía que el rostro oscuro de Carlo resaltara aún más y acentuaba la belleza de sus cejas altas mientras contemplaba a Tonio sin rencor ni censura.

—No nos llevamos bien —dijo Carlo. Y entonces su sonrisa se fundió despacio en una expresión más apacible y menos intencionada—. Por más que finjamos lo contrario, no nos llevamos bien. Ha pasado casi un mes y ni siquiera podemos compartir el pan.

Tonio asintió con lágrimas en los ojos.

—Y no deja de ser increíble —prosiguió Carlo—, el parecido que existe entre nosotros.

Tonio se preguntaba si era posible el amor entre dos personas cuando una de ellas lo expresaba en silencio. ¿Acaso Carlo no lo percibía en sus ojos? Mientras permanecía allí sentado, inmóvil e incapaz de pronunciar siquiera unas sencillas palabras, por primera vez fue consciente de que deseaba con toda su alma confiar en su hermano. Confiar en él, creer en él, pedirle ayuda. Sin embargo, sabía que aquello no era posible. No se llevaban bien. Quería marcharse de aquella habitación y lo inquietaba la atrevida y extraña elocuencia de su hermano.

—Mi guapo hermanito —musitó Carlo—. Ropa francesa —observó. Sus grandes ojos oscuros parpadeaban casi inocentes—. Y unos huesos tan delicados, como los de tu madre, creo, y también has heredado su voz, esa maravillosa voz de soprano.

Los ojos de Tonio rehuyeron deliberadamente la mirada de su hermano. Aquello era un tormento. Pero si no hablamos ahora, el dolor se hará más intenso.

—De niña —continuó Carlo—, cuando cantaba en la capilla, nos emocionaba hasta las lágrimas, ¿nunca te lo ha contado? Oh, qué ovaciones recibía. Los gondoleros la adoraban.

Despacio, Tonio volvió a fijar la vista en su hermano.

—Era una auténtica sirena —prosiguió Carlo—. ¿No te lo han dicho nunca?

—No —respondió Tonio, incómodo. Y sintió que su hermano observaba cómo se revolvía en la silla y de nuevo se apresuraba a desviar la mirada.

—Y lo hermosa que era, más hermosa incluso que ahora... —La voz de Carlo se había convertido en un susurro.

—*Signore*, ¡le agradecería que no hablara de ella en ese tono! —exclamó Tonio en un arrebato.

—¿Por qué? ¿Qué ocurrirá si hablo así de ella? —La voz de Carlo no se había alterado.

Tonio lo miró. Su sonrisa estaba cambiando y se prolongaba a la vez que se hacía más fría. Pocas cosas podía haber en el mundo tan terribles como esa sonrisa en un rostro humano, pensaba Tonio.

Pero tras ella se escondían la desdicha, la agitación, la cólera, que encontraban su máxima elocuencia en el grito desgarrado tras las puertas cerradas. En realidad no había frialdad en esa sonrisa, sólo fragilidad y desesperación.

—¡No fue mi voluntad! —exclamó Tonio de repente.

—Entonces cédemelo —replicó Carlo.

Así que de eso se trataba.

Había temido ese momento. Se hubiera puesto en pie para marcharse, pero la mano de su hermano había descendido sobre la suya y tuvo la sensación de estar clavado a la silla. Notó que empezaba a sudar bajo la ropa y de repente la habitación se volvió abismalmente fría. Miró las llamas de las velas, con la esperanza quizá de que le quemaran los ojos, consciente de que no podía hacer nada por evitar aquel instante.

—¿Te apetece oír mi versión? —preguntó Carlo en un murmullo—. Los niños son curiosos. ¿No sientes esa curiosidad natural? —Su rostro se encendió de ira aunque mantuvo la sonrisa y la voz se le quebró en la última sílaba, casi atemorizado por su propio volumen.

—No es a mí a quien tiene que reclamar, *signore*. Sus quejas no me conciernen.

—Oh, hermanito, me asombras. Nunca te echas atrás, ¿verdad? Creo que tienes una voluntad de hierro, como nuestro padre, y la obstinada impaciencia de tu madre, pero ahora vas a escucharme.

—Se equivoca, *signore*. ¡No lo escucharé! Tiene que presentar sus quejas a quienes han sido nombrados nuestros tutores para que rijan nuestra propiedad y nuestras decisiones.

Sin poder contener una oleada de repulsión hacia su hermano, Tonio apartó su mano de la de Carlo.

Su rostro, sin embargo, lo hipnotizaba. Era el rostro de un hombre mucho más joven que su hermano y que rebosaba de impetuosidad y desdicha. Desafiaba a Tonio, imploraba a Tonio, y utilizando sus propias palabras, no había en él ni un atisbo de la férrea voluntad que había conocido en su padre.

—¿Qué quiere de mí, *signore*? —preguntó Tonio. Había erguido los hombros y respiró hondo—. Dígame, *signore*, ¿qué se supone que debo hacer?

—¡Cedérmelo, ya te lo he dicho! —La voz de Carlo volvió a elevarse—. ¿No te das cuenta de lo que está haciendo conmigo? ¡Me arrebató lo que era mío y ahora intenta hacerlo de nuevo, pero esta vez no va a salirse con la suya te lo advierto!

—¿Y cómo lo va a evitar? —quiso saber Tonio. Su cuerpo temblaba pero brotaba de él esa euforia capaz de vencer cualquier temor—. ¿Soy yo acaso quien debe poner impedimentos? ¡Mentira! ¿Ir contra la voluntad de mi padre porque usted me ha pedido que lo haga? Tal vez mi voluntad no sea de hierro, *signore*, no lo sé, pero por mis venas corre sangre de los Treschi y me ha juzgado de manera tan equivocada que no encuentro la forma de sacarlo de su error.

—Oh, ya no eres ningún niño, ¿verdad que no?

—Sí, lo soy, y por este motivo estoy sufriendo ahora —respondió Tonio—. Porque usted, *signore*, es un hombre, y tendría que saber que yo no soy el juez a quien debe recurrir. No fui yo quien dictó la sentencia.

—¡Sentencia, sí, sentencia! —La voz de Carlo era titubeante—. Qué bien eliges las palabras, cuán orgulloso hubiera estado tu padre de ti. Eres listo, sí, y te sobra coraje...

—¡Coraje! —repitió Tonio en tono más bajo—. *Signore*, me obliga a pronunciar palabras imprudentes. No quiero discutir con usted. Déjeme marchar, esto es un infierno para mí, ¡hermano contra hermano!

—Sí, hermano contra hermano —dijo Carlo—. ¿Y qué ocurre con el resto de la familia? ¿Y tu madre? ¿Qué opina ella de todo esto? —preguntó en un susurro, acercándose tanto que Tonio retrocedió, aunque era incapaz de esquivar su mirada—. ¡Dime! ¿Qué hay de tu madre? —inquirió Carlo.

Tonio estaba demasiado sorprendido para responder.

Su cuerpo presionaba con fuerza el respaldo de la silla, sin dejar de mirar a su doble. Aquella vaga sensación de repulsión volvió a adueñarse de él.

—No entiendo lo que quiere decir, *signore*.

—¿No? Utiliza tu ingenio, eres lo bastante listo, llevas de cabeza a tus preceptores. Dime, ¿puede ser feliz una viuda afligida viviendo sola en casa de su hijo?

—¿Qué otra cosa puede hacer? —preguntó Tonio en voz baja.

La sonrisa volvió a su rostro, casi dulce y, sin embargo, tan frágil. En este hombre no hay verdadera malicia, se decía Tonio una y otra vez desesperado. No hay malicia, ni siquiera ahora. Sólo una inmensa insatisfacción. Una insatisfacción tan honda que todavía no ha tomado forma de derrota o amargura.

—¿Cuantos años tiene? —continuó Carlo—. ¿El doble que tú? ¿Y que ha sido su vida hasta ahora si no una condena? Cuando llegó a esta casa era una niña, ¿verdad? No es necesario que me respondas porque me acuerdo.

—No hable de mi madre.

—¿Me dices que no hable de tu madre? —Carlo se inclinó hacia delante—. ¿No es de carne y hueso como tú o como yo? ¿No ha estado quince años sepultada en esta casa con mi padre? Dime una cosa, Marc Antonio, ¿te encuentras hermoso cuando te miras al espejo? ¿No ves en mí ese mismo atractivo que encuentras en ti, en mayor o menor grado?

—Todo esto es horrible. Si dice una sola palabra más sobre ella...

—¿Me amenazas? Tus espadas son juguetes para mí, niño mío. Aún no ha aparecido ni la más leve sombra de barba en esa hermosa cara, y tu voz es tan dulce como la suya, al menos eso me han dicho. No me amenaces. Diré todo lo que me apetezca sobre ella. ¿Y cuántas palabras necesitaría decirle a ella para hacer que se arrepintiera de todos estos años, me pregunto?

—Es la esposa de su padre, por el amor de Dios —dijo Tonio con los dientes apretados—. Descargue su violencia contra mí, no le temo, pero a ella déjela en paz, ¿me oye?, o como niño que soy llamaré en mi ayuda a aquellos que están de mi parte.

Oh, aquello era el infierno, el infierno, más claro de lo que un sacerdote o un pintor lo hubieran podido representar jamás.

—¿Violencia? —Carlo soltó una carcajada suave y aparentemente sincera, su cara se serenó y sus ojos se agrandaron por un instante—. ¡Qué necesidad hay de utilizar la violencia! Ella es una mujer, hermanito. Y está sola, ansiosa de la caricia de un hombre, si es que todavía recuerda siquiera lo que es eso. Le dio un eunuco como amante cuando ella no estaba en sus cabales. Bueno, yo no soy un eunuco. Soy un hombre, Marc Antonio.

Tonio se había puesto en pie pero Carlo ya estaba a su lado.

—¡Es usted el mismísimo diablo, tal como él dijo! —exclamó Tonio.

—¡Oh! ¿Eso decía de mí? —gritó Carlo. Cogió a Tonio por el brazo y lo retuvo. Su rostro estaba contraído por el sufrimiento. Era dolor lo que sentía mientras se enfrentaba a Tonio—. Decía que yo era el demonio, ¿eh? ¿Y te dijo también lo que me había hecho? ¿Te dijo lo que me había robado? ¡Quince años de exilio! ¿Cuánto puede soportar un hombre? Si yo hubiera sido el demonio, habría tenido la fuerza del demonio en aquel infierno.

—Lo siento. —Tonio se soltó con una violenta sacudida—. Lo siento mucho. —Estaban frente a frente, con la mesa detrás de ellos. Los criados habían salido de la estancia y las velas desplegaban su ardiente luz por todos los rincones—. Juro por Dios que lo siento, pero no puedo hacer nada y ella tiene tan poco poder como yo.

—¿Poco poder? ¿Ella? ¿Cuánto tiempo podrás resistir en una casa que se ha vuelto en tu contra?

—Es mi madre, nunca se volverá contra mí.

—No estés tan seguro de eso, Marc Antonio. Pregúntate primero cuál fue el delito que cometió para ser condenada a quince años de exilio. —Avanzó al tiempo que Tonio se alejaba de él.

—Mi delito fue nacer bajo una estrella diferente, de naturaleza diferente. Él me odió desde el día en que nací, y nadie pudo conseguir que reconociera en mí ni la más mínima virtud. Ése fue mi pecado. Pero ¿cuál fue el de tu madre para que debiera dignarse a convertirla en su esposa y enterrarla en esta casa con un niño como única compañía?

—Apártese de mí —le pidió Tonio. Veía el enorme pozo oscuro del gran salón abriéndose al otro lado del umbral de la puerta. Sin embargo, no podía desprenderse de Carlo aunque su hermano ni siquiera lo tocaba.

—Te diré cuál fue su pecado —prosiguió Carlo—. ¿Estás dispuesto a escucharlo? ¡Entonces veremos si tienes derecho a decirme que no te hable de ella! Su pecado fue amarme, y cuando fui a buscarla a la Pietà, huyó conmigo.

—¡Miente!

—No, Marc Antonio...

—Todo lo que ha dicho es mentira...

—No, Marc Antonio, no es mentira. Y tú lo sabes. Lo habías adivinado. Y si no, ve a buscar a tu eunuco y que te cuente la verdad, ve a hablar con tu adorada Catrina. Sal a la calle, todo el mundo lo recuerda. La saqué de aquel convento a plena luz del día porque nos amábamos, y él, él no se dignó ni a mirarla.

—No le creo.

Tonio alzó la mano como si fuera a golpear a Carlo, pero ya ni siquiera podía distinguirlo con claridad. Veía sólo una forma borrosa ante él, una forma que se acercaba, que pasaba ante el resplandor de las velas, oscura, inexpresiva.

—Le pedí que me dejara casarme con ella. ¡Se lo supliqué de rodillas! ¿Sabes lo que me contestó? Nobleza del continente, se burló, una chica huérfana, sin dote. ¡Él elegiría una esposa adecuada para mí, y por su riqueza, su posición, y por lo mucho que me odiaba, escogió a una ajada arpía! «Padre», le rogué, «ven a la Pietà, ven a verla». Me arrodillé en este mismo suelo, implorándole.

»Y cuando lo peor ya había pasado, y me había desterrado, la tomó por esposa. ¡No le importó que perteneciera a la nobleza del continente, que fuera huérfana y sin dote, se casó con ella y pagó para que apareciera en el Libro de Oro! Hubiera podido hacerlo por mí, pero se negó. Después de desterrarme, la tomó para sí, es la verdad. ¡Llora, sí, llora hermanito! ¡Llora por ella y por mí! Por nuestro temerario amor y nuestro infortunio, y por el precio que ambos hemos pagado!

—¡Calle, no quiero escucharlo! —Tonio se llevó las manos a los oídos. Tenía los ojos cerrados—. Si no se calla, que Dios me ayude. —Alargó la mano en busca del marco de la puerta y cuando lo encontró apoyó en él la cabeza, incapaz de contener su llanto impotente.

—Acércate esta noche a su puerta —dijo Carlo en voz baja a sus espaldas—. Si lo deseas puedes escuchar por la cerradura. Entonces fue mía. Ahora volverá a serlo. Si no me crees, ¡pregúntaselo!

No llevaba máscara, tampoco *tabarro*. Se abrió paso entre la multitud empapada y bulliciosa con la lluvia, que a intervalos caía en furiosas ráfagas, cortándole el rostro, hasta que llegó al café y su atmósfera pegajosa lo impregnó por completo.

—¡Bettina! —susurró. Ella parecía dudar y luego, abriéndose camino entre espaldas y capas mojadas, horrendas bautas, payasos y monstruos, avanzó hacia él, con su pequeña capucha negra tiesa en lo alto de su cabeza, y las manos extendidas para coger las suyas.

—Por aquí, excelencia —dijo, y lo condujo a la calle, camino del embarcadero.

Tan pronto como la góndola se puso en movimiento, ella lo abrazó en el suelo de la *felze*, le tironeó del chaleco y de la camisa, al tiempo que se subía las faldas y lo envolvía entre sus piernas.

Se oía el sonido de la lluvia cayendo a raudales en el canal, por momentos golpeaba el puente de madera hueca que tenían encima, o corría impetuosa como un torrente, con determinación, a través de unos canalones invisibles. Tonio notaba que el bote se balanceaba de forma peligrosa bajo sus torpes movimientos; la *felze* olía a polvo, a carne sudorosa, a una densa fragancia entre sus piernas desnudas donde el vello estaba caliente y húmedo, y al hundir la cabeza en él, le rechinaron los dientes. Sintió la piel de seda de sus muslos contra el rostro, y luego las pequeñas y vehementes manos de ella tirándole del cabello. Aquella risa incontenible en sus oídos, sus pechos, tan grandes que no podía abarcarlos con las manos. Ella le abrió los pantalones, parecía brotar de la blusa y la falda, blanca y dulce, al tiempo que sus dedos lo acariciaban, excitándolo y guiándolo.

Tonio temía que ella se riera al ver que sólo era un muchacho; sin embargo, lo instó a que la penetrara de nuevo. Saltó de nuevo sobre ella, dentro de ella, con aquella explosión en su cerebro que borraba el tiempo, la pérdida, el horror.

El más simple pensamiento bastaría para destruirlo.

Sus manos buscaron ansiosas la carne caliente de debajo de sus rodillas, el húmedo calor de sus pechos, sus redondeadas pantorrillas, su boca audaz, abierta y anhelante, su aliento absorbente y aquella risa espontánea. Un sinfín de pequeños resquicios, pliegues, enigmas. El agua chapoteaba suavemente contra los costados del bote, la música era un vaivén de notas tenues e intensas. A veces se encontraba tendido en el suelo, bajo su delicioso peso, luego era ella quien estaba debajo y Tonio alzaba con la mano el cálido pliegue de su sexo, sin dejar de recorrer con la lengua su vientre suave y liso.

Cuando finalmente se tumbó, agotado, hasta el olor verde mar del agua parecía conjurarse en aquel instante, el olor húmedo de los mohosos cimientos cubiertos de musgo que se hundían más y más en el canal y la blanda tierra del fondo que era Venecia. Todo se fundía en dulzura y sal, su preciosa risa, la sesgada lluvia argentada que se colaba por las diminutas ventanas y le caía en el rostro mientras se abrazaba a ella.

Ojalá aquello durase eternamente, ojalá pudiera desterrar todo pensamiento, toda la pena y la tragedia, ojalá pudiera poseerla una y otra vez, y el mundo se desvaneciera y él no tuviera que vivir en aquella casa, en aquellas habitaciones, escuchando aquella voz. Se tendió boca abajo en la oscuridad y se cubrió la cabeza con las manos para que ella no oyera su llanto.

Unas voces tiraron de él.

Parecían flotar en aquellos diminutos y concurridos canales con pequeñas ventanas en lo alto, donde la colada colgaba durante el día, la basura se apilaba contra los muelles y, al levantar la vista, se podía divisar a las ratas correr junto a las paredes, raudas, ágiles, como si en realidad volaran. Los gatos maullaban y gemían en la oscuridad. Oyó el chapoteo y el gorgoteo del agua. Se sintió ingrávido y lo inundó una paz deliciosa, mientras ella seguía acariciándolo.

—Te quiero, te quiero, te quiero, te quiero...

Pero ahí estaban de nuevo esas voces. Alzó la cabeza. Al tenor lo hubiera reconocido en cualquier parte, y también al *basso*, la flauta y el violín. Se apoyó sobre el codo, el bote se levantaba y se movía. ¡Eran sus cantantes!

—¿Qué ocurre, excelencia? —preguntó ella en un susurro. Estaba desnuda a su lado, sus ropas eran una masa informe de oscuridad en el regazo; sus hombros, exquisitamente curvados, sus ojos, dos lugares que no existían en la completa blancura de su cara mientras lo miraba.

Se sentó y se separó de ella con suavidad. La he poseído, pensó, amado, poseído, conocido. Sin embargo, no le había proporcionado sabor, ni ninguna emoción maravillosa. Se abrazó a ella por un instante, aspiró el aroma de su cabello y besó la sólida redondez de su pequeña frente. Las voces se acercaban más y más. ¡Eran sus cantantes!

Con toda probabilidad se marchaban ya a casa; si pudiera alcanzarlos... Se metió la camisa por dentro de los pantalones y se recogió el pelo.

—No os vayáis, excelencia —le suplicó ella.

—Querida mía —dijo él, tras ponerle unas monedas de oro en las manos y cerrarle los dedos sobre ellas—. Espérame mañana por la noche, después del atardecer. —Le pasó la falda por la cabeza, le puso la blusa suave y arrugada y le abrochó el chaleco, observando con un último resabio de placer el modo en que se le pegaba al cuerpo y lo envolvía.

Los cantantes habían llegado casi al canal; era Ernestino... ¿Cuántas veces había oído pronunciar ese nombre al pie de la ventana? El *basso* era Pietro, de voz ligera, sin densidad, un sonido puro pese a su profundidad, y aquella noche el violinista era Felix.

Cuando el bote se alejó de él a toda prisa bajo el puente cercano y desapareció en la oscuridad, Tonio deseó por un momento haber estado borracho como para tener el valor de comprar una jarra de vino en la *piazza*. Arrimado a la pared se encaminó hacia la calle; las piedras eran tan resbaladizas que podía haber caído fácilmente al agua.

¿Cómo eran? Había visto tan poco de ellos en la oscuridad... ¿Los reconocería?

A la luz de una puerta abierta, vislumbró de inmediato la pequeña orquesta. El más grande, corpulento, barbudo, con burda vestimenta era Ernestino, y cantaba una serenata a una mujer de brazos gruesos que estaba repanchigada en el escalón y se reía de él con dulzura. El violinista cabriolaba y enarbolaba el arco con furia. La música era penetrante y dulce.

De pronto Tonio elevó la voz, una octava más alta que la de Ernestino, y cantó las mismas frases en un dúo perfecto. La voz de Ernestino se hinchó, Tonio advirtió el cambio en su expresión.

—¡Ah, no es posible! —gritó—. Es mi serafín, es mi príncipe del *palazzo* Treschi. —Abrió los brazos, cogió a Tonio y lo levantó del suelo—. Pero, excelencia, ¿qué hacéis aquí?

—Quiero cantar contigo —respondió Tonio. Tomó la jarra de vino que le ofrecía. Al llevársela a la boca, se le derramó por la barbilla—. Quiero cantar contigo, vayas donde vayas.

Echó la cabeza hacia atrás. La lluvia le aguijoneaba los párpados y cantó en una infinita ascensión de notas, una coloratura pura y magnífica. Oyó el eco de las voces que parecían ascender hasta el límite mismo del cielo, y en la angosta oscuridad las luces centelleaban, describiendo las formas de diminutas ventanas. La voz más profunda de Ernestino ascendió siguiendo a la de Tonio, la sostuvo y luego descendió para que Tonio la elevara, esperando de nuevo en la última frase para cantarla juntos en arrebatadora armonía.

Una voz gritó un fuerte «bravo» y se produjeron suaves estallidos de alabanzas que procedían de las paredes mismas y que callaron de una forma tan repentina como habían empezado. Cuando las monedas chocaron contra las piedras mojadas, Felix se agachó para cogerlas.

Vagaron cantando juntos por muelles agitados por el viento hasta el amanecer, recorrieron cogidos del brazo la telaraña de calles. A veces los muros estaban tan pegados que se veían obligados a desfilar de uno en uno, pero sus voces adquirieron una dimensión sobrenatural. Tonio se sabía sus canciones favoritas; les enseñó otras. Una y otra vez cogió la jarra, y cuando se vaciaba compraba otra.

A su paso se abrían lisonjeras ventanas, y de vez en cuando se detenían a cantar una serenata a alguna difusa figura. Se paraban detrás de los *palazzi*, alejando a los caballeros y las elegantes damas de las sobremesas y los juegos de azar. A Tonio el pulso le latía en las sienes, sus audaces pies patinaban en las piedras resbaladizas, pero le parecía que su voz nunca había conocido un poder tan desenfrenado. Ernestino y Pietro estaban a su entera disposición, y cada vez que las fuerzas le flaqueaban, lo tentaban a lanzarse a mayores hazañas, aplaudiéndole tanto las notas penetrantes y altas como las subidas largas y tiernas a medida que sus canciones se volvían más lentas y se revestían de una dulce y acariciadora tristeza. Recordó que había cantado meciéndose, con las manos dobladas sobre el pecho; Ernestino lo incitaba a cantar una nana en una noche sin nombre ni final, donde la luna se liberaba de vez en cuando de las densas nubes para mostrar la lluvia que caía en una silenciosa cascada.

Melancolía, qué emoción tan cautivadora. Uno podía casi convencerse de la rima y motivo de la angustia.

Era de día.

El suelo de la *piazza* estaba cubierto de inmundicia; bajo las arcadas se alzaban voces airadas, pequeños grupos de enmascarados bailaban tomados del brazo, todo un regimiento vestido de negro con rostros de calavera, y la gran iglesia, resplandeciente y vibrante en la lluvia de la mañana, parecía pintada en un lienzo de seda colgado del cielo.

La cara de Bettina estaba hinchada por el sueño, se recogió el cabello y se apresuró para ir a recibirle.

Le preparó pan y mantequilla y un fuerte café turco. Le puso la servilleta en el regazo y como no alzaba la cabeza, ella se la sostuvo en alto.

Él recorrió con el dedo la pálida piel de su garganta y le preguntó:

—¿Me quieres?

2

Pasó una semana antes de que Tonio se atreviera a acercarse a los aposentos de su madre, sólo para que le dijeran que había salido a la iglesia, lo cual significaba que estaba durmiendo.

La siguiente vez que lo intentó, se había ido al *palazzo* Lisani.

Nunca estaba allí cuando iba a verla.

A la quinta mañana, soltó una carcajada ante la puerta.

Había vuelto a recaer en un silencio inanimado en el que no podía ni quería acosarla.

Por más que le doliera la cabeza por falta de sueño, se lavaba, engullía el desayuno y se dirigía a la biblioteca.

Catrina Lisani fue a verlo para comunicarle que Carlo, con una cuantiosa fortuna adquirida en Oriente, había pagado todas las deudas de la propiedad, que no eran pocas, y que tenía intención de restaurar la vieja villa Treschi junto al Brenta.

Tonio estaba tan cansado tras serenatas que duraban toda la noche, que apenas le prestó atención.

—Se está comportando, ¿no te parece? —preguntó ella—. Está cumpliendo con su deber. Tu padre no podría haber deseado nada mejor.

Mientras tanto, Carlo iba a todas partes acompañado de tres fornidos y taciturnos guardaespaldas que rondaban por la casa, intentando confundirse con las sombras. Lo seguían cada mañana cuando con sus túnicas patricias recién adquiridas iba a hacer sus reverencias a los senadores y consejeros en el Broglio.

Se estaba congraciando con todo el mundo y eso significaba, obviamente, que pretendía regresar a la vida civil.

Después de sus correrías nocturnas, Tonio tomó la costumbre de acudir a la *piazzetta* cada mañana, y allí observaba de lejos a su hermano. Sólo podía imaginar el contenido de aquellas conversaciones vehementes; apretones de manos, reverencias, alguna risa discreta. Aparecía Marcello Lisani, juntos caminaban arriba y abajo, arriba y abajo, confundiéndose con el gentío, contra una lontananza de mástiles de barco y el brillo empañado del mar.

Cuando tenía la certeza de que Carlo estaría fuera mucho rato, Tonio volvía por fin a la casa y recorría el interminable pasillo enlosado que conducía a los aposentos de su madre. Nunca respondía a su llamada. Las excusas de siempre.

Catrina no tardó en averiguar el secreto de Tonio. Vivía esperando el momento en que la oscuridad envolviera la casa, cayendo de repente del cielo invernal. Entonces salía. Y aguardaba en la calle a que Ernestino y la banda fueran a buscarlo.

—Así que tú eres el cantante del que todo el mundo habla. —Catrina estaba destrozada—. No puedes seguir así, Tonio, hazme caso. No debes permitir que la malicia de Carlo te corroa.

«¿Por qué no me lo dijiste?», pensó; no obstante permaneció en silencio. Sus preceptores lo regañaron, él desvió la mirada. El rostro de Alessandro tenía la marca inconfundible del miedo.

Casi había anochecido. No podía soportarlo más. La casa tenía un aspecto melancólico y se mostraba reticente a ser invadida por el suave crepúsculo primaveral. Apoyado contra la puerta de su madre, al principio notó que las fuerzas lo abandonaban. Luego, consumido por la rabia, forzó la doble puerta hasta que el cierre saltó de la madera y se encontró escudriñando sus estancias vacías.

Durante un segundo le resultó imposible distinguir nada en las sombras, ni siquiera los objetos más familiares. Luego fue vislumbrando a su madre inmóvil, sentada ante el tocador.

A retazos se desprendía un poco de luz de sus peines y cepillos de plata cuyo brillo se unía al resplandor de las perlas de su garganta, y Tonio advirtió también que en aquella solitaria oscuridad no iba vestida de luto, sino que se había puesto una prenda de un color exuberante e intenso, adornada con pequeñas joyas que, como puntos de luz, centellearon y desaparecieron cuando movió las manos para taparse la cara.

—¿Por qué has roto la puerta?

—¿Por qué no respondes a mis llamadas?

Distinguió sus níveos dedos entre el cabello, y le pareció que cruzaba los brazos sobre el pecho e inclinaba la cabeza hacia delante con abatimiento. Vio su nuca blanca y los cabellos que se separaban y le caían sobre el rostro formando un velo.

—¿Qué piensas hacer? —le preguntó de repente.

—¿Qué pienso hacer? ¿Qué puedo hacer? —preguntó él, irritado—. ¿Por qué me lo preguntas? Pregúntaselo a mis tutores. Pregúntaselo a los abogados de mi padre. No está en mis manos, nunca lo ha estado. Pero y tú, ¿qué piensas hacer tú?

—¿Qué quieres de mí? —susurró ella.

—¿Por qué no me lo contaste? —Se acercó a su rostro, con los labios fruncidos en una mueca—. ¿Por qué? ¿Por qué he tenido que oír de sus labios que cuando eras una muchacha, tú y él...?

—¡Calla, por el amor de Dios, calla! —gritó ella—. ¡Cierra las puertas, cierra las puertas! —De repente se levantó, pasó corriendo junto a él, cerró las puertas que él había forzado y luego se dirigió a las ventanas y echó las gruesas cortinas de terciopelo. Ambos quedaron envueltos por completo en la oscuridad.

—¿Por qué me torturas? —imploró ella—. ¿Qué tengo que ver yo con vuestra rivalidad? ¡Tonio, por el amor de Dios, me he pasado media vida en esta casa leyéndote cuentos! Yo entonces era una niña, no era mayor de lo que tú eres ahora. ¡No sabía nada del mundo y por eso cuando fue a buscarme me marché con él!

»Pero decírtelo... ¿cómo iba a confesártelo? Después de que Carlo fuera exiliado, su excelencia podía haberme encerrado de nuevo en la Pietà o en otro sitio peor, donde hubiera permanecido hasta el fin de mis días. Había perdido el honor, no me quedaba nada, pero él me trajo aquí, se casó conmigo y me dio su apellido. Cielo santo, durante quince años he intentado ser la *signora* Treschi, tu madre, lo que él quería que fuera. Pero decírtelo, ¿cómo iba a decírtelo? ¡Por el amor de Dios, le supliqué a Carlo que no te lo dijera! Tonio, salvo esas pocas noches con él cuando era una niña, he vivido como una monja en el claustro, y ¿qué he hecho para merecer esa vocación piadosa? ¿Acaso ves en mí la cara y el cuerpo de una santa? Soy una mujer, Tonio.

—Pero, *mamma*, tú y él, aquí bajo el techo de mi padre...

Sintió las manos de ella antes de oír el movimiento. Intentaba con torpeza taparle la boca, los ojos, aunque no podía ver absolutamente nada. Posó los cálidos y temblorosos dedos en sus párpados, apoyó la frente lisa en sus labios y sintió el cuerpo agitarse contra el suyo.

—Por favor, Tonio. —Sollozaba en voz baja—. No importa lo que haga con él ahora, yo no puedo hacer nada para evitar esa rivalidad. Tú no tienes ningún poder, tampoco yo. Oh, por favor, por favor...

—Ayúdame, madre —susurró—. El pasado no importa, ahora tienes que ayudarme, soy tu hijo. Madre, te necesito.

—Yo estoy contigo, pero no tengo ningún poder, nunca lo he tenido.

Sintió la cabeza de ella apoyada en su tórax y sus pechos irguiéndose suavemente. Alzó la mano derecha, encontró sus sedosos cabellos y los acarició.

—Esto tiene que terminar —musitó.

Al acabar el mes, Carlo fue vencido en su primera elección. Los miembros más antiguos del Gran Consejo hablaron de destinarlo de nuevo al extranjero. Sus jóvenes seguidores se opusieron.

Finalmente, las largas cláusulas del testamento de Andrea fueron claramente descifradas.

Después de las tajantes advertencias de que su hijo mayor no debía casarse, había establecido una rigurosa disposición que no podía romperse: Andrea había vinculado sus propiedades, lo cual significaba que nunca podrían dividirse o venderse. Sólo los hijos de Marc Antonio Treschi podrían heredarlas, por lo que, a pesar de las aspiraciones de Carlo, el futuro de la familia estaba en manos de Tonio.

Los herederos de Carlo sólo serían reconocidos si Tonio moría sin descendencia o resultaba incapaz de engendrar hijos.

Pero Carlo no reaccionó de manera violenta o vergonzosa. Asesorado por los amigos más viejos de su padre, quienes lo convencieron de que sería un escándalo desafiar los designios de su fallecido progenitor, pareció acatarlos. Continuó invirtiendo dinero en la casa y subió el sueldo a los preceptores de su hermano.

Aceptó todas y cada una de las humildes tareas que le confió el estado, decidido a complacer a la ciudadanía ilustre, y enseguida se convirtió en el patricio modelo.

Lo que algunos no sabían, otros se lo dijeron: alcanzar un puesto de importancia en la República costaba dinero, el dinero que convertiría a los hijos en candidatos para cargos futuros, y de los Treschi, irónicamente, era Carlo quien lo tenía. De ese modo, aquellos que anhelaban un puesto de influencia empezaron a acudir a él. Era un proceso político lógico.

Por otro lado, el hombre disfrutaba al máximo. No hacía nada indecoroso, sino que visitaba a todo el mundo, aceptaba todas las invitaciones, se dedicaba a los juegos de azar cuando tenía tiempo y frecuentaba los teatros para que toda Venecia supiera que era digno hijo de su ciudad natal.

Tonio nunca estaba en casa. Dormía a menudo con Bettina en una habitación encima de la pequeña taberna que el padre de ésta regentaba no lejos de la *piazza*. En dos ocasiones, sus primos, los Lisani, le llamaron al orden por su conducta, amenazándolo con la ira del Consejo de los Diez si no empezaba a comportarse como un patricio.

Su vida transcurría entre los canales y los brazos de Bettina.

Así que cuando las campanas repicaron el domingo de Pascua, la voz de Tonio era ya una leyenda en las calles de Venecia.

En los callejones de detrás del Gran Canal, la gente empezaba a escucharlo, a esperarlo. Ernestino nunca había visto semejante lluvia de monedas de oro. Y Tonio se las daba todas.

El exquisito placer que experimentó durante esas noches era más de lo que pudiera desear y ni siquiera él mismo comprendía por completo su significado.

Sólo sabía que cuando alzaba la vista hacia el cielo cuajado de estrellas, envuelto en las suaves brisas saladas procedentes del mar, se entregaba a las más desenfrenadas y clamorosas canciones de amor. Tal vez su voz era lo único que le quedaba de lo que hasta hacía poco habían sido padre, madre, hijo y la casa de los Treschi. Quizás esa necesidad se debía a que cantaba solo, a que ya no lo hacía con ella. Su madre lo rechazaba y él se había lanzado al mundo, donde no había límite para las notas a las que podía llegar o para el tiempo que las podía sostener. Mientras cantaba, soñaba a veces con Caffarelli, y se imaginaba en el escenario, pero aquello era más dulce, más inmediato, tenía más matices: consuelo, pena, aflicción.

La gente lloraba en las ventanas. Le hacían promesas de amor mientras vaciaban sus bolsas. Preguntaban el nombre de aquel ángel soprano, enviaban a los criados a invitarlo a entrar junto con su pequeña orquesta en sus elegantes comedores. Nunca accedió.

En cambio, seguía a Ernestino hasta sus lugares predilectos a medida que las horas se hacían más cortas y el cielo más pálido.

—Nunca había oído una voz como la suya —aseguró Ernestino—. Dios le ha bendecido, *signore*. Pero cante mientras pueda, porque no pasará mucho tiempo antes de que esas notas altas lo abandonen para siempre.

A través de la embriaguez suavemente acariciadora, las palabras cobraron su obvio sentido para Tonio. La virilidad, la pérdida de aquel don junto a muchas otras cosas.

—¿Ocurre de repente? —preguntó en un suspiro. Tenía la cabeza apoyada contra la pared. Levantó la jarra y advirtió que el vino le resbalaba por la barbilla, cosa que le ocurría a menudo, pero tenía que quitarse aquel sabor amargo de la boca.

—Por Dios, excelencia, ¿nunca habéis estado cerca de un chico al que le esté cambiando la voz?

—No, nunca he estado cerca de nadie, excepto de un hombre muy viejo y una mujer muy joven. No sé nada de los chicos de mi edad, no sé nada de los hombres. Y sé muy poco de la voz.

Una figura llenó la bocacalle. Su cuerpo parecía ocupar el espacio entre las paredes y Tonio fue presa de un repentino desasosiego.

—A veces es rápido —explicaba Ernestino—. Otras se prolonga durante mucho tiempo con notas quebradas. Nunca se sabe, pero por lo alto que sois para vuestra edad, excelencia y... y... —Esbozó una leve sonrisa y cogió la jarra. Tonio supo que estaba pensando en Bettina—. Bueno, tal vez ocurra más deprisa de lo habitual. —No dijo nada más y con su grueso brazo sobre Tonio lo guió adelante.

La figura había desaparecido.

Tonio sonrió, aunque nadie lo vio. Pensaba en las palabras que le había dedicado su padre, casi sus últimas palabras, y de repente la angustia lo paralizó y lo aisló.

«Cuando hayas decidido que eres un hombre, te convertirás en un hombre.» ¿Podía, pues, la mente influir en la carne? Sacudió la cabeza, hablando consigo mismo. Sintió un odio inesperado y terrible contra Andrea.

Le parecía imperdonable ser víctima de aquella zozobra, que tuviera que encontrarse allí, vagando con cantantes callejeros en aquel vulgar y tortuoso lugar. Pero seguía caminando, apoyado cada vez más pesadamente en Ernestino.

Habían llegado al canal. Ante ellos ardían unas farolas bajo la tenue sombra del puente donde se reunían los gondoleros.

Allí apareció la figura de nuevo, estaba seguro de que era la misma, por su corpulencia y estatura, y resultaba obvio que el hombre los vigilaba.

Tonio se llevó la mano a la espada y por un instante permaneció absolutamente inmóvil.

—¿Qué ocurre, excelencia? —preguntó Ernestino. Se encontraban a pocos pasos de la taberna de Bettina.

—Ése de ahí —respondió Tonio, pero el peso de la sospecha le hacía flaquear y lo aturdía. ¿Le enviaban la muerte? ¿Un asesino a sueldo, tal vez? Le pareció que había llegado al límite, que aquello ya no era vida sino un mundo de pesadilla en el que aquel centinela esperaba en el puente y unos desconocidos lo instaban a atravesar un umbral que carecía de sentido para él.

—No os preocupéis, excelencia —dijo Ernestino—. Es el maestro de Nápoles. Un maestro de canto que ha venido a buscar chicos. ¿No os habíais dado cuenta antes? Se ha convertido en vuestra sombra.

Ya había amanecido cuando Tonio despertó de aquel letargo provocado por la borrachera en la mesa de la taberna y alzó la cabeza. Bettina estaba sentada a su lado, con el brazo bajo su abrigo y dándole calor en la espalda con su cuerpo, como si quisiera protegerlo del sol que se acercaba, mientras Ernestino, perdida toda compostura, mantenía una airada discusión con el padre de la chica.

Recostado contra la pared, junto a la puerta, estaba aquel hombre fornido, de cabello castaño, grandes ojos amenazadores y una nariz tan plana que parecía haber sido aplastada. Era joven. Llevaba un abrigo harapiento y una espada con la empuñadura de latón, y miraba a Tonio con insolencia mientras alzaba una jarra.

3

Ya casi había oscurecido en San Marco, y el inmenso edificio aparecía salpicado de luces vacilantes que conferían un pálido brillo a los antiguos mosaicos. El viejo Beppo, el anciano preceptor eunuco de Tonio, sostenía en la mano una única vela y miraba con ansiedad a Guido Maffeo, el joven maestro de Nápoles.

Tonio se quedó solo en el ala izquierda del coro. Acaban de cantar y en la iglesia seguía suspendido el eco nítido de su última nota, nada podía acallarla.

Alessandro permanecía en silencio, con las manos cruzadas tras la espalda, mirando las dos pequeñas figuras de abajo: Beppo y Guido Maffeo. Fue el primero en observar que los rasgos de Maffeo se distorsionaban. Beppo no se había dado cuenta y al primer estallido gutural del italiano del sur, Beppo quedó visiblemente sorprendido.

—¡De una de las más grandes familias venecianas! —Guido repetía las últimas palabras de Beppo. Se inclinó ligeramente hacia delante para mirar al viejo eunuco a los ojos—. ¡Me ha traído aquí para escuchar a un patricio veneciano!

—Pero, *signore*, es la voz más hermosa de Venecia...

—¡Un patricio veneciano!

—Pero *signore*...

—*Signore* —Alessandro se aventuró a intervenir con voz serena—, Beppo tal vez no ha comprendido que en realidad está buscando estudiantes para el conservatorio.

Alessandro había captado aquel malentendido casi desde el principio.

—Pero, *signore*... —Beppo seguía sin entender—. Yo... yo sólo quería que escuchase esa voz para su propio deleite.

—Para mi propio deleite podía haberme quedado en Nápoles —gruñó Guido.

Alessandro se volvió hacia Beppo, y haciendo caso omiso de aquel sureño iracundo, habló en dialecto veneciano.

—Beppo, el maestro busca niños *castrati*.

Beppo parecía desolado.

Tonio había bajado del coro y su leve figura ataviada de negro apareció tras el eco de sus pasos en la penumbra.

Había cantado sin acompañamiento, su voz había llenado la iglesia con facilidad y había producido un efecto casi místico sobre Guido.

El chico estaba tan cerca de la pubertad que la voz había perdido su inocencia y largos años de estudio habían contribuido, era obvio, a su precisión. Pero a la vez era una voz natural que cantaba perfectas notas agudas sin esfuerzo alguno. Aunque era la voz soprano de un chico que aún no había hecho el cambio, en ella anidaban sentimientos de hombre.

La audición había revelado otras cualidades que Guido, airado y exhausto, se negó a definir con más detalle.

Miró al chico que era casi de su misma altura y comprobó que, tal como había imaginado cuando oyó la voz procedente del coro, se trataba del noble vagabundo que recorría las calles por la noche, el chico de ojos negros y piel blanca con un rostro cincelado en el mármol más puro. Su esbeltez y elegancia recordaban a un oscuro Botticelli. Cuando se inclinó ante sus maestros, sin reparar en el hecho de que eran sus subordinados, no hizo en absoluto gala de aquella insolencia innata que Guido atribuía a los aristócratas.

Si bien era cierto que la clase patricia veneciana estaba más allá de cualquier comparación. Su cortesía natural hacia quienes los rodeaban la hacía distinta a todas las que Guido había conocido. Tal vez la particularidad de que en aquella ciudad todo el mundo se trasladase a pie influía de algún modo.

No lo sabía a ciencia cierta. Tampoco le importaba. Estaba furioso.

Notó, sin embargo, que el rostro del chico, pese a toda su amabilidad, permanecía distante. Se alejaba de aquella reunión con humildes pero displicentes disculpas.

La puerta se abrió a un destello de sol cegador cuando salió de la iglesia dejando al confundido grupo a sus espaldas.

—Le suplico que me perdone, *signore* —dijo Alessandro—. Beppo no pretendía hacerle perder tiempo.

—¡Oh, no. No, no, no.... nonono! —murmuró Beppo con toda la gama de tonos posible en una frase normal.

—Y ese joven arrogante, ¿quién es? —preguntó Guido—. Ese hijo de patricio con la laringe de un dios al que ni siquiera le importa saber si su voz ha causado una buena impresión.

Aquello fue demasiado para Beppo, y Alessandro tomó la iniciativa de pedirle que se marchara. Ser brusco iba en contra del carácter de Alessandro, pero se le había agotado la paciencia. Lo cierto era que albergaba un odio profundo, secreto e irrefrenable contra aquellos que salían del conservatorio de Nápoles en busca de niños *castrati*. Los años pasados en aquella remota ciudad meridional estudiando habían sido tan crueles e implacables que destruyeron sus recuerdos anteriores. Alessandro tenía veinte años cuando encontró a uno de sus hermanos en la *piazza* San Marco, y no reconoció al hombre que le dijo: «Mira, el pequeño crucifijo que llevabas cuando niño. Tómalo, nuestra madre te lo envía.» Recordaba el crucifijo pero no a su madre.

—Si me permite, maestro —dijo. Cogió la vela de Beppo y se inclinó para observar aquel rostro oscuro y malhumorado—, el chico es perfectamente consciente de que su voz hechiza a todo el que la escucha, pero es demasiado educado como para decirlo. Comprenda, por favor, que hoy ha venido aquí como una cortesía hacia su profesor.

Sin embargo, aquel patán no sólo era un grosero sino que ni siquiera entendía la más mínima sutileza. No prestaba atención a lo que decía Alessandro, se frotaba las sienes con ambas manos como si sufriese una jaqueca. Sus ojos tenían la malicia de una alimaña pero eran demasiado grandes para ser los de un animal.

En ese momento, estando cerca de él, con la vela en la mano, Alessandro comprendió que estaba frente a un *castrato* inusualmente fornido. Estudió su rostro terso. No, nunca había tenido barba. Era otro eunuco.

Casi se le escapó una carcajada. Lo había creído un hombre completo con la navaja metida en el cinturón y lo invadió una extraña mezcla de sentimientos. Se conmovió ligeramente, no porque Guido le inspirara piedad, sino porque era miembro de una gran fraternidad en la cual la prístina voz de Tonio era más apreciada que en cualquier otra.

—Si me lo permite, señor, puedo recomendarle otros chicos. Hay un eunuco en San Giorgio...

—Ya lo he escuchado —susurró Guido más para sí mismo que para Alessandro—. ¿Hay alguna posibilidad de que este chico...? Quiero decir, ¿qué significa su talento para él? —Pero antes de mirar a Alessandro ya sabía que aquello era del todo ridículo.

Alessandro ni siquiera se molestó en responder.

Entre ambos se impuso un breve silencio. Guido, vuelto de espaldas, había dado unos pasos en el irregular suelo de piedra. La llama de la vela tembló en la mano de Alessandro. A aquella débil luz le pareció oír con más nitidez el suspiro que se le escapó al maestro.

De aquel hombre emanaba un sentimiento cercano a la tristeza. Semejante a la tristeza. Aquel eunuco emanaba una violencia que Alessandro rara vez había conocido. Lo asaltó un instantáneo pero avasallador recuerdo y se vio de nuevo ante la crueldad y el sacrificio que había soportado en Nápoles y sintió que, a pesar de sí mismo, respetaba a Guido Maffeo.

—¿Le dará las gracias a su amigo patricio de mi parte? —murmuró Guido, derrotado.

Caminaron hacia la puerta.

Pero con una mano puesta en ella, Alessandro hizo una pausa.

—Dígame —preguntó en tono confidencial—. ¿Qué piensa realmente de él?

Lo lamentó de inmediato. Aquel hombre sombrío e insignificante era capaz de cualquier cosa.

Sin embargo, para su sorpresa, Guido no contestó. Se quedó mirando la llama vacilante y su rostro cobró una expresión apacible y filosófica. De nuevo Alessandro sintió las emociones del otro, unas emociones desconcertantes y abrumadoras.

Luego Guido sonrió a Alessandro con aire melancólico.

—Lo que pienso es que preferiría no haberlo escuchado.

Alessandro también sonrió.

Eran músicos, eran eunucos, se comprendían.

Cuando Alessandro llegó al *palazzo* estaba lloviendo. Esperaba que Tonio lo estuviera aguardando fuera de la iglesia, pero no lo encontró. Y al entrar en la biblioteca contigua al gran salón, vio que Beppo seguía trastornado. Estaba contando aquel episodio humillante a Angelo, que escuchaba como si se tratara de un ultraje al apellido Treschi.

—Todo es culpa de Tonio —resolvió Angelo—. Tendría que acabar con esas salidas nocturnas. ¿Has hablado con la *signora*? Si tú no lo haces, lo haré yo.

—Tonio no tiene nada que ver —replicó Beppo—. ¿Cómo iba yo a saber que buscaba *castrati*? Me habló de voces..., voces ejemplares. Me pidió que le dijera dónde podía encontrar... Oh, todo esto es terrible, terrible.

—Pero ya ha pasado —intervino Alessandro con voz tranquila.

Oyó que se cerraban las puertas principales del *palazzo*. Para entonces ya reconocía a la perfección los pasos de Tonio.

—Tonio debería estar ahora aquí, en esta biblioteca, estudiando —afirmó Angelo con vehemencia.

—¿Cómo iba a saber yo lo que iba a ocurrir? Me pidió que le dijera dónde podía encontrar voces hermosas. Yo le respondí: «*Signore*, ha venido a una ciudad pródiga en voces hermosas, pero si lo que quiere... si lo que quiere...»

—¿Vas a hablar con la *signora*? —preguntó Angelo, mirando fijamente a Alessandro.

—Tonio ha estado magnífico, Angelo, ya sabes que...

—¿Vas a hablar con la *signora*? —Angelo asestó un puñetazo en la mesa.

—¿Hablar con la *signora*? ¿De qué?

Angelo se levantó. Había sido Carlo quien pronunciara esas palabras al entrar en la habitación.

Con un rápido gesto Alessandro le pidió discreción. No miró a Carlo. No pensaba conceder a aquel hombre ni un ápice de autoridad sobre su hermano menor, y en voz baja explicó:

—Tonio estaba conmigo en la *piazza* cuando debía haberse quedado aquí, estudiando. Es culpa mía, excelencia, perdonadme. Procuraré que no vuelva a ocurrir.

Tal como esperaba, el amo de la casa se mostró indiferente.

—Pero ¿qué era todo eso de lo que estabais hablando? —preguntó, interesándose de repente de forma casi obstinada.

—Oh, un terrible error, un estúpido error —respondió Beppo—, y ahora ese hombre está enfadado conmigo. Me ha insultado, y fue tan grosero con el joven maestro...

Aquello fue demasiado para Alessandro. Alzó las manos excusándose, mientras Beppo refería todo lo ocurrido, incluido el nombre del himno que Tonio había cantado en la iglesia y lo exquisita que había sido su interpretación.

Carlo soltó una breve carcajada y se dirigió hacia las escaleras.

Entonces se detuvo de pronto. Tenía la mano en la barandilla de mármol. No se movió. Parecía aquejado de un agudo y repentino pinchazo en el costado que le obligaba a permanecer inmóvil para evitar que el dolor se agudizara. Luego, volvió la cabeza muy despacio y fijó la vista en el viejo *castrato*. El disgustado Angelo estaba ya leyendo un libro que tenía abierto entre los codos. El viejo eunuco sacudía la cabeza.

Carlo dio unos pasos en dirección a la puerta.

—¿Te importaría contármelo de nuevo? —le pidió en voz baja.

4

El cielo había cobrado un color madreperla. Durante un buen rato no apareció ninguna luz al otro lado del agua y, de pronto, estallaron todas a la vez, esparcidas entre los arcos mudéjares y las ventanas enrejadas, resplandecientes en las antorchas colgadas que iluminaban portales y entradas. Tonio estaba sentado a la mesa del comedor, mirando a través de los más de cuarenta cristales que formaban la ventana más próxima, las cortinas azul celeste recogidas a un lado y la superficie surcada por regueros de lluvia que a veces centelleaban con el oro de una farola que pasaba. Cuando eso ocurría, el resto quedaba en tinieblas. Pero cuando la luz se había alejado, las tenues formas que se perfilaban en la orilla opuesta del agua se revelaban de nuevo bajo un cielo más luminoso y nacarado que nunca.

Estaba componiendo un pequeño poema en voz alta con breve acompañamiento musical que decía: «Oscuridad, ven pronto; oscuridad, abre las puertas y las calles para que pueda salir de aquí.» Se sentía exhausto y avergonzado; si Ernestino y los demás no querían hacer frente a aquella lluvia, rondaría él solo, encontraría algún sitio donde cantar, algún lugar donde, anónimo y aturdido por la bebida, cantaría hasta conseguir olvidarse de todo.

Aquella tarde había abandonado San Marco con un sentimiento de desesperación.

Las muchas procesiones de su infancia le volvieron a la memoria, su padre caminando detrás del palio del dux, el olor del incienso, oleadas interminables y translúcidas de cantos etéreos.

Después había ido con su prima Catrina a visitar a su hermana Francesca al convento donde ella viviría hasta que se convirtiera en su esposa. Luego, de vuelta a casa, bajo la lluvia incesante, para quedarse a solas con Catrina.

No tenían intención de hacer el amor, aquella mujer era mayor que su madre, pero lo habían hecho. La habitación estaba caldeada, inundada por la luz procedente del fuego de la chimenea y por su perfume. Ella se había maravillado ante su destreza y el vigor de sus embestidas, y le ofreció su cuerpo, tan exuberante y pleno como él siempre lo había imaginado. Después, lo recorrió una terrible sensación de vergüenza y todo el esquema de su vida se tambaleó bajo el peso de la consternación.

—Pero ¿por qué te comportas así? —le había preguntado ella. Tenía que poner fin a aquellas noches. Nunca hasta entonces había sido tan importante que su conducta fuera ejemplar. Extraña lección, había comentado él en voz baja, entre fragantes almohadas—. ¿Cómo puede anularte de ese modo su malicia? —había insistido Catrina.

No supo qué contestar. ¿Qué podía decir? ¿Por qué no me dijisteis que ella era la chica? ¿Por qué nadie me lo advirtió?

Pero Tonio no podía hablar porque cada día que pasaba sentía crecer en su interior un miedo tan intenso que le resultaba demasiado doloroso expresarlo con claridad incluso para sí mismo, no digamos ya a los demás. Se apartó de Catrina.

—Muy bien, trovador mío —había susurrado ella—. Canta mientras puedas, otros jóvenes se comportan mucho peor. Lo toleraremos durante un tiempo. Por absurdo que parezca, resulta inofensivo. —Luego, acariciándolo con suavidad entre las piernas, añadió—. Dios sabe que te queda poco para disfrutar de ese maravilloso don.

Una voz en la iglesia vacía resonó en las paredes doradas y su eco regresó a Tonio para burlarse de él.

Había vuelto a casa. ¿Para qué? ¿Para enterarse por Lena de que su hermano había despedido a Alessandro alegando que sus servicios como preceptor de Tonio habían sido sólo una contingencia? Alessandro se había marchado. Por otra parte, su madre resultaba inaccesible, oculta tras las puertas de sus aposentos.

Justo en ese instante en que estaba solo, sentado ante la mesa del comedor en la que no había cenado durante meses, ni siquiera se movió cuando oyó ruido de pasos en aquella gran casa tenebrosa y vacía, pasos que entraban en aquella estancia, y el estrépito de las gruesas puertas al cerrarse, primero un par, después el otro.

¿No había cambiado la luz?

No puedo evitarlo indefinidamente.

El cielo se estaba oscureciendo. Desde donde estaba sentado, veía el margen más alejado de las aguas. Mantuvo la vista allí clavada aunque le pareció que se le habían acercado dos figuras. Casi con desespero apuró el vino de su copa de plata. Aquello era una auténtica agonía.

Una mano volvió a llenarle la copa.

—Déjanos solos —ordenó su hermano.

Hablaba con el criado que había dejado de nuevo la botella sobre la mesa y se marchaba arrastrando levemente los pies sobre el suelo de piedra. Sonaba como el correteo de una rata por un pasillo polvoriento.

Tonio se volvió despacio para contemplar las dos figuras. Ah, sí, es ella, ha venido con él. Las velas lo deslumbraron. Alzó la mano para protegerse los ojos, y entonces confirmó su primera impresión: el rostro de su madre estaba abotargado y enrojecido.

Su hermano parecía por completo fuera de sí, como si alguna disputa lo hubiese sacado de sus casillas. Cuando se inclinó y apoyó las manos sobre la mesa, delante de Tonio, el joven pensó por primera vez: «¡Te desprecio! ¡Sí, de veras, te desprecio!»

No hubo ninguna sonrisa, ningún fingimiento. Su expresión se había agudizado como iluminada por una nueva percepción.

Tonio alzó la copa de plata, se llevó el borde a los labios y notó el tacto de la pequeña piedra preciosa que la adornaba. Sus ojos volvieron a posarse en el agua, en el último brillo plateado del cielo.

—Díselo —ordenó su hermano.

Tonio alzó la vista lentamente.

Su madre miraba a Carlo con una cólera contenida.

—¡Díselo! —exigió Carlo. Ella se volvió para salir de la habitación, pero Carlo fue más rápido y la cogió por la muñeca—. Díselo.

Ella sacudió la cabeza. Miraba a Carlo con incredulidad, le costaba creer lo que estaba sucediendo.

Tonio se levantó despacio para contemplarla sin que le molestara el resplandor de las velas, para ver cómo su rostro se colmaba lentamente de ira.

—¡Díselo ahora, en mi presencia! —bramó Carlo, enfurecido.

Contagiada por esa misma furia, ella gritó:

—¡No pienso hacerlo, ni ahora ni nunca! —Se echó a temblar. Su rostro se contraía como el de un bebé. Carlo la agarró de repente con ambas manos y empezó a zarandearla.

Tonio no se movió.

Sabía que si lo hacía le resultaría muy difícil dominarse. Y que su madre pertenecía a aquel hombre era un hecho fuera ya de toda duda.

Carlo se había detenido.

Marianna se cubrió los oídos con las manos. Entonces miró a Carlo de nuevo y esbozó un «no» con los labios, el rostro tan contraído que resultaba casi irreconocible.

Pareció que de Carlo iba a surgir otra vez aquel alarido, aquel escalofriante gemido más propio de un hombre que se lamentaba de una muerte que nunca ha podido aceptar, y con toda la fuerza de su mano derecha la golpeó.

Ella cayó varios pasos hacia atrás.

—Si vuelves a pegarle, Carlo, lo resolveremos entre nosotros de una vez por todas —advirtió Tonio.

Era la primera vez que Tonio lo tuteaba, aunque resultaba imposible saber si Carlo se había dado cuenta.

Mantuvo la mirada fija delante de él. No parecía oír el llanto de Marianna, cuyos temblores eran cada vez más violentos hasta que de repente, se puso a gritar.

—¡No lo haré, no me obligaréis a elegir entre los dos!

—¡Dile la verdad, ante Dios y ante mí! —bramó Carlo.

—¡Basta! —intervino Tonio—. Deja de torturarla. Está tan indefensa como yo. Aunque me diga que tú eres su amante, eso no cambiará en absoluto las cosas.

Tonio la miró. No soportaba verla sufrir de aquel modo. Aquel sufrimiento era infinitamente mayor que todos aquellos años de espantosa soledad.

Deseaba poder decirle de algún modo, en silencio, con la mirada, con el tono de su voz, que la quería. Que en esos instantes no esperaba nada más de ella.

Desvió la mirada, y de nuevo la posó en el hombre que se había vuelto hacia él.

—Es inútil —dijo Tonio—. Ni siquiera por vosotros dos puedo oponerme a la voluntad de mi padre.

—¿Tu padre? —musitó Carlo—. ¡Tu padre! —Escupió las palabras, casi presa de la histeria—. ¡Mírame, Marc Antonio, mírame bien! ¡Yo soy tu padre!

Tonio cerró los ojos.

Pero la voz subió de volumen, se hizo más aguda, a punto de quebrarse.

—Cuando ella llegó a esta casa ya te llevaba en sus entrañas, ¡tú eres el fruto de mi amor por ella! Yo soy tu padre, aquí me tienes. Y mientras tanto, mi hijo bastardo ocupa mi lugar. ¿Me oyes? ¿Me oye Dios? Tú eres mi hijo y te han situado por encima de mí. ¡Eso es lo que debía confesarte ella!

Se detuvo, la voz se le quedó en la garganta.

Cuando Tonio abrió los ojos, a través del brillo de las lágrimas vio que el rostro de Carlo era una máscara de dolor, y que Marianna estaba junto a él, alzando sus frenéticas manos para obligarle a guardar silencio. Carlo la apartó con un fuerte empujón.

—¡Me arrebató la esposa! —gritó Carlo—. ¡Me arrebató a mi hijo, me arrebató esta casa, me robó Venecia y la juventud, y te aseguro que no se volverá a salir con la suya! ¡Mírame, Tonio, mírame! ¡Cédeme tus derechos! ¡O, que Dios me ampare, no seré responsable de lo que te ocurra!

Tonio se estremeció.

Aquellas palabras lo golpearon físicamente y, sin embargo, se desvanecieron tan deprisa que apenas recordaba su sonido, su significado literal. Era sólo un incesante y callado martilleo.

A su alrededor, en aquella habitación, parecía acumularse una tristeza creciente. Como una gran nube que hiciera acopio de su impulso letal y lo envolviera, para alejarlos, esconderlos finalmente. Una nube que lo dejó solo en aquel tenebroso lugar, mientras contemplaba en silencio las luces imprecisas que avanzaban despacio por aquella corriente invisible de agua que discurría bajo las ventanas.

Lo sabía. Lo supo la primera vez que aquel hombre lo abrazó, una certeza que lo acosó en sus peores pesadillas. Lo había sabido cuando su madre corrió por aquella habitación en penumbra susurrando «Cierra las puertas, cierra las puertas». Sí, lo sabía.

Sin embargo, siempre tuvo la esperanza de que no fuese cierto, de que se tratara de un miedo sin fundamento, una asociación estúpida más producto de la imaginación que de hechos probados.

Pero era verdad. Andrea también lo sabía.

No importaba qué decisión tomara. No importaba que diera media vuelta para marcharse o que dijera algo. Carecía de voluntad y poder de decisión. No importaba que desde algún lugar alguien pusiera voz a aquella tristeza. Era el llanto de su madre.

—Te lo advierto, hazme caso —musitó Carlo.

Entonces, tenuemente, Carlo volvió a materializarse ante él.

—¿Me lo adviertes? —preguntó Tonio tras un suspiro. Mi padre, ¿este hombre? ¿Mi padre?—. ¿Es eso una amenaza de muerte? —susurró Tonio. Irguió los hombros y lo miró de frente—. ¡Tu primer consejo para que nos reconciliemos como padre e hijo!

—¡Hazme caso! —gritó Carlo—. ¡Di que no puedes casarte. Di que te ordenarás sacerdote. Di que los médicos te han encontrado una malformación, no me importa. Pero dilo, y cédemelo!

—Eso son mentiras —replicó Tonio—. No puedo mentir. —Estaba tan fatigado. Mi padre. Ese pensamiento destruía toda razón y en algún lugar, lejos, fuera de su alcance se hallaba Andrea, retrocediendo hacia el caos. Conoció la más terrible y amarga de las decepciones: saber que no era hijo de Andrea, sino de ese hombre frenético y desesperado que tenía delante, que le imploraba.

—Yo no soy tu bastardo —consiguió mascullar Tonio. Resultaba muy doloroso pronunciar aquellas palabras—. Nací hijo de Andrea bajo este techo y ante la ley. No puedo hacer nada por cambiarlo, aunque divulgues tus infamias de un extremo al otro del Véneto. ¡Soy Marc Antonio Treschi, Andrea me dio este lugar, y no voy a propiciar su maldición desde el cielo ni la maldición de quienes nos rodean y no saben ni la mitad de lo ocurrido!

—¡Te enfrentas a tu padre! —vociferó Carlo—. ¡Estás propiciando mi maldición!

—¡Que así sea, entonces! —Tonio elevó la voz. Quedarse allí, continuar con aquello, plantar cara de una vez por todas era la batalla más grande que había emprendido en su vida—. No puedo ir en contra de esta casa, de esta familia, y del hombre que, sabiéndolo todo, decidió fraguar el destino de nosotros dos.

—¡Oh, qué lealtad! —Carlo soltó un suspiro y se estremeció, los labios tensos en una sonrisa—. ¡Por más que me odies, por más que quieras destruirme, nunca irás en contra de esta casa!

—¡Yo no te odio! —exclamó Tonio.

Pareció que Carlo, desarmado por la emoción de aquel grito, alzó la vista en un momento de emoción desgarrada.

—Y yo nunca te he odiado —jadeó, como si por primera vez comprendiera el alcance de sus sentimientos—. Marc Antonio —prosiguió, y antes de que Tonio pudiera evitarlo, Carlo lo había tomado por ambos brazos, y estaban tan cerca que podrían haberse abrazado, podrían haberse besado.

La expresión de Carlo era de asombro y casi de espanto.

—Marc Antonio —dijo con voz quebrada—, yo nunca te he odiado...

5

Llovía. Tal vez una de las últimas lluvias primaverales. Hacía tanto calor que a nadie le importaba demasiado. La *piazza* era de plata, la lluvia de un azul argentado, y a intervalos el gran suelo enlosado parecía una sólida lámina de agua resplandeciente.

Unas figuras embozadas correteaban bajo los cinco arcos de San Marco y las luces de los cafés los alumbraban a través de una cortina de humo.

Guido no estaba tan borracho como habría deseado. Detestaba el bullicio y la iluminación de aquel lugar, aunque por otra parte allí se sentía a salvo. Acababa de recibir otro pago de su asignación procedente de Nápoles y se preguntaba si no debería marchar ya hacia Verona y Padua. Aquella ciudad era magnífica, el único lugar en su periplo cuya belleza no había sido exagerada.

Sin embargo resultaba demasiado densa, demasiado oscura, demasiado asfixiante. Noche tras noche se dirigía a la *piazza* sólo por el placer de esa vasta extensión de tierra y cielo y sentir que podía respirar libremente.

Contempló la lluvia que caía sesgada entre los arcos. Una forma oscura obstruyó la puerta, pero luego avanzó hacia el interior del café. De nuevo entró la lluvia empujada por el viento y casi la sintió en su rostro acalorado, en el dorso de las manos que mantenía dobladas ante sí. Apuró el vaso. Cerró los ojos.

No obstante, volvió a abrirlos de inmediato porque alguien se había sentado junto a él.

Se volvió despacio, con cautela, y vio a un hombre de rostro ordinario y brutal, la barba tan mal afeitada que había dejado un rastro de cerdas azuladas.

—¿Ha encontrado el maestro de Nápoles lo que buscaba? —preguntó el hombre en voz baja.

Guido no respondió enseguida. Tomó un pequeño sorbo de vino blanco, seguido de otro de café ardiendo. Le gustaba que el café atravesara la dulzura que el vino le creaba en el paladar.

—No nos han presentado —dijo, mirando hacia la puerta abierta—. ¿Cómo es que usted me conoce a mí?

—Tengo un discípulo que le interesará. Desea que lo lleve de inmediato a Nápoles.

—No esté tan seguro de que vaya a interesarme —dijo Guido—. Y además, ¿quién es él para pedirme que lo lleve a Nápoles?

—Si lo rechaza cometerá un error —prosiguió el hombre. Se había acercado tanto a Guido que éste notaba su aliento. Y también lo olía.

—Vaya directo al grano o déjeme en paz. —Los ojos

de Guido se movieron mecánicamente hasta quedarse fijos en el hombre.

—Usted no es más que un eunuco —masculló el hombre tras esbozar una leve sonrisa que deformó su rostro.

La mano de Guido se movió muy despacio pero sin disimulo bajo la capa hasta cerrar los dedos en torno a la empuñadura de la daga. Sonrió, indiferente a los asombrosos contrastes de aquel rostro: la boca sensual, la nariz aplastada, y los ojos que, por sí solos, hubieran resultado lánguidos y hermosos.

—Escúcheme —dijo el hombre en un lento murmullo—. Y si alguna vez le cuenta a alguien lo que voy a decirle, será mejor que no vuelva a poner los pies en esta ciudad. —Miró hacia la puerta y luego prosiguió—: Es un chico de buena familia. Desea hacer un gran sacrificio por su voz, pero hay quienes podrían intentar disuadirlo. Es necesario hacerlo deprisa y con delicadeza. También desea marcharse tan pronto como todo haya acabado, ¿comprende? Al sur de Venecia hay una ciudad llamada Flovigo. Vaya allí esta noche, a la hostería. El chico se reunirá con usted.

—¿Qué chico? ¿Quién es? —Guido entornó los párpados—. Los padres deben dar su consentimiento. Los inquisidores del estado podrían...

—Soy veneciano. —Su sonrisa permanecía inalterable—. Usted no lo es. Llévese al chico a Nápoles, con eso será suficiente.

—¡Dígame ahora mismo quién es ese chico! —La voz de Guido se alzó amenazadora.

—Ya lo conoce. Lo ha escuchado esta tarde en San Marco. Lo ha escuchado con los cantantes callejeros.

—¡No le creo! —susurró Guido.

—Regrese a su posada. —El hombre le mostró una bolsa de cuero—. Dispóngalo todo para partir de inmediato.

Durante unos instantes, Guido se detuvo ante la puerta, bajo la lluvia, con la esperanza de que aquellas gotas frías pudieran hacerle recuperar la razón. Reflexionaba poniendo en funcionamiento unos resortes que su mente nunca había utilizado. Sintió el insólito regocijo de la astucia. Una parte de él le aconsejaba: «Márchate ahora mismo y toma cualquier barco que te lleve lejos.» La otra decía: «Lo que vaya a ocurrir sucederá igualmente aunque no estés aquí para beneficiarte.» Pero ¿qué iba a ocurrir exactamente? Empezaba a alarmarse cuando sintió una mano en el codo. Ni siquiera había visto aproximarse a aquel individuo, y a través del fino y helado velo de la lluvia apenas distinguió el rostro del hombre. Lo único que notó fue una mano que le causó un dolor instantáneo y una voz que al oído le susurraba:

—Vamos, maestro.

Fue en la taberna donde Tonio vio por primera vez a aquellos tres.

Estaba muy borracho. Había estado en el piso de arriba con Bettina, y al bajar a la sala atestada de humo, se había desplomado en el banco situado junto a la pared, incapaz de seguir caminando. Tenía que hablar con Ernestino, explicarle que aquella noche no podía ir con él y los demás. Su voz no podía expresar aquella mezcla de horrores. Aún no se había escrito una música semejante.

Mientras miraba aquella penumbra empañada le asaltó un extraño pensamiento: a esas alturas ya tendría que estar inconsciente. Nunca, habiendo bebido tanto, había permanecido despierto para presenciar su propia degradación.

Todo le daba a entender que ésa era la habitación: cuerpos pesados que se movían bajo lámparas manchadas de hollín, y la jarra que descendía ante él.

Estaba a punto de beber cuando vio las caras de aquellos hombres. Los contempló uno a uno y todos ellos parecían adoptar una postura deliberada que sólo permitiera mostrar la mirada escrutadora de uno de sus ojos.

Cuando los relacionó y reconoció quiénes y qué eran, experimentó una punzada de pánico a través de la embriaguez que, en otras circunstancias, lo hubiera arrastrado a la desesperación.

Nada cambió en la habitación. Se esforzó por mantener los ojos abiertos. Llegó incluso a alzar el vaso y a beber sin darse cuenta de lo que hacía. Súbitamente se lanzó hacia delante, mirando desafiante a uno de aquellos hombres. Después su cabeza golpeó la pared de detrás.

En su mente un plan luchaba por cobrar forma, aunque era incapaz de razonarlo. Implicaba determinar a qué distancia se encontraba del *palazzo* Lisani y cuál era el camino más seguro. Levantó la mano en un intento de agarrar los hilos que lo guiarían por las calles y los canales y, justo en ese instante, todo se desvaneció. Vio que uno de los hombres se acercaba.

Movió los labios construyendo palabras: «Carlo va a hacer que me maten.» Pero en aquel bullicio no oyó ninguna de ellas. Lo había dicho asombrado. Asombrado de que aquello estuviera ocurriendo y asombrado de que hasta aquel preciso instante no lo hubiera creído posible.

¿Carlo? ¿Qué quería Carlo con tanto desespero? Aquello era incomprensible. ¡Y sin embargo estaba ocurriendo! ¡Tenía que escapar de allí!

Aquel demonio de *bravo* se había sentado frente a él, ocultando toda la taberna con sus anchos hombros al tiempo que acercaba su inmenso rostro.

—Vamos, *signore* —susurró—. Su hermano quiere hablarle.

—Oh, no. —Tonio sacudió la cabeza.

Alzó la mano para hacer una señal a Bettina y se sintió arrastrado hacia arriba como si fuera ingrávido, sus pies tropezaban con piernas entrecruzadas hasta que, de repente, se vio en la calle. Tragó saliva. La lluvia le golpeaba el rostro suavemente. Al intentar mantener el equilibrio, se desplomó hacia atrás contra la pared mojada.

Al volver la cabeza con cautela, advirtió que era libre.

Echó a correr.

Sentía dolor en los pies al pisar con fuerza a través del embotamiento, pero sabía que avanzaba deprisa, que en realidad se precipitaba hacia la bruma que era el canal. En un momento dado se abalanzó hacia delante para ver las farolas del embarcadero antes de que tiraran de él hacia atrás, hacia la oscuridad. Tenía la daga en la mano y la clavó en un bulto blando que acto seguido chocó contra el suelo. Notó que le agarraban y le obligaban a abrir la boca.

Tensó el cuerpo con todas sus fuerzas para impedirlo. Luego, basqueando y luchando por respirar al tiempo que le ponían una cuña entre los dientes, sintió el primer chorro de vino en el paladar.

La primera vez lo vomitó con una convulsión que le provocó un agudo dolor en las costillas, pero sus atacantes no cejaron. Tenía el convencimiento de que si no conseguía cerrar la boca o soltarse se volvería loco. O se ahogaría.

Guido no dormía. Se hallaba en ese estado que, a veces, resulta más gratificante que en el sueño, porque puede saborearse. Tumbado boca arriba en aquella diminuta y monástica habitación de la pequeña ciudad de Flovigo, observaba la ventana de madera abierta a la lluvia primaveral.

Los relámpagos iluminaban el cielo. Faltaba, tal vez, una hora para el amanecer. Aunque en circunstancias normales hubiera tenido frío a pesar de que estaba completamente vestido, ya que el viento hacía que la lluvia se colara en la habitación, esta vez no era así. El aire le formaba una capa de hielo en la piel que no calaba hasta los huesos.

Había pasado varias horas pensando y al mismo tiempo con la mente casi en blanco. Nunca en la vida su mente le había parecido tan vacía y sin embargo tan llena.

Sabía cosas, pero no reflexionaba sobre ellas, aunque cruzaban su pensamiento una y otra vez.

Sabía, por ejemplo, que en Venecia los espías de los inquisidores del estado se hallaban en todas partes; se enteraban de quién comía carne en viernes y de quién pegaba a su mujer. Y que los agentes de los inquisidores del estado tenían autoridad para arrestar a cualquiera en secreto y encarcelarlo, e incluso ejecutarlo con veneno, estrangularlo o ahogarlo al amparo de la noche.

Sabía que los Treschi eran una familia poderosa. Sabía que Tonio era el hijo predilecto.

Sabía que las leyes en muchos lugares de Italia prohibían la castración de niños, a no ser que hubiera algún motivo de carácter médico para ello, o que los padres y el propio chico dieran el consentimiento.

Sabía que entre los pobres, esas leyes no se contemplaban.

Sabía que entre los ricos, la operación era un hecho insólito.

Sabía que, incluso en aquella remota población, seguía dentro del estado veneciano.

Quería salir de la jurisdicción de Venecia. Conocía la corrupción del sur de Italia, no la de aquel lugar.

Por último, también sabía que todos los eunucos que había conocido habían sido castrados durante la infancia, tan pronto como los testículos adquirían su primer peso. Pero no entendía por qué, si era más aconsejable para la voz o si simplemente era mejor practicar cuanto antes la operación.

Sabía que Tonio Treschi tenía quince años. Sabía que la voz generalmente se quiebra tres años después. Sabía que la voz que había oído en la iglesia no había cambiado todavía, que era completamente pura.

Sabía todo eso pero no le importaba. Tampoco pensaba en el futuro, en lo que pudiera ocurrirle una hora o un día después.

Aunque de vez en cuando, todo aquel conocimiento se desvanecía y su mente derivaba hacia el recuerdo, despojado también de cualquier análisis, del momento en que había oído la voz de Tonio Treschi por primera vez.

Había sido en una noche de bruma. Él estaba tumbado en la cama, tal y como se encontraba justo en esos instantes en la habitación de Flovigo, completamente vestido, con la ventana abierta. Lo más crudo del invierno ya había pasado y pronto la temperatura sería más apropiada para poder viajar con comodidad.

Lamentaría dejar Venecia, que lo había hechizado y repelido a la vez. Su próspera clase comerciante lo había asombrado, al igual que su sigiloso y complejo gobierno. Día tras día había deambulado por el Broglio y la *piazza* contemplando el espectáculo y la ceremonia inherentes a los oficios de estado. Allí los diletantes, esos músicos ricos, más dotados y hábiles que los que jamás hubiera conocido, se habían mostrado extraordinariamente amables con él.

Había llegado, sin embargo, el momento de partir. Era hora de regresar a Nápoles con los dos chicos que había dejado aguardando en Florencia. En esos instantes no soportaba pensar en ellos, ninguno de ellos era nada excepcional, y temía quizás algún reproche por parte de sus superiores.

Pero no le importaba. Estaba demasiado cansado de todo aquello. Le sentaría bien enseñar de nuevo, fueran cuales fuesen los resultados. Quería volver a Nápoles, a las habitaciones del conservatorio donde había transcurrido su vida.

Entonces oyó a aquellos cantantes.

Al principio no le parecieron nada excepcional: el habitual entretenimiento callejero. Eran buenos, despertaron en cierta medida su interés, pero ya había escuchado otros del mismo estilo en Nápoles.

De repente un soprano se elevó por encima del grupo, y le sorprendió su tono exquisito y su inusitada agilidad.

Saltó de la cama y se asomó a la ventana.

Los muros que se alzaban ante él ocultaban el cielo. Abajo, rodeando las antorchas y farolas que ardían a la orilla del canal, vio una bruma que se ondulaba, elevándose. Aquella niebla que seguía la corriente de agua y que cercaba a la luz con sus tentáculos parecía tener vida. Esa visión lo inquietó.

Sin saber por qué se sintió atrapado en aquel laberíntico lugar y ansioso de aire libre, del espectáculo de las estrellas que se deslizaban por la bóveda celeste hacia la bahía de Nápoles.

Pero esa voz, esa voz que parecía ascender con la bruma le causaba dolor. Fue la única vez en su vida que se encontró ante una voz que no fue capaz de identificar. ¿Era de hombre, de mujer, de niño?

Su coloratura era tan ligera y flexible que podría tratarse de una mujer. Pero no. Tenía ese aguzado e indefinible timbre de la voz masculina. Era joven, muy joven. ¿Quién se había tomado la molestia de enseñar a un simple niño como aquél? ¿Quién le había hecho partícipe de todos sus secretos?

La voz entonaba perfectamente la nota, entretejiéndose con los violines que la acompañaban, subiendo más alto que ellos, descendiendo, embelleciéndose sin esfuerzo.

No había sonido de metal en aquella voz. Sugería más la madera que el metal, se asemejaba más al sonido ligeramente oscurecido de un violín, al sonido festivo de la trompeta.

Era un *castrato*, ¡tenía que serlo!

Por un momento se vio dividido entre el ansia de salir a buscarla y el deseo de limitarse a escucharla. Que alguien obviamente tan joven pudiera cantar con ese sentimiento resultaba del todo imposible. Sin embargo, siguió escuchando. Aquella voz lo cautivaba, lo transportaba con su acrobática flexibilidad, matizada por tanta tristeza.

Tristeza, eso era. Se calzó las botas, se envolvió en su gruesa capa y salió en busca del cantante.

Lo que encontró lo sorprendió, aunque no por completo.

Siguiendo a la pequeña banda de músicos callejeros hasta una taberna, enseguida comprobó que se trataba de un chico que casi era ya un hombre; un niño alto, ágil y angelical con el porte de un hombre. Era rico: se adornaba el cuello con el más fino encaje veneciano, y en los dedos brillaban granates engarzados en plata profusamente trabajada. Los que estaban a su alrededor, movidos por el afecto y el cariño, lo llamaban «excelencia».

Estoy vivo, pensó Tonio, estoy en una habitación. Aquellas personas hablaban, se movían. Si estaba vivo, podría seguir vivo. Él tenía razón, Carlo no podía hacerle aquello, Carlo no. Con un enorme esfuerzo consiguió abrir los ojos. La oscuridad lo envolvió de nuevo, pero los abrió otra vez y vio las sombras que se deslizaban por las paredes y el techo bajo mientras hablaban.

Conocía aquella voz: era Giovanni, el *bravo*, que hacía siempre guardia a la puerta de Carlo, y decía algo en voz baja y amenazadora.

¿Por qué no lo habían matado todavía? ¿Qué ocurría? No se atrevió a moverse hasta haber tomado algunas precauciones y a través de los ojos entornados distinguió a aquel hombre delgado y sucio que sostenía una especie de maletín.

—¡No lo haré! ¡El chico es demasiado mayor! —protestó el hombre.

—No es demasiado mayor. —Giovanni estaba perdiendo la paciencia—. Haz lo que te han pedido y hazlo bien.

¿De qué estaban hablando? ¿Hacer qué? El *bravo* llamado Alonso estaba a su izquierda. Había una puerta y delante de ella el hombre del rostro enjuto repetía:

—No quiero tener nada que ver en esto. —Empezó a retroceder hacia la puerta—. Soy un cirujano, no un carnicero...

Pero Giovanni lo agarró con brusquedad y lo empujó hacia dentro hasta que sus ojos se clavaron en Tonio.

—Noooo...

Tonio se incorporó, justo en el momento en que las manos de Alonso caían sobre él para sujetarlo; el impulso le lanzó hacia delante y tiró al hombre flaco. La habitación entera se abalanzó sobre él mientras se debatía pateando para evitar que lo levantaran del suelo. Tonio vio que el maletín se abría y de él caían unos cuchillos; también oyó que el hombre murmuraba una frenética plegaria. Luego, tuvo el rostro del hombre al alcance de la mano y le pegó sin cesar mientras le golpeaba en el estómago con el puño derecho hasta derribarlo. A su al-rededor se oyó el estrépito de cosas que se rompían. Se oía el ruido de la madera haciéndose pedazos, y de repente se volvió y se descubrió libre. La sorpresa le hizo caer. ¡La lluvia lo empapaba, se había escapado, corría!

La tierra mojada cedía bajo sus pies, las piedras se le

clavaban en las botas y por un instante pareció que iba a salir victorioso, que la noche se lo tragaría, lo ocultaría, pero incluso entonces los oyó correr a sus espaldas.

Lo atraparon de nuevo, aulló, gritó. Lo llevaron de vuelta a la habitación, y el peso de un hombre lo aplastó contra el camastro.

Hundió los dientes en músculos y cabellos, y se revolvió con todas sus fuerzas al tiempo que sentía que le obligaban a abrir las piernas y oía el desgarrón de la ropa incluso antes de sentir el contacto del aire frío con su desnudez.

—¡Noooooo! —chilló dominado por la rabia y el alarido se despojó de toda palabra, se hizo inhumano, inmenso, cegándolo, ensordeciéndolo.

Con el primer corte del cuchillo supo que la batalla estaba perdida y comprendió qué le estaban haciendo.

Guido vio que el cielo sobre la pequeña población de Flovigo se volvía amarillo pálido. Yacía casi inerte, contemplando cómo la lluvia capturaba la cantidad suficiente de aquella luz para convertirse en un velo visible sobre el campo que se inclinaba colina abajo desde su ventana.

Alguien llamó a la puerta. La excitación que se apoderó de él cuando se levantó para responder lo cogió por sorpresa.

Allí estaba el hombre que lo había interpelado en el café de Venecia. Entró en la habitación y sin mediar palabra abrió una bolsa de cuero que contenía documentos.

Se volvió a derecha e izquierda emitiendo un breve quejido de exasperación al ver que no había ninguna vela encendida, se acercó a la ventana mojada y examinó todos los papeles con la minuciosidad de quien no sabe leer ni escribir. Luego se los entregó a Guido junto con otra bolsa.

Guido adivinó enseguida de qué se trataba. Contenía todas sus cartas de presentación de Nápoles, y él ni siquiera las había echado en falta. Se enfureció.

No obstante concentró su atención en los documentos. Estaban redactados en latín y firmados por Marc Antonio Treschi, y atestiguaban su intención de someterse a la castración para conservar su voz, absolviendo a cualquiera que pudiera ser acusado de complicidad en su decisión. El nombre del cirujano no se mencionaba para protección de éste.

El último, dirigido a su familia, del cual Guido tenía tan sólo una copia, ratificaba el compromiso formal del muchacho con el conservatorio San Angelo de Nápoles, donde estudiaría a las órdenes del maestro Guido Maffeo.

Guido miró estupefacto ese último documento.

—¡Pero yo no he instigado nada de esto! —alegó Guido.

—Hay un carruaje dispuesto para llevarlo hacia el sur —dijo el *bravo* tras una sonrisa—, y dinero suficiente para cambiar de cochero y caballo siempre que sea necesario hasta llegar a Nápoles. Ésta es la bolsa del chico. Como ya le dije, es rico. Pero no verá ni un *zecchino* más hasta que no esté matriculado en su conservatorio.

—¡La familia debe saber que yo no tengo nada que ver en todo esto! —farfulló Guido—. ¡El gobierno veneciano tiene que saber que yo no he tomado parte en este asunto!

—¿Quién va a creerle, maestro? —El *bravo* soltó una breve carcajada.

Guido le dio la espalda. Examinó los documentos.

El *bravo* se puso a su lado como el ángel caído.

—Maestro —dijo—, si yo fuera usted, no esperaría a que el chico despertase. El opio que le han dado es muy fuerte. Lo cogería ahora mismo y me lo llevaría de aquí. Me alejaría cuanto antes de la frontera del estado veneciano. Y cuídelo bien, maestro. Es el único que puede exculparle.

Guido entró en la casucha donde dormía Tonio. Vio la sangre que surcaba su rostro y la boca y la garganta amoratadas por los golpes. Se percató de que le habían atado las manos con una áspera cuerda. Su rostro aparecía exánime.

Guido retrocedió un paso y soltó un sordo y largo gemido. Puso los ojos en blanco y despegó los labios mostrando los dientes. El gemido proseguía, incapaz de detenerse. Luego se le atravesó en la garganta transformado en una oleada de náusea. Contempló el colchón manchado de sangre, los cuchillos tirados entre la paja y la suciedad del suelo, y con un temblor que le sacudió todo el cuerpo sintió que el gemido volvía a brotar de él.

Cuando finalmente calló, se había quedado solo en esa habitación con Tonio; el *bravo* se había marchado y la puerta se abría a una población tan silenciosa que parecía estar deshabitada.

Se acercó al lecho. Tonio tenía el semblante tan yerto que transcurrieron varios minutos antes de que Guido reuniera el valor suficiente para colocar la mano sobre la boca del chico y percibir su débil respiración.

Estaba vivo. Tenía la piel húmeda y febril.

Entonces Guido apartó el pantalón roto y examinó la mutilación.

Habían abierto el escroto de una cuchillada, habían extraído el contenido y el corte había sido toscamente cauterizado. Pero se trataba de una herida pequeña, la operación se había realizado de la manera más segura posible y no había señales de inflamación. Con el paso del tiempo, la bolsa escrotal quedaría reducida a nada.

Cuando ya retiraba la mano de la herida, el cuerpo de Guido se agitó con un nuevo descubrimiento.

Miró el miembro del muchacho y comprobó que ya había adquirido los primeros centímetros de virilidad.

Un terror agudo se apoderó de él, incluso en medio del horror descarnado de aquella habitación, el chico amoratado y cubierto de sangre y el *bravo* asomándose por la puerta con mirada lasciva.

Guido no entendía el cuerpo humano. No comprendía los misterios que lo habían vencido cuando su voz se apagó en el umbral mismo de la grandeza. Sabía tan sólo que además de aquella monstruosa agresión, podría haberse cometido otra espantosa injusticia.

Despacio, acarició el rostro blanco del muchacho dormido en busca de la aspereza de una barba masculina por leve que fuera.

Pero no la encontró.

Tampoco tenía vello en el pecho. Guido cerró los ojos e invocó en su fiel memoria el sonido de esa voz alta y clara que de forma tan magnífica había oído amplificada bajo las bóvedas de San Marco.

Era pura, perfecta.

Sin embargo, allí estaba el primer indicio de virilidad.

A sus espaldas, el *bravo* se movió en el hueco de la puerta. Lo llenó por completo con sus anchos hombros, de forma que la luz se extinguió y no se distinguían los rasgos de su rostro cuando de nuevo dejó oír su voz, grave y amenazadora.

—Lléveselo a Nápoles, maestro. Enséñele a cantar. Dígale que si no se queda con vos, se morirá de hambre, ya que de su familia no puede esperar nada. Convénzalo además de que debe estar agradecido por marcharse con vida, la cual con toda seguridad perderá si alguna vez regresa al Véneto.

6

A la misma hora, en Venecia, Carlo Treschi recibía la intempestiva visita de una frenética Catrina Lisani, que le mostró una larga y elaborada carta de Tonio donde confesaba su intención de someterse a la fatal operación para conservar la voz y matricularse en el conservatorio napolitano de San Angelo.

De inmediato se mandaron mensajeros a los Oficios de Estado y hacia el mediodía, todos los espías del gobierno veneciano se afanaban en buscar a Tonio Treschi.

Ernestino y su banda de músicos fueron arrestados.

Se citó a Angelo, Beppo y Alessandro para interrogarlos.

Al atardecer, en todos los barrios de Venecia era del dominio público el sacrificio que el patricio vagabundo había hecho por su voz, era la comidilla de la ciudad, y ante el Tribunal Supremo pasaron, uno tras otro, todos los médicos de la urbe.

Mientras tanto, al menos siete patricios confesaron haber agasajado al joven maestro de San Angelo de Nápoles, quien había preguntado varias veces por el patricio que cantaba por las calles.

Beppo, hecho un mar de lágrimas, confesó finalmente que había llevado a ese hombre junto con Tonio a San Marco. Beppo fue encarcelado al instante.

Carlo, con lágrimas sentidas y viva elocuencia se culpó a sí mismo del giro aterrador que habían tomado los acontecimientos por no haber puesto freno a la imprudente y exagerada afición de su hermano a la música. No había visto ningún peligro en ello. Incluso había oído hablar del encuentro entre Tonio y el maestro de Nápoles, y de manera estúpida le había restado importancia.

Se mostraba inconsolable mientras murmuraba aquellas acusaciones contra sí mismo ante sus interrogadores, tenía el rostro abotargado por el llanto y las manos le temblaban.

Su desesperación era sincera porque, llegados a ese punto, empezaba a cuestionarse si su plan saldría bien y era presa de la angustia.

Marianna Treschi intentó tirarse por una ventana del *palazzo* que daba al canal y los criados tuvieron que sujetarla.

La pequeña Bettina, la muchacha de la taberna, lloraba mientras explicaba que ni la comida ni la bebida, ni el sueño, ni el placer de las mujeres podían disuadir a Tonio de cantar.

A medianoche aún no se había hallado ni rastro del maestro de Nápoles ni de Tonio, y la policía recorría todas las poblaciones cercanas a Venecia, sacando de la cama a cualquier médico que de algún modo pudiera estar involucrado en la castración de niños.

Ernestino fue puesto en libertad para que contara a

todo el mundo lo obsesionado que estaba Tonio por la inminente pérdida de la voz, y en los cafés y las tabernas no se hablaba de otra cosa, del talento del chico, de su belleza, de su arrojo.

A primeras horas de la mañana, cuando el senador Lisani llegó por fin a su casa, su esposa, Catrina, estaba histérica.

—¿Es que se ha vuelto todo el mundo loco en esta ciudad? ¿Cómo pueden creerse eso? —gritaba—. ¿Por qué no has mandado arrestar a Carlo y lo has acusado del asesinato de su hermano? ¿Por qué Carlo sigue con vida?

—*Signora*... —Su esposo se dejó caer en la silla, agotado—. Estamos en el siglo XVIII y no somos los Borgia. No hay ningún indicio de asesinato, ni por lo tanto, de delito.

Catrina se echó a chillar desesperadamente y al fin alcanzó a barbotar que si no se encontraba a Tonio con vida antes del mediodía siguiente, Carlo sería hombre muerto. Ella misma se encargaría de hacérselo pagar.

—*Signora* —dijo de nuevo su esposo—, es muy probable que el chico esté muerto o mutilado, pero si asumes la responsabilidad de quitarle la vida a Carlo Treschi por ese motivo, tú sola asumirás una responsabilidad eterna que ninguno de mis colegas está dispuesto a compartir: la desaparición de la estirpe de los Treschi.

TERCERA PARTE

1

Llegaron a Ferrara antes de que cayera la noche y Tonio seguía sin volver en sí. Sacudido por el carruaje que corría por la fértil llanura, abría los ojos de vez en cuando pero no parecía ver nada.

Guido lo llevó enseguida a una pequeña posada en las afueras de la ciudad. Lo acostó, le ató las manos y le tocó la frente.

Mas allá de las pequeñas ventanas de anchos alféizares se extendía un bosque de trémulos álamos verdes. Antes de la puesta de sol empezó a llover.

Guido fue a buscar una botella de vino. Luego puso una vela en la mesita de noche y esperó sentado a los pies de la cama. Dio alguna cabezada.

Cuando abrió los ojos, no supo qué lo había despertado. Por un instante creyó que aún estaba en Venecia. Entonces recordó todo lo ocurrido.

En la penumbra, miró la diminuta aureola de la vela y, sobresaltado, ahogó una exclamación.

Tonio Treschi estaba sentado con la espalda apoyada contra la pared de la esquina. Sus ojos eran dos brillantes ranuras en la oscuridad. Guido no sabía cuánto rato llevaba despierto.

Se mantuvo alerta. En italiano le dijo: «Bebe vino», pero el chico no respondió. Guido vio que el muchacho tenía las manos libres y que el trozo de tela que había utilizado para atárselas yacía en el suelo.

El muchacho miraba a Guido fijamente. Tenía los ojos inyectados en sangre, entornados; un cardenal de un púrpura intenso distorsionaba su expresión y la dotaba de una infinita maldad.

Guido bebió un trago del vaso que tenía junto a él. Luego sacó los documentos de su maletín y los dejó frente a Tonio, sobre la áspera manta con que se arropaba.

Los ojos se movieron despacio sobre las palabras en latín, sin embargo el muchacho no leyó los documentos, se limitó a contemplarlos.

Luego fijó la vista en Guido.

Se levantó de la cama tan deprisa que lanzó a Guido contra la pared antes de que éste tuviera tiempo de comprender lo que pasaba. Lo agarró por la garganta y Guido necesitó toda su fuerza para librarse de él con un enérgico golpe en la cabeza. El chico, aturdido e incapaz de reaccionar, cayó al suelo. Se apoyó en las manos con el cuerpo tembloroso y el rostro encendido al tiempo que cerraba los ojos.

No se resistió cuando Guido volvió a golpearlo contra la pared. Abrió los párpados tan despacio que parecía haber perdido de nuevo la conciencia.

Guido lo sujetó por los hombros con las dos manos. Tenía ante él los ojos del diablo, o los ojos de la locura.

—Escúchame —dijo en voz baja—. Yo no tengo nada que ver con lo que te han hecho. Lo más probable es que el médico que te castró esté muerto. Los que lo han matado me hubiesen matado a mí si no hubiera accedido a sacarte del Véneto. Tampoco tú seguirías con vida. Eso fue lo que dijeron.

La boca del muchacho se movía como si masticara, haciendo acopio de saliva.

—Yo no sé quiénes eran esos hombres. ¿Tú sí? —preguntó Guido.

El muchacho le escupió en el rostro con tanta rabia que Guido lo soltó y permaneció unos instantes cubriéndose los ojos con las manos.

Cuando las bajó vio que estaban manchadas de sangre.

Guido retrocedió. Se acomodó en la silla de madera

donde había pasado la noche y apoyó la cabeza contra la pared.

Los ojos del muchacho no cambiaron; su cuerpo, que casi resplandecía en la oscuridad, había comenzado a temblar de manera incontrolable.

Guido se levantó para abrigarlo con la manta, pero Tonio se apartó, susurrando unas palabras en veneciano que sonaron como «No me toques».

Guido volvió a sentarse y transcurrió casi una hora en la cual se limitó a observar a aquel muchacho, cuya expresión no varió ni por un momento. Nada cambió, nada ocurrió. Entonces, Tonio, vencido por la debilidad, se tumbó en el camastro.

No se opuso a que Guido lo tapara con la manta, y ni siquiera protestó cuando le levantó la cabeza y le ordenó que bebiera el vino que le daba.

Volvió a tumbarse y sus ojos eran dos fragmentos de cristal que sólo se movían ligeramente recorriendo el techo mientras Guido le hablaba.

Guido se tomó su tiempo. En la posada reinaba el silencio y las estrellas se asomaban a intervalos, brillantes y diminutas, tras las sombras huidizas de los álamos.

Le explicó de manera minuciosa cómo lo habían involucrado en el asunto y cómo aquellos hombres lo habían obligado a sacarlo del estado veneciano. Por último, le describió el carruaje y la bolsa, y le aseguró que le pertenecían y que, que si lo deseaba, lo conduciría a San Angelo.

Acataría su decisión le aseguró, pero entonces hizo una pausa, y finalmente, casi en un susurro, le confió que el *bravo* le había advertido que Tonio no recibiría más ayuda si no ingresaba en el conservatorio.

—Sin embargo, eres libre de acompañarme o de marcharte por tu cuenta —concluyó Guido. La bolsa pesaba.

Entonces el chico volvió la cabeza y cerró los ojos. Aquel gesto encerraba una petición de silencio tan evidente que Guido enmudeció.

Permaneció apoyado contra la pared, con los brazos cruzados, hasta que la respiración del chico se hizo más acompasada.

De su rostro había desaparecido la demencia y reposaba tranquilo y pálido sobre la almohada. La boca volvió a ser la de un muchacho, perfectamente moldeada y sin embargo flexible. Pero era la tenue luz que jugaba con los exquisitos huesos de su cara lo que ponía de manifiesto su increíble belleza.

La luz resaltaba el perfil de la mandíbula, los altos pómulos y la lisa llanura de su frente.

Guido se acercó y, durante un buen rato, contempló los delgados miembros del muchacho, relajados por el sueño, y una de las manos que descansaba medio cerrada sobre la colcha.

Cuando tocó su frente caliente, el chico ni siquiera se movió.

Guido salió con sigilo de la habitación y bajó al campo abierto que se divisaba a través de la ventana.

La luna se hallaba cubierta por las nubes. La población tampoco proyectaba ninguna luz hacia el cielo desde su posición elevada.

Después de caminar entre altas hierbas mojadas, Guido encontró un lugar seco donde tumbarse boca arriba y admiró las estrellas que de vez en cuando reaparecían.

Una terrible desesperación lo invadía.

Llegaba como el frío invernal y la reconocía por el temblor que la precedía y el peculiar sabor a náusea que dejaba en su boca.

El problema era que no estaba enfermo. Estaba sano, y vacío. Su vida no tenía sentido. Era el resultado de una sucesión de hechos absurdos, y no había en ella nada noble ni provechoso, nada que le brindara consuelo.

A nadie le importaba si aquellos hombres del estado veneciano lo mataban. Aquello era tan fortuito como el resto de circunstancias que rodeaban su existencia. Sin poder evitarlo, se sintió atraído de nuevo por aquella habitación de Nápoles, donde mucho tiempo atrás había intentado quitarse la vida cortándose las venas mientras bebía hasta quedar inconsciente.

Se acordaba muy bien de aquella habitación: las paredes pintadas, la cenefa de flores junto al techo. Recordaba la obsesión por el mar que había caracterizado sus últimos momentos, la sensación de placidez que le había atribuido.

Se le humedecieron los ojos. Notó que las lágrimas le surcaban el rostro, y en lo alto el cielo cobraba una tonalidad lechosa y se colmaba de una inoportuna claridad que él hubiera deseado ocultar tras una piadosa oscuridad.

En aquellos momentos oía, a su pesar, la voz de Tonio Treschi elevándose en las laberínticas callejuelas de Venecia y en su mente esos dos lugares se fundieron: la habitación de Nápoles, donde había sido feliz hasta lo indecible creyendo que iba a morir, y Venecia, donde había escuchado aquella voz sublime.

De repente comprendió qué subyacía en aquellas desenfrenadas e insondables tinieblas del alma que amenazaban con tragarlo.

—Si el muchacho no sobrevive, si no supera de algún modo la injusticia de que ha sido objeto, yo me hundiré con él.

Poco después, se levantó de su lecho de hierba y caminó hacia la posada, pero no se veía todavía capaz de subir a la habitación, y sentado en un poyo de piedra, con la cabeza entre las manos, lloró en silencio.

Habían pasado años desde la última vez que derramara lágrimas, al menos eso le parecía. Lo cierto era que había transcurrido mucho tiempo desde que las dejara fluir de una manera tan copiosa.

Lo que finalmente lo hizo callar fue el sonido de su propio llanto.

Alzó la cabeza asombrado.

El cielo estaba más claro, las primeras hebras de azul tejían su interminable tapiz de nubes y, agachando la cabeza, se secó las lágrimas con la manga antes de subir a la habitación.

Pero cuando se volvió y miró hacia los escalones de piedra que se volvían angostos en los tramos que se inclinaban hacia la pared, divisó en lo alto la delgada y quebradiza figura de Tonio.

El chico lo observaba. Sus dulces ojos negros no se apartaron de Guido mientras éste subía hacia él.

—Usted es el maestro al que conocí, ¿verdad? —preguntó Tonio en voz baja—. El maestro para el que canté en San Marco.

Guido asintió. Estaba estudiando el pálido rostro, los labios húmedos, los ojos todavía febriles.

A duras penas soportaba la visión de aquella inocencia masacrada y destruida. Rezó en silencio suplicando que el chico le diera la espalda.

—¿Estaba llorando por mí? —preguntó Tonio.

Guido se quedó sin habla unos instantes. Sintió que lo invadía su habitual llamarada de ira. Le encendía el rostro y le curvaba las comisuras de los labios, y de repente la luz se abrió paso en su mente con la misma nitidez con que alguien podría haberle susurrado al oído que sí que era por aquel chico por quien había llorado.

Pero tragó saliva, no dijo nada y se limitó a mirar a Tonio con sombrío asombro.

De repente, el rostro del muchacho, que hasta ese momento había permanecido inexpresivo y casi angelical, adoptó una expresión amarga, frágil y escalofriante a la vez. La malicia la pulió despacio, añadiendo un brillo amenazador en los ojos que obligó a Guido a desviar la mirada.

—Bueno, tenemos que marcharnos de aquí —susurró el chico—, debemos seguir nuestro viaje. Tengo asuntos que atender.

Guido lo vio volverse y entrar en la habitación. Los documentos estaban sobre la mesa. El chico los recogió y se los devolvió al maestro.

—¿Quiénes eran los hombres que te hicieron esto? —preguntó Guido de repente.

Tonio se estaba poniendo la capa. Alzó la vista como si estuviera sumido en profundos pensamientos.

—Unos estúpidos a las órdenes de un cobarde —respondió.

Tonio apenas pronunció una palabra hasta que llegaron a Bolonia, la grande y bulliciosa capital del norte.

Si sentía malestar, lo disimuló, y cuando Guido lo instó a que fuera a un médico, ya que siempre había peligro de infección, se opuso con resolución.

Su rostro parecía haberse transformado de forma indeleble. Se había alargado y las líneas de los labios mostraban una dureza antes inexistente. Los ojos conservaban aquel brillo febril aunque los mantenía muy abiertos y aparentemente ciegos al estallido primaveral de la campiña italiana.

Tampoco parecían ver las fuentes, los palacios, ni el bullicio en las calles de aquella gran ciudad.

Pero después de insistir en la adquisición de una espada con piedras incrustadas, un puñal y dos pistolas con el mango de nácar a pesar de su precio exorbitante, Tonio también se compró un traje nuevo y una capa a juego. Luego le pidió a Guido, con cortesía (hasta entonces se había mostrado respetuoso en todo aunque no dócil ni obediente), que le buscara un abogado especializado en asuntos relacionados con músicos.

Aquello, en Bolonia, no representaba ningún problema. Sus cafés rebosaban de músicos y cantantes de toda Europa, llegados expresamente para entrar en contacto con agentes y empresarios que pudieran buscarles trabajo para la siguiente temporada. Después de indagar un poco, enseguida localizaron el despacho de un competente abogado.

Tonio empezó a dictar una carta al Tribunal Supremo de Venecia.

Había realizado aquel sacrificio por su voz, declaró, y era imperativo que en Venecia nadie fuera acusado por aquella decisión suya.

Después de exonerar a sus antiguos profesores y a cuantos habían fomentado en él el amor por la música, prosiguió exculpando a Guido Maffeo y a todas las personas vinculadas al conservatorio de San Angelo, que no conocían su decisión antes de ser consumada.

Pero su mayor preocupación era evitar que de aquello se derivase alguna responsabilidad hacia su hermano Carlo.

«Como este hombre es ahora el único heredero de nuestro fallecido padre que puede casarse, es imprescindible que sea absuelto de toda responsabilidad por mis acciones, a fin de que pueda cumplir con sus obligaciones hacia su futura esposa e hijos», alegó Tonio.

Entonces firmó la carta. El abogado, que no había pestañeado ante su extraño contenido, firmó como testigo, al igual que Guido.

Se mandó una copia a una mujer llamada Catrina Lisani, con la solicitud de que todas las pertenencias de Tonio fuesen enviadas de inmediato a Nápoles. Había una última petición, ¿podrían pagar de inmediato una pequeña dote a Bettina Sanfredo, camarera del café de su padre en la plaza San Marco, para que pueda casarse dignamente?

Después, Tonio se retiró al monasterio donde se hospedaban y se dejó caer en la cama, exhausto.

En los días siguientes, Guido se despertaba a menudo por la noche y se encontraba a Tonio en el otro extremo de la habitación, completamente vestido, esperando el amanecer. A veces, antes de medianoche, se revolvía en sueños y hasta gritaba, luego se despertaba y su rostro aparecía tan inexpresivo e insondable como siempre.

Resultaba imposible saber el alcance del dolor que albergaba en su interior, aunque a veces a Guido le parecía ver ese dolor emanando de su cuerpo inmóvil mientras se apoyaba apático en el rincón del carruaje traqueteante. En ocasiones Guido sentía deseos de hablar, pero lo invadía la misma desesperación que había sentido aquella noche en Ferrara. Le humillaba que aquel muchacho lo hubiera oído llorar y le hubiese preguntado de una manera tan directa si aquellas lágrimas habían sido derramadas por él, y olvidaba que no le había dado a Tonio ninguna respuesta.

En Florencia, cuando por fin fueron a buscar a los dos chicos que Guido había dejado aguardando allí para conducirlos a Nápoles, Tonio se mostró visiblemente molesto por su presencia en el carruaje. Le resultaba imposible dejar de mirarlos.

En Siena, sin embargo, les compró zapatos y capas nuevas a los dos y en la mesa ordenó que les sirvieran dulces. Eran dos chicos tímidos y obedientes, de nueve y diez años, que no se atrevían a hablar o a moverse a menos que les dieran permiso para hacerlo. No obstante, Paolo, el más joven de los dos, era de carácter alegre, y de vez en cuando no podía reprimir una amplia sonrisa que obligaba a Tonio a desviar la mirada. En una ocasión, Guido despertó de una breve cabezada y descubrió que el chico se había acurrucado junto a Tonio. Estaba lloviendo y los relámpagos rasgaban el cielo sobre las suaves colinas de color verde intenso. Cada vez que resonaba un trueno, el chico se le acercaba más hasta que, al final, Tonio, sin mirarlo, acabó abrazándolo. Sobre los ojos de Tonio cayó un velo y cuando sus dedos agarraron la pierna del niño para sujetarlo con más fuerza, pareció presa de una súbita emoción incontrolable. Cerró los ojos mientras echaba la cabeza hacia un lado como si tuviera el cuello roto. El carruaje siguió dando sacudidas bajo la cálida lluvia primaveral camino de la Ciudad Eterna.

Si bien el sombrío esplendor de Roma no hacía mella en Tonio, al llegar al Porto del Popolo había desviado su obsesiva atención de los muchachos y la había fijado en Guido. Sus ojos, entretanto, no habían perdido ni un ápice de su malicia silenciosa. Implacables, se clavaban en Guido, sin perder detalle de sus andares, su manera de sentarse y el escaso vello oscuro que le poblaba las manos. En las habitaciones que compartían por la noche, Tonio observaba con descaro cómo Guido se desnudaba, estudiaba sus largos y aparentemente fuertes brazos, su pecho poderoso, sus anchas espaldas.

Guido soportaba todo aquello con resignación.

Sin embargo, empezó a afectarle aunque no sabía a ciencia cierta por qué. En realidad, su cuerpo significaba muy poco para él. Había actuado en el teatro del conservatorio desde pequeño vistiéndose, pintándose y disfrazándose de maneras tan distintas que sus propias peculiaridades le resultaban carentes de interés. Era consciente, por ejemplo, de que su gran envergadura lo haría muy atractivo para los papeles masculinos y que sus inmensos ojos, profusamente pintados, cobraban un aspecto sobrenatural.

Pero su desnudez, sus posibles defectos y las miradas escrutadoras le eran indiferentes.

Sin embargo, el descaro cruel de aquel chico comenzaba a irritarlo. Una noche, ya no pudo aguantar más, dejó la cuchara en el plato y le devolvió la mirada.

Los ojos de Tonio seguían tan hostiles e inamovibles que, por un momento, Guido pensó: «Este chico se ha vuelto loco.» Luego advirtió que la concentración de Tonio era tan absoluta que ni siquiera se había dado cuenta de que Guido también lo observaba. Era como si Guido fuera un ser inanimado. Cuando los ojos de Tonio se movían, ¿lo hacían por voluntad propia para posarse en su cuello o en la servilleta que llevaba atada? Guido no tenía ni idea. Tonio le miraba las manos y luego volvía a los ojos, parecía admirar una pintura.

La indiferencia de Tonio era tan completa, tan evidente, que Guido sintió un arrebato de ira. Guido tenía un genio terrible, el peor del conservatorio, cualquiera de sus alumnos podía atestiguarlo. En aquellos momentos, por primera vez, iba a sacarlo con el chico, enardecido por el cúmulo de mil pequeños resentimientos.

Al fin y al cabo, había hecho el papel de lacayo cumpliendo las órdenes de aquel niño.

Su odio inveterado contra todos los aristócratas empezó a aflorar; de pronto advirtió que lo estaba confundiendo todo y que Tonio había dejado la servilleta sobre la mesa y se había levantado.

Aquella noche, una vez más, habían reservado las habitaciones más lujosas que podía ofrecer la ciudad, en esta ocasión un famoso monasterio que alquilaba estancias amplias y exquisitamente amuebladas a los caballeros que podían permitírselo.

Tonio había abandonado el comedor privado donde los chicos seguían rebañando los platos y se había refugiado en un reducido jardín de altos muros.

Guido se quedó sentado pensando un buen rato y continuaba haciéndolo cuando llevó a los niños a la cama y los vio debajo de las mantas.

Mientras salía a la noche, seguía sin comprender su enojo. Sólo sabía que se sentía agraviado por aquel chico, por su mirada indiferente, por su eterno silencio. Intentó apelar al inevitable sufrimiento del muchacho, a su angustia incontenible, pero no podía. Hasta ese momento se había prohibido recordar aquello porque resultaba demasiado doloroso.

Cada vez que su mente lo obligaba a preguntarse qué le estaba sucediendo al muchacho, cuáles eran sus pensamientos, cómo se sentía, una obstinada voz en su interior repetía en un tono burlón de superioridad: «Pero si tú has sido siempre un eunuco, no puedes saberlo.»

Fuera cual fuese la razón, salió al jardín dominado por la rabia. A la luz de la luna vio una inmensa estatua recostada sobre un estanque en forma de concha, y la delgada y erguida figura de Tonio Treschi ante ella.

En Roma abundaban las estatuas de ese tipo, estatuas cuyas dimensiones son tres o cuatro veces las de un hombre. Se encuentran en cada rincón, en cada grieta de la ciudad, ante paredes, sobre puertas, dominando una infinita variedad de fuentes. Aunque en un gran *palazzo* o una iglesia su presencia no resultaría extraña, la sensación que provocan en un lugar pequeño puede ser desasosegante, sobre todo si uno se las tropieza de manera inesperada. Porque entonces se impone el sentimiento de lo grotesco. Las estatuas resultan gigantescas en esos espacios reducidos y sin embargo parecen tan humanas a la vez que de un momento a otro podrían empezar a respirar y extender sus inmensas manos para aplastar a los que se hallan a su alrededor.

Los detalles de las estatuas impresionan por sí solos. Los músculos que se mueven bajo el mármol, las venas en las manos, las hendiduras de las uñas de los pies, pero el conjunto se revela pavoroso.

Guido notó aquella desagradable sensación cuando salió del claustro en busca de Tonio.

Un dios se recostaba contra la pared, su enorme rostro barbudo colgaba hacia delante y, a través de sus dedos, abiertos al cielo, corría agua, que goteaba en la superficie del estanque iluminada por la luna.

Tonio Treschi contemplaba el torso desnudo y las anchas caderas que se fundían en un trozo de tela dejando al descubierto una pierna de poderosos músculos sobre la que descansaba todo el peso del gigante.

Guido desvió la mirada de aquel dios monstruoso, vio la luz de la luna fragmentada en las diminutas ondas del agua. Entonces, por el rabillo del ojo, se percató de que el chico se había vuelto hacia él. Sintió aquellos ojos ávidos e implacables moverse sobre su figura.

—¿Por qué me miras? —le preguntó Guido de pronto, y sin poder evitarlo lo agarró por el hombro.

Percibió el asombro del muchacho. La luz de la luna reveló que su rostro se contraía, la boca no le obedecía, se movía con torpeza, en silencio, como si intentase hablar.

Los contornos duros y brillantes de su rostro juvenil se disolvieron en la impotencia, compungidos. De haber podido, hubiera pronunciado una negativa. Comenzaba, se detenía, desistía, sacudía la cabeza.

Guido también se sentía impotente. Extendió la mano con la intención de tocar al muchacho, pero la dejó suspendida en el aire y vio horrorizado que el cuerpo del muchacho se desmoronaba.

El chico agachó la cabeza. Levantó las manos y se miró las palmas abiertas. Las alargó como si quisiera coger algo en el aire o pretendiera tan sólo contemplarse los brazos. Sí, se miraba los brazos; de repente su garganta emitió un sonido, un gemido ahogado.

Se volvió hacia Guido, jadeó como una fiera que luchara por hablar, con los ojos cada vez más abiertos y desesperados.

De pronto Guido lo comprendió todo.

El chico aún jadeaba, todavía mantenía levantadas las manos, las miraba y de repente se golpeaba el pecho con ellas, y aquel gemido sofocado se convirtió en un grito gutural cada vez más poderoso.

Guido lo tomó entre sus brazos y sujetó aquel cuerpo rígido con todas sus fuerzas hasta que sintió que se aflojaba y enmudecía.

Tonio, que había permanecido inmóvil mientras lo conducía a la cama en silencio, había susurrado una palabra: «monstruo».

3

Cuando entraron en Nápoles era el primero de mayo, y ni siquiera el largo recorrido entre los campos de trigo verde los había preparado para el espectáculo que ofrecía la gran ciudad, bañada por el sol y descendiendo por la colina en un fulgor de paredes de tonos pastel y frondosos jardines en las azoteas que abarcaban entre sus brazos el panorama de la bahía azul claro, el muelle, una nube de velas blancas y el Vesubio, que lanzaba al nítido cielo su delgada columna de humo.

A medida que el carruaje avanzaba balanceándose con dificultad, lo iba rodeando aquel enjambre infatigable que constituía la población de la ciudad rebosante de vida gracias al fragante calor suspendido en el aire, carruajes que recorrían las calles, asnos que obstruían el paso, vendedores que pregonaban sus mercancías o se acercaban a las ventanas para ofrecer helados, agua de nieve, melones.

El conductor chasqueó el látigo, los caballos enfilaron colina arriba y a cada recodo de la callejuela, como por arte de magia, se abría ante ellos una nueva vista de la ciudad y el mar.

Aquello era el Edén. Y la certeza de ese pensamiento se abrió camino en el cerebro de Guido, que no pudo anticipar la sensación de bienestar que lo invadió.

No era posible contemplar aquel lugar con su profusión de plantas y flores, su abrupta costa y aquella siniestra montaña sin sentir brotar la alegría en lo más profundo del alma.

Captó el entusiasmo de los niños, sobre todo de Paolo, el más pequeño, que saltó al regazo de Tonio y sacó los hombros por la ventana. Incluso Tonio se había olvidado por completo de sí mismo e intentaba ver el Vesubio desde todos los ángulos.

—Pero si respira humo —musitó.

—¡Respira humo! —repitió Paolo.

—Sí —corroboró Guido—. Sí, se repite a menudo desde hace mucho tiempo. No hagáis demasiado caso. Nunca se puede saber cuándo decidirá hacerse notar de verdad.

Los labios de Tonio se movieron en una muda plegaria.

Cuando los caballos entraron en el establo, Tonio fue el primero en apearse, con Paolo en brazos, y después de dejarlo en el suelo, lo siguió al patio. Sus ojos recorrieron las cuatro paredes que cercaban el claustro de arcos romanos cubierto casi enteramente por una rebelde y profusa enredadera, vibrante de pequeñas flores blancas con corolas en forma de trompeta y el rumor de miles de abejas.

El sonido de los instrumentos fluía por las puertas abiertas. Tras los cristales de las ventanas aparecieron diminutos rostros. De la fuente, con querubines desgastados por el tiempo, colgados de su cornucopia abierta, brotaba un chorro generoso y silencioso en el que brillaban los rayos de sol.

El maestro Cavalla salió enseguida de su despacho y abrazó a Guido. El maestro, un hombre viudo cuyos hijos llevaban muchos años en el extranjero, sentía un amor especial por Guido, y él, que siempre lo había sabido, se sintió invadido por una repentina oleada de cariño hacia aquel hombre. El maestro parecía más viejo. De todas formas ¿no era eso inevitable?

Después de una bienvenida rutinaria, despidió a los

dos niños y sus ojos se posaron en la elegante y remota figura del veneciano, que paseaba entre los naranjos del claustro, cuyas flores se habían convertido ya en diminutos botones de fruto.

—Tienes que explicarme de inmediato qué ocurre aquí —dijo el maestro en voz baja, pero al mirar a Guido de nuevo le dio otro cariñoso abrazo, estrechando contra sí a su antiguo alumno como si escuchara algún sonido lejano.

—Imagino que habrá recibido mi carta desde Bolonia, ¿no es así? —preguntó Guido.

—Sí, y todos los días me visitan hombres de la embajada veneciana. Insisten en acusarme de haber castrado a ese noble bajo este techo y amenazan con obtener el permiso para realizar una inspección.

—Bien, pues hágalos venir —gruñó Guido, aunque estaba asustado.

—¿Por qué has llegado hasta ese extremo con el muchacho? —le preguntó el maestro sin alterarse.

—Cuando escuche su voz lo comprenderá —respondió Guido.

—Veo que eres el mismo de siempre, no has cambiado nada —sonrió el maestro.

Y tras unos momentos de duda, consintió en que, al menos de forma provisional, adjudicaran a Tonio una habitación privada en el desván.

Tonio subió las escaleras despacio. No pudo contenerse y miró hacia las abarrotadas aulas de prácticas, en las que cientos de alumnos tocaban diversos instrumentos. Violoncelos, contrabajos, flautas y trompetas dejaban oír su clamor en medio de la algarabía general, y al menos una docena de niños aporreaban los clavicémbalos.

Incluso en los pasillos, los alumnos, en sus asientos, atendían las lecciones. Un chico incluso practicaba con su violín en un rincón de la escalera y otro, que había convertido el descansillo en su lugar de trabajo, inclinó la cabeza cuando pasaron Tonio y Guido, sin apenas levantar el lápiz del papel al tiempo que armonizaba una composición.

Las escaleras estaban desgastadas por los muchos pies que las habían recorrido durante tantos siglos, y todo tenía un aspecto árido y de excesiva limpieza del que Guido nunca había sido consciente.

No podía adivinar lo que pasaba por la mente de Tonio, ignoraba que el muchacho jamás había estado sometido a las reglas o la disciplina de una institución.

Tonio tampoco estaba habituado a la presencia de otros chicos y los miraba como si constituyeran un fenómeno del todo insólito.

Desorientado, se detuvo ante la puerta del gran dormitorio donde Guido había pasado su infancia, y se volvió con evidente complacencia, para que Guido lo condujera hasta un pasillo del ático al que daba una habitación de techo inclinado que iba a ser la suya.

En su interior todo estaba limpio y dispuesto para algún ocupante especial, un *castrato* que hubiera destacado en sus últimos años de residencia en la institución. El propio Guido había dormido una vez en aquella estancia.

Los postigos de la ventana, que se abrían hacia dentro, estaban decorados con hojas verdes y grandes rosas pálidas. Una cenefa de esas mismas flores discurría en la parte superior de las paredes y brillantes ornamentos de esmalte cubrían el escritorio, la silla y el armario de madera rojo intenso con bordes dorados que esperaba las pertenencias de Tonio.

El muchacho miró a ambos lados y de pronto, por la ventana abierta, distinguió la distante cima azulada de la montaña. Avanzó hacia ella casi en trance.

Durante una eternidad contempló la estela de humo que se alzaba en línea recta hacia las leves e inconsistentes nubes y luego se giró hacia Guido. Sus ojos rebosaban de mudo asombro. De nuevo examinó el mobiliario de aquella pequeña estancia sin la menor censura o queja. Por un instante pareció satisfecho con lo que veía, parecía resignado a que el peso del dolor fuera una cruz que todo ser humano debiera sobrellevar, día a día, a cada momento, sin ninguna recompensa final. Se volvió otra vez hacia la montaña.

—¿Te gustaría subir al Vesubio? —dijo Guido.

El rostro de Tonio se iluminó de tal forma que Guido se quedó sorprendido. Había aparecido de nuevo el muchacho, realzado por un suave resplandor.

—Si quieres, podemos ir un día —sugirió Guido.

Por primera vez Tonio le sonrió.

Pero la alegría de Guido se esfumó al ver que la luz abandonaba el rostro del muchacho cuando supo que debía entrevistarse con los representantes del gobierno veneciano.

—No deseo hacerlo —dijo Tonio en voz baja.

—No hay más remedio —sentenció Guido.

Cuando se reunieron en el gran despacho del maestro Cavalla situado en la planta baja, Guido comprendió la reticencia de Tonio.

Aquellos dos venecianos, a los que obviamente el muchacho no conocía, entraron en la estancia exhibiendo toda la pompa propia del siglo anterior. Ataviados con sus grandes pelucas y sus levitas, parecían galeones a toda vela entrando en un pequeño puerto.

Examinaron a Tonio con mal disimulado desdén y sus preguntas fueron concisas y hostiles.

En los ojos de Tonio había un leve temblor, se había quedado blanco como la cera y no cesaba de retorcerse las manos cruzadas a la espalda. Sí, respondió, había tomado aquella decisión por sí mismo, no, no, nadie de aquel conservatorio había influido en él. Sí, lo habían operado, no, no iba a someterse a ningún reconocimiento, no, ni siquiera sabía el nombre del médico que lo había hecho. No, ninguna persona del conservatorio estaba al corriente de sus planes...

Entonces el maestro Cavalla lo interrumpió, furioso, en un dialecto veneciano tan rápido y preciso como el de Tonio, para afirmar que el conservatorio albergaba a músicos, no a cirujanos.

—No tenemos nada que ver con esto.

Los venecianos lo observaron despectivamente.

Y a punto estuvo Guido de hacerlo también, pero consiguió disimular sus sentimientos.

Era obvio que el interrogatorio había terminado. Un pesado silencio se cernió sobre todos los presentes y pareció que el más viejo de los dos venecianos luchaba por controlar sus emociones. Finalmente carraspeó y con una voz grave, casi bronca, preguntó:

—¿Tienes algo más que añadir, Marc Antonio?

Tonio tenía la guardia baja. Apretó con tanta fuerza los labios que éstos palidecieron y entonces, incapaz de hablar, negó con la cabeza, desviando los ojos hacia un lado, y agrandándolos un poco como si, de manera deliberada, quisiera nublar su visión.

—¡Marc Antonio! ¿Lo hiciste por voluntad propia? —El hombre dio un paso hacia él.

—*Signore* —replicó Tonio, con una voz apenas reconocible—, es una decisión irrevocable. ¿Pretende hacer que la lamente?

El hombre vaciló, en un intento por evitar la respuesta a aquella pregunta. Con la mano derecha, levantó un rollo de pergamino que había llevado colgado todo el tiempo al costado. Con voz monótona se apresuró a decir con amargura:

—Marc Antonio, luché con tu padre en Oriente. Estuve en la cubierta de su barco en El Pireo. Me es doloroso decirte lo que ya sabes, que has traicionado a tu padre, a tu familia y a tu país. Por ello serás proscrito de Venecia para siempre. Por lo demás, tu familia te recluye en este conservatorio, donde deberás permanecer si deseas seguir recibiendo su apoyo.

El maestro estaba fuera de sí, hecho una furia. Miró estupefacto cómo se cerraban las puertas.

Entonces se sentó ante su escritorio, metió los documentos de Tonio en una bolsa de cuero negro y la apartó a un lado enojado.

Con un ademán, Guido le pidió que tuviera un poco de paciencia.

Tonio no se había movido, y cuando finalmente se volvió hacia el maestro, su rostro mostraba una estudiada expresión de completo vacío. Sólo lo delataba el trémulo fulgor rojizo de su ojos.

Pero el maestro Cavalla se sentía demasiado humillado, demasiado ultrajado, demasiado furioso como para darse cuenta de nada.

Murmuró entre dientes que los venecianos le habían parecido del todo ridículos y con un repentino estallido de ira gritó que sus sentencias no le importaban en absoluto.

—¡Proscribir a niño! —balbuceó.

Vació la bolsa de Tonio, examinó su contenido y lo metió todo en el cajón superior del escritorio, que cerró con gesto mecánico.

Se incorporó para dirigirse a Tonio.

—Ahora eres alumno de esta institución —comenzó—, y debido a tu edad he permitido que, por ahora, tengas tu habitación privada en el ático, separado de los demás *castrati*. Tendrás que llevar la túnica negra con la faja roja, como los demás niños *castrati*. En este conservatorio nos levantamos dos horas antes del amanecer y las clases terminan a las ocho de la noche. Tendrás una hora de recreo después del almuerzo y dos horas de siesta. En cuanto hayamos evaluado tu voz...

—No tengo la menor intención de utilizar mi voz —replicó Tonio en voz baja.

—¿Qué? —exclamó asombrado el maestro.

—No pienso estudiar canto.

—¿Qué?

—Si lee esos documentos verá que quiero estudiar música, pero en ningún sitio se habla de canto... —El rostro de Tonio se endureció de nuevo, aunque la voz le temblaba.

—Maestro, permítame hablar con el chico... —intervino Guido.

—Tampoco pienso ponerme ningún uniforme que proclame que soy... que soy un *castrato* —prosiguió Tonio.

—¿Qué significa todo esto? —El maestro se levantó, presionando con los nudillos sobre el escritorio hasta que se le volvieron blancos.

—Estudiaré música... teclados, instrumentos de cuerda, composición, lo que usted quiera, ¡pero no estudiaré canto! —aseguró Tonio—. ¡No cantaré ni ahora ni nunca! ¡Y no me vestiré como un capón!

—¡Esto es una locura! —El maestro se volvió hacia Guido—. ¿No hay nadie en esas marismas del Norte que esté en sus cabales? Por el amor de Dios, ¿por qué consentiste en que te castraran? ¡Que venga el médico! —ordenó a Guido.

—El chico ha sido castrado, permítame intentar razonar con él, por favor.

—¡Razonar con él! —El maestro lanzó una mirada feroz a Tonio—. Estás bajo mi autoridad y tutela —advirtió. Alargó con la mano el uniforme negro cuidadosamente doblado que estaba junto a él sobre la mesa y se lo acercó a Tonio—. Ponte ahora mismo el traje oficial de castrado.

—Ni hablar. Obedeceré en todo lo demás, pero no pienso cantar ni ponerme ese uniforme.

—Maestro, deje que se retire, por favor —le suplicó Guido.

En cuanto Tonio hubo salido, el maestro se dejó caer de nuevo en la silla.

—¿Qué está ocurriendo aquí? Tengo doscientos alumnos bajo este techo, y no estoy dispuesto a...

—Maestro, permita que el chico siga el programa general y déme tiempo para hacerlo entrar en razón, por favor.

El maestro permaneció en silencio durante un rato. Luego, cuando su irritación se hubo aplacado, preguntó:

—¿Has oído cantar a ese chico?

—Sí —respondió Guido—. Más de una vez.

—¿Cuál es la calidad de su voz?

—Cuando está a solas —dijo Guido tras pensar unos instantes— lees una partitura nueva y cierras los ojos para oírla cantada... ésa es la voz que oyes en tu cabeza.

El maestro se tomó unos minutos para asimilar aquellas palabras, luego asintió.

—Muy bien, habla con él. Pero si eso no surte efecto, no acataré las órdenes de un patricio veneciano.

4

Aquello era una pesadilla, aunque resultaba imposible despertar o librarse de ella. No tenía fin, y cada vez que abría los ojos continuaba allí.

Dos horas antes del amanecer sonó la primera campana. Se sentó erguido como si hubiesen tirado de él con una cadena, completamente bañado en sudor. Contempló el negro cielo sembrado de estrellas que flotaban lentamente hacia el mar, y por un momento, sólo por un momento, se sintió arropado por aquella belleza inefable, que como una mano se posaba sobre su cabeza.

No era posible que eso le estuviera ocurriendo a él, que estuviera en aquella habitación de techo bajo, a ochocientos kilómetros de Venecia, que le hubieran hecho aquello.

Se levantó, se lavó la cara, se dirigió tambaleante hacia el pasillo y bajó las escaleras con los otros treinta *castrati* que salían del dormitorio.

Doscientos alumnos se movían como termitas por aquellos corredores, en algún rincón lloraba un niño, pequeños sollozos, un llanto desesperado, y en completo silencio todos encontraban su lugar ante los clavicémbalos, violoncelos, mesas de estudio.

La casa cobraba vida con sonidos penetrantes, cada fragmento de melodía quedaba atrapado en la disonancia general. Se oían portazos. Se esforzó por escuchar al maestro, con la visión borrosa; las palabras del hombre exponían conceptos que apenas comprendía, los otros alumnos mojaban las plumas. Se sumergió en el ejercicio con la esperanza de que su significado se le revelase mientras lo escribía.

Sentado por fin ante las teclas, tocó hasta que le dolió la espalda, disipando las presiones y tristezas del día en aquellas escasas horas privilegiadas en las que ponía en práctica lo único que siempre había sabido hacer, y durante ese corto espacio de tiempo se equiparaba a esos chicos de su edad que, si no llevaban en el conservatorio desde la infancia, habían sido admitidos más tarde sólo gracias a su inmenso talento y preparación.

—Ni siquiera sabes cómo se coge el violín. ¿Es que nunca lo has tocado? —Se esforzaba por deslizar el arco sobre las cuerdas sin aquel chirrido disonante. Sentía un dolor agudo en el hombro que le hacía doblarse hacia delante constantemente, con el arco descendiendo sobre el atril que tenía ante sí.

Si pudiera sumergirse en la música aunque sólo fuese durante un minuto, sentir su inspiración, pero eso no formaba parte de la pesadilla. En esa pesadilla la música era ruido, penitencia, dos martillos que le golpeaban las sienes. Sintió el corte de la varilla en la mano y miró la ampolla, que reverberaba en todo su cuerpo, y la herida que parecía tener vida propia al tiempo que se abría.

Después, la mesa del desayuno. Boles de comida humeante que le provocaba náuseas. En su lengua todo se había vuelto arena, parecía que cualquier placer, por mínimo que fuera, le estuviera negado. No quiso sentarse junto a los demás *castrati*, pidió en voz baja, con cortesía, sentarse en otro sitio.

—Te sentarás ahí.

Retrocedió ante la figura que avanzaba hacia él, aquella mano que le empujaba, aquella orden perentoria.

Notaba que el rostro le ardía, le quemaba. Resultaba imposible contener aquel fuego. Todos los ojos de aquella silenciosa habitación posados en él, repasándolo de arriba abajo, «el príncipe veneciano», entendía esas palabras en dialecto napolitano. Todo el mundo sabía lo que le habían hecho, todos sabían que era uno de ellos, aquellas cabezas gachas, aquellos cuerpos mutilados, aquellos seres que no eran ni serían nunca hombres.

—¡Ponte la faja roja!

—¡No!

Esto no está ocurriendo. Nada de esto está ocurriendo. Sintió de repente deseos de levantarse y huir del comedor, salir al jardín, pero incluso aquella simple libertad de movimiento le estaba vedada. El silencio inmovilizaba al resto de los chicos, los ataba a su lugar en el banco.

—¿Por qué no se pone la faja por debajo de los pantalones, *signore*? De ese modo nadie lo sabrá.

Se volvió despacio. ¿Quién había pronunciado esas palabras? Aquellas maliciosas sonrisas de burla habían dado paso a unos rostros inexpresivos.

Se abrió la puerta de Guido Maffeo y el maestro entró en el comedor. ¡Bendito silencio, aunque durante dos horas tuviera que mantener la vista clavada en aquel rostro insensible, en aquellos ojos perversos! El maestro castrado de los castrados. Y lo peor de todo: el único que lo sabía, que sabía exactamente lo que le habían hecho, que sabía que su vida era una pesadilla. Protegido tras aquella máscara cruel, lo sabía.

—¿Por qué me miras?

—¿Por qué crees que te miro? Te miro porque soy un monstruo, tanto como tú y quiero ver en qué me voy a convertir.

¿Por qué no pegaba a Tonio? ¿Qué lo detenía? ¿Qué se escondía bajo aquella inmutable expresión de crueldad cuando todo en él era una mezcla de fascinación y encanto? ¿Por qué no puedo dejar de mirarlo aunque no soporto hacerlo? Una vez, de pequeño, la madre de Tonio lo había abofeteado una y otra vez, para de llorar, para de llorar, por el amor de Dios, ¿qué quieres de mí? ¡Para! Al mirar a Guido Maffeo, por primera vez entendió a su madre. ¡No puedo resistir que me hagas preguntas! ¡Déjame en paz!

Y ahora, en esta habitación. Por favor, Dios mío, déjame en paz.

—Siéntate y calla. Mira, atiende.

Trae a la habitación a su monstruo eunuco de cara blanca. No quiero escucharle, es una tortura. Ya empieza con sus instrucciones, no es un estúpido, éste, tal vez es mejor que todos los demás juntos, pero nunca, nunca será capaz de enseñarme nada.

A las ocho en punto, cuando sonó la última campana, subió las escaleras, tan extenuado que apenas podía poner un pie delante del otro. Caía, caía y caía en las pesadillas dentro de la misma pesadilla. Por favor, aunque sólo sea esta noche, haz que no sueñe. Estoy muy cansado... No puedo luchar con mi propio sueño, voy a volverme loco.

Había alguien en el pasillo. Se apoyó sobre el codo. Abrieron la puerta de golpe de forma que el muchacho, sorprendido, no pudiera escapar. Eran dos. Avanzaron unos cuantos pasos como si quisieran entrar en la habitación.

—Alejaos de mí —gruñó.

—Sólo queremos ver al príncipe veneciano que es demasiado importante para llevar la faja roja.

Risas, risas, risas.

—Retroceded, os lo advierto.

—Oh, vamos, qué falta de educación. No es muy cortés por tu parte impedirnos el paso.

—Os lo advierto...

—¿Ah, sí?

Ambos miraban el puñal. El más alto, al que aquellos delgados brazos que le colgaban convertían ya en un monstruo, rió nervioso.

—¿Sabe el maestro que guardas eso?

Le dio un fuerte empujón con la mano izquierda, y ambos, después de un ligero traspié, se escabulleron de la habitación con la misma risa espectral. Ni siquiera el sonido de la voz es real, posee tal estridencia que sin un control adecuado resulta desagradable. Encima eso. De repente, se imaginó a sí mismo renunciando a hablar en voz alta.

Tiró de la pesada estructura de la cama. Al principio no se movió, pero luego, como si se hubiese soltado de golpe se deslizó por el suelo de modo que consiguió apoyarla contra la puerta. Sólo entonces se acostó.

Poco después el cielo cobró un resplandor rojizo. Lo había visto por el rabillo del ojo, y achacó a su imaginación aquel leve crepitar. También le pareció oír movimiento en el edificio, y luego, avanzando hacia la ventana, divisó la montaña ardiendo en la lejanía.

Siempre son dos las pesadillas.

La primera.

Corres por esa calle, escapas. Cuando están a punto

de darte alcance, te precipitas hacia delante y vas a parar al embarcadero, ruedas hasta caer al agua y te encuentras a salvo. Nadas como una rata, deprisa, en silencio, mientras ellos corren impotentes por la orilla. Estás aterrorizado; sin embargo, ¡has logrado escapar! Lo metes todo en baúles y cajas de embalaje, y te precipitas corriendo por las escaleras, sales del *palazzo*, de Venecia, estás a salvo.

Luego, una terrible certeza, la lenta aurora que resquebraja la oscuridad del sueño, la certidumbre de que estás dormido, de que nada de eso es real, es el otro el que es real, ¡tú estás soñando!

Ha ocurrido y tú sólo has sido un juguete en sus manos. Cantar, cantar, cantar; por un instante casi puedes oír tu voz resonando en aquellas húmedas paredes, elevándose, colmando tus más ambiciosas expectativas. Casi puedes escucharla libre ya de esta rabia ensordecedora.

El segundo sueño.

Aún están allí. Todavía los tienes entre las piernas porque te han vuelto a crecer. ¿O es que no te los seccionaron correctamente? Una pequeña parte quedó allí y de ella ha brotado el resto. Han cometido un terrible error. En cualquier caso, siguen allí, y un médico te está dando toda clase de explicaciones: por supuesto, sí, se han dado casos en los que la operación no se ha efectuado adecuadamente, sí, se han reproducido, compruébalo tú mismo.

Se sentó en la oscuridad. No recordaba haber dejado aquel surco caliente en la cama. Está junto a la ventana, sintiendo la brisa salobre que agita el calor atrapado en esta habitación de techo bajo. De pronto se horroriza al comprobar que puede tocar el techo con las manos, pero justo entonces se desploma en el alféizar con los brazos cruzados; las luces de la ciudad son una borrosa visión. Escucha. Escucha. Se oye un ritmo distante, parece proceder de una taberna, o de cantantes callejeros que vagan por aquellas suaves pendientes. Abre la boca para coger aire y cierra los ojos.

Más sueños.

Es verano y este mismo calor flota en las inmensas habitaciones vacías del *palazzo*. Cuenta los maineles de las ventanas, hay unos cuarenta en cada una, y está tumbado desnudo junto a su madre; ella se ha quitado toda la ropa de cintura para arriba de forma que se ven sus hermosos pechos, el sudor le humedece el cabello que se le queda pegado en la frente y mejillas. Se mueve, se vuelve hacia él, el colchón cede con un crujido. Lo abraza y Tonio siente el rotundo calor de aquellos pechos contra la espalda, los labios que le acarician la nuca.

¡Oooooooh, Dios, nooooooo, estás soñando!

Suena la campana. La misma historia.

—¡Ponte la faja roja!

—¡No!

—¿Quieres que te azote con el látigo?

Yo no quiero nada.

¿Por qué nunca sueño que ha caído en mis manos, que no puede escapar de mí y que puedo hacerle lo que él me ha hecho a mí, lo mismo que me ha hecho a mí? ¿No existe tal sueño?

—¿Qué esperas conseguir con esto? —Guido Maffeo caminaba de un lado a otro de la habitación—. ¡Háblame, Tonio! ¡Has sido tú quien ha elegido venir a este lugar, no te he traído yo! ¿Qué pretendes con todo esto, con este silencio, este...?

No lo soporto. No puedo demostrar indiferencia ante esta actitud. Esas caras abotargadas por la ira. *Le ruego que no lo azote, deje el asunto en mis manos. Pero si ya lo he hecho y él se ha negado obstinadamente...*

—Póntela.

—No.

El primer latigazo produce un dolor contra el que debes defenderte, pero es en vano, el segundo es más de lo que cualquiera puede resistir, el tercero, el cuarto, el quinto..., no lo pienses, intenta centrarte en otra cosa, en otro lugar, en cualquier otra cosa, otra cosa...

—Póntela.

—No.

—Dime, tú que eres mi ilustre veneciano, ¿qué futuro le espera a un eunuco que no canta?

Se alinean ante la puerta principal. Forman una hilera

doble, las manos a la espalda, las fajas rojas dividiendo con precisión el suave tejido negro de la túnica en dos, una cinta negra en el cuello, todos marchando al mismo paso cuando la verja se abre. ¿Es posible que algún día yo cruce esa verja junto a ellos, que avance en una procesión como ésa, con esos eunucos, esos capones, esos monstruos castrados?

Esto resulta aún más mezquino que si me dejaran completamente desnudo, y sin embargo me muevo, pongo un pie delante del otro. Incluso este mundo parece estar poblado por seres humanos, y sus voces ascienden, se mezclan, por primera vez esas voces que suben y suben al aire libre, resultan hermosas y seguras: la prueba inequívoca de nuestra condición. La gente que nos mira lo sabe, aunque no lleve la faja roja, todos saben exactamente quién soy.

Esta situación es insoportable pero real. Se asemeja a la descripción de aquellas bárbaras ejecuciones, aunque es imposible adivinar los pensamientos o sentimientos de quien la sufre, empujado entre la multitud, con las manos atadas para que ni siquiera pueda taparse el rostro. Tú perteneces a este mundo que te rodea y aun así miras hacia delante como si no te estuviese ocurriendo, puedes ver las nubes que se desplazan vertiginosas por el cielo, llevadas por la brisa marina, alzas la vista hacia la fachada de la iglesia.

¿Qué son esos italianos del sur, qué son si no el mundo, el mundo entero?

Márchate de aquí, márchate.

—Si te marchas...

Otra vez ese maldito Guido Maffeo, ése de tez oscura que lo sabe todo.

—¿Adónde irás?

—No me iré.

—¿Quieres que te expulsen?

En esta ocasión, mientras caen los latigazos, intenta pensar en el dolor en lugar de oponerte a él. Si lo piensas, no hay ni un sólo aspecto de la vida, pasada, presente o futura, que no te haga perder la razón. Concéntrate pues en el dolor. Al fin y al cabo tiene sus límites. Puedes seguir su recorrido por tu cuerpo. Tiene un principio, un punto intermedio, un final. Imagina que tiene un color. El primer golpe del látigo ¿cómo es? ¿Rojo? Rojo, dando paso a un brillante amarillo. ¿Y este otro? Rojo, rojo, no amarillo, no, y luego blanco, blanco, blanco, blanco.

—Se lo suplico maestro, déjelo en mis manos.

—Si no cantas, serás expulsado.

—¿Adónde irás...?

Exacto, ¿adónde irás? ¿Por qué te has encarcelado en este *palazzo* de cámaras de tortura? ¿Por qué no abandonas este lugar? Porque eres un monstruo y ésta es una escuela para monstruos, y si te vas de aquí, estarás solo, completamente solo. ¡Solo!

No llores delante de esos desconocidos. Trágate las lágrimas. ¡No llores delante de esos desconocidos! ¡Clama al cielo, clama al cielo, clama al cielo!

5

—¿Qué esperas conseguir? ¿Acaso sabes realmente lo que quieres?

Guido recorría la habitación de un lado a otro con el rostro contraído por la ira. Cerró la puerta de su aula de prácticas y se colgó la llave en el cinturón.

—¿Por que has apuñalado a ese chico?

—No lo he apuñalado. Sólo tiene unos pequeños cortes. ¡Vivirá!

—¡Sí, esta vez vivirá!

—Ha entrado en mi habitación por la fuerza. ¡Me estaba atormentando!

—¿Y qué pasará la próxima vez? El maestro te ha quitado el puñal, la espada y esas pistolas que compraste. Pero no ha sido suficiente, ¿verdad?

—No, si no me respetan. Si vivo rodeado de bestias, tengo que defenderme.

—¿No lo comprendes? No puedes seguir así. Si continúas comportándote de ese modo te echarán del conservatorio. ¡Lorenzo podía haber muerto!

—Déjeme en paz.

—Oh, estás a punto de llorar, ¿no es cierto? Dilo otra vez, quiero oírlo.

—Déjeme en paz.

—No voy a dejarte en paz, no te dejaré en paz hasta que cantes. ¿Crees que no sé qué te impide hacerlo? ¿Crees que no sé lo que te ha ocurrido? Dios mío, ¿estás tan obcecado que no te das cuenta de que he puesto en peligro mi vida para traerte aquí cuando hubiera hecho mejor en alejarme de ti y de tus perseguidores? Sin embargo, te saqué del Véneto, te conduje hasta aquí, donde los emisarios de tu gobierno, si querían, podían haber mandado a sus *bravos* para que me despedazaran en la calle.

—¿Y por qué lo hizo? ¿Le pedí yo algo? ¿Qué busca? ¿Qué quiere de mí?

Guido le pegó. No pudo contenerse y lo abofeteó con tanta fuerza que Tonio se tambaleó. Se llevó la mano al rostro como si no quisiera ser testigo de aquello. Guido le volvió a pegar. Luego lo agarró con las dos manos y le golpeó la cabeza contra la pared.

Tonio jadeó levemente con un sonido gutural. De nuevo, la mano de Guido cayó sobre él y lo aferró por el cuello.

Guido retrocedió, intentando controlarse. Se quedó de espaldas a Tonio, ligeramente encorvado, como si quisiera encerrarse en sí mismo.

Tonio no pudo contener las lágrimas y, aunque se odiaba por su debilidad, sacó el pañuelo, resignado, y se las secó bruscamente.

—Muy bien —la voz de Guido apenas era audible por encima de su hombro—. Siéntate ahí. Vamos a repetirlo. Y esta vez presta atención.

El sol de la tarde calentaba el suelo de piedra y la pared, y Tonio trasladó el banco hacia un lugar donde pudiera descansar al sol, se sentó y cerró los ojos.

El primer alumno fue el pequeño Paolo, cuya potente

voz llenaba la sala como el repicar de una radiante campana de oro. Seguía sin esfuerzo los arpegios, recorriendo la escala, y al hinchar las notas, las dotaba de un sentimiento cercano a la dicha.

Tonio abrió los ojos para mirar la nuca morena del muchacho. Mientras lo escuchaba se iba adormilando. Se sorprendió ligeramente ante las advertencias de Guido y la aguda comprensión de lo que Paolo había hecho mal. Pero ¿lo había hecho mal? Guido decía: «Oigo tu respiración, la veo, ahora repítelo más despacio, pero no sueltes el aire y esta vez... esta vez...» Esa vez la vocecita subió y bajó, con notas largas y agudas.

Cuando Tonio despertó de nuevo, le tocaba el turno a otro niño de más edad. Así era la voz de un castrado, con un matiz más rico o tal vez más duro que la de cualquier chico. Guido estaba enfadado. Cerró la ventana de un manotazo. El muchacho se había marchado y Tonio se frotaba los ojos. ¿Había refrescado?

Anochecía, pero el aire en aquel lugar era acariciadoramente dulce y en el alféizar de aquella honda ventana del primer piso temblaban las flores blancas de una enredadera interminable.

Se levantó, sintió una punzada de dolor en la espalda. ¿Qué hacía Guido en la ventana? Sólo distinguía el movimiento de sus hombros, mientras abajo, en el jardín, se dejaba oír un leve rumor de niños corriendo y gritando.

Entonces Guido se puso en pie y con él pareció alzarse un gran suspiro procedente de sus pesados miembros, de sus anchas espaldas, de su cabeza desgreñada.

Se volvió hacia Tonio, su rostro oscuro en contraste con el brillo que enmarcaba el arco del claustro, donde el sol todavía se demoraba iluminando los naranjos.

—Si no cambias —empezó—, el *maestro di capella* te expulsará en una semana. —La voz sonaba tan grave y áspera que Tonio no estaba seguro de que perteneciera a Guido—. No puedo evitarlo. He hecho todo lo que estaba en mi mano.

Tonio lo miró con vago asombro. Vio aquellos rasgos locuaces en los que tan a menudo había percibido una ira mitigada por alguna terrible derrota que era incapaz de comprender. Quería preguntar: «¿Qué más te da?» «¿Por qué te preocupas por mí?» Se sintió impotente, tal como se había sentido aquella noche en Roma, en el pequeño jardín del monasterio cuando ese hombre, en un arrebato de furia, le había preguntado: «¿Por qué me miras?»

Sacudió la cabeza, intentó hablar, pero no pudo. Quería argumentar que había estudiado todas las demás disciplinas que le habían enseñado, que había obedecido normas despiadadas y degradantes, ¿por qué?, ¿por qué...? Pero él sabía por qué. Simplemente le exigían que fuese lo que era. Y no se conformarían con menos.

—Maestro —susurró. Las palabras se le secaban en la garganta—. No me pida eso. Se trata de mi voz y no puedo entregársela a nadie. No es suya, por más distancia que haya recorrido para traérsela consigo, por más agravios que haya sufrido en Venecia por ese motivo. Es mía y no puedo cantar. ¡No puedo! ¿Lo comprende? Lo que me está pidiendo es imposible.

»¡Nunca volveré a cantar, ni para usted, ni para mí, ni para nadie!

La habitación estaba oscura aunque fuera, en el claustro, todo el cielo se había revestido de un mismo tono púrpura sobre los tejados más altos de las casas. Las sombras colgaban de las cuatro plantas del edificio hasta el jardín, donde sólo a retazos se distinguía alguna forma, las ramas rebosantes de naranjas y aquellos lirios centelleando en la penumbra, como candelas de cera. Tras las ventanas de múltiples maineles se distinguía el resplandor de algunas velas. Y desde lo más recóndito surgían los sonidos de la noche, los de los mejores músicos, y aquellas intensas y constantes melodías que, procedentes de los instrumentos, se escuchaban en cada piso.

No era una cacofonía, sólo un gran zumbido, como si aquel edificio estuviese vivo y canturreara, y Tonio experimentó una extraña de paz.

¿Era posible que se sintiera ya tan asqueado de toda

aquella ira y amargura, que hubiera logrado desprenderse de ellas por unos instantes? No pensaba en Venecia, no pensaba en Carlo, no removía en los rincones de su mente donde persistían esos pensamientos. Su mente era más bien una sucesión de habitaciones vacías.

Experimentó una gran paz en aquel lugar que hubiera sido maravilloso de haber podido sentirla en todo momento.

Sí, aunque sólo sea por unos instantes, libérate.

Imagina, si quieres, que la vida todavía merece la pena, que es incluso agradable. Y que si quisieras, tal vez podrías acercarte a ese instrumento que aún está abierto, sentarte ante él, recorrer las teclas con los dedos y cantar. Podrías cantar sobre la tristeza, o acerca del dolor, un dolor imposible de expresar con palabras, un dolor que sólo puedes cantar. Eres capaz de todo, de veras, porque aquello que lo impedía se ha despegado como escamas desprendidas de un cuerpo que en realidad es humano, y que debido a una injusticia inhumana se ha transformado en un monstruo; pero ahora vuelve a ser libre para reencontrarse consigo mismo.

Permaneció tumbado con los ojos abiertos, en el estrecho banco donde quizás había dormido a veces Guido entre sus arduas sesiones, y pensó: sí, imagina eso el tiempo que puedas.

El cielo se oscureció. El jardín se alteró. El naranjo de debajo del arco, rodeado de sombras un instante antes, había perdido por completo su contorno. No se veían la fuente ni los lirios blancos, y al otro lado del patio, destacaba la única claridad que como miles de faros en la oscuridad emitían las luces en las ventanas.

Se quedó inmóvil, maravillado de que le permitieran seguir allí, en aquella habitación vacía, y caer en un sueño tan profundo y liberador.

Poco a poco, fue cobrando fuerza la idea de que, con el cristal entornado y la puerta cerrada, podía acercarse a ese clavicémbalo, posar las manos sobre él y... Pero no, si iba demasiado lejos, lo perdería todo. Cerró los ojos de nuevo.

El simple recuerdo de su voz le resultaba insoportable. Le resultaba insoportable pensar, ni siquiera por un instante, en aquellas noches vagando por las calles de Venecia cuando, perdidamente enamorado del sonido del canto, había caído en las redes de su hermano. Si dejaba que el pasado afluyera a su mente, volvería a pensar en todo aquello, de la misma manera obsesiva e incesante, preguntándose qué dirían en esos momentos de él, si alguien creería que lo había hecho por su propia voluntad, tal como se había informado.

Pero ésa no era la cuestión, el problema era que si dejaba surgir aquella voz, si la liberaba, ya no sería la voz de aquel muchacho que cantaba con tanta exuberancia, sino la de una criatura que ya no cambiaría. La sola idea lo mortificaba, era como rendirse ante sus enemigos y representar para siempre aquel personaje de auténtica pesadilla que habían escrito para él, su vida sería entonces una ópera en la que le correspondería ese horrible papel.

Vergüenza, era vergüenza lo que sentía ante el mero recuerdo de ese sonido.

También podía, por qué no, quitarse la ropa y dejarles ver las cicatrices, aquel marchito y vacío...

Contuvo el aliento y se detuvo. Estaba sentándose cuando oyó que se abría la puerta, alzó las manos para sujetarse la cabeza.

Estaba seguro de que era Guido quien había entrado aunque no sabía por qué, el mundo real parecía tirar de él otra vez, dispuesto a arrastrarlo consigo.

Alzó los ojos, resignado a rendirse al maestro una vez más y vio que se trataba del *maestro di cappella*, el *signore* Cavalla, quien se encontraba ante él, con su espada entre las manos.

—Cógela —susurró.

Tonio no comprendía. Entonces vio el puñal en el escritorio, sus pistolas, y la bolsa que se había quedado el maestro el día de su llegada.

El rostro del hombre tenía un tono ceniciento. Su enojo había desaparecido, y había dado paso a una emoción sobrecogedora que Tonio no identificó. No entendía nada.

—No tiene sentido que permanezcas por más tiempo en este sitio —dijo el maestro—. He escrito a tu familia en Venecia para comunicarles que tomen otras medidas. Tú ya no tienes por qué quedarte. Márchate.

Se detuvo. Incluso en las sombras, Tonio percibió que la mandíbula le temblaba, pero no era de ira.

—Sí. Han llegado tus baúles. Tu carruaje está en el patio del establo. Márchate.

Tonio no dijo nada. Ni siquiera cogió la espada.

—¿Es una decisión del maestro Guido? —preguntó.

El *signore* Cavalla se hizo a un lado y dejó la espada sobre la cama. Después se irguió y observó a Tonio durante un prolongado instante.

—Me... me gustaría hablar con él —dijo Tonio.

—No.

—¡No puedo marcharme sin hablar con él!

—No.

—Pero no puede prohibirme que...

—Mientras estés bajo este techo, puedo prohibirte lo que quiera —replicó el maestro—. Ahora, vete de aquí y llévate la amargura que has traído contigo. ¡Vete!

Confundido Tonio siguió con la mirada al maestro cuando éste salió de la habitación.

Se quedó inmóvil.

Se ciñó la espada, las pistolas y el puñal. Cogió la bolsa y abrió despacio la puerta.

El pasillo que daba a la entrada principal del conservatorio estaba vacío. El despacho del maestro tenía la puerta entornada, cierto aire de descuido impregnaba aquella oscura caverna que siempre permanecía cerrada.

En el edificio reinaba el más completo silencio. Hasta la gran aula de prácticas, que a aquella hora siempre albergaba a algunos chicos, se hallaba desierta.

Tonio recorrió el pasillo y miró hacia el vestíbulo que se extendía hasta la parte trasera del edificio, donde unas luces ardían tras una puerta.

Le pareció reconocer la silueta del *maestro di cappella*, y entonces esa figura empezó a acercarse con pasos lentos y rítmicos, envuelta en sombras. En su aproximación había algo deliberadamente misterioso. La contempló con una vaga e incómoda curiosidad hasta que ambos volvieron a estar de nuevo cara a cara.

—¿Quieres ver el resultado de tu obstinación? ¿Quieres verlo con tus propios ojos?

La mano del hombre se cerró alrededor de su muñeca y tiró de él. Tonio se resistió, pero el maestro continuó arrastrándolo.

—¿Adónde me lleva? —preguntó—. ¿Para qué?

Silencio.

Caminaba deprisa, haciendo caso omiso del dolor que sentía en la muñeca, con los ojos clavados en el perfil del maestro.

—¡Suélteme! —exclamó cuando llegaron ante la última puerta. Pero el maestro tiró con furia de él y con un empujón lo hizo entrar en la habitación iluminada.

Durante unos instantes no distinguió nada. Alzó la mano para evitar ser deslumbrado por el resplandor de las luces y entonces vio una hilera de camas y un enorme crucifijo colgado en la pared. Junto a cada cama había un armario. El suelo estaba desnudo, y el olor a enfermedad flotaba en aquel largo dormitorio, ocupado por dos chicos en un extremo que parecían dormidos.

Y allí, justo en el otro extremo, yacía otra figura, grande y recia bajo la colcha, el rostro, por completo inmóvil, parecía el de un cadáver.

Tonio estaba paralizado. El *maestro di cappella* le dio un fuerte empellón en la espalda, pero él siguió sin moverse hasta que fue llevado a rastras y obligado a permanecer a los pies de una cama.

Era Guido.

Tenía el cabello echado hacia atrás, empapado, y la cara, incluso bajo aquella tenue luz, tenía el color de la muerte.

Tonio abrió la boca para hablar; sin embargo apretó los labios y se descubrió temblando con una sensación de ingravidez en la cabeza que crecía y crecía hasta que su cuerpo pareció desprenderse de todo el peso y creyó que de un momento a otro lo sacarían en volandas de aquella habitación, flotando en el aire. Intentó hablar de nuevo. Abrió la boca, intentó articular una palabra y ante él la visión de aquella figura cadavérica saludó con la mano como desde detrás de un cristal mojado por la lluvia.

Estaba rodeado de rostros, los rostros de esos jóvenes tutores que le habían conducido por aquellos conocimientos en los cuales intentaba una y otra vez esconderse de sí mismo, y lo miraban con muda reprobación. De pronto se oyó un terrible gemido, un gemido inhumano que salía de su propia garganta.

—Maestro —balbuceó. Le había subido bilis a la boca.

Entonces, ante sus ojos ocurrió un pequeño milagro. La figura que yacía en la cama no estaba muerta. Los ojos cobraron movimiento; el pecho subía y bajaba con una levísima respiración.

Advirtió que si lo deseaba podía tocar su cara. Nadie iba a impedírselo. Nadie iba a proteger al maestro, y de nuevo pronunció aquella palabra.

Los párpados se abrieron, aquellos inmensos ojos castaños lo miraron sin verlo. Luego, muy despacio, se cerraron.

Entonces unas manos rudas agarraron a Tonio. Lo obligaron a recorrer el pasillo de la enfermería y salir al vestíbulo. El *maestro di cappella* lo estaba maldiciendo.

—Los pescadores lo encontraron nadando mar adentro, y si no lo hubieran visto, si no hubiese habido luna...

Los ojos del hombre centelleaban, su poderosa mandíbula temblaba.

—Ese niño al que crié como si fuera mi propio hijo podía cantar como los ángeles, y ésta es la segunda vez que lo salvo de las garras de la muerte. La primera vez cuando perdió la voz y nada podía devolvérsela, y ahora ¡por tu culpa!

Obligó a Tonio a caminar en dirección al claustro, y allí lo sujetó, mirándolo en la oscuridad, escrutando su rostro.

—¿Crees que no sé lo que te han hecho? ¿Crees que no lo he visto una y otra vez?

»¡Oh; pero la gran tragedia es que te lo hayan hecho a ti, un príncipe veneciano! ¡Rico, guapo, casi un hombre, con toda una vida por delante llena de diversiones que podías saborear como quien recoge el fruto de un árbol!

»¡Oh, qué tragedia, qué gran tragedia! —escupió las palabras—. ¿Y cómo crees que fue para él? ¿Cómo crees que ha sido para todos los que están aquí? ¿Eran sólo simples monstruos, a los que en la infancia les cortaron algo a lo que no tenían derecho? ¿Eso es lo que eran?

»¿Y qué eras tú? ¿En qué ibas a convertirte? En un orgulloso pavo real en el Broglio de esa vana e imperiosa ciudad que está podrida hasta los cimientos. Un gobierno de pelucas y túnicas que desfila ante sus propios espejos, orgulloso de su propio reflejo mientras que más allá de su pequeña órbita, el mundo... sí, el mundo... suspira, lucha y pasa de largo.

»¿Y tú, qué pensarías, mi elegante y orgulloso principito, si te dijera que no me importa lo más mínimo tu reino perdido, su insensata y encumbrada nobleza, sus hombres engreídos y sus rameras pintarrajeadas? He estado entre sus muslos, he bebido hasta saciarme en ese baile de máscaras en que habéis convertido la vida misma y te aseguro que nada de eso tiene más valor que el polvo que pisamos.

»Durante mi vida he conocido a muchos holgazanes, corruptos y arrogantes como ésos, indiferentes a todo lo que no sea garantizar el derecho a una vida completamente vacía, el supremo privilegio de no hacer nada desde la cuna hasta la sepultura.

»Pero ¿y tu voz? ¡Ah, tu voz, tu voz que se ha convertido en el íncubo nocturno de mi querido Guido y lo ha vuelto loco, ésa es otra cuestión, tu voz! Porque sólo con que tuvieras la mitad de talento que él me ha descrito, la mitad de ese fuego sagrado, podrías haber convertido a hombres comunes en enanos y monstruos. Londres, Praga, Viena, Dresde, Varsovia... ¿No había ningún globo terráqueo olvidado en algún rincón de tu hedionda ciudad? ¿No sabes el tamaño que tiene Europa? ¿Nunca te lo han explicado?

»Y en todas esas capitales hubieras podido lograr que

se arrodillaran ante ti, miles y miles de personas hubiesen acudido a escucharte, y sacarían tu nombre de los teatros de la ópera y de las iglesias para gritarlo por las calles. Lo hubieran pronunciado como una plegaria de un extremo a otro del continente, al igual que hacen con los gobernantes o los héroes, con los inmortales.

»¡Eso es lo que habría podido ser tu voz si la hubieras dejado elevarse de tu propia ruina, si la hubieras forjado a partir de todo tu sufrimiento y toda tu pena para devolvérsela a Dios, que fue quien te la dio!

»Pero tú perteneces a esa antigua estirpe que no reconoce otra aristocracia que la suya, los gusanos de oro que se alimentan del cadáver de Venecia, valientes adalides del supremo privilegio de no hacer nada, nada, ¡nada! Y de ese modo has perdido esa única fuerza con la que hubieses podido superar a cualquier hombre.

»Bien, no te tolero más bajo mi techo. No me das pena ni puedo ayudarte. No eres más que un engendro de la naturaleza sin el don que le estaba destinado, ¡y no hay nada más bajo que eso! Márchate de aquí, vete. Tienes medios para encontrar otro sitio donde cobijar tu desgracia.

6

La montaña hablaba de nuevo.

Su redoble lejano rodó por las laderas iluminadas por la luna, un leve, informe y espeluznante sonido que parecía surgir de las entrañas de la tierra. Un gran suspiro que se filtraba por las grietas y hendiduras de aquellas calles antiguas y serpenteantes. Parecía que en cualquier momento la tierra empezaría a combarse y a temblar como tan a menudo había hecho en el pasado, y echaría abajo aquellas cabañas y palacios que por alguna extraña razón habían sobrevivido a todos los holocaustos anteriores.

Por todas partes se veían balcones y tejados abarrotados de excitados rostros débilmente iluminados, vueltos hacia los relámpagos y el humo que surcaban el cielo, tan brillantemente alumbrado por la luna llena que parecía pleno día, mientras Tonio descendía la colina. Los pies lo llevaban a ciegas en dirección a las grandes *piazzas* y avenidas de la parte baja de la ciudad.

Mantenía la espalda erguida, caminaba despacio, con elegancia, la gruesa capa forrada de seda echada al hombro, la mano apoyada en la empuñadura de la espada, como si en realidad supiera adónde se dirigía, qué hacía, qué iba a ser de él.

El dolor lo aturdía. Una fuerte ráfaga de frío viento le había helado la piel, de modo que era consciente de las dimensiones de su cuerpo: cara fría, manos frías, piernas frías que avanzaban hacia el mar y el Molo, que retumbaba con los carruajes y caballos emplumados que galopaban frente a él.

De vez en cuando, un violento temblor lo sacudía, lo detenía, lo ponía un instante de puntillas para volver luego a hundirse, desorientado, y su gemido inconsciente se perdía en la multitud que lo empujaba desde todas partes.

Se abrió paso entre vendedores de dulces y buhoneros, hombres que ofrecían zumos de fruta y vino blanco, músicos ambulantes y encantadoras mujeres de la calle que pasaban rozándolo, y cuyas risas repicaban como cientos de campanas diminutas; todo ello bañado en un ambiente de mediodía festivo porque antes de que el volcán acabara estallando y los enterrara a todos bajo sus cenizas, tenían que vivir, vivir, vivir como si no hubiera futuro.

Sin embargo, esa noche el volcán no enterraría a nadie. Rugiría y escupiría sus ardientes piedras hacia el cielo despejado, mientras la luna se reflejaba en las olas, en aquellos que nadaban en el mar cálido y en los que jugaban en la orilla, inundándolos milagrosamente de luz.

Tan solo era Nápoles, tan solo era el paraíso, y eran la tierra, el cielo, el mar, Dios y el hombre, y nada de eso, nada, podía conmover a Tonio.

Nada podía conmoverlo, excepto su propio dolor.

Ese dolor era un carámbano que le helaba la piel hasta los huesos y sellaba su cuerpo de forma que su alma quedaba inerte y encerrada en el interior, y al llegar por fin a la arena, a las aguas del Mediterráneo, se desplomó como si le hubieran asestado un último golpe fatal. Sintió por todo el cuerpo las cálidas salpicaduras del agua.

Le llenó las botas, le roció la cara, y entonces, alzándose sobre el estallido de las olas, en las cámaras secretas de sus oídos, oyó su propio llanto.

Estaba allí, en la espumeante orilla del mar, mirando de soslayo el paso de las ruedas doradas, los lacayos que corrían como espectros sobre las piedras sin que sus pies apenas tocasen el suelo, y los caballos embridados con tintineantes campanillas, suaves plumas y flores frescas, cuando de pronto, fuera del tráfico que recorría el amplio arco de la calle de un extremo a otro de la ciudad, llegó una calesa balanceándose hacia él el conductor saltó para tirarle de la capa al tiempo que con un gesto de honda preocupación le ofrecía el acolchado asiento del interior de su carruaje.

Tonio lo miró largo rato, vagamente confundido por toda aquella jerga napolitana.

Las olas del mar le acariciaron los pies. El hombre tiró de él con un gesto de alarma por aquellas hermosas ropas, la arena pegada en los pantalones, el agua que le salpicaba la pechera de encaje de la camisa.

De pronto, Tonio se echó a reír. Luego se incorporó y por encima del rugido de las olas y el estruendo del tráfico, dijo en el poco dialecto napolitano que sabía:

—Llévame a lo alto de la montaña.

El hombre retrocedió. ¿Ahora? ¿De noche? Era mejor ir de día cuando...

Tonio sacudió la cabeza. Sacó dos monedas de oro de la bolsa y se las puso al hombre en la mano. Tenía esa extraña sonrisa del que puede conseguir todo lo que desea porque nada le importa. Dijo:

—No, ahora. Lo más arriba que puedas llegar. A la montaña.

Avanzaron deprisa por los suburbios de la ciudad aunque hicieron un largo recorrido antes de alcanzar las suaves pendientes de la montaña, con sus hermosos huertos, los olivares bañados por la luz de la gigantesca luna y el rugido del volcán que se oía cada vez con más intensidad.

Tonio ya olía la ceniza. La sentía en el rostro y en los pulmones. Se tapó la boca, sacudido por un acceso de tos. Las casas, diminutas, se veían con todo detalle en la noche azulada. Sus ocupantes, sentados a las puertas, se pusieron en pie al ver la farola que avanzaba lentamente para volver a sentarse cuando el conductor fustigó al caballo.

Pero la cuesta era cada vez más empinada y la ascensión resultaba más difícil. Finalmente, llegaron a un punto a partir del cual el caballo ya no pudo subir más.

Se detuvieron entre unos olivares, desde donde Tonio vislumbraba el gran arco centelleante que formaba la ciudad de Nápoles.

Entonces se escuchó un leve rumor, tan difuso y alarmante que Tonio se encaramó a la calesa y el cielo se encendió para revelar una inmensa columna de humo perfectamente dividida en dos por un destello fulgurante, al tiempo que el rumor culminaba en un bramido ensordecedor.

Tonio saltó del carruaje y le indicó al conductor que se marchara. Éste protestó; sin embargo, cuando ya se iba, aparecieron otras dos figuras en la maraña de vegetación que poblaba la montaña rocosa. Eran guías que llevaban visitantes a la cima de día y que aquella noche estaban dispuestos a acompañar a Tonio.

El conductor no quería que continuara y uno de los guías también parecía reacio, pero antes de que se entablara una discusión, Tonio pagó a uno de ellos y tomó el bastón que le ofrecía como soporte, se ató la correa de cuero que colgaba de la parte trasera del cinturón del hombre y, así enlazados, fueron absorbidos por la oscuridad cuesta arriba.

La tierra lanzó otro rugido, acompañado de nuevo por aquel destello de luz que iluminaba los árboles dispersos y que descubrió una humilde vivienda cerca de la cumbre. Apareció otra figura justo en el instante en que una lluvia de pequeñas piedras inundaba el cielo y caían al suelo con un ruido sordo que lo hacía vibrar. Una piedra le golpeó el hombro ligeramente. Gritando, le indicó al guía para que continuase.

El hombre que acababa de aparecer agitaba los brazos.

—¡No puede subir más! —advirtió. Se acercó a Tonio y dejó que la luna lo iluminase entre las ramas de los olivos. Tenía el rostro demacrado y los ojos desorbitados, como si padeciera una enfermedad—. Regrese. ¿No ve qué está en peligro? —le gritó.

—Adelante —ordenó Tonio al guía, quien sin embargo se detuvo.

Y entonces el hombre señaló un alto montículo de tierra que tenía delante.

—Anoche había aquí una plantación de árboles tan plana como ésta —dijo—. He visto cómo se levantaba y se combaba en cuestión de horas. Si sigue adelante hallará la muerte, se lo advierto.

—Vamos —le dijo al guía.

El guía clavó el bastón. Tiró de Tonio unos cuantos metros más cuesta arriba y luego se paró. Le gritaba y hacía señas pero el fragor de la montaña impedía a Tonio oír qué le decía. Le ordenó de nuevo que continuara, pero vio que el hombre había llegado al límite y que nada le haría seguir. El guía le rogó a Tonio que se detuviera en napolitano. Lo desató de la correa de cuero y cuando Tonio continuó subiendo, ayudándose con las manos, hundiendo los dedos en la tierra, el hombre gritó en italiano para que lo entendiera.

—*¡Signore!* ¡Esta noche escupe lava! ¡No puede seguir!

Tonio se tumbó en el suelo y se protegió los ojos con el brazo derecho, mientras con la mano izquierda se tapaba la boca, y débilmente, a través de las partículas de ceniza que flotaban en el aire, distinguió el leve brillo de una estela de lava que seguía el contorno de la montaña y que descendía y se alejaba hasta desaparecer entre las formas imprecisas de la exuberante vegetación. Tonio siguió mirándola inmóvil. De lo alto llegaban más cenizas y de nuevo llovieron piedras sobre su espalda. Se cubrió la cabeza con ambos manos.

—*¡Signore!* —gritó el guía.

—¡Aléjese de mí! —le advirtió Tonio. Sin mirar atrás para comprobar si lo había obedecido, continuó ascendiendo la cuesta aferrándose con las manos a las raíces y los troncos chamuscados de los árboles, al tiempo que hundía la punta de las botas en el terreno blando.

Volvieron a caer piedras, los estallidos se sucedían rítmicamente, pero él no podía anticiparlos y tampoco le importaba. Se echaba al suelo una y otra vez para protegerse la cara y se levantaba tan pronto como le era posible, mientras el fuego iluminaba el cielo incluso a través de la neblina de cenizas, que se había transformado en una nube que lo envolvía.

Un ataque de tos le hizo detenerse. Luego siguió subiendo pero cubriéndose la boca con el pañuelo, y el avance se hizo más lento. Tenía las manos llenas de rasguños, al igual que las rodillas, y cuando la montaña arrojó piedras una vez más, éstas le produjeron cortes en la frente y en el hombro derecho.

La montaña emitió otro rugido, y el sonido creció y creció en intensidad hasta volver a convertirse en aquel temible bramido. La noche quedó de nuevo bañada de luz.

A través de los árboles medio muertos que tenía delante, vio que había llegado al pie del gigantesco cono. Se hallaba casi en la cima del Vesubio.

Alargó las manos para afianzarse en el suelo, clavando con fuerza los dedos en la tierra, pero el terreno se desmoronó y las rocas y guijarros se le metieron en la boca. De pronto notó cómo la tierra temblaba y se combaba hacia arriba. El trueno enfurecido lo ensordeció. El humo y las cenizas se arremolinaban en el gran destello cegador que se produjo casi de inmediato y que mostró el alto y yermo promontorio elevándose hacia el cielo. Tonio volvió a inclinarse, buscando a tientas un árbol que, como un último centinela, retorcido y torturado, vislumbraba a pocos metros de distancia; sin embargo, al caer notó que tiraban de él hacia arriba, al tiempo que el árbol se quebraba con un chasquido sobrecogedor.

La mitad superior del tronco se dobló hacia la derecha, pareció detenerse y luego acabó desplomándose con un ruido atronador. Un vapor abrasante se filtraba a través de las grietas que se abrían por doquier. El muchacho se encontró gateando, desesperado, hacia atrás.

Se pegó al suelo, la boca se le llenó de grava y se le pegaron hojas muertas en los párpados. Incluso ciego como estaba, divisó aquel destello rojo semejante a una explosión. Se agarró con fuerza y la tierra se lo llevó consigo, echándolo hacia un lado, aunque él permanecía inmóvil. El rugido creció y lo zarandeó. A pesar de que su garganta lanzaba gritos estremecedores, y las manos se le hundían en la tierra, no oyó ningún sonido procedente de sí mismo, la vida parecía haberse alejado de él para convertirlo en parte de la montaña y del rugiente caldero que ésta albergaba en su interior.

7

El sol le abrasaba el rostro.

El humo flotaba en forma de miles y miles de diminutas partículas suspendidas en el aire. Sin embargo, en la lejanía, los pájaros cantaban. Ya era mediodía. Lo sabía por la inclinación del sol, por el calor que le producía en el rostro y las manos. La montaña tan sólo emitía un leve murmullo.

Acababa de abrir los ojos. Durante un prolongado instante permaneció tumbado e inmóvil; de pronto advirtió que había un hombre junto a él.

La figura lo saludaba con las manos, recortada contra el cielo azul, y su rostro estaba tan demacrado, tan pálido, con los ojos tan desorbitados que parecía la personificación de la muerte, mientras a sus espaldas se extendían las frondosas y verdes pendientes tachonadas de árboles que se fundían con la fértil planicie donde se amalgamaban los trazos de luz y color que daban forma a Nápoles.

Pero no era la imagen de la muerte. Se trataba sólo de aquel hombre que había salido de la cabaña la noche anterior para advertirle que no subiera más.

Sin pronunciar palabra, extendió el brazo, levantó a Tonio del suelo y, despacio, lo condujo montaña abajo.

Tan pronto como llegó a la ciudad, Tonio se dirigió a uno de los mejores *alberghi* del Molo y se alojó en unas costosas habitaciones en las que pudo tomar un baño, después de encargar a un criado que fuera a comprarle ropa.

Cuando terminó de bañarse, ordenó que se llevasen la bañera y se quedó un rato a solas, desnudo, frente al espejo. Luego se puso la camisa limpia y compuso meticulosamente el encaje de la pechera y los puños. Después se colocó la levita recién cepillada, los pantalones y las medias. Finalmente salió a la terraza.

Para desayunar le sirvieron fruta y chocolate, y el café turco que tanto le deleitaba en Venecia.

Permaneció sentado al aire libre, contemplando el tráfico de la mañana, y más allá, la playa de blancas arenas y el agua verdiazul.

El mar era un enjambre de naves y barcas de pesca que atracaban en el puerto.

Ante él, el espacio abierto llamado el Largo rezumaba toda aquella insignificante y laboriosa actividad que acostumbraba a observar desde allí.

Tonio no podía dejar de pensar. Aunque rara vez en su vida le había hecho tan poca falta.

Llevaba catorce días en Nápoles. Antes, habían transcurrido otros catorce días de camino desde que saliera de aquella sucia habitación de Flovigo. Durante todo aquel tiempo, era más que probable que no hubiera utilizado la razón ni una sola vez.

Lo ocurrido se cernía sobre él y le hacía doblarse bajo su peso. No obstante, no podía abarcarlo en toda su magnitud, era incapaz de verlo con perspectiva. Sus múltiples aspectos lo acosaban como miles de moscas zumbando, salidas del infierno para enloquecerlo y casi victoriosas en su cometido. Desgarrado por el odio, desgarrado de dolor por el hombre que nunca llegaría a ser, se había enfrentado a todos los que le rodeaban, incluso a sí mismo, sin un propósito, sin ninguna esperanza, sin lograr rectificar nada ni vencer a nadie.

Bueno, todo había terminado.

Aquello había cambiado, aunque no sabía a ciencia cierta por qué.

Pero después de pasar una noche en el Vesubio, moviéndose sólo cuando la montaña decidía moverlo, sintiéndose el ser más miserable de la tierra, su vida anterior había terminado.

Decisivo en ese cambio había sido la certeza, no alcanzada en un momento álgido de ira y dolor, sino fríamente, en medio del peligro, de que estaba solo.

No tenía a nadie.

Carlo le había hecho daño, un daño irreparable que había apartado a Tonio de todos sus seres queridos. Nunca podría volver a vivir entre sus familiares y amigos. Si lo hacía, la compasión de éstos, su curiosidad y su horror, lo destruirían.

Aun en el caso en que no estuviera proscrito de Venecia, un hecho inalterable que le había infligido una humillación atroz, nunca volvería. Había perdido Venecia y a todos aquellos a los que conocía y amaba.

Muy bien. Eso era fácil.

A continuación venía lo más difícil.

Andrea también lo había traicionado. Andrea sin duda sabía que Tonio no era hijo suyo, y aun así le había hecho creer que lo era, le había enfrentado a Carlo, después de su muerte, para que librara una batalla que no le correspondía. Aquello constituía una traición imperdonable.

Sin embargo, incluso en esos instantes, Tonio sabía lo

que Andrea diría en su defensa. De no haber sido por él, ¿qué habría sido de Tonio? ¿El primero de una despreciable progenie de bastardos, hijos de un noble caído en desgracia y una muchacha deshonrada? ¿Cómo hubiera transcurrido la vida de Tonio? Andrea había castigado a un vástago rebelde; había salvado el honor de su familia y había hecho a Tonio hijo suyo.

Pero ni siquiera la voluntad de Andrea podía obrar milagros. En su lecho de muerte, las ilusiones y leyes que había creado en su propia casa se desmoronaron. Nunca había hecho partícipe a Tonio del futuro que le aguardaba. Lo había enviado a librar una batalla legitimada únicamente por mentiras y verdades a medias.

¿Fue, en definitiva, un error de cálculo debido a su orgullo? Tonio nunca lo sabría.

En esos momentos sólo atinaba a comprender que no era hijo de Andrea, que el hombre que le había dado una historia y un destino lo había abandonado, y que su sabiduría y sus propósitos quedarían para siempre fuera de su alcance.

Sí, había perdido a Andrea.

¿Y qué quedaba de los Treschi? Carlo, el hombre que le había hecho tanto mal, el hombre que no había tenido valor para matarlo.

Astuto, muy cobarde, pero astuto. Ese hombre caprichoso y rebelde que, por el amor de una mujer, había amenazado con condenar a su estirpe a la extinción, la reconstruiría sobre la crueldad y la violencia infligidas a su hijo inocente.

Por lo tanto, los Treschi lo habían abandonado: Andrea, Carlo.

Sin embargo la sangre Treschi corría por sus venas. Perduraba en él un amor por sus antepasados, un amor hacia los Treschi futuros, niños que deberían heredar las tradiciones y la fuerza de su linaje en un mundo que poco o nada recordaría de Tonio, Carlo, Andrea, y de aquella cruenta maraña de injusticia y sufrimiento.

Sí, era difícil.

¿Qué destino aguardaba a Tonio? ¿Qué podría surgir

de aquel caos? ¿En qué se había convertido Tonio Treschi, el muchacho que ahora estaba sentado en una terraza de la meridional ciudad de Nápoles, solo, contemplando a la sombra del Vesubio la siempre cambiante superficie del mar?

Tonio Treschi era un eunuco.

Tonio Treschi era menos que un hombre, alguien que despierta desdén en el hombre completo que lo mira. Tonio Treschi era ese personaje que las mujeres hacen blanco de sus provocaciones y los hombres encuentran extremadamente molesto, inquietante, patético, objeto eterno de bromas y burlas, el rufián inevitable en los coros de las iglesias y en los escenarios de las óperas y que, fuera de ese artificio de elegancia y música arrebatadora, es simplemente un monstruo.

Toda su vida había oído murmullos a espaldas del eunuco, había contemplado las burlas, las cejas que se arqueaban, la parodia de sus gestos afectados. De pronto comprendió perfectamente la ira de ese orgulloso cantante, Cafarelli, ante los focos, mirando con desdén a los venecianos que habían pagado para verle realizar sus acrobacias vocales.

Ya dentro de los confines del conservatorio, a los que se aferraba como un náufrago prisionero a los restos del bote que era su cárcel en aguas desconocidas, había visto la repugnancia que sentían hacia sí mismos aquellos niños capados que lo tentaban a compartir con ellos su degradada condición. Más de una vez se había retirado a su habitación entre comentarios de inusitada crueldad. «¡Eres igual que nosotros!», le habían susurrado en la oscuridad.

Sí, era igual que ellos. ¡Y cómo se encargaba el mundo de recordárselo! El matrimonio les estaba negado, no podía disponer de un apellido para podérselo dar ni a la más insignificante de las mujeres o al huérfano más necesitado. La Iglesia tampoco lo recibiría, salvo en sus órdenes inferiores, e incluso en ese caso, era necesaria una dispensa especial.

Era un exiliado de su familia, de la Iglesia, de cualquier institución importante de este mundo que era el suyo, a excepción de una de ellas: el conservatorio, y el mundo de la música para el cual lo prepararía la institución. Ninguno de estos ámbitos guardaba la menor relación con lo que le habían hecho los hombres de su hermano.

Además, si no fuera por el conservatorio, si no fuera por esa música, su sufrimiento sería mucho mayor.

La música lo redimiría.

Cuando yacía en aquella cama de Flovigo y aquel *bravo* llamado Alonso le apoyó una pistola en la sien diciendo: «Te queda la vida, cógela y márchate», pensó que eso sería peor que la muerte. «Mátame», había querido replicar, pero ni siquiera había tenido la fuerza necesaria para hacerlo.

Sin embargo, ese día, en la montaña, no había deseado morir. Estaba el conservatorio, y estaba la música que, incluso en los momentos de mayor angustia, podía escuchar, pura y magnífica, en su cabeza.

Un leve estremecimiento recorrió su rostro. Contemplaba el mar en el que los niños entraban para salir poco después escapando de las olas como una bandada de golondrinas.

¿Qué le quedaba por hacer, entonces?

Lo sabía. Lo había sabido al bajar de la montaña. Le aguardaban dos tareas.

La primera, vengarse de Carlo, y eso llevaría tiempo.

Porque Carlo debía casarse, debía tener hijos primero, hijos sanos y fuertes que crecerían para casarse a su vez y tener su propia descendencia.

Entonces iría en su búsqueda. No le importaba sobrevivir a su venganza. Con toda probabilidad, no conseguiría salir con vida. Venecia se haría cargo de él, o los *bravi* de Carlo, pero no antes de haberle susurrado al oído: «Ahora estamos frente a frente.»

¿Qué haría entonces? No estaba seguro. Cuando pensaba en aquellos hombres de Flovigo, en el cuchillo, en su astucia, en la finalidad de todo aquello, la muerte de su padre, que ya había vivido y amado lo suficiente a lo largo de su existencia, le parecía del todo justa y necesaria.

Sólo sabía que un día tendría a Carlo en sus manos, como esos hombres de Flovigo lo habían tenido a él, y cuando llegase ese momento, Carlo desearía la muerte igual que él la había deseado cuando ese *bravo* le había musitado al oído: «Te queda la vida.»

No importaba si después los *bravi* de Carlo lo apresaban, si Venecia lo apresaba, o lo hacían los hijos de Carlo, daba igual. Carlo habría pagado.

Luego estaba la segunda tarea: cantaría.

Lo haría para sí mismo, por propia voluntad, tanto si eso era lo único que podía hacer un eunuco o no. Que su hermano y aquellos secuaces suyos le hubieran destinado a hacerlo era lo de menos. Lo haría porque le gustaba y lo deseaba, y su voz era la única cosa de este mundo que siempre había amado y que todavía le pertenecía.

Oh, qué tremenda ironía encerraba todo aquello. Su voz ya nunca lo abandonaría, nunca cambiaría.

Sí, estaba decidido, lo sacrificaría todo por aquella facultad y dejaría que lo condujera a través de este mundo, allí adonde debiera ir.

¿Y quién podía imaginar lo maravilloso que podría llegar a ser? El brillo de los coros de las iglesias, incluso el gran espectáculo del teatro; ni siquiera se atrevía a pensar en ello, pero tal vez le proporcionaran los únicos momentos de su vida pasados junto a los ángeles de Dios.

El sol estaba alto en el cielo. Desde mucho tiempo atrás los alumnos del conservatorio se habían habituado al caluroso e irregular sueño de la siesta.

Sin embargo, el Largo vibraba de vida a sus pies. Los pescadores llegaban con sus capturas. Y ante un muro lejano se había levantado un pequeño escenario entre la multitud, en el cual un vulgar Polichinela gesticulaba de manera grosera.

Había algo que se había traído consigo a su vuelta del Vesubio. La única cosa tal vez de la que estaba completamente seguro. Se le había revelado de una forma nítida, despojada de palabras, cuando al despertar bajo la luz del sol vio aquel gallardo cadáver que se acercaba a él.

En aquel momento había recordado las palabras de Andrea: «Decide, Tonio, decide que eres un hombre... compórtate como si fuera absolutamente cierto y todo lo demás ocupará el lugar que le corresponde.»

Se ciñó la espada, se echó la capa sobre los hombros y contempló una vez más el reflejo de su joven silueta y de su rostro en el espejo.

—Sí —suspiró—. Decide que eres un hombre, y eso es lo que serás, y maldito sea quien diga lo contrario.

Ésa era la manera de superarlo. La única manera, y en la intimidad de aquel momento se permitió aceptar todo lo bueno que su padre una vez le legara. La ira y el odio se habían desvanecido. El furor ciego se había esfumado.

Sin embargo persistía un temor en el que, pese a toda su lucidez, no podía aún profundizar. Sabía que estaba allí, sentía su presencia con la misma certeza con que se percibe la amenaza de una llama cercana, aunque era incapaz de hacerle frente y reconocerlo.

Tal vez en silencio lo relegó con la esperanza de que el tiempo restañara las heridas. Ese miedo estaba, sin embargo, entretejido con poderosos y palpitantes recuerdos de Catrina Lisani apoyada en las almohadas de su cama, de la pequeña Bettina, su linda tabernera, levantándose las faldas en la penumbra de la góndola y, quizá con un matiz más perverso, de su madre caminando arriba y abajo en su oscuro dormitorio, mientras susurraba: «Cierra las puertas, cierra las puertas, cierra las puertas.»

Llegado ese punto, aquellos pensamientos se coagularon y Tonio se detuvo en el mismo instante en que abandonaba las habitaciones del *albergo*. Se quedó con la espalda encorvada, como si hubiera recibido un fuerte golpe, y entonces su mente se vació. Aquellas tres mujeres se desvanecieron.

El conservatorio se alzaba ante él, al abrigo de las colinas de Nápoles, con la misma fascinación que ejerce un amante.

8

Era todavía la plácida hora de la siesta cuando llegó ante la verja, subió la escalera sin ser visto y encontró su pequeña habitación casi intacta. En aquel lugar lo invadió una paz manifiesta mientras miraba su baúl y las escasas prendas que alguien había sacado del armario para que él se las llevara.

Allí seguía la túnica negra. Tras quitarse la levita, se puso el uniforme y recogió del suelo la faja roja para anudársela alrededor de la cintura. Después de pasar en silencio ante el dormitorio extrañamente sosegado, bajó las escaleras y se dirigió al estudio de Guido.

Guido no se hallaba descansando.

El maestro alzó la vista del clavicémbalo y en sus ojos brilló aquel repentino destello de ira con el que siempre recibía cualquier interrupción, pero al ver allí a Tonio se quedó atónito.

—¿Podría convencer al maestro de que me diera otra oportunidad? —le preguntó Tonio.

Permaneció inmóvil, con las manos a la espalda, esperando.

Guido no le respondió. Mostraba un semblante tan amenazador que por un momento Tonio experimentó un sentimiento contradictorio y violento hacia aquel hombre, pero un pensamiento emergió: aquel hombre debía ser su maestro allí. Resultaba impensable que pudiera estudiar con otra persona, y al imaginar a Guido caminando hacia el mar para destruirse sintió por un instante el peso de una emoción no manifiesta que, no obstante, lo había acosado durante veintiocho días. Cerró su corazón a ella. Esperó.

Guido lo llamó con una seña, todavía volcado de lleno en su música.

Tonio vio un vaso de agua en un pequeño pedestal junto al clavicémbalo y se lo bebió de un trago.

Cuando examinó la partitura, vio que se trataba de una cantata de Scarlatti; aunque no la conocía, sí sabía quién era el autor.

Guido atacó la introducción. Sus dedos, un tanto cortos parecían botar literalmente sobre las teclas, y entonces Tonio acometió la primera nota en el tono adecuado.

Pero su voz le sonaba excesiva, desconocida, descontrolada, y sólo mediante un tremendo acto de voluntad consiguió dominarla, mientras ésta se elevaba y descendía por los pasajes que su maestro había escrito, los ornamentos y variaciones que había añadido a la partitura original.

Al final le pareció que su voz era la correcta, casi rozaba la perfección, y cuando hubo concluido, le invadió la extraña sensación de ir a la deriva. Le parecía que había transcurrido mucho tiempo.

Advirtió que Guido miraba hacia la puerta. El *maestro di cappella* había entrado y él y Guido cruzaron una mirada.

—Repite este fragmento —le pidió el maestro, acercándose.

Tonio se encogió levemente de hombros. Aún no se sentía capaz de mirar de frente a aquel hombre. Bajó los ojos y, alzando despacio la mano derecha, se tocó el tejido de la túnica negra, como si se arreglara el cuello de forma maquinal. La túnica lo aprisionaba, lo hacía distinto en un sentido hasta entonces desconocido, y de forma imprecisa recordó los duros reproches de aquel hombre. Todo lo que se dijo entonces se le antojaba carente de importancia y perteneciente a un tiempo remoto.

Contempló las amplias manos del maestro, el vello de los dedos. Miró el ancho cinturón de cuero negro que ceñía su sotana y, debajo de ella, le resultó fácil imaginar la anatomía de aquel hombre. Entonces, levantó la vista despacio y vio la sombra de la barba afeitada que le oscurecía el rostro y la garganta.

Pero los ojos del maestro, a los que finalmente se atrevió a enfrentarse, le sorprendieron.

Eran dulces y la admiración y la expectación los agrandaba. Guido miraba a Tonio con la misma expresión. Ambos estaban pendientes de él, a la espera.

Suspiró y comenzó a cantar. Esta vez su voz sonó a la perfección.

Dejó que las notas subieran, siguiéndolas en su mente sin esforzarse lo más mínimo en modularlas. Llegaron las partes más sencillas y placenteras de la canción. A su voz le brotaron alas. En un indefinible momento, recuperó el gozo en toda su pureza.

La emoción que lo embargaba se traducía en un deseo incontenible de llorar.

Si hubiera tenido lágrimas que derramar, habría dado rienda suelta a su llanto, aunque no estuviera solo, sin importarle que lo vieran.

Su voz volvía a pertenecerle.

La canción había terminado.

Miró hacia el claustro donde la luz titilaba en las hojas de los árboles y sintió que una inmensa y deliciosa fatiga se extendía por su cuerpo. La tarde era calurosa y en la lejanía le pareció oír la suave cacofonía de los niños que practicaban.

Una sombra se levantó ante él. Se volvió casi con desgana y fijó la vista en el rostro del maestro Guido.

Entonces Guido le apoyó las manos en los hombros y Tonio, despacio, con voluntad incierta, se rindió a aquel abrazo.

No obstante, en su mente resonó el eco de otro momento, un momento en el que había tenido a alguien entre los brazos y había sentido la misma dulce, violenta y contenida sensación. Pero, fuera lo que fuese, había desaparecido. Ya no lo recordaba.

El maestro Cavalla se acercó a ambos.

—Tu voz es magnífica —afirmó.

CUARTA PARTE

1

Incluso mientras deshacía el equipaje esa primera tarde en el conservatorio (su familia le había enviado todas sus pertenencias), para llenar el armario rojo y dorado con sus prendas de vestir favoritas, y ordenaba los libros en las estanterías de su habitación, Tonio seguía siendo consciente de que la transformación que había experimentado en el Vesubio todavía no había sido puesta a prueba.

Ésa era una de las razones por las que no había querido dejar aquella pequeña estancia, aunque el *maestro de cappella* le había ofrecido un apartamento del primer piso que estaba desocupado. Quería ver el Vesubio desde la ventana. Quería tumbarse en la cama y ver el fuego de la montaña contra el cielo iluminado por la luna. Quería recordar que en la montaña había aprendido lo que significaba estar completamente solo. Porque a medida que el futuro comenzase a revelarle el auténtico significado de su nueva vida, necesitaría que sus resoluciones lo apoyasen. Habría momentos de agudo dolor y sospechaba que, por más resignado que estuviera, por terrible que hubiera sido la angustia experimentada aquel último mes, lo peor todavía estaba por llegar. En efecto, no se equivocaba.

Los primero motivos de sufrimiento no tardaron en hacer su aparición.

Llegaron con el cálido sol de la tarde, mientras sacaba

de los baúles aquellas chaquetas de brocado y terciopelo que había vestido en las cenas y bailes de Venecia, cuando encontró la capa con el cuello de piel en la que se había envuelto en el frío foso del teatro mientras admiraba el rostro del cantante Caffarelli.

El dolor lo asaltó, también esa misma noche, durante la cena, cuando ocupó su lugar junto a los demás *castrati*, haciendo caso omiso de la sorpresa reflejada en sus rostros hostiles.

Soportó todo aquello con serenidad. Saludó con la cabeza a sus compañeros. Desarmó con una radiante sonrisa a quienes lo habían ridiculizado. Extendió la mano para tocar el cabello del pequeño Paolo, que había viajado con él desde Florencia y al que a menudo había abordado en los días que siguieron.

Con esa misma calma aparente entregó su bolsa al *maestro di cappella*.

También sonrió con amabilidad cuando le pidieron que entregara la espada y el puñal. Temblando por dentro, se negó sacudiendo levemente la cabeza como si no entendiera el italiano. Se desprendería de las pistolas, desde luego, pero ¿de la espada? No, sonrió. No podía hacerlo.

—Aquí no eres un estudiante universitario —le espetó el maestro—. No irás de parranda a las tabernas locales. Además, ¿necesito recordarte que Lorenzo, el estudiante al que heriste, aún está convaleciente? No quiero más peleas. Dame el puñal y la espada.

De nuevo una sonrisa amable.

Tonio lamentaba lo ocurrido, pero Lorenzo había entrado en su habitación. Se había visto obligado a defenderse. No podía deshacerse de la espada. Tampoco estaba dispuesto a entregar el pequeño puñal, que le sería de mucha más utilidad.

Y nadie hubiera podido advertir su asombro cuando el *maestro di cappella* accedió a que conservara las armas.

Una vez que se encontró a salvo en la intimidad de su habitación, se echó a reír. Suponía que el precepto «compórtate como si fueras un hombre» sería su armadura contra las humillaciones, lo que no había previsto era que surtiera efecto con todo lo demás. Empezaba a comprender que la revelación que había tenido en el Vesubio era más un modo de conducta. Si no mostraba sus verdaderos sentimientos, su existencia sería más llevadera.

Lamentaba profundamente, por supuesto, el daño causado a Lorenzo. No porque el muchacho le suscitase compasión, sino porque más adelante podría crearle problemas.

Aún se hallaba pensando en aquello cuando, una hora después del anochecer, oyó a los *castrati* de más edad en el pasillo, los responsables de que hubiera orden en el dormitorio, los que habían entrado con Lorenzo en su habitación para vejarlo.

En aquellos instantes se sentía preparado para abordarlos. Los invitó a pasar, les ofreció una botella de un vino excelente que había comprado en el *albergo* del puerto, se disculpó por la falta de tazas y vasos, pero enseguida rectificó. ¿Querían tomar un trago con él? Con una seña les indicó que se sentaran en la cama, cogió la silla del escritorio y les pasó la botella. Repitió el gesto de nuevo al ver que les había gustado.

En realidad no podían resistirse.

El veneciano ejecutaba sus movimientos con una autoridad tal que no estaban seguros de si podían declinar la invitación.

Era la primera vez que Tonio los estudiaba detenidamente, y mientras lo hacía empezó a hablar. En voz baja comentó alguna intrascendencia sobre el clima de Nápoles y sobre unas cuantas peculiaridades del lugar para que el silencio no fuera abrumador.

Sin embargo, no daba la impresión de ser locuaz porque en realidad no lo era.

Trataba de juzgarlos, de determinar quién de ellos, si es que había alguno, debía lealtad a Lorenzo, que seguía en cama porque la herida se le había infectado.

El más alto era Giovanni, originario del norte de Italia, tenía unos dieciocho años y estaba dotado de una voz aceptable que Tonio había escuchado en el estudio de Guido. Nunca cantaría en la Ópera, pero era un buen maestro para los chicos más jóvenes y al cabo de un tiempo muchos coros de iglesia lo reclamarían. Llevaba el cabello negro y lacio recogido austeramente en una trenza con una sola cinta de seda negra. Su mirada era transparente, insípida, cobarde tal vez.

Parecía dispuesto a aceptar a Tonio.

Luego estaba Pietro, el rubio, también del norte de Italia, el que tantas veces había susurrado a Tonio epítetos humillantes y luego había vuelto la cabeza como si no hubiera dicho nada.

Tenía mejor voz, un contralto que algún día podía llegar a ser reconocido, pero por lo que Tonio había escuchado de él en la iglesia, le faltaba algo. Quizá pasión, imaginación tal vez. Bebía vino con una ligera expresión de burla, y sus ojos eran fríos y desconfiados. Sin embargo, cuando Tonio se dirigió a él, pareció derretirse de inmediato.

Si Tonio le hacía preguntas, adornaba las respuestas. Lo que reclamaba pues, era atención.

Hacia el final de aquella breve visita, intentó halagar a Tonio y causarle una buena impresión, como si Tonio fuera el mayor, lo cual no era cierto, o, mejor aún, como si Tonio fuese su superior.

Por último estaba Domenico, de dieciséis años. Era tan exquisitamente hermoso que podía pasar por una mujer. El tórax, que se le había expandido por la impostación de la voz, y la flexibilidad de sus huesos de eunuco le daban un aspecto femenino, con una cintura estrecha y un ensanchamiento sobre ella que sugería unos senos, aunque de un modo tan sutil que a muchos podía pasarles inadvertido. Sus oscuras pestañas y sus rosados labios tenían un brillo que parecía pintado. No lo era, por supuesto, y en los dedos llevaba una serie de anillos que reflejaban la luz mientras utilizaba las manos con gracia deliberada para componer unos lánguidos movimientos. El cabello negro que le caía en rizos naturales hasta los hombros resultaba quizá demasiado largo. No habló en absoluto, lo cual hizo advertir a Tonio que nunca había oído el sonido de la voz de Domenico, ni cantando ni hablando. Aquello lo intrigó.

Domenico se limitaba a mirar: había visto cómo apuñalaba a Lorenzo sin alterar su expresión.

Mientras tomaba la botella de vino tras limpiarse los labios con una servilleta de encaje, clavó los ojos en Tonio con una mirada perturbadora. Parecía juzgar al recién llegado bajo una nueva luz. Tonio pensó: «Esta criatura es tan consciente de su belleza que está más allá de toda vanidad.»

En la siguiente producción operística que se llevaría a cabo en el pequeño escenario del conservatorio, Domenico tendría el papel de la *prima donna* y Tonio se descubrió de pronto fascinado ante la perspectiva de ver a aquel muchacho transformado en una chica. Imaginó las cintas del corsé ceñidas en torno a su cintura y se ruborizó, perdiendo el hilo de lo que Giovanni le explicaba.

Procuró desviar sus pensamientos. Pero entonces empezó a desconcertarlo la idea de que se trataba de una mujer en pantalones. Incómodo, respiró con dificultad. Domenico ladeó la cabeza ligeramente, casi sonreía. A la luz de la vela su piel parecía de porcelana, y tenía un pequeño hoyuelo en la barbilla que sugería virilidad, lo cual lo hacía aún mucho más desconcertante.

Cuando se hubieron marchado, Tonio se sentó en la cama meditativo. Apagó la vela, se tumbó y trató de dormir, pero como no podía conciliar el sueño imaginó que se hallaba en el Vesubio. Percibió de nuevo aquel temblor de tierra, lo notó sobre los párpados.

Este recurso se convirtió en un ritual para él durante muchos años: sentir cada noche que la tierra se estremecía mientras escuchaba el rugido de la montaña.

2

Después de aquella primera noche, sin embargo, Tonio no tuvo verdadera necesidad de recurrir a subterfugios para conciliar el sueño. A la mañana siguiente, aunque su cuerpo seguía magullado por la noche pasada en la montaña, se despertó de un humor excelente. Iba a iniciar sus estudios con Guido de inmediato.

Incluso los colores y las fragancias del conservatorio lo seducían. Le gustaba especialmente el aroma que flotaba en los vestíbulos y que él relacionaba con los instrumentos de madera. Lo subyugaban los sonidos con que cobraban vida las aulas de prácticas.

Tras disfrutar de un desayuno un tanto frugal, que consistió sobre todo en leche fresca, se descubrió extasiado con las estrellas matutinas que veía asomar por encima del muro desde la ventana del refectorio.

El aire tenía la textura de la seda, y su calidez tentadora casi lo incitaba a salir desnudo al exterior.

Estar levantado tan temprano le resultaba vigorizante.

Hasta Guido Maffeo parecía tener mejor aspecto.

El maestro estaba ante el clavicémbalo, haciendo anotaciones con el lápiz, y daba la impresión de llevar horas trabajando. La vela se había consumido casi por completo, la oscuridad se convertía en bruma al otro lado de la ventana, y tras esperar en un banco Tonio examinó por primera vez los detalles de aquel pequeño estudio.

Era una habitación con muros de piedra y sólo una simple estera de junco amortiguaba la dureza del suelo. Sin embargo, todo el mobiliario —el clavicémbalo, el alto escritorio, la silla y el banco— estaba profusamente decorado con motivos florales pintados y reluciente esmalte y parecía palpitar en contraste con las frías paredes. El maestro, con su levita negra y el pequeño corbatín de lino, adquiría un aire sombrío y clerical, perfectamente acorde con ese escenario.

No siempre la impresión que producía era tan terrible, pensaba Tonio; en realidad, no carecía de atractivo. Sin embargo, su expresión se revestía a menudo de ira, y aquellos ojos castaños, demasiado grandes para su rostro, lo dotaban de un aire amenazador. Aunque, en conjunto, resultaba un rostro cambiante y expresivo, una mezcla de turbulencia y cariño que, sin poderlo evitar, lo fascinaba.

No podía pensar en Guido como en aquel hombre de

Flovigo, de Ferrara, de Roma, o en el de aquel jardín donde se habían abrazado. Si pensaba en todo aquello, Tonio acabaría despreciándolo. Por este motivo evitaba los recuerdos.

Al cabo de un rato, el maestro dejó por fin el lápiz, apagó la vela que ya no era más que una pequeña llama amarillenta y empezó a hablar sin perder el tiempo en formalidades.

—Tienes una voz extraordinaria, ya te lo habrán dicho muchas veces —comentó como si discutiese con alguien—, así que no esperes más elogios por mi parte hasta que te los hayas merecido. Pero te has pasado años sin una verdadera preparación musical. Interpretabas bien las canciones sólo porque tienes un buen oído y has escuchado a otros cantarlas de la manera adecuada. Evitabas todo lo que te resultaba difícil y te refugiabas en lo que te gustaba, y en lo más fácil. Por eso no posees un control auténtico sobre tu voz, y has adquirido demasiados malos hábitos.

Hizo una pausa y se pasó la mano derecha por el cabello como si lo detestase. Su pelo recordaba al de un querubín de alguna pintura perteneciente al siglo anterior, abundante y encrespado, aunque, en su caso, descuidado y algo sucio.

—Además, ya tienes quince años, una edad muy avanzada para empezar las lecciones —prosiguió—, pero te aseguro que dentro de tres años estarás listo para aparecer en cualquier escenario de Europa, siempre y cuando sigas mis instrucciones al pie de la letra. Si quieres o no ser un gran intérprete es algo que no me importa. Me da lo mismo. No te lo estoy preguntando. Tienes una voz magnífica y por lo tanto te prepararé para que te conviertas en un gran intérprete. Te prepararé para cantar en el escenario, en la corte, en toda Europa. Después podrás hacer con todos esos conocimientos lo que te apetezca.

Tonio estaba furioso. Se puso en pie, muy erguido, y avanzó hacia la ceñuda figura de nariz chata que estaba ante el clavicémbalo.

—¡Podía haberme preguntado por qué decidí volver a este lugar! —replicó en un tono frío y altivo.

—No vuelvas a hablarme de ese modo —se burló Guido—. Soy tu maestro.

Sin más comentarios, le tendió el primer ejercicio.

Aquel día empezaron con un simple *Accentus*.

Primero practicó con seis notas en una escala ascendente: do, re, mi, fa, sol, la. Después le dieron una variación más complicada sobre esas mismas notas, de modo que al cantar resultaba una melodía suavemente ascendente con pequeños arpegios, y cada tono tenía a su alrededor un mínimo de cuatro notas, tres ascendiendo y otras descendiendo de nuevo.

Debía cantarse con una sola respiración y dedicar la máxima atención a cada nota. Al mismo tiempo, debía articular el sonido de la vocal a la perfección. El conjunto tenía que sonar absolutamente fluido.

Había que cantarlo una y otra vez, y aún otra más, un día tras otro, en aquella habitación vacía y silenciosa sin el acompañamiento del clavicémbalo, hasta que fluyera de su garganta de manera natural y continua como un río de oro, sin que se percibiera la inspiración previa o que se quedaba sin aliento antes de terminar.

El primer día Tonio pensó que cantar aquello lo volvería loco.

Pero al comenzar el segundo día, plenamente convencido de que aquella monotonía era una sutil forma de tortura, descubrió que se operaba un cambio en él. Era como si su cólera hubiera creado una burbuja que, en determinado momento de la tarde, había estallado y cuyos fragmentos se abrían, como los pétalos de un capullo, y dejaban crecer una gran flor en el centro.

Esa flor era la atracción hipnótica que las notas ejercían sobre él, acentuada por la lenta y brumosa conciencia de que cada vez que empezaba el *Accentus*, abordaba algún pequeño, nuevo y fascinante aspecto de la partitura.

Al finalizar la primera semana había perdido la cuenta de los problemas que había resuelto, sólo sabía que su voz experimentaba un cambio radical.

Una y otra vez Guido le indicaba que había cantado las tres primeras notas con más sentimiento que las demás. ¿Le gustaban más esas notas? Tenía que amarlas todas por igual. Una y otra vez Guido le recordaba: «*Legato*», que las uniera despacio, hasta dejarlas perfectamente ensambladas. El volumen no importaba. La expresión del sentimiento tampoco, pero todas las notas tenían que ser bellas. No bastaba con que el tono fuera perfecto (le había asegurado varias veces, casi a regañadientes, que tenía el don de cantar en el tono perfecto, aunque Alessandro ya se lo había dicho hacía mucho tiempo), cada nota tenía que ser hermosa en sí misma como una gota de oro.

—Otra vez, desde el principio —le decía, sentándose de nuevo. Tonio, con la vista borrosa, y a pesar del tremendo dolor de cabeza, empezaba esa primera nota y luego se deslizaba por toda la secuencia.

Pero entonces, con un sexto sentido infalible, justo cuando Tonio empezaba a sentir un hormigueo por todo el cuerpo debido al cansancio, Guido lo liberaba de aquel ejercicio y lo hacía acercarse al alto escritorio para resolver problemas de composición y contrapunto sin sentarse.

—No te sientes nunca ante un escritorio. No es bueno que dobles el pecho. Y no hagas nunca nada que no sea bueno para tu voz o tu pecho —advirtió. Tonio, sintiendo calambres en las piernas, se limitaba a asentir, agradecido de poder dejar morir el *Accentus* en su mente durante un rato.

Ya llegaría algún alumno más joven que lo asesinaría.

No sabía cuánto tiempo llevaba cantando aquel pasaje elemental cuando Guido añadió dos notas al principio y dos notas al final, y esa vez le permitió cantar más deprisa, y luego un poco más deprisa aún. Contar con cuatro notas nuevas era todo un acontecimiento y Tonio anunció con sarcasmo que debería permitirle emborracharse para celebrarlo.

Guido hizo caso omiso de aquel comentario irónico.

Sin embargo, en otra ocasión, durante una calurosa tarde en la que Tonio estaba a punto de rebelarse, Guido le dio arias recién compuestas y llenas de modificaciones y le dijo que podía utilizar el clavicémbalo para acompañarse.

Tonio le arrebató las partituras antes de darle las gracias. Para él era como zambullirse en el tibio mar bajo las estrellas estivales. Había ya cantado la segunda composición cuando advirtió que Guido lo estaba escuchando con atención. Al cabo de un momento el maestro le dijo que lo había hecho muy mal.

De forma consciente, trató de aplicar lo que había aprendido en el *Accentus* y descubrió que eso era lo que había estado haciendo todo el tiempo. Articulaba las letras de aquellas canciones de una manera muy definida pero con facilidad. Había estado cantando con una serenidad y un control hasta entonces desconocidos que facilitaban infinitamente su innata comprensión de la música.

En aquellos momentos experimentó por vez primera una verdadera sensación de poder.

Cuando volvió a realizar los ejercicios, pensaba en su voz en términos de poder.

Más tarde, aquella misma noche, cuando se encontraba tan cansado que no podía pensar en sus piernas o en sus pies o en un blando colchón sin desear un instante de descanso, le pareció que se había convertido en un ente inhumano, en un instrumento de madera del que su voz emanaba como si alguien lo estuviera tocando. Notaba su uniformidad, su tersura.

Mientras subía las escaleras se sentía aturdido. Al tumbarse en la cama fue consciente de que llevaba por lo menos diez días sin pensar ni una sola vez en lo que había precedido a su llegada al conservatorio.

A la mañana siguiente, Guido le informó de que, debido a su excelente progreso, empezarían con la *Esclamazio*. Con cualquier otro alumno nuevo, ese salto hubiera sido impensable, pero Guido tenía sus propias ideas acerca de cómo proceder.

La *Esclamazio* consistía en la intensificación lenta y perfectamente controlada de una nota a partir de una suave entonación hasta conseguir una amplificación cada vez más potente que disminuía gradualmente en un suave final. O podía empezar fuerte, descender a un punto suave intermedio y luego progresar hasta un intenso final.

En cualquier caso, era esencial ejercer un control absoluto. El volumen en este caso tampoco era importante. El tono debía también alcanzar una belleza pulida. De nuevo pasaron días y días durante los cuales Tonio repitió ese ejercicio hasta la saciedad, primero en tono de la, luego en tono de mi y después en tono de do, para volver siempre al *Accentus*.

Todo aquello se desarrollaba en el tranquilo estudio de Guido. La voz resonaba en las paredes de piedra, sin acompañamiento del clavicémbalo, y el maestro estudiaba a su discípulo como si percibiera sonidos que el propio Tonio no alcanzaba a oír.

A veces Tonio advertía que su desprecio por aquel hombre era tanto que hubiera podido agredirle físicamente. Le producía placer imaginar que golpeaba a Guido, y luego ese mismo pensamiento lo avergonzaba.

No obstante, tras aquellos callados conatos de ira, Tonio era consciente de que lo que de veras lo torturaba era darse cuenta de que Guido experimentaba un desdén absoluto hacia él.

Al principio se había dicho: «Es su manera de ser, es un bárbaro.» Pero Guido nunca estaba satisfecho con él, rara vez se mostraba cortés, y su brusquedad habitual parecía ocultar siempre una profunda antipatía y disgusto. Había momentos en los que Tonio sentía ese desprecio de una manera más palpable que si el maestro lo hubiese manifestado en voz alta, y el pasado con su abominable humillación amenazaba con seguirlo hostigando.

Entonces, temblando de furia, Tonio le ofreció lo único que quería: la voz, la voz, la voz. Después, mientras trataba de conciliar el sueño, repasó minuciosamente todas las experiencias del día en busca del más leve indicio de aprobación por parte de su maestro.

Sin poder evitarlo, Tonio deseaba despertar algún afecto en su maestro, anhelaba que Guido expresara algún signo de interés, por mínimo que fuera.

Por las mañanas, intentaba entablar conversación. ¿No

hacía más calor ese día? ¿Qué ocurría en el teatro del conservatorio? ¿Cuántos años pasarían antes de que pudiera participar en las óperas de la escuela? ¿Le permitirían ver la que estaban preparando?

Por toda respuesta Guido emitía unos gruñidos, aunque de forma más bien impersonal. Luego alzaba de repente la cabeza de la partitura y decía:

—Muy bien, hoy vamos a sostener estas notas el doble. Quiero una *Esclamazio* perfecta.

—Ah, la perfección, siempre la perfección, ¿verdad? —replicaba Tonio entre susurros.

Guido ignoraba estos comentarios.

A veces eran las diez de la noche cuando Guido lo dejaba marchar, y Tonio seguía oyendo la *Esclamazio* en sueños. Se despertaba con aquellas líquidas notas en los oídos.

Por fin pasaron a la primera variación.

Lo que Tonio había aprendido hasta entonces eran las bases necesarias para conseguir el control de la respiración y el tono, y una atención absoluta hacia la partitura.

Pero el proceso de adornar una melodía era más complicado. No se trataba tan sólo de aprender nuevos sonidos o escalas, debía adquirir cierto sentido que le permitiera saber cuándo añadirlos a una melodía.

La primera variación que aprendió se llamaba *tremolo*. Consistía simplemente en cantar la misma nota cambiando el tempo. Tomaba una nota y la cantaba repetidamente con una fluidez y un control perfectos mientras los sonidos se mezclaban entre sí, aunque los ritmos eran nítidos como explosiones recurrentes.

Cuando su mente había llegado al agotamiento, cuando aquel artificio ya le salía con cierto grado de naturalidad, pasó al *trillo*, que consistía en pasar rápidamente de una nota a otra más alta, para volver de nuevo a la primera, y así sucesivamente, y con rapidez, en una única y larga respiración, como lamilamilamilamilamilamila.

Tras largas semanas con el *Accentus* y las extensas y opulentas notas de la *Esclamazio*, aquello le resultó casi divertido. El desafío que suponía adquirir poder y dominio sobre su voz le resultaba cada vez más subyugante.

Cada día caía con más facilidad en el trance hipnótico de la música y cada día éste parecía alargarse. A veces, durante las lecciones de antes de la cena, Tonio cobraba aliento y ejecutaba aquellos ejercicios con una gracia y un desapego plenos de inspiración.

No era él quien estaba allí. Se había convertido en su voz. La pequeña habitación se hallaba sumida en la oscuridad. La luz de la vela titilaba sobre los garabatos de la partitura y los sonidos que escuchaba parecían procedentes de otro mundo y producían en su mente un gran destello abstracto que casi lo aterrorizaba.

Seguiría adelante, nada le haría detenerse.

Se había hecho muy tarde.

En algunas ocasiones, el *maestro di capella* entraba en el estudio y anunciaba que ya era hora de dejarlo. Tonio se sentaba en el banco, apoyaba la cabeza en la pared y la movía en sentido circular; Guido se explayaba con el clavicémbalo y la estancia se inundaba de sus ricos y campanilleantes sonidos. Cuando observaba a su maestro, Tonio sentía un inmenso vacío en el cuerpo y el alma.

Entonces Guido le ordenaba:

—Sal de aquí.

Tonio, un tanto asombrado y humillado, subía a su cuarto y se dormía al instante.

Tonio tenía la impresión de que ya no le daban arias para que disfrutase y que incluso las horas dedicadas a la composición se habían reducido para permitirle concentrarse más en los ejercicios.

Si mostraba la más leve tensión en la voz, Guido interrumpía de inmediato. A veces, Tonio descansaba mientras los demás alumnos tomaban sus lecciones, ensimismado en sus errores, en sus limitaciones invencibles o laboriosamente superadas.

Había momentos en los que, contemplando aquellas sesiones, era un consuelo para Tonio comprobar que Guido despreciaba a los demás alumnos tanto como a él. A veces lo consolaba, aunque otras lo hacía sentirse peor, y cuando Guido pegaba a sus alumnos, lo cual ocurría con frecuencia, Tonio se sulfuraba.

Un día, después de que Guido hubiese pegado al pequeño Paolo, el chico que había viajado con ellos desde Florencia, Tonio perdió los estribos y le dijo de manera categórica que era un palurdo, un zafio, un campesino con levita, un oso bailarín.

De todos los pequeños que a menudo despertaban su afecto o incluso su compasión, Paolo era su preferido. Sin embargo, aquel detalle era irrelevante frente a la injusticia cometida. Paolo había agotado la paciencia de su maestro. Era travieso por naturaleza, siempre sonriente y de risa fácil, y eso, más que ninguna otra cosa, era lo que le había hecho ganarse el castigo. Tonio estaba furioso.

Pero Guido se limitaba a reír.

Introdujo a Tonio en la culminación final de todas sus lecciones anteriores, el canto de los pasajes.

Se trataba de tomar una línea del pentagrama y fragmentarla en varias notas más breves, manteniendo intacto el sentido verbal del pasaje y la pureza temática subyacente. Guido utilizó como ejemplo la palabra *sanctus*, para la cual el compositor podía escribir dos notas, la segunda más alta que la primera. Pero Tonio tenía que dividir el primer sonido *sanc*, en siete u ocho notas de distinta duración, subiendo y bajando para finalmente ascender suavemente hasta la segunda nota o sonido, *tus*, que también debía ser dividida en siete u ocho notas, y luego terminar con una alegre conclusión de esa segunda nota.

Practicar esas variaciones y pasajes a medida que Guido los escribía sólo era el principio. Después, Tonio tendría que aprender a captar la estructura básica de cualquier composición y crear sus propias variaciones con elegancia y un perfecto sentido del ritmo; debía saber cuándo intensificar una nota, cuánto tiempo mantenerla, si debía romper un pasaje en notas de igual o distinta duración y cuán lejos debía llegar en la complejidad de las escalas. Era imprescindible también articular la letra de una cantata o una aria de modo que, pese a toda aquella exquisita ornamentación, no se perdiera el significado de las palabras.

En eso consistía, fundamentalmente, la disciplina que Guido debía impartir a Tonio. Lo demás vendría por añadidura.

Por lo general, un alumno tardaba cinco años en dominar esta técnica, pasando del *Accentus* a la *Esclamazio* y las variaciones de forma mucho más lenta. Pero Guido se había dado prisa con Tonio por razones muy obvias: para evitar que el muchacho se aburriera y porque había dado muestras de asimilar los nuevos conocimientos con rapidez.

Era capaz de trabajar a la vez todos los aspectos de su técnica vocal y por esa razón Guido empezó a escribir para él vocalizaciones más y más complicadas. Guardaba muchos libros antiguos pertenecientes a maestros del siglo anterior y de principios del XVIII, pero al igual que muchos de ellos, escribía sus propias composiciones porque sabía qué era exactamente lo que Tonio necesitaba.

En cuanto a Tonio, cuando comprendió que aquello constituía la base de sus estudios y que el camino a recorrer era el perfeccionamiento de su voz mediante aquellos ejercicios hasta adquirir la intensidad, la consistencia y la belleza de una serie de campanas perfectamente fundidas que tañeran una y otra vez con idéntica intensidad, se echó a llorar con la cabeza entre las manos delante del clavicémbalo.

Su mente y sus músculos estaban tan agotados que tenía la sensación de que nunca hasta entonces había experimentado lo que era el sueño o el cansancio. No le importó que Guido Maffeo lo mirase iracundo.

Odiaba a su maestro tanto como Guido lo odiaba a él. Y eso que se había prometido someterse a esas exigencias, en su propio beneficio, para su propio placer... De repente lo invadió el pánico. Si prescindía de todo aquello, ¿qué le quedaría?

Notaba que su cuerpo iba a la deriva, que perdía el equilibrio y, como en una revelación, fue consciente del sustrato de sueños que por las mañanas se disipaban en su memoria. Una pequeña puerta amenazaba con abrirse a la pesadilla, al vacío, y lloró con amargura, deseoso de que

Guido Maffeo lo dejara a solas con su hastío, de que se marchara. Justo lo que el maestro iba a decirle al cabo de un momento.

—¡Márchate de aquí!

—Tengo la voz áspera —dijo por fin—. Es desigual, se intensifica y se me quiebra en la garganta sin que yo pueda hacer nada por controlarla. Lo único que he aprendido hasta ahora es sencillamente a oír lo mala que es.

Guido lo observaba furioso. Luego, su rostro perdió toda expresión.

—¿Puedo ir a acostarme? —preguntó Tonio.

—Todavía no —respondió Guido—. Sube a tu cuarto y vístete. Vendrás conmigo a la Ópera.

—¿Qué? —Tonio levantó la cabeza. Apenas daba crédito a lo que acababa de escuchar—. ¿Salimos? ¿Vamos a la Ópera?

—Si dejas de gritar como un crío, sí. Ve a vestirte ahora mismo.

3

Tonio subió las escaleras de dos en dos. Se mojó la cara con agua fría y comenzó a rescatar del armario los elegantes atuendos que no había lucido desde que abandonara Venecia. En un instante estuvo vestido con una chaqueta de brocado azul, su encaje blanco más hermoso y con zapatos de hebilla vidriada. Luego se sujetó la espada y bajó a toda prisa a la habitación de Guido.

Entonces recordó que lo despreciaba y que no era un niño al que nunca hubieran llevado a la Ópera, pero lo olvidó al instante. Se sentía tan feliz que le resultaba incomprensible. Casi reía.

En ese momento apareció Guido. Tonio, que esperaba verlo ataviado con su atuendo clerical de color negro, se quedó estupefacto. El maestro llevaba una chaqueta de color chocolate intenso que hacía juego con sus ojos, el cabello cuidadosamente peinado y un chaleco de seda dorada. A la luz de la puerta del conservatorio, la pechera de encaje, aunque no era ni mucho menos tan lujosa como la de Tonio, relucía casi luminiscente y sus ojos se veían tan grandes que resultaban desconcertantes. Sólo con que hubiera dado la menor muestra de complacencia, o hubiese esbozado la más leve de las sonrisas, sin duda alguna hubiera resultado atractivo. Pero su expresión era tan hosca y taciturna como siempre.

Tonio, al verla, se puso en guardia. Lo siguió en silencio hasta la primera esquina, donde detuvieron un cabriolé que los llevó al teatro San Bartolommeo.

Se trataba de un antiguo edificio, resplandeciente de luz y completamente abarrotado. Las salas de juego bullían de humo y alboroto, y la representación ya había comenzado ante un público inquieto y charlatán. Era el teatro de Nápoles dedicado a la ópera heroica, la ópera seria, frecuentado por la aristocracia, que llenaba la primera fila de palcos.

Para Tonio fue una visión. Era como si nunca antes hubiera presenciado semejante esplendor, ni se hubiese criado entre candelabros de cristal de Murano, ni jamás hubiera visto tal derroche de velas de cera.

Guido había adoptado una nueva dignidad y sus ojos cobraban un brillo distinto: parecía casi un caballero. Compró el libreto y la partitura y no llevó a Tonio a los ruidosos palcos superiores, sino a los asientos más caros de la platea, junto a los focos.

El primer acto iba sólo por la mitad, lo que significaba que aún faltaban las arias principales. Cuando se hubo acomodado, Guido atrajo a Tonio hacia sí.

«¿Ésta es la bestia que desde hace un mes no hace otra cosa sino gruñir!», pensó Tonio. Aquella actitud lo confundía hasta tal punto que no podía apartar los ojos del maestro.

Había dos *castrati*, explicó Guido, y una hermosa *prima donna*; sin embargo, aseguró que sería el viejo eunuco quien cantaría mejor que nadie, y no porque tuviera una voz hermosa, sino porque dominaba la técnica a la perfección.

Tan pronto como el *castrato* comenzó a ejecutar una pieza, Tonio quedó cautivado. La voz era sedosa, desprendía ternura, y el público le dedicó una gran ovación.

—¿Y eso no es una gran voz? —preguntó Tonio entre susurros.

—Las notas altas eran todo falsetes porque su voz no posee un gran registro, pero tiene un control tan preciso del falsete que no lo notas. Escúchalo bien y verás a qué me refiero. En cuanto al *tempo*, lo escribieron para él, y es lento justamente para permitirle seguirlo sin dificultad. En realidad, lo único que le queda es la escala media, el resto es pura técnica.

A medida que la velada avanzaba, Tonio descubrió que Guido tenía razón. Mientras, la pequeña *prima donna* había cautivado a todo el público con su manera de cantar espontánea y sentimental; no obstante se había criado en las calles, observó Guido, cantando al igual que hacía Tonio, y aunque sus notas altas producían escalofríos, apenas controlaba las notas bajas. Se perdían entre los sonidos del clavicémbalo. Sus labios se movían pero de ellos no brotaba nada.

El *castrato* joven fue otra sorpresa, porque se trataba de un buen contralto, algo que Tonio rara vez había escuchado en un hombre. Su voz era sedosa, tenía una textura aterciopelada, pero cuando subía mucho se quebraba.

Cualquiera de aquellos dos jóvenes hubieran podido cantar mejor que el viejo en virtud de su talento, pero ninguno de ellos sabía cómo hacerlo, y una y otra vez era el viejo *castrato* quien avanzaba hacia los focos y el público guardaba silencio para escucharlo.

Guido no se conformaba sólo con las voces. Atrajo la atención de Tonio hacia la partitura, le explicó cómo se habían añadido las distintas arias para las diversas voces, las pequeñas lides que tenían lugar entre el joven *castrato* y la *prima donna*, por qué el viejo evitaba moverse cuando cantaba, ya que, de haber gesticulado con aquellos brazos tan largos y delgados, hubiese parecido un bufón. El *cas-*

trato joven era guapo, eso al público le gustaba, y sus poses eran elegantes, a imitación de las estatuas clásicas. La pequeña *prima donna* no dominaba las técnicas de respiración pero ponía mucho sentimiento.

Cuando bajó el telón, Tonio había bebido vino, mucho vino en los entreactos y discutía acaloradamente con Guido acerca de si la partitura era sólo una flagrante imitación de Scarlatti o se trataba realmente de algo nuevo. Guido afirmaba que en ella había originalidad, que Tonio tenía que escuchar más compositores napolitanos y, casi sin darse cuenta, se encontraron caminando por el vestíbulo, empujados por la excitada multitud.

Hombres y mujeres se acercaban a hablar con Guido y los carruajes iban llegando ante las puertas abiertas.

—¿Adónde vamos? —preguntó Tonio. Estaba aturdido, y cuando el coche arrancó con una sacudida, estuvo a punto de perder el equilibrio. Se dio cuenta de que sentada delante de él había una mujer que se reía de él. Tenía el cabello negro y un cuello blanco como la leche. Sólo la fina gasa de sus mangas le cubría los brazos y pudo apreciar unos pequeños hoyuelos en sus manos.

Tonio no recordaba haber entrado en la casa. Caminó por una interminable sucesión de habitaciones, salpicadas todas ellas con los vibrantes colores que tanto gustan a los napolitanos, muebles dorados con adornos esmaltados arrimados a las paredes, ventanas ocultas tras cortinas de brocado rematadas con borlas y candelabros incrustados de cera blanca y ribeteados de suave luz. Cientos de músicos, agrupados en distintas orquestas, acariciaban y soplaban sus lujosos instrumentos para colmar las amplias salas de mármol de una música apasionada y casi violenta.

Bandejas con copas de vino blanco flotaban en el aire. Tonio cogió una y se la bebió entera, luego tomó otra, y también la apuró mientras el criado, con peluca y chaqueta de satén azul, permanecía inmóvil como una estatua.

De repente se sintió perdido. Hacía mucho rato que no veía a Guido; innumerables mujeres lo abordaban, una tras otra, hablándole en francés, inglés o italiano. Una mujer madura avanzaba hacia él, y entonces extendió su largo brazo como si fuera una caña y lo atrajo hacia sí hasta que sus secos labios se posaron sobre su pecho.

—Niño radiante —le dijo en dialecto napolitano.

Se soltó de ella, perdió el equilibrio y sintió la urgencia de huir. Mirase adonde mirara le parecía ver pieles perfectas, las pequeñas protuberancias de unos pechos bajo una tira de encaje. Una mujer cuya risa era tan violenta que le impedía respirar se sujetaba los pechos con las manos como si fueran a reventar las costuras de su vestido de tafetán estampado, y al ver a Tonio, ocultó los labios tras un abanico de encaje blanco en el que se abría un arco de rosas rojas.

Tonio se tambaleaba junto a una mesa de billar. Entonces divisó en el otro extremo de la sala a un hombre demacrado y consumido, con una piel tan blanca que se le transparentaban los huesos bajo la carne, que lo miraba y le sonreía.

Por unos instantes no supo de quién se trataba, pero estaba seguro de conocerlo. De pronto recordó que era aquella visión de la muerte, aquel cadáver viviente que se le había acercado mientras yacía en el Vesubio. Se encaminó hacia aquel hombre. Sí, era la misma agonía sólo que ataviada con una frívola chaqueta de brocado dorado que le daba un aspecto vulgar, como las estatuas de mármol de las iglesias a las cuales los fieles vestían con prendas de tela.

El hombre llevaba una peluca empolvada, y sus ojos, hundidos y rodeados de sombras, se movieron casi con ternura sobre Tonio a medida que éste se le acercaba.

Otra copa de vino, el frágil cristal en sus manos. Estaba justo frente al hombre y se miraban el uno al otro.

—Veo que estás sano y salvo —dijo el hombre con voz hueca y quebrada. Al momento, como abatido por el dolor, se llevó el pañuelo a los labios, mostrando los anillos de los dedos ensartados en blancos huesos, se dobló ligeramente hacia delante y un torbellino de faldas lo envolvió.

—Quiero salir de aquí —susurró Tonio—. Tengo que salir de aquí.

Se le acercó otra mujer, a quien observó con tanta lujuria que ella retrocedió ofendida. Se volvió y, dando tumbos, llegó a un comedor vacío con una larga mesa dispuesta con suntuosas vajillas y flores recién cortadas para unas cien personas.

Al fondo de la estancia, junto a una de las ventanas de amplios arcos, se encontraba una mujer joven y sola que lo observaba.

Durante un instante creyó que era la pequeña *prima donna* de la ópera, y lo invadió una oleada de desesperación. Oyó la riqueza de su voz, sus intensos agudos; vio de nuevo sus pequeños pechos, debatiéndose con su inexperta respiración, y sintió que la desesperación daba paso al pánico.

Pero no se trataba de ella. Era otra mujer joven con el cabello igualmente hermoso y los ojos azules, aunque más alta y algo más corpulenta. Tenía una mirada triste, casi sombría. Lucía un sencillo vestido de seda violeta sin ninguno de los frunces ni lazos que había visto en el escenario, un vestido que le moldeaba los hombros y los brazos de forma exquisita. Parecía llevar tiempo observándolo, y sus ojos delataban que habían estado llorando antes de que él entrara.

Tonio comprendió que debía salir de aquella habitación. Sin embargo, al mirarla, sintió que en él se mezclaban la rabia y una ebria pasión. Aquella muchacha parecía etérea, con el cabello lleno de encantadores y pequeños mechones que dulcificaban sus elaborados rizos y le daban una aureola a la luz de las velas.

Sin quererlo, se fue aproximando a la joven. No era sólo su encanto lo que le atraía. En ella había algo que rezumaba abandono y falta de cariño. Lloraba, lloraba, pensó, ¿por qué lloraba? Tropezó. Estaba muy borracho. Ante él una vela se tambaleó sobre el mantel y cayó. Se apagó dejando una fragante estela de humo que subió hasta el techo.

De pronto se halló ante ella, maravillado ante aquellos oscuros ojos azules que no parecían temerle.

No le tenía miedo. No le tenía miedo. Pero, en el nombre de Dios, ¿por qué habría de tenerle miedo? Tonio apretó los dientes. No quería tocarla y sin embargo había extendido la mano.

De pronto, sin motivo aparente, las lágrimas asomaron de nuevo a sus ojos. Lloraba desconsolada.

La joven apoyó la cabeza en el hombro de Tonio.

Transcurrió un momento angustioso, lleno de terror. Su cabello suave y dorado olía a lluvia al acariciar el rostro de Tonio, y a través del escote fruncido vio sus senos descansar contra el cuerpo de él. Supo que si no se separaba de ella, le pegaría, le infligiría algún daño terrible y, no obstante, la sujetaba con tanta fuerza que a buen seguro la estaba lastimando.

La tomó por la barbilla y se la levantó. Cerró su boca sobre los labios de la muchacha y entonces la oyó llorar. Ella se debatía.

Tonio cayó hacia atrás. Ella estaba lejos, muy lejos, y la expresión de su rostro en aquella penumbra manifestaba tal inocencia y congoja que Tonio no pudo sino huir de aquel lugar hasta estar de nuevo a salvo en medio del baile y de la gran confusión de gente que danzaba.

—Maestro —murmuró mirando a uno y otro lado, y cuando de pronto Guido lo tomó del brazo, insistió en que tenía que salir de allí.

Una mujer anciana le hacía una seña con la cabeza. El hombre que tenía al lado le decía que la marquesa quería bailar con él.

—No... no puedo —contestó sacudiendo la cabeza.

—Oh, sí, claro que puedes. —La grave voz de Guido retumbó en sus oídos y notó la mano del maestro en la espalda.

—Tengo que marcharme de aquí, maldita sea —susurró—. Ayúdeme a... a volver al conservatorio.

Pero Guido hacía una reverencia a la anciana y le besaba la mano. En la expresión de la mujer había una gran dulzura, los restos de un rostro hermoso, y cierta gracia en el marchito brazo que le tendía.

—¡No, maestro!

Ella se volvió ligeramente sobre sus blancas sandalias. La sala no paraba de dar vueltas alrededor de Tonio. No debía ver a aquella chica rubia, no debía verla. Se volvería loco si de repente aparecía, y sin embargo, si tan sólo pudiera decirle...

Decirle ¿qué?

Que él no tenía la culpa, que ella no tenía la culpa.

Estaban frente a frente, la marquesa y él, sonaba una pieza y, como por milagro, hizo una reverencia a la mujer y empezó a moverse recorriendo la larga hilera de parejas, como si lo hubiera hecho toda la vida, aunque constantemente olvidaba lo que estaba haciendo.

Apareció Guido, con aquellos ojos castaños desmesuradamente grandes.

De repente, estaba apoyado en Guido, diciendo algo a alguien, disculpándose, tenía que marcharse, tenía que salir de allí, volver a su habitación, o quizá subir a la montaña. Sí, eso era, subir a la montaña, de inmediato. Ésa era la única cosa que había sido incapaz de reconocer ante sí mismo, y le resultaba demasiado doloroso.

—Estás cansado —dijo Guido.

No, no, no, sacudió la cabeza. Era imposible decírselo a nadie, pero la sola idea de que nunca más podría yacer con una mujer le resultaba insoportable. Si no dejaba de pensar en ello empezaría a gritar. ¿Dónde estaba ella? Siempre había creído que Alessandro no podía hacerlo. Siempre había visto a su madre como una niña, y Beppo, inconcebible. Y Caffarelli, ¿qué había hecho en realidad al quedarse solo con ellos?

Guido lo ayudaba a subir al carruaje.

—¡Quiero subir a la montaña! —reclamó de nuevo furioso—. Déjeme en paz, quiero ir, sé adónde voy.

El carruaje se estremecía. Vio las estrellas en el cielo, notó la brisa fresca en el rostro y vio las ramas de los árboles llenas de hojas inclinarse hacia el suelo como si quisieran acariciarlo. No debía pensar en la pequeña Bettina en la góndola, en aquel tierno nido de blanca y sedosa piel entre sus piernas, o se volvería loco. ¡Proscrito! Nunca volvería a poner los pies allí, hasta que... y cuando...

Iba apoyándose en Guido. Se encontraban ante la verja del conservatorio.

—Quiero morir.

Morir antes que confiarte mi pena, pensó. De nuevo aquella voz resonó en su interior diciéndole: «Compórtate como si fueras un hombre», y subió las escaleras hacia su cuarto aparentando una total indiferencia.

4

Enseguida quedó establecido casi como un acuerdo tácito que siempre que Tonio estuviera demasiado cansado para trabajar, Guido lo recompensaría de algún modo. Iban a la Ópera o le daba unas cuantas arias para que disfrutase, aunque Guido no era fácil de engañar. Sabía perfectamente cuándo su alumno había llegado al límite de su resistencia, y una tarde en que Tonio se sentía abatido por el desaliento, lo sacó de la sala de prácticas y bajaron al teatro del conservatorio.

—Siéntate aquí y limítate a mirar y escuchar —le ordenó, dejándolo en la hilera de sillas traseras para que Tonio pudiera estirar sus doloridos miembros sin que lo viera nadie.

A Tonio siempre le habían intrigado los sonidos que salían de aquel recinto.

Se entusiasmó al comprobar que se trataba de un teatro pequeño pero más espléndido que ninguno de los que había visto en los palacios venecianos. Tenía una hilera de palcos, cada uno de ellos con cortinas de terciopelo verde esmeralda, y el arco del proscenio resplandecía con ángeles dorados y volutas.

En el foso había unos veinticinco músicos, un número inaudito, si se tenía en cuenta que el teatro de la ópera contaba con una orquesta más reducida en muchas de sus representaciones. Se hallaban todos concentrados en sus ejercicios, ajenos a los cantantes que practicaban sus escalas, y al compositor de la ópera, también alumno, que estaba indignado porque según él la producción no estaría lista para la noche del estreno y se retrasaría dos semanas como mínimo.

Guido se detuvo un momento en la puerta, se rió de lo que decía el compositor y le aseguró a Tonio que todo iba a las mil maravillas.

Tonio se sobresaltó, como si lo hubieran despertado bruscamente de un sueño, porque entre los actores que se arremolinaban en las tablas había distinguido la figura de Domenico, aquel silfo exquisito con el que últimamente sólo coincidía durante la cena.

Cuando sus pensamientos se dirigían hacia aquel pequeño teatro o la obra que preparaba el conservatorio, siempre había un lugar en ellos para Domenico.

Pero el compositor ya reclamaba la atención de todo el mundo.

El tiempo de descanso había terminado y al cabo de unos minutos el silencio se impuso en el teatro y los músicos empezaron a tocar la obertura.

Tonio se quedó asombrado ante tal riqueza de sonido: aquellos muchachos eran mejores que los profesionales a los que había escuchado en Venecia, y cuando los primeros cantantes aparecieron en el escenario advirtió que, aun siendo estudiantes, tenían calidad suficiente para actuar en cualquier teatro de Europa.

Nápoles era, a buen seguro, la capital musical de Italia, tal como siempre se había dicho, aunque Venecia se burlaba de esta fama, y en un momento de apacible calma, mientras escuchaba aquella encantadora y alegre música, Tonio pensó: «Nápoles es mi ciudad.»

Lo invadió una oleada de alivio. El dolor que sentía en las piernas por haber pasado tantas horas de pie resultaba casi gratificante. Se inclinó hacia delante, hacia el resplandor redondeado de terciopelo verde que tenía enfrente, dobló los brazos sobre él y apoyó la barbilla.

Apareció Domenico. Aunque iba ataviado con su sencilla túnica negra y la faja roja, parecía haberse convertido en la mujer cuyo papel estaba representando. En todos sus gestos se adivinaba una gracia y una entrega que provocaron en Tonio nerviosismo y resentimiento.

Sólo lo distrajo la voz del chico. Era alta, pura, completamente translúcida, sin las opacidades del falsete. Su alcance de auténtico soprano era excepcional, y el modo líquido con que unía sus redondeados tonos hicieron que Tonio se sintiera avergonzado por sus mediocres interpretaciones del *Accentus*.

—Una voz muy prometedora —suspiró, tan pronto como Domenico finalizó su actuación. Pero se trataba sólo de un ensayo, así que el muchacho se quedó en un rincón del escenario, y su cuerpo adoptó una pose tan lánguida que más parecía estar recostado en un árbol, con la mirada fija en Tonio.

La silueta grácil y angular del chico, sus altos pómulos y aquellos ojos negros y hundidos tenían a Tonio tan abstraído que ni siquiera vio que alguien se le acercaba.

De repente, notó que una sombra se cernía sobre él. Alzó los ojos justo cuando la música terminaba y se hacía el silencio.

Lorenzo, el *castrato* a quien había herido con el puñal un mes antes se encontraba junto a él.

Tonio se envaró.

Se levantó despacio. Sus ojos recorrieron sigilosos el cuerpo del muchacho. Era más alto que él, la tez y los cabellos oscuros; su aspecto resultaba un tanto rudo. Como muchos de los *castrati*, su rostro, aunque vulgar y sin contrastes, rebosaba de lozanía.

No apartaba la vista de Tonio. El ensayo se había interrumpido.

Tonio no llevaba armas; no obstante, mientras saludaba al chico con una leve inclinación de cabeza, se llevó la mano a la cintura como si buscara algo. Luego la fue bajando como si fuese a sacar el puñal de debajo de la túnica. El gesto fue preciso, calculado.

Pero el chico no pareció darse cuenta. Con el cuerpo erguido y los brazos en jarras, devolvió el saludo a Tonio al tiempo que su boca esbozaba una prolongada y taimada sonrisa.

En el pequeño teatro reinaba el más completo silencio. Lorenzo retrocedió con cautela y se alejó de Tonio, quien permaneció inmóvil, reflexionando. Había esperado que Lorenzo lo atacase, pero aquello era aún peor. Ese chico quería matarlo.

Aquella tarde, con permiso de Guido, salió del conservatorio con el propósito de comprar un candado para su habitación, y a partir de aquel momento, se ciñó el puñal en el cinturón y decidió no quitárselo nunca. Bajo la túnica quedaba perfectamente oculto. Y fuera adonde fuese, obraba con cautela.

Al subir las escaleras en la oscuridad de la noche, se paraba a escuchar antes de avanzar.

Pero no tenía miedo. De súbito, sintió crecer la irritación al darse cuenta de lo absurdo de todo aquello. ¡No estaba asustado porque Lorenzo no era más que un eunuco!

Sacudió la cabeza, el cerebro le bullía. ¿Era eso en lo que Carlo confiaba? ¿En que Tonio sólo era un eunuco?

Era tal el dolor que sentía que deseó poder agarrarse el cerebro y exprimirlo entre sus manos. No sabía cómo lo trataría la vida, ni cómo habría tratado a ese chico moreno del sur de Italia al que había apuñalado de manera tan irreflexiva cuando se vio acorralado. Pero ¿debía esperar menos de él de lo que esperaba de sí mismo?

Con el paso de los años, se descubriría esperando que ese chico lo atacase y preguntándose qué ocurriría cuando eso sucediese.

Al pensar en esa posibilidad lo invadió un leve instinto asesino, vinculado al recuerdo de su fuerza en lucha con los demás, no a los terribles golpes que lo habían vencido en aquella habitación de Flovigo, sino a aquel momento en que casi había sido libre, y entonces apartó de sí el dolor, y con frialdad y lucidez pensó: «Ya me enfrentaré a ello cuando llegue el momento.»

No obstante, durante las semanas que siguieron no ocurrió nada, excepto que Lorenzo había elegido un lugar nuevo en la mesa de forma que Tonio no pudiera evitar verle, y tuviera que contemplar aquella siniestra sonrisa que nunca dejaba de dedicarle, acompañada de un gesto cortés.

Las sesiones de Tonio con Guido ahondaban en esquemas fijos que, en ocasiones, relucían brillantes gracias a pequeñas victorias. Aunque Guido se mostraba más frío que nunca, sacaba a Tonio de noche cada vez más a menudo.

Asistieron a óperas cómicas que a Tonio le gustaron más de lo que esperaba, a pesar de que en ellas rara vez actuaban *castrati*, y a otra representación de la misma ópera trágica que ya había visto en San Bartolommeo.

Sin embargo, Tonio no acompañaba a Guido a los bailes y cenas que se celebraban después. Esa decisión asombraba al maestro y no ocultaba su decepción. Entonces comentaba con frialdad que aquellas distracciones eran beneficiosas para él, pero Tonio aducía que se sentía cansado o que prefería levantarse temprano para practicar. Guido lo aceptaba con un encogimiento de hombros.

Cuando tenían lugar esas pequeñas discusiones, Tonio se estremecía de frío y a la vez le corría el sudor. Sólo el pensar en todas aquellas mujeres a su alrededor le provocaba un miedo sofocante. Entonces, sin poderlo evitar, pensaba en Bettina en la góndola, casi podía sentir el suave balanceo del bote, hasta el aire que respiraba era veneciano, y de nuevo lo invadía aquella sensación de calidez al penetrarla, el vello húmedo de la pequeña hendidura entre sus muslos, donde a veces había restregado la cabeza antes de poseerla.

En esas ocasiones se quedaba envarado, en silencio, mirando por la ventana del carruaje, como si los pensamientos que lo asaltaran fueran de naturaleza apacible.

Una noche, cuando regresaba de San Bartolommeo, se le ocurrió que no estaría del todo a salvo hasta que llegase al conservatorio. Una idea sorprendente, ya que Lorenzo, que le dedicaba una malévola sonrisa siempre que se cruzaban, estaba, sin lugar a dudas, esperando la oportunidad de atacarlo.

Aún así, las primeras horas de esas veladas fuera del conservatorio lo eran todo para Tonio. Le encantaban los teatros de Nápoles y no se le escapaba ni un solo matiz de las representaciones.

En ocasiones, después de algunos vasos de vino, se sentía locuaz, y Guido y él, en su impetuosidad, se interrumpían constantemente el uno al otro.

Otras veces, lo invadía el desconcierto al percibir lo ajeno que le resultaba todo aquello. Guido y él se comportaban la mayor parte del tiempo como si fueran enemigos, y Tonio adoptaba una expresión tan altiva como adusta era la de Guido.

Una noche en que el carruaje discurría junto a la curva que trazaba el mar y soplaba un aire salobre y cálido, Guido llevaba una botella de vino y desde el carruaje abierto las estrellas parecían especialmente cercanas y brillantes en el nítido cielo, Tonio fue consciente de lo dolorosa que le resultaba la frialdad de su relación. Miró el perfil de Guido recortado contra la espuma blanca que parecía flagelar las negras aguas y pensó: «Éste es el mismo tirano gruñón que hace que mis días transcurran tan miserablemente cuando, con unas pocas palabras de elogio, facilitaría las cosas... Sin embargo, esta noche está sentado a mi lado un caballero elegante que me habla como si nos halláramos en una recepción y fuéramos buenos amigos. En realidad son dos personas.» Tonio suspiró.

Guido, ajeno a los pensamientos de Tonio, le hablaba en voz baja de un compositor de talento, Pergolesi, que agonizaba de tuberculosis y al que en Roma habían ridiculizado de tal manera en el estreno de su obra que nunca se había recuperado.

—El público de Roma es el más cruel —suspiró Guido. Luego contempló el mar con aire distraído. Añadió que Pergolesi había ingresado en el conservatorio de Gesù

Cristo hacía unos años y que tenía aproximadamente la misma edad que él. Si Guido se hubiera dedicado de lleno a la composición, en esos momentos su mayor preocupación sería el público de Roma.

—¿Y por qué no se consagró por completo a la composición? —preguntó Tonio.

—Yo era cantante —murmuró Guido. Entonces Tonio recordó las apasionadas palabras que el maestro Cavalla había dicho sobre él el día que había subido a la montaña. De repente se avergonzó de haberlas olvidado. Estaba tan centrado en sí mismo, en su dolor, en sus progresos, en sus pequeños logros que apenas había reparado en el hombre que estaba a su lado, y entonces se preguntó: «¿Es por eso que me desprecia?»

—La música con la que a menudo practico... es suya, ¿verdad? —preguntó Tonio—. ¡Es maravillosa!

—No pretendas decirme lo que hago bien y lo que hago mal. —Guido parecía furioso—. ¡Te diré que mi música es buena cuando cantes bien!

Aquellas palabras hirieron a Tonio. Tomó un largo trago de vino, y de forma inesperada, incluso para sí mismo, rodeó con los brazos el cuello de Guido.

Guido estaba fuera de sí y lo apartó con rudeza.

—Usted me ha abrazado una, dos veces, por si no lo recuerda —dijo Tonio riendo—. Y ahora lo abrazo yo.

—¿Por qué razón? —le espetó Guido. Le quitó la botella de vino y tomó un sorbo.

—Porque yo no le desprecio como usted a mí. ¡No soy una persona tan contradictoria!

—¿Despreciarte? —preguntó Guido—. Tú no me importas, sólo me interesa tu voz. ¿Estás satisfecho ahora?

Tonio se recostó en el asiento de cuero negro y fijó la vista en las estrellas. Su estado de ánimo se fue ensombreciendo. ¿Por qué me preocupa lo que sienta o lo que piense este patán? ¿Por qué he de esforzarme en apreciarlo? ¿Por qué no me limito a aceptarlo como es? Pero entonces una terrible frialdad le caló hasta los huesos. Sintió un escalofrío que dejaba al descubierto un dolor antiguo, y casi de inmediato se encontró pensando en la ópera que habían presenciado, en cualquier problema musical por pequeño que fuese que le hiciera olvidar aquella soledad que de repente se había cernido sobre él. Le pareció imposible que hubiera vivido en una gran casa de Venecia con un padre, una madre y unos criados durante una época de su vida, que todo aquello hubiese formado parte de su ser y.... Estaba en Nápoles, junto al mar, allí tenía su hogar.

Dos días más tarde, al final de una jornada extenuante y calurosa, Guido informó a Tonio de que tendría un pequeño papel en el coro de la ópera que preparaba el conservatorio.

—¡Pero si el estreno es mañana! —protestó Tonio. Sin embargo, ya se había levantado.

—Cantarás sólo dos líneas al final —aclaró Guido—. Te las aprenderás enseguida y te sentará bien una primera toma de contacto con el escenario.

Tonio ni siquiera había soñado que aquello pudiera ocurrir tan pronto.

Estar entre bambalinas era lo más emocionante. No era capaz de asimilar todo lo que ocurría a su alrededor.

Se asomó a los vestuarios llenos de plumas y trajes y mesas con frascos de maquillaje y contempló pasmado la hilera de arcos adornados que se alzaba hacia el oscuro hueco que se abría por encima del escenario mediante unas cuerdas con pesas que lo hacían descender de nuevo en silencio. En aquel gran espacio abierto que se extendía detrás de la cortina parecía formarse un laberinto donde se amontonaban olvidados los decorados de otras óperas. Se topó con un sofá dorado cubierto con flores de papel, y lienzos transparentes con leves trazos de nubes y estrellas.

Los chicos correteaban de un lado a otro con las espadas en la mano o cargando urnas de cartón dorado llenas de follaje de papel.

Cuando comenzó el ensayo, Tonio se maravilló al ver cómo del caos surgía el orden: los intérpretes salían a escena, la orquesta se entregaba a su enérgico acompañamiento, todo el conjunto se intensificaba y el ritmo se aceleraba, llenando ininterrumpidamente el aire de deliciosas arias y voces que sorprendían por su agilidad.

Al día siguiente, apenas podía concentrarse en sus ejercicios habituales y al final Guido decidió limitarlos a las líneas que Tonio debía cantar en el coro por la noche.

Hasta una hora antes de la representación no vio a todos los intérpretes con sus trajes.

El público empezaba a llenar la sala, por las verjas iban entrando los carruajes. En los pasillos las conversaciones eran animadas. Las velas dispuestas por doquier revestían el edificio de una calidez festiva, gracias a la cual cobraban vida rincones que habitualmente desaparecían en una oscuridad crepuscular. El inmenso vestíbulo apenas daba cabida a los numerosos nobles locales que asistían para conocer a cantantes y compositores noveles que, con el tiempo, tal vez se convertirían en celebridades.

Tonio se apresuró a ir a los camerinos y, de pronto, se encontró inmerso en el frenesí. Iba vestido de soldado, llevaba una de sus chaquetas venecianas más vistosas, una roja con bordados de oro, y en el hombro le colocaron una cinta que le cruzaba el pecho hasta llegar a la empuñadura de la espada, a la manera del siglo anterior.

—Siéntate —ordenó una voz, y le indicaron una mesa y una silla frente a un espejo. En un abrir y cerrar de ojos le ataron una toalla alrededor del cuello para que no se manchara la ropa y empezaron a ponerle polvos en los negros cabellos hasta que quedaron del todo blancos. Titubeó cuando unas diestras manos empezaron a maquillarle el rostro. Cuando terminaron, se contempló fascinado en el espejo.

La visión de sus ojos maquillados con una gruesa línea negra le producía intriga y desconcierto a la vez.

A su alrededor todo eran rostros pintados de piel casi rutilante.

Atisbando por una pequeña abertura de las cortinas comprobó que los palcos estaban abarrotados. Pelucas blancas, joyas, destellante satén y tafetán rebosaban por todo el recinto. Tonio retrocedió sintiendo en su interior una singular emoción, una vulnerabilidad hasta entonces desconocida.

No podía creer que fuera a actuar en el escenario ante todos aquellos hombres y mujeres que sólo seis meses antes... Acalló sus pensamientos y cerró los ojos. Ordenó a sus miembros que permaneciesen inmóviles, que el corazón acompasara su latido. Sin poder evitarlo, sintió el primer escozor de las lágrimas en los ojos.

Sin embargo, tras volverse despacio se encontró de pleno en el torbellino de actividad que se desarrollaba detrás del telón. En un espejo distante vio a un muchacho de aspecto inocente, puro, cuya serena expresión lo asemejaba a aquellos hombres con blancas pelucas de los retratos que miraban por el rabillo del ojo. Un leve toque de sonrisa animó sus labios, mientras luchaba por hacer desaparecer la melancolía que se había acumulado en su interior. Quizá cada vez me resulte más fácil, pensó.

Lo cierto era que le encantaba todo lo que veía. Y si bien todavía quedaba en él un cierto rescoldo de humillación, era sólo la cuerda de un bajo que vibraba con suavidad bajo una música mucho más potente y alegre. Se tocó el maquillaje de la cara, lanzó una última e intencionada mirada a la imagen del lejano espejo y la sonrisa se fue haciendo más amplia y más serena a medida que apartaba los ojos de ella.

El *maestro di cappella* entró en el camerino y extendió los brazos ante una joven diosa que acababa de aparecer: los blancos rizos le caían sobre los hombros, la piel tenía el mismo tono de una porcelana sin vidriar, y el tenue rubor que cubría sus mejillas eran tan hermoso que Tonio ahogó una exclamación.

Le pareció una eternidad el tiempo que pasó mirando a aquella preciosa muñeca antes de advertir, asombrado, que en el escenario no podía haber ninguna mujer y que, por lo tanto, se trataba de Domenico.

El *maestro di cappella* daba las últimas instrucciones. La mirada oscura de Domenico se deslizó hacia un lado y sus ojos se ensancharon ligeramente cuando descubrió a Tonio, a la vez que aquellos labios rosados se curvaban en un gesto de absoluta dulzura.

Pero Tonio estaba demasiado atónito para darle una

muda respuesta. Contemplaba la silueta de aquella criatura: la estrecha cintura, los frunces de encaje rosa que se ensanchaban progresivamente a medida que subían hacia el pecho, y allí, la leve y turbadora hendidura de carne apretada por el ribete de cinta rosa. «Esto es imposible», pensó.

Luego, cogiéndose con ambas manos el amplio vuelo de su falda de satén, Domenico pasó junto al *maestro di cappella* y delante de todo el mundo le estampó un beso a Tonio en la mejilla. El muchacho retrocedió como si se hubiera quemado. Hubo una carcajada general.

—¡Ya basta! —dijo el maestro.

¡Domenico se había convertido en una mujer! Volviéndose con elegante y sutil coquetería, susurró con voz tierna que se limitaba a asumir su papel. Se oyeron más risas.

Tonio había retrocedido hasta la penumbra. El primer telón de fondo con arcos pintados ya estaba en su sitio. Casi toda la acción se desarrollaría en aquel jardín clásico. No importaba que transcurriera en la antigua Grecia rural y que todos aquellos personajes con levita y peluca fueran unos patanes.

Giovanni, Pietro y otros *castrati* que tenían papeles importantes en la obra ya habían ocupado sus puestos, listos para comenzar, y sus ayudantes les sacudían enérgicamente el maquillaje de las solapas.

Alguien dijo que aquélla era la gran oportunidad de Loretti, la condesa se encontraba en la sala, y si todo iba la mitad de bien de lo cabía esperar, al año siguiente Loretti estaría componiendo para San Bartolommeo.

Mientras tanto, Loretti había ido a los camerinos a pedirle a Domenico que siguiera sus pautas de tiempo y Domenico había asentido con indulgencia.

Loretti había vuelto a sentarse ante el clavicémbalo. Las luces del teatro se habían apagado y sólo brillaban los cirios de unos pocos acomodadores que se hallaban junto a las puertas. Las sombras se extendían entre los bastidores, el telón tembló en sus cuerdas y la orquesta inició la apertura con toda la vehemencia y el esplendor propios de un teatro real.

A Tonio le parecía estar viviendo su noche más larga. Contratiempos de todo tipo se sucedían sin cesar pero nunca hacían desaparecer la magia de la perfección ante los focos, al tiempo que la presencia del público aunaba a aquel pequeño y excitado grupo de jóvenes talentos. Las arias ascendían y descendían espléndidas sobre el campanilleo del clavicémbalo, mientras la voz de Domenico se alzaba como el sonido que un dios arrancaba a su flauta en un bosque mítico. Los focos lo bañaban en una luz etérea, hacía sus salidas con una gracia extraordinaria y, una y otra vez, dedicaba a Tonio su radiante sonrisa.

Cuando Tonio salió por fin a escena, le dolía la cabeza, y llevado por un nerviosismo incontenible, sintió en lo más hondo de su ser que formaba parte de aquella magnífica ilusión. Oyó su voz amplificada por las voces de los demás miembros del coro y aunque sólo veía un leve destello del público, percibía su presencia en la penumbra, y el aplauso que siguió a aquel final fue atronador.

Cuando se tomaron de las manos ante el telón todos se dejaron llevar por el júbilo. Hicieron varias reverencias y alguien murmuró que Domenico había alcanzado la fama. Había cantado mejor que cualquier intérprete de los que entonces actuaban en los teatros de Nápoles, y en cuanto a Loretti, no había más que verlo.

El *maestro de cappella* apareció detrás del telón para abrazar a sus cantantes uno a uno hasta llegar a Domenico. Fingió que iba a pegar a aquella exquisita muchacha que se agazapó con una suave risita.

Estaban todos invitados al palacio de la condesa, les dijo, todos. El maestro tomó a Tonio por los hombros, y después de besarlo en ambas mejillas, le quitó un poco de maquillaje de la cara, se lo mostró y dijo:

—Ves, ahora ya lo tienes en la sangre y nunca podrás librarte de él.

Tonio sonrió. El aplauso aún retumbaba en sus oídos.

A pesar de todo, sabía que no debía, que no podía ir con ellos a casa de la condesa.

Por un momento pensó que no se saldría con la suya. Sus compañeros insistían para que fuera con ellos.

—Tienes que venir —dijo Pietro y le susurró que Lorenzo no les acompañaría.

Tras quitarse la cinta azul de la espada, Tonio avanzaba a toda prisa hacia la puerta del escenario que daba al jardín cuando alguien le hizo una seña desde uno de los camerinos. Había muy poca luz. Se palpó la chaqueta en busca del puñal.

—¡Ven aquí! —oyó que le decían.

Avanzó muy despacio y abrió la puerta con la mano izquierda.

Había un gran espejo de cuerpo entero flanqueado a cada lado por una vela encendida y toda la estancia estaba llena de elaborados vestidos que pendían de los colgadores, blancas pelucas en sus maniquíes de madera y tacones de zapatos de hebilla. Era Domenico quien lo había llamado, y se apresuró a cerrar la puerta y correr el pestillo.

Los dedos de Tonio no soltaron el mango del puñal, aunque enseguida comprobó que en la habitación no había nadie más.

—Tengo que marcharme —adujo, tratando de evitar que sus ojos se posasen en aquel diminuto pliegue de carne que creaba la ilusión de unos senos femeninos.

Domenico se apoyó en la puerta, y en la penumbra, su rostro cobraba una apariencia luminosa y delicada. Al sonreír, los hoyuelos de sus mejillas se hicieron más profundos, la luz jugaba sobre sus hermosos hombros y cuando habló, lo hizo de nuevo con aquella voz de mujer, baja e incitante.

—No tengas miedo de él —le dijo en un murmullo.

Tonio advirtió que había retrocedido un paso. En su interior su corazón palpitaba desbocado.

—Miedo, ¿de quién?

—De Lorenzo, por supuesto —dijo aquella voz aterciopelada y grave—. No le permitiría que te hiciera ningún daño.

—¡No te acerques más! —exclamó Tonio con brusquedad. De nuevo retrocedió.

Sin embargo Domenico se limitó a sonreír, inclinando un poco la cabeza hacia la izquierda, de forma que sus rizos empolvados le cayeran sobre el escote.

—¿Quieres decir que es de mí de quien tienes miedo?

—Tengo que irme —dijo Tonio tras desviar la mirada confundido.

Domenico respiró hondo, de forma provocativa. De pronto abrazó a Tonio, apretando contra él los suaves frunces de su pecho. Tonio se tambaleó, chocó de espaldas contra el espejo, y las velas titilaron a ambos lados. Apoyó las manos en el cristal para no perder el equilibrio.

—Me tienes miedo —susurró Domenico.

—¡No sé qué quieres! —dijo Tonio.

—Yo sí lo sé. ¿Por qué te niegas a aceptarlo?

Tonio iba a negar con la cabeza pero se contuvo, y miró a Domenico abiertamente. Era inconcebible que debajo de aquella frivolidad, aquella magia, hubiera algo masculino. Cuando vio los labios húmedos de Domenico separarse al tiempo que lo atraía hacia sí, cerró los ojos y se debatió por soltarse. A buen seguro podía derribarlo de un golpe, y sin embargo se limitaba a alejarse de él como si su solo contacto le quemara.

Sintió el cuerpo de Domenico contra el suyo, los muslos torneados bajo la falda de satén y luego la mano de su compañero que hurgaba en sus pantalones.

Estuvo a punto de pegarle, pero sus rostros se rozaron, y sintió sus pestañas el mismo momento en que la mano de Domenico encontraba su sexo, lo acariciaba y le hacía cobrar vida.

Tonio estaba tan atónito que casi le obligó a apartar la mano.

Cerró los ojos de nuevo, y cuando Domenico lo besó, sintió que su pasión crecía. La mano de Domenico le abrió el pantalón para liberar su sexo y permitirle alcanzar su máxima longitud, al tiempo que miraba hacia abajo y profería una pequeña exclamación entre susurros.

Luego, alzando de nuevo la cabeza, besó a Tonio apasionadamente, separándole los labios, absorbiéndole todo el aliento para devolvérselo otra vez, mientras sus manos moldeaban y endurecían lo que con tanta fuerza aferraban.

Tonio no pudo contenerse y metió la mano debajo del vestido, pero cuando encontró el pequeño y duro miembro la retiró como si le hubiera mordido. Domenico lo besó de nuevo.

Al cabo de un instante se encontraron los dos arrodillados. Domenico se tumbó bajo Tonio en el suelo y se le ofreció boca arriba, como si fuera una mujer.

Era estrecho, oh Dios, tan estrecho y tan parecido a una mujer; era incluso más estrecho justo en la entrada, y también áspero. Con los dientes apretados soltó un impresionante gemido. Tonio embistió más y más fuerte hasta que por fin alcanzó el pináculo del placer y se quedó tumbado tiritando.

Miraba a Domenico. No recordaba haberse apartado de él pero se hallaba sentado, apoyado en el espejo, con las rodillas hacia un lado mirando a la delicada joven tumbada en el suelo que empezaba a levantarse con la misma languidez y gracia que había acompañado todos sus gestos hasta llegar junto a él.

Tonio estaba demasiado aturdido para hablar. ¡Había ocurrido todo tan deprisa! Igual que antes, no había ninguna diferencia. Sintió un impulso incontrolable de ponerse en pie y abrazar aquella figura, de estrujarla a besos, de comérsela a besos.

De arrancarle aquella cinta del pecho y descubrir qué había debajo.

Pero Domenico ya se había soltado los cierres del vestido y lo dejaba caer a su alrededor. Al ver la camisa de gasa, Tonio dio un respingo. Y ésta también cayó al suelo, justo cuando Domenico desechaba a un lado la gran peluca blanca para soltar sus húmedos y negros rizos con un gesto un tanto viril y decidido.

Tonio lo miraba atónito. Su cuerpo no era el de una mujer, en absoluto, aunque tampoco era el de un hombre.

El tórax era plano, sólo el tamaño de los pulmones le daban aquella forma plena, y la piel, al igual que en el resto del cuerpo, era aterciopelada. El pene era corto pero más bien grueso, y en aquellos momentos estaba duro y preparado para el amor.

No obstante lo más desconcertante era que el vello púbico tenía la misma forma que el de una mujer: a diferencia del de un hombre, que crece desordenadamente hacia el ombligo, el suyo acababa en una línea recta, como si se hubiera afeitado el vientre con una navaja, y por tanto formaba un triángulo invertido.

Todo su cuerpo lo absorbía: la suave piel, las esbeltas y finas piernas, el hermoso rostro con restos de maquillaje, el cabello negro cayéndole como en las imágenes de ángeles esculpidos en mármol.

Aquella criatura se arrodilló junto a él.

Tonio volvió la cabeza.

—¿Crees que quiero de ti lo que no puedes darme? —preguntó Domenico entre susurros—. Poséeme otra vez, sobre el duro suelo; que mi cuerpo sólo descanse sobre tu mano —dijo, mientras se tumbaba en el suelo boca abajo y atraía a Tonio sobre él.

Tonio se incorporó y miró las nalgas pequeñas y prietas. Le obsesionaba el recuerdo de aquella pequeña y rugosa abertura, casi demasiado estrecha, y la calidez del interior. De repente se desplomó sobre la figura desnuda y notó su desnudez contra las ásperas vestiduras y la piel del cuello de Domenico bajo sus dientes, mientras su compañero le agarraba la mano derecha, la deslizaba debajo de su liso vientre y la llevaba hasta aquel sexo duro y grueso.

Tonio tuvo una erección. Ahogó una exclamación. Estaba de nuevo dentro del chico y lo montó ensañándose en sus embestidas. Su mano se cerró sobre aquel sexo, lo maltrató, tiró de él como si quisiera arrancárselo mientras Domenico gemía contra el frío suelo, y cuando Tonio sintió el clímax de nuevo, su compañero se estremeció bajo su cuerpo.

Tonio se echó a un lado y permaneció tumbado boca arriba, exhausto.

Cuando abrió los ojos, Domenico ya se había vestido del todo y llevaba la capa escarlata colgada del hombro.

—¡Vamos! ¡Nos están llamando! —Sonrió—. Desmaquíllate, deprisa.

Tonio apenas le oía. Parecía una mujer vestida de hombre y antes había sido un hombre vestido de mujer. Apoyándose en el codo, Tonio intentó hablar, pero no pudo articular palabra.

No eran pensamientos lo que se agolpaba en su mente, ni era felicidad lo que experimentaba, sino el alivio más arrollador que jamás hubiera sentido. En silencio acató las órdenes de Domenico.

En la oscuridad del carruaje, de camino a casa de la condesa Lamberti, situada en la carretera de Sorrento, Tonio devoró a besos a Domenico. Cuando éste metió la mano dentro de los pantalones de Tonio y acarició la cicatriz que tenía bajo el sexo, Tonio estuvo a punto de pegarle, pero se contuvo porque le bastaba con estrujarlo entre sus manos como algo que simplemente desea y necesita ser estrujado, y apretarse contra él y penetrarlo de nuevo a pesar de que el carruaje se balanceaba a un ritmo regular tras los pequeños haces de luz de los faros.

Era ya muy tarde cuando Tonio vio de nuevo a la joven rubia con la que había coincidido en otra ocasión, en el comedor vacío. No parecía estar tan triste como en la vez anterior. En realidad, no cesaba de reír mientras bailaba, conversando con su acompañante. Sus pequeños hombros, delicadamente torneados, le daban una gracia casi desenfadada mientras se movía levantándose la falda azul, y sus blancos cabellos estaban salpicados de olvidadas flores blancas.

Sin embargo, Tonio desvió la mirada cuando sus ojos se encontraron. Deseó con todas sus fuerzas que no estuviera allí esa noche, aunque el rostro de la muchacha atraía la mirada de Tonio como un imán.

El baile se había detenido. Un caballero alto con peluca blanca susurró algo al oído de la chica y de nuevo su pequeño rostro se iluminó con la risa. Tonio no recordaba que tuviera un cuello tan hermoso o que sus pechos se desbordaran con tanta exuberancia del corpiño. Cuando vio la tenue tela azul ceñida alrededor de su cintura, no pudo contenerse y apretó los dientes. Anhelaba escuchar su risa sobrevolando por encima de aquella confusión de voces. Ella desvió la mirada con aire tímido, sumida en una súbita preocupación. Se la veía como la vez anterior: casi triste, y Tonio deseó desesperadamente tener la oportunidad de hablar con ella.

De inmediato imaginó que estaban a solas en algún lugar para él desconocido y que intentaba convencerla de que él no era una persona grosera ni mezquina, y que nunca había pretendido insultarla. Era muy afortunado, pensó, de que no hubiese dos hombres dispuestos a hacerle daño: Lorenzo y el padre de aquella chica.

Justo cuando esos pensamientos cobraban más fuerza, le pareció que Domenico lo buscaba y al ver aquel rostro radiante tan cerca del suyo, al sentirse en posesión de aquella presencia deslumbrante que otros deseaban, su pasión se encendió de nuevo. Hubiese podido tomar a Domenico allí mismo, en el suelo. No había nada que deseara tanto como una estancia oscura y la excitación producida por el riesgo de ser descubiertos.

Sin embargo, sus ojos perseguían a aquella bonita muchacha.

En ocasiones la veía sentada sola en una silla tapizada, las manos indolentes en el regazo, la expresión absorta y seria.

Conservaba aquel aire de abandono que ya había percibido antes. Estaba seguro de que si la tomaba en sus brazos y la sacaba de allí, ella no tendría fuerzas ni para protestar. Se imaginó soltándole el rubio cabello, apartándole las doradas hebras de la frente. Imaginó que descendía por la irresistible morbidez de sus hombros, y luego se vio a sí mismo recogiendo de nuevo aquellos rizos, para poder besárselos. Era una locura.

Tras un prolongado instante, ella alzó los ojos y lo miró. Aunque se hallaba a una considerable distancia, la muchacha parecía consciente de que él había estado observándola desde el principio. Contempló el azul profundo de sus ojos, y en vez de alejarse, se quedó paralizado, deseando no haberla conocido.

5

En las semanas que siguieron, a Tonio le pareció que, a buen seguro, Guido estaba al corriente de su romance con Domenico. Sin embargo, el maestro no daba muestras de saber nada.

Se comportaba con la misma frialdad de siempre, pero la velocidad vertiginosa en los progresos de Tonio lo absorbía de tal manera que había menos tiempo para problemas absurdos. Ambos pasaban muchas horas completamente sumidos en el trabajo, y el programa de Tonio contaba ya con la dificultad e intensidad propias de los alumnos más avanzados.

Cantaba durante dos horas, luego se pasaba otras dos ante un espejo, estudiando la postura, los gestos, como si estuviera en el escenario. Después de la comida del mediodía, se sumergía en los libretos, practicando la pronunciación. Volvía a cantar durante una hora. Más tarde, contrapunto e improvisación. Tenía que ser capaz de tomar cualquier melodía y añadirle sus propias variaciones. Trabajaba con ahínco en la pizarra, y Guido corregía su trabajo antes de permitirle que lo cantase.

Otra hora de composición, y el día terminaba con más clases de canto. En el transcurso de la jornada había descansos en los que cantaba con el coro del conservatorio, o trabajaba en el teatro preparando la siguiente ópera, que se pondría en escena a finales de verano.

Además algunas tardes los chicos salían a cantar en las iglesias y a desfilar en las procesiones.

La primera vez que Tonio aceptó unirse a la doble fila de *castrati* que avanzaban despacio por las calles de la ciudad, se sintió tan mal como había previsto. Una parte de él, orgullosa y siempre abatida por el sufrimiento y la amargura, no aceptaba que lo exhibieran con la túnica y la faja de castrado ante aquellas multitudes boquiabiertas.

De todos modos, cada vez que vencía aquella desazón, su voluntad se fortalecía. Cuando superaba el desdén que sentía por lo que le rodeaba, descubría multitud de aspectos nuevos en su situación. Veía admiración temerosa en los ojos de las gentes que abarrotaban las calles, miraban a los *castrati* de más edad, pugnando por poder escuchar sus voces perfectas, al tiempo que intentaban memorizar incluso los rasgos de sus rostros.

Los himnos en el aire estival, la iglesia llena de luz y perfume, todo ello emanaba una brillante sensualidad. Y finalmente, acunado por pensamientos insignificantes o absorto en el perfeccionamiento de su voz, Tonio experimentaba un cierto placer, vago e incierto, en todo aquello. En aquellas áureas iglesias, llenas de santos de mármol que parecían tener vida propia y de velas centelleantes, conocía momentos de serena felicidad.

No obstante, persistía la sensación de que Guido estaba enterado de sus encuentros nocturnos con Domenico y de que no los aprobaba.

En realidad era Tonio quien no los aprobaba. Noche tras noche, subía las escaleras y encontraba a Domenico en sus habitaciones, no importaba lo tarde que fuera. Domenico estaba siempre dispuesto, fragante con alguna colonia de hierbas, el cabello suelto cayéndole hasta los hombros. Se despertaba de su sueño en la cama de Tonio, con el cuerpo tan cálido que más parecía deberse a la fiebre que al deseo. Le ofrecía los labios, le entregaba los miembros desnudos, no le importaba lo que Tonio hiciera con ellos.

Sus encuentros sexuales eran siempre turbulentos. Tenían el aspecto de una violación, incluso las palabras que pronunciaban reflejaban esta violencia y a veces, iban precedidos de un fingido forcejeo. Tonio le arrancaba de un tirón la camisa de encaje, los pantalones. Acariciaba la piel de Domenico, que poseía la perfección y la flexibilidad de la de un bebé. Luego, si le apetecía, lo abofeteaba o lo obligaba a recibir sus embates de rodillas, como si estuviera rezando.

Finalmente, tras mucha persistencia, Domenico conseguía atraerlo al más delicioso de los juegos. Ponía la cabeza entre las piernas de Tonio y lo absorbía, lo devoraba, mientras emitía débiles gemidos de placer, como si aquel acto, algo inconcebible para Tonio, bastara para satisfacerlo.

La violación se reservaba siempre para el final: Tonio agarraba el pene de Domenico con violencia, como si quisiera infligirle un doble castigo, al tiempo que lo penetraba con unas embestidas bruscas, casi despiadadas.

A Tonio le sorprendía que Domenico no necesitase más, que no exigiera más. Pero, al acabar, Domenico siempre parecía satisfecho.

También había encuentros frenéticos durante el día, sobre todo en las tranquilas horas de la siesta, cuando Domenico lo llamaba con una seña desde alguna aula de prácticas vacía y al forcejeo se añadía entonces el aliciente adicional del secreto y el riesgo de que los descubrieran. Tonio no podría decir si Domenico le resultaba más excitante vestido o desnudo. A menudo el recuerdo de Domenico ataviado de mujer lo impregnaba todo. En un par de ocasiones, incitado por la perfección del rostro de Domenico, por aquellos hermosos rasgos, y la lujuria de su cabello perfumado, Tonio lo había abofeteado de veras.

La servidumbre de Domenico se limitaba al ámbito del lecho, porque en su trato con los demás hacía gala de una frialdad e intransigencia increíbles. Estaba por encima de toda vanidad, tal como una vez Tonio había intuido, y tampoco lo afectaban las pequeñas mezquindades cotidianas. Sin embargo, no era afable con sus compañeros, y a veces, de un modo bastante inteligente, resultaba ofensivo, sobre todo con los demás eunucos.

No obstante, allí estaba, noche tras noche, incitando la apasionada crueldad de Tonio.

Todo aquello suponía, en gran medida, una humillación para Tonio. ¿Por qué caía una y otra vez en aquel tierno asalto, por qué se sentía orgulloso y al mismo tiempo avergonzado al pensar que otros podían haberse enterado?

Cuando, por casualidad, oyó al eunuco Pietro contar que el último amigo íntimo de Domenico había sido uno de los chicos «normales», un violinista llamado Francesco, le sorprendió descubrir que el chismorreo le divertía e incluso satisfacía. Así que estaba desempeñando su «función» tan bien como ese velludo violinista milanés de aspecto grosero, un hombre completo...

Sin embargo, también se avergonzaba. Y cuando pensaba que Guido estaba al corriente de todo, la vergüenza crecía hasta tal punto que llegaba a resultarle insoportable.

Hubiera supuesto una ayuda que Domenico y él hablasen de vez en cuando, o compartieran otros placeres, pero apenas cruzaban palabra.

Domenico pasaba más tiempo fuera del conservatorio, cantando en el coro de San Bartolommeo, que en la institución, y si coincidían en una habitación del todo iluminada era casi siempre en algún baile o en alguna cena después de la ópera.

Tonio había empezado a aceptar las invitaciones de Guido.

Guido se mostraba satisfecho de ello por la buena disposición de su alumno. Una vez, con toda tranquilidad, había comentado que consideraba todo aquello una ocupación placentera para un chico de su edad. Tonio había sonreído. ¿Cómo explicarle a Guido la vida que había disfrutado en Venecia? En cambio, se encontró afirmando que esos aristócratas meridionales no lo impresionaban demasiado.

—Les preocupan demasiado los títulos —murmuró— y parecen tan... bueno, demasiado presumidos y holgazanes.

Enseguida lamentó la brusquedad y el esnobismo de aquella respuesta. Guido se enfadaría. Pero no fue así. El maestro pareció considerar su opinión como si la ofensa no tuviera cabida en él.

Una noche, tras una copiosa cena en casa de la condesa Lamberti, en la que abundaban los sirvientes —uno detrás de cada comensal, otros junto a las paredes, prestos a llenar vasos, o a acercar una vela a un cigarrillo turco—, Tonio descubrió a Guido en una actitud por completo insólita: rodeado de mujeres, a las que sin duda conocía, y conversando con ellas con toda naturalidad.

Guido iba vestido de rojo y oro, unos colores que potenciaban la hermosura de sus ojos y su cabello moreno. El maestro parecía estar a sus anchas y como absorto en alguna cuestión concreta. En un momento determinado sonrió, después soltó un carcajada, y en ese instante le pareció tan joven como en realidad era, lleno de dulzura y con un rasgo de sensibilidad que Tonio nunca había captado con anterioridad.

No podía apartar los ojos de él. Ni Domenico, que había empezado a cantar al clavicémbalo, era capaz de distraer su atención. Observó la reacción de Guido ante la voz del chico. Llevaba ya mucho rato observándolo cuando los ojos de Guido lo descubrieron entre el gentío y su rostro se endureció y se volvió adusto a la vez que adoptaba una expresión molesta.

Tonio tuvo un sobresalto antes de reaccionar y desviar la mirada. Clavó los ojos en Domenico y cuando éste terminó la pieza y la sala se llenó de aplausos, Domenico le dirigió una de sus más encantadoras miradas, consciente del poder que Tonio ejercía sobre él.

Vergonzoso, pensó Tonio.

Se odió a sí mismo y a cuantos le rodeaban. ¿Para qué preocuparse? se dijo. Se marchó solo a una oscura habitación impregnada de humedad, tal vez porque permanecía siempre cerrada, y la recorrió a la luz de la luna que entraba por los altos ventanales de arco. ¿Por qué me desprecia y por qué dejo que eso me afecte?, pensó. Maldito sea.

Lo invadió un desagradable sentimiento de humillación. ¿Por ser el amante de otro chico? Oh, no podía creerlo. Sin embargo conocía el motivo. Sabía que cada vez que se sometía a los encantos de Domenico se demostraba a sí mismo que conservaba un poder y que cuando lo deseara, podría amar a una mujer.

Le sorprendió oír la puerta abrirse a sus espaldas. Algún criado lo había hallado incluso allí, era inaudito no haber encontrado a ninguno en aquel oscuro rincón.

Pero al dar media vuelta descubrió que se trataba de Guido.

Tonio experimentó una oleada de odio hacia él. Deseaba hacerle daño. A su mente acudieron pensamientos estúpidos e inconexos. Fingiría haber perdido la voz, sólo para mortificarlo, o mejor aún, caería enfermo para ver si se preocupaba. ¡Aquello era una idiotez! Sé un hombre, se dijo.

Como era de esperar, Guido sólo vio a aquel muchacho esperando pacientemente sus palabras, Tonio lo sabía. Bien.

—¿Estás aburrido? —le preguntó Guido con dulzura.

—¿Y a usted qué demonios le importa? —le espetó Tonio.

—La verdad es que no me importa en absoluto. Lo que ocurre es que yo sí me aburro. Me gustaría bajar a la ciudad y pasar un rato en alguna taberna apartada.

—Es tarde, maestro —objetó Tonio.

—Puedes dormir mañana por la mañana, si quieres —dijo Guido—, o puedes volver a casa solo, como prefieras. ¿Qué? ¿Te animas?

Tonio no respondió.

¿Sentarse en una taberna pública con otro eunuco? Inconcebible. Hombres rudos, codazos, risas, mujeres de faldas cortas y sonrisas fáciles...

Todo el calor de las tabernas venecianas volvió a él, el café del padre de Bettina, y los otros tugurios que había frecuentado con Ernestino y los demás músicos callejeros durante los últimos tiempos.

Lo echaba de menos, siempre lo había echado de menos. Excelente vino, tabaco, el placer incomparable de beber en compañía masculina.

Pero, por encima de todo, anhelaba ser libre para moverse, libre para ir y venir sin aquella asfixiante sensación de vulnerabilidad.

—Es un lugar que los chicos visitan a menudo —explicó Guido—. Probablemente ya estén allí, todos los que esta noche han ido a la Ópera.

Eso significaba los *castrati* mayores, así como también los otros músicos. No le costó imaginárselos.

Guido ya estaba saliendo de la habitación con aire indiferente.

—Bueno, vuelve al conservatorio cuando quieras —dijo por encima del hombro—. Supongo que puedo confiar en ti.

—Espere —dijo Tonio—. Le acompaño.

Cuando llegaron, el local estaba abarrotado y animado por el sonido de alegres charlas. Los músicos del conservatorio estaban allí, así como muchos prestigiosos violinistas del teatro de la ópera a los que Tonio reconoció al instante. También había unas cuantas actrices, pero la mayor parte de la concurrencia era masculina. Entre todos aquellos hombres destacaban las bonitas taberneras, que intentaban servir a todas las voces y manos que se alzaban por doquier pidiendo vino.

Tonio se dio cuenta de que allí Guido se encontraba a sus anchas y que incluso conocía a la mujer que los atendió. Pidió el mejor vino, además de un poco de queso y fruta para acompañarlo. Se retrepó en el cenador de madera donde se habían acomodado, estiró las piernas bajo la mesa y miró complacido a su alrededor.

Pareció gustarle el sabor del vino que le habían servido en un vaso pequeño. Se comporta como si estuviera solo, pensó Tonio.

Y yo, yo estoy en Venecia, en la taberna de Bettina y si no me pongo en pie y salgo al encuentro de los *bravi* de mi hermano que me están esperando, todo esto resultará sólo un sueño. Sacudió la cabeza, tomó un sorbo de vino, y se preguntó si aquellos hombres ordinarios le consideraban un chico normal o un *castrato*.

Lo cierto era que en la taberna había muchos eunucos y nadie se fijaba en ellos, lo que le recordó la tienda del librero de Venecia a la que Alessandro acudía a tomar café y a escuchar los chismes del mundo del espectáculo.

Sin embargo Tonio tenía las mejillas ardiendo. Cuando un numeroso grupo de hombres sentados ante una de las largas y toscas mesas se puso a cantar, se alegró de que todos los ojos se volvieran hacia ellos.

Tonio apuró el vaso y se sirvió más vino. Miró la madera astillada que tenía delante y contempló las gotas de líquido que resbalaba sobre la grasa, lo que le daba un lustre semejante al barniz. Se preguntó, fatigado, cuánto tiempo tendría que pasar para que él y el hombre que había bajado del Vesubio fueran un solo ser.

La canción había terminado. Unos músicos habían comenzado un dueto con una mandolina, y muy bien podía tratarse de simples músicos callejeros. El sonido de aquella música tenía un tono primitivo, salvaje, que parecía proceder de las montañas, muy distinto al de las melodías del norte. Tal vez tenía algo de origen español.

Tonio cerró los ojos, dejando que la voz del tenor se filtrase a través de sus pensamientos, y cuando los abrió de nuevo encontró el vaso vacío. Mientras se servía más vino, advirtió que Guido lo observaba en silencio.

No supo en qué preciso instante Lorenzo se acercó a su mesa, pero ya había intuido la presencia de una figura y luego, al alzar la mirada, comprobó que se trataba de su enemigo. La cabeza del chico tapaba la luz proyectada por las lámparas bajas y no distinguía sus facciones.

—Continúa, Lorenzo —dijo Guido con frialdad.

Lorenzo se inclinó y de repente espetó a Guido una frase en napolitano.

Tonio se levantó. Lorenzo había sacado un puñal. Entre los testigos más cercanos se hizo el silencio, y con ese silencio era obvio que Guido ordenaba a Lorenzo que se marchase de la taberna. Lo estaba amenazando, y eso Tonio lo entendió a la perfección.

Aunque también intuía que no importaba. Había llegado el momento. El rostro de Lorenzo era la viva imagen del odio y la malicia. Sin embargo, estaba muy borracho, y cuando avanzó despacio hacia Tonio no era más peligroso que cualquier otro hombre.

Tonio retrocedió un paso. No podía pensar con claridad. Tenía que sacar el arma, pero sabía lo que ocurriría si intentaba hacerlo. Una de las taberneras tiraba a Lorenzo de la manga y algunos hombres de la mesa larga del centro se habían puesto en pie y los rodeaban. De pronto, Guido le dio a Lorenzo un violento empujón y el círculo se abrió; sin embargo Lorenzo recuperó el equilibrio.

Tonio también esgrimía su arma.

—No quiero pelear contigo —le dijo Tonio en italiano.

El chico le escupía maldiciones en napolitano.

—Habla de forma que pueda entenderte —replicó Tonio.

Los efectos del alcohol se habían evaporado por completo. Hablaba con serenidad aunque sus pensamientos bullían. Durante unos instantes experimentó auténtico miedo, imaginó el arma clavándosele en la carne, pero justo en ese mismo instante comprendió que no había cabida para ese miedo, que ese miedo no iba a vencerlo. Había retrocedido un paso para aumentar la distancia entre ellos, para ver mejor a aquel chico que era mucho más alto que él, y cuyo brazo de eunuco interminablemente largo parecía dispuesto a introducirle aquella hoja mortal.

Cuando Guido lo empujó de nuevo, el muchacho se revolvió y todo el mundo vio que sus amenazas iban en serio, que no dudaría en atacar a Guido.

Otra silueta envuelta en sombras se unió a ellos; el hombre pretendía sacar a Guido de en medio.

Guido hizo otro intento de agarrar a Lorenzo y cuando éste se volvió para atacarlo, Tonio soltó un gruñido y se precipitó hacia él.

Lorenzo respondió de inmediato.

Todo se desarrolló tan deprisa que Tonio apenas tuvo tiempo de darse cuenta. El chico se abalanzó contra él, con su inmenso brazo levantado. Tonio se agachó, pasó por debajo y clavó el puñal en el cuerpo de su oponente. Pero el arma se detuvo, y Tonio, con toda su fuerza, lo empujó hasta traspasar la ropa, la carne, el hueso o cualquier cosa que se interpusiera en su trayectoria, sintiendo cómo se hundía de una manera tan ingrávida que se encontró apoyado contra Lorenzo.

La mano izquierda de Lorenzo se aferró a la cara de Tonio y el muchacho retiró el puñal con un brusco tirón. Lorenzo se tambaleó.

La multitud contuvo el aliento. Los ojos de Lorenzo se contrajeron de odio mientras blandía el puñal en el aire. De repente abrió los ojos desmesuradamente.

Se desplomó ya sin vida en el suelo de la taberna, a los pies de Tonio, quien lo miró fijamente.

Como si existiera un acuerdo tácito, los parroquianos, todos a una, se hicieron cargo de Tonio y le dieron leves empujones para que saliera de la taberna. Una mujer gritaba y Tonio apenas podía razonar. Las manos lo empujaban, lo conducían hacia una puerta que daba a un oscuro callejón; alguien le aconsejó que huyera a toda prisa, que se marchara. De repente Guido tiró de él para que saliera por la puerta principal.

Tonio no lo sabía, pero la gente reaccionaba de manera instintiva para protegerlo. Cuando llegara la policía, todos podrían decir que el asesino había escapado.

Tonio estaba tan mareado y horrorizado que Guido tuvo que arrastrarlo hasta el carruaje y empujarlo para que entrara en el conservatorio. Seguía mirando hacia atrás, hacia la calle, incluso cuando Guido le obligó a entrar en la penumbra de su estudio.

Se esforzó en hablar, pero Guido, con un gesto, le indicó que guardara silencio.

—Pero yo... yo... —Tonio resollaba como si le faltara el aliento.

Guido sacudió la cabeza. Alzó un poco la barbilla y su

rostro se quedó fijo en una demostrativa expresión de silencio. Cuando vio que Tonio no lo entendía, le susurró:

—No digas nada.

A lo largo del día siguiente, Tonio se debatió con sus ejercicios, maravillado de poseer un control tan completo sobre su voz que le permitiera ejecutarlos sin problemas.

Si hubo algún reconocimiento oficial de la muerte de Lorenzo, Tonio no se enteró. Si habían encontrado el cuerpo y lo habían llevado al conservatorio, nadie se lo dijo.

No fue capaz de desayunar ni almorzar: el simple hecho de pensar en la comida le provocaba náuseas. Cuando le era posible, permanecía en su habitación, tumbado en la cama, preguntándose qué iba a ser de él.

El hecho de que Guido se comportase como siempre era sin duda alguna la indicación más clara de que Tonio no iba a ser arrestado. Sabía con toda seguridad que si estuviera en peligro, Guido se lo diría.

Pero cuando se reunió con los demás para la cena, empezó a advertir que una sutil pero inconfundible corriente recorría el comedor. En algún momento, todo el mundo fijaba la vista en él.

Los chicos normales, a los que siempre había ignorado, asentían leve y significativamente cuando sus miradas se encontraban. El pequeño Paolo, el *castrato* de Florencia que siempre procuraba sentarse muy cerca de él, no le quitaba los ojos de encima, olvidándose incluso de comer. Su pequeño rostro redondo y de chata nariz reflejaba una profunda fascinación, y con frecuencia le dedicaba una de sus traviesas sonrisas. En cuanto a los demás *castrati* de la mesa, lo trataban con evidente deferencia, pasándole primero a él el pan y la jarra de vino.

A Domenico no se le veía por ninguna parte y por primera vez Tonio deseó su compañía, no desnudo, en la cama de su cuarto, sino sentado junto a él.

Cuando entró en el teatro para el ensayo de la noche, Francesco, el violinista de Milán, se le acercó y con exquisita cortesía le preguntó si en todos los años pasados en Venecia no había oído nunca al gran Tartini.

Tonio murmuró que sí. Sí, y también a Vivaldi, los había escuchado a ambos el verano anterior, en el Brenta.

¡Todo aquello resultaba tan sorprendente y extraño!

Por fin pudo refugiarse en su habitación, exhausto. Domenico se había escondido en las sombras, lo presentía, aunque no lo veía, e incapaz de contenerse más, dijo de manera desatinada:

—La muerte de Lorenzo fue una estupidez y una imprudencia.

—Probablemente fue la voluntad de Dios —dijo Domenico.

—¡Me estás tomando el pelo! —gritó Tonio.

—No. No podía cantar, todo el mundo lo sabía. ¿Qué es un eunuco sin su voz? Está mejor muerto. —Domenico se encogió de hombros con total candor.

—El maestro Guido es un eunuco que no canta —replicó airado Tonio.

—El maestro Guido ha intentado quitarse la vida dos veces —contestó Domenico con frialdad—. Además, el maestro Guido es el mejor profesor de este conservatorio. Es incluso mejor que el maestro Cavalla, todo el mundo lo sabe. Pero ¿Lorenzo? ¿Qué podía hacer Lorenzo? ¿Graznar en una iglesia rural en la que nadie entiende de música? El mundo está lleno de eunucos igual que él. Estaba en manos de Dios. —Se encogió otra vez de hombros con aire de fastidio. Su brazo se enroscó en la cintura de Tonio como una amorosa serpiente—. Además, ¿por qué estás tan preocupado? No tenía familia.

—¿Y la policía?

—Querido —rió Domenico—, ¡Venecia debe de ser una ciudad muy pacífica y ordenada! Ven. —Comenzó a besarlo.

Aquella era la conversación más larga que habían sostenido y ya había terminado.

Sin embargo, más tarde esa misma noche, mientras Domenico dormía, Tonio se sentó en silencio ante la ventana.

La muerte de Lorenzo lo había dejado aturdido. No quería borrarlo de su mente, aunque durante largos intervalos se limitaba a contemplar la cima del Vesubio. A lo lejos, resplandían los destellos silenciosos y una estela de humo señalaba el camino que recorría la lava en dirección al mar.

Era como si la montaña lamentara la muerte de Lorenzo porque no había nadie más para llorarlo.

A pesar de sí mismo, se encontró lejos, muy lejos de allí, en aquel pequeño pueblo en el extremo del estado veneciano, solo, bajo las estrellas, corriendo. Notaba el crujir de la tierra bajo sus pies y luego esos *bravi* que lo agarraban. Lo llevaban de nuevo a aquella reducida habitación. Luchó contra ellos con todas sus fuerzas mientras éstos, como en una pesadilla, lo obligaban a permanecer tumbado.

Se estremeció. Miró hacia la montaña. Estoy en Nápoles, pensó, y sin embargo su recuerdo se expandió con la ligereza de un sueño.

Flovigo se fundía con Venecia. Tenía el puñal en las manos, pero en esa ocasión se enfrentaba a otro adversario.

Su madre lloraba desconsolada, con el cabello ocultándole el rostro, como había llorado la última noche en el comedor. Ni siquiera se habían despedido. ¿Cuándo podrían hacerlo? En aquellos últimos instantes no pensó que iban a separarlo de ella. En su sueño Marianna seguía llorando como si no tuviera a nadie que la consolase.

Alzó el cuchillo. Sujetó la empuñadura con fuerza. Entonces descubrió una expresión familiar; ¿qué era aquello? ¿El horror reflejado en el rostro de Carlo? ¿Sorpresa acaso? La tensión estalló.

Estaba en Nápoles, con la cabeza apoyada en el alféizar y exhausto.

Abrió los ojos. La ciudad de Nápoles despertaba ante él. El sol penetró con sus primeros rayos en la niebla que envolvía los árboles. El mar tenía un fulgor metálico.

Lorenzo, pensó, no eras tú quien debía morir. Sin embargo, el muchacho ya estaba del todo olvidado. Tonio no pudo evitar sentir orgullo en aquel abominable momento: la hoja del puñal, el chico en el suelo de la taberna.

Abatido, agachó la cabeza. Había conocido el orgullo en todas sus miserables vertientes. Había comprendido toda la gloria y el significado de aquel acto horrendo: que le hubiera resultado tan fácil, que pudiese hacerlo de nuevo.

El rostro dormido de Domenico tenía una expresión plácida, apoyado con delicadeza en la almohada.

Ante la visión de aquella belleza, que tan a menudo se le entregaba sin condiciones, se sintió completamente solo.

Una hora más tarde, entró en el aula de prácticas, con una necesidad imperiosa de música, de hallarse en compañía de Guido, y notó que su voz se elevaba para afrontar las dificultades de ese día con una pureza y un vigor renovado. Le pareció que los problemas más acuciantes y enrevesados desaparecían bajo su persistente asedio. Al mediodía, se sintió sosegado por la promesa de belleza en un simple tono.

Esa noche, al ponerse la levita para salir, advirtió que hacía ya tiempo que le quedaba estrecha. Se contempló las manos, alzó la vista con una expresión casi furtiva, y se quedó asombrado al comprobar en el espejo cuánto había crecido.

6

Tonio era cada vez más alto, no cabía duda, y cada vez que tomaba conciencia de ello, sentía que flaqueaba, que le faltaba la respiración.

Pero se guardó aquella angustia para sí. Se mandó hacer chaquetas con mangas muy largas, para evitar que enseguida se le quedaran pequeñas, y aunque Guido lo hacía trabajar sin descanso, parecía que toda la ciudad se superase a sí misma para ofrecerle toda clase de distracciones.

En julio había contemplado ya el deslumbrante espectáculo en honor a santa Rosalía, una jornada en que los fuegos artificiales iluminaron todo el mar, como si las luces de mil botes se reflejaran sobre las aguas.

En agosto, pastores procedentes de las lejanas montañas de Apulia y Calabria vestidos con rústicas pieles de cordero visitaron las iglesias y las casas de los aristócratas, tocando gaitas e instrumentos de cuerda que Tonio nunca había visto.

Durante el mes de septiembre tuvo lugar la procesión anual a la Madonna del Piè di Grotta. Los alumnos de los mejores conservatorios de Nápoles desfilaron en ella, bajo balcones y ventanas engalanados con primor y suntuosidad para la ocasión. El tiempo era más agradable, el intenso calor del verano quedaba atrás.

En octubre, los muchachos se reunieron dos veces al día, por la mañana y por la noche durante nueve días, en la iglesia de los franciscanos, un compromiso oficial mediante el cual se eximía de algunos impuestos a los conservatorios.

Tonio perdió pronto la cuenta de las fiestas religiosas, los festivales, las ferias callejeras y las celebraciones oficiales en las que hizo acto de presencia. Cuando todavía no estaba preparado, permanecía callado en el coro o cantaba unos pocos compases, pero se dejaba guiar por la música y la cantaba correctamente. Mientras, Guido lo hacía practicar hasta muy entrada la noche y le obligaba a levantarse temprano para asistir a los actos del día.

Cada gremio organizaba multitudinarias y lujosas procesiones en las que a veces los chicos cantaban en plataformas flotantes. Además, también había que contar con los funerales.

Todas las horas que transcurrían entre un evento y otro, las pasaba en compañía de Guido. En el vacío estudio de piedra, ejercitaba la voz con los ejercicios, una voz que progresaba en flexibilidad y perfección.

A principios de otoño, sin embargo, Tonio recibió una carta de su prima Catrina Lisani y le sorprendió descubrir lo poco que ese hecho le afectaba.

En ella le comunicaba que pensaba ir a Nápoles a visitarlo. Tonio le respondió de inmediato diciéndole que no debía hacerlo. Había dejado el pasado atrás, y si acudía en su búsqueda se negaría a recibirla.

Esperaba que no volviera a escribirle: tenía cosas más importantes en qué pensar, estaba demasiado ocupado para permitir que aquel encuentro dejara su huella en el presente.

Cuando ella escribió de nuevo, Tonio le respondió con la máxima educación que, si era necesario, se marcharía de Nápoles para evitar su presencia.

Tras aquel episodio, las cartas de Catrina tomaron un nuevo cariz. Perdida la esperanza de ir a visitarlo, cambió su estilo comedido por un nuevo candor:

Todos lamentamos tu marcha. Dime si necesitas algo y te lo mandaré. Hasta que no tuve tu carta en mis manos y comparé la letra con la de tus viejos cuadernos de ejercicios, dudé de que estuvieras vivo, aun cuando me lo habían asegurado.

¿Qué deseas saber? Te lo contaré todo. Cuando te fuiste, tu madre se puso muy enferma, se negaba a tomar alimento alguno, pero ahora ya va recuperándose.

¡Y tu hermano, tu querido hermano! Se reprocha tanto tu marcha que sólo halla consuelo rodeado de mujeres. Esa medicina la mezcla con tanto vino como le es posible, aunque nada impide que asista cada mañana a las sesiones del Consejo de los Diez.

Llegado a este punto, Tonio dejó la carta, las palabras le quemaban. Infiel a su madre, ¿tan pronto?, pensó, ¿y ella lo sabe? Estuvo enferma, sin duda envenenada por las mentiras que él le obligó a creer. ¿Por qué tenía que seguir leyendo todo aquello? Sin embargo, volvió a desenrollar el pergamino.

Escríbeme y dime si quieres que te envíe algo. Mi marido te defiende siempre en el Consejo, y este destierro no durará toda la vida. Siempre te tengo en mis pensamientos, mi querido primo.

No se decidió a contestar la carta hasta varias semanas más tarde. Se había dicho que aquellos pocos años le pertenecían y que no deseaba volver a saber nada de ella ni de ninguna otra persona de Venecia.

Pero una noche, sin previo aviso ni razón, se apoderó de él un impulso irrefrenable y escribió a su prima una breve aunque cortés respuesta.

A partir de aquel día, no pasaba más de una quincena sin recibir noticias suyas, aunque a menudo destruía sus cartas para no caer en la tentación de releerlas una y otra vez.

Su familia le mandó más dinero. Contaba con más capital del que podía gastar.

Aquel invierno vendió el carruaje, ya que no lo utilizaba y no quería seguir manteniéndolo. Como suponía que al crecer su cuerpo sería largo y flaco, como solía ocurrirles a los eunucos, decidió vestirse con elegancia y encargó la ropa más lujosa que jamás hubiera llevado.

El *maestro di cappella* se burlaba de él a ese respecto, al igual que Guido, pero su carácter era generoso: daba monedas a los mendigos de la calle y compraba regalos para el pequeño Paolo siempre que podía.

Sin embargo, a pesar de su desprendimiento, seguía siendo rico: Carlo se ocupaba de ello. Podía haber invertido su fortuna, pero nunca encontró tiempo para hacerlo.

Se sentía vibrante de vida, tan inmerso en los acontecimientos, las pugnas y el trabajo constante que cuando Guido le anunció que cantaría un solo en el Oratorio de Navidad quedó sumamente sorprendido.

Navidad. ¡Llevaba medio año en aquel lugar!

Durante un instante prolongado no dijo nada. Recordó que había sido en una misa de Navidad, en San Marco, la primera vez que cantó con Alessandro, cuando sólo tenía cinco años.

Vio aquella flota de góndolas que cruzaban las aguas para acudir a venerar las reliquias de san Giorgio. Ese año, Carlo estaría allí.

Intentó alejar aquel pensamiento de la mente.

Recordó que Domenico se marcharía pronto de Nápoles en dirección a Roma.

Domenico debutaría en Roma, en el Teatro Argentina, en la inauguración del carnaval romano que se celebraba en Año Nuevo.

¿Qué había dicho Guido? ¿Que cantaría? ¿Qué composición? Murmuró una disculpa y cuando Guido le repitió que iba a cantar un solo en el Oratorio de Navidad, Tonio sacudió la cabeza.

—No puedo hacerlo. No estoy preparado.

—¿Quién eres tú para decir si estás o no preparado? —le preguntó Guido muy serio—. Claro que estás preparado, de lo contrario no te haría cantar.

Tonio no pudo evitar la visión de las farolas avanzando por la negra laguna, mientras una flota de góndolas hacía la travesía navideña camino de San Giorgio.

El sol de la mañana iluminaba el jardín del conservatorio, y creaba en cada arco del claustro una imagen de luz amarillenta y hojas revoloteando al viento. No, en realidad, la luz tenía un matiz verdoso. Sin embargo, Tonio estaba muy lejos de allí, en San Marco. Su madre le decía: «¡Mira, tu padre!»

—Maestro, no me haga pasar por esa prueba —musitó. Recurrió a toda su educación veneciana—. Todavía no tengo suficiente confianza en mi voz, y si me hace cantar solo, le fallaré.

Aquella estrategia obró maravillas en Guido, que estaba empezando a enfadarse.

—Tonio —le dijo—, ¿acaso te he fallado yo? ¡Estás preparado para cantar este solo!

Tonio no respondió. Estaba demasiado aturdido, no recordaba que Guido le hubiera llamado nunca por su nombre. También le confundió que aquel hecho le importase tanto.

Volvió a insistir en que no podía cantar. Intentó disipar la atmósfera de San Marco. Alessandro estaba justo a su lado y decía: «¡Nunca lo hubiese creído!»

Cuando el día tocó a su fin, estaba exhausto. Guido no había vuelto a comentar nada más del solo, pero le había dado algunas piezas de música de Navidad para que las cantara, por lo que suponía que el solo sería una de ellas. Su voz le sonó torpe y descontrolada.

Mientras subía las escaleras hacia su cuarto, se sentía desanimado y ansioso. No tenía ganas de ver a Domenico, pero por debajo de la puerta se filtraba una delgada línea de luz. Encontró a Domenico vestido y preparado para salir.

—Estoy cansado —dijo Tonio y le dio la espalda para subrayar sus palabras. A menudo hacían el amor apresuradamente antes de que Domenico saliera a cumplir con algún compromiso. Pero aquella noche Tonio no se veía capaz, sólo el pensarlo lo agobiaba.

Se miró las manos. El uniforme negro ya le quedaba otra vez corto. Evitó a propósito su reflejo en el espejo.

—Pero si había hecho unos planes muy especiales para esta noche —protestó Domenico—. ¿No te acuerdas? Te lo dije.

En la voz de Domenico había un matiz ligeramente temeroso. Tonio se volvió para contemplarlo mejor a la luz de la única vela. Lucía sus mejores galas. Su esbelta figura lucía aquella ropa con la gracia que exhibían las láminas de moda francesa. Por primera vez, Tonio se dio cuenta de que sus ojos estaban a la misma altura, aunque Domenico era dos años mayor. Si no se libraba de él, perdería los nervios.

—Estoy cansado, Domenico —susurró, molesto consigo mismo por ser tan brusco—. Déjame solo, por favor...

—¡Pero Tonio! —Domenico se mostraba visiblemente sorprendido—. Lo tengo todo preparado. Te lo dije. Me marcho mañana por la mañana. No me digas que te has olvidado.

Tonio nunca lo había visto tan alterado. Aquella agitación le daba un aire de provocativa seducción y despertaba en Tonio una pasión casi impersonal.

De repente comprendió lo que Domenico intentaba decirle. Claro, aquélla era su última noche porque partía de inmediato hacia Roma. Todo el mundo hablaba de su marcha y el momento había llegado. El maestro Cavalla quería que se trasladara pronto para que ensayara con Loretti. Loretti había luchado con el maestro Cavalla por la oportunidad de escribir una ópera para Domenico, y el maestro Cavalla, cuyo gusto superaba a su talento, había consentido.

El día había llegado, y a Tonio se le había pasado por alto. Empezó a vestirse, intentando en vano recordar lo que Domenico le había dicho.

—He reservado una habitación privada sólo para nosotros, con la cena encargada, en el albergo Inghilterra —explicó Domenico. Se trataba de aquel lujoso hostal donde Tonio había descansado después de haber pasado la noche en la montaña. Cuando oyó el nombre se detuvo en seco. Luego se puso los zapatos, se abrochó el cinturón y se ciñó la espada.

—Lo siento. No sé dónde tengo la cabeza —murmuró.

Cuando entró en las habitaciones se sentía avergonzado. No eran las mismas que ocupara la otra vez, aunque tenían unas espléndidas vistas al mar, y a través de los cristales que acababan de limpiar, la arena era de un blanco inmaculado a la luz de la luna.

La cama estaba en un pequeño dormitorio iluminado con varios candelabros, y la mesa de la cena estaba preparada en la sala principal, con manteles de lino y vajilla de plata.

No faltaba ningún detalle, pero no lograba concentrarse ni en una sola palabra de lo que le decía su compañero.

Domenico hablaba de la rivalidad entre Loretti y su maestro, y del miedo que le inspiraba el público de Roma, ¿por qué tenía que ir a esa ciudad? ¿Por qué no podía debutar en Nápoles? Todos sabían lo que los romanos le han hecho a Pergolesi.

—Pergolesi... Pergolesi... —susurró Tonio—. Oigo ese nombre en todas partes...

Aquello era un simulacro de conversación. Sus ojos recorrieron los paneles blancos de las paredes, las hojas pintadas de color verde oscuro y las flores azules y rojas. Todo tenía un aspecto polvoriento, sombrío, a aquella tenue luz, y la tersa y blanca piel de Domenico le parecía lo bastante incitante como para...

Tenía que haberle comprado un regalo. ¿Cómo no se le había ocurrido? ¿Qué demonios iba a decirle ahora?

—¿Vendrás? —preguntó de nuevo Domenico.

—¿Qué? —balbuceó Tonio.

Disgustado, Domenico dejó el cuchillo sobre la mesa. Se mordió el labio, hizo un exquisito mohín de niño enfadado y confundido. Luego contempló a Tonio como si no pudiera creer lo que estaba ocurriendo.

—Ven a Roma —repitió—. ¡Tienes que venir, Tonio! Tú no eres un alumno de beneficencia. Si le dices al maestro Maffeo que tienes que irte, te dejará marchar. Puedes venir con la condesa, ¿por qué no...?

—No puedo ir a Roma, Domenico. ¿Por qué habría de hacerlo...? —Pero antes de que esas palabras salieran de su boca, le volvieron a la mente fragmentos de la conversación.

El rostro de Domenico mostraba tal aflicción que Tonio no soportaba mirarlo.

—No estés tan nervioso —le dijo Tonio—. ¡Vas a causar sensación!

—No estoy nervioso —susurró Domenico. Había vuelto la cabeza y miraba hacia la oscuridad—. Tonio, creía que tenías ganas de venir...

—Iría si pudiera, pero no puedo coger mis cosas y marcharme.

Resultaba insoportable verlo de aquel modo, parecía muy desgraciado. Tonio se pasó la mano por el cabello. Estaba cansado, los hombros le dolían y únicamente deseaba dormir. De repente, la perspectiva de quedarse en aquella habitación un segundo más le resultó insufrible.

—Cuando llegues a Roma no te acordarás de mí, Domenico, lo sabes —le dijo—. Me olvidarás y olvidarás todo esto.

Domenico no lo miró, mantenía la mirada fija en la oscuridad, como si las palabras de Tonio no le causaran el menor efecto.

—Serás muy famoso —prosiguió Tonio—. ¡Dios mío! ¿Qué dijo el maestro? Que incluso puedes seguir hasta Venecia, si quieres, o ir directamente a Londres. Lo sabes tan bien como yo...

Domenico dejó la servilleta y se levantó de la silla. Antes de que Tonio pudiera detenerlo, cayó de rodillas junto a él. Domenico lo miró a los ojos.

—Tonio —suplicó—. Quiero que me acompañes, no sólo a Roma, sino a todos los lugares adonde vaya después. No iré a Venecia si tú no quieres. Podemos ir a Bolonia y Milán, y luego a Viena. Podemos ir a Varsovia, Dresde, donde tú prefieras, lo que yo quiero es que vengas conmigo. No iba a pedírtelo hasta que llegáramos a Roma, hasta estar seguro de que las cosas iban bien, y si no es así, bueno... no quiero ni pensar en esa posibilidad. Pero si todo va bien, Tonio...

—No, calla —lo interrumpió—. No sabes lo que dices. Además, es imposible. No puedo dejar mis estudios sin más. No puedes estar hablando en serio...

—No será para siempre —dijo Domenico—, sólo al principio, seis meses tal vez. Tonio, tú tienes los medios, no tienes problemas de dinero, tú nunca has sido pobre y no...

—¡Eso no tiene nada que ver! —le gritó Tonio, indignado—. ¡No me apetece ir contigo! ¿Qué te hizo pensar lo contrario?

Al instante lamentó haber pronunciado estas palabras.

Aunque ya era demasiado tarde. Su arrebato había sido demasiado sincero.

Domenico se había acercado a la ventana. Se detuvo ante el cristal, de espaldas a la habitación, una figura delicada medio escondida en las sombras que parecía mirar hacia lo alto, hacia el cielo. Tonio sintió que tenía que compensarle de algún modo.

Pero hasta que Domenico no se volvió y se le acercó de nuevo, no supo cuán honda era la herida que acababa de asestarle.

El rostro de Domenico estaba contraído y surcado por las lágrimas, y cuando se le acercó se mordió el labio y sus ojos brillaron y se humedecieron.

Tonio se quedó unos instantes en silencio, aturdido.

—Nunca sospeché que quisieras que te acompañase —dijo Tonio. Pero desalentado por la irritación de su tono de voz, enmudeció con una sensación de derrota.

¿Cómo habían llegado a ese punto?

Había considerado a aquel chico tan fuerte, tan frío... Formaba parte de su encanto, como su exquisita boca, aquellas diestras manos, aquel cuerpo flexible y grácil que siempre lo acogía.

En aquellos instantes se le veía humillado y miserable. Tonio se sintió más lejos que nunca de Domenico. Si pudiera fingir que lo amaba al menos por un instante...

Como si le leyera el pensamiento, Domenico dijo:

—Tú nunca me has querido.

—¡Yo ignoraba tus sentimientos! —exclamó Tonio—.

¡Te lo juro! —Pese a que también estaba al borde de las lágrimas, se enojó, víctima de aquella crueldad que tan a menudo había demostrado en la cama—. Dios mío, ¿qué hemos sido el uno para el otro?

—Hemos sido amantes —respondió Domenico en un leve e íntimo susurro.

—¡No! —replicó Tonio—. Sólo eran juegos y estupideces, nada más, excepto la más vergonzosa...

Domenico se llevó las manos a los oídos para no seguir escuchándole.

—¡Y deja de llorar, por el amor de Dios! ¡Te estás comportando como un despreciable eunuco!

—¿Cómo puedes decirme eso? —Domenico estaba sumamente pálido, con el rostro bañado en lágrimas—. ¡Cuánto tienes que odiarme para hablarme de ese modo! Oh, Dios, desearía que no hubieras venido, desearía no haberte conocido. ¡Ojalá te condenes en el infierno! ¡Sólo deseo que te abrases en el fuego eterno!

Tonio suspiró. Sacudió la cabeza, y mientras lo miraba impotente, Domenico se encaminó a la puerta dispuesto a marcharse.

No obstante, se volvió. Sus rasgos estaban tan perfectamente esculpidos que incluso en aquel lamentable estado poseía una belleza irresistible. Ruborizado de pasión, su rostro parecía tan inocente y dolido como el de un niñito que se enfrentara por primera vez a la decepción.

—No soporto la idea de dejarte —confesó—. No puedo, Tonio... —Y entonces enmudeció como si quisiera ganar tiempo para encontrar las palabras adecuadas—. Siempre he creído que me amabas. Cuando llegaste, parecías muy desgraciado, torturado por la soledad. Despreciabas a todo el mundo. De noche, te oíamos llorar cuando tú pensabas que todos dormíamos. Te oíamos. Luego, cuando regresaste y aceptaste la faja roja, intentaste con todas tus fuerzas engañarnos. Pero yo sabía que seguías siendo desdichado. Todos lo sabíamos. Estar contigo era sentir ese dolor, yo podía sentir ese dolor. Y pensé... y pensé que te ayudaría. Ya no llorabas, y estabas conmigo. Creí... creí que me querías.

Tonio hundió la cabeza entre las manos. Soltó un leve gemido y entonces a sus espaldas oyó que se cerraba la puerta y los pasos de Domenico en la escalera.

7

Aquella semana fue insoportable. Desde la marcha de Domenico, una sucesión de noches en vela habían dejado a Tonio exhausto, y aquel día, al levantarse de la mesa después de la cena, comprendió que no podría trabajar más.

Guido debería dejarle descansar. Nada podría hacerle continuar, ni la ira ni las amenazas de su maestro.

Domenico había partido al alba, después de su noche en el *albergo*. Loretti lo había acompañado, y el maestro Cavalla se reuniría con ellos más tarde. Se oyeron risas en los pasillos y ruido de pasos.

El nombre artístico de Domenico sería Cellino, y alguien había gritado: «¡Bravo, Cellino!»

De repente, Tonio había dejado el lugar que ocupaba en el alféizar de la ventana y había bajado corriendo los cuatro tramos de escalones. El aire frío lo paralizó por un instante, pero llegó al carruaje cuando ya arrancaba. El cochero se quedó con la traílla en el aire.

El rostro de Domenico apareció en la ventana, con un brillo tan inocente que a Tonio se le formó un nudo en la garganta.

—En Roma serás un prodigio —le dijo—. Todos estamos seguros. No tienes nada que temer.

Entonces, en el rostro de Domenico se dibujó una sonrisa tan melancólica y candorosa que Tonio notó que los ojos se le llenaban de lágrimas. Permaneció sobre el suelo adoquinado, contemplando el pesado movimiento del carruaje mientras el frío empezaba a penetrarle los huesos.

Se hallaba sentado, muy quieto, en el banco de la habitación de Guido. Aquella noche le resultaba imposible seguir trabajando. Tenía que dormir. O tumbarse en su pequeño cuarto y empezar a acostumbrarse a la ausencia de Domenico, a no tener cerca aquellos cálidos labios, aquella carne flexible y fragante que se le entregaba sin condiciones cuando, en realidad, no le importaba lo más mínimo si nunca más volvía a verlo.

Tragó saliva y con una callada sonrisa deseó que Guido le pegara cuando se negase a seguir practicando. Se preguntó qué tendría que hacer para que Guido le pegase. Ya le superaba en estatura. Imaginó que crecía y crecía hasta que la cabeza le rozaba el techo. El eunuco más alto de la cristiandad, oyó que anunciaba una voz, sin rival entre los cantantes que sobrepasan los dos metros.

Agotado, alzó la vista y descubrió que Guido había terminado sus anotaciones y que lo estaba observando.

De nuevo lo invadió la extraña sensación de que Guido sabía la relación que mantenían Domenico y él, incluso la desdichada escena del *albergo*. Pensó otra vez en aquellas habitaciones, en todas aquellas hermosas velas, y fuera, el mar. Y sintió deseos de llorar.

—Maestro, déjeme salir —le rogó—. No puedo cantar más, estoy vacío.

—Ahora ya has entrado en calor. Las notas altas te salen perfectas —respondió Guido en voz baja—. Quiero que cantes esto.

Su voz tenía una dulzura inusual. Encendió una cerilla de azufre y acercó la llama a la vela. La noche invernal había caído de repente sobre ellos.

Tonio alzó la vista, somnoliento y aturdido, y vio la partitura escrita con tinta todavía fresca.

—Es lo que cantarás en Navidad. Lo he escrito yo, para tu voz. —En voz muy baja añadió—: Es la primera vez que se va a interpretar una obra mía en este conservatorio.

Tonio estudió su cara, buscando algún rastro de ira. Pero a la tenue y temblorosa luz de la vela, Guido tenía un semblante expectante y sereno. En aquel momento le pareció que a pesar del violento contraste que existía entre aquel hombre y Domenico, había algo que los unía, un sentimiento que emanaba de Tonio. Ah, Domenico es el silfo, pensó, y Guido es el sátiro. Y yo, ¿qué soy? La gran araña blanca veneciana.

Esbozó una amarga sonrisa y se preguntó qué pensaría Guido cuando contempló que su expresión se ensombrecía.

—Quiero cantar —dijo Tonio—. Pero es demasiado pronto. Si lo intento, lo defraudaré, me defraudaré a mí mismo y a todos los que me escuchen.

Guido sacudió la cabeza. En su rostro se dibujó la evanescente calidez de una sonrisa, y entonces pronunció el nombre de Tonio con dulzura.

—¿De qué tienes tanto miedo? —le preguntó.

—¿Puede dejarme salir esta noche? ¿Puede dejarme salir? —le pidió Tonio. Se puso en pie de un salto—. Quiero marcharme, ir a cualquier parte. —Se dirigió a la puerta y entonces se volvió—. ¿Tengo permiso para salir? —preguntó.

—Fuiste a un *albergo* no hace mucho sin pedir permiso a nadie —dijo Guido.

Aquello pilló a Tonio desprevenido y lo desarmó. Miró a Guido con un arrebato de aprensión que era casi de pánico.

Pero en el rostro de Guido no existía ni el más leve matiz de reprobación o ira.

Parecía estar reflexionando y repentinamente se incorporó como si hubiese tomado una decisión.

Miró a Tonio con insólita paciencia, y cuando habló, lo hizo en voz muy baja, casi con sigilo.

—Tonio, tú querías a ese chico —dijo—. Todo el mundo lo sabía.

Tonio se quedó tan sorprendido que no supo qué responder.

—¿Crees que he estado ciego a tu lucha? —preguntó Guido—. Tonio, tú has pasado ya por mucho dolor. ¿Cómo puede representar esto una pérdida para ti? Seguro que eres capaz de volver a concentrarte en tu trabajo como en otras ocasiones; lo olvidarás. Esta herida cicatrizará, tal vez más deprisa de lo que crees.

—¿Amarlo? —preguntó Tonio en un susurro—. ¿A Domenico?

—¿A quién si no? —preguntó Guido frunciendo el ceño con un gesto inocente.

—¡Maestro, yo nunca lo he amado! ¡No sentía nada por él, maestro! Dios mío, si al menos hubiera dejado en mí alguna herida, por pequeña que fuera, algo que me permitiera expiar mi culpa. —Se interrumpió, sin apartar la vista de aquel hombre, atrapado en un momento de descuido.

—¿Es eso cierto? —preguntó Guido.

—Sí, lo es, y lo peor de todo es que Domenico no sabía nada. Tuve que hacérselo saber justo cuando partía hacia Roma, a cumplir con el compromiso más importante que tal vez se le haya presentado en toda su vida, y Dios sabe que si en alguna ocasión emprendo ese mismo viaje, odiaré a cualquiera que me despida del modo en que yo lo hice. Le he herido, maestro, le he herido, de una manera insensata y estúpida.

Hizo una pausa.

¿Le estaba contando todo aquello al maestro Guido? Lo miró, asombrado de su propia debilidad. Se despreció a sí mismo por aquello y por la soledad que encerraba.

Sin embargo, el rostro de Guido era insondable mientras permanecía expectante, sin pronunciar palabra. Y Tonio revivió todas las pequeñas humillaciones que aquel hombre le había hecho sufrir en el pasado.

Sabía que tenía que alejarse de allí, ya había hablado demasiado y temía no poder controlar los nervios.

De pronto, sin que en ello mediara su voluntad o deseo prosiguió:

—Dios mío, si no fuera usted tan insensible y brutal... —se oyó decir—. ¿Por qué me habla de todo esto? Yo me esfuerzo por creer que aún hay algo bueno en mi interior, algo valioso, y sin embargo con Domenico he arrojado mi vida a las alcantarillas. Y él ha derramado lágrimas por mi culpa.

Miró a Guido con odio.

—¿Por qué se tiró al mar? —preguntó—. ¿Qué le impulsó a hacerlo? ¿La pérdida de mi voz? ¿La voz que fue a buscar a Venecia y que se trajo consigo? Yo, además de tener voz, soy de carne y hueso. Sin embargo, no soy hombre ni mujer, da lo mismo con quien me acueste, aunque eso me convierta en carroña.

—¿Tan mal estuvo acostarse con él? —preguntó Guido en un murmullo—. ¿Quién resultó perjudicado por ello, ahora que los dos sois lo que sois? ¿Tan grave es que buscarais afecto y apoyo?

—Sí, porque yo lo despreciaba. Cuando me acostaba con él fingía que lo amaba, y no era así. Y para mí eso es lo grave. ¡Incluso en este estado, todavía hay cosas que me importan!

Guido miró en línea recta y luego, muy despacio, asintió.

—¿Entonces, por qué lo hiciste? —preguntó.

—Porque necesitaba a Domenico —respondió Tonio—. ¡Aquí no soy más que un huérfano, y lo necesitaba! No podía vivir solo. Lo intenté, fracasé, y ahora me encuentro solo, y ése es el sentimiento más doloroso que jamás haya experimentado. He afrontado mi nueva situación y me he jurado aceptarla, pero supera todas mis fuerzas y propósitos. Domenico representaba un simulacro del amor y me dejaba comportarme como un hombre, por eso me dejé llevar.

Le dio la espalda a Guido. Ah, aquello era precisamente lo que quería. Todos sus propósitos echados por tierra en un momento de debilidad y su único pensamiento era que en aquel momento estaba desnudando su alma ante otra persona que sólo le inspiraba odio, odio y desprecio. El mismo odio y desprecio que había sentido por Domenico.

—¿Cómo podré soportarlo? —preguntó. Se volvió despacio—. ¿Cómo soporta usted trabajar todos los días de su vida con esa ira, con esa frialdad? Una voz que acaba reduciéndose a desdén. Por el amor de Dios, ¿ni siquiera por una vez ha sentido deseos de amar a esos estudiantes a los que enseña, de sentir algo por esos jóvenes que tanto se esfuerzan por seguir el despiadado ritmo que usted les impone?

—¿Quieres que te ame? —preguntó Guido en voz baja.

—¡Sí, quiero que me ame! —respondió Tonio—. Me arrodillaría para conseguir que me amase. ¡Usted es mi maestro! Usted es quien me guía y me determina y escucha mi voz como nadie lo ha hecho jamás. Usted es quien lucha por mejorarla de un modo que yo solo no podría. ¿Cómo puede preguntarme si deseo su amor? ¿No puede hacerse todo esto con amor? ¿Es que no cree que si me demostrase el más leve afecto yo no me abriría a usted como las flores de primavera, que no me esforzaría hasta conseguir que mis progresos anteriores le parecieran insignificantes?

»Cantar la música que ha escrito. Si me amara, podría hacer cualquier cosa de la que usted me creyera capaz. Sólo con que acompañara sus más duras y sinceras críticas con un poco de amor. Mezcle ambos sentimientos y yo venceré esta oscuridad, encontraré la salida, podré crecer en este sitio húmedo y extraño en el que soy una criatura cuyo nombre no soporto escuchar. ¡Ayúdeme!

Tonio calló. Aquello era peor de lo que nunca hubiese imaginado, y se encontraba perdido, completamente perdido, y ni siquiera quería ver aquel rostro brutal y desconsiderado, cuya mirada, siempre al borde de la ira, se llenaba de desprecio ante cualquier signo de dolor o debilidad. Cerró los ojos. Recordó que una vez en Roma, parecía que hubieran transcurrido siglos, aquel hombre lo había abrazado, y él casi se había reído de la estupidez que encerraban sus palabras. Pero cuando la estancia se empañó en su visión, cuando la vela se apagó de repente y abrió los ojos en medio de una oscuridad cegadora, pensó: «Oh, todo esto no son sino palabras que caerán en el olvido como todo lo demás, y mañana nada habrá cambiado, cada uno de nosotros seguirá viviendo en su propio infierno, pero yo me haré más fuerte y me endureceré hasta conseguir que no me afecte.»

Porque así es la vida, ¿no? Así es la vida, y los años se sucederán con rapidez, porque así es como debe ser. «Cerrad las puertas, cerrad las puertas, cerrad las puertas.» Y ese cuchillo que me ha traído aquí no será más que el filo cortante de lo que nos aguarda a todos.

En el aire persistía el olor a cera quemada.

Entonces oyó los pasos de Guido en el suelo de piedra y pensó: «Ésta es la humillación final. Dejarme aquí solo.»

Su crueldad nunca le había parecido tan exquisita, tan arrolladora. Ah, y las horas pasadas en su compañía, formando un violento matrimonio de trabajo extenuante que constantemente se expresaba en términos de una sublime tortura.

¿Y a qué conclusión he llegado? ¿Que en esto, como en todo lo demás, estoy solo, algo que ya sabía, y que con cada día que pasa voy comprendiendo mejor?

Se sentía ir a la deriva.

De repente advirtió que el pasador de hierro de la puerta estaba echado y que Guido no lo había dejado abandonado.

Se le cortó la respiración. No veía ni oía nada, pero sabía que Guido estaba allí, observándole. Lo invadió una punzada de deseo tan intensa que se quedó asombrado.

Tonio irradiaba deseo, lo irradiaba hacia la oscuridad y parecía chocar contra las cuatro paredes de aquella habitación cerrada, y se volvió esperando, esperando.

—¿Amarte? —Era la voz de Guido, tan baja que Tonio se inclinó hacia delante, como si la anhelase—. ¿Amarte?

—Sí... —respondió Tonio.

—Te deseo con locura. ¿No te habías dado cuenta? ¿Nunca has intentado ver más allá de mi frialdad? ¿Tan ciego estás a mi sufrimiento? Nunca en vida había sufrido por nadie como por ti, pero hay distintas clases de amor y estoy cansado de intentar separarlas.

—No las separe —susurró Tonio. Extendió los brazos como haría un niño dispuesto a coger lo que desea—. Entrégueme ese amor. ¿Dónde está, maestro? ¿Dónde está?

Entonces le pareció percibir una corriente de aire, ruido de pasos y el roce de la tela, y sintió el tacto vigoroso de las manos de Guido, unas manos que en el pasado sólo le habían pegado, y luego aquellos brazos que lo envolvían. En ese momento lo comprendió todo.

Sin embargo, ése fue el último destello de pensamiento, y comprendió cómo había sido y cómo sería, y sintió el pecho de Guido, y luego su boca que lo desgarraba.

—Sí —susurró—. Ahora, sí, démelo todo maestro. —Estaba llorando.

Guido le besó los labios, las mejillas, hundiendo los dedos en él como si quisiera devorarlo, y pareció que, mediante un proceso alquímico, toda la crueldad se transformaba en una efusión desbordante que desechaba cualquier parodia de odio o castigo para lograr la más rápida y desesperada unión.

Cayó de rodillas atrayendo a Guido hacia sí. Estaba abriendo camino, se ofrecía para entregarle lo que Domenico siempre le había dado y jamás le había pedido.

El dolor estaba fuera de toda consideración.

Era necesario dar paso al dolor. Aunque no soportaba la idea de apartarse de aquella boca que le abría la suya, se la ensanchaba, y le besaba hasta los dientes, se tumbó boca abajo en el suelo de piedra y dijo:

—Hágalo. Quiero que lo haga. —El peso de Guido cayó sobre él, y lo aplastaba mientras notaba que lo desnudaba. La primera embestida lo aterrorizó. Contuvo una exclamación y luego todo su cuerpo se abrió, recibiéndolo, negándose a rechazarlo. Cuando lo penetró otra vez, con rapidez, sintiéndolo duro y vibrante dentro de él, se encontró moviéndose al mismo ritmo. Permanecieron unidos un instante, Guido le clavaba los labios en el cuello y sus manos le acariciaban los hombros, atrayéndolo hacia sí, hasta que el grito gutural del maestro le anunció que había terminado.

Pero seguía aturdido, mientras se secaba la boca, encendido y anhelante. No podía apartar las manos de Guido, pero fue éste quien lo levantó del suelo, ciñendo tan fuertemente con los brazos sus caderas que mantenía a

Tonio en vilo mientras con la boca le rodeaba el pene con húmeda calidez, en una delirante y deliciosa succión. Era más fuerte y violento que Domenico. Apretó los dientes para contener un grito, y entonces cayó hacia atrás, liberado, y se incorporó para hundir la cabeza entre los brazos, con las rodillas levantadas, al tiempo que las últimas sacudidas del placer se desvanecían.

Tuvo miedo.

Estaba solo. Oía el silencio. El mundo regresaba y él ni tan siquiera podía alzar la cabeza.

Aunque trataba de convencerse de que no esperaba nada, sintió que en aquel momento hubiera podido mendigar cualquier cosa. Notó a Guido cerca, sus manos, tan firmes, tan fuertes, tiraban de él, y cobrando impulso, hundió el rostro acalorado bajo el brazo de Guido. Aquellos rizos polvorientos lo rozaron levemente, y todo su cuerpo lo acunaba, incluso los dedos firmes y cálidos. Era Guido quien estaba con él en aquel lugar, quien lo abrazaba y amaba y besaba con ternura, y se fundía con él sin reservas.

Tonio estaba confuso y no sabía adónde se dirigían, sólo que caminaban por calles limpias y frías y que la luz proyectada por las antorchas contra los muros tenía una belleza inquietante.

El cálido aroma de los fogones y la leña quemada inflaba el aire, y las ventanas que aparecían en cada recodo de la oscuridad relucían con una agradable luz amarilla. De pronto los envolvió la oscuridad, el crujir de las hojas secas, y Guido y él se unieron en aquellos duros y crueles besos, unos abrazos que desconocían la ternura, impulsados por el sólo deseo.

Cuando llegaron a la taberna, por la puerta abierta les llegó un calor reconfortante y se apretujaron en el cenador más alejado, en medio del ruido de las espadas y de las jarras al golpear contra las mesas de madera. Una mujer cantaba, su voz lúgubre y poderosa imitaba los timbres de un órgano. Uno de aquellos pastores bajados de la montaña tocaba la gaita, y la gente cantaba a su alrededor.

Las sombras cayeron sobre la mesa. Cayeron con el balanceo de las lámparas y los parroquianos que iban creciendo en número. Al mirar al otro lado de aquel estrecho espacio, a Tonio se le antojó una dulce agonía no poder tocar a Guido. Sin embargo, apoyado en la pared de madera y sosteniendo con la suya la mirada de Guido descubrió tanto amor que se contentó con sonreír y retener en la boca el vino ácido que aún conservaba el sabor de las uvas y de la barrica de madera.

Bebieron y bebieron, y no supo a ciencia cierta en qué momento Guido empezó a hablar, excepto que con una voz grave y ronca, ese desafiante suspiro que le brotaba desde lo más profundo del pecho; Guido inició el relato de todos los secretos que jamás se había atrevido a confiar a nadie. Tonio notó que una vez más su boca esbozaba una sonrisa incontenible, y las únicas palabras que llegaban a su mente eran: amor, amor, tú eres mi amor, y en algún momento, en aquel lugar cálido y ruidoso, pronunció esas palabras y vio que en los ojos de Guido brillaba una llama. Amor, amor, tú eres mi amor, y no estoy solo, no, ahora, en este precioso instante, no estoy solo.

8

Cada noche hacían el amor, un amor insaciable, cruel, animal, y sin embargo, fragante, de una callada ternura. Dormían abrazados, como si la propia piel fuese una barrera que debían franquear, y siempre aquellos rabiosos y voraces besos. Por la mañana se levantaban con la misma idea: ponerse a trabajar de nuevo en el estudio de Guido antes de que despuntara el alba.

Las lecciones también habían cambiado.

No se trataba de que fueran menos exigentes, o de que Guido se mostrara menos severo o no se irritara cuando Tonio no lo satisfacía plenamente, sino que todo se había revestido de una mayor intensidad, matizado con su recién descubierta intimidad y la fusión del uno en el otro.

Tonio había prometido con la efusión de lenguaje necio y emoción fundidos en palabras que se abriría a Guido, pero advirtió que siempre había estado abierto, al menos en lo referente a la música, y ahora era Guido quien se abría a él. Por primera vez, el maestro tuvo en cuenta la mente que regía el cuerpo y la voz de Tonio, y empezó a confiar a esa mente los principios que subyacían en la práctica de aquellas inflexibles repeticiones.

En realidad, su disposición a hablar no era nueva en Guido, pero en la Ópera o durante los largos trayectos junto al mar que seguían a la representación, el tema había sido siempre otros cantantes, creando una ilusión de impersonalidad, e incluso de frialdad, de manera que todo el calor que Guido irradiaba se proyectase en otra música, en otros hombres.

Guido había empezado a hablar de la música que compartían, y en aquellas primeras semanas de su ardiente e impetuoso amor, esas charlas fueron casi más importantes que los apasionados abrazos.

Salían todas las noches. O bien alquilaban un carruaje para dar un paseo por la costa o iban a una tranquila taberna donde se sentaban y hablaban en cálidos susurros hasta que el sabor áspero del vino en la boca y un ligero sopor anunciaban que había llegado la hora de volver a casa.

Ya nunca cenaban en el conservatorio. Caminaban del brazo por calles oscuras, buscando el umbral escondido de una puerta, o la protección de unos árboles, se acariciaban, se abrazaban excitados por el acicate del peligro y del amor que profesaban a la propia noche, sus sonidos apagados, sus carruajes que se bamboleaban colina arriba y que de repente surgían de la nada con su oscilante luz amarilla.

Pero una vez que llegaban a la larga Via Toledo, hacían el recorrido por las mejores tabernas pagando con el dinero que llenaba los bolsillos de Tonio, y lo festejaban con un pollo asado o pescado fresco acompañado del vino que a ambos preferían, Lacrima Christi, y en el grato cobijo de aquellos lugares limpios y abarrotados hablaban.

Guido enumeraba los viejos maestros cuyos ejercicios él estudiaba, y explicaba a Tonio en qué se diferenciaban sus vocalizaciones de las de ellos.

En cualquier caso el mayor placer de Tonio consistía en formular a Guido una pregunta y que el maestro le respondiera de inmediato. ¿Había llegado a ver a Alessandro Scarlatti? Sí, porque de niño el maestro Cavalla lo animaba a menudo a ir a San Bartolommeo para admirar a Scarlatti al teclado, dirigiendo su propia ópera.

En realidad, afirmaba Guido, era Scarlatti quien había dado fama a Nápoles. En épocas pasadas, las óperas se estrenaban en Venecia o en Roma, ahora se hacía en Nápoles, y como Tonio podía observar a su alrededor, Nápoles era el principal destino de los estudiantes extranjeros.

La ópera evolucionaba constantemente. Los largos y aburridos recitativos que anticipaban la trama dando toda la información que el público debía conocer habían cobrado energía, y habían dejado de ser aquellos pesados interludios entre las arias. En cuanto a la ópera cómica, representaba la tendencia del futuro. La gente quería escuchar ópera en italiano vernáculo, no sólo en italiano clásico. Además en las óperas aparecían cada vez con más frecuencia los recitativos acompañados de orquesta, cuando antes, la mayor parte de los recitativos carecían de música.

Nunca había que olvidar el gusto del público, y por largos y aburridos que resultaran los pasajes cantados intermedios, la gente los toleraría si luego podían disfrutar de las hermosas arias, y eso nunca cambiaría.

Así era la ópera, concluyó Guido, el *bel canto*. Y ningún violín ni clavicémbalo podrían proporcionarle a un hombre lo que el canto le proporcionaba a él.

O al menos eso creía Guido en aquel momento.

Algunas noches, cuando ya estaban cansados de las tabernas, seguían la inacabable ronda de bailes, sobre todo los de la condesa Lamberti, que era una importante mecenas de las artes, pero tampoco allí se detenían sus interminables diálogos.

Siempre encontraban algún salón apartado; encendían un candelabro para iluminar el clavicémbalo o el innovador pianoforte, y Guido practicaba un rato. Luego se acomodaba en un sofá y Tonio le hacía preguntas o Guido comenzaba a hablar por sí mismo.

En aquellos instantes, sus ojos resplandecían con una luz desconocida y serena, su rostro, relajado, tenía un aspecto juvenil y dulce, y parecía incapaz de experimentar aquellos arranques de ira que lo habían caracterizado en el pasado.

Durante una de esas noches, mientras buscaban refugio en una de las pequeñas salas de música de la condesa, encontraron una mesa redonda, una baraja de cartas y una vela, y, sentados frente a frente, se enfrascaron en un juego tan simple, que Tonio no pudo por menos que decir:

—Háblame de mi voz.

—Pero primero debes confesarme algo —le replicó Guido, y un centelleo de ira en sus ojos hizo estremecer a Tonio—. ¿Por qué no quieres cantar este solo de Navidad, si ya te he dicho que es sencillo y que lo he escrito para ti?

Tonio desvió la mirada.

Dispuso la baraja en forma de pequeño abanico y sin motivo aparente separó el rey y la reina. Luego, incapaz de dar con una respuesta válida a la pregunta de Guido, encontró una solución fácil para la batalla que en breve tendría que librar. Cantaría el solo por Guido, si él así lo quería. Lo cantaría por Guido, aunque todavía no fuese lo bastante fuerte como para hacerlo por el joven que había descendido de la montaña. Sin embargo, estaba asustado.

En el mismo instante en que alzase la voz en la capilla, se convertiría para siempre en un *castrato*. Bueno, de eso se trataba, ¿no? Era dar otro gran paso, el primero había sido el uniforme. Era un paso mucho más decisivo que mezclar su voz con la del coro. Si accedía, daría un paso al frente y no quedaría duda alguna sobre lo que era.

Sería como desnudarse y exhibir ante el mundo entero su mutilación. Inevitable, aunque una frialdad espeluznante se apoderara de él. En aquellos momentos, mientras reflexionaba en silencio sobre su estatura, observando su mano larga y delgada sobre la mesa, mientras se doblaba ligeramente para mover aquellas cartas sobre la madera pulida, pensó: ¿Sonará mi voz como la de un chico? ¿Soy un chico? ¿O ya me he convertido en un hombre?

Un hombre. Sonrió ante la brutal simplicidad de la palabra y el torbellino de significados que desataba. Por primera vez en su vida, la palabra le sonó... ¿qué? Vulgar. No importa, te estás engañando, murmuró para sí. Pese a toda su vasta abstracción, la palabra sólo entrañaba un significado para los humanos.

Y sabía que era aún muy joven para que en él se hubiera producido ese gran cambio. Pero en un dormitorio de aquel otro mundo, una mujer lo había acariciado, diciéndole que no tardaría mucho en llegar. Entonces se había enorgullecido de aquellas insignificantes cualidades, tan seguro de ellas y tan desgraciado a la vez.

Pero aquél era otro mundo

Él era un *castrato* y sería un *castrato* en esa capilla cuando elevase su voz desnuda.

Aquello no sería más que el principio. Le seguirían muchas otras ocasiones, y el momento culminante, cuando saliera al escenario de algún gran teatro, solo. ¡Si tenía suerte! Si era lo bastante bueno, si su voz era lo bastante potente, sí, y eso era lo único que tenía derecho a desear: su revelación como eunuco ante el mundo.

Miró a Guido. Se dio cuenta que era por completo ajeno a aquellos oscuros y martilleantes pensamientos. Amaba a Guido. Cantaría si así lo quería.

Y de súbito recordó que cuando Guido le había hablado por primera vez de aquella pieza había dicho: «Será la primera vez que se interprete una pieza mía en este conservatorio.» ¡Dios bendito! ¿Había sido tan egoísta que ni tan sólo había considerado lo que podía significar para Guido? ¿Cómo había podido ser tan estúpido?

En todo momento había sabido que aquellas hermosas arias que el maestro le hacía cantar al final del día eran composiciones suyas.

—Significa mucho para ti que lo cante porque lo has escrito tú, ¿verdad? —dijo Tonio.

El rostro de Guido se ruborizó, y un leve temblor aleteó en sus ojos.

—¡Es importante para mí porque eres mi alumno y porque estás preparado para hacerlo! —insistió.

Pero su ira relampagueó y desapareció casi al mismo tiempo. Puso el codo en la mesa y apoyó la barbilla en la mano.

—Me has pedido que te hable de tu voz —dijo Guido—. Tal vez te he defraudado al no hablarte de ella más a menudo, siendo tan duro contigo. Bueno, era la única manera que sabía de...

Un criado silencioso y espectral se había aventurado en la sala con un centelleo de satén azul mientras su mano se introducía en la suave y etérea luz de las velas para servir vino.

Guido observó cómo el vaso se llenaba; con un gesto le indicó al hombre que esperara, se lo bebió y miró cómo lo llenaba de nuevo.

—Voy a hablarte claro —continuó—. Eres el mejor cantante que he oído en toda mi vida. Podías haber cantado este solo el primer día que llegaste al conservatorio. Podrías haberlo cantado ya en Venecia.

Mientras observaba a Tonio, sus ojos se contrajeron levemente y se produjo en él una insólita combinación de dulzura e intensidad desatadas por el vino.

—El solo fue escrito para ti —prosiguió—. Fue escrito para la voz que escuché en Venecia, para el chico cantante al que seguí noche tras noche. Entonces ya conocía tus posibilidades, tu potencia. Detecté tus errores cuando nadie más lo hubiera notado. Supe cómo habías conseguido aprender por tu cuenta, sólo con un pequeño estímulo por parte de tus maestros y me quedé asombrado. La precisión del tono, el sentimiento natural.

Sacudió la cabeza y respiró hondo con un siseo.

—Yo sólo te enseño a adquirir más flexibilidad y fuerza —suspiró—. Dentro de dos años podrás cantar el aria de cualquier ópera y sabrás cómo embellecerla de manera precisa en todo momento, bajo la dirección de cualquier músico, allí donde estés. No puedo enseñarte nada más.

Hizo una pausa. Desvió la mirada y luego fijó de nuevo los ojos en Tonio, unos ojos grandes y sombríos, y con voz profunda prosiguió:

—Pero hay algo más en ti, Tonio, algo que escapa a la voz. Los cantantes que no tienen este don casi nunca lo adquieren, y quienes lo poseen carecen de tu pureza y potencia de tono. Estoy hablando de ese poder secreto que emociona a la gente cuando te escucha, un poder que inflama al público de tal modo que se funde contigo y sólo contigo.

»Cuando cantes en la iglesia por Navidad, la gente volverá la cabeza para verte la cara, se sentirán transportados lejos de sus insignificantes pensamientos y preocupaciones, y cuando salgan preguntarán tu nombre.

»Oh, durante años he intentado analizarlo, imaginar qué es exactamente. Lo supe cuando era un niño, sé lo que se siente por dentro, pero no puedo explicarlo. Tal vez sea un sutil sentido del tiempo, cierta vacilación infinitesimal e infalible, algún instinto que te ayuda a saber cuándo intensificar una nota, cuando detenerte. Tal vez tenga que ver con el físico, con los ojos, con la cara, con la pose que adopta el cuerpo cuando la voz se eleva. No sé.

Tonio estaba absorto. Recordaba el momento en que Caffarelli había aparecido bajo los focos en Venecia, la oleada de expectación que había recorrido el teatro. Recordaba que él había corrido hacia el foso y se había sentido magnetizado por aquel eunuco, incluso cuando se limitaba a recorrer el escenario, sin cantar una sola nota.

¿Podía él conseguir eso? ¿Sería posible?

—Hay algo más —prosiguió Guido—. Ese fuego especial habría existido en ti aunque te hubiesen castrado a los seis años, como me ocurrió a mí. Pero no fue así...

Tonio sintió una súbita y violenta sacudida. Sin embargo, Guido alargó el brazo y lo tranquilizó con una caricia.

—Te educaron para que pensaras, te movieras y actuaras como un hombre —añadió—. Y eso contribuye a reforzar tu personalidad. No tienes la blandura característica de algunos eunucos. No tienes esa cualidad que da... bueno, que da el no pertenecer a ninguno de los dos sexos. Naturalmente —continuó Guido tras una pausa, hablando muy bajo, como si lo hiciera para sí mismo—, hay algunos eunucos que a pesar de haber sido castrados muy jóvenes también poseen esa fuerza.

—Eso tal vez cambie —susurró Tonio. Todo su cuerpo se tensó, en especial el rostro, y por un momento experimentó la tentación de esbozar aquella sonrisa irónica a la que había recurrido en el pasado en momentos como aquél, pero su voz prosiguió, moderada, tranquila—. Cuando me miro al espejo el reflejo me devuelve la imagen de Domenico.

Sí, Domenico, pensó. Y mi hermano en Venecia, el señor de la casa de los Treschi, sonriendo al ver que por fin nos hallamos separados por una distancia insalvable.

Se sintió ligero y etéreo, algo indefinible pese a todos los nombres que se le había dado surgía de las entrañas del muchacho que había sido.

—Sí —decía Guido—, llegarás a parecerte mucho a Domenico.

Tonio no pudo ocultar su miedo, su repugnancia. Guido le tocó la mano. Pero la presencia evanescente de Carlo lo confundía, un recuerdo desgarrado de haber presionado su rostro contra aquel otra tan duro y escrupulosamente afeitado, del suspiro de su hermano, ronco y callado, acarreando consigo pena y cansancio y la inevitable fuerza masculina recibida de Dios,.

—Domenico es hermoso —le reconvino Guido—. Y también tiene esa fuerza masculina.

—¿Domenico? —inquirió Tonio—. ¿Fuerza masculina? Es una Circe.

Nunca olvidaría sus caricias, que incluso ya lejana lo llenaban de vergüenza por el deseo que le habían inspirado.

Pero Carlo estaba con él. Carlo había invadido aquella sala, aquel momento, aquella intimidad con Guido que él tanto valoraba; el sonido de la risa de Carlo revoloteaba por aquellos salones. Miró a Guido y sintió amor por él, y al bajar la mirada, vio que los dedos del maestro seguían acariciándolo. Domenico. Fuerza. También Guido reía, en voz baja.

—Tal vez Domenico es una Circe en la cama —bromeaba Guido—. En ese aspecto no tengo más que fiarme de tu opinión. Pero cuando canta, esa otra fuerza aflora en él producto de su belleza tanto como de su voz. Incluso vestido y peinado como una mujer, su cuerpo se adivina acerado y poderoso, inspira miedo a los demás. Oh, tenías que haber visto las caras del público cuando cantaba. La fuerza de la que te hablo no te la da el pelo en el pecho o una pose intimidante. Es algo que emana del interior. Domenico la tiene. Domenico no obedece ni a Dios ni al diablo. Y tú, jovencito, todavía no has comenzado a aprender lo que significa ser un *castrato*.

—Quiero entenderlo —susurró Tonio—. Pero nunca vi a Domenico de ese modo. Me parecía un silfo, algunas veces un ángel. —Tonio se interrumpió—. O tal vez sólo un eunuco —confesó.

Sin embargo, sus palabras no ofendieron a Guido.

—Un eunuco —repitió, casi absorto en lo que parecía una revelación—. Así que te veías reflejado en Domenico. Y él vio en ti su propio estilo de belleza y fortaleza. Siempre buscaba a los que más se le semejaban. Los dos últimos años estuvo muy solo...

—¿Sí? —quiso saber Tonio. Nunca lo abandonaría la tristeza de haber decepcionado a Domenico, aunque el muchacho tal vez ya lo hubiera olvidado.

—Sí, muy solo —prosiguió Guido—, porque era mejor que todos sus compañeros y ésa es la peor soledad. Mirase donde mirara, sólo veía envidia y miedo. Entonces apareciste tú y fue inevitable que se fijara en ti. Por eso te provocó Lorenzo. Él sentía por Domenico un amor no correspondido.

Tonio estaba desolado. Contemplaba las cartas que tenía delante: el rey y la reina de mirada despiadada. La reina tenía unos ojos rasgados bizantinos. Era la reina de espadas.

—No te preocupes por Domenico. Si lo heriste como tú dices, entonces le habrás enseñado algo muy valioso. Sólo te pareces a él en la elegancia. Tienes sus mismos huesos hermosos y ese cabello que tanto gusta a las mujeres. Pero tú eres más corpulento, serás mucho más alto, y tus rasgos son muy peculiares porque... —Guido se interrumpió, con los ojos clavados en Tonio, el rictus de la boca relajado en su arrobo—. Son muy distintos de los que encuentras en los demás hombres. Cuando salgas al escenario emitirás una luz deslumbrante que anulará a todos aquellos que estén sobre las tablas, incluido Domenico, tu delicada sombra, si estuviera ahí.

En el camino de vuelta al conservatorio, Tonio permaneció en silencio. Entraron en las habitaciones de Guido. A pesar de su austeridad, aquellos pocos muebles sólidos y la vieja alfombra turca constituían todo un lujo en las severas dependencias del conservatorio y Tonio sentía más que nunca que pertenecía a Guido cuando estaban allí.

La amplia cama con dosel se adornaba con cortinas oscuras durante el invierno, y Tonio se echó sobre la colcha y apoyó la cabeza en el cabezal de madera mientras Guido encendía las velas del clavicémbalo, lo cual significaba que el amor aún tardaría un poco en llegar.

En voz baja, Tonio preguntó:

—¿Seré muy alto?

—Eso nunca se sabe. Depende de lo alto que hubieses sido, pero estás creciendo deprisa.

Tonio notó que un agua negra le subía a la boca, como si estuviera a punto de vomitar. Estas preguntas tengo que hacerlas ahora o nunca, pensó.

—¿Qué más me está ocurriendo?

Guido se volvió. Tonio se preguntó si recordaría aquella noche en Roma, en aquel pequeño jardín, cuando Tonio, ahogándose como si le faltara el aire, sintiéndose morir, había abierto los brazos hacia él, a esa estatua que brillaba con luz propia a la luz de la luna.

—¿Qué me está ocurriendo? —preguntó entre susurros—. Quiero saberlo, tú puedes contármelo.

Qué indiferente se mostraba Guido. Su oscura figura se interpuso entre Tonio y las velas de modo que su rostro quedara en sombras.

—Seguirás creciendo. Los brazos y las piernas aumentaran de longitud, pero cuánto, nadie lo sabe. Recuerda, sin embargo, que siempre te parecerán normales. Es precisamente la flexibilidad de los huesos la que te proporciona esa potencia de voz. Con cada día de trabajo, aumenta la capacidad de tus pulmones gracias a que las costillas conservan la elasticidad. Así que pronto tendrás una potencia en los registros más altos que una mujer nunca podría alcanzar. Ni ningún niño, ni ningún otro hombre.

»Pero los brazos serán más largos de lo normal y los pies se te aplanarán. Tendrás los brazos débiles como una mujer. No serán musculosos como en los hombres normales.

Tonio se volvió de espaldas con tanta brusquedad que Guido lo sujetó.

—¡Olvida todo eso! —dijo Guido—. Sí, sí, hablo en serio. Olvídalo, porque cada vez que caigas en la tentación de lamentarte de tu suerte significará que no has aceptado lo inevitable. Recuerda en dónde reside tu fuerza.

—Oh, sí —asintió Tonio con tono sarcástico y amargo.

—Y ahora tengo un último consejo que darte —dijo Guido—. Y es el más importante.

—Adelante —invitó Tonio con una leve sonrisa.

—Te has alejado de las mujeres y eso no es bueno.

Tonio se sulfuró. Estaba a punto de protestar pero Guido lo besó con rudeza en la frente.

—En Venecia tenías una novia. Cuando los cantantes callejeros volvían a sus casas, tú te reunías con ella en una góndola. Solía vigilarte, y ocurría noche tras noche.

—Es mejor olvidar también eso. —Tonio sonrió de nuevo, y aquel pequeño gesto volvió su rostro gélido.

—No, en absoluto, no lo olvides. Acaricia ese recuerdo, y cada vez que el fuego se apodere de ti, no importa dónde ni cuándo, si existe alguna oportunidad de poner de nuevo en escena ese ritual, hazlo. Y si la pasión te acerca a otros hombres, a otros eunucos, sean quienes sean, no la reprimas, no la desperdicies, no la dejes escapar. Compórtate con dignidad y sentido común, pero no rechaces tu instinto, ni por el amor que sientes hacia mí, ni por tu amor a la música, ni por indiferencia. Al contrario, tienes que dejarte llevar por tus deseos.

—¿Por qué me dices esto?

—Porque nunca sabes cuándo se desvanecerá. Los hombres nunca la pierden, pero nosotros no siempre la conservamos.

—¿Y tú? ¿No tienes miedo de perderla? —preguntó Tonio.

—No, ahora no. La había perdido por completo hasta que el destino nos unió. Fue en la ciudad de Ferrara, cuando te vi en aquella cama, con fiebre y necesitado de atenciones. —Guido hizo una pausa—. Pensé que la había perdido junto con la voz.

Tonio lo miró sin pronunciar palabra. Parecía estar sopesando todo aquello, pero Guido advirtió que no debería haber mencionando nunca aquel momento, aquella ciudad.

Tonio estaba lívido y tenso, no parecía él, sino una amarga y desasosegante imagen de sí mismo.

Sin embargo, cogió la mano de Guido y lo atrajo hacia sí.

Horas más tarde, Tonio se despertó sobresaltado. Había tenido un sueño terrible, el sueño compuesto por cosas y hombres reales, y aquella lucha que había terminado en irrevocable derrota.

Se incorporó en la oscuridad y lo invadió la paz y la seguridad de aquella habitación, a pesar de estar entremezcladas con la amargura y el dolor. Advirtió que llevaba un buen rato escuchando una música que constantemente empezaba para detenerse al poco rato. Luego sonó una solemne melodía sacra que se desarrollaba con lentitud.

En la tenue luz de la habitación vio a Guido al clavicémbalo; las velas formaban un conjunto de lenguas sólidas e inmóviles en el aire, y cubrían parcialmente el rostro ceñudo de Guido, apenas entrevisto tras ellas, como un lóbrego velo.

Le llegó el penetrante e inconfundible aroma de la tinta y oyó el rasgueo del lápiz de Guido sobre el papel. Tocó de nuevo esa melodía y, por primera vez, Tonio oyó la voz de Guido, grave, casi apagada, susurrando una melodía que no podía cantar.

Tonio sintió tanto amor hacia él que mientras lo observaba grabó aquel momento en su memoria. Nunca lo olvidaría.

Por la mañana, Guido le dijo que había alargado mucho el solo que iba a cantar en la misa de Navidad. En realidad, había escrito una cantata entera. Tenía que ir a ver al maestro Cavalla y conseguir su aprobación para que pudiera ser interpretada.

Cuando volvió al aula de prácticas era ya mediodía, y anunció que el maestro, que ese año había dedicado mucho tiempo a Domenico, estaba encantado con lo que Guido había compuesto. Tonio lo cantaría. Había llegado el momento de perfeccionarlo juntos. No había tiempo que perder.

9

La víspera de Navidad, la capilla del conservatorio estaba llena hasta los topes.

El aire era helado y transparente, y Tonio había pasado las últimas horas de la tarde en la ciudad, contemplando los pesebres de tamaño natural que tanto gustaban a los napolitanos, y que en las familias se pasaban de generación en generación. En los tejados de las casas, en los porches, en los jardines de los conventos, en todas partes, se escenificaban momentos de la Natividad con magníficas imágenes de la Virgen, San José, los pastores y los ángeles que aguardaban la llegada del Niño Salvador.

Nunca antes había sido tan palpable para Tonio el verdadero significado de aquella noche. Cuando salió del Véneto, perdió la fe y se sentía abandonado por la gracia divina. Sin embargo, aquella noche el mundo daba la impresión de querer y poder renovarse. Tras el ritual, los himnos y las imágenes gloriosas se escondía un poder ancestral. A medida que la medianoche se acercaba, crecía su impaciencia. Cristo venía al mundo. La luz brillaría en la oscuridad desplegando un poder misterioso y desgarrador.

Pero cuando bajó las escaleras en su uniforme negro, con la faja roja ciñéndole la cintura, experimentó el primer conato de nerviosismo por su actuación, consciente del efecto que la preocupación ejercía en su voz, se sintió doblemente afligido.

De repente, no recordaba ni una sola palabra de la cantata de Guido, ni de la melodía. Se dijo que era una composición extraordinaria, que Guido avanzaba ya hacia el clavicémbalo para dirigir, y que tenía la partitura en las manos, por lo que no importaba si se quedaba en blanco. Casi sonrió.

¡Aquello era el mejor regalo que podía recibir! Si él estaba aterrorizado, ¿cómo se sentiría el maestro? El coro de castrados estaba preparado para elevar las voces al cielo.

Pero él seguía aterrorizado, como los demás cantantes. Aunque en un momento, tal como Guido le había asegurado, se tranquilizaría, y al escuchar los compases de apertura, todo iría a la perfección.

Sin embargo, mientras avanzaba junto a la pared entre sus compañeros, camino de la barandilla delantera, distinguió en la primera fila de los asistentes, justo debajo él, la pequeña cabeza rubia de una joven. Estaba leyendo el programa y su vestido de tafetán oscuro formaba un círculo a su alrededor.

Desvió la mirada de inmediato. Imposible que se tratara de ella en aquella noche única. No obstante, como si una mano siniestra, una mano brutal e intimidante le obligara a mover la cabeza, la miró de nuevo. Vio los delicados mechones de sus rizos sedosos, y entonces la joven alzó los ojos despacio y durante un instante se miraron.

Sin duda la muchacha se acordaría de aquel extraño episodio en el comedor de la condesa, de aquel atolondramiento fruto de la embriaguez, algo que él nunca podría perdonarse. Sin embargo, en la expresión de la joven no había malicia. Tenía un aire meditativo, casi de ensoñación.

Lo invadió la amargura, una amargura que lo emponzoñaba, que corrompía desde la raíz la seductora belleza de aquel lugar, el sagrario, con su hilera de velas, los gigantescos y fragantes ramos de flores.

Intentó serenarse. Era ella quien había desviado la mirada primero, mientras sus pequeñas manos doblaban el papel sobre el regazo haciéndolo crujir. Tonio experimentó un creciente nerviosismo, que paulatinamente fue remitiendo hasta desaparecer por completo. Se sentía traspasado por un dolor que lo purificaba.

La única sensación de realidad que percibía era la de estar atrapado. La congregación guardaba silencio y Guido se había sentado ante el clavicémbalo. La pequeña orquesta alzaba sus instrumentos. Un pensamiento se abrió paso hasta él con toda claridad: «No puedo.» La música no era más que un conjunto de signos indescifrables. De pronto sonaron los estallidos iniciales de las trompetas.

Miró hacia el espacio vacío que se abría ante él. Empezó a cantar.

Las notas subían, caían en picado y ascendían otra vez, la letra se entrelazaba sin esfuerzo, el pergamino con la partitura se le enrollaba en las manos. Comprendió enseguida que todo iba bien. No estaba perdido, al contrario, su voz se imponía cada vez con más fuerza y hermosura. Sintió una primera y casi imperceptible punzada de orgullo.

Cuando tocó a su fin, Tonio supo que había conseguido un pequeño triunfo.

El público, al que no le era permitido aplaudir, tosía, se removía en los asientos, movía los pies, sutiles señales de una aprobación incondicional. Tonio la constataba en los rostros. Mientras seguía a los otros *castrati* para salir de la capilla, sólo deseaba era estar a solas con Guido. Aquella necesidad era tan urgente que apenas podía soportar las felicitaciones, los calurosos apretones de mano, Francesco murmurándole que Domenico hubiese enfermado de celos...

Que Guido lo poseyera sería elogio suficiente, lo demás ya lo sabía, y además estaba agotado.

Sin embargo, se volvió hacia la hilera de gente que abandonaba la capilla, y cuando salió la muchacha rubia, Tonio se ruborizó.

La realidad de la joven era tan asombrosa... En su memoria ella había palidecido, se había vuelto insignificante, y en esos momentos estaba allí, con el cabello de oro cayéndole con suavidad sobre la redonda nuca, y sus ojos, tan infinitamente serios, convertidos en un destello de azul marino. Llevaba un pequeño lazo violeta en la garganta cuyo reflejo coloreaba sus labios del mismo color. Algo fruncidos, apetecibles, casi podía sentir su plenitud, como si con el pulgar hubiese presionado sobre los labios de ella justo antes de besarla. Turbado, desvió la mirada.

La acompañaba un caballero anciano. ¿Quién era? ¿Su padre? ¿Por qué no le habría contado ella el pequeño incidente del comedor? ¿Por qué no lo había llamado a gritos?

Entonces se encontraron frente a frente, y cuando Tonio alzó los ojos, la miró fijamente.

Sin dudarlo un instante, le hizo una reverencia. Y luego, casi airado, desvió la mirada de nuevo. Se sintió fuerte y tranquilo, quizá por primera vez consciente de que, entre todas las emociones dolorosas de la vida, sólo la tristeza emitía un fulgor tan exquisito. Ella se había marchado.

El *maestro di capella* se le acercó y le estrechó la mano.

—Impresionante —le dijo—. Y yo que creía que progresabas demasiado deprisa.

Entonces Tonio descubrió a Guido, y la felicidad de éste era tan evidente que a Tonio se le formó un nudo en la garganta. La condesa Lamberti lo abrazaba. Tan pronto como la condesa se alejó, Guido se volvió hacia Tonio, lo empujó con suavidad hacia el pasillo, y a punto estuvo de besarlo pero recapacitó y se contuvo.

—¿Qué demonios te ha sucedido ahí arriba? Pensaba que no ibas a empezar. Me has asustado.

—Pero empecé, justo a tiempo —replicó Tonio—. No te enfades.

—¿Enfadarme? —rió Guido—. ¿Parezco enfadado? —Impulsivamente abrazó a Tonio y lo soltó—. Has estado genial —le susurró.

Los últimos invitados se habían marchado, y estaban cerrando las puertas principales. El *maestro di capella* estaba enfrascado en una conversación con un caballero que daba la espalda a Tonio.

Guido abrió la puerta de sus habitaciones, aunque Tonio sabía que no se retiraría hasta que oyese lo que el maestro tenía que decir.

Pero mientras el maestro se giraba y acompañaba a su invitado, Tonio experimentó una muda conmoción. Advirtió de inmediato que se trataba de un veneciano, aunque no podría decir por qué.

Entonces, cuando ya era demasiado tarde para volverse, vio que aquel joven rubio y corpulento era Giacomo Lisani, el hijo mayor de Catrina Lisani.

¡Catrina lo había traicionado! No se había presentado ella, pero había mandado a su hijo. Aunque su primer impulso fue huir, enseguida comprendió que Giacomo estaba tan confuso como él. Su primo tenía las mejillas encendidas y sus ojos azul pálido obstinadamente clavados en el suelo.

Y cómo había cambiado, qué distinto era del mozalbete desgarbado a quien Tonio conoció en Venecia, aquel impetuoso estudiante de la Universidad de Padua que siempre estaba riendo con su hermano, dándole codazos en las costillas.

Una leve la sombra de barba le oscurecía el rostro y el cuello, y al inclinarse para hacer a Tonio una profunda y casi ceremonial reverencia, pareció caer sobre él todo el peso del deber. El maestro lo estaba presentando. No había escapatoria posible. Entonces Giacomo miró directamente a Tonio y enseguida desvió los ojos.

¿Acaso le inspiro repulsión?, pensó Tonio con frialdad. ¿Le parezco abominable? No obstante, toda consideración de sí mismo y de la visión que de él tuviera su primo se convirtió en muda e irracional animosidad. Por otro lado, también sentía cierta fascinación por las transformaciones que la naturaleza había obrado en Giacomo, unas transformaciones que nunca vería operarse en muchos de los estudiantes que entonces constituían su única familia.

—Marc Antonio —dijo Giacomo—. He venido a verte de parte de tu hermano Carlo.

El maestro los había dejado solos. Guido también se había alejado, pero permanecía justo detrás del joven, con los ojos clavados en Tonio.

Tonio, al oír después de tanto tiempo el hermoso dialecto veneciano, tuvo que desenmarañar el significado de las palabras de Giacomo del profundo timbre masculino de su voz, que en aquel momento le pareció casi mágico. Qué exquisita era aquella lengua, forjada con el mismo oro de sus muros, volutas, columnas y puertas pintadas. La voz gruesa y lánguida de Giacomo parecía compuesta por una docena de sonidos armónicos, y notaba cada palabra resonante como el suave puño de un niño presionándole la garganta.

—... está preocupado por ti —prosiguió Giacomo—. Ha oído rumores de que aquí tenías problemas, de que al poco de tu llegada uno de los alumnos se convirtió en mortal enemigo tuyo, que te atacó y que te viste obligado a defenderte.

Giacomo frunció el ceño en una expresión de profunda preocupación. Su tono, dictado por el deber, se había vuelto condescendiente, aunque en él se detectaba una sinceridad angustiada. Ah, la juventud, se descubrió pensando Tonio, como si él fuera un viejo.

Sobre ellos había caído el silencio. Tonio captó la repentina y clara advertencia en el rostro de Guido. El rostro de Guido decía «peligro».

—Tu hermano está muy preocupado, teme por tu vida, Marc Antonio —dijo Giacomo—. A tu hermano le inquieta que no le hayas escrito a mi madre contándole ese incidente y...

Sí, peligro, pensó Tonio. Para mi corazón y para mi alma. Por primera vez desde que comenzó a hablar, Giacomo lo miraba a los ojos.

En algún pequeño e intangible punto de aquel intercambio de miradas, Tonio comprendió el verdadero alcance de todo aquello, su significado, qué querían de él en realidad. ¡Preocupado por su seguridad! Ese estúpido joven ni siquiera intuía la naturaleza de su misión.

—Si estás en peligro, Marc Antonio, tienes que decírnoslo...

—No estoy en peligro —replicó Tonio de repente. La frialdad de su voz lo asombró; sin embargo, prosiguió—: Nunca ha existido ningún peligro para mí, aquí —dijo en un tono casi burlón, y sus palabras se revistieron de tal autoridad que vio cómo su primo retrocedía ligeramente—. Ese asunto terminó de una manera estúpida, pero no pude hacer nada por impedirlo. Dile a mi hermano que no tiene de qué preocuparse, y que se ha tomado demasiadas molestias enviándote a verme.

En la penumbra, Guido sacudió negativamente la cabeza con desesperación.

Pero Tonio había alargado la mano para tomar a su primo del brazo, lo cogió con fuerza y lo llevó hacia la puerta principal.

Giacomo parecía un tanto sorprendido. Lejos de ofenderse por aquella manera de ser despedido, miraba a Tonio con fascinación mal disimulada, y cuando habló, su voz sonó aliviada.

—Entonces, aquí estás contento, Tonio —dijo.

—Más que contento. —Tonio soltó una breve carcajada. Seguía conduciendo a Giacomo hacia la puerta—. Y dile a tu madre que tampoco se preocupe.

—Pero ese chico que te atacó...

—Ese chico —lo interrumpió Tonio— comparece ahora ante un juez más severo que tú y que yo. Reza por él en misa. Hoy es el día de Navidad, y sin duda preferirás pasarlo en otra parte.

Giacomo se detuvo junto a la puerta. Todo aquello ocurría demasiado deprisa para él. Sin embargo, mientras dudaba, no pudo evitar que sus ojos recorriesen raudos, casi voraces, la figura de Tonio, y entonces esbozó una leve pero cariñosa sonrisa.

—Me alegro de que estés tan bien, Tonio —confesó. Por un instante intentó decir algo más, pero cambió de idea y clavó la mirada en el suelo. Pareció volverse más joven, convertirse en el muchacho que había sido en Venecia, y Tonio advirtió en silencio, sin alterar su expresión lo más mínimo, que su primo sentía amor y lástima por él.

—Siempre fuiste excepcional, Tonio —dijo Giacomo, casi en un susurro, y con vacilación, alzó los ojos de nuevo para encontrarse con los de Tonio.

—¿Qué quieres decir, Giacomo? —preguntó Tonio, casi fatigado por el esfuerzo de soportar todo aquello sin resultar descortés.

—Eras... bueno, siempre fuiste un hombrecito —dijo Giacomo, y su actitud de complicidad invitaba a Tonio a comprender y a sonreír con él—. Parecías crecer muy deprisa, era como si fueses mayor que nosotros.

—No sé mucho de niños. —Tonio sonrió.

Y cuando vio que su primo se encontraba de repente perdido, añadió:

—¿Y no te alivia ver que el estar tan lejos de casa no me ha causado ningún sufrimiento?

—¡Me alivia muchísimo! —convino Giacomo.

Entonces se observaron de nuevo y ninguno de los dos desvió la mirada. El silencio se prolongó, y la tenue luz de las antorchas alargó las sombras y luego las encogió.

—Adiós, Giacomo —dijo Tonio en voz baja. Sujetó con fuerza a su primo por los dos brazos.

Giacomo sólo pudo mirarle un momento más. Entonces rebuscó en el bolsillo de la levita y anunció:

—Tengo una carta para ti, Tonio, casi se me olvidaba. ¡Mi madre no me lo hubiera perdonado! —Le entregó la carta—. Y tu voz... —dijo—. En la capilla. Me gustaría, me gustaría conocer el lenguaje de la música para poder describírtelo...

—El lenguaje de la música sólo está compuesto de sonidos, Giacomo —replicó Tonio. Sin dudarlo un instante, se abrazaron.

Cuando entró en la habitación de Guido, éste estaba encendiendo las velas. Permanecieron abrazados durante un largo rato.

Pero Tonio tenía la carta en las manos, no podía borrarla de su mente. Cuando se apartó para sentarse ante la mesa, por primera vez advirtió una mezcla de preocupación e ira en la expresión de Guido.

—Lo sé, lo sé —dijo Tonio, rasgando el sobre del pergamino. Llevaba el sello de Catrina.

—¿Lo sabes? —le preguntó Guido, pero pese al enfado que su voz denotaba, siguió acariciándolo. Apretó los labios contra la cabeza de Tonio—. ¡Tu hermano lo ha enviado aquí para velar por ti! —murmuró—. ¿No podías haberte comportado como un estudiante tímido e inseguro, aunque sólo fuera por esta vez?

—El tímido e inseguro eunuco —replicó Tonio—. Querías decir eso, ¿no? Pues no me comportaré de ese modo ante nadie. ¡No puedo! Que vuelva a Venecia y le cuente lo que quiera a mi hermano. Me ha oído cantar con niños y ángeles. Ha visto al alumno obediente, al castrado obediente. ¿No basta con eso?

La letra de la carta era indescifrable bajo la mortecina luz. Se había jurado miles de veces no hablar de aquello con nadie, ni siquiera con el sacerdote en el confesionario, ¿cómo había sido tan estúpido para creer que Guido no lo había intuido? Sentado, inmóvil, con la carta abierta sobre la mesa, el peso de las palabras no pronunciadas por Guido lo abrumaba, mientras observaba la sombra de éste moverse despacio en la habitación.

Cuando terminó de leer la carta le pareció que había pasado un siglo.

Entonces la releyó. Cuando terminó la segunda lectura, alzó el papel y lo acercó a la llama de la vela hasta que el fuego se avivó, el pergamino crujió, se consumió y quedó reducido a cenizas.

Guido lo vigilaba. Hasta los muebles de aquella habitación que le era tan familiar se le antojaron extraños. Se sentía cohibido, frío y ajeno a todo. Al mirar a Guido, era como si no conociera a ese hombre con el que acababa de discutir, ese hombre cuyos labios aún sentía en los suyos. No lo conocía, ni tampoco sabía por qué se encontraban allí.

Apartó la mirada, fríamente consciente del efecto de su expresión en Guido, pero en esos momentos sólo veía el rostro de su hermano. No, el rostro de su padre, recapacitó, con una leve sonrisa. Padre, hermano, y más allá, al final de su vida, un telón de fondo de oscuro vacío.

Todas las campanas de las iglesias de Nápoles repicaban, era la mañana de Navidad, y su sonoro y monótono tañido atravesaba las paredes como el ritmo de un latido. Sin embargo, no sentía nada, no comprendía nada. No quería nada, excepto que aquel momento llegara a su inevitable fin.

¿Cómo había olvidado el destino que le aguardaba? ¿Cómo se las había arreglado para vivir como los demás, para tener hambre, tener sed, para amar?

Guido había servido el vino. Le había puesto el vaso en la mano derecha. El aroma de la uva llenó la habitación, y Tonio, recostándose en la silla, miró de soslayo la carta convertida en cenizas y la comida que permanecía intacta, en una bandeja de plata.

¡Se había casado con ella!

Eso era lo que decía la carta.

Decoroso, sencillo, una simple notificación. ¡Se había casado con ella! Tonio apretó los dientes hasta que notó dolor y la imagen de la habitación se le hizo borrosa. Se había casado con la esposa de su padre, con la madre de su hijo bastardo, se había casado con ella ante el dux, ante el Consejo de los Diez, el Senado y todos los nobles de Venecia. ¡Se había casado con ella! Tendría hijos fuertes, ¡mis hermanos! Esos Giacomos, esos hermanos siempre lejos de su alcance, que hacían del sentimiento de fraternidad una inmensa ficción sólo reservada a otros, a los que funde en un sólido abrazo. Qué magnífica ilusión.

—Tonio, sea lo que sea, olvídalo. —La voz de Guido sonó a sus espaldas, dulce, moderada—. Quítatelos a todos de la cabeza. Recorren kilómetros con el único propósito de herirte.

—¿Eres mi hermano? —preguntó Tonio en un susurro—. Dímelo... —Tomó la mano de Guido—. ¿Eres mi hermano?

Guido, al oír aquellas sencillas palabras expresadas con sumo sentimiento, sólo pudo asentir confundido.

—Sí.

Tonio se levantó y se acercó a Guido, le posó la mano en los labios pidiéndole silencio, tal como Marianna había hecho con Carlo aquella última noche en el comedor. Sin embargo, Guido le hablaba.

—Olvídalos, olvídalos ahora mismo.

—Sí, durante una hora —replicó Tonio—. Durante un día o una semana. No sabes cómo me gustaría desterrarlos de mi mente —musitó.

No obstante, la veía tumbada en aquel rancio y oscuro dormitorio, dormida en lo profundo de su ebriedad, la cérea máscara de la muerte en su rostro, sus gemidos inhumanos. Pero en ese momento, aquellas estancias, los corredores, el gran salón están llenos de luz, abarrotados de gente, tal y como yo siempre había soñado, y ella se refugia en sus brazos, y él la ha salvado. Sí, has dicho bien. ¡La ha salvado! Te ha mutilado a ti para salvarla a ella. ¡Ella ya se ha librado de su condena, y tú estás condenado, y ahora eres tú quien está en esa habitación oscura y no puedes salir y no ella.

—Oh, si pudiera arrancar ese dolor de tu mente —dijo Guido, con las manos en las sienes de Tonio—. Si pudiera llegar al interior y sacarlo.

—Pero si ya lo haces, lo haces como nadie más puede hacerlo —replicó Tonio.

Están casados.

Casados. Y la pequeña Francesca Lisani se agarra a las rejas del convento para mirarme, mi prometida, mi novia. Casados. La madre de Tonio alzó la vista desde el tocador; de repente echó hacia atrás su larga melena negra y rió.

¿Canta, baila, lleva collares de perlas, está el gran comedor atestado de invitados, tiene su *cavalier servente*, qué piensa de lo ocurrido a su hijo? ¿Qué se imagina?

Besó despacio la boca abierta de Guido, procurando recuperar un sentimiento auténtico. Luego, juntó las manos de Guido y las soltó a medida que éste retrocedía. Nunca, pensó, nunca sabrás lo que ocurrió, ni lo que tiene que ocurrir, ni cuán breve es el tiempo que tenemos para estar juntos, este pequeño lapso de tiempo que llamamos vida.

Casi había amanecido cuando se levantó de la cama y escribió su respuesta a Catrina:

> En los cuartos traseros de nuestra casa, en el primer piso, hay todavía unas espadas viejas aunque excelentes. Por favor, pregúntale a mi hermano si me permitiría tener un arma de ésas, y si sería tan amable de mandármela cuando le sea posible. Pregúntale también si hay alguna espada que perteneciera a nuestro padre y de la que no le importe desprenderse, para que pueda enviármela junto a la otra.
>
> Le estaría profundamente agradecido por ello.

Firmó la carta, la cerró, y se quedó sentando contemplando la llegada al pequeño patio de la luz de la mañana, un espectáculo lento y silencioso que siempre lo colmaba de una extraordinaria paz interior. Primero se distinguían las formas sombrías de los árboles bajo los arcos del claustro, luego la luz irrumpía por doquier, perfilando la tracería de los tallos y las hojas. El color era el último que aparecía, y cuando lo hacía significaba que la mañana ya estaba allí, y la casa empezaba a emitir sus vibraciones, como un gigantesco instrumento que dejara escapar los sonidos a través del órgano de una gran iglesia.

El dolor había desaparecido.

La confusión había disminuido. Mientras miraba el terso rostro dormido de Guido, se encontró tarareando el himno que había cantado la noche anterior. Pensó: «Giacomo, gracias por este pequeño regalo, hasta que tú llegaste no había sabido lo mucho que amo todo esto.»

10

Domenico causó sensación en Roma, no así Loretti, que recibió un abucheo del público, sobre todo de los *abbati*, los clérigos que siempre ocupaban las primeras filas del teatro romano. Le acusaban de haber plagiado a su ídolo, el compositor Marchesca, de modo que durante toda la representación habían lanzado gritos de: «¡Bravo Marchesca! ¡Fuera Loretti!», sólo interrumpidos cuando cantaba Domenico.

Aquello hubiese bastado para enervar a cualquiera y Loretti regresó a Nápoles, jurando que nunca volvería a poner los pies en la Ciudad Eterna.

Pero Domenico se había marchado a cumplir con un importante compromiso en la corte de uno de los estados alemanes. Los chicos del conservatorio rieron al saber que había tenido una aventura con un conde y su esposa, y que los había complacido a los dos según sus preferencias en la cama.

Tonio escuchó aquellas noticias con alivio. Si Domenico hubiese fracasado, nunca se lo habría perdonado. Aún no podía oír su nombre artístico, «Cellino», sin experimentar cierta vergüenza y pena. Guido estaba afligido por el trato que Loretti había recibido, y murmuró que el público de Roma siempre era el más exigente.

Tonio estaba demasiado absorto en su propia vida como para pensar en otras cosas.

Inmediatamente después de Navidad, empezó a visitar a un maestro de esgrima francés siempre que podía. No importaba cuáles fueran sus otras obligaciones: intentaba salir del conservatorio al menos tres veces por semana.

Guido estaba furioso.

—No puedes con todo —insistía—. Practicas todo el día, ensayas con los alumnos por las noches, los martes vas a la Ópera, los viernes a casa de la condesa. Y ahora quieres desperdiciar horas en una *salle d'armes*; es una locura.

Pero el rostro de Tonio adoptó una expresión resuelta, coronada con una gélida sonrisa. Finalmente se salió con la suya.

Se decía que, después de un día de música plagado de voces airadas y amenazantes, necesitaba dejar el conservatorio y rodearse de hombres que no fueran eunucos, o se volvería loco.

Aunque en realidad le ocurría todo lo contrario: le resultaba muy difícil acudir a la escuela de esgrima, le resultaba difícil saludar al maestro francés, ocupar su lugar entre los jóvenes allí reunidos en mangas de camisa de encaje, con los rostros ya brillantes por el esfuerzo realizado, y deseosos de ofrecerse como rivales.

Notaba sus ojos fijos en él, estaba convencido de que a sus espaldas se burlaban de él.

Sin embargo, ocupaba su lugar con absoluta frialdad, el brazo izquierdo doblado en un perfecto arco, las piernas prestas a saltar, y comenzaba a acometer, a parar los golpes, a esforzarse por lograr una mayor velocidad y precisión. La largura de su brazo le daba una ventaja mortal, al tiempo que avanzaba con visible pericia y ligereza.

Cuando otros ya estaban agotados, él continuaba, sintiendo el hormigueo de los músculos que se le endurecían en los brazos y las pantorrillas, y el dolor que se disolvía para transformarse luego en una mayor fuerza, al tiempo que con estruendosa energía acorralaba a sus adversarios, llevándolos a veces contra la pared antes de que el maestro de esgrima se acercase a contenerlo, susurrándole al oído:

—Vamos, Tonio, descansa un rato.

Ya casi era Cuaresma cuando advirtió que nadie bromeaba en su presencia, que nadie pronunciaba la palabra «eunuco» si él estaba cerca.

Y de vez en cuando, los jóvenes mostraban una especial cortesía hacia él. ¿Iría a beber con ellos cuando terminara la clase? ¿No le apetecería acompañarles algún día que fueran de caza o a montar a caballo? Él siempre rehusaba. Pero advertía que se había ganado cierto respeto por parte de aquellos italianos meridionales de tez oscura y a menudo taciturnos, que a buen seguro sabían que Tonio no era uno de ellos. Sin embargo, aquello no le servía de mucho.

Evitaba la compañía de los jóvenes, los hombres completos, incluso la de los estudiantes sin castrar del conservatorio, que tenían continuas deferencias hacia él desde la muerte de Lorenzo. Pero ¿medirse con armas con un hombre? Se obligaba a hacerlo. Enseguida adquirió destreza suficiente para enfrentarse a cualquiera de ellos.

Guido lo consideraba una manía. No adivinaba la inexorable soledad que se abatía sobre Tonio en medio de todo aquello, el alivio que experimentaba cuando volvía a encontrarse a salvo dentro del conservatorio.

Aun así, tenía que hacerlo. Tenía que hacerlo hasta que estuviera tan cansado que las piernas no lo sostuvieran.

Cuando la conciencia de su naturaleza monstruosa, de su estatura cada vez mayor y del brillo inhumano de su piel lo obsesionaban, adquirió la costumbre de detenerse y respirar más despacio. Entonces avanzaba con más lentitud mientras andaba, o hablaba y se esforzaba en que todos sus gestos resultaran elegantes, lánguidos. Eso le parecía menos ridículo, aunque nadie le había dicho nunca que lo encontrara ridículo.

Mientras tanto, en el conservatorio, el *maestro di capella* instaba a Tonio a ocupar una pequeña estancia cerca de las habitaciones de Guido, en la planta principal. Era evidente que la muerte de Lorenzo lo preocupaba. Tampoco aprobaba el tiempo que dedicaba a la esgrima. Los otros alumnos lo admiraban, lo habían convertido en una especie de ídolo.

—Pero también debo que admitir que sorprendiste a todo el mundo con esa cantata de Navidad —añadió—. La música es la sangre y el latido de este lugar, y si no hubieras tenido talento, no habrías causado tan grata impresión.

Tonio protestó. No quería renunciar a aquella vista de la montaña, no quería dejar aquella acogedora estancia de la buhardilla.

Pero cuando advirtió que todas aquellas habitaciones del primer piso se comunicaban entre sí a través de puertas, y que la suya quedaba junto al dormitorio de Guido, aceptó. Salió a comprar muebles para decorarla a su gusto.

El maestro se asombró al ver los tesoros que entraron por la puerta principal: un candelabro de cristal de Murano, palmatorias de plata, cofres esmaltados, una cama artesonada con dosel de terciopelo verde, alfombras orientales y por último un magnífico clavicémbalo con un teclado doble y una gran caja triangular, decorado con pinturas de sátiros galopantes y ninfas, bajo un suave barniz, en ocre, dorado y verde oliva.

En realidad, era un regalo para Guido, aunque dárselo nada más llegar hubiera resultado indiscreto.

Por la noche, cuando las cortinas de las ventanas que daban al claustro estaban corridas, y los pasillos resonaban con débiles y disonantes sonidos, nadie sabía quién dormía en qué cama ni quién entraba o salía de cada habitación, y el amor de Guido y permaneció en secreto como hasta entonces.

Mientras tanto, Guido trabajaba con ahínco en la creación de un *Pasticcio* para Pascua, tarea que el *maestro de capella* le había confiado como resultado de su éxito en Navidad. Ese *Pasticcio* era una ópera completa en la cual prácticamente todos los actos eran revisiones de obras famosas anteriores. Zeno utilizaría música de Scarlatti para la primera parte del libreto, la segunda se basaría en composiciones de Vivaldi y así sucesivamente, pero a Guido se le concedía el honor de escribir el acto final.

Habría papeles para Tonio y para Paolo, cuyo soprano alto y dulce asombraba a cuantos lo escuchaban, y para otro prometedor estudiante llamado Gaetano, asignado a Guido como reconocimiento a su trabajo en Navidad.

Guido se hallaba en un estado de éxtasis. Tonio enseguida comprendió que, aunque podía pagar a Guido todo su tiempo para que le diera clases particulares, Guido deseaba el reconocimiento del maestro por el resultado obtenido con sus alumnos y sus composiciones, Guido avanzaba en la realización de algunos de sus sueños.

El día que el maestro aceptó el *Pasticcio*, la euforia de Guido llegó hasta tal punto que tiró al aire todas las páginas de la partitura.

Tonio se arrodilló para recogerlas y entonces le hizo prometer que los llevaría a él y a Paolo un par de días a la vecina isla de Capri.

Cuando le dijeron que iría con ellos, Paolo rebosaba de excitación. Era un muchacho cariñoso y que se hacía querer, con la cara redonda, la nariz chata y un manojo de indómito cabello castaño. Tarde por la noche, en la posada, Tonio le daba conversación, entristeciéndose al descubrir que el chico no recordaba a sus padres, sólo una sucesión de orfanatos, y al viejo maestro del coro que le había prometido que la operación no sería dolorosa, lo cual resultó ser mentira.

A medida que avanzaba la Cuaresma, Tonio iba adivinando qué triunfo anhelaba Guido: Tonio tenía que salir al escenario pero no con el coro, él solo.

No sería peor que en la capilla, ni que las procesiones que pasaban entre la gente de la calle camino de la iglesia.

Sin embargo, la perspectiva lo deprimía. Pensaba en el público y lo invadía un dolor casi físico cuando se imaginaba saliendo al escenario, ante las luces, la conocida sensación de desnudez, de vulnerabilidad, de... ¿qué? ¿De pertenecer a otros? ¿De ser objeto destinado a complacer a los demás, en vez de ser una persona que debe ser complacida?

A pesar de todo lo deseaba con todas sus fuerzas. Deseaba el dolor y el brillo y el entusiasmo, y recordó que, mientras Domenico cantaba, se había prometido que algún día superaría a su compañero.

Pero cuando por fin abrió la partitura de Guido y supo que tendría que hacer un papel de mujer, se quedó atónito.

Estaba completamente solo.

Había pedido permiso para llevarse la partitura al pequeño teatro vacío y practicar allí oyendo cómo su voz llenaba el lugar.

En el vestíbulo se filtraban unos rayos de luz solar, los palcos vacíos se veían huecos y oscuros, y el escenario, desposeído incluso de las cortinas, dejaba al descubierto el mobiliario y los decorados.

Al sentarse al clavicémbalo y mirar la partitura que tenía ante sí, experimentó la instantánea y nítida sensación de que lo habían traicionado.

No obstante, casi veía el rostro asombrado de Guido cuando se enfrentó a él. Guido no lo había hecho con el propósito de humillarlo, sino que se limitaba a proporcionarle todas las oportunidades de aprendizaje.

Obligó a sus manos a tocar la primeras notas, liberó toda la potencia de su voz y oyó cómo las frases iniciales llenaban el pequeño teatro. En su mente cobró vida toda la representación. Sintió a la multitud, oyó la orquesta, y vio a la muchacha rubia en primera fila.

Él se hallaba en el centro de aquel espléndido horror, un hombre vestido de mujer. No, no eres un hombre, lo habías olvidado. Sonrió. Al recordarlo, Domenico le parecía inocente, sublime y poderoso en sumo grado.

Notó que la voz se le secaba en la garganta.

Sabía que debía hacerlo. Que tenía que aceptar la situación. Ésa era la lección aprendida en la montaña, y dentro de los pétalos abiertos de aquel nuevo terror se encontraba la semilla de una fuerza mayor. Deseó poder regresar a la montaña. Deseó comprender por qué lo había ayudado y transformado en aquella ocasión.

Sin perder un instante, se puso en pie y cerró el clavicémbalo.

Buscó un lápiz en el dormitorio de Guido y escribió su mensaje en la primera página de la partitura: «No puedo interpretar papeles de mujer, ni ahora ni nunca. No pienso interpretar ese papel si no lo modificas.»

Cuando Guido volvió, podía haberse enzarzado en una discusión, pero Tonio mantuvo un obstinado silencio. Conocía todos los argumentos: los *castrati* interpretaban papeles de mujer en todas partes, ¿pensaba que podría ir por el mundo cantando sólo papeles masculinos? ¿No comprendía que aquello implicaba un sacrificio? ¿Que no siempre podría elegir?

Tonio, finalmente, alzó la vista y en voz baja, dijo:

—No lo haré, Guido.

Guido se había marchado. Había ido a pedir permiso al maestro para reescribir, para modificar por completo el último acto.

Había transcurrido una hora desde que se había ido.

En la garganta de Tonio persistía aquella sequedad, aquella sensación de espesor desconocida. Le resultaba imposible cantar, y todas las vagas imágenes de la montaña y la noche que pasó allí no le servían de consuelo. Estaba asustado. Se sentía arrastrado hacia un sentimiento que lo destruiría por completo, y que hasta entonces no había previsto. Ser todo lo simple y manejable que un castrado debía ser, eso representaría la muerte. Siempre estaría dividido. Siempre existiría dolor. Dolor y placer, que se amalgamaban y le provocaban distintas reacciones, le daban forma pero sin que uno se impusiera jamás al otro. Nunca habría paz.

Cuando Guido regresó, no esperaba que lo hiciera en una actitud tan cabizbaja, y enseguida intuyó que ocurría algo. Guido permaneció sentado un buen rato ante su escritorio sin decir palabra.

—Le ha dado el papel principal a Benedetto, su alumno —anunció al fin—. Dice que tú puedes cantar en el último acto el aria que escribí para Paolo.

Tonio pugnaba por encontrar las palabras, quería decir que lo sentía, y que era consciente de que lo había decepcionado profundamente.

—Es tu música, Guido —murmuró—, y todo el mundo la escuchará...

—¡Pero yo quería que la escucharan cantada por ti, tú eres mi alumno, quería que te escucharan!

11

El *Pasticcio* de Pascua fue un éxito. Tonio colaboró en las revisiones del libreto, echó una mano con el vestuario, y trabajó entre bastidores en todos los ensayos hasta el agotamiento.

Habría un lleno absoluto y era la primera vez que Guido iba a tocar allí. Tonio le había comprado una peluca nueva para la ocasión y una elegante chaqueta de brocado color burdeos.

Guido había reescrito la canción para él. Era un *aria cantabile* traspasada de una exquisita ternura y perfecta para el talento cada vez mayor de su alumno.

Cuando Tonio salió al escenario, deseó fervientemente que la ya conocida sensación de vulnerabilidad se transmutara en regocijo, en una embriagadora conciencia de la confusa belleza que le rodeaba, las caras expectantes por doquier y la obvia e indudable potencia de su propia voz.

Respiró hondo y con calma antes de empezar, sintió la tristeza del aria y entonces se lanzó de lleno con la esperanza de conmover al público hasta las lágrimas.

Pero cuando vio que lo había conseguido, que los espectadores que tenía delante estaban llorando, se quedó tan asombrado que casi se le olvidó abandonar el escenario.

La joven de rubios cabellos también estaba allí, tal como Tonio había sospechado. La vio paralizada, con la mirada fija en él. El triunfo casi superaba todas las expectativas de Tonio.

Pero ésa era la noche de Guido, el debut de Guido ante un público de sofisticados napolitanos, y cuando Tonio lo vio saludar, desechó de su mente todo lo demás.

Aquella noche, más tarde, en casa de la condesa Lamberti, se encontró con la muchacha rubia de nuevo.

El palacio estaba atestado de gente. La Cuaresma había terminado y todo el mundo quería bailar, beber, y como la velada en el conservatorio había sido un éxito, todos los músicos eran bien recibidos en la fiesta. Tonio, vagando de acá para allá con el vaso en la mano, descubrió a la chica que entraba por una puerta. Iba del brazo de un caballero muy anciano de tez oscura, pero cuando sus miradas se cruzaron, ella lo saludó levemente con un gesto. Luego se fue a bailar.

Nadie se dio cuenta, por supuesto. Nadie lo hubiera considerado importante, pero a Tonio la cabeza le empezó a dar vueltas. Se alejó de ella lo más deprisa que pudo preguntándose incluso críticamente y con repentino mal humor por qué estaba ella allí. A fin de cuentas era tan joven... Seguro que no estaba casada, y casi todas las chicas italianas de su edad estaban encerradas en conventos. Era raro que asistieran a un baile.

Su futura esposa, Francesca Lisani, había permanecido tanto tiempo enclaustrada que cuando le anunciaron que se casaría con ella, ni siquiera recordaba su cara. Pero estaba tan hermosa la tarde que por fin se vieron en el convento... aunque fuera a través de una reja... ¿Por qué se había sorprendido tanto?, pensó en esos instantes. Al fin y al cabo era hija de Catrina.

¿Para qué pensar en todo eso? Le resultaba irreal, o mejor dicho, a ratos le parecía irreal y a ratos intensamente real. En cualquier caso, la única verdad abrumadoramente objetiva era que cada vez que hacía una pausa, alguien lo felicitaba por su actuación.

Elegantes caballeros a los que no conocía, con el bastón en una mano y un delicado pañuelo de encaje en la otra, le hacían reverencias, le aseguraban que había estado magnífico, que tenían grandes esperanzas puestas en él. ¡Grandes esperanzas! Las damas le sonreían, y bajaban momentáneamente aquellos espléndidos abanicos pintados, dándole a entender que si lo deseaba, podía sentarse con ellas.

¿Y Guido? ¿Dónde estaba Guido? Guido estaba rodeado de gente, y se reía, cogido del brazo de la condesa Lamberti.

Tonio se detuvo, bebió con torpeza un buen trago de vino blanco y continuó su paseo. Llegaban más invitados y por la puerta principal se coló una corriente de aire fresco.

Apoyó el hombro contra el marco esculpido en madera de un gran espejo, y de pronto advirtió que había sido durante su último día en Venecia cuando vio a su futura esposa. ¡Oh, ese día habían ocurrido tantas cosas!, se había acostado con Catrina, había cantado en San Marco.

Aquellos recuerdos eran una agonía. ¿Cuánto tiempo llevaba en Nápoles? ¡Casi un año!

Cuando vio que Guido lo llamaba con una seña, se acercó a él.

—¿Has visto a ese hombrecillo de ahí, el ruso? Es el conde Sherzinski —susurró Guido—. Es un aficionado con mucho talento. He compuesto una sonata para él. Tal vez la interprete después.

—Eso es estupendo —dijo Tonio—, pero ¿por qué no la tocas tú mismo?

—No. —Guido sacudió la cabeza—. Es demasiado pronto. Acaban de descubrir que soy algo más que....
—Pero se tragó las palabras y Tonio le apretó la mano con disimulo.

Habían llegado más músicos del conservatorio. Guido se alejaba y Pietro, el rubio *castrato* milanés, se acercó a Tonio.

—Esta noche has estado maravilloso —le dijo—. Cada vez que cantas aprendemos algo nuevo de ti.

Tonio vio a lo lejos a Benedetto, el nuevo discípulo que había interpretado el papel que en principio estaba reservado para él. Benedetto pasó junto a ellos sin mirarlos.

—Ha sido su noche —comentó Tonio con aire resignado—, y la de Guido, por descontado.

Había ayudado a Benedetto con su vestuario, le había puesto la peluca de rizos y las cintas en el cabello. Qué desdeñoso se había mostrado éste con los que estaban a su alrededor, y a Tonio lo había tratado como a un criado. Estaba muy orgulloso de sus largas y perfectas uñas ovaladas, todas ellas con su pálida media luna en la base. Debía de habérselas pulido al quedarse a solas, pues en el escenario brillaban como si se las hubiera esmaltado. Sin embargo, había en su talante algo encallecido, famélico, y los encajes y las joyas falsas no llegaban a transformarlo, aunque él los llevaba sin el menor reparo. ¿Qué pensaría, se preguntaba Tonio, si supiera que he renunciado a ese papel por no ponerme esa ropa?

—Ha estado bien, siempre estará bien —dijo Pietro dedicando a Benedetto una mirada de fría aprobación.

Condujo a Tonio a la sala de billar.

—Quiero hablar contigo, Tonio —le dijo. Desde donde estaban se veía la sala de baile y la larga hilera de los que danzaban el minuet, aunque la música llegaba allí baja y distorsionada. En determinados momentos, cuando el murmullo de las conversaciones se intensificaba, aquellos hombres y mujeres de espléndidos atuendos parecían bailar sin música.

—Es sobre Giovanni, Tonio. Ya sabes que el maestro quiere que se quede un año más, porque piensa que no está lo bastante preparado para el escenario, pero a Giovanni le han ofrecido un puesto en un coro de Roma y quiere aceptarlo. Si se tratara de la capilla papal, el maestro diría que sí, pero como no lo es, ha arrugado la nariz... ¿Tú que crees, Tonio?

—No lo sé —respondió éste, pero sí lo sabía. Giovanni nunca había tenido talento suficiente para el escenario, lo supo la primera vez que lo escuchó.

La chica del cabello dorado apareció, enmarcada en una arcada distante. ¿Llevaba el mismo vestido violeta? ¿El mismo que había llevado hacía casi un año? Su cintura parecía tan estrecha que Tonio hubiera podido abarcarla fácilmente con las manos. La redondez de sus pechos se adivinaba perfecta y radiante, y la piel de éstos tan delicada como la de sus mejillas. Sus cejas, inexplicablemente, no eran rubias, sino oscuras, a juego con el azul de sus ojos, y eso era lo que le daba un aspecto tan serio. Tonio distinguía con toda claridad su expresión, el ceño algo fruncido y el mohín algo disgustado de su labio inferior.

—Pero, Tonio, Giovanni quiere ir a Roma, eso es lo peor de todo. A Giovanni el escenario nunca le ha gustado, ni le gustará. Lo que siempre ha soñado es cantar en la iglesia. De niño ya fantaseaba con la idea de...

—¿Y qué quieres que yo haga? —preguntó Tonio con una sonrisa.

—Puedes darnos tu opinión, Tonio —respondió Pietro—. ¿Crees que Giovanni llegará a triunfar algún día en la Ópera?

—Lo que debes hacer es preguntarle a Guido.

—Pero, Tonio, no lo comprendes. El maestro Guido nunca podría contradecir al *maestro di capella*, y Giovanni desea con toda su alma ir a Roma. Tiene diecinueve años, lleva aquí tiempo suficiente, es la mejor oferta que jamás haya recibido.

Entre ellos se hizo un breve silencio. La chica se volvió, hizo una reverencia, tomó la mano de su compañero de baile y siguió a la hilera de bailarines, con la falda ondulándose a su alrededor.

De repente, Pietro se echó a reír y le dio a Tonio un leve codazo en las costillas.

—Así que ésa es la que te gusta, ¿eh? —le susurró.

—No, no, en absoluto. —Tonio se ruborizó. Tenía que controlar su enojo—. Ni siquiera sé quién es. Sólo la estaba admirando.

Fingió indiferencia hasta donde le fue posible. Llamó a un camarero, cogió un vaso de vino blanco y lo levantó hacia la luz como si el reflejo del cristal bañado por el líquido lo fascinara.

—Adúlala, y tal vez te haga un retrato —dijo Pietro—. Si la dejaras, te pintaría desnudo.

—¿Qué estás diciendo? —inquirió Tonio, airado.

—Pinta hombres desnudos. —Pietro rió. Parecía disfrutar de lo lindo con aquellas bromas—. Claro está que son ángeles y santos, pero no llevan mucha ropa. Si no me crees, ve a visitar la capilla de la condesa. Todos los murales del altar son obra suya.

—¡Pero si es muy joven!

—¡Sí, lo es! —convino Pietro con una amplia sonrisa.

—¿Y cómo se llama?

—No lo sé, pregúntaselo a la condesa. Son algo parientes. Yo en tu lugar me fijaría en una dama más madura. Las chicas como ésa sólo traen problemas...

—Bueno, la verdad es que me da exactamente igual —dijo Tonio con brusquedad.

Una pintora de murales. La idea lo turbó, lo cautivó, le otorgaba un carácter nuevo y sensual, y de repente su aire negligente se le antojó mucho más seductor. Se la veía concentrada en algo ajeno a su belleza y al escudo que ésta le brindaba. ¡Era tan hermosa! ¿Había sido Rosalba, la pintora veneciana, tan hermosa? Y si era así, ¿por qué pintaba? Pensar en ello era una estupidez. ¿Qué más le daba a él si era la mejor pintora de toda Italia? Sin embargo, la idea de verla con un pincel en la mano lo llenaba de una deliciosa excitación.

El rostro de Pietro le pareció de pronto muy vulnerable y Tonio lo miró como si lo viera por primera vez. Empezaba a comprender sus palabras. Para Giovanni, aquella cuestión era crucial. Podía determinar el curso de su vida, y Pietro se había dirigido a él en busca de ayuda. Tonio estaba asombrado, aunque no era la primera vez que otros le pedían consejo.

—Tonio, si hablas con él, hará lo que tú le digas —dijo Pietro—. Yo creo que debería ir a Roma, pero a mí no me escuchará. Si sigue intentando triunfar en la Ópera fracasará y se sentirá humillado.

—De acuerdo, Pietro —asintió Tonio—. Hablaré con él.

La muchacha rubia había desaparecido. El baile había terminado. No la veía por ninguna parte. De pronto la distinguió a lo lejos, mientras ella se dirigía hacia la puerta, todavía del brazo de aquel caballero anciano. Se va, pensó, y lo transportó un agudo pesar al verla partir. No se trataba del mismo vestido violeta, por supuesto, sino de otro del mismo color, compuesto por amplias faldas, recogidas con manojos de pequeñas flores. Debía de gustarle ese color...

¿Y Giovanni? ¿Qué iba a decirle a Giovanni? Le haría expresar la respuesta por sí mismo y luego lo instaría a seguir sus propias convicciones.

La responsabilidad que había asumido empezaba a preocuparle, pero sobre todo experimentaba un hondo sentimiento de cariño hacia todos los chicos que a menudo se dirigían a él dispensándole un trato casi de líder. Le parecía estar muy cerca de ellos, y no sólo de los *castrati*. No hacía mucho, el estudiante compositor Morello le había dado una copia de su reciente *Stabat Mater* con una nota que decía: «Tal vez algún día lo cantes.» Y hacía poco, Guido le había permitido por segunda vez encargarse de la instrucción de los chicos más pequeños, y la experiencia le había encantado, sobre todo al comprobar lo mucho que le respetaban.

Bueno, ¿por dónde iba? Ah sí, algo relacionado con la capilla, la capilla de la condesa, ¿dónde estaba? El vino se le había subido a la cabeza, y la propia condesa parecía haberse esfumado. Claro que cualquiera de los criados sabría decirle dónde se encontraba la capilla. Guido también lo sabría. ¿Y dónde estaba Guido? Intuyó que no debía hacerle esa pregunta a Guido.

—Estoy como una cuba —susurró. Y al ver su reflejo en un cristal, exclamó—: ¡El hijo de tu madre!

Le pareció encontrarse en un salón vacío y sintió la necesidad de tumbarse, pero cuando otro sirviente se le acercó con el inevitable vino blanco, se lo bebió. Luego le tocó el brazo y le preguntó:

—La capilla, ¿dónde está? ¿Está abierta para los invitados?

Lo siguiente que recordaba era que seguía al hombre por las amplias escaleras centrales de la casa y por un largo pasillo hasta una puerta de doble hoja. La intriga le agitó el pulso. Vio que el criado alzaba la vela hasta los candelabros de la pared y luego se quedó solo en la capilla.

Era hermosa, ricamente adornada y realzada por prodigiosos detalles. Siguiendo la tradición napolitana había oro por todos lados, arcos labrados y columnas estriadas que ribeteaban los techos y ventanas con relucientes arabescos. Las estatuas de tamaño natural llevaban túnicas auténticas de terciopelo y satén. Y el mantel del altar estaba incrustado con piedras preciosas.

Recorrió el pasillo en silencio. Y en silencio se arrodilló en el cojín de terciopelo del comulgatorio y juntó las manos en actitud de rezar.

A la tenue luz vio los murales que vibraban sobre él, y le resultaba increíble que ella hubiese pintado aquellas inmensas y espléndidas imágenes: la Virgen María subiendo a los cielos, ángeles de alas arqueadas, santos de cabellos grises.

Robustas, poderosas, aquellas figuras parecían a punto de cobrar vida, y mientras las contemplaba sintió una oleada de amor por ella y se la imaginó a su lado, enfrascados ambos en una apasionada conversación en la que, por fin, escuchaba su voz. Oh, si un día pudiera pasar cerca de ella en la pista de baile y oírla hablar con su acompañante... En lo alto, el cabello oscuro de la Virgen le caía en ondas hasta los hombros, su rostro era un óvalo perfecto con los párpados entornados. ¿De veras era ella la autora? Resultaba difícil de creer que aquella exquisita imagen hubiera sido creada por el ser humano. Cerró los ojos.

Apoyó la frente en la mano derecha. Un cúmulo se sensaciones lo invadía. Se sentía desgraciado y obligado a darle a Guido una explicación de por qué había ido a aquel lugar.

—Sólo te amo a ti —susurró.

Aturdido por el vino, mareado, caminó con torpeza desde el altar hasta las puertas.

De no haber encontrado un sofá en un saloncito del piso de arriba, se hubiese desplomado.

Se tumbó y cerró los ojos, y entonces oyó a su madre decir con toda claridad: «Tenía que haberme escapado a la Ópera», y se durmió.

Cuando se despertó todo estaba en silencio. Sin duda la fiesta ya había terminado. Se levantó con rapidez y se dirigió a lo alto de la escalera. Guido estaría furioso con él. Debía de haber vuelto solo a casa.

Únicamente quedaban unos pocos invitados esparcidos por las inmensas habitaciones y, en el piso de abajo, los criados recogían en silencio las servilletas y los vasos en bandejas de plata. El aire olía a tabaco, y un clavicembalista solitario, un aficionado, tocaba una animada cancioncilla.

Todavía había allí tres de los violinistas, hablando entre sí, y cuando Tonio reconoció a Francesco entre ellos, bajó las escaleras a toda prisa.

—¿Has visto a Guido? —preguntó—. ¿Ha vuelto a casa?

Francesco estaba muy cansado, aquella noche había tenido que tocar en dos sitios distintos, y al principio hizo ademán de no comprender lo que le decía.

—Se va a poner furioso conmigo, Francesco. Me he dormido. Me habrá estado buscando —explicó Tonio, y entonces Francesco sonrió.

—No se enfadará —le susurró en un extraño tono confidencial. Guardó el violín en su funda, cerró la tapa y se puso en pie dispuesto a marcharse, pero al ver el rostro inexpresivo de Tonio, sonrió de nuevo y miró significativamente hacia lo alto de la escalera.

Tonio se inclinó hacia delante como si intentara oír las palabras que el violinista no había pronunciado. Francesco repitió el gesto con los ojos.

—Está con la condesa —dijo por fin—. Espéralo.

Durante un instante interminable, Tonio se limitó a mirar a Francesco. Observó cómo recogía su partitura, cómo se despedía de los demás y se marchaba.

Al quedarse sólo en uno de los extremos de aquella inmensa sala vacía, las palabras de Francesco cobraron pleno significado para él y se encaminó hacia las escaleras.

Intentó convencerse de que no era cierto, de que aquella afirmación carecía de fundamento. Tal vez lo había comprendido mal.

Francesco, claro está, ignoraba que Guido y él eran amantes, no lo sabía nadie.

Cuando llegó al final del largo y oscuro pasillo del piso de arriba, estaba temblando.

Se apoyó contra la pared. El aturdimiento anterior volvió a embargarle y de repente deseó hallarse lejos, muy lejos de allí. No obstante, se quedó inmóvil.

No tuvo que esperar demasiado.

En el otro extremo del pasillo, se abrió una puerta y en la luz que inundó la alfombra de flores, aparecieron Guido y la condesa. El cuerpo pequeño y rollizo de ésta seguía enfundado en un primoroso vestido de baile, pero llevaba el cabello suelto. Guido se volvió hacia ella con ternura para darle un beso de despedida.

Sus siluetas se fundieron en la oscuridad. Luego ella se fue y se llevó la luz. Guido caminó hacia las escaleras.

Tonio contempló todo aquello con mudo estupor. Ni siquiera cuando vio la inconfundible figura de Guido acercándose, fue capaz de emitir sonido alguno.

Cuando sus miradas se cruzaron y vio la expresión en el rostro de Guido, no le cupo la menor duda.

12

Lloraba. Lloraba como un niño pequeño y no le importaba. No podía aceptar lo que estaba ocurriendo. Guido lo había engañado, lo había herido a propósito. Y si al principio Tonio le había lanzado furiosas acusaciones, éstas eran producto del pánico, del intento desesperado por mantener lejos de sí el dolor que le causaba aquel descubrimiento.

Guido le hablaba en su habitual tono frío, sin inflexiones, sin concesiones. ¿Qué esperaba? ¿Excusas, mentiras, tal vez? Guido le recordaba que ya se lo había advertido, que ya le había avisado. Y que aquello estaba al margen del amor que existía entre ellos.

—Pero me has engañado —susurró Tonio. Sin embargo, era incapaz de controlar sus pensamientos, no podía seguir acusándolo con cierta coherencia.

—¿Que te he engañado? ¿Es que crees que no te amo? ¡Tú eres mi vida, Tonio!

No aducía excusas alguna ni expresaba remordimiento. Ningún reconocimiento de culpa, nada, excepto aquella frialdad y una voz grave que repetía las mismas palabras una y otra vez.

—Pero ¿ha sido sólo esta noche o ha habido otras noches? Sí, claro que ha habido otras noches.

Guido no contestaba. Se quedó en silencio, con los brazos cruzados, los ojos clavados en Tonio, ajeno al daño que había infligido.

—¿Desde cuándo? ¿Cómo empezó? —gritaba Tonio—. ¿Cuánto hace que yo no te basto? ¡Dímelo!

—¿Que tú no me bastas? Pero si lo eres todo para mí —contestó Guido en voz baja.

—No vas a dejarla, ¿verdad?...

Guido no respondió.

Era inútil hablar. Tonio sabía que las respuestas no variarían, y el miedo a que el abismo pudiera abrirse bajo sus pies y que volviera aquel sufrimiento que le reabría viejas heridas lo dejaba sin sentido. El dolor se le hacía insoportable. Sacudía todas las fibras de su ser. Era como si el pequeño mundo que había construido para sí se tambaleara y amenazase con derrumbarse. ¿Qué más le daba haber conocido un sufrimiento peor? Aquello pertenecía al pasado; lo real, lo que importaba era aquel instante.

Quiso ponerse en pie, marcharse. No quería ver a Guido nunca más, ni a la condesa, ni a nadie, y sin embargo sabía que eso era impensable.

—Yo te amaba... —musitó—. Para mí no había nadie más, nunca ha habido nadie más.

—Y ahora me amas y para mí no hay nadie más que tú —dijo Guido—. Ya lo sabes.

—No digas nada, déjalo. Cuanto más hables, peor. Se ha terminado.

Pero en cuanto hubo pronunciado aquellas palabras, vio que Guido se acercaba a él.

Justo cuando creía que no podría contener su deseo de pegarle, se encontró volviéndose hacia él. Hundido en su sufrimiento no podía resistirse a Guido. Era como si pudiese protegerlo incluso de su propia crueldad.

—Tú eres mi vida —susurró Guido de nuevo.

Sus palabras sonaban atormentadas y anhelantes, y Tonio se entregó a él.

Los besos de Guido eran lentos e intensos. Parecía que la pasión se desbordaba en oleadas nítidas que transportaban a Tonio para debilitarse tan sólo un instante antes de henchirse de nuevo.

Una vez que hubieron terminado y permanecieron tumbados juntos, entrelazados, Tonio le susurró al oído:

—Enséñame a comprenderte. ¿Cómo puedes herirme y no sentir arrepentimiento alguno? Yo no te hubiera hecho daño por nada del mundo, te lo juro.

Le pareció que Guido sonreía en la oscuridad, no era una sonrisa desagradable, sino más bien triste y el suspiro que dejó escapar pareció amortiguado por el peso de algún viejo conocimiento.

En su abrazo había desesperación, y atrajo a Tonio más cerca aún, y lo retuvo allí como si temiera que alguien fuera a quitárselo.

—Con el tiempo lo entenderás —dijo—. Y ahora, niño hermoso, muéstrame tu dulce generosidad.

A Tonio se le cerraban los ojos. No quería reconocerlo, pero incluso mientras se deslizaba de mala gana hacia sus sueños, tenía la certeza de que faltaba una gran pieza de aquel rompecabezas del que él sólo conocía su tamaño. Había miedos que lo inquietaban, miedos que no podía expresar con palabras; sólo sabía que en aquel momento Guido lo amaba y él amaba a Guido, y que si insistía en la pieza que faltaba, el dolor volvería a abatirlo.

Lo aceptó. Se sentía indefenso pero lo aceptó. En los siguientes días comprendió que aquella decisión había sido la más sensata, porque Guido le pertenecía más de lo que nunca le había pertenecido hasta entonces.

Sin embargo, Tonio había aprendido otra amarga lección: no era Guido quien lo mantenía alejado de la muchacha rubia. El recuerdo de su sentimiento de culpa aquella noche en la capilla por algo tan insignificante como mirar sus cuadros se le antojaba ridículo al comprender que podía abordarla sin tener que darle a Guido ninguna explicación. Sin embargo, no se decidía a hacerlo, y cada vez que ella se cruzaba en su camino se quedaba callado y lo invadía la tristeza.

En los meses que siguieron, el amor que sentía por Guido lo llenaría y lo serenaría. Había ocasiones en las que incluso el conocimiento de la relación que Guido mantenía con la condesa lo excitaba. Y de Guido recibía ternura y sumisión en mayor medida, tal vez porque éste recibía por fin el tan anhelado reconocimiento de su labor como compositor.

Cuando volvieron los meses de verano, acompañados de los inevitables festivales y procesiones, y las ocasionales excursiones al campo con Paolo, quedó claro que el prestigio de Guido había aumentado. El joven maestro se había convertido en un músico muy solicitado.

Le asignaban sólo los estudiantes más avanzados, mientras que los principiantes aprendían con otros maestros. Tonio era su mejor alumno y Paolo sorprendía a cuantos lo oían. Con estas credenciales, acudían muchos más cantantes de talento de los que podía aceptar.

Tenía bajo su mando el control absoluto del teatro de la escuela, y aunque no establecía diferencias en su trato despiadado, eso lo hacía más atractivo a los ojos de Tonio. Con la elegante ropa que Tonio le había regalado, el joven maestro tenía un aspecto impresionante.

Con la autoridad adquirida, sin embargo, el rostro de Guido se suavizó un tanto, cada vez se enfadaba menos. Su aire despreocupado provocaba en Tonio un secreto e irresistible placer al mero contacto de su mano.

El maestro Cavalla había recomendado a Guido que no presionara demasiado a Tonio. No obstante, el teatro brindaba a Guido la oportunidad de trabajar más a fondo con Tonio.

Bajo los focos podía examinar mejor las virtudes y defectos de Tonio. Aunque se mostraba implacable con los ejercicios y había escrito para él distintas arias, Guido decidió que era en el *aria cantabile*, el aria de la tristeza y la ternura donde Tonio se distinguía. Benedetto tenía una gran habilidad vocal, era capaz de hacer acrobacias con las notas altas para pasar acto seguido a la gama del contralto con asombrosa facilidad. El público se quedaba boquiabierto pero no se conmovía, algo que Tonio sí conseguía siempre que cantaba.

Mientras tanto, el monarca Borbón Carlos III, que llevaba dos años reinando en Nápoles, decidió levantar su Teatro San Carlos. En cuestión de meses estuvo terminado y el viejo San Bartolommeo fue derribado.

Aunque todo el mundo se maravilló de la velocidad con que había sido construido, en la noche de la inauguración lo que provocó más exclamaciones de admiración fue su interior.

El San Bartolommeo había sido un viejo teatro rectangular. Éste tenía forma de herradura con seis hileras de palcos. Pero lo más asombroso no era tanto su impresionante magnitud como su prodigiosa iluminación. Cada palco tenía un espejo en la parte delantera y una vela a cada lado. Cuando las velas se encendían, los espejos amplificaban mil veces las diminutas llamas en todas direcciones. Era un espectáculo maravilloso, sólo comparable al talento de la *prima donna* Anna Peruzzi, y su rival, la contralto Vittoria Tesi, famosa por su destreza en los papeles masculinos. La ópera, *Achille en Sciro*, estaba sacada del último libreto de Metastasio, la música era de Domenico Sarri, compositor favorito de los napolitanos desde hacía muchos años.

Pietro Righini, uno de los mejores decoradores de la época, había sido contratado para diseñar el escenario de aquella gran producción.

Guido y Tonio ocuparon sus asientos en la primera fila de la platea, en enormes butacas con reposabrazos que con un abono podrían reservarse para toda la temporada operística. De ese modo, nadie podía ocupar el asiento del abonado. No importaba lo tarde que éste llegara, siempre lo encontraba libre. Además, entre una fila y otra había tanto espacio que una persona podía caminar hasta su butaca sin molestar a sus vecinos de asiento.

Todo el mundo sabía que al monarca no le interesaba la ópera, y hacían bromas asegurando que había construido un teatro tan grande para poder sentarse lo más lejos posible del escenario.

Los ojos de Europa estaban puestos en Nápoles más que nunca. Sus cantantes, sus compositores, sus músicos habían superado con creces a los de Venecia. Y hacía tiempo que habían eclipsado por completo a los de Roma.

Roma seguía siendo, sin embargo, el lugar obligado de debut para un *castrato*, al menos en opinión de Guido. Tal vez Roma ya no fuera cuna de cantantes ni compositores, pero seguía siendo el centro. Guido se lo recordaba a Tonio constantemente.

Los progresos de Tonio asombraban a propios y extraños. A pesar de haber interpretado cuatro arias en la ópera de otoño del conservatorio y salir con Guido por las noches, seguía comiendo junto a los otros estudiantes, pasaba el recreo de la tarde con ellos y se ocupaba de todas las tareas menores que le asignaban entre bastidores.

Poco después de sus segundas Navidades en Nápoles, Tonio tuvo un enfrentamiento con uno de sus compañeros de esgrima. El altercado resultó tan peligroso como su pugna con Lorenzo el año anterior.

Ocurrió un día en que Tonio estaba especialmente aturdido y se manejaba con una pereza y una indiferencia inusuales hacia todo lo que veía y oía.

Aquella mañana, una de las cartas de Catrina Lisani le había informado de que su madre había dado a luz un hermoso niño. El pequeño había nacido hacía cinco meses, llevaba en el mundo casi medio año.

Tonio fue presa de un progresivo desfallecimiento, y se encontró perdido en una inaudible plegaria. Que tengas los miembros ágiles y el ingenio brillante, casi susurraba. Que recibas todas las bendiciones de Dios y los hombres. De haber estado presente en tu bautizo, yo mismo habría besado tu tierna frente.

Una imagen recorrió su mente, una imagen surgida de sí misma, ya que vio su figura, alta y delgada, esa araña en que se había convertido, avanzando por aquellas habitaciones húmedas y enmohecidas. Vio un brazo interminable que se extendía para mecer la cuna del pequeño. Y descubrió a su madre llorando sola.

¿Por qué lloraba? Sus pensamientos se ordenaron poco a poco y comprendió que Marianna lloraba porque él había acuchillado a su marido. Carlo estaba muerto. Y su madre estaba otra vez de luto, y todas aquellas velas que su imaginación había pintado radiantes se habían apagado. De las mechas se elevaban pequeñas estelas de humo. De un extremo a otro de aquellos pasillos, el hedor del canal flotaba denso y palpable como la niebla invernal.

—Ah —dijo por fin en voz alta, doblando el pergamino—. ¿Qué querías? ¿Un poco más de tiempo?

Había algo más: ¡la carta de Catrina decía que Marianna ya estaba embarazada de nuevo!

Así, al llegar al salón de esgrima, cuando cruzaba la puerta, había empujado sin querer a un joven toscano de Siena. Un descuido, eso era todo.

Pero mientras se preparaba para el primer asalto, no pudo evitar oír un gruñido a sus espaldas. Alzó los ojos y experimentó aquella extraña sensación de desorientación que sintiera en la *piazza* San Marco la primera vez que había oído hablar de Carlo. Se quedó inmóvil, durante un instante de agonía le pareció caer en un sueño y se aferró a la visión del suelo barnizado que tenía delante, las altas ventanas, la habitación profunda y vacía. Las palabras lo atravesaron.

—¿Un eunuco? No sabía que a los capones les estuviera permitido llevar espada.

Previsible y vulgar, y Tonio vio capones, esas aves emasculadas y desplumadas listas para comer, colgando del gancho del carnicero. Vio los espejos del salón de esgrima y reflejados en ellos a los jóvenes con pantalones negros y camisa blanca.

Advirtió que en la estancia se había hecho el silencio. Se volvió lentamente.

El toscano lo miraba. Sin embargo, sus facciones no causaban impresión, y hasta él llegaban susurros, ecos de susurros que procedían de todos los que estaban en el salón, pertenecientes a aquella gran hermandad de joven virilidad con los que había competido, luchado y a los que había vencido. Se quedó muy quieto, con los párpados entornados, a la espera de que los susurros adquirieran categoría de palabras que él pudiera entender.

Vagamente advirtió que el toscano tenía miedo. Los otros se removían incómodos y Tonio notó que una inconfundible corriente de cautela recorría la habitación. Veía los rostros inexpresivos, casi hoscos, de aquellos italianos del sur, casi percibía el olor de la transpiración.

Captó el miedo del toscano que crecía hasta convertirse en pánico, y con él un orgullo desesperado y aniquilador.

—¡Yo no cruzo armas con capones! —gritó el chico con voz algo estridente, e incluso aquellos perspicaces italianos del sur se sobresaltaron.

A Tonio lo asaltó un extraño pensamiento. Advirtió la estupidez de aquel muchacho: prefería morir antes que quedar en entredicho ante la pequeña concurrencia. Tonio no albergaba ninguna duda de que podía matarlo. Entre todos sus compañeros, él era el más hábil en el arte de la espada. Mientras cobraba conciencia de su propia estatura, de la ira metálica que se iba apoderando de él, la insensatez de aquel acto se le presentó en toda su dimensión. Él no quería matar a aquel chico. No quería que muriera. Pero un hombre, sí, un hombre debía matarlo, un hombre hubiera encontrado aquel insulto insoportable.

Aquella certeza lo desconcertó y conmovió. El chico le estaba brindando una magnífica oportunidad… Sintió pena por él. Sin embargo, si dejaba crecer en él aquella duda, lo debilitaría.

Se vio a sí mismo desde fuera, contrayendo los ojos al tiempo que los fijaba en su rival y levantaba despacio la espada.

El toscano sacó el estoque con un agudo silbido y arremetió contra Tonio. Tenía la boca torcida por la crispación y el miedo, y Tonio esquivó el golpe e hizo un corte al muchacho en la garganta.

Éste dejó caer el arma y, resollando, se llevó las manos a la herida.

En este instante toda la sala se llenó de silenciosa agitación. Un grupo de jóvenes rodeó a Tonio y lo instó a que retrocediera, mientras otros se agrupaban en torno al toscano. Vio la sangre que manchaba la camisa del chico. El maestro de esgrima insistía en que fijaran un lugar y una fecha para el duelo fuera de la escuela.

Durante todo el camino de regreso al conservatorio, Tonio revivió retazos de aquellos confusos momentos, de los jóvenes que lo rodeaban, del contacto espontáneo y amistoso de sus manos.

Antes de medianoche, se presentó ante él un noble siciliano para comunicarle que el chico había recogido sus pertenencias y había huido. Le contaba aquello con expresión desdeñosa en su rostro aceitunado. Luego, desconcertado por la austeridad que presidía la decoración de la sala donde lo habían recibido, le pidió a Tonio que algún día fuera a cazar con él. Él y sus amigos iban con frecuencia a las montañas. Se sentirían muy halagados de contar con su compañía. Tonio le dio las gracias por la invitación, sin decir en ningún momento que la aceptaba.

Pocos días después, Guido y Tonio viajaron a las montañas del sur.

El tiempo era apacible, y juntos buscaron una de esas pequeñas poblaciones colgadas de los acantilados que se cernían sobre el mar, sobre unas aguas tan límpidas, azules y quietas que eran el espejo perfecto del cielo.

Tomaron una sencilla cena en una plazoleta y luego llamaron a una banda de rústicos cantantes, andrajosos pero alegres, que les cantaron unas bárbaras e ingeniosas melodías que ningún músico profesional se hubiese atrevido a componer.

Pasaron la noche en una posada, en un lecho de paja, bajo la ventana abierta al cielo.

A la mañana siguiente Tonio salió temprano, para pasear por lugares en los que crecía abundante hierba, salpicada por doquier con las primeras flores silvestres de la primavera, en el antiguo emplazamiento de un templo griego.

Sobre la hierba se hallaban esparcidas grandes ruedas de mármol estriado, pero aún se alzaban cuatro columnas contra el cielo, y cuando las nubes se desplazaron tras ellas, los pilares parecieron flotar ingrávidos, impulsados por un espectral movimiento propio.

Tonio encontró el suelo sagrado. Caminó por sus piedras quebradas hasta recorrerlo por completo y luego se tumbó en la fresca hierba que crecía por doquier, entre las grietas y ranuras. Contempló de lleno la luz cegadora y se preguntó si alguna vez en su vida había conocido una serenidad tan intensa como la que había experimentado el año anterior.

Dondequiera que fijase la vista, el mundo parecía vibrar con una fragancia y una belleza inmaculadas. No albergaba para él ningún misterio terrible, había desaparecido aquella incesante y agotadora tensión.

Se sentía serenado por el amor, por el amor hacia Guido, hacia Paolo, amor hacia todos los que eran sus leales amigos bajo el mismo techo, aquellos muchachos con quienes compartía trabajo, ocio, estudios, ensayos y representaciones, los únicos hermanos que conocía.

Sin embargo, la oscuridad seguía ahí.

Siempre ahí, a la espera sólo de la siguiente carta de Catrina, del insulto de aquel temerario y torpe toscano, pero durante todo ese tiempo le había resultado muy fácil evitarla.

Le parecía imposible haber confiado en que su odio y amargura lo mantendrían vivo hasta que los hijos de Carlo poblaran este mundo, lo que le permitiría volver para saldar sus cuentas.

¿En qué se había equivocado?

Algo fallaba en él, algo que le había hecho olvidar el daño infligido, los privilegios arrebatados. Se había sumergido con asombrosa facilidad en aquella rutina que constituía su vida en Nápoles y que en esos momentos se le antojaba mucho más real que su existencia anterior en Venecia.

Había vacilado ante el muchacho toscano. ¿Era por simple debilidad, o se trataba de un motivo superior y más valioso que pugnaba por revelársele?

De repente sintió la angustiosa certidumbre de que el mundo nunca le permitiría saberlo.

Le parecía del todo irreal haber vivido alguna vez en Venecia, haber visto la niebla apoderarse de aquellos inmóviles canales plomizos, o los muros que se alzaban tan juntos que amenazaban con tragarse hasta las mismísimas estrellas.

Cúpulas de plata, arcos redondeados, mosaicos que resplandecían incluso bajo la lluvia, ¿qué lugar era ése?

Cerró los ojos e intentó recordar a su madre. Intentó oír su voz, verla danzar al son de la música sobre el suelo polvoriento. ¿No recordaba una ocasión en que, al verla asomada a la ventana, se había agarrado a ella llorando? Ella cantaba una canción de la calle. ¿Pensaba acaso en Istanbul?

Extendió la mano hacia su madre. Ella se volvió para pegarle. Se sintió caer.

¿Había ocurrido de veras algo parecido?

Un instante después se hallaba de pie sobre la hierba. El terreno se desplegaba en todas direcciones. A lo lejos distinguió la silueta oscura de Guido.

Caminaba entre una gran extensión de flores diminutas que sembraban aquel vasto y hermoso lugar con hebras de nubes blancas.

La figura parecía inmóvil, con la cabeza inclinada hacia un lado, como si escuchara el sonido de los pájaros lejanos o el eco del silencio.

—Carlo —susurró—. ¡Carlo! —repitió—, como si no pudiera marcharse de aquel lugar sin materializar a su padre. Cerró los ojos al tibio sol, a los campos infinitos, y se imaginaba en aquella ciudad que tan bien conocía, al acecho, felino, mortal, hasta que en algún rincón oscuro e inesperado se encontraba con él y en su rostro se combinaban el sobresalto y el horror.

Oh, Dios mío, ¿qué daría yo por poder vivir un día, sólo un día, con ese cáliz lejos de mí?

13

Pasaron otros siete meses antes de que Tonio recibiera una carta de la propia Marianna en la que le anunciaba que había dado a luz a su segundo hijo.

Cuando vio la misiva se quedó tan turbado que la llevó todo el día consigo, sólo se decidió a abrirla cuando estuvo a solas a la orilla del mar.

Le pareció que el rugido de las olas amortiguaría la voz de Marianna, tan amenazadora como la canción de las sirenas.

No pasa ni una hora sin que piense en ti, sin que sufra por ti y no me culpe de tu temeraria y terrible acción. Todavía albergo la esperanza de que un día vuelvas a mi lado, por más que protestes, por más imprudente y rencorosa que sea tu actitud.

Tu hermano pequeño, Marcello Antonio Treschi, nació en esta casa hace una semana, pero ningún niño ocupa tu lugar en mi corazón.

Faltaban poco días para el debut de Tonio como protagonista de una ópera que Guido había compuesto para el teatro del conservatorio. Y era consciente de que si no olvidaba aquella carta, sería incapaz de actuar.

Se entregó a aquella tarea casi con terquedad a medida que la producción avanzaba. Finalmente, su fuerza de voluntad salió vencedora: aquella noche sólo la música ocupaba su mente. Él era Tonio Treschi, estudiante del conservatorio, y en la intimidad, cuando el eco de los aplausos quedó silenciado por el arrebato de la pasión, apareció su otro yo: el amante de Guido.

No obstante, en los días que siguieron a ese pequeño triunfo, la obsesión por su madre volvió a dominarlo, aunque poco quedaba de su amor por ella, del tributo brindado a su belleza y de su ocasional ternura.

Marianna era la esposa de Carlo, le pertenecía, ¿cómo había confiado en él? Sin embargo, lo había hecho, sin duda.

A pesar de la ira que casi le cegaba, Tonio sabía la respuesta: había creído las mentiras de Carlo porque no le quedaba otro remedio, había confiado en él para seguir viviendo, había creído en él para huir de su habitación vacía y de su cama desierta. ¿Qué hubiera sido de ella en aquella casa sin Carlo?

A veces, cuando aquellos pensamientos se desataban en su cabeza, no podía eludir el recuerdo de aquellos largos años de infelicidad a los que su madre había sido condenada, de su soledad, de aquellos destellos de crueldad que incluso en la memoria le producían escalofríos.

Encerrada en un convento hubiera perecido, estaba seguro, y su hermano, su poderoso y audaz hermano, su agraviado, virtuoso y voluntarioso hermano hubiese tomado otra esposa en su lugar.

No, se enfrentaba a una opción imposible, y vivir con aquel hombre sin contar con su amor hubiera sido tan insoportable como la celda del convento. Ella tenía que gozar del amor de aquel hombre, de su protección y su apellido. Al fin y al cabo, ¿qué habían significado para ella el nombre y la protección en el pasado?

—Y yo la devolveré de nuevo a su soledad —musitó—. La haré regresar al claustro... —Se la imaginó de nuevo con el velo negro de viuda.

Aquel destino le resultaba más real que las imágenes de bebés y bautizos que le evocaban las cartas, la visión de una existencia dichosa que a él le había sido negada.

Marianna se volvió hacia él, lo insultó. Con los puños apretados, lo maldijo. Tonio oyó sus gritos a través del tiempo y el espacio, abarcando incluso la leve visión de un futuro imaginario: «Estoy desamparada», y su ira avanzaba inexorable hacia ella, de modo que quedaba convertida en una sombra que en nada afectaba al futuro que lo aguardaba, como tampoco antes había afectado al pasado.

Ella lo había perdido, lo había perdido irremisiblemente, y sin embargo los ojos de Tonio se empañaban cuando pensaba en su madre. Se descubrió volviendo la espalda, con el pulso acelerado, al espectáculo cotidiano de aquellas mujeres vestidas de luto en las iglesias de todas partes, viudas ancianas y jóvenes encendiendo las velas, arrodilladas ante los altares y que caminaban formando negros enjambres, acompañadas de sus viejas criadas, por las calles.

Empezaron a llegarle invitaciones para cantar en cenas y conciertos privados. Una vez se aventuró a hacerlo en casa de la anciana marquesa a quien había conocido en su primera fiesta en la residencia de la condesa Lamberti.

Pero a medida que pasaba el tiempo, se limitaba a excusarse, sin importarle.

Naturalmente, Guido estaba furioso.

—¡Tienen que escucharte! —insistía—. Tienen que verte y escucharte en los grandes teatros, Tonio, los visitantes extranjeros deben conocerte, ¿comprendes?

—Bueno, que vengan a verme y a escucharme aquí —se apresuraba a responder Tonio, y echaba la culpa a sus rigurosos horarios—. Esperas demasiado de mí —dijo con convicción—. Además, el maestro siempre se queja de que los chicos salen y beben demasiado y...

—Oh, calla —replicó Guido con desdén.

Por propia decisión el conservatorio se convirtió en el único lugar donde Tonio actuaba.

Sólo salía para acudir a las clases de esgrima y nunca aceptó las invitaciones de los otros jóvenes para salir a beber o de caza.

No dejaba de asombrarle el hecho de ver a su amiga de rubios cabellos. La chica se hallaba en la iglesia de los Franciscanos cuando Tonio acudió con los demás chicos para dar su concierto habitual. La descubrió en el teatro San Carlos, acomodada como una reina en el palco de la condesa. Miraba el escenario del mismo modo que lo hacían los ingleses, y parecía totalmente absorta en la música. Y acudía al conservatorio siempre que actuaba Tonio.

De vez en cuando, Tonio volvía a casa de la condesa con un propósito, aunque nunca se atrevió a admitirlo ante sí mismo. Iba a la capilla y contemplaba aquellos delicados murales de tonos oscuros, la virgen de rostro ovalado, los ángeles de alas rígidas, los fornidos santos. Siempre lo hacía cuando ya era tarde y había bebido más de la cuenta. A veces, en el salón de baile, la miraba con tanta audacia y durante tanto rato que a buen seguro su familia debía de sentirse ofendida.

Pero no era así.

Su vida en el conservatorio era lo que más lo llenaba; nada alteraba su programa de estudios, su felicidad cotidiana, excepto las largas cartas de su prima Catrina, quien, pese al hecho de que él casi nunca respondía, se mostraba cada vez más osada.

Las recibía siempre a través del mismo veneciano de la embajada, y se trataba de cartas dirigidas exclusivamente a Tonio.

También ella le informaba del nacimiento del segundo niño de Marianna, y se limitaba a decir que era tan sano y hermoso como el primero.

Los bastardos de Carlo superan con mucho el número de sus hijos legítimos, o al menos eso me han dicho, ya que, al parecer, ni siquiera sus brillantes éxitos en el Senado y en el Consejo impiden su goce casi constante de las mujeres.

Sin embargo tu madre lo adora y no se queja de nada.

Todos se maravillan de su vigor, su fuerza, su capacidad para el trabajo y la diversión desde el amanecer hasta que suenan las campanadas de medianoche.

Cuando le expresan su admiración, él siempre respon-
de sin vacilar que el exilio y la desgracia se han aunado
para enseñarle a saborear la vida de la que ahora dis-
fruta.

Sin embargo, ante la mera mención de su hermano Tonio, se echa a llorar. Oh, cómo se alegra de que
las cosas te vayan bien, y pese a toda esa dicha, no deja
de interesarse por tus progresos en el canto y en el
manejo de la espada.

«El escenario —me dice—, ¿crees que realmente
lo conseguirá algún día?» Y me confiesa que intuye en
ti un temperamento parecido al de Alessandro, tu antiguo maestro.

Yo le comento que tu modelo es Caffarelli, y tendrías que ver la cara que pone.

¡Le gustaría que todo el mundo se compadeciera
de él! ¿Lo puedes creer? Me recrimina que no sepa entender el suplicio que representa para él el recuerdo de
este terrible infortunio.

«¿Y los duelos? —me dice—. ¿Qué son todos
esos duelos? Yo sólo deseo que viva en paz.»

«Sí, pero sólo en la tumba se halla la auténtica
paz», le contesto. Y eso desata de nuevo sus emociones y se marcha hecho un mar de lágrimas.

Aunque luego vuelve, fortalecido por el vino,
complacido y cansado de los juegos de azar. Y con
ojos turbios me condena por mi acritud, sí, y me confiesa que a menudo se pregunta si no hubiera sido mejor que el cirujano le hubiese causado un daño mayor
a su desgraciado hermano Tonio a fin de que pudieras
descansar en paz.

«¿Pero cómo? —le contesto riendo—, qué idea
más descabellada. Pero si le va de maravilla en todos
los aspectos.»

«¿Y si lo matan en uno de esos estúpidos duelos?
Ese temor ocupa mi pensamiento día y noche. No deberías haberle mandado las espadas que te pidió.»

«Las espadas se pueden comprar en cualquier
parte», le recuerdo.

«Oh, mi pobre hermano —se lamenta con tanta emoción que arrancaría las lágrimas de cualquier público—. ¡Nadie sabe por lo que estoy pasando!» Y entonces me vuelve la espalda despectivo, como si no pudiera confiar a alguien tan estúpido y poco compasivo el auténtico alcance de sus lamentos.

Tonio, te suplico que seas juicioso y prudente. Si le llegan más rumores sobre tu destreza con las espadas, tal vez se decida a mandar un par de *bravi* a Nápoles para que te protejan. Y me parece que la compañía de esos hombres sería un engorro. Tonio, ve con cuidado y sé prudente.

En cuanto a la voz, ¿quién puede cuestionar el don que Dios te ha dado? Por las noches, tumbada en mi cama, oigo tu voz. Cómo me gustaría poder escucharla de nuevo y abrazarte para demostrarte que mi amor no ha disminuido lo más mínimo. Tu hermano es un estúpido incapaz de imaginar tus logros futuros.

Tonio guardó aquella carta mucho tiempo antes de quemarla, como había hecho con tantas otras.

La carta lo había divertido y fascinado de un modo extraño, y atizó su odio hacia Carlo con una llama nueva y más ardiente.

¡Con qué claridad veía a su hermano apurar el cáliz de la vida que le ofrecía Venecia! Se lo imaginaba moviéndose por los salones de baile, asistiendo al Senado, al Ridotto, y abandonándose en brazos de una cortesana.

Los consejos de Catrina no influyeron en absoluto en Tonio, que no introdujo ningún cambio en su vida.

Se dedicaba con más entrega que nunca a la esgrima. Y cuando tenía tiempo, perfeccionaba su puntería con la pistola. A solas en su habitación, seguía adiestrándose en el manejo del puñal a pesar de que el privilegio de clavarlo en la carne de un enemigo le estuviera vedado.

Pero Tonio sabía que su interés por el manejo de las armas o la actitud combativa que había demostrado ante Giacomo Lisani no se debían a una personalidad especialmente valerosa o beligerante.

Simplemente, no podía esconder ante el mundo lo que era.

Cada vez con más frecuencia, las miradas que se cruzaban con la suya le hacían saber que conocían su condición de eunuco. Y las miradas de los jóvenes napolitanos le confirmaban que se había ganado su respeto incondicional.

Por lo que al escenario se refería, ser otro Caffarelli, como Catrina tan generosamente había dicho, constituía su mayor deseo a la vez que le provocaba tanto temor que en ocasiones su mente lo desconcertaba.

Se sentía embriagado por los aplausos, el maquillaje, el brillo de los hermosos decorados, y por aquel instante único en que oía su propia voz alzarse por encima de las demás, tejiendo su esquiva y poderosa magia para quienes quisieran escucharla.

Sin embargo, la perspectiva de actuar en grandes teatros lo llenaba de un extraño miedo, excitante y desconocido.

—¡Dos niños en dos años!

Había momentos en que ese pensamiento lo golpeaba de forma tan contundente y enérgica que se detenía sobre sus pasos. Dos hijos, ambos varones.

Para muchas familias venecianas ése era su único derecho a la inmortalidad.

Deseó con todas sus fuerzas que su padre y su madre le hubieran dado un poco más de tiempo.

14

A mediodía, Tonio caminaba por la Via di Toledo entre una gran multitud, cuando advirtió que ese día, el primero de mayo, se cumplían tres años de su llegada a Nápoles.

Parecía imposible, tenía la sensación de llevar allí toda la vida, de que nunca había conocido otro mundo.

Se detuvo, momentáneamente desorientado, aunque el movimiento del gentío lo arrastró. Entonces se volvió despacio, alzó los ojos al cielo azul inmaculado y sintió la suave caricia de una brisa cálida y envolvente.

Cerca de allí había una pequeña taberna con mesas fuera sobre el suelo adoquinado, a la sombra de dos viejas y retorcidas higueras, y Tonio se sentó y pidió una botella de Lacrima Christi, el vino blanco napolitano al que tanto se había aficionado.

Las hojas de las higueras proyectaban sobre las piedras unas inmensas sombras con forma de mano. El aire cálido, atrapado en la estrecha calle, parecía sin embargo estar en constante y suave movimiento.

Al poco rato ya estaba borracho. No había bebido ni medio vaso cuando lo invadió una felicidad inaudita mientras se recostaba en la tosca silla y contemplaba el incesante flujo de gente. Nápoles nunca se le había antojado tan hermosa. Y pese a todos aquellos aspectos que le desagradaban profundamente: la terrible pobreza que se extendía por doquier, la holgazanería de la que hacía gala su nobleza, se consideraba parte de aquel lugar, había llegado a entenderlo en sus propios términos.

Además, tal vez los aniversarios siempre evocaban en él un cierto sentido de celebración. En Venecia eran muy abundantes, y siempre iban acompañados de festivales. No era una manera de medir la vida, sino la manera de vivirla.

Después de los asuntos que había atendido aquella mañana, esa felicidad constituía un apacible alivio.

Se había pasado horas encerrado con el sastre. No podía evitar los espejos. La costurera le recordaba machaconamente lo mucho que había crecido. Medía un metro y ochenta centímetros y difícilmente podría pasar ya por un muchacho.

La lozanía de su piel, la exuberancia de sus cabellos, su expresión de inocencia se combinaban con la longitud de sus extremidades para proclamar a los cuatro vientos su condición.

Había momentos en que todos los cumplidos que recibía lo irritaban, y volvía a él el leve recuerdo de un hombre anciano en un desván, un hombre que denunciaba un mundo donde todo se supeditaba al paradigma del buen gusto. El buen gusto dictaba que una estampa como la suya fuera elegante, hacía que las mujeres le mandasen ofrendas y promesas de eterna adoración, cuando lo único que él veía en el espejo era la espantosa ruina a la que había sido condenada la obra de Dios. No podía evitar el horror que le producía contemplar el esquema de la creación malogrado hasta tal punto. A veces se preguntaba si los que sufrían alguna grave dolencia no sentían lo mismo que él, cuando perdían la sensibilidad en los miembros o las altas fiebres les provocaban la caída del cabello. Los enfermos graves lo atraían, los monstruos lo atraían, los enanos que veía a veces en los escenarios, los tullidos, dos hombres unidos por la cadera riendo y bebiendo, sentados en la misma silla. Aquellas criaturas lo absorbían y lo torturaban, se consideraba una de ellas bajo su magnífico disfraz de encaje y brocado.

Compró todos los tejidos que le mostró el sastre, una docena de pañuelos, corbatas, guantes que no necesitaba.

—Ojalá fueras invisible, larguirucho —le susurró al espejo.

Luego, tras la primera oleada de deliciosa euforia producida por el vino, esa alquimia inmediata del alcohol y el calor del verano, sonrió.

—Peor sería si fueras feo —se dijo—. O si hubieras perdido la voz, como le ocurrió a Guido.

Sin embargo, la pequeña cámara de tortura del sastre le había traído a la memoria las recientes discusiones con Guido y el *maestro di capella*, unas discusiones que no tenían visos de cesar en el futuro. Guido se había quedado muy decepcionado cuando Tonio rechazó el papel de *prima donna* en la ópera de primavera del conservatorio, afirmando que nunca haría de mujer. El *maestro di capella* había tratado de castigarle dándole un papel insignificante, pero Tonio no mostró ningún pesar.

Si algo lo había molestado de la ópera de primavera era que su amiga de cabello rubio no había asistido. Llevaba también un tiempo sin ir a la capilla, y tampoco la había visto en el último baile de la condesa. Aquello lo inquietaba.

En lo referente a actuar vestido de mujer, sus maestros no iban a dejar que se saliera con la suya. No compartían su opinión de que podía triunfar representando sólo papeles masculinos. Siglos atrás, los primeros *castrati* se habían dado a conocer interpretando papeles femeninos, y aunque las mujeres actuaban ya en todas partes, a excepción de los Estados Papales, los *castrati* seguían siendo famosos por esos papeles. Por otra parte, como en la ópera la mayoría de los papeles estaban escritos para voces altas, todo el mundo debía estar preparado para enfrentarse a cualquier exigencia. Hasta las mujeres representaban a veces papeles masculinos.

Un día, el *maestro di capella* lo llamó a su estudio y le dijo:

—Tú sabes tan bien como yo que necesitas esta experiencia antes de marcharte de aquí. El momento de tu debut ya casi ha llegado.

—Pero eso no es posible —adujo Tonio—. No estoy preparado...

—Calla —lo interrumpió el maestro—. Puedo juzgar tus progresos mucho mejor que tú. Sabes que tengo razón. También creo que te sería de gran ayuda actuar fuera del conservatorio aunque tú te niegues. Cada semana llegan invitaciones para que cantes en casas particulares, y tú sigues ignorándolas. ¿No te das cuenta, Tonio, de que esta escuela se ha convertido en un refugio para ti?

—Eso no es cierto —murmuró Tonio procurando disimular su enojo, pero sabía que el maestro tenía razón.

—Cuando llegaste —prosiguió el maestro—, cuando finalmente accediste a cantar, no creí que lo soportases. Pensé que no te adaptarías a la disciplina y temí ver a Guido decepcionado una vez más. Sin embargo, me sorprendiste. Te has convertido en un aristócrata de este pequeño lugar, lo has convertido en tu propia Venecia, aquí has brillado de la misma forma que podías haberlo hecho allí.

»Aun así, esto no es el mundo, Tonio, como tampoco lo es Venecia. Y ahora ya estás preparado para el mundo.

Después de una larga pausa, Tonio se volvió para encontrarse con los ojos del maestro.

—¿Puedo confiarle un pequeño secreto? —le preguntó.

El maestro asintió.

—Nunca en mi vida había sido tan feliz como aquí.

El maestro le dedicó una cariñosa sonrisa teñida de tristeza.

—¿Le sorprende? —preguntó Tonio.

—No —respondió el maestro—. Cuando alguien posee una voz como la tuya, no. —Entonces se inclinó sobre el escritorio—. Ésa es tu fuerza, tu poder. Un día te prometí que si te lo proponías, lo conseguirías. Ahora voy a decirte algo más. Guido también está preparado para el mundo. Está preparado para escribir tu ópera de debut en Roma. Es paciente contigo porque no soporta verte sufrir, por eso espera. No obstante los dos estáis ya preparados, y para Guido, el trabajo y la espera ya han durado demasiado.

Tonio no replicó. Tenía la mente en blanco. Se limitaba a advertir que, en el curso normal de los acontecimientos, por aquel entonces ya sería un hombre. Se hubiera parecido a ese doble que tenía en Venecia, incluso hubiese hablado como él, y deseó poder recordar mejor el timbre de esa voz varonil. Cuando hablaba, sus palabras siempre eran dulces y moduladas porque era él quien les daba ese tono, y jamás se olvidaba de hacerlo, ni siquiera al reír.

—Seré duro —dijo el maestro—. Hay otros chicos preparados para salir a escena, preparados para sustituirte.

Tonio asintió, el hombre prosiguió.

—¿Crees que no sé lo que te ocurrió? Año tras año, sólo he obtenido silencio de Guido y de ti. Pero sé lo que te ocurrió, lo que has sufrido.

—No lo sabe —replicó Tonio, airado—, porque no le ha ocurrido a usted.

—Te equivocas. En este mundo las acciones viles las comenten aquellos que carecen de imaginación. Yo tengo imaginación, sé lo que has perdido.

Tonio no respondió. No lo podía admitir. Le pareció un exceso de orgullo y vanidad, aunque todos las demás cosas que había dicho el maestro eran ciertas.

—Déme un poco más de tiempo —dijo Tonio por fin, más para sí mismo que para el maestro. Y el maestro, satisfecho de que lo hubiera comprendido, dio por terminada la reunión.

Ese día se cumplían tres años de su llegada a Nápoles.

En medio de aquella sensación de celebración festiva, de plácida euforia, comprendió con absoluta claridad que el maestro tenía razón.

Cuando regresó al conservatorio, era casi de noche. Había ido primero al Albergo Inghilterra, cerca del mar, y había alquilado un par de habitaciones. Su idea era llevar a Guido allí esa noche, y antes quería detenerse en una iglesia cercana para escuchar a Caffarelli. El famoso *castrato* llevaba un año en Nápoles y cantaba a menudo en el San Carlos; sin embargo para Tonio escucharlo aquel día cobraba un significado especial.

Al encontrar vacío el estudio de Guido, fue a su habitación.

Su maestro se había vestido ya para la velada con una hermosa levita de terciopelo rojo que Tonio le había regalado, y en la mano izquierda se estaba poniendo un anillo con una piedra preciosa engarzada. Llevaba el pelo cuidadosamente peinado, los densos rizos de un lustroso marrón chocolate, y sus ojos emitían un brillo insólito mientras se ponía un par de guantes nuevos de seda blanca. Calzaba zapatos con hebilla de cristal de roca.

—Oh, he estado preguntando por ti toda la tarde —dijo—. Quiero que vengas pronto a casa de la condesa. Cena algo ligero y no bebas más vino. Ésta es una noche especial, tienes que hacer todo lo que yo te diga, y no me des ninguna excusa; sé que no quieres venir, pero debes hacerlo.

—¿Desde cuando no quiero ir a casa de la condesa? —preguntó Tonio. Cuando Guido se vestía para salir le resultaba irresistible.

—Las últimas seis veces que has sido invitado —respondió Guido—, pero hoy debes hacerlo.

—¿Y eso por qué? —inquirió Tonio con frialdad. Apenas podía creer en la ironía de todo aquello. Recordó la ilusión que Domenico había puesto en su pequeño plan, hacía unos años, en el mismo *albergo*, aquellas habitaciones junto al mar. Sonrió. ¿Qué podía decir?

—La condesa ha pasado por una penosa experiencia y éste es el primer baile que organiza desde su regreso. Su primo, el viejo siciliano que vivía en Inglaterra, ha muerto. Tuvo que traerlo de vuelta a Palermo para que lo enterraran. Supongo que nunca has visto un funeral en Palermo.

—En Palermo nunca he visto nada —dijo Tonio.

Guido revolvía los pliegos de partituras de su escritorio.

—Tuvieron que sentar al viejo en una silla para la ceremonia de la iglesia, y luego subirlo hasta las catacumbas de los capuchinos con el resto de la familia. Es una necrópolis subterránea, con cientos de cadáveres elegantemente ataviados, algunos en pie, otros tumbados. Todo el recinto está al cuidado de los frailes.

Tonio dio un respingo, había oído hablar de esos lugares.

Aquello, en el norte de Italia, sería inconcebible.

—Por las venas de la condesa corre tanta sangre siciliana que no la afectó demasiado, pero la viuda, una joven inglesa con la que se había casado, al ver las catacumbas sufrió un ataque de histeria. Tuvieron que sacarla de allí en brazos.

—No me extraña.

—En definitiva, la condesa ha regresado. Ha cumplido con su deber, ha enterrado a su primo y este baile significa mucho para ella. Así que, por favor, no tardes.

—¿Y todo esto qué tiene que ver conmigo?

—La condesa te aprecia mucho, siempre te ha apreciado —respondió Guido—. Y ahora... —Rodeó con el brazo la cintura de Tonio y lo estrechó con fuerza—. Hazme caso, no tomes más vino.

Cuando llegó, la casa estaba en penumbras. Había salido de la iglesia después de que Caffarelli cantase su primera aria, y la música del *castrato* lo había emocionado y llenado de humildad a la vez. Ningún recuerdo de su actuación en Venecia lo había importunado; desde entonces había oído a Caffarelli en muchas ocasiones, y estaba sediento de su perfección, de aquella exuberancia de voz que implicaba la comprensión de múltiples detalles que rara vez encontraba entre quienes le rodeaban.

Intentó dejar que Caffarelli lo iluminara de una manera especial. Quería que Caffarelli, sin saberlo siquiera, le insuflara cierto coraje del que carecía.

Si eso había ocurrido, Tonio no lo sabía.

Era un placer llegar temprano a casa de la condesa y tener el privilegio de admirar todos aquellos dorados revocados a la luz de la luna. Entregó la capa al portero, dijo que, de momento, no deseaba nada, y cruzó solo una serie de habitaciones desiertas. Aquellos muebles austeros cobraban una apariencia espectral en la penumbra, parecían suspendidos sobre alfombras adornadas con escenas sólo a medias vislumbradas, y el aire cálido que entraba era dulce. Todavía no llegaba hasta él el olor a tabaco, a cera ardiendo, a perfume francés.

En realidad, no le importaba acudir a casa de la condesa, al contrario de lo que pensaba Guido. Simplemente le resultaba aburrido, sobre todo porque en las cuatro o cinco últimas veladas no había visto a la chica rubia. Tal vez estaría allí esa noche. La casa, abierta a la fragante noche con su zumbido de insectos y su aroma de rosas, representaba la auténtica esencia del sur. Incluso la numerosa servidumbre tenía una impronta marcadamente meridional: una legión de gentes abatidas por la pobreza, vestidas de encaje y satén, que trabajaban por nada, y llevaban sus pequeñas velas de una habitación a otra.

Salió a pasear al jardín. En realidad no le apetecía ver cómo la casa cobraba vida, y al mirar atrás, hacia el oscuro abismo del salón, vislumbró una lejana procesión de músicos que ya se dirigían al interior, con sus enormes cajas de violoncelos y contrabajos cargadas a la espalda. Francesco iba con ellos, llevando al hombro su violín, como si fuera un gran pájaro muerto.

Tonio desvió la mirada y contempló el creciente de luna. Estaba rodeado de limoneros perfectamente podados y envuelto en el tenue resplandor de los bancos de mármol en la alfombra de hierba. Ante él se abría un camino de piedra apenas discernible.

Empezó a recorrerlo. Cuando las luces brillaron con más intensidad a sus espaldas, cruzó la verja que daba a una gran rosaleda situada a la izquierda. Allí se podían admirar las flores más hermosas, que la propia condesa cuidaba personalmente, y quiso perderse entre aquella dulzura el máximo tiempo posible. Era el primero de mayo, el mundo lo hostigaba, los pensamientos se agolpaban en su mente, necesitaba estar a solas.

Pero al adentrarse en la rosaleda, vislumbró a lo lejos un gran resplandor procedente de una pequeña construcción no muy alejada de la parte trasera de la casa. Ante él se abría una puerta doble, y al acercarse, despacio, acariciando las flores a su paso, entrevió una espléndida colección de colores y rostros, y lo que parecía ser el cielo azul.

Se detuvo. Se trataba de una curiosa ilusión. Las puertas daban acceso a una especie de mundo turbulento y superpoblado.

Avanzó un poco y descubrió una habitación llena de pinturas. Un inmenso lienzo colgaba de la pared, pero otros reposaban aún en sus caballetes. Permaneció un largo rato contemplando aquellas obras que en la distancia parecían latir ya terminadas: grupos de caras bíblicas y formas tan perfectas como las que cubrían los muros de los palacios e iglesias que había visitado. Estaba el arcángel San Miguel conduciendo a los condenados al infierno, con la capa revoloteando bajo sus alas levantadas y su cara sutilmente iluminada por el fuego eterno. A su lado se encontraba el retrato de una santa desconocida para él, una joven que agarraba un crucifijo sobre su pecho. Los colores vibraban bajo la luz. Aquellas pinturas resultaban más tenebrosas, más solemnes que las que había visto en Venecia cuando niño.

Oyó un leve ruido proveniente de la habitación.

La quietud del jardín, su encubridora oscuridad, provocaban en él la deliciosa sensación de ser invisible, y avanzó unos pasos mientras se dejaba atrapar por la fragancia de la pintura, la trementina, el óleo...

Pero al alcanzar el umbral, advirtió que el artista se hallaba en su interior, entregado a su labor. No puede ser ella, pensó. Aquellas pinturas emanaban una autoridad, incluso una virilidad, ausentes en los etéreos y alegres murales de la capilla. Sin embargo, cuando vio la figura vestida de negro inclinada ante el lienzo, advirtió que se trataba de una mujer, una mujer que sostenía el pincel en la mano, y cuyo reluciente cabello dorado le caía por la espalda como una cascada.

Era ella.

Estoy a solas con ella, se le ocurrió de pronto. Se quedó completamente inmóvil.

Pero la visión de las mangas enrolladas por encima de los codos, el estado andrajoso de su camisa negra manchada de pintura, le causaron un pánico inmediato. Aquel aspecto desaliñado le daba un mayor encanto. Se deleitaba en la contemplación de aquel perfil suave, el rosa intenso de sus labios, el azul profundo de su mirada.

—*Signore* Treschi —dijo ella y su voz lo sobresaltó y le provocó una pequeña contracción en el pecho. Era un dulce temblor matizado al pillarlo desprevenido, tuvo que hacer un esfuerzo por responderle.

—*Signorina*. —Musitó la palabra y le hizo una leve reverencia.

Ella sonreía; en realidad, pareció contagiarse de un súbito regocijo, que confirió a sus ojos azules un hermoso brillo. Cuando se levantó de la silla, su camisa oscura, atada al cuello, se abrió, de forma que Tonio entrevió una franja de piel sonrosada sobre el corpiño del vestido negro. Sus pequeñas mejillas se redondeaban en una sonrisa. Todo en ella le pareció tan rotundo y real como si hasta entonces sólo la hubiese visto en lo alto de un escenario. Sin embargo, ahora la tenía ante él.

Llevaba el cabello peinado a la moda, con raya en medio y suelto en suaves bucles. Tonio se preguntó qué sensación le produciría tocarlo. En cualquier otro rostro aquella severidad se hubiera entendido como crueldad; sin embargo, sus hermosos rasgos no conformaban realmente su cara. Su rostro eran aquellos profundos ojos azules, las negras pestañas que los ribeteaban y la profunda seriedad que se había adueñado de ella súbitamente.

Su expresión sufrió una transformación repentina y Tonio temió ser el causante. En ese instante comprendió algo más acerca de ella: no sabía disimular sus emociones y pensamientos, a diferencia de las demás mujeres.

La joven no se movió, pero Tonio percibió una señal de alarma. Estaba convencido de que ella deseaba tocarlo y Tonio a su vez quería tocarla a ella. Casi sentía ya en las manos la tersa piel de su nuca, mientras con el pulgar le presionaba la mejilla; lo acometió una urgente necesidad de acariciar los delicados lóbulos de sus orejas. Se imaginó haciéndole cosas terribles y se ruborizó. Le parecía absurdo que ella estuviera vestida; los suaves brazos, la breve cintura, ese destello de carne rosada bajo la camisa, todo ello formaba parte de un ser delicioso que iba estúpida y artificialmente disfrazado.

Aquello era espantoso.

La sangre le latía en el rostro, inclinó la cabeza unos instantes y dejó que sus ojos vagaran por los rostros pintados que la rodeaban, los poderosos destellos de rojo púrpura, ocre tostado, oro y blanco que componían aquel deslumbrante universo que había salido de su pincel.

Sin embargo, ella era ineludible. Lo aterrorizaba. Hasta el tafetán negro de su vestido lo turbaba. ¿Por qué pintaba vestida de negro? La centelleante tela estaba surcada de color, pero ella era demasiado joven e inocente para vestir de negro, y al mismo tiempo tenía ese aire de negligencia, de leve abandono, que había percibido cada vez que sus ojos se habían encontrado.

Sonreía de nuevo. Con valentía, le sonreía y él tenía que hablarle, debía hacerlo. Intentaba decirle algo cortés y decoroso, pero no se le ocurría nada. De pronto, para su total confusión, ella le tendió la mano desnuda.

—¿No quiere entrar, señor Treschi? —preguntó con el mismo temblor suave—. ¿No quiere pasar y sentarse un rato conmigo?

—Oh, no, *signorina*. —Le hizo una reverencia más acentuada a la vez que retrocedía—. No quisiera molestarla, *signorina*, y yo... nosotros... me gustaría... quiero decir que no hemos sido presentados.

—Pero si todo el mundo lo conoce, *signore* Treschi —dijo señalando levemente con la cabeza la silla que estaba junto a la suya. Aquel alborozo exquisito apareció repentinamente en sus ojos y se desvaneció como por ensalmo.

Ella le sostuvo la mirada en completo silencio al ver que Tonio no se movía y que se limitaba a observarla fijamente.

Siguieron mirándose hasta que Tonio oyó que el criado personal de la princesa lo llamaba repetidas veces: requerían su presencia en la casa.

Se apresuró a responder a la llamada. La mansión bullía ya con risas y música mientras Tonio recorría el pasillo de la primera planta y lo conducían a los aposentos de la condesa.

Entonces vio a Guido de pie, con la camisa de encaje abierta hasta la cintura. La condesa se estaba poniendo un fruncido traje de noche junto a su inmensa cama de lujosos cortinajes.

Se puso furioso y estuvo a punto de abandonar la estancia. Sin embargo, comprendió que la condesa no pretendía herirlo. Desconocía su relación con Guido, y cuando vio a Tonio, su rostro se iluminó.

—Oh, hermoso niño —le dijo—. Ven. Ven y escúchame. —Alzó sus pequeñas manos y con una seña le indicó que entrase en la habitación.

Tonio dedicó a Guido una mirada gélida y se acercó con una reverencia. Su menuda y rolliza figura emanaba calor, como si hubiese estado arropada bajo una manta o acabara de entregarse al amor.

—¿Cómo tienes la voz esta noche? —le preguntó—. Canta para mí, ahora.

Se sintió ultrajado. Enfurecido, miró a Guido. Estaba atrapado.

—*Pange Lingua* —entonó ella, y su voz se disolvía en la frase latina completa con una belleza incomparable.

—Canta, Tonio —dijo Guido en voz baja—. ¿Cómo tienes la voz esta noche? ¿Bien? ¿Mal? —Tenía el cabello revuelto y su camisa abierta adquiría un aire casi sensual. Ahí tienes a tu hermoso niño, pensó Tonio. A tu querubín. Esto me pasa por amar a un campesino.

Se encogió de hombros y empezó a cantar el *Pange Lingua* a todo volumen.

La condesa retrocedió y emitió un grito sofocado. Tonio no se sorprendió de que su voz sonase plena y ultraterrena en aquella habitación tan llena de objetos.

—Marchaos —dijo la condesa, e hizo una seña a las doncellas que colocaban velas en los candelabros. Y tras rebuscar entre la ropa de la cama le tendió una partitura—. ¿Puedes cantar esto, hermoso niño? —le preguntó—. ¿Aquí? ¿Esta noche? —Ella misma respondió a la pregunta con un asentimiento—. Aquí, esta noche, conmigo.

Tonio fijó la vista en la cama por unos instantes. Todo aquello escapaba a su entendimiento. A menudo había oído hablar de la condesa, de su voz, tenía una gran reputación como aficionada, pero ya no cantaba.

Cantar allí, en aquella casa, ante cientos de personas, cuando Guido sabía que él no deseaba hacerlo. Se volvió hacia su maestro.

Guido le señaló la partitura con impaciencia.

—Tonio, por favor, despierta del sueño en el que vives y concéntrate en lo que tus manos sostienen —le dijo—. Tienes una hora para prepararlo.

—¡Ni hablar! —gritó Tonio enojado—. Condesa, no puedo hacerlo, es imposible.

—Querido niño —le dijo en un arrullo—, debes hacerlo. Tienes que hacerlo por mí. He pasado unos días terribles en Palermo. Quería tanto a mi primo y él era tan estúpido, y su pobrecilla esposa, tanto sufrimiento para nada... Sólo hay una cosa que esta noche puede alegrarme el espíritu y es cantar de nuevo. Cantar contigo la música que Guido ha compuesto.

Tonio la miró detenidamente, la estaba estudiando, y concluyó que todo era mentira, una farsa. Sin embargo, parecía sincera. Sin poder evitarlo, leyó la partitura. Era la mejor serenata a dúo de Guido, *Venus y Adonis*, una serie de hermosas canciones. Por un instante, se imaginó cantándola, no en el aula de prácticas, con Piero, sino allí, en aquella casa.

—No, condesa, no puedo complaceros. Pedidme cualquier otra cosa.

—No sabe lo que dice —intervino Guido.

—Pero, Guido, nunca he ensayado esta pieza para interpretarla en público. La he cantado sólo en un par de ocasiones, con Piero. —Y luego, entre dientes, añadió—: ¿Cómo puedes hacerme esto, Guido?

—Querido niño —dijo la condesa—. En el otro extremo del pasillo hay una salita de música. Ve y ensaya. Tómate una hora, y no te enfades con Guido. Te lo estoy pidiendo yo.

—¿No te das cuenta de que esta oportunidad representa un honor? —le dijo Guido—. La condesa va a cantar contigo.

Me han engañado, me han engañado, pensó. Al cabo de una hora, bajo aquel techo habría unas trescientas personas. No obstante, su pensamiento volvió a centrarse en la partitura. Conocía a la perfección la parte de Adonis, la dulce pureza que entrañaba e imaginó a los invitados que asistirían a la fiesta. Se lo estaban poniendo fácil, ¿no? Le estaban ahorrando el examen de conciencia y el calvario que suponía hacer acopio de fuerzas para enfrentarse al público. En silencio adivinó cómo sería si se limitaba a no oponer resistencia, cómo el horror se transformaría en euforia en cuanto viera todos aquellos ojos en él, y comprendió que no había escapatoria posible.

—Ahora vete y ensaya. —Guido lo empujaba hacia la puerta. Y entonces le susurró—: Tonio, ¿cómo puedes hacerme esto a mí?

Tonio fingió inflexibilidad, obstinación, aunque su rostro había adoptado un aire inexpresivo, soñador, lo sabía. Sintió que se aplacaba, que perdía la batalla, se perdía, y que aquél era el momento de avanzar hacia esa fuerza que tanto había anhelado para sí al escuchar a Caffarelli poco antes.

—Entonces, ¿piensas que puedo hacerlo? —Miró a Guido.

—Claro que sí —respondió éste—. Cuando te la mostré por primera vez, la tinta ni siquiera se había secado y la cantaste a la perfección. —De espaldas a la condesa, lo miró intensamente en su intento de transmitirle una muda confianza, una callada demostración de afecto, y le susurró—: Tonio, ha llegado el momento.

El momento había llegado, no cabía duda, y lo deseaba demasiado como para tener miedo. Se tomó, sin embargo, una hora y media antes de secarse el sudor de la frente con el pañuelo y apagar las velas del clavicémbalo para dirigirse hacia las escaleras.

Entonces, durante un instante, fue presa del pánico, y el temor lo venció. Porque se trataba de aquel inevitable momento, común a cualquier reunión, en que coincidían todos los invitados. Los que se iban temprano todavía estaban allí y los que llegaban tarde acababan de entrar. El volumen de charlas y risas subía paulatinamente hasta chocar contra las mismas paredes. El salón rebosaba de hombres y mujeres, sedas iridiscentes y pelucas blancas como velas navegando en un tempestuoso mar que entraba y salía por los espejos y las puertas abiertas de par en par.

Enrolló el pergamino de la partitura y con la mente

vacía de cualquier otro pensamiento coherente empezó a bajar las escaleras. La mayor conmoción la recibió cuando se dirigía hacia la orquesta: Caffarelli acababa de llegar y besaba la mano a la condesa.

Bueno, aquello era lo último. Nadie esperaría de él que cantase delante de Caffarelli. Mientras sopesaba los pros y contras de su decisión, apareció Guido.

—¿Necesitas más tiempo? —se apresuró a preguntarle—. ¿Estás listo?

—Guido, acaba de llegar Caffarelli —le susurró. Sus manos estaban húmedas y frías. Por un lado deseaba hacerlo y olvidarse de una vez por todas. Pero no podía cantar delante de Caffarelli.

Guido miraba con desdén en dirección al cantante *castrato*. Tonio lo vislumbró durante un instante, cuando los invitados retrocedieron. Incluso allí, el hombre exudaba la misma fuerza que había cautivado a Tonio en el escenario de Venecia. Lo oyó reír.

—Ahora, si haces lo que te digo, no tienes de qué preocuparte —lo tranquilizó Guido—. Deja que la condesa lleve el ritmo. Tú y yo la seguiremos a ella.

—Pero Guido... —empezó a protestar Tonio y entonces le fallaron las fuerzas. Aquello era un gravísimo error, pero Guido ya se marchaba de su lado.

Acababa de aparecer el maestro Cavalla con Benedetto. Guido se volvió al instante hacia Tonio y le ordenó que se situara junto al clavicémbalo y esperara.

No sabía qué hacer con los brazos. Tenía el pergamino en la mano, pero ¿a qué altura debía levantarlo? Entonces recordó que iba a cantar la propia anfitriona y que todo el mundo estaría obligado a prestar atención. ¿Cómo era posible que Guido le hiciera eso? El maestro Cavalla estaba mirándole, y también Benedetto. Alguien se había acercado a Caffarelli. El cantante asentía, y ¡oh, Dios!, ¿por qué se mostraba tan complaciente esa noche, si siempre era insoportable? ¿Por qué no había amenazado con estallar en cólera? Los ojos de Caffarelli se posaron en Tonio, tal como habían hecho durante un instante en aquel vestíbulo del teatro veneciano.

Los invitados empezaban a guardar silencio y aparecieron numerosos criados portando pequeñas sillas tapizadas. Las damas tomaron asiento y los caballeros se apostaron en los umbrales de las puertas como para impedir cualquier intento de fuga.

La menuda y regordeta mano de la condesa le había tocado la muñeca y se volvió para verla con los cabellos empolvados y delicadamente ondulados. Estaba muy bonita. Meneó la cabeza al tiempo que tatareaba los primeros compases de la primera canción, justo después de la introducción, y parpadeó.

Tenía la sensación de que olvidaba algo, de que debía hacerle una pregunta. Un pensamiento lo carcomía, aunque no conseguía definir de qué se trataba. Entonces advirtió que no había visto a la chica rubia. ¿Dónde se había metido? No podían empezar sin ella, sin duda le gustaría asistir a la actuación. Seguro que vendría, al cabo de un instante descubriría su rostro entre la concurrencia.

En la sala reinaba el silencio, sólo roto por los crujidos de los tafetanes, y Tonio observó con pánico repentino que Guido había posado las manos sobre las teclas. Los violinistas alzaban los arcos. La música comenzó con un hermoso fragmento de música de cuerda.

Cerró los ojos sólo por un instante, y cuando los abrió de nuevo, se sintió invadido por una calma absoluta, cálida, gradual, reconfortante hasta lo indecible, y en la cual su cuerpo moraba. La respiración recuperó su ritmo regular y experimentó un renovado alivio. Cada uno de los rostros que tenía ante él adquirió una forma precisa, mientras una masa compacta de colores se disolvía en una gama de doscientos matices que buscaban su lugar. Contempló por un instante a Caffarelli, que sentado entre hombres y mujeres guardaba un extraordinario parecido con un león.

Los violines hacían cabriolas. Le tocó el turno a las trompetas, con sus perfectas notas doradas, y entonces unos y otros vibraron al unísono, de modo que Tonio no pudo evitar seguir el ritmo. Cuando se detuvieron, para reanudar la melodía en un tono más triste y lento, se sintió flotar a la deriva, mientras una piadosa ceguera servía a sus ojos de escudo protector.

Vio que la condesa se dejaba llevar por las primeras notas del clavicémbalo. Acto seguido entraron los violoncelos, que emitieron unos acordes tan suaves como un pequeño suspiro. La condesa se mecía al compás de la música y cantó con voz grave y bruñida, de tal riqueza y embriagadora dulzura que la mente de Tonio se vació de todo pensamiento. La mirada de la condesa se apartó de la partitura para centrarse en él y Tonio no pudo reprimir una lenta y ancha sonrisa.

La expresión de la condesa rebosaba de alegría, sus pequeñas y regordetas mejillas se agitaban como fuelles, y le cantaba a él, le cantaba que lo amaba y que sería suya cuando él empezase a cantar.

Entonces ella llegó al final de la obertura. Se hizo el inevitable silencio y la voz de Tonio se alzó sobre un levísimo campanilleo del clavicémbalo.

Sostuvo la mirada de la condesa, observó la huella de su sonrisa en las mejillas y un leve asentimiento, aunque para él sólo existía el sonido agudo y dulce de la flauta entretejido con su voz. Subía y bajaba, para ascender cada vez más y más alto y caer de nuevo, hasta obligarlo a recorrer una serie de pasajes que afrontó con resolución.

Deseaba la voz de la condesa y ella lo sabía, y a medida que le respondía se iba enamorando de ella. Los instrumentos de cuerda vibraron y voló hacia ella en un aria más potente y veloz. Incluso la hermosa poesía que le dedicaba era sincera en todas y cada una de sus palabras.

La voz de Tonio seducía a la voz de la condesa, no sólo por sus respuestas, sino por la promesa de un momento sublime en el que ambas se unirían en una misma canción. Hasta las notas más suaves y lánguidas de Tonio contenían aquel mensaje, y los pasajes lentos de la condesa, plenos de oscuro colorido, comunicaban el mismo deseo vibrante.

Al fin entonaron juntos el primer *duetto* con tan dulce

alborozo que ambos se mecieron con el mismo ritmo. Los ojillos negros de la condesa brillaron con un destello de aquiescencia, sus notas profundas se fundían a la perfección con las ardientes protestas amorosas de Tonio. Al filo de ambas voces pareció surgir un tercer sonido: la brillantez de los instrumentos de la orquesta que emergía un instante y luego moría para que ambos volaran libres.

Supuso una agonía alejarse de ella, cantarle, y la voz de la condesa le respondió con el mismo desconsuelo exquisito.

Al fin, las cuerdas vibraron de nuevo y el sonido de una trompeta guió a Tonio en sus requerimientos, su última oportunidad de pedirle a la condesa que lo aceptara, que se uniera a él, que se elevara con él. La condesa se inclinó hacia delante, se puso de puntillas, todos los músculos de su cuerpo se estremecían con las vertiginosas subidas de Tonio, hasta que en una carrera desenfrenada se lanzaron al *duetto* final.

La voz de la condesa se fundió con la suya. El rubor le cubría las mejillas y las lágrimas hacían brillar sus ojos. Su cuerpo menudo parecía incapaz de contener la potencia de su voz, mientras la de Tonio ascendía y ascendía desde sus poderosos pulmones y su lánguida y esbelta figura parecía desprenderse de la carne, inmóvil y elegante a medida que la voz fluía libre.

Ya había pasado.

Se había terminado.

La habitación rieló. Caffarelli se levantó de un salto y con un gesto ostentoso fue el primero en prorrumpir en aplausos que crecieron hasta ser atronadores.

La condesa se puso de puntillas para besar a Tonio, le tocó el rostro al percibir en él aquel aire de inefable tristeza, lo abrazó y apoyó la cabeza en su pecho.

Todo ocurrió muy deprisa. Caffarelli lo agarró por el hombro y, asintiendo en todas direcciones, pidió con un gesto un nuevo aplauso. A su alrededor se alzaron los más dulces y apasionados cumplidos; había cantado con gran maestría y por añadidura había conseguido que la condesa lo acompañara, lo cual representaba un privilegio. Su voz era extraordinaria, por qué no habían oído hablar antes de él, todos aquellos años en el San Angelo, ¿dónde estaba el maestro? ¡Qué magnífico libreto!

¿Por qué le resultaba tan duro escuchar todo aquello? ¿Por qué sentía un irreprimible deseo de marcharse? El discípulo de Guido, sí, el discípulo de Guido, y qué composición tan divina, por cierto, ¿dónde estaba Guido? Aquello era demasiado perfecto y, sin embargo, le resultaba insoportable. Si Guido estuviera allí, tal vez...

—¿Dónde está? —le susurró a la condesa. El maestro Cavalla se acercó un instante, pero antes de que pudiera interpretar su expresión había desaparecido. La condesa reclamaba su atención.

—Tonio, quiero presentarte al *signore* Ruggiero —insistió como si fuera posible conversar en medio de todo aquel jaleo.

Hizo una reverencia al hombre, le estrechó la mano. Notó que alguien tiraba de él y vio que se trataba de la anciana marquesa que de nuevo le estampó dos besos en las mejillas. Sintió una oleada de afecto hacia ella, hacia aquellos ojos opacos, aquella piel arrugada y blanca e incluso hacia la mano que lo retenía con una fuerza sorprendente.

Entonces, apareció otra persona. La condesa hablaba con el *signore* Ruggiero y, de manera inesperada, se encontraron tan juntos que la condesa le pasó una mano por la cintura. Un pensamiento cobró forma en su mente.

—Condesa —susurró—, esa joven, la de cabellos rubios.

Advirtió que se había pasado todo el tiempo esperando verla aparecer, pero no había sido así. Una sensación de pesadumbre le quitó el habla mientras seguía haciendo gestos vagos para describir aquellos finísimos mechones.

—Tiene los ojos azules, pero un azul muy oscuro —murmuró— y un cabello tan hermoso...

—Claro, te refieres a mi prima, la viudita, por supuesto —dijo la condesa, que estaba ya presentándole a otro caballero. Se trataba de un inglés de la Embajada—. Está

de luto por su marido, mi primo siciliano, ya te lo he contado, ¿verdad? Y ahora no quiere regresar a Inglaterra.
—La condesa sacudió la cabeza.

—Viuda... —¿Había oído bien? Estaba haciéndole una reverencia a otra dama. El señor Ruggiero acababa de comunicar a la anfitriona algo al parecer de suma importancia. La condesa se alejó con su invitado y dejó solo a Tonio.

Una viuda. ¿Dónde estaba Guido? No lo veía por ninguna parte. De pronto distinguió al maestro Cavalla en el otro extremo de la sala, y a Guido con él, así como a la condesa y a aquel hombrecillo, el *signore* Ruggiero.

Alguien más lo retenía para felicitarlo entusiasmado por su magnífica voz y decirle que tenía que debutar en Nápoles, en el San Carlos. ¿Por qué los grandes cantantes preferían debutar en Roma?

Es viuda, pensaba, ¿era posible bañarla con una luz más sensual? ¿Era posible hacerla más apetecible, más accesible a sus ojos, después de haberse casado y enviudado, lo que la apartaba para siempre de aquel coro de ángeles al que él siempre había creído que pertenecía?

En aquellos instantes se excusaba con todo el mundo, mientras intentaba en vano recorrer aquella gran extensión de mármol para alcanzar las distantes figuras de Guido y del maestro.

Entonces vio a Paolo, ataviado como un pequeño príncipe, que corría entre la multitud hacia él y lo abrazaba.

—¿Qué haces aquí? —le preguntó Tonio, mientras devolvía el saludo a Sherzinski, el viejo conde ruso.

—El maestro me dio permiso para venir a escucharte. —Paolo se colgó de él. Estaba tan entusiasmado que se le trababan las palabras.

—¿Qué quieres decir? ¿Él sabía que yo iba a cantar?

—Todo el mundo lo sabía —respondió Paolo, jadeante—. Piero también está aquí, y Gaetano, y...

—Ohhhh, Guido —susurró.

Aunque apenas pudo reprimir una carcajada.

Empezó a avanzar tirando de Paolo y vio que Guido, el maestro y el hombre de tez oscura desaparecían.

Cuando llegó al pasillo, ya habían entrado en algún salón y todas las puertas estaban cerradas. Se detuvo para recobrar el aliento y saborear aquella deliciosa excitación.

Era tan feliz que cerró los ojos y se limitó a sonreír.

—¿Así que todo el mundo lo sabía? —preguntó.

—Sí —respondió Paolo—, y has cantado mejor que nunca. No lo olvidaré mientras viva.

De pronto, aquella carita se contrajo como si estuviera al borde de las lágrimas. A sus doce años, Paolo era un chico espigado; se abrazó a Tonio con fuerza y apoyó la cabeza contra su hombro. El destello de dolor que irradiaban sus ojos alarmó a Tonio.

—¿Qué te pasa, Paolo?

—Me alegro por ti, pero vinimos a Nápoles juntos y ahora tú te marcharás, y me quedaré solo.

—¿Qué estas diciendo? ¿Marcharme? ¿Adónde? Sólo porque...

Sin embargo, mientras hablaba, oía voces procedentes de una de las habitaciones del pasillo. Agarró a Paolo suavemente del hombro para tranquilizarlo, mientras el chico intentaba contener las lágrimas.

Las voces discutían.

—Quinientos ducados —decía Guido.

—Déjame hacer a mí —intervenía el maestro.

Tonio abrió la puerta con cuidado y descubrió que estaban hablando con el hombre moreno, el *signore* Ruggiero. La condesa advirtió la presencia de Tonio y fue corriendo a su encuentro.

—Sube al piso de arriba, querido —le dijo, después de salir al corredor y cerrar la puerta a sus espaldas.

—¿Quién es ese hombre? —preguntó Tonio entre susurros.

—No te lo diré hasta que esté todo zanjado —respondió—. Ahora, ven conmigo.

15

Eran ya las tres en punto, pero casi la mitad de los invitados seguía en la casa.

—Querido niño —dijo la condesa—, el *signore* Ruggiero estaba aquí por casualidad. ¡Estábamos seguros de que si te lo decíamos te hubieses negado a cantar!

Seguidamente, abandonó el dormitorio y cerró las puertas. Tonio permaneció a solas durante cuatro horas, esperando en aquella espaciosa estancia que daba a una calle bulliciosa. Quinientos ducados, pensaba, toda una fortuna. Tenía que tratarse de algún negocio relacionado con el arte, pero ¿cuál?

En un instante pasó del terror a la decepción. No obstante, Caffarelli lo había aplaudido. No, se había limitado a mostrarse educado con la condesa. Tonio no entendía nada. ¿Qué significaba todo aquello?

Los carruajes iban y venían. Los invitados se detenían en el umbral para reír y saludarse. A la cambiante luz de las antorchas se vislumbraban los *lazzaroni* en las escaleras de la iglesia situadas enfrente, hombres que en aquella deliciosa y cálida noche no necesitaban refugio y podían tumbarse bajo la luna. Tonio se alejó de la ventana y se puso a caminar de un lado a otro de la habitación.

El reloj, bellamente decorado, hacía tic-tac en la repisa de la chimenea. No quedarían más de tres horas para el amanecer y todavía no se había acostado. Guido iría a buscarlo. Pero ¿y si Guido estaba con la condesa? No, esa noche Guido no podía hacerle eso. Y la condesa le había prometido regresar «en cuanto se zanjara el asunto».

—Seguro que no es nada importante —se dijo con firmeza por vigésima vez—. Ese Ruggerio tal vez sea el dueño de algún pequeño teatro en Amalfi o en alguna otra parte y quieren llevarte allí para que hagas una especie de prueba... Pero ¿quinientos ducados? —Sacudió la cabeza.

Por más que lo atormentara la incertidumbre, no podía dejar de pensar en la chica rubia. No se había recuperado de la conmoción que experimentó al saber que era viuda.

En cuanto el torrente de sus pensamientos se detenía, volvía a verla en la habitación, rodeada de cuadros, con aquel vestido de tafetán negro y el rostro radiante.

No llevaba ningún lazo ni cinta de color violeta. Únicamente sus finos labios eran violeta. Ése era para ella el único color, con excepción de sus cabellos, y de todos aquellos luminosos lienzos que tenía a sus espaldas y de los que seguramente ella era la autora.

Había sido tan estúpido... No había sabido qué decirle, se había conformado con mirarla. ¿Cuántas veces había soñado encontrarse en esa situación? ¡Y era viuda! Cuando por fin lo había conseguido, no le había dicho nada.

Tal vez, sólo tal vez, ella lo había oído cantar desde algún rincón privado del *palazzo*.

Recreó en su memoria aquellos cuadros en todo su esplendor. Le parecía imposible que fueran obra suya. Sin embargo, la había visto pintar. El lienzo en el que trabajaba era de enormes dimensiones y si hubiese podido recordar las figuras que lo componían, habría podido compararlo con los demás.

Era extraordinario que todo aquello hubiera salido de su mano. Su marido debía de haber sido aquel caballero anciano al que siempre había considerado su padre. Contemplaba la vida de la muchacha bajo un nuevo prisma. Recordaba con tanta claridad su primer encuentro, sus lágrimas, aquel aire de profundo sufrimiento ante el cual él había reaccionado con torpeza, borracho y desconsiderado, hechizado por su belleza y juventud.

Había estado casada con aquel viejo y ahora era libre.

No sólo pintaba vírgenes y tiernos ángeles, sino también gigantes, bosques y mares turbulentos.

Escuchó con atención en aquel oscuro dormitorio y las campanas de la iglesia al tañer produjeron unas suaves y solemnes reverberaciones. El pequeño reloj iba adelantado.

De repente, se abrochó la levita, se compuso el cuello de la camisa y se acercó a la puerta. Tal vez se habían olvidado de él y Guido estaba con la condesa.

Pero un gran resplandor iluminó a lo lejos el hueco de la escalera e inclinó la cabeza y oyó voces. Así que dio media vuelta y se dirigió a la escalera trasera.

La noche seguía siendo calurosa, y cuando salió al jardín levantó el rostro y admiró un manto de estrellas rutilantes, algunas tan claras que incluso se apreciaba un leve matiz amarillo o rosado, y otras mucho más difusas, meros puntos de luz blanca.

El rápido movimiento de las nubes lo hizo tambalearse momentáneamente de puntillas, con la cabeza echada hacia atrás, porque el universo entero, o quizá la Tierra entera parecía agitarse.

De las ventanas del salón salía luz, y cuando por fin se acercó al cristal vio que el maestro Cavalla seguía allí. Guido hablaba con el *signore* Ruggiero, y éste parecía dibujar algo con el dedo sobre una mesa, bajo la atenta mirada de la condesa.

Volvió la espalda, y pese a que lo consumía la impaciencia, comprendió que no debía entrar.

Recorrió el jardín, abriéndose camino entre los rosales, y luego disminuyó el paso y se dirigió hacia aquella construcción en sombras. La luna resplandeció un instante, y antes de que las nubes la ocultaran de nuevo, se percató de que las puertas seguían abiertas. Avanzó con sigilo, escuchando sólo el crujido de la hierba bajo sus pies. ¿Sería una descortesía entrar en el recinto cuando se encontraba abierto de una manera tan ostentosa? Se prometió que no pasaría del umbral.

Apoyó la mano en el marco de la puerta y, acto seguido, vio las pinturas expuestas ante él, despojadas de color, los rostros luminosos e irreconocibles. Poco a poco, se materializó el arcángel san Miguel, y luego la blancura de aquella tela inconclusa. Sus pasos resonaban en el suelo de pizarra. Se sentó despacio en el banco situado frente a la pintura y distinguió un conjunto de figuras, blancas y entrelazadas, bajo lo que parecía una oscura masa de árboles.

Ardía en deseos de contemplarlo, y sin embargo se sentía un intruso. No quería tocar los pinceles, los botes de pintura cuidadosamente cerrados, ni siquiera el pequeño trapo que estaba doblado junto a ellos. Pero aquellos objetos lo fascinaban. La recordó inclinada hacia delante, volvió a oír su voz, aquel adorable temblor ligeramente opaco; entonces advirtió que sus palabras tenían un ligero acento extranjero.

Después de dudar unos instantes cogió una cerilla de una mesita cercana y encendió una vela que estaba a su derecha.

La llama chisporroteó, creció, y poco a poco una luz uniforme inundó la sala. El gran lienzo apoyado contra la pared cobró color. La pintura que tenía delante representaba unas ninfas en un jardín, rubias y esbeltas, vestidas con unas túnicas de gasa que apenas les cubrían el cuerpo, bailando mientras sostenían guirnaldas de flores en sus diminutas manos.

No era una imagen casta y austera como los murales de la capilla, sino mucho más alegre y elaborada. ¿Y por qué no?, se preguntó. En tres años, ¿cuánto había aprendido él? ¿Por qué tenía que extrañarle que ella hubiera progresado en el arte de la pintura? Sin embargo, en aquellos rostros reconocía una actitud que, indiscutiblemente, los relacionaba con la virgen de la capilla.

Se descubrió examinando las extremidades desnudas de las ninfas con tal gozosa fascinación que se sintió avergonzado.

La pintura estaba aún fresca, si la tocaba, la estropearía, pero no quería tocarla, sólo quería estudiarla sin olvidar ni por un momento quién la había pintado.

Recordó la historia que le había contado Guido sobre el funeral de Sicilia. Así que era ella, la prima inglesa, la viudita a la que aquel horrible espectáculo de las catacumbas había aterrorizado de tal modo que habían tenido que llevársela. Recreó su voz, aquel leve acento que la hacía aún más interesante; sin embargo, al imaginarla sola, sin la protección de su marido, se preguntaba si no sería eso peor que haber estado casada con un hombre tan mayor.

Lo invadió una oleada de tristeza, una oleada lenta e inconmensurable. Recordó que en todas las ocasiones en que se habían encontrado, por mucha gente que hubiera a su alrededor, siempre le había parecido muy sola.

No obstante, lo más palpable era su hermosura, que le producía un hondo y constante dolor. Alargó la mano para apagar la vela. Se quemó deliberadamente los dedos y luego, con renuencia, se puso en pie para marcharse. A fin de cuentas, ¿qué los unía? ¿Qué importaba que estuviera en posesión de aquel talento, aquel don artístico, aquella profundidad que la convertían en el espíritu perdido de una muchacha? En algún rincón de su mente primaba el convencimiento de que la inocencia, por sí sola, no podía dar lugar a una obra semejante, porque en ella se combinaban una dulzura complaciente, que él achacaba al candor, con unos brazos enérgicos y de una inconmensurable belleza.

Pero ¿qué importancia tenía eso para él?, se preguntó de nuevo, ¿por qué estaba sudando? ¿Por qué tenía las palmas de las manos mojadas?

Allí, indeciso, en el umbral, deseó que ella lo hubiera ignorado, y al cabo de un instante recordó su estúpido comportamiento, allí mirándola sin decir nada, tanto tiempo, que al final ella había asentido. Así pues, ¿por qué había sido tan discreta? ¿Por qué demonios no le había contado a nadie lo absurdo de su proceder? Tonio estaba furioso con ella.

Entonces alzó los ojos y la vio.

Estaba sentada en la rosaleda, y la blancura de su larga túnica relucía a la luz de la luna.

Tonio contuvo una exclamación, aunque fue presa de un nerviosismo que lo hizo sentir ridículo. ¡Ella lo había estado observando! Tenía que haber visto la luz en su pequeño estudio. Seguro que lo había visto con la misma claridad con que él la veía a ella.

La sangre se agolpó en su rostro. Pero, para su sorpresa, la joven se levantó del banco de mármol y se acercó hacia él, tan lenta y calladamente que más parecía flotar que caminar. Tonio divisó el destello de sus pies desnudos en la hierba, y la brisa que agitaba las gasas de su túnica revelaba su silueta, como si aquella suelta prenda fuera una misteriosa fusión de luz.

Resolvió que, por el bien de la joven, debería saludarla con una leve inclinación de cabeza y alejarse de allí lo más deprisa posible, pero no se movió. Se quedó observándola y la determinación con que ella se conducía lo aterrorizó.

La muchacha se acercó cada vez más, hasta que Tonio distinguió su rostro con toda claridad, y sus ojos llenos de intención, y cuando los alzó para posarlos en los de Tonio frunció levemente el ceño, le estaba hablando sin palabras. Aspiró la fragancia que fluía de ella, aquel aroma que le recordaba a la lluvia de verano. Ya no pensaba en nada, ya no veía sus mejillas redondeadas, ni las oscuras comisuras de sus labios. La veía al completo: el ser vibrante que palpitaba bajo aquella túnica de lino, el cabello rubio que le caía con descuido, el cuerpo que se escondía en su interior, con su inevitable calor y humedad y aquella fragancia tan parecida a la de la lluvia que golpeaba con fuerza las flores de los caminos, las hojas secas.

La deseaba con una intensidad tan mortificante que era como si su cuerpo estuviera hambriento de ella, preparado para recibirla, y a la vez paralizado. Era una de aquellas pesadillas en las que uno no puede gritar ni moverse. Estaba alterado. Y ella... ¿acaso no tenía miedo? ¿Tanto confiaba en Tonio? Aquel inmenso jardín vacío, la casa adormecida detrás, y ella allí, a solas con él. ¿Se hubiese comportado de aquel modo con cualquier otro hombre? De repente se desencadenó en él una terrible violencia, y la joven adquirió el aspecto de un ser malvado y no la criatura más hermosa y angelical que jamás hubiera visto.

Sintió un impulso de hacerle daño, de cogerla y aplastarla, de mostrarle la verdad, ¡hacerle ver lo que en realidad era!

Tonio estaba temblando, jadeaba.

El rostro de ella comenzó a cambiar. Frunció el ceño

en una expresión hosca y sombría. Inclinó la cabeza ante él, retrocedió y se alejó de Tonio como si se precipitase por un precipicio.

Él se quedó observándola afligido, mientras la muchacha se alejaba. Luego, cuando hubo recorrido cierta distancia, su cuerpo se enderezó y su cabello dorado formó una brillante cascada antes de desvanecerse en la oscuridad.

Una vez en el interior de la habitación, se reclinó contra la puerta cerrada y apoyó la frente en la dura madera esmaltada.

Triste y avergonzado, no podía creer que todo aquello hubiera pasado. Durante años, había imaginado que eran compañeros de baile en una prodigiosa danza y sobre ellos pendía la promesa espantosa de que un día se unirían.

¡Y todo se había reducido a aquello!

Era evidente que ella se le había ofrecido. Frustrado, humillado, Tonio tomó conciencia de lo que era, y ella también. Y si Dios se apiadaba de él, Guido y la condesa llegarían enseguida para decirle que se iba a Roma, donde no volvería a verla jamás.

Se había quedado dormido vestido, con la manta sobre los hombros, antes de que Guido volviera. Se despertó y vio que su maestro y la condesa estaban junto a él.

—Siéntate, querido niño. Tienes que prometerme una cosa —dijo la dama.

Guido ni siquiera lo miraba, recorría la habitación como si estuviera sonámbulo, sus labios murmuraban palabras inconexas ocupados en un secreto monólogo.

—¿Qué pasa? ¿Qué ocurre? —preguntó Tonio, adormilado. Había visto a la chica rubia unos instantes y luego la joven había desaparecido.

Ya no podía soportar más aquella espera.

—Decidme, por favor —suplicó a la condesa.

—Ah, pero primero, querido —dijo ella con su tono siempre comedido y cortés—, prométeme que cuando seas famoso, muy famoso, dirás a todo el mundo que elegiste mi casa de Nápoles para tu primera actuación.

—¿Famoso? —Se sentó; la condesa se acomodó junto a él y lo besó en la mejilla.

—Querido mío —dijo—. Acabo de escribir a mi primo, el cardenal Calvino de Roma. Te está esperando y podrás quedarte a vivir en su casa todo el tiempo que quieras.

»Guido quiere partir de inmediato. Quiere familiarizarse con el público, quiere trabajar allí. Yo también iré la noche del estreno, para veros a los dos. Oh, querido, ya está todo arreglado. Debutarás como cantante principal de una ópera de Guido en el Teatro Argentina de Roma, el próximo Año Nuevo.

16

Pasaron más de quince días antes que llegara la fecha de la partida.

El equipaje estaba listo. Las habitaciones de Tonio habían quedado vacías, excepto por el magnífico clavicémbalo, que dejaba como obsequio al maestro Cavalla. Los carruajes, cargados de baúles, aguardaban en el patio del establo.

Tonio estaba solo, junto a la ventana, mirando el jardín por última vez a través del claustro polvoriento.

Había temido el momento de separarse de Paolo, y la despedida había sido tan penosa como esperaba. Paolo se había quedado mudo, indefenso. Las palabras que había pronunciado no tenían sentido alguno. Que Tonio y Guido lo dejaran era mucho más de lo que podía soportar, y aunque el jovencito ya se había retirado, Tonio sabía que no podía dejarlo de ese modo.

En la mente de Tonio cobraba forma un pequeño plan, pero temía que su estrategia no fuese viable. Durante unos instantes una serie de pensamientos contradictorios lo sumieron en una confusión de la que sólo lo sacó el maestro Cavalla al entrar en la desolada habitación.

—Bien, el triste momento ha llegado —dijo.

La mirada de Tonio rebosaba afecto, pero no habló. El maestro acarició la hermosa caja pintada del clavicémbalo y Tonio sintió un hondo placer al comprobar que el maestro apreciaba en mucho su regalo.

—¿No te ha resultado más fácil después de la pequeña broma que te gastamos en casa de la condesa? —preguntó el maestro—. Espero que sí.

Tonio se limitó a sonreír. Más fácil, sí, había sido más fácil.

Sin embargo, su rostro se oscureció con una sutil expresión de dolor y se preguntó si el maestro se había dado cuenta. Súbitamente, se sintió incómodo en su presencia. El maestro se hallaba perdido en profundos pensamientos, en su mente se debatía algo más que una simple despedida.

—¿En qué piensas? —le preguntó el maestro—. Dímelo.

—En nada concreto —respondió Tonio en voz baja—. Trato de adivinar qué piensan todos cuando se despiden de usted. —Cuando vio que el maestro lo observaba con aire de interrogación, confesó—: Me temo que en Roma fracasaré.

Sus ojos volvieron al jardín, era consciente de que había dicho algo que no era del todo cierto. Estaba abrumado y confundido. Una confusión provocada por la vida misma y por lo que ésta le ofrecía. Cuánto le hubiera gustado poder olvidar.

Una vez, hacía tres años, se había prometido que cantaría por su propio placer, y qué simple había sonado aquel deseo entonces, qué sencillo había parecido.

A punto de abandonar Nápoles, quería ser el mejor cantante de Italia. Y quería que Guido escribiera la mejor ópera que jamás se hubiera escuchado. Tenía miedo, miedo por los dos, y no podía evitar preguntarse si siempre había temido ese momento, desde que su destino se le había revelado con claridad, y si ese miedo había sido tan importante como para buscar otro objetivo más oscuro en su vida.

Pensó vagamente en sus viejas decisiones, sus odios, aquellos siniestros juramentos.

Pero la vida era un magnífico artificio y en aquellos instantes nada más ocupaba su mente. Deseaba ponerse en camino hacia Roma cuanto antes.

Guido estaba tan nervioso que sus despedidas habían resultado frías. Día y noche, había estado escribiendo escenas para su ópera. Siempre andaba tarareando alguna melodía, y había veces, cuando no estaban trabajando, en que se miraban con aquella mezcla de miedo y alborozo que no compartían con nadie más.

—No fracasarás —le aseguró el maestro con dulzura—. Si viera la más mínima posibilidad de que eso ocurriera, no te dejaría marchar.

Tonio asintió, pero sus ojos seguían clavados en el claustro y en las arcadas plagadas de hojas. Otros habían abandonado el conservatorio con grandes expectativas, se habían marchado con la bendición del maestro, sólo para volver humillados.

De todos modos, ¿hay alguien que pueda sentir el fracaso como nosotros, mutilados y tan anhelantes de ese instante de éxito? Sintió una callada simpatía hacia esos otros cantantes y sintió que se intensificaba la hermandad que siempre se había establecido con aquellos que luchaban a su lado.

Sin embargo, al notar que el maestro se acercaba turbado y meditabundo, en la mente de Tonio empezó a adquirir consistencia otra visión.

¿Y si triunfaba? ¿Y si se hacían realidad sus sueños? El público puesto en pie, la oleada de aplausos. Durante un segundo imaginó que lo había conseguido, que había alcanzado un éxito indiscutible, y a partir de aquel momento la vida trazaba un camino para él.

Era la vida misma lo que veía desplegarse, y lo asaltó tal miedo que fue incapaz de reaccionar.

—Dios mío —susurró, pero el maestro no le oyó. Ni siquiera él mismo se había oído. Sacudió la cabeza.

El maestro le tocó el hombro, y al volverse Tonio olvidó sus tribulaciones para mirar el rostro del hombre.

El maestro estaba preocupado.

—Tenemos que hablar antes de que te marches.

—¿Hablar? —Tonio vaciló. Las despedidas eran un trago amargo. ¿Qué más quería el maestro? Por otra parte, estaba Paolo. No podía dejarlo allí.

—Una vez te dije que sabía lo que te habían hecho —empezó el maestro.

—Y yo le respondí que usted no sabía nada. —Una vieja rabia empezó a crecer en él y pugnó por aquietarla. Hacia ese hombre sólo podía sentir afecto.

Sin embargo, el maestro prosiguió.

—Sé por qué te has mostrado tan paciente con las personas que te enviaron aquí...

—No, usted no puede ni imaginarlo. —Tonio se esforzaba en ser cortés—. ¿Por qué me atormenta ahora, cuando ha callado durante tanto tiempo?

—Te aseguro que lo sé, todos los del conservatorio lo sabemos. ¿Crees que somos estúpidos, que lo único que comprendemos son las intrigas que se tejen en el escenario? Lo sé, siempre lo he sabido. Y también sé que ahora tu hermano, en la república de Venecia, ha tenido dos hermosos hijos varones. Sé que nunca has mandado asesinos contra él, que nunca ha corrido en el Véneto ningún rumor de amenaza que turbara su sueño.

Tonio sintió que aquellas palabras se le clavaban como dagas. Durante tres años no había hablado de aquel asunto con nadie. Oír aquellas palabras pronunciadas en voz alta en aquella habitación representaba la peor tortura.

Sabía que la ira lo estaba transformando y le habló al maestro con toda la frialdad y determinación de que fue capaz.

—¡No quiero ni hablar del asunto! —insistió—. Todo eso es cosa mía.

El maestro no estaba dispuesto a callar.

—Tonio, también sé que ese hombre es custodiado

noche y día por un grupo de *bravi* escogidos entre los más peligrosos. Se dice que no da un paso sin ellos, incluso en su propia casa...

Tonio avanzó hacia la puerta.

El maestro lo agarró y con suavidad lo obligó a quedarse. Durante un segundo le sostuvo la mirada a Tonio, hasta que éste, agitado y furioso, bajó la cabeza.

—¿Por qué tenemos que discutir? —preguntó Tonio en voz baja—. ¿Por qué no podemos darnos un abrazo de despedida?

—Pero si no estamos discutiendo —le respondió el maestro—. Sé que quieres vengarte de tu hermano. —Su tono había descendido hasta un susurro. Estaba tan cerca de Tonio que éste notaba el aliento del maestro en su rostro—. Ese hombre te espera, como esperan las arañas. Tu exilio ha convertido a toda la ciudad de Venecia en su telaraña. Si emprendes alguna acción contra él, te destruirá.

—Basta —dijo Tonio. Estaba tan enfadado que ya no podía dominar el tono de voz, pero observó que el maestro no calibraba bien el efecto de sus propias palabras.

—Usted no sabe nada de mí —espetó Tonio—, de dónde vengo ni por qué estoy aquí. No pienso quedarme para oírle hablar de todo eso, quitándole importancia. ¡No permitiré que emplee el mismo tono que utiliza para castigar a sus discípulos! ¡Ni que exprese su pesar como si lamentara el fracaso de una ópera, o la muerte del monarca de algún país lejano!

—No pretendo tratar este tema a la ligera —insistió el maestro—. ¿Quieres escucharme, por el amor de Dios? Deberías contratar a profesionales para que se ocuparan del tema, hombres tan duros como los que lo custodian a él. Esos *bravi* son asesinos a sueldo, manda contra él a gente de su misma calaña.

Tonio se debatió para soltarse, pero era incapaz de levantar la mano contra aquel hombre. *Bravi*, aquel hombre le hablaba de *bravi* y de cómo eran. ¿Cuántas veces se había despertado en plena noche creyendo estar todavía en la población de Flovigo, luchando contra sus brutales agresores? Sentía el violento contacto de sus manos, la fetidez de su aliento, recordaba su impotencia en aquellos momentos y el cuchillo que lo había castrado. No lo olvidaría en toda su vida.

—Tonio, si no estoy en lo cierto —proseguía el maestro—, si ya has mandado asesinos a sueldo contra él y han fracasado, entonces es que nunca podrás lograrlo.

El maestro aflojó la presión que ejercía en el brazo de Tonio, pero a éste le habían abandonado las fuerzas y desvió la mirada. A excepción de aquellos primeros días en el conservatorio, rara vez se había sentido tan solo. Intentaba rememorar toda la conversación, aunque su confusión había borrado buena parte de ella, salvo la sensación de que el maestro seguiría hablando indefinidamente, sin saber muy bien lo que decía aunque él creyera que sí.

—Si fueras un cantante común... —El maestro suspiró—. Si no poseyeras una voz con la que todos sueñan, entonces te aconsejaría que cumplieras con tu deber.

Soltó a Tonio y el muchacho dejó caer el brazo.

—He cometido el error de no intentar ahondar antes en tus sentimientos, parecías tan contento aquí, tan feliz...

—¿Y tan extraño le parece? —preguntó Tonio—. ¿Es un crimen buscar la felicidad? ¿Acaso cree que también me arrebataron el alma?

—Has reinado en este principado de castrados demasiado tiempo sin haber sido nunca parte de él. ¡Has olvidado lo que es la vida! ¿Crees que el mundo está compuesto por criaturas mutiladas que vagan de aquí para allá sangrando, al tiempo que persiguen con afán su destino? ¡La vida no es eso!

»¡Tu voz es tu vida! ¡Ha sido tu vida desde el momento en que llegaste! ¿Quieres que reniegue de mis sentidos? —imploró el maestro.

—No. —Tonio sacudió la cabeza—. Esto es arte, esto es el decorado, y la música y el pequeño mundo que hemos construido para nosotros, ¡pero no es la vida! Si quiere hablarme de mi hermano y de lo que me hizo, entonces tiene que hablar de vida. Le aseguro que la atrocidad que cometieron conmigo exige una venganza. Cualquier hombre lo comprendería. ¿Por qué le resulta tan difícil?

El maestro se había calmado, pero no daba su brazo a torcer.

—Si vas a Venecia a matar a tu hermano no será en nombre de la vida —musitó—, sino de la muerte, y no de la suya, sino de la tuya. Ojalá fueras como todos los demás, ojalá no fueras tan...

—Yo sólo soy un hombre. —Tonio suspiró—. Eso es lo único que soy. Lo que siempre he sido. Aquello para lo que nací, en lo que me he convertido pese a todos sus esfuerzos por impedirlo. Y ahora que todo está dicho y hecho, le aseguro que un hombre no puede tolerar la injusticia que han cometido conmigo.

El maestro se volvió, por unos instantes pareció incapaz de recuperar la compostura. Un frío silencio se cernió sobre la habitación. Tonio, exhausto, se apoyó contra la pared, y contempló de nuevo el arco del claustro y el amable jardín.

Lo asaltaban mil visiones involuntarias, como si la mente pudiera vaciarse de todo pensamiento y ser invadida por imágenes de objetos concretos, destellantes de significado: vajillas de plata, las velas de la capilla de una iglesia, velos nupciales, cunas de niños, el suave crujir de la seda al estrechar entre los brazos a una mujer. Ese gran lienzo que era Venecia formaba el telón de fondo de aquella visión, y en él se superponían sonidos diversos, el clamor de las trompetas, el aroma del mar.

¿Cuál era mi mayor deseo hace sólo un instante?, pensó. La mente lo transportó al interior de aquel pequeño torbellino que se desataba siempre detrás de la cortina del escenario teatral, olía el maquillaje, los polvos, oía la melodía aguda de los violines al otro lado del telón, el retumbar de las tablas. ¿En qué estaba pensando? Escuchó su propia voz en una sucesión de nítidas notas alzarse ajena a hombres, mujeres, a la vida y la muerte. Sus labios no siguieron a sus pensamientos.

Pareció transcurrir un largo rato hasta que el maestro se volvió.

Tonio tenía los ojos llenos de lágrimas.

—No quiero marcharme así —le dijo Tonio en voz

baja—. Ahora está enfadado conmigo y yo le quiero. Lo he querido desde que llegué.

—Qué poco sabes de mí —dijo el maestro—. Nunca me he enfadado contigo. Y el cariño que me une a ti tiene pocos rivales.

Se acercó a Tonio, pero vaciló en abrazarlo, y en ese momento Tonio fue consciente de la presencia física del hombre, de esa fuerza y rudeza masculinas.

También era consciente de su propio aspecto, como si pudiera ver la insólita suavidad de su piel y su juventud reflejadas en la mirada del hombre.

—Antes de que nos separemos, me gustaría decirle otra cosa —murmuró Tonio—. Quiero agradecerle tanto...

—No es necesario que me digas nada. Pronto estaré en Roma para admirarte en el escenario.

—Hay algo más —dijo Tonio, mirando fijamente al maestro—. Quisiera pedirle un favor, y ahora desearía no haber esperado tanto. Tal vez no me conceda este último deseo, pero para mí representa el mundo.

—¿El mundo? —preguntó el maestro—. ¿Significa eso que matarás a tu hermano aunque eso suponga tu muerte? ¿A eso lo llamas mundo? Hace años intenté explicarte qué era el mundo, no el mundo de donde procedías, sino el que podías conquistar con la voz. Pensé que me habías entendido. Eres un gran cantante, sí, un gran cantante, y vas a dar la espalda al mundo.

—Todo a su debido tiempo, maestro —dijo Tonio con la voz de nuevo destemplada por la ira—. A todos nos llega nuestra hora —insistió—. Yo sólo me diferencio de los demás en que quizá sepa dónde emplazar a la muerte, cuando así lo decida. Tal vez vuelva a casa para morir y deje mi vida circunscrita a mi pasado. Todo a su debido tiempo, pero de momento estoy vivo y respiro como el resto de los mortales.

—Entonces, dime lo que quieres —dijo el maestro—. Para ti el mundo significa tiempo, y yo te daré todo el tiempo que precises.

—Maestro, quiero llevarme a Paolo. Quiero que viaje a Roma conmigo.

Cuando vio la sorpresa y la duda en el rostro del hombre, añadió:

—Maestro, le prometo que lo cuidaré y si algún día tengo que mandarlo de regreso, no será peor persona por haber vivido un tiempo a mi lado. Si algo mitiga el rencor que siento contra los que me han convertido en lo que soy, es el amor por los demás. El amor por Guido, por Paolo, por usted.

Cuando Tonio lo encontró, Paolo se había refugiado en el fondo de la capilla. Hundido en una silla, su carita estaba surcada de lágrimas. Miraba obstinadamente el sagrario y cuando vio que Tonio había vuelto de nuevo, que no bastaba con una sola despedida, se sintió traicionado y le dio la espalda.

—No digas nada y escúchame —dijo Tonio. Acarició los cabellos oscuros del muchacho y apoyó la mano en la frágil nunca del muchacho. De pronto se sintió tan lleno de amor por Paolo que durante unos instantes se quedó sin habla.

El olor a cera e incienso colmaba totalmente la cálida capilla y parecía que las tallas doradas del altar absorbían toda la luz que caía en haces polvorientos sobre el suelo de mármol.

—Cierra los ojos y sueña un instante —susurró Tonio—. ¿Quieres vivir en un hermoso *palazzo*? ¿Te gustaría llevar valiosas joyas, montar en espléndidos carruajes, comer en vajillas de plata y vestir satenes y sedas? ¿Te gustaría vivir conmigo y con Guido? ¿Te gustaría venir con nosotros a Roma?

El chico se volvió con una expresión tan furiosa que Tonio se quedó sin aliento.

—¡Eso no es posible! —protestó Paolo con voz ahogada, como si lanzara una maldición.

—Claro que es posible —replicó Tonio—. Todo es posible, cuando menos lo esperas. Todo puede suceder, tenlo por seguro.

Cuando la fe y la confianza volvieron al rostro de

Paolo, se echó a los brazos de Tonio y éste lo estrechó contra sí.

—Vamos —le dijo—. Si quieres llevarte algo, ve a buscarlo ahora mismo.

Cuando los carruajes por fin se pusieron en marcha era ya mediodía. Guido, Paolo y Tonio viajaban en el primero, seguidos por los criados y un gran número de baúles.

Mientras recorrían la Via di Toledo hacia el mar, para contemplar por última vez la ciudad, Tonio no podía apartar los ojos de la cima azulada del Vesubio, que elevaba su fina estela de humo al cielo.

El carruaje siguió por el Molo. El mar resplandeciente se fundía con el horizonte. Cuando enfilaron hacia el norte, la montaña se perdió de vista.

Horas más tarde, Tonio era el único que lloraba mientras la noche caía sobre los interminables y hermosos trigales de la Campaña, y el carruaje se bamboleaba despacio en su viaje hacia Roma.

QUINTA PARTE

1

El cardenal Calvino los mandó llamar en cuanto llegaron. Ni Guido ni Tonio esperaban tan pronto aquel cortés recibimiento. Con Paolo pegado a sus talones, subieron las escaleras y siguieron al secretario del cardenal, un hombre ataviado con una sotana negra.

Nada de lo que Guido había visto en Nápoles o en Venecia podía compararse a aquel inmenso *palazzo* situado en pleno centro de Roma, distante sólo unos minutos del Vaticano en una dirección, y casi a la misma distancia de la Piazza di Spagna en otra. Su sombría fachada amarillenta encerraba pasillos en los que se alineaban esculturas antiguas, tapices flamencos colgados de las paredes, patios prácticamente atestados de restos griegos y romanos, y colosales estatuas modernas que custodiaban senderos, fuentes y estanques.

Los nobles se arremolinaban por doquier, entraban y salían clérigos con sotana, y al otro lado de una doble puerta se abría una amplia biblioteca donde los sacerdotes se encorvaban sobre sus plumas y pergaminos.

No obstante, el propio cardenal resultó ser la sorpresa más interesante. Se rumoreaba que era profundamente religioso, que había llegado a su cargo desde el sacerdocio —un proceso poco frecuente en el ámbito cardenalicio—, que inspiraba un gran fervor popular y que la gente se acercaba al *palazzo* para verlo pasar en su carruaje.

Los pobres de Roma constituían su principal preocupación: visitaba con frecuencia diversos orfanatos e instituciones benéficas, de los que era benefactor, y a veces, arrastrando su túnica escarlata por el barro, mientras su séquito aguardaba fuera, visitaba chabolas y bebía vino con los trabajadores y sus mujeres, y besaba a los niños. Cada día compartía su propia riqueza con los necesitados.

Rondaba los cincuenta años y Guido intuyó en él una gran austeridad, cierta devota contradicción con aquel esplendor mundano, que se alzaba sobre suelos de mármol cuyos dibujos poseían tal profusión de colores que llegaban a rivalizar con los de la basílica de San Pedro.

El cardenal era un hombre afable.

Sus ojos centellearon con una alegría instantánea, con una vitalidad en la que parecía que se fundían la gracia y el amor hacia el mundo que le rodeaba.

Era un hombre enjuto, con cabellos color ceniza. Tenía los párpados más lisos que Guido hubiera visto jamás. No había en ellos fisura alguna o pliegue. Las escasas arrugas que surcaban su rostro le daban un aire hierático, semejante a las esculturas exánimes, desfiguradas y a menudo lúgubres que poblaban las iglesias antiguas.

Pero en él no existía lobreguez alguna.

Rodeado de nobles ataviados con brillantes ropajes, que a sus órdenes se separaron como las aguas, hizo una seña a Guido para que entrara. Después de permitir que le besara el anillo, lo abrazó y le aseguró que los músicos de su prima podían quedarse a vivir en aquella casa todo el tiempo que desearan.

Su cuerpo se agitaba sin cesar, sus ojos chispeaban de alegría.

—¿Necesitáis instrumentos? —preguntó—. Estaré encantado de proporcionároslos. Sólo tenéis que hablar con mi secretario y él se encargará de poner a vuestra disposición cuanto preciséis.

Tomó el rostro de Paolo entre las manos y recorrió la mejilla con el pulgar, y ante aquel gesto Paolo, de natural cariñoso, le echó los brazos al cuello de manera instintiva, al tiempo que el cardenal lo abrazaba contra sus ropajes cardenalicios.

—¿Dónde está el cantante? —preguntó.

Cuando alzó la mirada y observó a Tonio, pareció verlo por primera vez.

Durante unos momentos el cardenal se quedó absorto, en su actitud se produjo un cambio que a Guido le resultó casi palpable. Estaba seguro de que el resto de los presentes también lo habían percibido. Tonio se adelantó para besarle el anillo.

El muchacho estaba algo despeinado por el viento del carruaje, y su levita de terciopelo verde oscuro tenía un poco de polvo. Para Guido la visión era la de un ángel vestido de mortal. Su estatura no le daba un aire desgarbado, y los dos últimos años dedicados a la práctica de la esgrima hacían que sus movimientos poseyeran la gracia de un bailarín. Sus gestos resultaban hipnóticos, aunque Guido no sabría decir por qué. Quizá se debiera a la lentitud que imprimía a sus ademanes... Hasta su forma de subir y bajar los ojos era increíblemente lenta.

El cardenal estaba casi boquiabierto. Observaba a Tonio como si éste estuviera haciendo algo asombroso e inaudito, y lo miró sin expresión en sus ojos gris pálido que se oscurecieron ligeramente.

Guido notó una calidez incómoda bajo la ropa y tuvo la sensación de que el calor de aquella sala abarrotada lo asfixiaba. Cuando vio, sin embargo, la expresión en el rostro de Tonio, la forma en que se acercaba al cardenal, y percibió que un insondable silencio se hacía entre todos los reunidos, experimentó algo más que una punzada de temor. A buen seguro, aquello no eran sólo imaginaciones suyas.

¿Quién no repararía en un joven de tan extraordinaria belleza y quien no miraría a un hombre como Su Eminencia con un cierto grado de temor reverencial?

El miedo de Guido remitió gradualmente, mientras se hacía eco de todos los densos pensamientos que habían ocupado su mente durante el viaje a Roma, su ansiedad por los mil detalles prácticos de la próxima ópera, y lo que resultaba más sorprendente: su preocupación por haber perdido la voz años atrás.

—Nunca he podido disfrutar mucho de la ópera —le explicaba a Tonio con dulzura el cardenal—. Me temo que conozco muy poco ese mundo, pero será muy agradable tener un cantante que nos brinde sus interpretaciones después de la cena.

Tonio se puso tenso. Guido sintió la ligera pero previsible herida en el orgullo del muchacho. Tonio reaccionó como siempre que se le trataba como a un músico común: clavó la mirada en el suelo unos instantes y luego la alzó despacio antes de decir de una manera intencionada pero sutil:

—¿Sí, mi señor?

El cardenal intuyó que pasaba algo. La escena resultaba curiosa. El cardenal tomó de nuevo la mano de Tonio y le dijo:

—Tendrás la amabilidad de cantar para mí, ¿verdad?

—Será todo un honor, mi señor —contestó Tonio con elegancia, dispensándole al cardenal un trato de príncipe a príncipe.

Luego el cardenal rió con contagiosa inocencia, se volvió hacia su secretario y dijo en tono casi infantil:

—Esto, para variar, dará que hablar a mis enemigos.

A continuación fueron alojados en una serie de amplias habitaciones que daban a un jardín interior, donde la hierba había sido cortada y los árboles proyectaban discretas sombras en el suelo. Deshicieron sus equipajes, recorrieron las estancias. Paolo se excitó mucho al ver la cama en la que iba a dormir, con cortinajes de color castaño rojizo y cabecera labrada. Guido advirtió que, como era natural, Tonio y él ocuparían habitaciones distintas y, por el bien de Paolo, dormirían separados.

A última hora de la tarde, Guido ya había sacado las partituras y leído las cartas de presentación que le había dado la condesa. De inmediato empezaría a asistir a todas las reuniones, conciertos e instituciones privadas que le abrieran sus puertas. Tenía que hablar con los entendidos sobre las óperas que habían triunfado en Roma, tenía que escuchar al mayor número posible de cantantes locales. Los secretarios del cardenal le proporcionaron las partituras y libretos que había pedido. Aquella misma noche asistiría a su primer concierto privado en casa de un caballero inglés.

Entonces, ¿por qué no rebosaba de emoción al ver el clavicémbalo que le habían instalado en la habitación y a los criados del cardenal ordenando los libros en las estanterías?

Era evidente que Roma había cautivado a Tonio, quien comentaba con Paolo lo que habían visto al llegar a la ciudad. Habían planeado ir aquella misma noche a visitar los tesoros del Papa en el museo del Vaticano y salieron juntos a hacer varios recados, lo que en sí mismo constituía toda una aventura.

Cuando por fin se quedó solo, a Guido le fue imposible librarse de aquel presentimiento tan cercano a la tristeza que lo había perseguido durante todo el viaje.

¿Qué era lo que aguijoneaba su mente?

Por supuesto estaba relacionado con aquel viejo terror que siempre lo acompañaba y cuyo origen debía achacarse a la anterior vida de Tonio y al recuerdo de sus últimos días en Venecia, algo de lo que nunca hablaba.

Guido siempre había sabido que Carlo, el hermano mayor de Tonio, era el responsable de aquel atroz acto de violencia cometido contra Tonio, y por qué éste nunca había permitido que se conociera la verdad.

Todo había sido especificado en los documentos que Tonio había firmado y enviado a Venecia antes de su llegada a Nápoles. Aquel Carlo Treschi era el último varón de su estirpe.

Guido recordaba a aquel hombre vagamente. Una presencia brillante en las pocas conversaciones en las que Guido había participado antes de que su estancia en Venecia llegara a tan dramático y sorprendente fin. Guido había reparado en él sólo por tratarse del hermano del «patricio trovador», como llamaban a Tonio. Un hombre corpulento, muy atractivo, que sabía contar divertidas anécdotas, citaba poemas y se mostraba siempre deseoso de complacer a los demás, de acaparar su atención y su afecto. Entonces le había parecido un veneciano más, extremadamente cortés y de buena familia.

Guido lo recordó con frialdad.

Nunca le había contado nada de eso al maestro Cavalla, aunque con el paso del tiempo había resultado innecesario, ya que el maestro lo había adivinado por sí mismo.

Cuando Tonio empezó a dedicarse a su voz en cuerpo y alma, ambos profesores habían creído que el tiempo y el logro de sus ambiciones restañarían las heridas. ¿Y el hermano? Dedujeron que se creería perdonado por Tonio para siempre, y que daría gracias a Dios por ello.

Sin embargo ese Carlo Treschi los había sorprendido. No sólo se había casado con la madre de Tonio («lo cual bastaría para alterar el ánimo del eunuco más resignado», había sentenciado el maestro, y no podía calificarse a Tonio de «eunuco resignado» bajo ningún concepto), sino que además había tenido con ella dos hijos sanos y hermosos en tres años.

Además Marianna Treschi estaba de nuevo encinta.

No lo había sabido hasta poco antes de dejar Nápoles; fue el maestro quien le dio la noticia y le recomendó que vigilase a Tonio de cerca.

—Me temo que está esperando su oportunidad. El cuerpo de Tonio está habitado por dos seres, uno ama la música por encima de todo, pero el otro está sediento de venganza.

Guido no había respondido. Recordó aquella pequeña población del Véneto, el chico amoratado y drogado, tumbado en una sucia cama manchada de sangre.

Y lo peor de todo, recordaba el papel que él mismo había desempeñado en todo aquel plan diabólico.

Mientras se hallaba en presencia del maestro parecía apático y casi aturdido, secretamente fascinado por aquella imagen: dos seres habitando un mismo cuerpo. Él nunca lo había considerado en estos términos, ni sabía cómo se llamaban aquellas figuras del lenguaje, pero muy a menudo había visto emerger aquel lado oscuro en su dulce y refinado amante, muy a menudo había observado en él accesos de odio, de ira, y una frialdad tan palpable como la de las húmedas paredes de una posada norteña en invierno.

Pero también sabía que el otro ser que vivía y respiraba dentro de Tonio, el ser que deseaba debutar en el Teatro Argentina tanto como él mismo, tenía una voz incomparable, hacía que el amor fuera impetuoso y dulce a la vez y se había convertido en su propia vida.

—Estáte atento —le había dicho temeroso el maestro— y deja que disfrute de todo lo que le ofrece el mundo, que goce de todos los placeres. Alimenta a uno de esos seres de forma que el otro vaya disminuyendo. Si logras que sus dos personalidades se enfrenten, sin duda una de las dos se retirará.

Guido había asentido, ofuscado de nuevo por aquella idea e incapaz de contradecir al maestro, pero en aquel pesado silencio sólo pensaba en la pequeña población, en el niño mutilado que yacía en sus brazos. Tuvo que admitir para sus adentros que, aun en medio de su horror, había deseado tanto aquella voz que no podía lamentarse por su perdida inocencia.

¿Vivía en Tonio una parte de sí mismo que deseaba venganza?

Por supuesto, no podía ser de otro modo

Sí, el viejo terror lo acechaba, pero siempre había estado ahí. Tal como en una época había temido que la amargura destruyera a Tonio, en aquellos instantes temía que lo hiciera la venganza. Todo era una misma cosa, un conocimiento que Guido llevaba consigo, como la conciencia de su mortalidad, y que lo hacía sentirse igual de impotente y mostrarse reservado y frío.

Nunca había conseguido que Tonio le hablara de lo sucedido. En aquellos terribles días en que llegaban cartas del Véneto, era ese ser oscuro quien las leía, las destruía y seguía viviendo como aturdido por alguna corriente de aire envenenado.

Pero era un Tonio radiante y ansioso el que le hablaba de la inminente ópera, del teatro, de lo que tenían que llevarse de Nápoles o dejar allí. ¿Qué aforo tenía el Teatro Argentina?

—Sé lo que esto significa para ti —le había dicho a Guido una vez—. No, no me refiero a ti como mi maestro, sino a Guido, el compositor. Sé lo que eso significa.

—Entonces no lo menciones —le había pedido Guido con una sonrisa—. O conseguirás que ambos nos preocupemos. —Conversaban en voz baja, excitados, riendo de vez en cuando, mientras empaquetaban las partituras, los libros y un gran número de piezas de encaje y piedras preciosas, ropajes dignos de un rey y que componían el vestuario de Tonio.

«Alimenta a uno de los dos», había aconsejado el maestro.

Sí, lo haría, porque eso era lo único que podía hacer, lo único que había hecho hasta entonces: enseñar, guiar, amar y alabar a aquel hermoso joven de inigualable talento, Tonio, su amante, que buscaba el mismo éxito que Guido había anhelado cuando hacía muchos, muchos años, soñó con debutar en Roma.

Pero ¿por qué, durante todo el trayecto hasta Roma, Guido se había obsesionado con su vieja tragedia, con la pérdida de la voz? Era enemigo de aferrarse al pasado y a recuerdos dolorosos, siempre se había sentido abrumado por ellos en las contadas ocasiones en que lo asaltaban. Y descubrió que el tiempo no había mitigado su memoria.

Tal vez, a fin de cuentas, se debía sólo a que no podía pensar en separarse del maestro Cavalla y de la escuela donde había vivido desde los seis años.

Su mente intentó que aquel antiguo sufrimiento lo protegiera de la despedida, aunque en realidad no lo creía posible.

El dolor y la pérdida seguían pesando en su alma, mezclados con el recuerdo de las palabras pronunciadas por el maestro con respecto a Tonio: «Deja que disfrute de lo que le ofrece el mundo, que goce de todos los placeres.»

¿Qué era, en definitiva, lo que apesadumbraba a Guido? ¿La extraña sensación de perder algo precioso, tan precioso como su voz? Tonio nunca lo abandonaría para realizar aquel terrible peregrinaje a Venecia, si es que en realidad alguna vez había pensado en hacerlo.

Sin embargo, la sensación persistía, aquel presentimiento, aquel temor.

Incluso en aquellos momentos en que permanecía sentado y en silencio en su habitación del *palazzo* del cardenal, aquellos lúgubres pensamientos se arremolinaban en la mente de Guido. Todo ello aderezado con repetidos destellos de la expresión en los ojos del cardenal Calvino al posarlos sobre Tonio. ¡Ese hombre había demostrado tanta inocencia! A buen seguro era el santo que todos decían, de otro modo hubiera disimulado su inmediata fascinación y nunca hubiese hecho aquella broma estúpida.

Después de saludar a los músicos, el cardenal se había retirado.

Guido había observado la extraordinaria procesión que salía por la puerta. El séquito del cardenal estaba compuesto por cinco carruajes, con sus correspondientes conductores y lacayos de elegantes libreas, y a pocos metros de la casa el cardenal echó un puñado de monedas de oro a la muchedumbre.

Llegó Tonio. Ya había estado en el sastre con Paolo, para que lo vistiera como si estuviera destinado a heredar el trono de la ciudad. Le había comprado una espada profusamente labrada, una docena de libros y un violín, ése era el instrumento favorito del chico, y Guido insistía en que debía dominar un instrumento, por si acaso.

Sensación de pérdida, melancolía. ¿En qué se basaban sus recelos? ¿En que acaso...? Sobre Paolo no caería ninguna desgracia, no caería ninguna desgracia sobre ninguno de los tres.

Sin embargo, en aquella amplia estancia la tristeza y la fatiga se apoderaron de Guido. Las imágenes de santos, enmarcadas en madera dorada, no conseguían aliviarlo. Santa Catalina, en medio de una gran multitud, mostraba la «cruz verdadera».

Tonio se desnudaba al otro lado de la puerta.

Guido vio que se quitaba la amplia y blanca camisa y dejaba caer los pantalones al tiempo que el viejo Nino, el paje enviado por la condesa, recogía todas aquellas prendas y las hacía desaparecer.

Tonio se quedó inmóvil, de espaldas a Guido, como si su cuerpo disfrutase del aire frío de aquella estancia. Luego se puso una bata de seda verde y se la ciñó a la cintura. Cuando se volvió alzó despacio los ojos. Había en él algo de oriental, con el cabello caído sobre el rostro y la suave tela que colgaba de los ángulos de su alto y esbelto cuerpo como si fuera el atuendo de algún país extranjero.

—¿Por qué estás tan triste? —le preguntó en voz tan baja que al principio Guido no lo oyó.

—No estoy triste —respondió, pero vio que no se libraría de sus preguntas con tanta facilidad. Tonio se sentó tan cerca que hubiese podido acariciar su mano. De nuevo Guido se descubrió observándolo como si no estuviera hablándole a él.

Sus predicciones de que Tonio adquiriría toda la gracia de Domenico habían resultado ciertas, pero Tonio había perfeccionado de tal manera sus modales que realzaban todavía más su gracia innata. Los movimientos lánguidos que le eran naturales conferían un aire aristocrático a sus largas extremidades, el tono apagado de su voz poseía una riqueza que servía de fascinante preludio a la fuerza que se revelaba en ella.

Su rostro se había ensanchado un poco, y todos los rasgos estaban algo más separados de lo normal, aparte de aquel sutil misterio en la ubicación de los ojos. Al contemplarlo en aquellos momentos, Guido se sintió levemente turbado. La magia del cuchillo, pensó resignado. Al cortar libera este extraordinario poder de seducción. No necesita saber que lo tiene ni tampoco utilizarlo, está ahí, y revestido de ese noble porte veneciano es capaz de volver loco a cualquiera.

—Guido —le decía desde algún lugar muy lejano—, Paolo estará bien, no te preocupes. Yo mismo le daré las lecciones.

De repente Guido experimentó un odio visceral hacia él. Deseó que se marchara. Lo miró pero no pudo hablarle. Recordaba que años atrás se había quedado tumbado en el suelo del aula de prácticas, miserable después de su primer acto amoroso. El maestro a quien Guido tanto deseaba se había inclinado entonces hacia él y le había dicho algo al oído. ¿Qué era?

—No me preocupa Paolo —replicó, muy molesto por aquel malentendido—. Paolo es un buen cantante —añadió. Le complacía bastante pensar que Paolo aprendería más de aquella estancia en Roma que de todo el tiempo transcurrido en el conservatorio. En su corazón había un lugar para Paolo. Sólo quería que Tonio lo dejara en paz.

—Estoy cansado por el viaje —dijo lacónico—, y me espera tanto trabajo... No puedo perder tiempo.

Tonio se inclinó hacia él. Le susurró al oído algo dulce y ligeramente obsceno. Guido era consciente de que estaban a solas. Tonio había ordenado a los criados que se retirasen.

—Ten paciencia conmigo —le dijo enojado. Adivinó por el rostro de Tonio que lo había herido, pero éste se limitó a asentir. Con él siempre chocaba con aquella maldita cortesía veneciana. Cuando miró a Guido, en sus ojos no había reproche alguno y con una leve sonrisa se puso en pie para marcharse.

Turbado y en silencio, Guido lo vio cruzar la habitación. Lo imaginó en el escenario, vio la multitud congregada ante la puerta del camerino. Y volvió a su memoria el rostro del cardenal Calvino, aquella inocencia, aquellos ojos chispeantes de extraordinaria vitalidad.

No tienes ni idea de las adulaciones que te esperan, ni siquiera lo puedes imaginar. Como es natural, cubrirán de cumplidos al compositor; si la ópera es buena llegarán incluso a poner mi nombre en los folletos, aunque no siempre es así. Pero si Roma se entrega, será por ti. La ciudad renacerá de sí misma, y quiero que seas tú quien lo consiga, sólo tú.

Entonces, ¿por qué me siento así?

Tonio estaba al otro lado de la puerta, Guido notaba su proximidad. Sin querer se imaginó pegándole, vio ese rostro perfecto desfigurado por marcas rojas. Se había levantado del escritorio sin conciencia clara de lo que hacía. Entró como una exhalación en el dormitorio y se detuvo cuando vio a Tonio junto a la ventana, mirando hacia el patio que se extendía a sus pies.

—Ya sabes lo exigente que es el público romano —dijo Guido—. Imagina lo que me espera. Sé paciente conmigo.

—Lo soy —replicó Tonio.

—Tienes que hacer todo lo que te pida. ¡Me lo debes!

Tenía los nervios de punta, estaba ansioso por discutir. Todo lo que lo enojaba y lo irritaba de Tonio salió a la luz, pero no era el momento. Ya tendrían tiempo...

—Haré todo lo que me pidas —contestó Tonio con aquella voz suave, cortés y comedida.

—Oh, sí, todo menos actuar vestido de mujer cuando sabes de sobras que eso es justamente lo que debes hacer. Sobre todo en Roma, y por supuesto harás cualquier cosa menos lo que es esencial para ti.

—Guido —lo interrumpió Tonio. Por primera vez demostró crispación e impaciencia. La transformación en aquel angelical rostro nunca dejaba de asombrar a Guido—, eso no puedo hacerlo. No hay razón para que sigamos discutiéndolo.

Guido emitió un sordo bufido de desdén. Ya tenía lo que buscaba: un motivo de discordia, el mejor. De sus labios brotaron palabras de cólera; el rostro de Tonio enrojeció y la expresión de sus ojos era cada vez más fría. Pero ¿por qué hacía eso? ¿Por qué se comportaba de ese modo en su primer día de estancia en Roma, cuando allí tendría tiempo de sobras para llevarlo a los teatros, para mostrarle a los *castrati* vestidos de mujer, para hacerle comprender su gran fuerza y atractivo?

Tonio se volvió con brusquedad y se dirigió al vestidor. Empezó a quitarse la bata. Se vestiría, se marcharía y aquellas habitaciones se quedarían vacías. Guido se quedaría solo.

Lo invadió la desesperación.

—¡Ven aquí! —le pidió con frialdad. Se acercó a la cama—. No, primero cierra las puertas y luego ven.

Tonio se quedó mirándolo unos instantes.

Apretó los labios y luego con aquel gesto de condescendencia tan propio de él, hizo lo que le había ordenado. Se quedó de pie junto a la alta cama, con la mano en la colcha, mirando a Guido a los ojos con serenidad. Guido se había desabrochado los pantalones y la pasión se apoderó de todas sus emociones y las convirtió en una única fuerza.

—Quítate la bata —le ordenó malhumorado—. Túmbate. Boca abajo, túmbate.

Los ojos de Tonio superaban ligeramente en belleza a los del resto de los mortales. Con un leve ademán de desaprobación, siguió todas sus indicaciones.

Guido lo montó con brutalidad. La desnudez de Tonio contra su ropa lo enloquecía. Hundió el rostro del muchacho en la cama presionándolo con la muñeca y lo penetró con unas acometidas brutales.

El largo rato que pasó tumbado junto a Tonio se le antojó una eternidad. Luego el muchacho se incorporó para marcharse.

Sin pronunciar reproche alguno, Tonio se vistió, y después de ponerse los anillos y coger su bastón, se acercó a la cama. Se inclinó para besar a Guido en la frente y luego en los labios.

—¿Por qué me soportas? —le preguntó Guido entre susurros.

—¿Por qué no tendría que hacerlo? —preguntó Tonio a su vez—. Te quiero, Guido, y los dos estamos un poco asustados.

2

Aquella calle, las estrellas, el techo de la habitación, sus dientes aferrándose a la carne, y el cuchillo, el corte del cuchillo, y aquel rugido que era su propio grito...

De pronto se despertó y se llevó la mano a la boca. Comprendió que en realidad no había emitido sonido alguno.

Estaba en Roma, en casa del cardenal Calvino.

En realidad, no tenía importancia. El viejo sueño de siempre y las caras de los *bravi* a los que a veces había imaginado reconocer en las calles. Jamás los había vuelto a ver, era una de sus pequeñas fantasías: ver a uno de ellos, pillarlo desprevenido. «¿Te acuerdas de Marc Antonio Treschi, el chico al que llevaste a Flovigo?», y clavarle el puñal entre las costillas.

Justo antes de partir de Nápoles, había pasado una tarde con un *bravo* para dominar el manejo de la daga. El hombre, que había recibido una buena paga por sus servicios, pareció disfrutar con un alumno tan apto.

—Pero ¿por qué quiere aprender, *signore*? —le había dicho entre dientes, examinando las ropas de Tonio y los anillos de sus dedos—. Ahora mismo estoy sin trabajo, mis servicios no son tan caros.

—Tú limítate a enseñarme —había contestado Tonio con una sonrisa. Sonreír siempre le hacía sentirse mejor. El bravo, que tenía algo de experiencia en enseñar su oficio, se encogió de hombros.

Aquel recuerdo disipó enseguida su sueño. Antes de que Tonio hubiera puesto el pie desnudo sobre el delicioso frescor de las baldosas de mármol, se hallaba de nuevo en el *palazzo* del cardenal, en medio de Roma. Aquel sueño era como un trastorno pasajero o una leve jaqueca. Pronto pasaría.

La ciudad lo esperaba. Por primera vez en toda su vida, era verdaderamente libre. Había pasado de las prohibiciones de sus preceptores a la rigidez de Guido y a la disciplina del conservatorio, y no podía hacerse a la idea de que todo eso hubiera terminado.

Pero Guido lo había dejado claro. Siempre y cuando Paolo recibiera sus clases y él dedicara las mañanas a practicar, no tenía que responder ante nadie. Guido no lo había dicho, pero no podía ser de otro modo. Guido desaparecía por la tarde, mientras los demás dormían la siesta, y a veces no regresaba hasta medianoche. Entonces él, hablando de hombre a hombre, le preguntaba:

—¿Dónde has estado?

Tonio no pudo reprimir una sonrisa. El sueño se había evaporado. Estaba bien despierto y era muy temprano, y si se apresuraba podría asistir a la misa matinal del cardenal Calvino.

Todos los días, el cardenal Calvino decía misa en su capilla privada; todos los miembros de la casa eran bienvenidos a la ceremonia. El altar estaba decorado con flores blancas, los candelabros elevaban sus diminutas llamas que formaban grandes arcos de luz bajo un gigantesco crucifijo. De las manos y pies del Cristo manaban abundantes regueros de brillante sangre roja.

Cuando Tonio entró en la capilla, el resplandor de las velas lo deslumbró, y nadie pareció advertir su presencia mientras ocupaba una pequeña silla al fondo de la nave. No entendía qué le hacía fijar la vista en la remota figura del altar, que en aquellos momentos se volvía con el cáliz de oro en la mano.

Un grupo de jóvenes romanos se arrodillaron para recibir la comunión, humildes, sobriamente vestidos. Tonio se sintió cómodo y, con la cabeza apoyada en el dorado pilar que estaba detrás de la silla, cerró los ojos.

Cuando los abrió, el cardenal tenía la mano alzada para dar la última bendición, y su rostro aparecía sempiterno en su dulzura y sublime inocencia, como si la maldad fuera un concepto completamente ajeno a él.

Todas sus actitudes y movimientos estaban revestidos de una gran convicción y en la mente de Tonio comenzó a tomar forma un sutil pensamiento, ineludible como una vena latiendo en la sien: el cardenal Calvino tenía más razones para estar vivo que el resto de los humanos. Creía en Dios, creía en sí mismo, creía en lo que era y en su misión.

Era ya por la tarde cuando, tras varias horas de prácticas con Guido y Paolo, Tonio entró solo en el abandonado salón de esgrima del *palazzo*.

Nadie había utilizado aquella habitación en años. Aquel pulido suelo que brillaba a través de sus pisadas en el polvo le resultó familiar. Desenfundó la espada y avanzó hacia un invisible rival, tarareando para sí, como si aquel desafío estuviera acompañado de una espléndida música y formara parte de una magnífica representación en un gran escenario.

Aunque estaba fatigado, continuó con los ejercicios hasta que experimentó la primera y agradable punzada de dolor en las pantorrillas.

Una hora después, se detuvo en seco, convencido de que alguien estaba observando desde el umbral.

Se volvió en redondo sin dejar de sujetar con fuerza el arma.

Allí no había nadie. El pasillo del fondo estaba vacío, aunque la casa bullía con la actividad cotidiana.

Sin embargo persistía en él la sensación de que alguien había estado allí y luego se había marchado. Tras ponerse la levita y enfundar la espada, se encontró recorriendo el *palazzo* casi a la deriva, sin olvidar saludar con una leve inclinación de cabeza a todos aquellos con los que se cruzaba.

Se acercó al gran despacho del cardenal, pero al ver que estaba cerrado, paseó por una galería, donde admiró los gigantescos tapices flamencos y los grandes retratos de aquellos hombres del siglo anterior con sus enormes pelucas. El cabello blanco parecía burbujear sobre sus hombros. La piel, exquisitamente plasmada, brillaba con vida propia.

De repente se oyó un gran clamor en la planta baja. El cardenal acababa de llegar.

Tonio contempló al cardenal, que subía por la amplia escalinata de mármol blanco rodeado por su séquito de pajes y ayudantes. Llevaba una peluca pequeña, con trenza, en perfecta proporción con su enjuto rostro, y conversaba con sus acompañantes. Se detuvo un instante con la mano en la barandilla para recuperar el aliento y murmuró una broma.

Incluso en aquella pequeña pausa tenía un aire regio. No obstante, pese al lujo de su hábito púrpura, las joyas de plata y la dignidad de su porte, su rostro resplandecía con una alegría espontánea.

Tonio avanzó un paso sin ningún propósito concreto, tal vez con la única intención de seguir viendo a aquel hombre.

Cuando el cardenal se detuvo de nuevo, descubrió a Tonio y lo observó fugazmente. Casi sin darse cuenta, Tonio hizo una reverencia y retrocedió.

No sabía por qué se había mostrado. Se quedó solo, en un corredor oscuro, sólo iluminado por el sol que destellaba en una alta ventana en el fondo. De repente se sintió avergonzado.

Sin embargo, saboreaba la leve sonrisa y la peculiar mirada con que le había obsequiado antes de asentir cariñosa y levemente con la cabeza.

El corazón le martillaba.

—Sal a la ciudad —se dijo a sí mismo.

3

En las semanas siguientes, Guido no volvió a mencionar la conveniencia de que aceptara un papel femenino. No obstante, a medida que progresaba en sus ensayos, Tonio fue adquiriendo el convencimiento de que aquello era del todo imprescindible.

Guido visitó el Teatro Argentina, habló con Ruggiero

sobre los otros cantantes a los que había contratado, se tranquilizó al comprobar que toda la tramoya funcionaba a la perfección para cualquier escena que quisiera escribir y cerró el trato acerca del porcentaje que recibiría sobre la venta de la partitura impresa.

Mientras, Tonio compraba al pequeño Paolo toda la ropa que un niño pudiera nunca llevar, desde chalecos bordados con hilo de oro hasta capas de verano y de invierno, pañuelos por docenas, camisas con acabados de encaje veneciano, el favorito de Tonio, babuchas marroquíes...

Era una provocación, pero Guido no tenía tiempo para reprimendas. Por otra parte, Tonio se reveló como un profesor excelente, que enseñaba a Paolo vocalizaciones y latín.

El indómito pelo castaño de Paolo había adquirido una forma civilizada. Siempre iba vestido como si se dispusiera a salir; visitaron los museos por la noche, a la luz de las antorchas, y a Paolo lo aterrorizó el Laocoonte, probablemente por la misma razón que aterrorizaba a todo el mundo, que un hombre y sus dos hijos, atrapados por las serpientes, debieran morir al mismo tiempo.

Tonio también instruía a Paolo sobre los modales propios de un caballero.

Cada mañana, desayunaban los tres juntos ante uno de los altos ventanales, con cortinajes color granate echados a un lado, y Guido tuvo que admitir que le gustaba escucharlos, aunque no le pidieran que participase en la conversación. Le gustaba que la gente hablase a su alrededor siempre y cuando él no tuviera que intervenir.

A Guido le bastaba con las conversaciones que mantenía por las noches. Era recibido en todos lados gracias a las recomendaciones de la condesa, que le escribía con regularidad, y allí donde iba se interesaba por los gustos locales. Fingiendo ignorancia, conseguía que la gente le describiese con profusión de detalles las últimas óperas estrenadas.

Se abría camino en inmensos salones de baile, subía y bajaba las escaleras de los palacios cardenalicios y de las residencias de los diplomáticos extranjeros, y concluyó que se hallaba inmerso en una sociedad muy compacta, mucho más segura de sí misma y más crítica que todas las que hasta entonces había conocido.

¿Y por qué no había de ser así? Estaba en Roma, el núcleo de Europa. Allí acudían todos tarde o temprano a ser encumbrados, humillados, absorbidos, con frecuencia aniquilados o rechazados y expulsados.

En aquel lugar vivían comunidades enteras de expatriados. Aunque la ciudad no había producido un importante número de compositores, como ocurriera en Nápoles, y antes en Venecia, era allí donde las carreras musicales se labraban o se arruinaban. Excelentes cantantes que se habían ganado los laureles en el norte y en el sur podían ser destruidos en Roma, numerosos compositores famosos habían sido sacados a rastras del teatro.

Para la comunidad romana, el sur era demasiado suave. Por más que la belleza de sus parajes los embriagase cuando lo visitaban, no bastaba para impedir que regresaran a Roma. Ridiculizaban a los venecianos, alegando que todo lo que venía de allí era barcarola, el tipo de música que los gondoleros interpretaban en los canales. No sentían ni asomo de compasión por los artistas a quienes habían rechazado en el pasado.

A veces aquel ostentoso esnobismo indignaba a Guido, en especial porque era Nápoles la ciudad que conquistaba el mundo con su talento y Vivaldi, el veneciano, uno de los compositores más prestigiosos de Europa. Pero disimulaba su enfado. Había ido allí a aprender. Y estaba fascinado.

Durante el día frecuentaba los cafés, apuraba la vida de la próspera Via Veneto y la estrecha Via Condotti, pensativo, mientras contemplaba las idas y venidas de los *castrati*, algunos vestidos con atrevidos y lujosos trajes femeninos, otros imponentes en la severidad de su negro hábito clerical, todos seduciendo a la multitud con sus sinuosos ademanes felinos. La frescura de sus rostros y la belleza de sus cabellos atraían todas las miradas.

En los teatros de verano, donde se representaban óperas bufas, observaba a esos muchachos hacer cabriolas en el escenario, y allí, en Roma, más que en ningún otro sitio, comprobó que los eunucos se habían convertido en una moda y en una necesidad.

En Roma la Iglesia nunca había levantado la prohibición de que las mujeres subieran a un escenario, una prohibición que en el pasado había imperado en los teatros de toda Europa. Aquel público nunca había visto a una mujer ante los focos, jamás había presenciado el espectáculo de un cuerpo femenino magnificado por los vítores y aplausos de los mil espectadores que abarrotaban el oscuro recinto.

Hasta en el ballet se podía admirar a bailarines masculinos dando brincos enfundados en largas faldas.

Guido consideraba que cuando se aleja a la mujer de toda una esfera de la vida cuya función es imitar y representar al propio mundo, es inevitable buscarle un sustituto.

Tenía que surgir algo que ocupara el puesto de lo femenino. Y los *castrati* no eran sólo cantantes, bailarines, músicos o meros fenómenos. Se habían convertido en la propia mujer.

Y lo sabían. Era evidente en su manera de mover las caderas, de desafiar y seducir al excitado público.

Guido se preguntaba si Tonio percibía todo aquello o si lo hacía sufrir más allá de lo soportable. ¿Acaso no intuía la increíble multitud de posibilidades que un papel femenino podía brindarle?

¡Qué gran ironía!, pensó Guido, escuchar a esos sopranos subir y bajar la voz. Aquél era el arte que mejor dominaban, pero convertido en una obscenidad divina, más desbordante de sensualidad que la realidad que pretendía imitar.

—Daré que hablar a mis enemigos —había dicho el cardenal en un momento de descuido. Y tenía razón.

Guido suspiró y escribió unas líneas en la libreta que llevaba en el bolsillo. Tomó notas sobre el temperamento, las costumbres, los gustos desenfrenados de la ciudad que se extendía ante sus ojos.

Estaba convencido de que en el escenario del Teatro Argentina, el día de Año Nuevo, Tonio tenía que aparecer como mujer. Su voz haría enmudecer a los dioses, y en Roma, él y sólo él debía brillar con aquella fuerza carnal, y no podía soportar que otro joven cantante tuviera esa oportunidad que Tonio se negaba a sí mismo. Tonio debía tenerla, Guido debía vencer.

Aquél era sólo un aspecto más de la guerra que debía librar. Guido quería ganar en todos los frentes. Tenía que llegar a entender esa ciudad, perdonarle su crueldad, o el miedo le impediría alcanzar sus objetivos. Intentó tomarle el pulso con su mente y la convirtió en un paisaje familiar.

Y se enamoró de ella.

San Juan en Laterano, San Pedro en Vincoli, los tesoros del Vaticano, los muros derruidos del antiguo Coliseo, en los que crecían altas hierbas, los fragmentos diseminados del Foro... procuraba imbuirse de todo aquello, mientras observaba pasar los rugientes carruajes de los cardenales, abstraído en el espectáculo de los frailes con capucha, los sacerdotes con sotana, clérigos llegados de todo el mundo para oír la voz del Santo Padre resonar en la iglesia más grande de la Tierra cuya fama cruzaba mares y continentes hasta llegar a los límites de la cristiandad.

Pero ¿qué era lo que hacía vibrar el aire cuando estaba en la Plaza de San Pedro? ¿Qué era lo que daba tanta solidez a aquella ciudad, lo que la hacía aparentemente invencible?

Casi podía oír un zumbido, un bullicio. Como si aquella inmensa metrópoli fuera el núcleo de una montaña volcánica, un caldero que vomitaba fuego y humo, y todos los que vivían y pugnaban en ella estuvieran comprometidos en esa fuerza común.

¿No era, pues, justo que al final todos tuvieran que acudir a ella para pasar la prueba? Que el público maldijera y sacara de los teatros y de la misma ciudad a aquellos que no fueran dignos del panteón. Al fin y al cabo no constituía un mero pasatiempo, hacían uso de su derecho.

Guido volvió a casa.

Estuvo escribiendo hasta que le escocieron los ojos y le resultó imposible imaginarse las notas que trazaba sobre el papel. Tenía un pliego de arias de todo tipo adecuadas a todo tipo de emociones, para todas las voces.

Pero todavía le faltaba el argumento.

Finalmente, el cardenal quiso oír cantar a Tonio.

La ocasión fue una pequeña cena de sólo treinta comensales. La mesa brillaba de luz y caras alegres, deslumbraba con el destello de la plata. El clavicémbalo se hallaba en un rincón de la sala.

Guido le dio a Tonio un aria sencilla que no revelaría ni una cuarta parte de su talento y potencia, cuya partitura había confiado a la memoria hacía tiempo. Alzó la vista del teclado para observar a aquel reducido público mientras Tonio empezaba a cantar.

Las notas de Tonio eran altas, puras, y rezumaban tristeza. Provocaron las pausas oportunas en la conversación, y en determinados momentos algún invitado volvía la cabeza con descaro.

El cardenal miraba fijamente al cantante. Sus ojos rasgados, de párpados extraños y lisos, emitían un leve fulgor.

No obstante, sin desatender las muchas exigencias que requerían su atención, el hombre devoraba cuanto tenía en el plato. En su forma de comer se adivinaba una clara sensualidad. Cortaba la carne en trozos grandes, bebía el vino a largos sorbos.

Sin embargo, era de una constitución tan delgada que parecía quemar todo lo que consumía. Una necesidad transformada en vicio, incluso cuando se llevaba las resplandecientes uvas a la boca.

Al terminar la cena, clavó un largo cuchillo con el mango de nácar en la mesa, de forma que quedara derecho, y apoyó la barbilla en él.

Tenía los ojos clavados en Tonio y un aire meditativo, placentero para los que lo rodeaban, pero secretamente absorto.

A menudo, Guido se sentaba solo, a altas horas de la noche, ante su escritorio, demasiado cansado para escribir. En ocasiones, demasiado cansado incluso para desnudarse y meterse en la cama.

Deseaba poder tumbarse junto a Tonio, pero los tiempos en que dormían abrazados toda la noche habían quedado atrás, al menos de momento. De nuevo lo invadió aquel miedo, contra el cual no hallaba defensa en aquellas habitaciones extrañas.

Sin embargo encontraba un placer innegable en ir en busca de su amor, una dulce y misteriosa sensación al cruzar aquella gran extensión de frío suelo, abrir puertas, acercarse a la cama.

Dejó la pluma sobre el escritorio y miró las páginas que tenía delante. ¿Por qué resultaban tan insípidas, tan carentes de inspiración? Pronto tendría que darles una forma final. Se había pasado la noche leyendo los libretos de Metastasio, un autor romano que en aquellos momentos causaba furor, pero seguía sin encontrar un argumento, no lo encontraría hasta que ganara la batalla que aquella noche no había tenido la oportunidad de librar.

Pero en aquellos momentos otro asunto acaparaba su atención. Deseaba a Tonio.

Dejó que su pasión se encendiera despacio.

Tarareaba para sí, se acariciaba los labios con los nudillos mientras se dejaba llevar por sus fantasías.

Luego cruzó la habitación de puntillas. Tonio estaba profundamente dormido, el cabello en hebras sueltas sobre los ojos, el rostro tan hermoso e inerte como los de las blancas y enternecedoras figuras de Miguel Ángel, pero cuando Guido se acercó, lo sintió cálido al contacto de su beso, al tiempo que la mano buscaba su cuerpo bajo la colcha. Tonio abrió los ojos, gimió momentáneamente deslumbrado; se debatió. Estaba ardiendo, tenía la piel tan caliente como un niño consumido por la fiebre. Abrió la boca para que Guido lo besara.

Después se quedaron tumbados juntos en la oscuridad. Guido luchaba contra el sueño, ya que no podía permitirse que lo encontraran dormido allí.

—¿Sigues siendo del todo mío? —susurró, sin esperar otra respuesta que el silencio de la habitación.

—Siempre —respondió Tonio, adormilado. No parecía su voz, sino la de alguien que durmiera dentro de él.

—¿Nunca ha habido nadie más?

—Nunca.

Tonio se agitó, pasó el brazo por el hombro de Guido para mordisquearle el pecho. Se quedaron inmóviles, el tórax liso y cálido de Tonio contra el sexo de Guido, y éste sintió la suavidad de aquel pelo negro cuya textura siempre lo había asombrado.

—¿Y nunca te preguntas como sería? —le preguntó en voz baja—. ¿Con otro hombre? ¿Con una mujer?

Cerró los ojos y ya casi se había dormido cuando oyó la respuesta que le llegaba desde muy lejos, como la anterior.

—Nunca.

4

Cuando Guido volvió era ya muy tarde.

El *palazzo* estaba en completo silencio. Quizás el cardenal se había retirado temprano. En las habitaciones inferiores ardían sólo unas pocas lámparas. Los pasillos se extendían en una tenue oscuridad; las blancas esculturas, esos dioses y diosas mutilados, desprendían una espectral luz propia.

Mientras subía las escaleras, Guido se sintió exhausto.

Había pasado la tarde con la condesa en su villa en las afueras de la ciudad. La señora había viajado hasta Roma para preparar la inauguración del teatro cuando estuviera más avanzado el año. Había previsto pasar sólo unos días en Roma y regresar antes de Navidad, para quedarse durante toda la temporada operística en la ciudad.

Lo hacía por Guido y por Tonio, ya que ella prefería el sur, y Guido le agradeció su visita.

Pero cuando vio que tal vez no tendrían la oportunidad de estar a solas, se indignó. Se comportó casi con grosería.

Aunque la condesa se sorprendió por aquella brusca reacción, se mostró comprensiva. Se lo llevó consigo al *palazzo* donde se alojaba como invitada y lo condujo a su alcoba. La pasión desbordada de Guido en la cama los dejó asombrados a ambos.

Nunca habían hablado de ello, aunque había quedado establecido que ella tomara la iniciativa en sus juegos amorosos. Intrépida y apasionada con la boca y las manos, siempre le había gustado excitar a Guido y prepararlo para el acto sexual. En realidad, trataba a Guido como si fuera su dueña. Lo acariciaba al igual que haría con un niño, de una forma posesiva, mientras dejaba escapar pequeños suspiros. Aquel hombre la cautivaba y no le tenía ningún miedo.

A él le gustaban aquellas atenciones. Prácticamente todo el mundo lo temía pero a él no le importaba lo que pensase la condesa.

De algún modo que resultaba difícil de definir, era consciente de que su relación con ella era sólo simbólica. Era una mujer, y Tonio era Tonio, de quien estaba profundamente enamorado.

Se preguntaba si siempre era de ese modo entre hombres y mujeres, o entre hombres y hombres, y cada vez que ese pensamiento cruzaba su mente, lo rechazaba.

Pero aquella tarde se comportó como un animal. El nuevo y desconocido dormitorio, su extraña conducta, la breve separación que se había producido entre ambos, todos estos factores se conjugaron para que el juego amoroso resultase más excitante que nunca.

No se levantaron enseguida. Bebieron café, un poco de licor, y hablaron.

En silencio, Guido se preguntó por qué Tonio y él estaban tan enfrentados. La discusión de aquella mañana sobre la conveniencia de aceptar un papel femenino había llegado a un desagradable clímax cuando él había sacado el contrato que Tonio había firmado con Ruggerio, donde se especificaba que el muchacho era contratado como *prima donna*. Tonio propinó un manotazo al papel y se sintió traicionado.

No obstante, Guido percibió en él las primeras señales de derrota, aunque en un nuevo arrebato de cólera afirmó que nunca adoptaría un nombre artístico. ¿No se daba cuenta de que nadie creería que se trataba de un patricio veneciano? Lo considerarían una afectación por su parte.

Tonio estaba visiblemente herido.

—No me importa lo que piense la gente —dijo tras un largo silencio—. No pretendo hacerle ver a nadie cuál es mi origen o en qué hubiera podido convertirme. Mi nombre es Tonio Treschi. Eso es todo.

—Muy bien, pero interpretarás el papel que estoy escribiendo para ti —había dicho Guido—. Te pagan igual o incluso mejor que a los cantantes más experimentados. Te han traído aquí para que interpretes un papel femenino. Tu nombre, ya sea Tonio Treschi o cualquier otro, figurará en letras grandes en los carteles ahora que aún no eres nadie. Tu juventud y tu físico los atraerá tanto como tu voz. El público espera verte vestido de mujer.

Después de haber pronunciado aquellas palabras, fue incapaz de sostener la mirada de Tonio.

—No puedo creerlo —había replicado Tonio en voz baja—. Durante tres años me has estado diciendo que los romanos son los críticos más estrictos. Y ahora me vienes con que quieren ver a un chico con faldas. ¿Nunca has visto antiguos grabados de instrumentos de tortura? Máscaras de hierro y manillas, auténticos trajes del dolor. Eso es lo que sería para mí un vestido de mujer, y tú me dices:

«póntelo», pues bien, yo te respondo que no pienso ponérmelo.

Guido no lo entendía. Había interpretado papeles de mujer una docena de veces antes de cumplir los dieciocho años. Pero la complejidad de la mente de Tonio siempre lo desalentaba. Sólo había un camino a seguir.

—Tienes que ceder.

¿Como podía alguien amar la música y la escena tanto como Tonio y no hacer cualquier sacrificio por el canto?

Sin embargo no confió a la condesa sus temores. Y menos todavía lo peor de todo aquello: su frialdad hacia Tonio, y las recriminaciones de éste, cuya paciencia empezaba a agotarse.

En cambio, escuchó a la condesa, que tenía sus propios problemas.

No había conseguido convencer a la viuda de su primo siciliano, aquella hermosa inglesa que pintaba aquellas hermosas obras, de que volviera a casarse.

La chica no quería regresar a Inglaterra, no quería encontrar esposo. Quería dedicarse a la pintura.

—Siempre me ha gustado —murmuró Guido sin demasiado interés. Estaba pensando en Tonio—. Y tiene mucho talento. Pinta como un hombre.

La condesa no podía entenderlo, una mujer que quisiera montar su propio estudio, una mujer subida al andamio de una iglesia o un *palazzo*, con el pincel en la mano.

—La apoyarás, ¿verdad? —preguntó Guido—. La muchacha es tan joven...

—Claro que sí —respondió la condesa—. No es de mi misma sangre, pero mi primo tenía setenta años cuando se casó con ella. Sólo por eso, me siento en deuda con esa chica.

Con un suspiro, comentó que la muchacha era lo bastante rica como para llevar la vida que quisiera, sin ayuda de nadie.

—Tráela contigo a Roma para la temporada de ópera —le aconsejó Guido soñoliento—. Tal vez aquí encuentre el marido idóneo.

—Lo dudo —suspiró la condesa—, pero la traeré de todos modos. No se perdería el debut de Tonio por nada del mundo.

Mientras recorría despacio el pasillo hacia las habitaciones de Tonio, Guido vio luz debajo de la puerta y se alegró, pero luego recordó la animosidad que había surgido entre Tonio y él, así que al abrirla lo asaltó una ligera ansiedad.

Tonio estaba despierto y completamente vestido. Estaba sentado en un rincón, bebiendo un vaso de vino tinto. Al ver a Guido no se levantó, pero alzó la vista y sus ojos reflejaron la luz de las velas.

—No tenías que haberme esperado —dijo Guido casi con brusquedad—. Estoy cansado, me voy a la cama.

Tonio no replicó. Se levantó despacio, mientras contemplaba con cierta distancia cómo Guido se quitaba la capa. Éste no había mandado llamar al criado. No le gustaba verse rodeado de sirvientes y prefería desnudarse él solo.

—Guido —dijo Tonio en un cauto susurro—, ¿podemos irnos de esta casa?

—¿Que quieres decir con eso? —Guido se quitó los zapatos y colgó la chaqueta en un perchero—. ¿Podrías servirme un poco de vino? Estoy muy cansado.

—Quiero decir marcharnos de esta casa —repitió Tonio—. Vivir en otro sitio. Tengo dinero suficiente.

—Pero ¿de qué estás hablando? —le preguntó Guido malhumorado, aunque lo recorrió un leve cosquilleo de terror, el mismo que lo había estado acechando durante los últimos días—. ¿Qué te pasa? —preguntó, con expresión dubitativa.

Tonio sacudió la cabeza. El vino hacía brillar sus labios. Hizo una mueca.

—¿Qué ha ocurrido? Contesta —inquirió Guido con impaciencia—. ¿Por qué quieres marcharte?

—No te enfades conmigo, por favor —suplicó Tonio en voz baja, poniendo un gran énfasis en cada palabra.

—Si no me cuentas lo que te pasa, acabaré pegándote. No lo he hecho en años pero, si no te explicas, lo haré hoy —advirtió Guido.

Vio la desesperación pintada en la cara de Tonio y su modo de retroceder, pero él no iba a amilanarse.

—Muy bien, entonces te lo diré sin rodeos —afirmó Tonio en un murmullo—. Esta noche el cardenal me ha mandado llamar. Ha dicho que no podía dormir, que necesitaba música para relajarse. En su habitación había un pequeño clavicémbalo. Me ha pedido que tocase y que cantase.

Mientras hablaba, observaba a Guido. Éste apenas daba crédito a sus oídos. Imaginó la escena y un fuego terrible le ardió en el pecho.

—¿Y entonces? —preguntó furioso.

—No era música lo que quería —respondió Tonio. Aquello le resultaba muy difícil. Luego añadió—: Aunque dudo que él mismo lo supiera.

—Entonces, ¿cómo te diste cuenta tú? —le espetó Guido—. ¡Y no me digas que lo rechazaste!

El rostro inexpresivo de Tonio sólo denotaba confusión.

Guido alzó la mano, fuera de sí. Caminó en círculo y luego abrió los brazos con las palmas hacia arriba.

Tonio le dirigió una mirada acusadora.

—¿Cómo estaba cuando lo dejaste? —preguntó Guido—. ¿Estaba enfadado? ¿Qué fue lo que pasó?

Era obvio que Tonio no se atrevía a responder. Miraba a Guido como si éste le hubiera pegado.

—Escúchame, Tonio —dijo Guido. Tragó saliva, sabía que debía disimular el pánico que lo atenazaba—. Vuelve a su lado, y por el amor de Dios, sé condescendiente con lo que te pida. Estamos en su casa, es el primo de la condesa y un príncipe de la Iglesia.

—¿Un príncipe de la iglesia? —gritó Tonio—. ¿Que sea condescendiente? Y yo, ¿qué soy yo, Guido? ¡Dime! ¿Qué soy?

—Tú eres un chico y un *castrato*, ni más ni menos —farfulló Guido—. ¿Qué importancia tiene? Para ti eso no significa nada. ¿No te diste cuenta de que esto tenía que ocurrir? ¡Tan ciego estás! Tonio, me estás buscando la ruina. Tu obstinación, tu orgullo... me dejan sin recursos. Tienes que volver ahora mismo junto al cardenal.

—¿Que te estoy buscando la ruina? ¿Me pides que vuelva a su lado y haga lo que le plazca, como si no fuera más que una zorra de la calle?

—Tú no eres una zorra. Si fueras una zorra no estarías en esta casa, el cardenal no te daría cama y comida. Tú eres un *castrato*. Por el amor de Dios, dale lo que quiere. Si me lo pidiera a mí, no dudaría ni un instante.

—Me asustas —susurró Tonio—. Me das asco, no hay otra manera de decirlo. Te sacaron de Calabria, te vistieron de terciopelo y te convirtieron en un ser que no piensa, que no tiene alma, con el aspecto de un caballero cuando, en realidad, careces de voluntad y credo, desconoces lo que es el honor, y eres incapaz de albergar ningún sentimiento honorable. Me arrebatarías el nombre, el cuerpo incluso, en nombre de la música, de sus exigencias, y ahora me mandas a la cama del cardenal como un tributo a pagar...

—¡Sí, sí, sí! —exclamó Guido—. Te pido que hagas todo eso. Hazme parecer un demonio si quieres, aun así te aseguro que la naturaleza que asignas a todos esos valores es hermosa pero irrelevante. Tú no estás sujeto a las reglas de los hombres, tú eres un *castrato* y estás por encima.

—¿Y para ti? —preguntó Tonio en un susurro—. ¿Qué significa para ti que me acueste con él? —No osaba levantar la voz—. ¿No sientes nada?

Guido se volvió de espaldas.

—Me mandas de tu cama a la suya —prosiguió Tonio— como si yo sólo fuera un regalo para Su Eminencia, en señal de gratitud y respeto...

Guido se limitó a sacudir la cabeza.

—¿No comprendes lo que es el honor, Guido? —preguntó Tonio en voz baja—. ¿Te lo cortaron en Calabria? A mí no.

—Honor, honor. —Guido se volvió despacio—. Si no está guiado por el corazón, por la sabiduría, ¿qué es el honor? ¿De qué sirve? ¿Qué deshonor hay en darle a ese hombre lo que te pide si con ello no sufres ninguna humillación? Tú eres un banquete del que desea saciarse al menos una vez, quizá dos, mientras estés bajo su techo. ¿Qué daño puede ocasionarte? Si fueras una muchacha virgen podrías argüir ese motivo, pero entonces nunca te lo pediría. Él es un santo. Y si fueras un hombre, ¿acaso te avergonzaría admitir que está en tu naturaleza acceder a sus deseos? Podrías alegar que sientes aversión, tanto si fuera verdad como si no. Sin embargo, tú no eres ni lo uno ni lo otro, eres libre, Tonio, libre. Hay hombres y mujeres que todas las noches de su vida sueñan con esa libertad. Y tú que la tienes por naturaleza, la desprecias. Es un cardenal, por el amor de Dios. ¿Se te ocurre alguien mejor a quien hacerle entrega de eso tan precioso que Dios te ha dado?

—Calla —insistió Tonio.

—Cuando te poseí por primera vez —dijo Guido— fue en el suelo de mi estudio en Nápoles. Estabas solo y desamparado, sin padre ni madre, sin familiares ni amigos. ¿Hubo honor entonces?

—Hubo amor —replicó Tonio—. ¡Y pasión!

—¡Pues ámalo a él! Es un gran hombre. La gente está horas ante su puerta sólo para verlo pasar. Ve y ámalo y la pasión surgirá.

Casi de inmediato, Guido se volvió de espaldas otra vez.

El silencio era insoportable. Sin darse cuenta, contuvo el aliento.

La ira lo enardecía y deformaba su rostro. Toda aquella desdicha que lo había acechado desde que inició el viaje acababa de caer sobre él. Se encontraba indefenso.

Inmerso como estaba en esa ansiedad, en esa confusión, la luz se hizo en su mente.

Cuando oyó que la puerta se abría y se cerraba, fue como si le golpearan en mitad de la espalda.

Se dirigió al escritorio con movimientos bruscos.

Se sentó ante una partitura abierta, y tras mojar ávido la pluma, empezó a escribir.

Permaneció mucho tiempo mirando los signos en el

pergamino, sosteniendo la pluma en la mano. Luego la dejó sobre la mesa con un movimiento tan lento que apenas alteró el curso de las motas de polvo en el aire.

Sus ojos recorrieron los objetos de la habitación. Presionó el brazo derecho alrededor de la cintura como para resguardarse ante algún terrible ataque, apoyó la cabeza en el respaldo de la silla y cerró los ojos.

5

Tonio estaba ante las puertas de los aposentos del cardenal.

En el núcleo de todo aquello se abría paso la dolorosa convicción de que era él quien lo había propiciado. No sabía exactamente por qué, pero sentía que era culpa suya.

Incluso la primera vez, cuando el viejo Nino había ido a buscarlo aduciendo que Su Eminencia no podía dormir, Tonio había experimentado una fugaz excitación ante la idea de que el gran hombre requiriera su presencia.

En la actitud del criado había algo extraño, la manera en que se había apresurado a quitarle la levita, instándole a que se la cambiara por otra más elegante. Sus gestos eran furtivos, como si tuviera que andar de puntillas por algún motivo concreto, y darse prisa para que nadie los descubriera.

Nino se había sacado del bolsillo un viejo peine, áspero y roto, y se lo había tendido a Tonio para que se peinara.

Al principio, Tonio no había advertido que se trataba de un dormitorio. Sólo se había fijado en los tapices de la pared: antiguas figuras de una escena de caza en la que aparecían multitud de diminutos animales entretejidos con las flores y las hojas. La luz de las velas iluminaba extraños y ensimismados rostros de hombres y mujeres a caballo que parecían observarlo por el rabillo del ojo.

A continuación, descubrió el clavicémbalo: un pequeño instrumento portátil, con una sola hilera de teclas. Tras él se encontraba el cardenal, un despliegue de suaves movimientos y sonidos, vestido con una túnica del mismo color que la oscuridad, con la que se fundía debido a las pocas velas incrustadas en los tapices de la estancia.

Las palabras del cardenal no tenían principio ni final. El corazón de Tonio latía con fuerza, mientras experimentaba la sensación de estar cometiendo un pecado aunque no sabía por qué. Le había llegado una frase a medias, algo acerca de una canción, de la fuerza de una canción; al parecer quería que Tonio cantase.

Tonio se sentó y posó las manos sobre las teclas. Las notas eran cortas, de exquisita y delicada armonía. Comenzó un aria, una de las más dulces y tristes que Guido hubiera compuesto, una reflexión sobre el amor perteneciente a una serenata que jamás había interpretado en público. Aquella pieza le gustaba más que la música que cantaba en Nápoles, más que las tempestuosas composiciones que Guido había escrito para él en los últimos tiempos. La letra, de un poeta desconocido, utilizaba el anhelo del amante como símbolo del anhelo de lo espiritual. A Tonio le encantaba.

Cuando ya estaba cantando, había alzado la mirada para fijarla en el rostro del cardenal: su singularidad, su perfección casi hierática hacían que su figura destacara con una cualidad casi magnética, a pesar de que seguía sumido en las sombras. No decía nada, aunque el placer que experimentaba era obvio, y Tonio puso todo su empeño en interpretar aquella canción lo mejor que pudo. Le asaltaban algunos recuerdos, o al menos eso creía, por aquella familiar sensación de bienestar que experimentaba mientras cantaba exclusivamente para aquel hombre.

Al final hizo una pausa y pensó: «¿Qué canción produciría mayor deleite al cardenal?» Y cuando éste se puso delante una copa de vino de Borgoña, Tonio advirtió que estaba completamente solo.

—Permitidme, mi señor. —Se levantó al ver que el cardenal se servía su propia copa.

Pero cuando había alargado el brazo para coger la elegante jarra, el hombre lo había agarrado y lo había atraído hacia sí hasta que quedaron uno contra el otro y Tonio notó el corazón del cardenal en su pecho.

Se sumió en una total confusión, percibió la fuerza del hombre bajo su túnica oscura, su aliento entrecortado y el tormento que sufría cuando lo soltó.

Tonio recordaba que había retrocedido. Recordaba que el cardenal se había acercado a la ventana y había mirado las luces distantes. A lo lejos se adivinaba la leve inclinación de una colina, pequeñas ventanas y tejados que se recortaban contra la palidez del cielo.

Desdicha, desdicha entremezclada con un cierto sentimiento de triunfo, la embriagadora emoción de lo prohibido colmaba el aire como si se tratara de alguna fragancia. El cardenal ya se había vuelto hacia él y había tomado una decisión. Apoyó las manos en el cuello de Tonio, lo acarició con los pulgares, y con un susurro le preguntó si quería desnudarse.

Fue una sugerencia sumamente sencilla y cortés; no obstante el mero contacto de sus manos revelaba una fuerza que debilitaba a Tonio y le hacía sentir que debía complacerlo.

Pero no lo había hecho. Se había alejado casi tropezando. Una multitud de pensamientos se interpusieron entre él y el deseo que se encendía en su interior, más poderoso incluso que la dulce petición del cardenal. Le resultaba imposible mirarlo. Le suplicó permiso para retirarse.

El cardenal vaciló y luego, con dulzura y absoluta sinceridad, dijo:

—Tienes que perdonarme, Marc Antonio. Sí, sí, por supuesto que puedes retirarte.

¿Qué se desprendía de todo ello? La certeza de que Tonio lo había deseado, había propiciado la situación, y luego, de manera inexplicable, había ofendido a aquel hombre.

Sin embargo, mientras aguardaba ante la puerta del cardenal, agitado y herido por las crueles palabras de Guido, se había dicho: «Por ti, Guido, esto lo hago por ti.» Había vencido sus miedos por Guido y, en cierto modo, también había aprendido a soportar las humillaciones por él.

Pero aquello era diferente y Guido no comprendía del todo la diferencia. Guido no sabía qué implicaba el hecho de mandarlo al dormitorio del cardenal.

Sin embargo, Tonio era consciente de que había deseado al cardenal desde el primer instante. Lo había deseado como a nadie, encerrado como estaba en el cariño y la seguridad que el amor de Guido le brindaba. Pero el cardenal, un hombre completo y poderoso, sí, cuadraba con su idea de lo que un hombre debía ser. Era como si tuviese una cita ineludible con él desde hacía mucho tiempo.

Cuando llamó, la puerta cedió. No estaba cerrada con llave.

—Entra —dijo el cardenal.

El hombre estaba inclinado sobre su escritorio; la habitación era la misma, nada había cambiado, a excepción de lo que parecía ser una antigua lámpara de aceite. El libro que tenía delante estaba iluminado, había diminutas figuras pintadas en el interior de las letras capitales y todo el conjunto resplandecía mientras, con mano temblorosa, el cardenal pasaba la página.

—Ah, reflexiona sobre esto —dijo con una sonrisa de bienvenida—, el lenguaje escrito en posesión de los que tanto se esfuerzan por conservarlo. Siempre me ha fascinado la forma en que el conocimiento nos es transmitido, no mediante la naturaleza sino a través de otro ser humano.

Ya no llevaba la túnica negra, se había puesto una escarlata. Sobre su pecho colgaba un crucifijo de plata y su rostro tenía tal curiosa mezcla de angulosidad y chispeante vitalidad que Tonio lo miró fijamente un largo instante.

—Mi querido Marc Antonio —suspiró. Sus labios se alargaron de nuevo en una sonrisa—. ¿Por qué has vuelto? ¿No comprendes que tenías todo el derecho de marcharte?

—¿Lo tenía, mi señor? —preguntó Tonio.

Estaba temblando. Ah, resultaba casi inaudito temblar y no dar señales de ello, sino percibir los primeros indicios de pánico encerrados en su interior. Se acercó al escritorio, contempló las frases escritas en latín, perdidas en una confusión de dibujos, una multitud de diminutos seres que vivían y morían entre volutas de bermellón, escarlata y oro.

El cardenal extendió hacia Tonio la mano abierta.

El muchacho avanzó, se dejó rodear por el brazo del hombre, y el contacto de sus dedos despertó su pasión, pero la reprimió al igual que había hecho antes. Libre, recordó con amargura. Si pudiera, correría a refugiarse en los brazos de Guido. Algo que había protegido con afán durante mucho tiempo se estaba destruyendo. Aun así, no se alejó. Observaba el rostro arrobado del cardenal, miraba sus ojos y deseaba tocar aquellos párpados lisos y sus labios incoloros.

Pero el cardenal se sumergió en una silenciosa angustia, debatiéndose contra su propia pasión, aunque no podía apartar a Tonio de sí.

—Para mí, los pecados de la carne han sido demasiado pocos como para pasar cuenta de ellos —murmuró con indiferencia, como si reflexionara en voz alta. No había orgullo en sus palabras—. Me has hecho sentir indigno y con toda la razón. ¿Por qué has vuelto, pues?

—Mi señor, ¿podemos ir al infierno por unos cuantos abrazos? —preguntó Tonio—. ¿Es ésa la voluntad de Dios?

—Eres el demonio con rostro de ángel —dijo el cardenal, retrocediendo un poco, pero Tonio oyó que su respiración se volvía más jadeante y percibió que en su interior comenzaba a librarse una dura batalla.

—¿Es así, mi señor? —Tonio se arrodilló para mirar al cardenal frente a frente. Qué textura tan asombrosa la de su rostro, un rostro masculino, las líneas de la edad confinadas en unos lugares tan concretos y sin embargo tan marcadas, la aspereza de su anguloso mentón. Sus ojos desprendían una dulzura innegable aunque nada mitigaba la claridad de aquella mirada—. Mi señor —susurró Tonio—, como me cortaron parte de ella, siempre he creído que la carne era la causante de todo.

El cardenal fue presa de una confusión que lo desarmó y Tonio permaneció en silencio, asombrado de haber oído esa confesión de sus propios labios. ¿Qué tenía aquel hombre para que él se le confiara tan abiertamente?

Pero los ojos del cardenal estaban clavados en él como si esperara una revelación. De qué manera tan equivocada lo había juzgado. Aquel hombre era inocente, y deseó con todas sus fuerzas que le diera permiso para irse.

—He pecado por los dos —dijo el cardenal, pero en sus palabras no había convicción—. Ahora debes irte y dejar que luche en nombre de Dios contra mí mismo.

—¿Seréis derrotado en esa batalla, mi señor?

—Ah, no —dijo el cardenal; sin embargo, al mismo tiempo atrajo a Tonio hacia sí, abrazándolo con fuerza.

—Mi señor —insistió Tonio—, que Dios me perdone si me equivoco, ¿no es cierto que ese pecado ya ha sido cometido? ¿Que por nuestra mutua pasión ya hemos sido condenados? No habéis mandado llamar a vuestro confesor, yo no lo tengo, y si muriéramos ahora, ¿no arderíamos para siempre en el infierno tanto como si nos hubiéramos dejado llevar por nuestro deseo? Pues bien, en ese caso, permitidme compartir con vos el paraíso que aún podemos alcanzar.

Acercó los labios al rostro del cardenal. Sintió la inevitable emoción de una carne nueva. Un cuerpo desconocido se volvía hacia él, le abría los brazos. El cardenal se puso en pie, se fundieron en un abrazo y Tonio sintió contra él la dureza de un cuerpo por descubrir.

Su deseo lo debilitaba. Habría sido capaz de mendigarle sus caricias.

El fuego de aquel hombre se había apoderado de él.

Condujo al cardenal hasta la cama. Cogió las velas, las dejó sobre la mesilla y las apagó todas menos una. Mientras miraba soñoliento aquella pequeña llama cuya sombra saltaba en la pared, los dedos del cardenal empezaron a aflojarle la ropa.

Era lento en sus movimientos. No colaboraba. Contemplaba el núcleo de su deseo, y se dejaba arrastrar por su excitación delirante. Desde un lugar remoto vio cómo su ropa caía al suelo, y sintió que los ojos del cardenal lo recorrían. Lo oyó susurrar de nuevo en una confesión casi inaudible.

—Ya basta —dijo.

—Mi señor —dijo Tonio, a la vez que posaba una mano en aquella firmeza, aquella solidez—. Ardo de pasión. Dejadme que os dé placer o me volveré loco.

Besó la boca del cardenal, sorprendido por su maleable inocencia, y luego, con mayor asombro aún, se entregó a la poderosa torpeza de sus manos. El cardenal le lamió los pezones, se sumergió en el vello oscuro de su pubis, mientras presionaba con la palma de la mano en las cicatrices de Tonio, y al notarlas, su cuerpo sufrió una convulsión, incapaz de contenerse. Gimieron al unísono y de pronto aquellas cicatrices muertas cobraron vida con una vibración desgarradora, y Tonio, arqueando la espalda, notó la boca del cardenal en su rígido sexo:

—No, no, mi señor, os lo ruego —dijo Tonio con los ojos semicerrados y labios temblorosos, como si padeciera un intenso dolor. Se apartó dulcemente para arrodillarse junto a la cama y susurró—: Mi señor, dejadme verlo, dejadme verlo, por favor.

El cardenal acarició indeciso la cabeza de Tonio. Parecía confundido y aturdido; luego alzó las manos casi en un gesto de incredulidad mientras Tonio le quitaba la túnica.

Era una raíz, tenía fuerza. Era redondo y duro como la madera. Ahogando una exclamación, Tonio tomó el sedoso escroto entre las manos. Su ligereza y al mismo tiempo solidez, la aparente fragilidad de lo que colgaba suspendido en su interior resultaban extraños. Se inclinó hacia delante, quería tomarlo con la boca, deleitarse con aquella piel lisa cubierta de fino vello, sentir su sabor salado, la profunda fragancia y calor que emanaban de él. Levantó la cabeza y se introdujo el pene en la boca.

El rígido miembro le acariciaba el paladar mientras su boca subía y bajaba por él, sus dientes lo rozaban y notó entre las piernas la primera y violenta explosión, al tiempo que su pene buscaba el leve roce que necesitaba, aunque no sabía dónde encontrarlo ni le importaba.

No podía parar. La pasión aumentaba en él mientras devoraba aquel brutal y duro miembro, y su mano sostenía el suave peso del escroto, apelmazado aunque blando al mismo tiempo. De nuevo llegó a su inevitable clímax. Se incorporó, su cuerpo se tensó contra el del cardenal, sentía su desnudez contra la suya, sin importarle que el mundo entero oyera su grito ahogado. El cardenal se retorcía contra él, loco de deseo, pero de una manera tan cándida como inexperta y su voluntad supeditada a las exigencias de Tonio.

Tonio se tumbó en la cama boca abajo y lo atrajo hacia sí como si fuese una capa con la que quisiera cubrirse al tiempo que separaba las piernas. Sintió los besos del cardenal en la espalda, las manos acariciándole las nalgas, y entonces la mano de Tonio encontró el arma y le mostró el camino.

Cuando lo atravesó se estremeció con un dolor lacerante y, sin embargo, irresistible, subyugante, y la primera embestida le arrancó un gemido. Entonces todo su cuerpo se agitó al mismo ritmo y un círculo palpitante de placer irradiaba en su interior a través de aquel orificio, a través de aquella crueldad, y con los dientes apretados, alcanzó el cenit mientras profería una exclamación blasfema.

Cuando el cardenal llegó a su culminación en una última serie de torturantes convulsiones, lo hizo con un lamento, como si su sufrimiento también hubiera acabado con sus últimas resistencias, y cayó de lado con el brazo extendido para abrazar a Tonio, temeroso quizá de que una fuerza superior fuera a arrebatárselo.

Habría transcurrido tal vez una hora cuando Tonio se despertó. Por un instante no recordó dónde estaba. Entonces advirtió que el cardenal se hallaba de pie, junto a la cama y lo miraba, recortado contra la ventana abierta a la lenta progresión de las estrellas.

El cardenal estaba hablando y había puesto la mano

sobre el hombro de Tonio, y al ver que éste había abierto los ojos, le acarició la mejilla.

—¿Puede condenarme Dios por este éxtasis? —preguntó—. ¿Qué enseñanza encierra todo esto? —Una vez más hacía gala de aquella asombrosa inocencia. La misma mirada infantil y el rostro majestuoso, inalterable, con los párpados lisos y oblicuos y las comisuras de la boca en un rictus casi amargo.

Cuando volvió a despertarse, el cielo estaba teñido de un intenso color rosa tras los tejados, y las nubes lo moteaban aquí y allá con hebras doradas. En el aire sonaban gritos lejanos de gansos y mugidos de vacas. Y mientras cantaba un gallo, un aire cada vez más cálido hendía la habitación, de manera que todos los brocados y esmaltes se replegaban sobre sí mismos, andrajosos como los contenidos de un armario de desván y cubiertos de polvo. Las motas danzaban lentas en los primeros rayos de sol que iluminaron la alfombra, y cada pequeña ráfaga de brisa portaba consigo el olor a tierra mojada y diluía la fragancia de incienso y cera que hasta entonces había permanecido intacta.

Tonio se levantó de inmediato. Se preguntó por qué el cardenal no le habría pedido que se marchara. Quizá se tratara de una cortesía piadosa, pero el cardenal dormía apoyado en su almohada y aun así se revolvió buscando la cálida huella que Tonio había dejado en el lecho.

Tonio se vistió en silencio y recorrió los grises y oscuros pasillos.

Al entrar en el dormitorio de Guido, vio que éste se había dormido sobre el escritorio. Tenía el rostro hundido en el brazo. La vela se había ahogado en su propia cera.

Durante mucho rato, Tonio miró la cabeza inclinada, aquellos rizos abundantes y empolvados. Después levantó a Guido, que primero se sobresaltó y luego caminó despacio, adormilado, hasta su cama. El viejo Nino entró sin hacer ruido y lo tapó con la colcha una vez que se hubo descalzado.

Tonio permaneció allí, contemplándolo, y luego se dirigió a sus habitaciones.

Cerró los ojos y recordó el abrazo del cardenal, el rostro presionado contra aquel cuerpo delgado y firme, y volvió a sentir su vibración, su piel áspera aunque perfecta. Abrió de nuevo la boca para absorber sus secretos hasta que no pudo soportarlo más y empezó a pasear de un lado a otro de la habitación.

Un ritmo frenético se apoderó de él y lo hizo caminar en círculo hasta que finalmente abrió la ventana y se asomó para saborear el aire matinal. A sus pies destellaba una fuente redonda. Se quedó absorto admirando la forma que el agua describía al fragmentarse y entonces advirtió que no oía su chapoteo.

Con Guido nunca había sido lo mismo.

Y sin duda Guido lo sabía. ¿Qué había hecho Guido? Tonio había vivido en una habitación cerrada con su amante, y Guido lo había obligado a salir de ella, había abierto la puerta. Toda aquella dulce complejidad, aquella hiriente ternura habían palidecido y habían perdido su aliciente, no podía invocar ninguno de aquellos recuerdos para que le brindaran algo de la tranquilidad y el sosiego que tanto necesitaba. Era algo pasado, irreemplazable, como si hubiese transcurrido un tiempo ilimitado. El fuego del cardenal lo había abrasado de tal manera...

Sentía deseos de llorar, pero estaba demasiado cansado y vacío y se había apoderado de él un extraño frío matutino pese a todo el calor del sol.

Roma se le antojó más una idea que un lugar mientras se arrodillaba junto a la ventana, con la frente apoyada en el alféizar. «¿Qué enseñanza encierra todo esto?», había preguntado el cardenal.

Bueno, para él la enseñanza había sido clara: estaba perdiendo a Guido y su deseo se materializaba en el cardenal, en aquella desbordante pasión. No haría partícipe a Guido de su descubrimiento. Se trataba de encontrar a Guido en el proceso de perderlo, y retenerlo para siempre en un nuevo abrazo.

6

Desde el mismo momento en que se había sentado en aquella habitación, se había adormilado. El aire estaba inyectado de fragancia y la luz poseía una rara cualidad que le recordaba algún sitio cerrado, lleno de tejidos y joyas de bisutería, donde una vez había estado; había ido allí solo y un sol delicioso le calentaba la espalda y los hombros desnudos.

Pero no podía permitirse perder el tiempo en recuerdos. No era importante. Lo único importante era terminar lo que había comenzado.

Aquella mujer lo esperaba, obviamente, con la intención de ayudarlo; sus doncellas se agrupaban como mirlos en los rincones de la habitación, sus pequeñas manos morenas se movían frenéticas de actividad, enderezaban una peluca en la cabeza de madera, ataban cintas aquí o allá. De repente le resultó divertido que ella esperase a que él se quitase su atuendo masculino y le ofreciera sus extremidades como si fuera su niñera.

Estaba apoyado sobre el codo, algo abstraído en su imagen que se reflejaba en el cristal oscurecido. Su rostro permanecía casi siempre inexpresivo, no importaba lo insólito que fueran sus pensamientos. Como si la suave carne femenina que había crecido sobre él (si la pellizcaba suavemente era tan elástica como la de una mujer) le hubiera robado la expresión y le hubiera proporcionado el secreto de la eterna juventud.

Pero ¿cómo voy a atarme el corpiño, pensaba, cómo voy a sujetarme las faldas? ¿Tengo que llevarlo todo de vuelta al *palazzo* del cardenal y entregárselo a ese viejo desdentado que, aunque haya engendrado una docena de hijos en la choza de una calleja, no tiene ni idea de ropa femenina?

En aquella habitación hacía calor, el bullicio de Roma repiqueteaba y zumbaba tras las ventanas cerradas, y la luz se posaba a franjas sobre aquella inmensa falda de seda.

La mujer percibió las dudas de Tonio. Dio unas palmadas para llamar su atención y ordenó a sus doncellas que se retirasen.

—*Signore...* —Se inclinó hacia él con los brazos extendidos para quitarle la capa. Tonio notó que el peso de ésta desaparecía de sus hombros—. He vestido a los cantantes más famosos del mundo. Yo no sólo hago ropa, también fabrico ilusiones. Permítame que se lo demuestre, *signore*. Cuando se mire de nuevo en el espejo no dará crédito a sus ojos. Es usted muy bello, *signore*. He soñado con usted cuando trabajaba con la aguja.

Tonio soltó una suave y seca risa.

Se puso en pie, desplegando su estatura ante ella, sonriendo a aquel rostro menudo, moreno y arrugado. Sus ojos tenían la forma de dos pequeñas almendras, unas almendras que alguien acabara de sacarse de la boca, brillantes de humedad.

Cogió la levita que Tonio le tendía y la dejó de lado casi con arrobo, su mano acarició el tejido como para calcular su valor ante un posible comprador, pero había reservado su gesto más adorable para las ropas que le ayudaría a ponerse.

—Los pantalones también, *signore*. Es importante. —Los señaló ante la resistencia de Tonio—. En estas cuestiones debe pensar que soy como su *mamma*. Mire, para comportarse como una mujer, tiene que sentir como una mujer.

—¿Y no sería mejor sentir como un centauro, *signora*? —preguntó entre dientes—. ¿Dispuesto en cualquier instante a pisarme los volantes y provocar estragos entre las tiernas vírgenes de la primera fila? —Tonio temblaba de ira.

—Tiene usted una lengua muy afilada, *signore* —rió ella, mientras le quitaba los calcetines y las babuchas. Tonio respiró hondo y cerró los ojos un instante.

Luego permaneció inmóvil. Aunque no hacía frío, un estremecimiento recorrió su piel desnuda. Cuando ella se acercó, lo tocó como si fuese tan valioso como el tejido, le puso la enagua en argolla con sus amplias varillas alrededor de la cintura y ató los lazos de ésta a la espalda. Él balanceó la prenda, mientras la mujer dejaba caer los fustanes sobre ella. Luego le tocó el turno a la voluminosa falda de seda violeta con diminutas flores rosas bordadas. Perfecto, perfecto. Luego la blusa de encaje, que le abrochó con diestra eficiencia sobre el pecho.

Los movimientos de la mujer se hicieron más lentos, intuía que aquel corpiño almohadillado, aquella armadura, era el punto crucial. Le quedaría por encima de los hombros y sus mangas violeta oscuro caerían hasta la falda de volantes. Lo alzó, para que él pasara los brazos, y lo abrochó primero por la cintura.

—Ah, es usted la respuesta a mis oraciones —dijo mientras cerraba el corchete. Tonio notó por primera vez el armazón de ballenas que la prenda llevaba cosido en su interior. Lo oprimía y, sin embargo, era suave y agradable al tacto, y a medida que ella se lo iba apretando sobre el pecho, experimentaba una extraña sensación, cercana al placer. Aquel objeto lo sostenía, lo impulsaba y le daba forma al mismo tiempo.

Las pequeñas manos de la mujer se detuvieron unos instantes en la carne desnuda de su garganta, la tersa piel que descendía hasta el volante que le adornaba el pecho. Y entonces ella, en tono confidencial, dijo:

—Permítame, señor. —Deslizó aquellas cálidas y curtidas manos en el interior del tejido que acababa de colocar, dio forma a la carne y la levantó, hasta que, al bajar la mirada, Tonio descubrió una elegante disposición y la hendidura que insinuaba unos pechos de mujer.

La boca se le llenó de saliva amarga. No se miró al espejo. Estaba tan inmóvil que parecía extasiado, los ojos miraban desorbitados hacia un lado, mientras ella le arreglaba la falda violeta y le alisaba el corpiño, antes de ofrecerle un asiento. Tonio fijó la vista en sus manos.

—No precisará ningún maquillaje, señor —dijo ella—. Ah, pero si hay mujeres que harían cualquier cosa por tener unas pestañas como las suyas... Y el cabello, oh, el cabello. —Sin embargo lo cepilló hacia atrás, lo aplanó y Tonio sintió sobre la cabeza el peso de la peluca. No era muy grande, tan blanca como la nieve y estaba adornada con diminutas perlas. El peinado se recogía en la nuca, desde donde caía en unos suaves rizos que acariciaron la espalda desnuda de Tonio. Ella le sujetaba el cuello, justo por debajo del cabello, y luego se volvió hacia él de modo que el rostro de Tonio rozó sus generosos pechos.

—Sólo un poco de sombra, *signore* —dijo con una mueca—. Magia negra para los ojos.

—Yo mismo lo haré —replicó él e intentó quitarle el pincel.

—¿Por qué me mortifica, señor? Quiero hacerlo yo —objetó ella, y luego soltó una carcajada, un risa seca y asexual que tenía resonancias de otra—. No, no se mire en el espejo —le pidió y alzó las manos para cortarle el paso en caso de que a Tonio se le ocurriera salir huyendo. Se inclinó y le tocó los ojos con una seguridad de la que él siempre había carecido. Primero fue el levísimo peso de la pintura en las pestañas, luego le alisó y endureció las cejas—. Embellezcamos lo que ya es hermoso —cloqueó ella, sacudiendo la cabeza, y entonces, de repente, en un impulso, lo besó en ambas mejillas.

Tonio echó la cabeza hacia un lado, pensando: «Cuando salga de aquí, ese imbécil de criado tendrá que llevarme la espada. Al parecer el cardenal prefiere rodearse de auténticos idiotas. Quizá yo también soy un auténtico idiota.» Luego se inclinó hacia delante y se protegió los ojos con la mano. La mujer había abierto los postigos, y el cálido sol bañaba la habitación. Tonio percibió el destello de la luz a su alrededor y entonces ella dijo:

—Querido niño.

Le apoyó las manos en los hombros.

«Como odio que me llamen así», pensó de nuevo Tonio, asqueado.

—Levántese y mírese en el espejo. ¿He cumplido mi promesa? —preguntó entre susurros—. Su belleza es única. Los hombres caerán rendidos a sus pies.

Contempló su propia imagen en silencio.

No sabía quién era aquella criatura. ¿Bonita? Oh, sí, era bonita, e inocente, muy inocente; sus grandes y oscuros ojos parecían acusarlo de algún pensamiento sombrío. El corpiño moldeaba su cintura a la perfección y se iba ensanchando a medida que ascendía con sus hileras de volantes color crema hasta aquella tersa y blanca piel que creaba la ilusión de un pecho femenino. Domenico hubiera enloquecido de celos. Y el cabello blanco daba a su rostro un aire sumamente frágil y delicado: sus rasgos se habían convertido en los de una cándida jovencita.

La peluca blanca se alzaba desde la imperceptible línea de la frente y los rizos caían sobre la seda centelleante de las largas y vaporosas mangas.

Ella lo hizo girarse con ambas manos y se puso de puntillas para comprobar algún último detalle; después, mojó el dedo en el bote de carmín y luego se lo pasó por los labios.

—¡Ah! —La mujer no pudo contener una exclamación al tiempo que retrocedía—. Ahora, déme la pierna —dijo, y le levantó las faldas mientras se sentaba. Tonio apoyó el pie en su regazo. Ella tenía la media recogida en un círculo y se la subió pierna arriba hasta sujetarla con una liga en la rodilla.

—Sí, el interior es tan importante como el exterior —afirmó en un tono que parecía más una reflexión. Cogió las babuchas de cuero blanco como si fueran de cristal.

Cuando por fin hubo terminado, retrocedió casi sin aliento.

—*Signore*... —Contrajo los ojos—. Juro por Dios que ni yo misma lo reconocería. —Siguió mirándolo como si no quisiera que se moviese—. Y recuerde lo que le he dicho —advirtió, al tiempo que se acercaba al perchero donde había colgado la chaqueta—. Muévase despacio, no intente imitar a una mujer, porque si se mueve demasiado rápido y amanera demasiado los gestos, la ilusión se romperá. Recuerde que toda ilusión es una completa mentira. Muévase más despacio que cualquier criatura humana y mantenga los brazos pegados al cuerpo.

Tonio asintió. De hecho, ya había llegado a esta misma conclusión por su cuenta. Había pasado días estudiando a todas las mujeres que había podido, con tanta concentración y tan largamente que había pecado de indiscreto.

—¿Qué es lo que busca? —preguntó mientras se acercaba a Tonio para arrebatarle de las manos su ropa de hombre. Él ya había sacado el puñal y cuando la mujer lo vio, se detuvo.

Tonio le sonrió mientras deslizaba la helada hoja metálica entre sus pechos.

La mujer se volvió de repente, tomó una pequeña rosa de un florero, la levantó a la luz para observar el tallo encerrado en un tubo de cristal y lo deslizó junto al mango del puñal, de forma que sólo se viera el diminuto capullo.

Después agarró su mano y le masajeó los dedos antes de colocarle anillos de bisutería. Luego posó la mano sobre la fragante y pequeña rosa.

—Sienta esa suavidad —susurró—. Usted debería tener esta misma experiencia. —Y de nuevo, sus ásperos labios rozaron las mejillas de Tonio—. Estoy enamorada de usted. —Su voz grave retumbó desde lo más profundo de su pecho, y dejó al descubierto sus pequeños y perfectos dientes en una sonrisa lacónica.

El carruaje avanzaba despacio por Via Veneto y tenía que detenerse a cada instante debido a la procesión que lo precedía, los surcos de la lluvia caída la noche anterior, que una vez secos convertían el pavimento en una superficie desigual y poco segura, y el enjambre de viandantes agolpados junto a los caballos que relinchaban impacientes.

Tonio, con una enguantada mano blanca apoyada en la ventanilla, sólo tenía ojos para los cafés que daban a la calle y, de improviso, golpeó el techo del carruaje. Advirtió que el vehículo se ladeaba y se detenía con un chirrido junto al bordillo.

El desdentado y viejo lacayo había saltado ya para abrirle la puerta. Sostuvo la espada mientras Tonio le daba instrucciones y siguió a su señora que avanzaba entre el gentío que le abría paso con miradas de admiración hasta que entró en un café.

A la derecha, pero cerca del centro, de forma que pudiera observar el incesante desfile de la calle, se encontraba sentado Guido, con el codo apoyado en la mesa y la copa de vino, intacta, delante. Tenía los ojos entornados; se le veía fatigado, pero no obstante su duro rostro parecía extrañamente rejuvenecido, como si el cansancio hubiera debilitado sus defensas, y el desencanto y la preocupación le permitiesen adoptar una expresión, aunque ceñuda, más juvenil y natural.

Ni siquiera se dio cuenta de que acercaban un banco a su mesa ni reparó en la dama que tomaba asiento junto a él.

Entonces se recostó en el respaldo de la silla, sorprendido al descubrir la seda violeta del vestido. Tonio, inmóvil como una muñeca en medio de su voluminoso atuendo, contemplaba la calle con aire sereno.

El aire era cálido y acariciador y Tonio apartó el fino *fichu* que cubría sus pechos. De todas partes le llegaron miradas furtivas. Había armado un pequeño revuelo. Ni siquiera el chico que servía las mesas sabía qué hacer, si acercarse, hacerle una reverencia o ambas cosas a la vez, mientras sostenía con dificultad la bandeja en una mano. Tonio notó los ojos de Guido fijos en él, y entonces, despacio, inclinó la cabeza y se volvió, por lo que cuando clavó de nuevo la vista en Guido, sus miradas se encontraron.

El rostro de Guido le pareció completamente distinto, la expresión de sus ojos, la forma de su boca. De repente, lo invadió una sensación sensual e íntima. ¡Guido no lo había reconocido! Alzó el abanico, siguiendo los consejos de la mujer, y lo abrió del todo como si revelase algún espléndido secreto al tiempo que ocultaba la boca tras él y subía y bajaba despacio la mirada.

7

Estaba tan absorto en sus pensamientos que no oía muy bien las palabras de Guido, aquel encantador y burbujeante parloteo al que solía entregarse cuando estaba contento. Tonio lo dejaba hablar, y de vez en cuando asentía graciosamente.

El intenso calor de la tarde no había impedido que la exquisita dama y su enamorado acompañante alquilaran un carruaje abierto para recorrer la ciudad. Guido había reprendido varias veces a la hermosa doncella por el descaro con que lo había abordado antes de que él la reconociera. Habían visitado media docena de iglesias cogidos del brazo, la dama abriendo la sombrilla de vez en cuando con un lánguido suspiro debido al calor. Habían cenado temprano en Via Condotti, y luego realizaron el inevitable viaje de un extremo a otro del Corso antes de dirigirse finalmente a casa.

Antes habían estado, sin embargo, en casa de la *signora* Bianchi, la costurera, a fin de contratarla para trabajar en los camerinos mientras la ópera de Guido se mantuviese en cartel. Ya sabía el nombre y el argumento de la obra: *Achille en Sciro,* basada en un reciente libreto de Pietro Metastasio, el poeta que desde siempre Guido había querido utilizar y que gozaba de gran popularidad.

—Te va como anillo al dedo —le decía—. La madre de Aquiles quiere mantenerlo alejado de la guerra de Troya y lo manda a la isla de Scyros, disfrazado de Pirra, una muchacha joven. En una parte de la ópera harás el papel de Pirra y luego, engañado para que reveles tu verdadera identidad, te convertirás en Aquiles y lucirás una armadura dorada. Así que ya ves, eres un hombre que hasta en el escenario tiene que hacer el papel de mujer.

—Sí —admitió Tonio—, es espléndido. —Sonrió, pero ni siquiera se hallaba en aquella habitación, y sólo de vez en cuando volvía al presente, para maravillarse tal vez de cómo había disfrutado de su disfraz cuando los hombres lo admiraban, de cómo había notado que salía a la superficie un confuso espíritu de venganza, mezcla de desdén y mezquindad, y al mismo tiempo temerario e inocentemente juvenil. Tenía en las manos la pequeña rosa que le había dado la costurera; el agua del tubo la había mantenido. Y de nuevo ataviado con su camisa y sus pantalones más confortables, recostado y con los pies apoyados en la silla que tenía delante, acariciaba los pétalos con brusquedad, intentando abrirlos.

—Así que tú te ves todo el tiempo tentado a revelar quién eres y entonces...

—Guido, la versión de Sarri fue la ópera inaugural del San Carlos. La vimos juntos —le recordó Tonio en voz baja.

—Sí, pero no prestaste demasiada atención al libreto, si no me equivoco. Además, he introducido bastantes cambios. Olvídate de aquella versión. Sé lo que quieren los romanos. Quieren una originalidad absoluta, pero sin excesos imaginativos. Quieren sensación de solidez y opulencia, quieren una interpretación intachable.

Era un reto, pensaba Tonio, encerrarse dentro de esas prendas, saber lo que otros ignoraban, verlos ponerse en ridículo mientras le lanzaban miradas discretas, a veces invitaciones abiertas. ¿Qué lo había hecho cambiar?, se preguntaba. ¿El deseo de convertirse en el perpetrador de una vil personificación en lugar de ser la víctima de ella? ¿Cuándo aquella vieja sensación de vulnerabilidad había dado paso a una ansiedad de poder? No lo sabía.

Hacía ya rato que habían cenado cuando Guido se levantó del sillón situado junto a la ventana para recibir un mensaje que había sido entregado a las puertas del *palazzo*.

Habían mandado a Paolo a la cama y Tonio se había quedado adormilado con un vaso de vino en la mano.

—¿Qué es? —preguntó cuando vio que Guido se sentaba cansinamente, con una expresión hermética, antes de romper la nota y tirarla.

—Ruggerio ha contratado a otros dos *castrati* que

aparecerán contigo —explicó Guido. Se puso en pie y con las manos en los bolsillos de su bata de satén parecía estar trazando sus pensamientos. Miró a Tonio—. Podía... podía ser peor.

—¿Quiénes son? —preguntó Tonio.

—Uno es Rubino, un viejo cantante, muy elegante aunque su estilo tal vez sea demasiado clásico; sin embargo es muy querido por los romanos. No hay nada que temer de Rubino, pero recemos por que no esté perdiendo la voz. —Dudó, tan abstraído que parecía haber olvidado la presencia de Tonio.

—¿Y el otro? —insistió éste.

—Bettichino —respondió Guido.

—¡Bettichino! —exclamó Tonio. Todo el mundo lo conocía—. Bettichino... en el mismo escenario.

—Ya te he dicho que podía ser peor —le advirtió Guido. Sus palabras carecían de convicción. Avanzó unos pasos y se volvió de repente—. Es frío. Arrogante, se comporta como si procediera de la realeza, cuando ha subido desde la nada como todos nosotros... Bueno..., como algunos de nosotros. —Dirigió a Tonio una mirada de complicidad—. E inevitablemente consigue que la orquesta afine a partir de su voz. Se dice que da instrucciones a los cantantes si cree que las necesitan...

—Pero es un buen cantante —lo interrumpió Tonio—, un gran cantante. Esto es maravilloso para la ópera y tú lo sabes.

Guido lo miraba sin saber muy bien qué decir. Luego murmuró:

—En Roma tiene muchísimos admiradores.

—¿No confías en mí? —preguntó Tonio con una sonrisa.

—Plenamente, ciegamente —respondió Guido—, sin embargo habrá dos campos de batalla: el suyo y el tuyo.

—Y por eso tengo que asombrar a todo el mundo, ¿no? —inquirió Tonio alzando juguetonamente la cabeza.

Guido enderezó la espalda. Miró al frente, cruzó la habitación y se dirigió a su escritorio.

Tonio se levantó despacio y con pasos silenciosos se dirigió a su vestidor, una pequeña y atestada habitación. Se sentó ante una mesa cubierta de frascos y jarras, sin dejar de contemplar el vestido violeta.

Los armarios, situados a ambos lados, estaban repletos de levitas y capas, una docena de espadas destellaban en el guardarropa abierto, y la ventana que un momento antes hubiera parecido dorada, había adquirido un color azul pálido.

El vestido estaba tal como él lo había dejado, sobre un sillón, con las enaguas desordenadas, el cuello de volantes color crema abierto, cortado por un lado quizá con la intención de mostrar la profunda negrura que poblaba el interior del rígido corpiño.

Se apoyó en el codo y alargó la mano sólo lo justo para rozar la superficie de la seda, y pareció notar el tacto de la propia luz porque el vestido brillaba en la oscuridad.

Se imaginó ataviado con el vestido, recordó la sensación, hasta entonces desconocida, de su desnudez sobre los volantes, y el pronunciado balanceo de la falda. En el núcleo de cada humillación sufrida se alzaba ahora un poder ilimitado, una fuerza vigorizante. ¿Qué le había dicho Guido? ¿Que era libre, y que los hombres y las mujeres sólo podían permitirse soñar con una libertad como aquélla? En los brazos del cardenal, supo que aquello era una verdad divina.

No obstante no salía de su asombro. Cada nuevo estrato de él que se desvelaba lo dejaba temblando unos instantes. En aquellos instantes, admirando el vestido vacío que había cobrado el color de las sombras, se preguntó si la noche de su debut conservaría aquella misma fuerza. Veía un palco atestado de venecianos, oía el viejo y dulce dialecto componiendo una melodía de besos y susurros, e imaginaba la expectación y horror mal disimulados reflejados en aquellos rostros al contemplar a aquel patricio capado ponerse en pie como la reina de Francia, oculta tras las joyas y el maquillaje y aquella voz que se elevaba. ¡Ah!

Interrumpió aquellos pensamientos.

Y Bettichino. Sí, Bettichino. ¿Cómo reaccionaría?

Olvídate de lazos y vestidos y carruajes venecianos viniendo hacia el sur, olvídate de todo.

Piensa en Bettichino unos instantes y en lo que significa.

Le habían prevenido contra los cantantes mediocres y todos los horrores que éstos pudieran conllevar: espadas de pasta de papel que se pegaban a la vaina cuando ibas a sacarlas, una pizca de droga en el vino para que te marearas en cuanto empezara la obra. Cohortes pagadas armando jaleo cada vez que abrías la boca.

Pero ¿y Bettichino? ¿Frío, arrogante, un altivo príncipe del escenario que gozaba de una gran reputación y con una voz incomparable? Era un reto ennoblecedor, no una competencia degradante.

Una luz cegadora que podía eclipsarlo del todo, dejarlo pugnando en los márgenes de la oscuridad para recuperar a un público que ya se habría saciado por completo con Bettichino.

Tonio se estremeció. Se había abstraído tanto en sus pensamientos que su cuerpo estaba hecho un ovillo y su mano no había soltado el vestido, como si tratara de asirse al último retazo de color violeta que revelase la luz. Se lo acercó al rostro para sentir la suavidad y la frescura del tejido.

—¿Cuándo has dudado de tu propia voz? —se susurró—. ¿Qué te ocurre?

La luz se había desvanecido. La ventana vibraba con la profunda luminosidad azul de la noche. Se puso en pie con aire enfadado, salió de aquellas estancias y recorrió el pasillo, llenando sus pensamientos sólo con el eco de sus pasos en el suelo de piedra.

Oscuridad, oscuridad, musitaba casi con ternura. Me haces ser invisible. Me haces sentir que no soy un hombre ni una mujer ni un eunuco, que simplemente estoy vivo.

Cuando llegó a la puerta del estudio del cardenal, no dudó y llamó al instante.

El hombre estaba sentado ante su escritorio, y por un instante aquella habitación con sus altas paredes repletas de libros, iluminada por la tenue luz de las velas, le recordó tanto a otro lugar que se maravilló del amor y el deseo que le inspiró el cardenal cuando vio el rápido destello de pasión en su rostro.

8

Hacia finales de verano, quedó patente para todo el mundo que el poderoso cardenal Calvino se había convertido en el protector de Tonio Treschi, el *castrato* veneciano que insistía en aparecer en escena bajo su verdadero nombre.

—Se hablará de ello en todas partes, Tonio —repetía la condesa, que cada vez visitaba Roma con más frecuencia—. Espera y verás.

Mientras tanto, el cardenal mantenía al gorrión encerrado en la jaula y no le permitía cantar fuera del *palazzo*, del cual salían las maravillas que sobre aquella extraordinaria voz contaban unos pocos privilegiados.

Guido seguía otro camino.

Siempre se llevaba unas páginas de sus partituras a los conciertos a los que asistía. Y cuando le ofrecían el teclado, a veces por mera cortesía, lo aceptaba de inmediato.

Era un visitante asiduo en las casas de los representantes extranjeros y Roma entera se hacía eco de sus composiciones para clavicémbalo.

Los entendidos afirmaban que no se había oído nada tan excepcional desde los tiempos del mayor de los Scarlatti, aunque la música de Guido era más melancólica y movía al llanto.

Buena prueba de ello eran incluso sus composiciones más ligeras: unas sonatas tan ágiles y burbujeantes, tan luminosas, que quienes las escuchaban se embriagaban con ellas como si se tratara de vino.

Un marqués llegado de Francia se apresuró a invitarlo, le llegó otra invitación de un vizconde inglés y a menudo le solicitaban que compusiera alguna pieza y asistiera a los conciertos que organizaban los cardenales romanos en sus teatros privados.

Pero Guido era listo. No tenía libertad para aceptar un encargo concreto, estaba preparando su ópera, sin embargo no tenía reparos en sacar un brillante concierto de su carpeta de partituras, como por arte de magia.

Si había que juzgarlo por sus composiciones cortas, decía la gente, esa ópera iba a ser algo grande. Y Tonio, su alumno, era tan hermoso, la perfección de sus rasgos lo hacía parecer irreal, aun cuando siempre y sin excepción se negase, con toda cortesía, a cantar.

Así era la vida pública.

En casa, Guido trabajaba a un ritmo implacable, y obligaba a Tonio a practicar con más rigor que en el conservatorio, en especial la ejecución de los altos y rápidos *glissandi* que constituían la especialidad de Bettichino. Después de dos intensas horas de ejercicios matinales, lanzaba a Tonio por una serie de notas y pasajes que sólo podían cantarse tras haber calentado la voz. Tonio no se sentía cómodo en aquellas esferas, pero confiaba en que la práctica le proporcionaría seguridad, y aunque tal vez nunca tuviera que echar mano de aquellas notas tan altas, tenía que estar a punto para su encuentro con Bettichino, le recordaba Guido una y otra vez.

—Pero ese hombre tiene casi cuarenta años, ¿cómo puede cantar eso?

Tonio estudiaba una nueva serie de ejercicios dos octavas por encima del do medio.

—Si él puede —respondió Guido—, tú debes. —Y tras darle otra aria, una que quizá no sobreviviría y no llegaría a aparecer en la ópera terminada, le dijo—: Ahora no estás conmigo en esta habitación. Estás en el escenario y hay miles de personas escuchándote. No puedes cometer ni el más mínimo error.

En su fuero interno aquella nueva música lo conducía al éxtasis. En el tiempo pasado en Nápoles, jamás se había atrevido a emitir juicios críticos sobre la obra de Guido, sin embargo era consciente de que su propio gusto ya había sido educado incluso antes de abandonar Venecia.

Advirtió que Guido, libre del severo régimen del conservatorio y de las constantes exigencias de sus antiguos alumnos, estaba asombrosamente tranquilo. Refinaba su técnica interpretativa y también sus composiciones, y se sentía pletórico por el interés que despertaba en todas partes.

Cuando terminaban las lecciones diarias, Tonio y él eran completamente libres. Si Tonio no quería acompañarlo a las diversas fiestas y conciertos a los que asistía, Guido no lo presionaba.

Tonio se decía a sí mismo que era feliz, pero no era cierto. La independencia de Guido lo confundía. Vestía con más elegancia que en Nápoles, gracias a la generosidad de la condesa, y casi siempre llevaba peluca. El cabello blanco obraba un milagro: hacía que sus peculiares rasgos resultaran más civilizados, más aceptables. Los inmensos y desafiantes ojos, la nariz chata y brutal y los labios que se alargaban con generosidad en una sensual sonrisa hacían de Guido el centro de atención de todas las reuniones. Y la visión de una mujer del brazo de Guido, los pechos de ella a menudo presionados contra la manga de él, desataban una callada furia en Tonio que sólo conseguía excitarlo.

Todo estaba cambiando.

No puedes hacer nada al respecto, y tú, si se lo recriminas, pensó, serás igual de frívolo y malcriado que todos a los que has acusado de serlo.

Le alegraba, sin embargo, poder abandonar libremente aquellas reuniones sociales. No podía cantar. La conversación constante lo agotaba. Y con amargura, comprobaba que una idea seguía fija en su mente: Guido «lo había entregado» al cardenal. Hubiera deseado enfadarse con Guido, echarle la culpa de todo lo ocurrido.

No obstante al llegar a la verja del *palazzo* del cardenal Calvino, lo olvidaba todo.

Un pensamiento se imponía a todos los demás: entregarse a los abrazos del cardenal.

Las noches que el cardenal no tenía invitados, se encontraban temprano. Tonio se aseguraba primero de que Paolo estaba profundamente dormido. Entonces entraba a hurtadillas en los aposentos del cardenal sin llamar a la puerta o intercambiar palabra alguna.

El cardenal lo esperaba en estado febril, y comenzaba a desnudar a Tonio. Deseaba que éste se comportara como un niño en sus manos, y desabrochaba botones, corchetes y encajes, por más que le costase, sin la ayuda de Tonio. Le habían contado que Tonio a veces paseaba vestido de mujer, y lejos de molestarle, aquella idea le encantó. A menudo le tenía listo el vestido violeta con los volantes color crema para ponérselo a Tonio o quitárselo, según le apeteciera. A veces parecía que era la piel de Tonio lo que más anhelaba. Retiraba el tejido y la saboreaba con la lengua y los labios.

Tonio era tan flexible en brazos del cardenal como Domenico lo había sido en los suyos. Contemplaba con la más dulce de las sonrisas cómo el cardenal le quitaba aquellos fruncidos volantes de color crema para poder disfrutar de la suavidad de su piel, y luego le pellizcaba los pezones hasta endurecérselos y hasta que Tonio ya no podía contenerse más, para acabar besándolo como si le pidiera perdón y levantar aquellas faldas a la vez que empujaba su arma entre las piernas de Tonio. Aquel miembro asombroso le hacía daño siempre, pero el cardenal cerraba su boca sobre la de Tonio y parecía decirle: «Si gritas, hazlo dentro de mí.»

Todos los movimientos del cardenal le producían un dulce deleite: sus manos recorriendo el cabello de Tonio, los besos en los párpados, aquella febril adoración que avanzaba a un ritmo propio.

Aunque no era la ternura de los besos y las caricias lo

que encendían la pasión de Tonio. Lo que excitaba a Tonio no era lo que el cardenal le hacía, sino el propio cardenal. Y era cuando se abrazaba a las caderas de su nuevo amante, cuando devoraba aquella raíz con la boca, cuando sentía la semilla del cardenal fluir dentro de él, crema de leche dulce y amarga al mismo tiempo, que su cuerpo se estremecía presa de un delirio que amenazaba con desgarrarlo.

Eso, y la inevitable violación a la que el cardenal siempre lo sometía, el hierro duro clavado entre las piernas.

Y así Tonio soportaba el resto, subyugado por el hecho de que fuera aquel hombre quien lo sometía a tal degradación, sí, es el cardenal Calvino, pensaba, es el príncipe de la Iglesia, que ayuda al Santo Padre, que se sienta en el Sacro Colegio Cardenalicio, es a este hombre poderoso a quien me entrego y a quien tengo entre los brazos. Sus manos se agitaban ávidas por sostener aquellos pesados testículos, aspirar su calidez, sentir la caricia de su fino vello, presionarlos un poco, y correr el riesgo de que el cuerpo del cardenal se convirtiera en una terrible y cruel vara.

Llegó a comprender, sin embargo, que para el cardenal incluso el juego más inocente era una forma de violación. Quería clavar a Tonio contra las sábanas, quería verlo gemir de placer, quería invadirlo con placer, y que ese placer lo esclavizara tanto como el dolor.

De esa manera transcurrían las horas. Tonio, con los ojos vidriosos y ciego, se quedaba después tumbado junto al cardenal, parecía un luchador que tras la batalla esperase la ocasión de robarle a su oponente un relajado abrazo.

Pero no era sólo eso, porque, casi a partir de la primera noche, se había iniciado otro tipo de intercambio.

Después de hacer el amor se vestían. A veces cenaban. El cardenal tenía diversos vinos que ofrecer, todos ellos excelentes. Luego, llamaba al viejo Nino con su antorcha, y empezaban sus habituales paseos por los salones del *palazzo*.

A la vacilante luz de la antorcha hacían una pausa ante unas estatuas que, a pesar de los años que llevaban allí, confesaba el cardenal, nunca le habían gustado.

—No obstante esta pequeña ninfa sí me gusta —comentó ante una obra romana—. La encontraron en el jardín de mi villa cuando cavaban para hacer las fuentes. Y este tapiz me lo mandaron de España hace mucho tiempo.

La antorcha de Nino emitió un crujido, su denso olor impregnó la oscuridad que los rodeaba, y Tonio, al contemplar los ojos grises del cardenal, y su delicada pero ajada mano en el bronce de una antigua estatua, sintió que una paz desconocida se adueñaba de él.

Siguió al cardenal hasta los jardines, donde resonaba el suave chapoteo de las fuentes y el verde olor de la hierba recién cortada invadía el aire.

Luego iban a la biblioteca y entraban juntos en un templo donde los estantes llenos de libros encuadernados en cuero alcanzaban la zona en penumbra donde no llegaba la titilante luz.

—Lee para mí, Marc Antonio —pedía el cardenal al encontrar a Dante y Tasso, sus poetas favoritos. Se sentaba con las manos cruzadas a la bruñida mesa y sus labios se movían en silencio mientras Tonio leía las frases con dulzura, despacio, en voz baja.

El espíritu de Tonio languideció. Hacia años, en otra vida, había conocido horas como ésas, cuando acunado por la belleza del lenguaje, se había perdido en un universo de imágenes e ideas representadas de manera exquisita. Paulatinamente, entre él y el cardenal se estableció un vínculo indefinible. Aquél era un ámbito que él y Guido nunca habían compartido.

Sin embargo, Tonio se mostraba precavido a la hora de expresarse. Era lo bastante listo como para comprender que una de las fantasías del cardenal consistía en imaginar a su amante como pilluelo criado por músicos, y tal vez fuese así. Los ojos del cardenal a menudo denotaban angustia, y más a menudo aún tristeza. Era víctima de una pasión «profana» hacia Tonio. Un hombre dividido en contra de su voluntad.

Tonio percibía aquello por el modo en que todos los placeres, la poesía, el arte, la música, sus ardientes contactos, estaban matizados por la idea que el cardenal tenía de los enemigos del alma: el mundo y la carne.

Sin embargo, era el cardenal quien lo incitaba.

—Háblame de la ópera, Marc Antonio. ¿Dónde reside su valor? ¿Por qué acude la gente a este espectáculo?

¡Qué inocente parecía entonces! Tonio no podía por menos que sonreír. Conocía de sobras la larga batalla mantenida por la Iglesia contra la escena y los actores, contra toda música que no fuera sacra, el horror que suscitaban las actrices femeninas, lo que había dado lugar a la aparición de los *castrati*. Todo eso Tonio ya lo sabía.

—¿Qué es lo que les resulta tan atractivo? —preguntaba entre susurros el cardenal con los ojos entornados.

Ah, reflexionó Tonio, cree que tiene aquí encerrado a un enviado del diablo que, en cierta manera, le explicará sin tapujos toda la verdad. Tonio tuvo que reprimirse para no mostrarse desafiante.

—Mi señor —dijo despacio—, no tengo una respuesta para vuestra pregunta. Sólo sé la alegría que la música siempre me ha proporcionado. Sólo sé que la música es tan bella y poderosa que en determinados momentos se asemeja al mar, y posee la magnitud del firmamento. A buen seguro la creó Dios y la dejó libre en el mundo del mismo modo que hizo con el viento.

El cardenal se quedó mudo de asombro ante aquella respuesta. Se recostó en la silla.

—Hablas de Dios con amor, Marc Antonio —dijo en tono fatigado.

La angustia lo acechaba.

Amar a Dios, pensó Tonio. Sí, supongo que siempre lo he amado; durante toda mi vida, cuando me hablaban de él lo amaba, en la iglesia, en misa, por la noche cuando me arrodillaba junto a la cama con el rosario en las manos. Pero ¿y en Flovigo, hace tres años? Aquella noche no lo amé ni creí en Él. No obstante permaneció en silencio. Vio que la desdicha invadía al cardenal, supo que la noche había llegado a su fin.

Y supo también que el cardenal no soportaría aquella lucha por mucho tiempo. El pecado era para él su propio castigo. Tonio se entristeció al adivinar que aquellos abrazos pronto terminarían. Tarde o temprano llegaría un momento en que el cardenal rechazaría a Tonio, y éste rezaba para que lo hiciera con dulzura, porque si lo hacía con desprecio... Prefería no pensar en eso.

Se separaron en mitad de la oscuridad y de la casa que dormía. Sin embargo, Tonio, sin poder refrenar su impulso, se volvió para abrazar la delgada y flexible figura del cardenal y darle un último y prolongado beso.

Después, cuando lo recordaba mientras se llevaba la mano a los labios, aquella emoción lo turbó. ¿Como podía sentir afecto por alguien que lo consideraba una debilidad, alguien que veía a un *castrato* como un ser al que podía prodigar toda la pasión que no podía entregar a una mujer, un secreto vergonzoso?

Al fin y al cabo, no importaba.

En el fondo de su corazón, Tonio sabía que no importaba en absoluto.

Cada día contemplaba en callado respeto al cardenal que se acercaba al altar de Dios para obrar el milagro de la transubstanciación para los fieles, lo veía dirigirse al Quirinal, atender a los enfermos y a los pobres.

Pensó que ese hombre nunca había titubeado, por muy abrasadora que fuera su secreta pasión. Ese hombre demostraba a todo el mundo el amor de Cristo, el amor hacia sus hermanos como si, una vez vencido el orgullo, hubiera aprendido que todo aquello era eterno e infinitamente más importante que su propia debilidad e inmoralidad.

Y pronto no hubo un solo momento en que, al ver al cardenal, resplandeciente en su túnica púrpura o en la opulencia de su habitación, Tonio no pensara: «Sí, por esos momentos que compartimos lo amo, lo amo de corazón, y mientras me desee, le daré todo el placer que me pida.»

Ojalá eso hubiera bastado...

La realidad era que, incitado por visiones inconexas del hombre que había tomado secreta posesión de él, Tonio se entregaba sin medida a cualquier hombre, extraños con los que se cruzaba durante el día por los pasillos del cardenal, o incluso rufianes que le lanzaban ardientes y obsesivas miradas en la calle.

Los salones de esgrima, donde antes había buscado afanosamente un cansancio que lo relajara, se habían convertido en cámaras de tortura, llenas de cuerpos cautivadores, de aquellos nobles jóvenes viriles y a veces crueles a los que siempre había mantenido a distancia.

El sudor les hacía brillar el pecho bajo la camisa abierta; brazos tensos, de hermosos músculos, el bulto del escroto entre las piernas. Hasta el olor de su transpiración lo atormentaba.

Tras hacer una pausa, se secó la frente y cerró los ojos, y al cabo de un momento los abrió y vio al joven conde florentino Raffaele di Stefano, su rival más acérrimo, que lo miraba con abierta avidez y satisfacción y que al ser descubierto, desvió la mirada.

Se irguió dispuesto a enfrentarse al conde. Tonio atacó con un frenético movimiento y su oponente retrocedió con los dientes apretados. Sus oscuros ojos estaban sombreados por unas pestañas tan negras que parecían maquilladas. Su rostro era blando, casi sin ángulos, e infantil, y el cabello, de un negro tan intenso que parecía bañado en tinta.

El maestro de esgrima los obligó a separarse. El conde había recibido un arañazo y la hermosa camisa de lino estaba desgarrada en el hombro.

No, no deseaba parar.

Cuando se batieron de nuevo, la necesidad de reparar el orgullo herido animaba al conde, mientras sus labios se movían en un ejercicio de concentración e intentaba esquivar los ataques precisos de Tonio.

Cuando terminaron el conde estaba jadeante, el vello negro del pecho le llegaba casi a la base del cuello, donde el arma lo había herido. Sin embargo, aquella máscara de carne sobre la nariz y la cara se adivinaba tan suave que

Tonio la sentía entre sus dedos, y aquella barba afeitada parecía tan áspera que debía incluso cortar.

Le dio la espalda al conde. Avanzó hasta el centro de aquel suelo brillante y se detuvo con la espada en el costado. Notaba que los ojos de los demás lo estaban evaluando, percibía el avance del conde. El hombre desprendía un aroma animal, cálido y delicioso, cuando tocó la espalda de Tonio.

—Ven a cenar conmigo —le pidió casi con brusquedad—. Estoy solo en Roma. Eres el único esgrimista que puede ganarme. Quiero que vengas conmigo, que seas mi invitado.

Tonio se volvió para estudiarlo despacio. La proposición no dejaba lugar a dudas. El conde contrajo los ojos. Un diminuto lunar negro brilló junto a la nariz, otro en la barbilla.

Tonio dudó, bajó lánguidamente la mirada. Cuando rechazó la invitación, lo hizo entre susurros, tartamudeando, como si tuviera tanta prisa que sólo le quedara tiempo para dar una breve disculpa.

Casi airado, se mojó la cara con agua fría y se la secó bruscamente con la toalla antes de volverse hacia el criado que le sostenía la chaqueta.

Cuando salió a la calle, el conde, que se había detenido en la bodega de vinos de enfrente, alzó la copa en un lento saludo.

Los hombres de elegantes atuendos que lo acompañaban saludaron con la cabeza a Tonio.

El muchacho huyó perdiéndose entre la multitud que abarrotaba la calle.

Aquella noche, en una tenebrosa y mal ventilada villa, Tonio se dejó sorprender en un oscuro cenador por unas manos y unos labios que no conocía.

A lo lejos, Guido tocaba para una pequeño grupo de invitados, y Tonio llevó a su acosador a adentrarse más y más en el peligro del descubrimiento hasta que no pudo mantener bajo control aquellos dedos.

La lengua de aquel hombre penetró en su boca abierta, notó la dureza entre sus piernas. Finalmente se bajó los pantalones para poder formar una cavidad al juntar los muslos. En aquellos momentos era Ganímedes, excitado por la dulce humillación de la entrega, que adquiría la forma de un joven al que sus propias conquistas habían ya moldeado.

En las noches sucesivas, todas sus conquistas fueron hombres mayores que él, hombres en la flor de la vida o con los cabellos surcados de hebras grises, ávidos por saborear la carne joven, a los que a veces sorprendía cuando se arrodillaba para tomar en la boca toda la fuerza que ésta pudiera contener.

Cuando todo terminaba, se quedaba quieto, de rodillas, con la cabeza gacha, como si fuera el primer comulgante ante la barandilla del altar, como si sintiera la presencia de Cristo vivo.

Por supuesto, luego siempre esquivaba a aquellos compañeros, si es que así podía llamarlos. Y nunca se quedaba a solas con ellos en un terreno que no fuera el suyo. En cambio, anhelaba encuentros furtivos fuera de los salones cerrados y habitaciones no utilizadas cerca de los sonidos producidos por los que danzaban, de la gente. Siempre tenía el puñal a punto, la espada pegada al costado.

Le resultaba increíble que hombres y mujeres estuvieran prestos a provocarlo por doquier, que todas aquellas historias se hubieran iniciado con caballeros extranjeros que se enamoraban de él, totalmente convencidos de que se trataba de una mujer vestida de hombre.

Antes de ir a ver al cardenal se bañaba, se ponía ropa limpia e inmaculada. Entonces, borraba de su memoria aquellos encuentros furtivos y se abandonaba en los brazos del santo hombre.

Sin embargo, el recuerdo de aquellos abrazos prohibidos encendía sus vivencias cotidianas.

Finalmente, una tarde dirigió su carruaje hacia los bajos fondos de la ciudad.

Vio niños jugando en los umbrales de las puertas, gente cocinado en las tiendas al aire libre, quesos y carnes colgados de las arcadas. Una cerda oronda y brillante se detuvo ante el carruaje, con sus crías chillando tras ella. La colada tendida de unas cuerdas poco tirantes ocultaba el cielo.

Se recostó en el tapizado de cuero, con las ventanillas abiertas pese a las salpicaduras que se producían de vez en cuando, y a aquel hedor que el aire del cercano Tíber no podía disipar.

Por fin vio lo que buscaba. Un joven apoyado en el umbral de una puerta, con la camisa abierta hasta su ancho cinturón de cuero, revelando una línea de rizado vello negro. Se alzaba desde la cintura y avanzaba hasta rodear los diminutos y rosados pezones como si formara los brazos de una cruz. Su rostro, aunque afeitado, era tan áspero como un tronco recién serrado, y cuando su mirada se encontró con la de Tonio, la pequeña distancia entre ellos se acortó de repente por una corriente de pasión que dejó al veneciano sin aliento.

Abrió la puerta pintada del carruaje que se detuvo en aquel diminuto callejón y Tonio, con una chaqueta de brocado de oro, se asomó con una mano alzada, la palma hacia arriba, con aire incitador mientras la apoyaba en la rodilla.

El hombre entornó levemente los ojos. Adelantó las caderas y el bulto de la entrepierna creció bajo los ceñidos pantalones como si, de forma deliberada, quisiera hacerse notar.

Avanzó hasta el carruaje y Tonio entró de nuevo en el vehículo tras él. Echó las persianas hasta que ambos quedaron aprisionados por unas finas estelas de luz.

El caballo empezó a trotar. El pequeño compartimiento se balanceaba despacio en sus ballestas. Tonio miró el cabello negro y rizado sobre la piel aceitunada del hombre. De pronto se tumbó con la mano sobre él, al tiempo que extendía los dedos y palpaba la dureza de aquel pecho.

Veía el brillo de sus ojos, la luz surcaba su mandíbula. Con un cuidado extremo la tocó, y notó las ásperas cerdas que la cuchilla no había apurado, y la piel de debajo tan tersa que se movía con la caricia.

Se echó hacia atrás e inclinó la cabeza de lado. Luego se giró y ladeó el hombro izquierdo para evitar a aquel hombre o atraerlo hacia sí. Y cuando se inclinó hacia delante, con las manos en el asiento, por debajo de su cuerpo, sintió el peso del hombre contra la espalda. Siguió bajando hasta que su cara tocó el cuero y entonces permaneció así tendido, con los ojos cerrados como si durmiera.

El hombre le pasó el brazo izquierdo bajo el torso y lo atrajo hacia sí enérgicamente a fin de tenerlo más cerca para la embestida. Aquella presión, aquel duro músculo contra su pecho que lo amarraba a aquel desconocido, le provocó espasmos de placer tan intensos como el hierro que lo atravesaba.

Durante unos instantes el dolor fue casi insoportable. Y sin embargo avivó la pasión hasta que ambos se fundieron en una llama de tormento. Entonces advirtió que su capturador no lo había soltado. Sintió que su rabia crecía y acercó la mano derecha al puñal. Pero con un suave empujón, aquel joven romano le indicó que sólo estaba atizando el fuego para el siguiente asalto.

Finalmente todo terminó. Al ofrecerle dinero, el joven lo rechazó con frialdad. Se apeó en plena calle, pero cuando el carruaje empezó a alejarse, se agarró a la ventanilla con las manos, y susurró el nombre de un santo: el nombre de la calle donde vivía. Tonio asintió con una expresión de reconocimiento. El hombre le devolvió una enigmática sonrisa.

Luego, de nuevo aquellos sombríos muros que se levantaban a cada lado, llenos de ocre y verde oscuro, que se disolvían tras el primer velo de lluvia.

A Tonio se le empañaron los ojos. Apático, se quedó mirando por la ventanilla mientras el carruaje se acercaba al Vaticano. Y entonces, como surgido de una pesadilla que la mente nunca había podido disipar, ni siquiera en la vigilia, vio el letrero de una pequeña tienda donde se leía claramente:

AQUÍ SE CASTRA A LOS CANTORES
DE LA CAPILLA PAPAL

9

Hacia primeros de diciembre, Roma estaba obsesionada con la nueva ópera.

La condesa Lamberti iba a llegar de un momento a otro y, por primera vez en su vida, el gran cardenal Calvino había alquilado un palco para toda la temporada. Muchos nobles apoyaban a Guido y a Tonio, pero los *abbati* comenzaban a dejarse oír.

Todo el mundo sabía que eran los *abbati* quienes emitirían el juicio crucial la noche del estreno.

Eran ellos quienes decidían si algo era un plagio con sonoros silbidos, eran ellos quienes hacían salir avergonzados del escenario a los ineptos e indignos.

Cuando los *abbati* condenaban una obra, las grandes familias que ocupaban la primera y la segunda hilera de palcos no podían salvar una representación por más que lo intentaran, y éstos ya habían empezado a proclamar a voces su devoción por Bettichino. Bettichino era el cantante de la temporada; en aquellos momentos el cantante había depurado su estilo hasta llegar a la perfección, Bettichino había estado espléndido el año anterior en Boloña, era una maravilla ya antes de haber actuado en los estados germanos.

Si mencionaban a Tonio, era para mofarse de aquel advenedizo de Venecia que afirmaba ser patricio e insistía en utilizar su nombre de nacimiento. ¿Quién iba a creer aquella patraña? Cuando se ponían ante los focos, todos los *castrati* se inventaban un augusto linaje y contaban historias estúpidas para explicar por qué habían tenido que realizarse la operación.

Así pues, el linaje del que Bettichino decía proceder no dejaba de ser absurdo. ¿Descendiente de una dama alemana y un mercader italiano, y que conservaba la voz debido al desdichado ataque de un ganso cuando era niño?

A Guido, que escribía día y noche, sólo le llegaban fragmentos de aquellas conversaciones. Únicamente salía para atender sus asuntos en la villa de la condesa, había ido cancelando todas las visitas a las casas de los *dilettanti* a medida que se acercaba el día cumbre.

Sin embargo Tonio mandó a Paolo a la calle para que se enterara de cuanto se decía.

Paolo, encantado de verse libre de sus maestros, visitó a la *signora* Bianchi, que trabajaba con ahínco en los trajes de Tonio, y luego se acercó a los hombres que trabajaban entre bambalinas. Permaneció el mayor tiempo posible en los atestados cafés, fingiendo que buscaba a alguien.

Cuando por fin regresó, tenía el rostro congestionado y los ojos rebosantes de lágrimas.

Tonio no lo vio llegar.

Estaba absorto en una carta de Catrina Lisani en la que le comunicaba que muchos venecianos ya habían emprendido el viaje hacia la Ciudad Eterna sólo para verlo en el escenario. «Irán los curiosos —había escrito—, y también los que te recuerdan con gran amor.»

Aquello le produjo una ligera aunque no por ello menos desagradable conmoción. Vivía aterrorizado ante el inminente estreno. A veces ese terror era delicioso y vigorizante, otras lo vivía como un suplicio. Y en aquellos instantes, al saber que sus paisanos irían a verlo como si se tratara de un espectáculo de carnaval, lo invadió una sensación de frialdad que el calor del fuego no lograba aliviar.

Solía pensar en sí mismo como en un ser arrancado de cuajo del mundo veneciano, y ante cuya ausencia la gente había reaccionado apiñándose con indiferencia para ocupar el espacio que había dejado.

Enterarse de que allí la gente hablaba de la ópera, que comentaban todos sus pormenores le produjo una extraña e indefinible sensación.

Claro que hablaban porque el esposo de Catrina, el viejo senador Lisani, en una ocasión había intentado que se revocara el decreto de proscripción contra Tonio. El gobierno se había limitado a confirmar su primera decisión: Tonio no podría entrar nunca más en el Véneto sin que sobre él pesara la pena de muerte.

No obstante fue la última parte de la carta de Catrina Lisani la que le desgarró el corazón.

Su madre había suplicado ir a Roma. Desde el mismo momento en que supo de su contrato en el Teatro Argentina, había pedido hacer el viaje sola. Inflexible, Carlo se había negado, y aquella decisión había hecho enfermar a Marianna, que había sido confinada en sus aposentos.

«Hay algo de verdad en su enfermedad —había escrito Catrina—, pero quiero que entiendas que se trata de una enfermedad del alma. Pese a todas las debilidades de tu hermano, se ha mostrado muy atento con ella, y ésta es la primera desavenencia auténtica entre marido y mujer.»

Apartó la carta.

Paolo lo esperaba y advirtió que lo necesitaba. Algo lo había aterrorizado y apenas podía articular las palabras.

¡Su madre había querido ir a verlo! Jamás hubiera esperado semejante decisión. La fina membrana que separaba aquellas dos vidas parecía haberse roto de repente, como si de su madre emanara una suave, misteriosa y embriagadora sensación que lo invadía. En todos aquellos años, nunca había tenido una conciencia tan lúcida y completa de su presencia, el perfume de su pelo, hasta la textura de sus cabellos. Podía sentirla detrás de él, llorando enfurecida, pugnando por abrazarlo.

Aquellos sentimientos eran tan violentos e insólitos que se encontró de pie antes de darse cuenta de haberse levantado y empezó a pasear frenético por la habitación.

—¡Tonio! —Paolo le tiraba de la manga—. ¡No sabes lo que dicen en los cafés! ¡Es terrible, Tonio!

—Calla, ahora no —le susurró. Pero mientras hablaba, la membrana empezó a cicatrizar y lo separó de ella, dejando todo aquel amor y desdicha fuera del alcance de Tonio, en esa otra vida a la que ya no pertenecía. ¿Y si se hubiese tratado de un cantante mediocre que llevase mucho tiempo separado de ella? ¿Qué hubiera significado saber que su madre quería estar a su lado?

«Eres un estúpido —se dijo—. No han hecho más que extender las manos hacia ti y tú les abres el corazón.»

Se irguió con dignidad, se giró, tomó a Paolo por los hombros y le alzó la barbilla.

—¿Qué ocurre? Cuéntamelo. No puede ser tan terrible.

—Tonio, no sabes lo que andan diciendo. Según ellos, Bettichino es el mejor cantante de Europa. Dicen que es indignante que aparezcas en el mismo escenario.

—Siempre andan diciendo cosas como ésas, Paolo —le aseguró Tonio con dulzura, en un intento por tranquilizarlo. Sacó el pañuelo y le enjugó las lágrimas.

—No, Tonio, pero es que dicen que tú eres un don nadie que vienes del arroyo. No creen que pertenezcas a una noble familia veneciana. Dicen que te han contratado por tu físico. A Farinelli, cuando comenzó, le llamaban *Il Ragazzo*. Y dicen que tú serás *La Ragazzina*. Y si *La Ragazzina* no sabe cantar, te darán una dote para que te recluyan en el convento y nadie tenga que volver a escuchar tu voz.

Tonio se echó a reír muy a su pesar.

—Paolo, todo eso son tonterías —dijo.

—Tendrías que oírlos, Tonio.

—Todo eso sólo significa que el día del estreno el teatro estará lleno hasta los topes —lo tranquilizó Tonio, apartándole el cabello de los ojos.

—No, no, Tonio, no te escucharán. La *signora* Bianchi tiene miedo. Gritarán, berrearán y patearán, no te darán ni la más mínima oportunidad.

—Procuraremos que no sea así —musitó Tonio, aunque deseó que Paolo no lo hubiera visto palidecer. Estaba seguro de que la sangre había abandonado su rostro.

—¿Qué vamos a hacer, Tonio? La *signora* Bianchi dice que cuando se ponen así incluso pueden conseguir que se cierre el teatro. La culpa es de la *signora* Grimaldi; ella fue quien empezó. Llegó a Roma y dijo que tú cantabas mejor que Farinelli. Y eso fue lo que les hizo decir todo eso de Farinelli.

—¿La *signora* Grimaldi? —preguntó Tonio en un hilo de voz—. ¿Quién es la *signora* Grimaldi?

—Ya sabes, Tonio, está loca por ti. En Nápoles se sentaba siempre en primera fila y ahora ha calentado los ánimos. Anoche, en casa del embajador inglés, aseguró que eras el mejor cantante desde Farinelli, y que había oído a Farinelli en Londres. Y ya sabes cómo son los romanos. Están indignados y todo el mundo la critica.

—Calla un momento, Paolo. ¿Quién es? ¿Cómo es?

—Oh, es esa chica rubia, Tonio, la viuda del primo de la condesa. Ahora es rica y se dedica a la pintura y...

El rostro de Tonio sufrió tal alteración que Paolo guardó silencio unos instantes.

—¡Tonio! —Paolo le tiraba de la mano—. Antes de que ella llegara ya murmuraban, pero ahora están imposibles. La *signora* Bianchi dice que una turba como ésa puede hacer cerrar el teatro.

—Así que ha venido a Roma... —susurró Tonio.

—Sí, está en Roma. Preferiría que estuviera en Londres —afirmó Paolo—. Y ahora mismo está con el maestro Guido.

—¿Qué quieres decir con eso de que está con Guido? —Tonio miró fijamente a Paolo.

—Están en la villa de la condesa. —Paolo se encogió de hombros—. Ella acaba de llegar. ¿Qué vamos a hacer, Tonio?

—Deja de decir estupideces —murmuró Tonio—. No es culpa suya. Toda la ciudad está excitada con la ópera, no pasa nada más. Si no dijeran esas cosas...

Tonio se volvió de repente y cogió el abrigo. Se arregló el encaje de la pechera y se dirigió al armario en busca de su espada.

—¿Adónde vas, Tonio? —preguntó Paolo—. ¿Adónde vas?

—Mira, Paolo —dijo Tonio confiado—, Bettichino nunca les dejará cerrar el teatro. No creo que quiera quedarse sin trabajo.

Cuando llegó a la villa de la condesa, al sur de Roma, faltaba poco para el atardecer.

La mansión estaba rodeada de jardines con setos de

hoja perenne recortados en forma de pájaros, leones y ciervos. El césped se extendía verde e inmaculado bajo el sol poniente, y el agua de las fuentes correteaba por doquier en rectángulos de hierba segada, en medio de senderos, bajo columnatas de pequeños árboles de tronco perfecto.

Tonio vagó por la sala de música recién empapelada y distinguió la silueta del clavicémbalo bajo una níveo lienzo blanco.

Se quedó inmóvil unos instantes, mirando el suelo; ya estaba a punto de salir de aquella estancia tan rápida y resueltamente como había entrado en ella cuando llegó un viejo portero, arrastrando los pies y con las manos entrelazadas detrás de la espalda.

—La condesa todavía no ha llegado, *signore* —anunció el viejo con un sonido sibilante que surgía de sus secos labios—. Pero la esperamos en cualquier momento, en cualquier momento.

Tonio estaba a punto de murmurar algo acerca de Guido cuando vio un inmenso lienzo en la pared opuesta. El colorido le resultaba conocido, al igual que las diminutas figuras: unas ninfas que bailaban en círculo, sus escasas ropas transparentes que parecían suaves al tacto.

Sin darse cuenta se encontró acercándose a la tela. A sus espaldas oyó las palabras del viejo criado:

—Ah, la joven *signora*. Sí, ella sí está, *signore*.

Tonio se volvió.

—Regresará en cualquier momento. Esta tarde ha ido a la Piazza di Spagna con el maestro Guido.

—¿A qué lugar de la Piazza di Spagna? —preguntó.

En el arrugado rostro del viejo apareció una sonrisa. Se balanceó de nuevo sobre las puntas de los pies sin soltarse las manos de detrás de la espalda.

—Al estudio de la joven *signora*. Es pintora, una gran pintora. —En su tono se adivinaba una ligera burla, pero tan leve e impersonal que podía estar dirigida al mundo entero.

—Tiene un estudio allí... —Era más una afirmación que una pregunta. Tonio contempló el círculo de ninfas de la pared.

—Ah, mire, *signore*, pero si acaba de llegar con el maestro Guido —dijo el viejo y por primera vez movió la mano derecha para señalar hacia la puerta.

Avanzaban por el sendero del jardín. Ella apoyaba la mano en el brazo de Guido y llevaba una carpeta, gruesa y pesada, aunque no tan grande como la que Guido portaba en la mano derecha. Llevaba un vestido de lino estampado que brillaba bajo la fina capa de lana y se había bajado la capucha de forma que la brisa jugaba con sus cabellos. Hablaba con Guido. Reía, y Guido, con la mirada baja, mientras la conducía por el camino, sonreía y asentía.

Tonio advirtió que se trataban con cierta familiaridad. Se conocían. Charlaban con gran animación, como si existiera una gran confianza entre ellos.

Cuando llegaron a la sala, Tonio apenas podía respirar.

—¿Puedo dar crédito a mis ojos? —preguntó Guido con ironía—. Pero si es el joven Tonio Treschi, el famoso y misterioso Tonio Treschi, que pronto asombrará a toda Roma.

Tonio lo miró con expresión estúpida sin pronunciar palabra. La risa suave de la joven llenó el aire.

—*Signore* Treschi. —Ella le hizo una pequeña y apresurada reverencia y con un encantador y ligero acento dijo—: ¡Cuánto me alegro de encontrarlo aquí!

Desprendía una gran vitalidad, con sus ojos brillantes y luminosos, y el vestido floreado de alguna manera se añadía a esa impresión de ligereza y movimiento que la rodeaba, aun cuando se limitase a estar inmóvil.

—Tengo que mostrarte una cosa, Tonio —decía Guido. Había cogido la gran carpeta y la había dejado sobre la funda del clavicémbalo—. Christina lo ha terminado esta tarde.

—Oh, no, pero si no está terminado —protestó ella.

Guido sacaba un gran dibujo hecho a pastel.

—¿Christina? —dijo Tonio. Su propia voz le sonó áspera y algo ahogada. No podía apartar los ojos de ella. Tenía un aspecto radiante. Tenía las mejillas arreboladas y aunque su sonrisa titubeó unos instantes, enseguida la recuperó.

—Tienes que perdonarme —intervino Guido—. Christina, creía que Tonio y usted ya se conocían.

—Oh, sí, claro que sí, ¿verdad, señor Treschi? —se apresuró a decir ella, al tiempo que le tendía la mano.

Él la miró, consciente de que los dedos de ella estaban prisioneros entre los suyos y de la suavidad de aquella carne. Era una mano de muñeca, tan diminuta... Resultaba imposible imaginar que aquella mano pudiese hacer algo tan grande, pero advirtió con un sobresalto que se había quedado inmóvil como una estatua y que tanto ella como Guido lo miraban fijamente. Se inclinó de inmediato para besarle la mano.

Sin embargo, Tonio no quería rozarla con los labios. Y ella debió de darse cuenta porque la alzó un poco y recibió el beso.

Tonio la miró a los ojos. De repente, le pareció vulnerable hasta lo indecible. Lo miraba como si se encontraran a gran distancia y ella dispusiera de todo el tiempo del mundo.

—Mira esto, Tonio —dijo Guido en tono desenfadado, pretendiendo no haber notado nada. Le mostraba el retrato a pastel que ella le había hecho.

Se trataba de un excelente estudio. En él, Guido estaba vivo, había captado a la perfección su aire triste, incluso el brillo amenazador de los ojos. La artista no había pasado por alto su nariz aplastada o la exuberancia de su boca, y sin embargo había plasmado su esencia, que transformaba el conjunto.

—Dime qué te parece, Tonio —insistió Guido.

—Tal vez podría posar para mí, *signore* Treschi —se apresuró a añadir ella—. Me gustaría pintarlo. En realidad, ya lo he hecho —confesó casi avergonzada, con un leve rubor—, pero sólo de memoria. No sabe cuánto me gustaría hacerle un retrato de verdad...

—Acepta la oferta —dijo Guido sin darle importancia, con el codo apoyado en el clavicémbalo—. Dentro de un mes, Christina será la retratista más famosa de Roma. Si no lo haces ahora, tendrás que concertar una cita y esperar a que te toque el turno, como a cualquier mortal.

—Oh, no, usted nunca tendrá que guardar turno. —Ella rió casi con alborozo, y su cuerpo cobró un súbito movimiento, empezando por sus rubios rizos, finos y ligeros en el aire que corría invisible por la sala—. Tal vez podría venir usted mañana —añadió con énfasis—. Tengo muchas ganas de empezar.

Sus ojos eran de un azul profundo, casi violetas, y hermosos hasta donde la imaginación pudiera alcanzar. Nunca en su vida había visto unos ojos como aquéllos.

—Puede venir al mediodía —seguía diciendo con un levísimo temblor en la voz—. Soy inglesa y no duermo la siesta, aunque si lo prefiere, puede visitarme algo más tarde. Me gustaría pintarlo antes de que se haga demasiado famoso y todo el mundo desee hacerle un retrato. Sería un honor para mí.

—Oh, con cuánta modestia se expresan estos niños con talento —se burló Guido—. Tonio, la joven *signora* está hablando contigo.

—¿Va a quedarse a vivir en Roma? —le preguntó Tonio con un hilo de voz. Las palabras sonaron tan débiles que a buen seguro ella pensaría que estaba enfermo.

—Sí —respondió—. Aquí hay tanto que estudiar, tanto que pintar... —Entonces su expresión sufrió uno de aquellos espectaculares cambios, y con inusitada sencillez añadió—: Aunque tal vez sea mejor hacerlo cuando termine la temporada de ópera. Lo seguiré, señor Treschi. Seré una de esas mujeres enloquecidas que siguen a un cantante por todo el continente. —Sus ojos se ensancharon, pero su expresión era seria—. Si me encuentro demasiado lejos del sonido de su voz, tal vez no pueda pintar.

Tonio se ruborizó intensamente y, sorprendido, oyó reír a Guido.

¡Era tan joven! No entendía en absoluto las implicaciones de sus palabras. ¡No debería estar allí sola, sin la condesa!

Y tuvo que contemplarla, admirar sus exquisitos y blancos pechos aprisionados casi con crueldad bajo el rígido escote de encaje...

La sangre le ardía en el rostro.

—Eso sería maravilloso —intervino Guido—. Usted vendrá a todas partes adonde vayamos, aparecerán retratos de la gran Christina Grimaldi y todo el mundo hablará de ellos. Muy pronto nos llamarían para cantar ante públicos ignorantes pero deseosos de quedar inmortalizados al óleo o al pastel.

Ella rió, con las mejillas encendidas, inclinando la cabeza hacia un lado. Su blanco cuello estaba ligeramente húmedo, y unas pequeñas gotas de sudor se aferraban a los pómulos. Su voz denotaba una ligera tensión.

—La condesa vendrá con nosotros —prosiguió Guido con fingido aburrimiento—, viajaremos todos juntos.

—Perfecto —susurró ella; sin embargo se la veía algo decepcionada.

Tonio advirtió que la observaba como si hubiera perdido la cabeza. Apartó la mirada, intentó encauzar sus pensamientos. Incluso la frase más sencilla le suponía un esfuerzo. ¿Qué podía decir? Aquella charla no era adecuada para ella. Era una conversación descarada, propia de *cavalieri serventi* y mujeres adúlteras, pero en esa muchacha había pureza y buen juicio. Se había quedado viuda hacía poco y era como una mariposa luchando por salir de la crisálida.

En su fragilidad parecía inaccesible, exquisita y exótica. Tonio alzó los ojos para posarlos en ella de nuevo, para no dejar de mirarla. Y sin observar a Guido, percibió un ligero cambio en la actitud de éste.

—Hablando en serio, señor Treschi —prosiguió ella con el mismo tono informal—, he alquilado un estudio en la Piazza di Spagna y voy a vivir allí. Guido fue muy amable posando para mí; de ese modo pude estudiar la luz y tomar la decisión de arrendarlo.

—Sí, tuvimos que cambiar de sitio cada cinco minutos —dijo Guido fingiendo molestia—, y colgar docenas de retratos en las paredes. No obstante, en realidad, es un hermoso estudio. Y puedo ir a pie hasta allí desde el *palazzo* y ver pintar a Christina cuando esté cansado y de mal humor.

—Oh, claro, eso es lo que debe hacer —dijo ella con

evidente agrado—. Puede venir siempre que quiera, y usted también, señor Treschi.

—Querida mía, no quisiera molestarla —dijo Guido—, pero si las doncellas tienen que trasladarse allí y hay que llevar los baúles, sería mejor que nos marchásemos ya. Si no, se nos hará de noche.

—Sí, sí, tiene razón —dijo ella—. Pero ¿vendrá usted mañana, señor Treschi?

Tonio se quedó callado unos instantes. Entonces se oyó pronunciar un leve sonido muy parecido a la palabra «sí», pero enseguida rectificó.

—No, no puedo. Lo siento, *signora*, pero tengo que practicar. Falta menos de un mes para el estreno.

—Comprendo —dijo ella en voz baja. Y tras brindarle de nuevo una radiante sonrisa, se disculpó y abandonó la habitación.

Tonio se volvió de inmediato hacia la puerta y llegó al sendero del jardín antes de que Guido lo cogiera por el brazo.

—Si no comprendiera tus motivos diría que te has mostrado excesivamente brusco —le espetó Guido con severidad.

—¿Y cuáles son mis motivos? —le preguntó Tonio con los dientes apretados.

Guido parecía al borde de un acceso de ira, pero entonces frunció los labios y contrajo los ojos, como si contuviera una sonrisa.

—¿Es que no lo sabes?

10

Durante los tres días que siguieron a aquel encuentro, Tonio practicó desde primeras horas de la mañana hasta muy entrada la noche. En dos ocasiones se propuso salir del *palazzo* pero cambió repentinamente de idea. Guido había concluido todas las arias y Tonio tenía que trabajar su ejecución hasta la perfección, y prepararse para hacer infinitas variaciones en ellas. Ningún bis tenía que sonar igual que lo que el público había escuchado antes, debía estar preparado para cualquier contingencia y para cualquier cambio de humor experimentado por él mismo o por los espectadores. Por eso se quedó en casa, incluso comía al lado del clavicémbalo y trabajaba hasta que caía rendido en la cama.

Mientras tanto, los criados se reunían a la puerta de su habitación para escucharlo y a menudo emocionaba tanto a Paolo que a éste se le saltaban las lágrimas. Incluso Guido, que solía dejarlo solo por las tardes para ir a visitar a Christina Grimaldi en su nuevo estudio, se quedaba un rato con el fin de escuchar unos cuantos compases más.

—Cuando te escucho cantar, cuando me hallo en presencia de tu voz —dijo Guido en un suspiro—, el demonio del infierno no me inspira temor.

A Tonio aquel comentario no lo halagó, más bien le recordó que Guido estaba mortalmente asustado.

Una vez, en mitad de un aria, Tonio se detuvo y se echó a reír.

—¿Qué ocurre? —le preguntó Paolo.

—Todo el mundo estará allí —respondió Tonio sacudiendo la cabeza. Cerró los ojos unos instantes y luego, temblando de manera incontrolable, rió de nuevo.

—No hables así, Tonio —dijo Paolo desesperado, mordiéndose el labio. Le suplicó que se tranquilizara y luego sus ojos se llenaron de lágrimas.

—Si sale mal —dijo Tonio, tras recuperar el aliento—, será como una ejecución pública. —Se deshizo en una risa callada—. Lo siento, Paolo, no puedo evitarlo —dijo. Intentó controlarse, pero fue en vano—. Todos, absolutamente todos.

Entrelazó las manos sobre el clavicémbalo, sacudido por una carcajada inaudible. Empezaba a comprender el significado de un debut: era una solemne invitación a arriesgarse al más terrible fracaso público de toda una existencia.

Cuando vio la sorprendida expresión de Paolo, cesó de reír.

—Venga —le dijo con dulzura, abriendo la partitura de un *duetto*—, no me hagas mucho caso.

Hacia el anochecer del cuarto día, sin embargo, todo le sonaba a ruido. No podía trabajar más. Entonces comprendió la virtud de su práctica: no había tenido que pensar, no había tenido que recordar, no había tenido que exagerar, planear o preocuparse en absoluto.

Cuando el cardenal, al que no había visitado en unos quince días, lo mandó llamar, se levantó del clavicémbalo emitiendo un leve bufido de exasperación. Nadie lo oyó. Nino ya le estaba preparando la ropa. Terciopelo negro, un chaleco bordado en oro, pantalones color crema y unas babuchas blancas de arco alto que dejarían una cruel marca en su empeine que tal vez el cardenal deseara después acariciar.

No creía posible poder complacer a Su Eminencia, aunque en otras ocasiones había acudido a verlo más fatigado y distraído que aquella noche y todo había salido bien.

Hasta que no llegó a la puerta del cardenal no cayó en la cuenta de que era demasiado temprano para que pudieran estar juntos de una manera discreta. La casa estaba llena de ajetreados clérigos y holgazanes caballeros. Sin embargo, el cardenal lo había llamado al dormitorio.

Cuando entró en la habitación comprendió que algo ocurría.

El cardenal estaba vestido para oficiar una ceremonia, con el brillante crucifijo de plata en el pecho. Se hallaba sentado ante su escritorio tras un par de grandes velas, con las manos entrelazadas sobre las páginas de un libro.

Su expresión irradiaba una extraña luz, una inocente exuberancia que Tonio no había visto desde hacía meses.

—Siéntate, hermoso niño —le dijo. Ordenó a sus ayudantes que se retiraran.

La puerta se cerró, el silencio pareció impregnarlos como las olas al romper suavemente sobre la playa.

Tonio alzó la vista con un levísimo titubeo; vio que los ojos grises del cardenal estaban llenos de asombro e infinita paciencia, y sintió la primera punzada de advertencia. Antes de que el cardenal hablara lo recorrió un presentimiento de irremediable final.

—Ven aquí conmigo —dijo el cardenal como si llamara a un niño. Tonio estaba lejos, muy lejos, en algún mundo fuera del alcance del pensamiento. Se levantó despacio y se acercó al cardenal, que se hallaba de pie. Se quedaron frente a frente y el hombre lo besó en ambas mejillas.

—Tonio —dijo bajando la voz en tono confidencial—, en esta vida yo sólo tengo una pasión: el amor de Cristo.

—Me alivia ver, mi señor, que vuestras luchas han cesado —dijo Tonio.

Los ojos del cardenal se veían brumosos a la luz de las velas y de repente los contrajo y estudió a Tonio antes de preguntar:

—¿Lo dices en serio, verdad?

—Os quiero profundamente, mi señor —respondió Tonio—. ¿Cómo no iba a desearos lo mejor?

El cardenal sopesó aquellas palabras con mucho más cuidado del que Tonio había esperado. Se volvió un momento, para luego indicarle con una seña que tomara asiento. Tonio vio que el hombre volvía a sentarse ante el escritorio, pero él prefirió permanecer de pie, con las manos entrelazadas a la espalda.

En la estancia se filtró una luz grisácea, casi cenicienta. A Tonio los objetos le parecían ajenos y carentes de valor. Deseaba sólo que las velas iluminasen más, que no sólo se limitaran a hacer lúgubre la oscuridad. Volvió la mirada hacía la alta ventana de maineles y los primeros destellos de las estrellas del anochecer.

El cardenal suspiró. Parecía perdido en sus meditaciones y tras unos instantes de silencio, dijo:

—Por primera vez desde hace meses, esta mañana he dicho misa en estado de gracia. —Miró a Tonio y su rostro se llenó de aflicción, y en voz baja, como de forma respetuosa, preguntó—: ¿Y tú, Marc Antonio? ¿Cuál es el estado de tu alma?

No fue más que un susurro y en él no había ni un ápice de reprobación.

Pero lo que menos deseaba Tonio era aquel intercambio de confidencias. Sabía sólo que aquel capítulo de su vida había concluido. No estaba seguro de si lloraría o no al salir de aquellos aposentos, y tal vez quería descubrirlo. En aquellos instantes, allí se sentía extrañamente vulnerable.

—Mis sentimientos hacia ti fueron mezquinos, Marc Antonio —prosiguió el cardenal—. Era una depravación que ha destruido a hombres infinitamente más fuertes que yo. Pero por más que lo intento... —titubeó—, por más que lo intento, no encuentro en ti ninguna prueba de maldad, no encuentro la malicia y la degeneración que siguen a la deliberada comisión de ese pecado. Ayúdame a comprender esto —imploró—. ¿No te sientes culpable, Marc Antonio? ¿No tienes nada que lamentar? ¡Ayúdame a comprenderlo!

—Pero ¿cómo, mi señor? —se apresuró a decir Tonio sin dudar. No era tanto rabia como asombro lo que sentía—. Cualquiera que os conozca un poco sabe que pertenecéis a Cristo. La primera vez que posé los ojos en vos, me dije: «Éste es un hombre que tiene un propósito en la vida.» Pero yo no tengo vuestra fe, mi señor, ni suspiro por la falta de ella, ni siento la culpa que os atormenta.

Aquello pareció agitar al cardenal en gran manera, y de nuevo se levantó y tomó la cabeza de Tonio entre las manos. Ese gesto lo turbó; sin embargo no se movió. Notó que el cardenal presionaba los pulgares con dulzura en sus pómulos.

—Marc Antonio, hay hombres que no creen en ningún dios —afirmó— y sin embargo condenarían lo que pasó entre nosotros por ser una aberración destinada a traernos desdicha a ambos.

—Mi señor, ¿por qué tendría que traernos desdicha? —preguntó Tonio. Estaba resentido, y lo único que deseaba era que el cardenal le diera permiso para marcharse—. No os comprendo. Esto a vos os ha causado dolor porque habéis hecho un voto a Cristo. Pero si ese voto no hubiera existido, ¿habría importado? Nuestra unión era estéril, mi señor. No puedo procrear. Vos no podéis procrear conmigo. Así pues, ¿qué importancia tienen nuestros actos, el amor, el cariño que sentimos? No traerá desdicha a vuestra vida cotidiana, no ha traído desdicha a la mía. Al fin y al cabo, era amor, ¿y qué desdicha hay en el amor?

Tonio estaba enojado, aunque no sabía muy bien por qué.

Recordaba vagamente que, hacía mucho tiempo, Guido había pronunciado palabras que manifestaban esos mismos sentimientos, pero de una manera mucho más simple.

Se trataba de una cuestión tan amplia que era incapaz de captar sus dimensiones, y eso le inquietaba. Le hacía pensar con dolor en la fragilidad de todas las ideas.

En él persistía una entumecedora sensación de la soledad de su madre, del dormitorio vacío donde Marianna había pasado la juventud, pagando por una pasión desenfrenada que lo había traído a él al mundo. Y experimentaba también una ira devastadora contra el viejo que la había encerrado allí en nombre del honor y el derecho.

Y soy yo quien ha pagado el precio más alto por todo ello, concluyó.

Sin embargo, ni siquiera en los momentos de mayor abatimiento podía recriminar a su madre que yaciera en brazos de Carlo. Y algunas veces incluso, cuando la furia se desataba en él, lo desgarraba como la zarpa de un buitre la idea de que un día sería él mismo quien la llevaría de vuelta a esa habitación vacía. El ropaje negro de una viuda. Se estremeció y se esforzó por disimular apartando la mirada.

Hasta aquel mismo día, la simple visión de una polilla golpeando contra un cristal lo había hecho salir de una habitación. No era siquiera capaz de tomarla en sus manos y liberarla, una polilla que le hacía pensar en ella, sola en aquel dormitorio vacío.

En brazos de otros, había conocido una satisfacción

tan reconfortante como poderosa había sido para él su gracia santificadora...

Pecado significaba maldad, crueldad, la de aquellos hombres de Flovigo que habían aniquilado a sus futuros hijos.

Pero su amor por Guido, por el cardenal, nadie lo convencería de que aquello era pecado.

Ni siquiera en el carruaje cerrado, con aquel joven fuerte y de piel aceitunada, había pecado. Ni tampoco lo había habido en Venecia, en la góndola, donde la pequeña Bettina apoyaba la cabeza en su pecho.

Sabía, sin embargo, que le resultaría imposible expresar esos sentimientos a un príncipe de la iglesia. No podía unir dos mundos, uno infinitamente poderoso y sujeto a la revelación y a la tradición, el otro, inevitable e irreprimible, que dominaba los más oscuros rincones de la tierra.

Le enojó que el cardenal le pidiera un razonamiento imposible. Y cuando vio la tristeza y la derrota en los ojos de aquel hombre, lo sintió lejano, como si su íntimo conocimiento se hubiera producido hacía mucho, muchísimo tiempo.

—Yo no puedo dar cuenta por ti —musitó el cardenal—. Una vez me dijiste que la música era para ti algo natural que Dios había puesto en el mundo. Y tú, pese a tu belleza exótica, eres tan natural como las flores de las enredaderas. Pero para mí eres el mal, y por ti hubiera condenado eternamente mi alma. No lo comprendo.

—Ah, entonces no es en mí en quien buscáis respuestas —dijo Tonio.

En los ojos del cardenal brilló una llama cuando miró fijamente el plácido rostro de Tonio.

—Pero —replicó el cardenal con los dientes apretados— ¿acaso no te das cuenta de que tú solo bastarías para volver loco a un hombre?

Tomó a Tonio por los brazos y sus dedos se aferraron a la carne con una fuerza insólita.

Tonio respiró hondo, intentando contener la ira, diciéndose: «Este pequeño dolor no es suficiente.»

—Permitid que me retire, mi señor —le suplicó en

voz baja—, porque lo único que puedo daros es amor, y deseo que alcancéis la paz.

El cardenal sacudió la cabeza. Miraba encendido a Tonio y emitió un grave y sibilante sonido. Se ruborizó y su respiración se tornó jadeante. Agarró a Tonio con más fuerza y la ira de éste empezó a crecer.

Lo enfureció que lo agarrase de aquel modo, lo irritó sentir el apremio y el poder del hombre a través de sus manos.

No podía hacer nada. Recordaba muy bien la fuerza de aquellos brazos que lo habían manejado en la cama con la misma facilidad con que se manejaría a una mujer o a un niño pequeño. Pensó en aquellas armas que chocaban con la suya en el salón de esgrima y en los brazos que lo empujaban a dormitorios oscuros o lo aprisionaban en el tapizado de cuero de un carruaje, brazos que bien hubiesen podido ser ramas de árboles. Y pensó en la abrasadora energía que emanaba del hombre mientras buscaba y que parecía surgir de los mismos poros de su piel, una y otra vez, aquella prueba de sumisión en medio de la pasión.

A Tonio se le humedecieron los ojos. Juraría haber oído un desesperado sonido que brotaba de su garganta. Y de repente, se movió como si quisiera huir del cardenal, o incluso pegarle, y notó que su mano poseía una fuerza incalculable. Se sintió tan indefenso como había imaginado. El cardenal lo retenía con tanta facilidad que hubiese podido romperle los huesos de los brazos.

Sin embargo el hombre estaba aturdido. Aquel pequeño gesto convulsivo de Tonio parecía haberle sacado de su ensimismamiento y lo miraba con una expresión casi infantil.

—¿Ibas a levantar la mano contra mí, Marc Antonio? —preguntó, como si temiera la respuesta.

—Oh, no, mi señor —respondió Tonio con voz ahogada—. Quiero que seáis vos quien me peguéis. ¡Pegadme, mi señor! —Hizo una mueca, y se estremeció—. Me gustaría sentir esa fuerza que no comprendo. —Alargó los brazos, sujetó al cardenal por los hombros y apretó, como si quisiera debilitar aquella magra musculatura.

El cardenal lo soltó y retrocedió.

—¿Igual de natural que las flores de la enredadera? —preguntó Tonio en un susurro—. Ojalá comprendiera a uno sólo de vosotros, lo que siente uno de vosotros. Vos que utilizáis vuestros brazos y piernas como armas contra mí que voy desarmado, y ella con su delicadeza y dulce voz, ese sonido de campanas que no dejan de repicar, ella que oculta bajo la falda su secreta y blanda herida. ¡Ojalá no fuerais un misterio para mí, ojalá fuera yo parte de uno o de otro, o incluso de los dos!

—Estás diciendo locuras —susurró el cardenal. Extendió la mano y la posó en la mejilla de Tonio.

—¿Locuras? —preguntó entre dientes—. ¿Locuras? Me habéis repudiado, en una misma frase me habéis dicho que soy humano y que represento la maldad, me habéis dicho que los hombres enloquecen por mi culpa. ¿Qué significan esas palabras para mí? ¿Cómo debo tomarlas? Y sin embargo afirmáis que digo locuras. ¿Qué era el loco oráculo de Delfos sino una despreciable criatura cuyo cuerpo tenía la desdicha de ser un objeto de deseo?

Se secó los labios con el revés de la mano y presionó los dedos contra los labios en su afán de detener por la fuerza aquel torrente de palabras.

Advirtió que el cardenal lo miraba y que se había serenado.

El momento se prolongó en silencio.

—Perdóname, Marc Antonio —dijo despacio el cardenal en voz baja.

—¿Por qué, mi señor? ¿Qué debo perdonaros? —preguntó Tonio—. ¿Vuestra generosidad y vuestra paciencia incluso ahora?

El cardenal sacudió la cabeza como si hablase consigo mismo.

Con renuencia, apartó los ojos de Tonio y avanzó unos pasos hacia el escritorio antes de volverse. Alzó el crucifijo de plata con una mano, y la luz de la vela iluminó el tafetán rojo de su túnica. Sus ojos eran una estrecha línea brillante bajo los lisos párpados, y su rostro estaba inconfundiblemente triste.

—Qué terrible resulta —susurró— que pueda vivir mejor con mi renuncia ahora que conozco el dolor que sientes.

11

Aquella noche, cuando Guido regresó de la villa de la condesa, el cardenal lo mandó llamar para preguntarle si necesitaba algún tipo de ayuda especial ante la inminencia del inicio de la temporada operística.

Le aseguró a Guido que aquel año asistiría al teatro, aunque era la primera vez en su vida que alquilaba un palco. Y después del estreno, celebraría un baile en su casa si Guido así lo deseaba.

A Guido siempre lo conmovía la amabilidad del cardenal, pero entonces, de forma parca y directa, le preguntó si estaría a su alcance proporcionarle a Tonio una pareja de guardias armados.

Del mismo modo explicó que Tonio había sido proscrito del Véneto después de que lo castrasen hacía tres años. Pertenecía a una antigua familia, y todo aquel asunto envolvió un misterio, aunque Guido no sabía nada al respecto. Y muchos nobles venecianos se habían puesto de camino hacia Roma.

El cardenal meditó unos instantes y luego asintió.

—He oído antes ese tipo de historias. —Suspiró. No había ningún problema en que Marc Antonio fuese acompañado a todas partes por un par de *bravi*. El cardenal no estaba versado en la materia, pero tenía muchos caballeros a su alrededor que conocían bien la cuestión—. Lo arreglaremos todo sin consultarle nada a Marc Antonio —sugirió—. De ese modo no se alarmará.

Guido no pudo ocultar su alivio, ya que sospechaba que Tonio se habría negado a cualquier tipo de protección si se lo hubiesen preguntado.

Besó el anillo del cardenal y se esforzó por expresar el agradecimiento que sentía.

El cardenal siempre se mostraba amable y considerado; no obstante, antes de despedir a Guido, le formuló una pregunta.

—¿Le irá bien a Marc Antonio en el escenario?

Al ver la consternación en el rostro de Guido, se apresuró a explicar que no entendía nada de música. No podía juzgar la voz de Tonio.

Guido le dijo confiado, casi con exageración, que en aquel momento Tonio era el mejor cantante de Roma.

Cuando Guido volvió a sus habitaciones, se sintió afligido al ver que Tonio no estaba en el palacio.

En aquel instante lo necesitaba. Necesitaba el consuelo de sus brazos.

Paolo dormía profundamente. Las estancias estaban inundadas de luz de luna, y Guido, demasiado fatigado y nervioso para trabajar, se quedó sentado solo, pensando.

Al salir de los aposentos del cardenal, Tonio había ido directamente al salón de esgrima donde, después de algunas indagaciones, averiguó la dirección del florentino, el conde Raffaele di Stefano, que había sido tantas veces su oponente en el pasado.

Cuando llegó a la casa ya era de noche, y el conde no estaba solo. Algunos de sus amigos, todos ellos inconfundiblemente ricos, ociosos y atrevidos cenaban con él, mientras un joven *castrato*, vestido de mujer, cantaba y tocaba el laúd.

Era una criatura con pechos femeninos, y los mostraba en todo su esplendor bajo el escote de su vaporoso vestido naranja.

Sobre la mesa había abundante comida y los comensales mostraban la temeridad propia de los que llevan bebiendo muchos días seguidos.

El *castrato*, que tenía el cabello tan largo y abundante como una mujer, desafió a Tonio a cantar, y adujo que estaba harto de oír hablar de su voz.

Tonio miró a aquella criatura, y ésta miraba a los hombres. Miró al conde di Stefano que había dejado de comer y le devolvía la mirada casi ansiosamente, y entonces Tonio se levantó dispuesto a marcharse.

Pero el conde Di Stefano salió de inmediato tras él. Dio permiso a sus amigos para que, si así lo deseaban, se quedasen toda la noche en el comedor y luego instó a Tonio a subir las escaleras.

Después de que se cerrara la puerta del dormitorio, Tonio permaneció inmóvil mirando el cerrojo. El conde había ido a encender una vela. La luz se apoderó de la estancia y reveló una gran cama con un dosel de pilares profusamente labrados. Al otro lado de la ventana abierta la luna colgaba del cielo como una esfera gigantesca.

La cara redonda del conde tenía una seriedad obsesiva, sus brillantes rizos negros le daban un aire semita y la barba afeitada formaba una auténtica corteza en su barbilla.

—Siento que mis amigos te hayan ofendido —se apresuró a decir.

—Tus amigos no me han ofendido —respondió Tonio tranquilo—, pero sospecho que ese eunuco de abajo abriga unas esperanzas que yo no puedo cumplir. Quiero irme.

—¡No! —exclamó el conde casi con desespero. Su mirada era vidriosa y extraña y se acercó a Tonio como si no pudiera evitar el impulso, y cuando la proximidad hizo que el roce fuera inevitable, levantó la mano y la dejó suspendida en el aire, con los gruesos dedos extendidos.

Parecía medio loco. Tan loco como había parecido el cardenal, tan loco como algunos de los amantes más viejos y agradecidos que Tonio había tenido. No tenía el orgullo ni la altivez de los hombres que Tonio había encontrado por la calle.

Tonio quiso abrir la puerta, pero su pasión creció incontenibemente hasta dejar su mente tan atolondrada y enloquecida como la del conde.

Se volvió y dejó que su aliento silbara entre los labios mientras el conde lo agarraba y lo sujetaba contra la puerta.

Resultaba extraño, extraño y exquisito al mismo tiempo, porque no podía controlarse.

Durante mucho tiempo había creído que tenía la pasión bajo control, ya fuera con Guido o con cualquier otro que él mismo hubiera elegido como quien elige una copa de vino. Sin embargo, en aquellos momentos no era dueño de sí, era consciente de que se hallaba en casa del conde, en su poder, como nunca antes había estado en compañía de ningún joven e irrefrenable amante.

El conde se quitó de un tirón la camisa y se desabrochó los pantalones. Tonio sintió verdadero dolor cuando le besó la nuca, restregándole aquel mentón oscuro y luego, casi en un gesto infantil, tiró de la chaqueta de Tonio y le aflojó la espada.

El arma cayó al suelo con un tintineo metálico.

Pero cuando el conde presionó su cuerpo desnudo contra Tonio y notó el puñal en la camisa de éste, lo dejó allí. Lo atrajo hacia sí, gimiendo, con su turgente pene, cuya hendidura, en el extremo, estaba hinchada.

—Dámelo, déjamelo —jadeó Tonio. Se arrodilló y absorbió el miembro dentro de su boca.

Era medianoche cuando Tonio se levantó para marcharse, y en la casa todo parecía haberse detenido. Envuelto en sábanas blancas, el conde yacía desnudo, a excepción de unos anillos de oro en los dedos corazón y meñique de la mano izquierda.

Tonio lo miró, tocó la máscara de piel sedosa que le cubría la nariz y las mejillas y salió en silencio.

Ordenó al carruaje que lo llevara a la Piazza di Spagna.

Cuando llegó a los pies de la alta escalinata, se quedó sentado, contemplando por la ventanilla a los que caminaban en la oscuridad. Más arriba, contra el cielo iluminado por la luna, se veían ventanas con luces, pero no conocía ni las casas ni los nombres de sus habitantes.

Una antorcha que pasaba brilló unos instantes en su rostro antes de que el hombre que la llevaba la apartara con toda cortesía.

Le pareció que se había quedado un rato dormido, no estaba seguro. Se despertó de repente y notó la presencia de ella, intentó recuperar un sueño en el que habían estado juntos en rápida conversación; Tonio trataba en vano de explicarle algo, y ella confundida, amenazaba con marcharse.

Se dio cuenta de que estaba en la Piazza di Spagna. Tenía que volver a casa. Por unos angustiosos instantes, no supo dónde vivía.

Sonrió. Dio la orden al cochero. Se preguntó medio dormido por qué no habría llegado aún Bettichino, y entonces advirtió con un sobresalto que faltaban menos de dos semanas para el estreno de la ópera.

12

El día de Navidad les llegó la noticia de que Bettichino ya se hallaba en la ciudad.

El primer toque de escarcha purificaba el aire que se llenaba con el repiqueteo de todas las campanas de las iglesias de Roma. De los coros salían himnos, y los niños rezaban desde el púlpito, tal como exigía la costumbre. El Niño Jesús, resplandeciente en medio de deslumbrantes hileras de velas, yacía sonriente en miles de magníficas cunas.

Guido, al descubrir que los violinistas del Teatro Argentina eran músicos consumados, había reescrito la partitura de la sección de cuerda. Se había limitado a sonreír cuando Bettichino, alegando una ligera indisposición, había suplicado que le excusara por no poder ir a verlo en persona. ¿Sería Guido tan amable de mandarle la nueva partitura? Guido estaba dispuesto a afrontar las dificultades. Conocía las reglas del juego y le había dado al gran cantante tres arias más altas que las del Tonio, con las que el cantante podría hacer gala de sus habilidades. No le sorprendió en absoluto que el cantante le devolviera la partitura en veinticuatro horas con todos las variaciones que él mismo había añadido pulcramente copiadas en el papel. Ya podía ajustar el acompañamiento. Y aunque no había ningún cumplido sobre la composición, tampoco expuso ninguna queja.

Sabía que en los cafés no se hablaba de otra cosa, y que todo el mundo frecuentaba el nuevo estudio de Christina Grimaldi en donde ella sólo tenía palabras de elogio para Tonio.

La principal preocupación de Guido en aquellos momentos era mantener a Tonio alejado de su propio miedo.

Dos días antes del estreno, se realizó el ensayo general.

Tonio y Guido se presentaron en el teatro a media tarde para encontrarse con su oponente, cuyos seguidores tal vez intentarían echar a Tonio del escenario.

Sin embargo, enseguida apareció el representante de Bettichino y anunció que el cantante todavía estaba aquejado de aquella leve indisposición y que ensayaría sin cantar. De inmediato, los tenores insistieron en disfrutar de la misma prerrogativa y Guido ordenó a Tonio que se limitara a ensayar como los demás.

Sólo el viejo Rubino, el *castrato* más viejo que haría de *secondo uomo*, aceptó cantar sin plantear más problemas. Los músicos del foso dejaron sus instrumentos para aplaudirlo y éste se lanzó de todo corazón a la primera aria que Guido le había dado. Desde hacía ya tiempo su edad no le permitía interpretar las notas más altas. Aquella pieza estaba escrita para una voz de contralto tan llena de brillo y claridad que cuando el intérprete terminó casi todo el mundo lloraba, incluso el propio Guido, al escuchar su música cantada por aquella voz nueva.

Pero fue justo después de esta pequeña actuación cuando apareció Bettichino. Tonio notó el leve roce de una figura que pasaba y se volvió con un ligero sobresalto. Entonces descubrió a un hombre gigantesco con una bufanda de lana en la garganta, cabello rubio y abundante, y tan pálido que su rostro parecía de plata. Su espalda era muy estrecha y la mantenía muy erguida.

Al llegar al otro extremo del escenario, tras pasar con la misma indiferencia junto al viejo Rubino, se volvió sobre sus talones y lanzó a Tonio una primera mirada decisiva.

Sus ojos azules eran los más fríos que Tonio jamás hubiera visto, rebosantes de una extraña luz nórdica. Al fijar la vista en Tonio, su mirada vaciló de repente, como si quisieran desviarla sin conseguirlo.

Tonio permaneció inmóvil y en silencio, no obstante experimentó un temblor singular, como si el hombre le hubiera lanzado una horrible descarga y él fuese una anguila encontrada con vida en una playa de arena.

Se permitió examinar su cuerpo de arriba abajo de manera casi respetuosa y después volvió a subir los ojos hasta la cabeza de aquella figura de casi un metro y noventa centímetros que empequeñecería de forma tan exquisita su tierna ilusión en el escenario.

Entonces, Bettichino, con un movimiento indolente de la mano derecha, tiró del extremo de su bufanda de lana y ésta se deslizó con un suave susurro sobre el cuello y quedó colgando para revelar en su totalidad la expresión de su gran rostro cuadrado.

Era atractivo, incluso majestuoso, la gente no exageraba, y se adivinaba en él aquel poder abrasador que Guido había definido, hacía muchos años, como la magia que sólo unos pocos cantantes privilegiados poseían. Cuando dio un paso al frente la tierra entera pareció resonar.

Sus ojos seguían clavados en Tonio, con una expresión tan implacable, tan fría que todos los presentes vacilaron confusos.

Los músicos tosieron sobre sus instrumentos como si hicieran acopio de fuerzas para afrontar algún desafío tácito y el empresario se retorcía con nerviosismo las manos enlazadas.

Tonio no se movió; Bettichino empezó a avanzar hacia él con pasos lentos y medidos. Luego, tras detenerse frente a él, el hombre le tendió su pulcra y blanca mano.

Tonio se la estrechó de inmediato, emitió un suave murmullo de respetuoso saludo y el cantante se volvió antes de que sus ojos lo hicieran con él, e indicó con un gesto que empezara la música.

Aquella tarde, Paolo regresó de los cafés contando que los *abbati* amenazaban con abuchear a Tonio y echarlo del escenario.

—Sí, claro —susurró Tonio. Estaba interpretando una pequeña sonata para pasar el rato, contentándose con escuchar la música que salía del clavicémbalo en lugar de cantarla él.

Cuando entró Guido, Tonio le preguntó en tono indiferente si Christina Grimaldi estaría en el palco de la condesa.

—Sí, la verás enseguida. Se sentará justo delante del escenario.

—¿Le va todo bien? —preguntó Tonio.

—¿Qué?

—Que si le va todo bien —repitió Tonio irritado, aunque en voz baja.

—¿Por qué no vas a comprobarlo por ti mismo? —le contestó Guido con una fría sonrisa.

13

Una hora antes de que se alzara el telón, los cielos descargaron una lluvia torrencial sobre la ciudad de Roma. Nada, sin embargo, ni los relámpagos que caían, ni el fragor del viento contra las oscuras ventanas del teatro, pudo detener la avalancha de espectadores que se agolpaban ante las puertas principales.

Una gran concentración de carruajes bloqueaba la calle, una procesión de carrozas doradas que se detenían por turnos para que se apearan hombres de blancas pelucas y enjoyadas mujeres. Los palcos superiores estaban ya abarrotados de caras pálidas en la penumbra, al tiempo que silbidos, gritos y versos lascivos se alzaban desde el oscuro auditorio.

Con tenues y pequeñas llamas, los comerciantes llevaban a sus mujeres a los palcos más altos, y ocupaban prestos su sitio para contemplar el desfile de elegantes figuras que pronto llenaría las hileras que tenían más abajo, un espectáculo tan magnífico como el que se iba a representar en el escenario.

Tonio, que acababa de llegar, se acercó de inmediato a la mirilla que se encontraba detrás de la cortina, con la ropa empapada de lluvia.

La *signora* Bianchi estaba histérica y empezó a frotarle el cabello.

—Shhhh. —Tonio se inclinó hacia delante para espiar el teatro.

Los lacayos iban de antorcha en antorcha, en la primera hilera de palcos, haciendo que cobraran vida los cortinajes de terciopelo, los espejos, las mesas barnizadas y las sillas tapizadas, como si cien salones flotaran, incorpóreos, en la oscuridad.

Abajo, en la platea, cientos de *abatti* ocupaban ya sus asientos, una vela en la mano derecha, la partitura abierta en la izquierda, y sus agudos argumentos y comentarios cortando el aire de un extremo al otro.

Un violinista solitario se había sentado en su silla. Luego apareció un trompetista, con una pequeña peluca de mala calidad que apenas conseguía cubrirle la cabeza.

Alguien gritó en la última fila de palcos, un proyectil se elevó en la oscuridad, y del primer piso llegó una violenta maldición y una figura se puso en pie de un salto, con el puño en alto, hasta que alguien lo hizo sentar. En los pisos superiores se inició una reyerta. Se oía el retumbar de las sillas de madera detrás de las paredes.

—Date la vuelta —ordenó histérica la *signora* Bianchi—. Parece que te hayas tirado al río. Si no entras en calor, dentro de una hora estarás afónico.

—Pero si ya he entrado en calor —replicó Tonio—. En mi vida había tenido tanto calor. —Besó su marchita boca y se abrió camino hacia el camerino, donde el viejo Nino removía el brasero y el aire era tan ardiente como el interior de un horno.

Aquella mañana, Tonio se había despertado pronto y cuando empezó a cantar experimentó una repentina excitación. Había repasado durante horas los pasajes más intrincados hasta que sintió su voz más dúctil y poderosa que nunca.

Antes de que Guido se marchara hacia el teatro lo besó en ambas mejillas. Le dio instrucciones a Paolo para que se hiciera pasar por un asistente y observara todo sin perder detalle.

Cuando el cielo todavía estaba claro y de un suave color lavanda sobre las destellantes ventanas que tachonaban las colinas, había vagado por las húmedas calles de la orilla del Tíber y empezó a cantar. Un bullicioso grupo de chiquillos desharrapados se congregó a su alrededor.

Las estrellas apuntaban en el firmamento. Por primera vez en tres años, oyó su voz elevándose entre estrechas callejas de piedra y, con los ojos llenos de lágrimas, llevó su melodía cada vez más arriba, cantado notas que nunca había intentado, escuchando cómo se alzaban, redondas perfectas, hacia la noche que descendía lentamente sobre él. Llegó gente de todas partes. El improvisado público llenó las ventanas, las puertas, abarrotó las pequeñas calles. Cuando se detuvo, aquellas gentes le ofrecieron vino y comida. Le dieron un taburete y luego una silla con hermosos bordados. Cantó para ellos de nuevo, interpretó todas las canciones que le pidieron, y sus oídos repiqueteaban con los gritos, los aplausos y los bravos de todas aquellas caras que lo rodeaban, fascinadas por la vehemencia de su adoración. Al final empezó a llover.

Besó a la *signora* Bianchi, besó a Nino. Dejó que le quitaran la ropa mojada y que le secaran la cabeza con toallas. Se dejó regañar, les dejó que refunfuñaran y se quejaran.

—Ya le he dicho que todo saldrá a la perfección —le susurró a la *signora* Bianchi—. Ya le he dicho que a Guido y a mí nos irá todo bien. —Y en lo más profundo de su corazón se juró saborear cada minuto de aquello, ya fuera triunfo o desastre, y toda la oscuridad de su pasado tenía que dividirse allí para dejarle paso al cruzar aquel mar ineludible.

En un instante indefinible imaginó a todo el público. Miró el exquisito atuendo que tenía delante. Volantes de mujer, cintas de mujer, maquillaje de mujer. ¡Christina! Lo dijo en un tono tan bajo que sólo fue una pequeña explosión de aire entre sus labios. Olvidó su dolor y su miedo.

Lo único que importaba era que por fin iba a salir a un escenario, y que era allí donde quería estar en ese momento.

—Ahora, querida —le dijo a la *signora* Bianchi—, muestre su magia. Que se cumplan todas sus promesas. Hágame tan hermoso y tan femenino que no me reconociera ni mi propio padre si me sentara en sus rodillas.

—Niño malo. —Le pellizcó la nariz con sus suaves y cálidos dedos—. Guárdate las palabras para el público, a mí no me digas esas barbaridades.

Se recostó en la silla y sintió en el rostro los primeros toques sensuales del pincel, los leves tirones del peine y el calor de aquellas manos expertas.

Cuando por fin se puso en pie y se volvió hacia el espejo, sintió aquella familiar y no menos alarmante pérdida. ¿Dónde estaba Tonio dentro de aquella sinuosa figura ataviada de satén granate? ¿Dónde estaba el muchacho detrás de aquellos ojos pintados de negro, aquellos labios perfilados, y aquel largo cabello blanco que se alzaba en elegantes ondas desde la frente y caía en abundantes rizos sobre la espalda?

Mientras miraba a la *signora* Bianchi en el espejo, se sintió perdido. Ella le susurró su nombre y luego retrocedió como si un fantasma cobrara vida al otro lado del espejo.

Tonio se tocó los hombros desnudos con las manos enguantadas, cerró los ojos y percibió los huesos familiares de su propio rostro.

Y entonces advirtió que la *signora* Bianchi se había apartado de él como hacía algunas veces. Incluso ella misma se sorprendía del efecto final. Cuando se volvió hacia ella, despacio, tuvo la impresión de que estaba asustada.

Se diría que en otro mundo muy remoto un rugido se había alzado entre la multitud. El viejo Nino dijo que habían encendido el gran candelabro, el teatro estaba lleno a rebosar. Y todavía era muy temprano...

Observó a la *signora* Bianchi. No parecía satisfecha y su mirada inquisitiva lo estudió con ansiedad, al tiempo que retrocedía.

—¿Qué ocurre? —preguntó él en un susurro—. ¿Por qué me mira de ese modo?

—Oh, querido. —Su voz sonaba mecánica—. Estás magnífico. Incluso a mí podrías engañarme.

—No, no... ¿Por qué me mira de ese modo? —susurró de nuevo, seguro de que nadie podría adivinar que aquella voz no era la de una mujer.

Ella no respondió.

De repente, Tonio avanzó mecánicamente deslizándose hacia ella. La mujer siguió retrocediendo y soltó un pequeño grito.

Él la miraba furioso.

—¡Ya basta, Tonio! —dijo ella, mordiéndose el labio.

—Pero ¿qué pasa? —preguntó de nuevo.

—Pues bien, te lo diré: eres como un demonio, una mujer perfecta y poderosa, más poderosa que la propia vida. Todo tú eres hermoso y delicado, pero eres demasiado poderoso. Me has dado tanto miedo como si el ángel de Dios hubiese venido a esta habitación y la hubiera llenado con su presencia, hubiera batido las alas y se hubieran desprendido cientos de plumas y escuchara el roce de esas alas contra el techo. Como si su cabeza fuera más poderosa y sus manos fueran más poderosas... Bueno, me has dado esa impresión... Eres hermoso y perfecto, pero eres un...

—Un monstruo, querida —susurró Tonio. Impulsivamente tomó su rostro entre las manos y le dio otro profundo beso.

Ella contuvo el aliento, con los ojos cerrados, la boca abierta, y entonces su grandes pechos se alzaron con un suspiro.

—Tú perteneces a ese mundo... —murmuró ella, señalando hacia el escenario. Entonces abrió los ojos y durante un prolongado instante se limitó a admirarlo. Luego su rostro se contrajo de satisfacción y orgullo y le lanzó los brazos al cuello.

—¿Me quiere? —le preguntó Tonio.

—Oh. —Ella retrocedió—. ¿Por qué te preocupas por mí? Toda Roma está a punto de adorarte, toda Roma está a punto de caer rendida a tus pies. Y tú me preguntas si te quiero. ¿Quién soy yo?

—Sí, sí, pero deseo que me ames, en esta habitación, ahora.

—Oh, qué pronto empieza. —Ella sonrió. Levantó las manos para acariciar las blancas ondas del cabello y ponerle en el pecho una larga aguja de pedrería—. La infinita vanidad —suspiró—, con su infinita codicia.

—¿Es así? —preguntó Tonio en voz baja.

Ella se detuvo.

—Tienes miedo —susurró la mujer.

—Un poco, *signora*, un poco. —Tonio sonrió.

—Pero, querido... —empezó a decir ella.

La puerta se abrió de repente y un jadeante Paolo, con el cabello empapado y alborotado, entró en la habitación.

—¡Deberías oírlos, Tonio! ¡Toda esa inmundicia! Están diciendo que Ruggerio te paga más que a Bettichino y andan buscando pelea. El teatro está lleno de venecianos. Tonio, han venido para escuchar tu voz. Habrá una pelea, sí, pero no te darán ni la menor oportunidad.

14

Ya no quedaba tiempo. Veinticinco años avanzando con firmeza hacia ese momento, se habían reducido a un par, y después a meses, finalmente a días. Y por fin había llegado el momento, el tiempo se había detenido.

Guido oía a la orquesta afinando en el foso. La *signora* Bianchi le había dicho que Tonio estaba listo, pero que no debía entrar en el camerino. Y él y Tonio, que se habían abrazado aquella tarde musitando íntimas palabras, habían establecido un pacto: cuando llegara el momento definitivo ninguno haría partícipe al otro de sus propias dudas.

Guido se miró en el espejo por última vez. Su peluca blanca le quedaba a la perfección, la levita de brocado de oro, después de una serie de retoques realizados por la sastra, le permitía mover los brazos con plena libertad. Intentó alisar el encaje de la pechera, aflojar los puños y el cinturón; nadie lo notaría. Finalmente recogió la partitura.

Antes de salir al foso, se detuvo un instante detrás del telón y contempló la sala.

El gran candelabro había desaparecido en el techo, llevándose consigo la luz diurna.

Parecía como si las tinieblas que envolvían el teatro desataran un rugido salvaje. En la platea la gente pateaba y se oían gritos groseros procedentes de ambos lados.

Los *abbati* habían ocupado la parte delantera del teatro, tal como Guido esperaba, y los palcos estaban abarrotados. Habían puesto sillas adicionales por doquier, y encima de él, a la derecha, descubrió a una docena de venecianos. Uno de ellos le resultó conocido: se trataba de aquel gigantesco eunuco de San Marco que había sido preceptor y amigo de Tonio.

Los napolitanos también abundaban; la condesa Lamberti estaba con Christina Grimaldi en la primera hilera de palcos, de espaldas a la mesa de la cena en la que otros ya habían empezado la partida de cartas. El maestro Cavalla también se encontraba en la sala y había hecho llegar sus saludos a los camerinos.

El cardenal Calvino era el único representante de los cardenales de Roma. A su alrededor se apiñaba un grupo de nobles, que hablaban sin dejar de sostener la copa de vino en la mano.

De repente, un hombre corrió por el pasillo hacia la orquesta, con las manos entrelazadas en el aire al tiempo que soltaba un largo grito de burla. Guido se puso tenso, estaba furioso porque no comprendía su significado, y entonces, desde el techo, cayeron pequeños papeles blancos en forma de copos de nieve, al tiempo que todo el mundo se ponía en pie para cogerlos.

El público había comenzado a abuchear y a patear. Guido tenía que salir a ocupar su puesto.

Cerró los ojos y apoyó la cabeza en la pared. Entonces notó que alguien lo sacudía y apretó los dientes, dispuesto a defender su último momento de tranquilidad.

—¡Mire esto! —Era Ruggerio, que tenía en la mano uno de los trocitos de papel que habían caído desde arriba.

Guido se lo arrebató y lo acercó a la luz. Era un grosero soneto en el que se decía que Tonio, en su ciudad natal, no era más que un gondolero y que tendría que volver allí a cantar la barcarola en los canales.

—Esto es terrible, terrible —murmuraba Ruggerio—. Conozco a los romanos, conseguirán echarnos. No querrán escuchar, para ellos no es más que una diversión, ya tienen a un patricio veneciano del que burlarse, y Bettichino es su cantante favorito, y conseguirán humillarnos.

—¿Dónde está Bettichino? —preguntó Guido—. Él es el responsable de todo esto—. Se volvió, con el puño cerrado.

—No hay tiempo, maestro. Además, ellos no reciben órdenes de Bettichino. Lo único que saben es que los teatros están abiertos, y que su pupilo, con su actitud, les ha dado la excusa perfecta. Si hubiera adoptado un nombre artístico, si no fuera tan aristócrata y...

—¡Cállese! —gritó Guido y apartó al empresario de un empujón—. ¿Por qué demonios me dice todo esto ahora? —Estaba frenético. Volvieron a él todas las historias conocidas de injusticia y fracaso. La desdicha de Loretti cuando Domenico había triunfado. A Loretti también lo habían hundido, y la vieja historia de Pergolesi, que, amargado, nunca más había vuelto a poner los pies en Roma.

De repente se sintió estúpido, el sentimiento más desesperante del mundo. ¿Qué le había hecho pensar que aquél era un tribunal donde se juzgaba con nobleza y justicia? Se dirigió hacia las escaleras.

—Controle sus nervios, maestro —aconsejó Ruggerio—. Si empiezan a tirarle cosas, no se las arroje a ellos. Ignórelos.

Guido rió en voz alta. Dirigió una última mirada de desdén al empresario y, tras aparecer en el escenario, caminó hacia el clavicémbalo, al tiempo que los músicos se ponían en pie para saludarlo con un leve movimiento de cabeza.

El teatro quedó en silencio y pareció que hasta los gritos se acallaban mientras Guido atacaba el primer tema triunfante, con la sección de cuerda elevándose jubilosa a su alrededor.

La música formaba un volumen sólido. Olvidó por un momento sus temores y se sintió transportado por la melodía, en vez de concentrarse en dirigir su rápido *tempo*.

Se había alzado el telón. La figura de Bettichino fue recibida con aplausos. Una mirada le bastó para comprender que aquel hombre era la imagen de un dios, con su cabello rubio resplandeciendo bajo los focos, su pálida y brillante piel realzada por el maquillaje blanco. Guido observó que los hombres le hacían reverencias desde los palcos. Por el rabillo del ojo vio que Bettichino devolvía los saludos. Rubino había salido al escenario, y buscó a Tonio con la mirada.

Oyó los susurros y las exclamaciones del público por encima de la música, se repitió el suave tumulto que se había producido antes al encender el candelabro.

En realidad, constituía todo un espectáculo. Una exquisita mujer bajo los focos, vestida con satén escarlata y encaje bordado en oro. Los ojos de Tonio, remarcados en negro, eran como dos cuentas brillantes de cristal. De él emanaba un aire de autoridad, aunque semejaba un maniquí sin vida, mientras los focos acentuaban la hermosura de los huesos de su rostro.

Guido alzó la vista de nuevo, pero Tonio no lo miraba. Parecía estar reconociendo el teatro con total serenidad. Cuando Bettichino hubo completado su pequeño paseo por el escenario, Tonio respondió a los saludos que le dedicaban. Muy despacio, miró a izquierda y derecha, hizo una gran reverencia llena de feminidad, y cuando se levantó había tal majestuosidad en sus movimientos que todas las miradas se clavaron en él.

Pero la ópera caía inexorable sobre Guido. Habían llegado ya a la mitad del recitativo de apertura. La voz de Bettichino se alzaba poderosa y vibrante.

De súbito, atacó la primera aria. Guido tenía que estar a punto para el más ligero cambio, las cuerdas habían quedado reducidas a un rasgueo continuo que acompañaba al clavicémbalo.

El cantante había avanzado hasta el límite del escenario. El azul de su chaqueta hacía resaltar el color de sus ojos, y su voz se elevó en un volumen enloquecedor.

Terminada la segunda parte, Bettichino inició la repetición de la primera, cuya forma era la habitual de todas las arias, y tal como debía hacer, empezó a hacer variaciones sobre ella, despacio, cada vez con mayor seguridad, pero sin revelar la verdadera fuerza de la cual haría gala después. Al llegar a la última nota, la elevó, y comenzó a hincharla, a hacerla más y más alta, toda ella ejecutada con una única y dilatada exhalación, hasta que el público cautivado por ella, quedó en silencio, al igual que Guido. Las cuerdas habían callado. El cantante, inmóvil, desenrollaba en el aire un interminable hilo de sonido sin evidenciar la más mínima tensión, y mientras iba disminuyendo y todos esperaban que la acabara para respirar, la elevó de nuevo, llevándola aún a una cima aún más alta. Entonces, de repente, calló.

El teatro retumbó con los aplausos. Los *abbati* gritaban sus elogios con voces agudas y casi envidiosas. El mismo grito encontraba eco en la platea, detrás del foso y en los palcos. El cantante dejó el escenario como cualquier hombre hubiera hecho después de interpretar aquella aria. Y Guido se sumergió en la música para llevar a los allí reunidos a través de la historia en curso de la ópera.

El rostro de Guido ardía. No se atrevía a mirar hacia el escenario. Había empezado la introducción a la primera aria de Tonio, y los dedos le sudaban tanto, que le resbalaban sobre las teclas, Entonces, incapaz de contenerse, temeroso de que si en aquel momento no lo hacía, defraudaría a Tonio, se tragó el miedo unos instantes para mirar a la inmóvil figura femenina que se hallaba en el escenario.

Tonio no lo vio. Si necesitaba a Guido, no lo demostraba. Aquellos exquisitos ojos negros estaban clavados en la primera fila como si se enfrentara a todas las personas sentadas en ella. Y con un gran despliegue de energía, empezó, con una voz tan pura, cristalina y translúcida como Guido jamás había oído.

Sin embargo, el alboroto se había desatado ya por todo el recinto, los pateos, los silbidos en las últimas filas, los abucheos desde arriba.

—¡Vuelve a Venecia! ¡A los canales! —gritaron desde la parte superior del teatro.

Algunos *abbati* se habían levantado de sus asientos, con los puños cerrados, enfrentándose a los de arriba.

—¡Silencio! ¡Silencio! —reclamaban.

Tonio siguió cantando, impasible, sin forzar la voz para ahogar el revuelo, lo cual hubiera sido imposible. Guido apretaba los dientes, y sin ser consciente de ello aporreaba el clavicémbalo como si pretendiera arrancar un mayor volumen de él.

Las gotas de sudor le resbalaban por la frente y le caían sobre las manos. No oía a Tonio. Apenas oía su propio instrumento.

Tonio había terminado la canción, había saludado al público y con el mismo aplomo y serenidad había desaparecido entre bastidores.

En la primera fila se alzó un desenfrenado aplauso que no añadió más que ruido a los silbidos y los abucheos de los demás.

Durante los minutos que siguieron, Guido creyó que no podía existir una imagen más fidedigna del infierno. En el escenario, el cuadro siguiente empezaba a cobrar forma, y era para aquella escena, el final del primer acto, que había escrito el aria más espléndida que debía cantar Tonio. Todas las melodías que contenía estaban creadas para que el cantante hiciera gala de todo el esplendor de su voz. Constituía la pieza clave, la que haría que los caballeros y la damas de Roma permanecieran en sus asientos en vez de dejar con indiferencia los palcos y marcharse a otro sitio.

La precedería el aria más poderosa de Bettichino, con la diferencia de que a Bettichino se le oiría. Guido estaba indignado.

Los silbidos se reanudaron tan pronto como Tonio volvió a pisar el escenario, y de soslayo Guido distinguió otra avalancha de aquellos pequeños papeles blancos que planeaban por la sala y en los que a buen seguro había escritas frases insultantes.

Bettichino tenía que salir al escenario y comenzar uno de los recitativos acompañados más hechizantes y originales compuestos por Guido. Era el único momento de la ópera en que acción y música coincidían, porque cantaría el desarrollo de la trama, aunque no de forma monótona, manteniendo un tono narrativo neutro, sino desplegando todo el sentimiento que en ella se expresaba.

Fue entonces cuando los dedos de Guido hicieron maravillas, aunque él apenas podía escucharse, pensar o saber qué estaba tocando. Con la aparición en escena de Bettichino los silbidos habían cesado, y el cantante empezó la más grandiosa aria de Guido.

El maestro se había tomado su tiempo antes de dar la señal, y el aplauso por el recitativo había producido por primera vez una reacción violenta en el público. Guido respiró hondo. Así que, gracias a Dios, Tonio también tenía sus seguidores y éstos abucheaban a Bettichino con los mismos gritos de protesta.

Guido vio la señal que le hacía el cantante para que comenzase, y él solo abrió paso a un aria de gran ternura. En el resto de la ópera no había otro fragmento que la igualase, salvo la canción que Tonio interpretaría a continuación.

Bettichino redujo el *tempo*. Guido le siguió. E incluso entonces, sintió el dominio del progresivo y poderoso inicio de Bettichino, con aquella voz que se entretejía ascendiendo de una manera tan delicada y segura como una espiral irrompible cuyos anillos se desenrollaran lentamente.

Echó la cabeza hacia atrás. Al llegar a la repetición de la primera parte, trinó la nota de manera perfecta, sin desviarse de la línea principal, sino pulsándola una y otra vez, como si aquella espiral vibrara hasta llegar a su cima coronada por el resplandor del *staccato*. Luego se deslizó hacia tiernas frases, con una enunciación magnífica, y cuando se acercaba al final, era la ascensión, pero aquella vez, la *Esclamazio Viva*, la nota empezó a todo volumen y disminuyó de una manera tan gradual y dulce que evocó una más profunda tristeza.

Pareció que esa nota que descendía, que se desvanecía hasta convertirse casi en el eco de sí misma, se envolvía en un silencio total. Y entonces la dejó ascender de nuevo, intensificándola, para luego interrumpirla bruscamente a pleno volumen, con una resuelta sacudida de cabeza.

Sus seguidores enloquecieron y no les fue necesario atizar el fuego de la platea. Los *abbati* lo saludaban con un ensordecedor pateo y grandes bravos.

Bettichino dio una vuelta al escenario y se adelantó al borde de éste para empezar el bis.

Nadie esperaba que fuera el mismo, era obligatorio que fuese otro, y Guido al clavicémbalo estaba preparado para aquellas sutiles variaciones, aunque resultaba dudoso que alguien esperase aquella exhibición de trémolos y trinos y luego de nuevo aquellas subidas que parecían desafiar toda explicación humana. Eran aquellas subidas, en definitiva, las que triunfaban.

Bettichino inició por tercera y última vez la canción, y se marchó del escenario como un triunfador sin posible rival.

Muy bien. Aquello no podía pesar a Guido. No le afligía un público entusiasmado; pero si aquellas bestias tenían algo de decencia, advertirían que el cantante ya había gozado de su momento y que nada de lo que Tonio hiciera mermaría su éxito. Sin embargo, ¿desde cuándo eran tan nobles las rivalidades? No bastaba con que su héroe se hubiera mostrado invencible, debían aplastar a Tonio.

Y de nuevo aquella joven arrebatadora, con la cara tan serena que parecía absorta en sus pensamientos, se puso ante los focos como si nada pudiera conmoverla.

De los anfiteatros llegaron los primeros abucheos, pero luego se oyeron también en la platea.

—¡Vuelve a los canales! —gritaban—. ¡No puedes compartir escenario con un cantante!

Sin embargo, los *abbati*, enfurecidos, proferían de nuevo sus vituperios.

—¡Dejad cantar al chico! —gritaban—. ¡Teméis que deje en ridículo a vuestro cantante!

Era la guerra, y los primeros proyectiles llegaron desde lo alto, peras podridas y corazones de manzanas. La policía apareció en los pasillos y se hizo un momentáneo silencio, seguido de una nueva avalancha de gritos y abucheos.

Guido se detuvo con un golpe seco sobre las teclas.

Estaba a punto de levantarse del banco cuando vio que Tonio se volvía de repente y con un gesto resuelto le indicaba que cesara su protesta. Luego una decidida inclinación de cabeza: continúa.

Guido comenzó a tocar, aunque no oía ni sentía nada de lo que hacía. Entraron las cuerdas y el jaleo quedó amortiguado, pero al sentirse desafiados, los oyentes elevaron sus protestas con más fuerza.

La voz de Tonio también se elevaba y nada lo había alterado. Cantaba aquellos primeros pasajes con la misma convicción y belleza soñadas por Guido, al que casi le asomaron las lágrimas a los ojos.

Entonces, de repente, el gran recinto del teatro reverberó con un increíble estrépito.

En el primer piso habían soltado un perro, que aullando y ladrando, se precipitó hacia la orquesta.

Los espectadores de la primera fila se habían puesto en pie con un grito de cólera. El cardenal Calvino llamaba furiosamente al orden.

Guido se había detenido.

La orquesta se interrumpió. Los *abbati* maldecían al perro y la policía había entrado en el anfiteatro y en el foso. Se oyeron forcejeos y maldiciones cuando unos cuantos culpables fueron sacados del teatro para ser fustigados con el látigo antes de permitirles entrar de nuevo en él.

Guido estaba sentado, absolutamente inmóvil, mirando al frente. Sabía que en cuestión de segundos el teatro sería desalojado, no por las autoridades, sino por el ejemplo de los caballeros y las damas que empezarían a salir de la primera fila para no estar presentes cuando aquella chusma se descargara a placer. Estaba mareado y era incapaz de razonar.

Los *abbati* alzaron un compacto rugido, y a través del brillo de unas amargas lágrimas, Guido elevó de nuevo los ojos hacia aquel semicírculo de rostros furibundos.

Pero ocurría algo, algo estaba cambiando. Mientras lo sacaban del recinto, el perro ladró con estridencia, y de repente, un diluvio de aplausos ahogó los gritos, los pateos y las risas.

Bettichino había vuelto al escenario. Había alzado las manos pidiendo orden.

Tenía el rostro contraído por la rabia, enrojecido hasta la raíz de sus rubios cabellos.

—¡Silencio! —gritó a pleno pulmón.

Un rugido de aprobación se alzó desde el más recóndito rincón, ahogando los últimos abucheos y maldiciones.

—¡Dejad cantar al chico! —ordenó Bettichino.

De inmediato, la primera fila demostró su aprobación

con un cerrado aplauso, mientras se acomodaba de nuevo en las sillas, y los *abbati* se sentaban en masa para coger las partituras y encender las velas.

Bettichino se plantó ante Guido con mirada feroz.

En el teatro reinó un silencio absoluto.

Tras echarse la capa por encima del hombro, el rostro de Bettichino recobró la compostura y se volvió hacia Tonio. En el rostro de Bettichino floreció una sonrisa inocente. Extendió la mano hacia Tonio y le hizo una reverencia.

Mudo de asombro, Guido miraba a Tonio mientras éste permanecía completamente solo en aquel vacío de luz implacable y perfecto silencio.

Bettichino entrelazó las manos a la espalda y adoptó una actitud expectante.

Guido cerró los ojos, con un vehemente asentimiento abrió las manos, oyó los susurros de los músicos que lo rodeaban y de repente, al unísono, abordaron la introducción del aria.

Tonio, tan sereno como antes, con los ojos clavados en aquel alejado y excepcional cantante, abrió la boca y en el tono exacto, como siempre, cantó la primera estela de aquella brillante melodía.

Despacio, despacio, pensaba Guido, y Tonio entró en la segunda parte, acometiendo los pasajes más intrincados, avanzando y retrocediendo, ascendiendo y descendiendo, recorriendo la lenta construcción de trinos con facilidad y control, hasta volver a empezar de nuevo con sus propias variaciones.

Guido creía poder adivinar lo que vendría a continuación, pero, aunque lo cogió por sorpresa, se amoldó al instante: Tonio había elegido precisamente aquel trino de una sola nota que Bettichino había interpretado con tanta perfección, y en aquellos momentos lo sostenía con el mismo paso rítmico del aria de su oponente en vez de hacerlo con el de la propia, aunque para cualquier otra persona aquel cambio sería imperceptible. La nota era transparente, rutilante, y ganaba en potencia, y empezó a intensificarla y disminuirla sin dejar de trinarla. Estaba realizando a la vez y de manera irreprochable la doble proeza de Bettichino. Sin embargo, el trino seguía y seguía con la nota dilatada hasta el infinito. Guido se había quedado sin aliento, con el vello de la nuca erizado. Vio que Tonio volvía levemente la cabeza y que, sin interrupción, ascendía en el pasaje más exquisito, ascendiendo progresivamente hasta que llegó de nuevo a la misma nota, sólo que una octava más alta.

La hinchaba despacio, lentamente la dejaba fluir de su garganta, hasta el límite mismo de la voz humana, aunque con una suavidad tan aterciopelada y dulce que evocaba la visión más hermosa del dolor, dilatado hasta el punto que un humano pudiera soportar.

Si en aquel momento respiró, nadie lo vio, nadie lo oyó, sólo sabían que él se había lanzado de nuevo a aquel paso lánguido, cantando con dulzura la tristeza y la pena, bajándolo hasta la desnuda pulsación de su voz de contralto y luego detenerse con un ligero movimiento de cabeza antes de quedarse completamente inmóvil.

Guido bajó la cabeza. Las tablas que tenía bajo los pies temblaban con el arrasador rugido que se alzó por doquier. Ningún alboroto de la chusma podía compararse con el atronador volumen de aquellas dos mil personas que manifestaban su adoración. Sin embargo, Guido esperó hasta que oyó, procedentes del primer piso, las voces que tanto anhelaba: los *abbatti* gritando: «¡Bravo, Tonio! ¡Bravo, Tonio!» Entonces, cuando se había dicho a sí mismo que en aquella dulcísima victoria él no importaba, oyó que otro grito se alzaba por doquier.

—¡Bravo, Guido Maffeo!

Una, dos, cien veces, oyó cómo se mezclaban esos dos gritos. Entonces, justo antes de ponerse en pie para saludar, alzó los ojos para fijarlos en Tonio, que seguía inmóvil, sin poner la mirada en nadie del imaginario mundo que lo rodeaba, sino observando calladamente a su oponente.

Bettichino tenía los ojos entornados, su rostro había cobrado un aire distante. Y entonces, despacio, cedió a una larga sonrisa, al tiempo que asentía. Cuando eso ocurrió, el teatro pareció a punto de venirse abajo en medio de un clamor torrencial.

15

Era medianoche pasada, el teatro reverberaba con la avalancha de los que salían a la calle, con las risas y los gritos de los que bajaban por las oscuras escaleras.

Tonio cerró la puerta del camerino y se apresuró a correr el pestillo. Se quitó el casco dorado de papel maché, apoyó la cabeza en la pared y miró a la *signora* Bianchi.

Casi de inmediato sonaron unos golpes. La puerta traqueteó con violencia a sus espaldas.

Se detuvo para recuperar el aliento y el agotamiento hizo mella en él. Durante cuatro horas, Bettichino y él habían competido en buena lid, cada aria constituía un nuevo desafío, cada bis se llenaba de nuevos triunfos y nuevas sorpresas. Apenas daba crédito a lo que había ocurrido; deseaba que otros le contasen que había sido tal como él lo imaginaba, y sin embargo no quería tener a nadie cerca. Prefería disfrutar de su soledad y deseó que el sueño llegara en ondas a aquella habitación para llevarlo consigo lejos de todos los que gritaban que querían entrar.

—¡Querido! ¡Querido! —decía la *signora* Bianchi—. ¡Las bisagras acabarán cediendo, tienes que abrir!

—¡No, primero ayúdeme a quitarme esto! —Avanzó un paso, se arrancó el escudo de cartón que llevaba atado al brazo y arrojó la espada de madera.

Entonces hizo una pausa, asombrado por la horrorosa figura que el espejo le devolvía, una cara femenina profusamente maquillada: labios escarlata, ojos perfilados en negro, y aquella prenda con unas placas doradas en los pechos que le hacían parecer un guerrero de otro mundo.

Se quitó la peluca empolvada, y sin embargo aquel Aquiles con la túnica manchada de sudor y el rostro tan blanco que podía haber sido una máscara de carnaval resultaba incluso más infernal que la Pirra que había interpretado cuando se había alzado por primera vez el telón.

—Quítemelo todo, todo —urgía, moviendo las manos con torpeza mientras la *signora* Bianchi intentaba ayudarlo.

Se puso su ropa de calle y se restregó con agua los ojos y la cara.

Al final, un joven irritado, con el rostro algo enrojecido y una lustrosa cabellera negra que le caía hasta los hombros se plantó ante la puerta, dispuesto a recibir los primeros gritos y abrazos.

Hombres y mujeres desconocidos, los músicos de la orquesta, Francesco, el violinista del conservatorio, una joven meretriz de bonito cabello cobrizo, todos ellos le daban palmadas de felicitación, los labios le dejaban su humedad en las mejillas, al tiempo que varios criados pugnaban por entrar, cargados de regalos, y luego hacían cola para entregárselos. Le mandaban cartas cuyos mensajeros esperaban que leyera y respondiese de inmediato. Le llevaban flores, y el empresario Ruggerio lo abrazó con tanta fuerza que casi lo levantó del suelo. La *signora* Bianchi sollozaba.

Con grandes dificultades fue empujado hasta el espacio más amplio al que daba la puerta de su camerino, y un gran telón de fondo colgado crujió cuando cayó contra él. De pronto, la voz de Paolo se alzó por encima del alboroto, gritando su nombre, y se encontró zarandeado de un lado a otro, hasta que, al ver los brazos abiertos de Paolo, lo cogió entre los suyos hasta levantarlo del suelo. Mientras, un caballero le agarró la mano derecha y puso en ella una pequeña caja de rapé de orfebrería. Era imposible saludarlo personalmente. Susurró agradecimientos que fueron en dirección contraria. Una joven acababa de besarlo en la boca y, presa del pánico, estuvo a punto de caer hacia atrás. Tan pronto como los pies de Paolo volvieron a tocar el suelo, la gente se abalanzó de nuevo sobre él.

Sin embargo, Tonio advirtió enseguida que Ruggerio lo empujaba en dirección al camerino donde habían colocado media docena de sillas tapizadas de seda y los tocadores se habían convertido en riberas de flores fragantes.

Se dejó caer en una silla. Apareció otra mujer flanqueada por caballeros con librea, y de improviso cogió unas cuantas flores blancas y se las pasó por el rostro a Tonio, que rió con sonoras carcajadas al sentir su frescor y suavidad. Ella tenía los ojos azules, entornados en una sonrisa silenciosa. Tonio le demostró su agradecimiento con leve asentimiento.

Entonces llegó Guido. Había entrado arrastrándose contra la pared y lo miraba con una expresión singular. Su mente retrocedió de un salto hasta aquel momento en casa de la condesa Lamberti, cuando había cantado por primera vez, y Tonio se sintió traspasado por aquel mismo torrente incontenible de orgullo y amor. Se lanzó a los brazos de Guido y lo abrazó durante un prolongado instante de oscuro e íntimo silencio, hasta que la habitación que lo rodeaba se quedó inmóvil. Era como si en la estancia no hubiera nadie, sólo Guido y él. O al menos ésa era la sensación que tenía.

En la distancia, Ruggerio se excusaba con cortesía. Oyó una voz: «Pero mi señora está esperando una respuesta.» Y la *signora* Bianchi se horrorizó al ver que Paolo tenía un corte lleno de sangre en la mano derecha.

—Dios mío, te ha mordido un perro.

Nada de aquello lo afectaba. El corazón de Guido latía contra el suyo, y entonces Guido lo llevó de regreso a la silla, tomándolo por el brazo y dijo:

—Ahora debemos ir a presentar nuestros respetos al gran cantante.

—¡Oh, no! ¡No quiero pasar por entre esa multitud! ¡Ahora no!

—Es necesario y debemos hacerlo ahora mismo —insistió Guido, y con una leve sonrisa, añadió—: No podemos eludirlo.

Tonio se puso en pie, obediente, y flanqueado por Ruggerio y Guido se abrieron paso entre el gentío hacia otra multitud, la que se agolpaba ante la puerta de Bettichino y en el camerino espacioso y brillantemente iluminado del cantante. En realidad, parecía un salón, donde ya se habían acomodado unos seis o siete hombres y mujeres con las copas de vino en la mano, y Bettichino, que seguía caracterizado, se levantó de inmediato para saludar a Tonio.

En un momento de confusión, Bettichino pidió que

todos salieran de la habitación, excepto Tonio y Guido. El maestro se quedó de pie junto a Bettichino y le indicó a Tonio con un gesto que fuera lo más comedido posible.

El muchacho inclinó la cabeza y habló en voz baja.

—Esta noche he aprendido mucho de usted, *signore*. Si no hubiéramos actuado en el mismo escenario, no habría aprendido...

—Olvídelo —se burló Bettichino con una carcajada—. Ahórreme esa palabrería, señor Treschi. Ambos sabemos que usted ha sido el triunfador. Lo siento mucho por mis seguidores, pero al final han tenido que reconocer la excelencia de su voz.

Hizo una pausa, aunque no había terminado. Se irguió como si se hallara en medio de un pequeño debate, su expresión intensificada por el maquillaje dorado y blanco que todavía llevaba.

—Ha pasado demasiado tiempo desde que diera lo mejor de mí mismo en un escenario —prosiguió—, pero esta noche lo he hecho, usted me ha impulsado, *signore* Treschi, y debo darle las gracias por ello. Sin embargo, no se mida conmigo sobre esas tablas mañana por la noche, o pasado mañana, o la siguiente sin utilizar todas sus habilidades. Ahora estoy listo para enfrentarme a usted. Tendrá que echar mano de toda su habilidad y preparación para medirse conmigo.

Tonio se ruborizó intensamente y los ojos se le humedecieron. Sin embargo, en su rostro apareció una sonrisa involuntaria.

Como si leyera los pensamientos de su contrincante, Bettichino abrió de repente los brazos. Durante unos instantes abrazó a Tonio con fuerza y luego lo soltó.

Cuando el cantante abrió la puerta, Tonio se sentía flotando en un silencioso desvarío, pero se detuvo cuando oyó a sus espaldas que Bettichino hablaba con Guido.

—Ésta no es su primera ópera, ¿verdad que no, maestro? —le preguntaba—. ¿Qué hará a continuación?

16

Cientos de personas asistieron a la recepción del cardenal Calvino, una fiesta que se prolongó hasta el amanecer. Las más rancias familias romanas, los más nobles, hasta la realeza pasó por aquellas amplias salas profusamente iluminadas.

El propio cardenal presentó a Tonio a muchos de los presentes, y al final toda aquella situación le resultó deliciosamente exasperante: los elogios interminables, el dulce recuento de determinados momentos, los elegantes saludos y los leves apretones de mano. Sonrió ante los despectivos comentarios que se hicieron sobre Bettichino. Estaba plenamente convencido de que Bettichino era el mejor cantante, no importaba lo que dijese la gente.

No obstante Tonio les había hecho olvidar todo eso durante un rato.

Hasta el propio cardenal se había conmovido con la obra. Se llevó a Tonio aparte y pugnó por expresar los sentimientos que la ópera le había suscitado.

—Ángeles, Marc Antonio —dijo con asombro contenido—. ¿Qué son? ¿Cómo es el sonido de sus voces? ¿Y cómo alguien corpóreo puede cantar como tú lo has hecho esta noche?

—Sois demasiado generoso, mi señor —dijo Tonio.

—¿Me equivoco cuando digo que se trataba de algo etéreo? ¿Lo he comprendido mal? En el teatro, en un momento determinado, iban juntos el mundo del espíritu y el mundo de la carne, y a partir de esa fusión, tu voz se elevó. Estaba rodeado de seres terrenales, que reían, bebían, y se divertían como hacen en todas partes, y luego escuchaban tu voz en completo arrobo. Así pues, ¿era aquello la cima más alta del placer sensual o más bien un placer espiritual que, por unos momentos, se había instalado en nuestro mundo?

Tonio se maravilló ante la seriedad del cardenal. La rendida admiración de éste lo llenó de calidez, y hubiera renunciado alegremente a la multitud, a la bebida, al dulce delirio de la noche, para disfrutar otra vez a solas de la compañía del cardenal y hablar un buen rato de todas aquellas cuestiones.

Sin embargo, el cardenal lo tomó de la mano y lo llevó junto a los demás. Unos lacayos abrieron la puerta doble del salón. Al cabo de unos instantes se separarían de nuevo.

—Hoy me has enseñado una cosa, Marc Antonio —confesó el cardenal en un rápido y furtivo susurro—. Me has enseñado a amar lo que no comprendo. Te aseguro que no amar lo que es hermoso e incomprensible sería vanidad, no virtud. —Entonces le dio a Tonio un pequeño beso ceremonial.

El conde Raffaele di Stefano también dejó oír sus cumplidos hacia la música, confesando que, en el pasado, la ópera nunca lo había conmovido. Permaneció cerca de Tonio, aunque no habló mucho con él, observando celoso a todos los que se acercaban a su amigo.

A medida que transcurría la velada, la visión de Raffaele hechizaba a Tonio. Le trajo vívidos recuerdos de la noche que habían compartido y en algunos momentos llegó a considerar a Raffaele una criatura que no podía vestirse como los demás hombres. El grueso vello de sus manos ofrecía una imagen incongruente bajo diversas capas de encaje, y Tonio tuvo que desviar la mirada varias veces para reprimir el impulso de marcharse con él en aquel mismo instante.

Si algo lo decepcionaba era la ausencia de Christina Grimaldi en la recepción.

La buscó con avidez. No podía haberla pasado por alto y no comprendía por qué no estaba allí.

Había asistido al teatro, por supuesto, la había visto. Aunque comprendía perfectamente que después no apareciera por el camerino. Pero ¿por qué no había acudido a casa del cardenal Calvino?

Por su cabeza pasaron ideas abominables. Cuando pensó que ella lo había visto vestido de mujer, se sintió sumido en una pesadilla. No obstante le había hecho una reverencia, y ella se la había devuelto desde el palco de la condesa, había aplaudido a rabiar después de las arias, y Tonio distinguió claramente su sonrisa pese a la distancia que los separaba.

¿Por qué no había acudido a la fiesta del cardenal?

No se atrevía a preguntárselo a Guido o a la condesa, que no se apartaba del maestro.

Aquella noche habían asistido muchas personas al teatro sólo porque el cardenal Calvino celebraba después un baile. La condesa había procurado que el mayor número posible de invitados conocieran a sus músicos y asistieran a la ópera al día siguiente, aunque fuera la primera vez que pisasen un teatro.

El éxito de la ópera, sin embargo, estaba casi asegurado.

Se representaría cada noche hasta que terminase el carnaval, Ruggerio estaba seguro de ello, y esa noche, tanto Tonio como Guido tuvieron que exponer varias veces qué planes tenían para el futuro.

Bolonia, Milán, hasta se mencionó Venecia.

¡Venecia! Tonio se excusó de inmediato.

Aquellas conversaciones lo emocionaban, al igual que lo emocionaba que lo presentaran a tantos miembros de la realeza.

Al final Guido y él se quedaron solos. La puerta estaba cerrada. Y tras confesarse mutuamente un ligero asombro ante el ardor de su deseo, hicieron el amor.

Después, Guido se durmió, pero Tonio permaneció despierto como si no quisiera desprenderse de la emoción de aquella noche.

El sol invernal se derramaba en rayos polvorientos sobre el suelo de baldosas, y Tonio caminaba de un lado a otro en aquellas grandes habitaciones llenas de objetos, echando un vistazo de vez en cuando a la pila de regalos y cartas que, desde la mesa de mármol, se alzaba hasta igualarlo en altura. Dejó el vino a un lado y pidió que le preparasen un café fuerte.

Después de acercar una silla, comenzó a revolver aquellos impecables y ornamentados pergaminos. Se dijo que no buscaba nada en concreto, que se limitaba a hacer lo que correspondía, pero no era cierto.

Abundaban los apellidos venecianos. El ser gélido y callado que había en su interior leyó los saludos de su prima Catrina, y advirtió que había roto sus promesas y había viajado a Roma. Bueno, no pensaba recibirla. Se sentía demasiado feliz para hacerlo. La familia Lemmo también había estado entre el público, y otro Lisani, y una docena más a los que apenas conocía.

Así que el mundo entero lo había visto perdido en aquel disfraz de mujer, pronunciando sonidos propios de niños y dioses. Pesadillas y humillaciones de otro tiempo, había logrado hacer realidad sus más angustiosos sueños.

Tomó un gran sorbo del caliente y aromático café.

Leyó un puñado de pequeñas notas llenas de cálidos halagos, reviviendo mientras lo hacía curiosos momentos de la actuación. Luego, se recostó y jugueteó con el borde rígido de una carta y advirtió que a esa misma hora los *abbatti* ya se habrían reunido en los cafés para revivir también aquella noche gloriosa.

Había invitaciones de todo tipo: dos procedentes de nobles rusos, una de un bávaro, otra de un poderoso duque. Algunas lo convidaban a cenas que se celebrarían después de la ópera; fueron éstas las que más le intrigaron.

Sabía lo que se esperaba que ocurriera en ellas. Se sintió tentado, como si una lejana banda callejera lo atrajese con un rítmico compás que se filtrara por las paredes.

Pensó en Raffaele di Stefano y el tiempo que tardaría en vestirse y llegar hasta la casa del conde. Raffaele estaría durmiendo, la habitación caldeada. Sin embargo, el sueño lo absorbió con suavidad, y cruzó los brazos, se arrebujó y cerró los ojos.

No había ninguna nota de Christina. ¿Y por qué tendría que haberla?

Se incorporó y echó otra ojeada a las cartas. Mientras revolvía las que seguían cerradas, descubrió una caligrafía que le resultaba familiar, aunque no supo identificarla. Al abrir la carta, leyó:

Mi querido Tonio:
Lo que te ha sucedido hubiese derrotado a cualquier otro hombre, pero tú has sabido convertirlo en tu victoria. Implícita en ella hay una prueba que pocos serían capaces de superar. Esta noche has hecho que los ángeles te prestasen atención. Que Dios esté siempre contigo.

ALESSANDRO

Entonces, como si obedeciera una decisión tomada en el último momento, en la base del papel aparecía garabateada la dirección del lugar donde se alojaba en Roma.

Una hora más tarde, Tonio, completamente vestido, salió del *palazzo*. El aire era tonificante y limpio, y recorrió la escasas callejuelas que separaban su casa de la dirección que Alessandro mencionaba en su nota.

Cuando se abrió la puerta de la habitación de Alessandro y Tonio alzó los ojos hasta aquel rostro familiar, experimentó una emoción como pocas veces en su vida. Nunca se había sentido tan frío, tan repentinamente pequeño, de pie en aquel estrecho corredor, aunque hacía tiempo ya que había alcanzado en estatura a su antiguo maestro.

Luego Alessandro lo abrazó y por primera vez desde que saliera de Nápoles estuvo a punto de llorar.

Se quedó muy quieto, y mientas contenía las lágrimas que le escocían en los ojos, lo fue inundando una gran oleada de dolor.

Aquella habitación era Venecia, era Venecia con sus retorcidas callejas, y aquellas inmensas salas que durante tantos años habían sido todo su hogar. Y cuando todo aquello se derrumbó en un instante, lo dejó desnudo, monstruoso, humillado.

Tonio forzó una tierna y sosegada sonrisa. Y mientras

Alessandro, en silencio, lo acomodaba en una silla, contempló aquella conocida languidez con la que su antiguo maestro se sentaba frente a él y cogía la jarra de vino tinto.

Llenó el vaso que estaba junto a Tonio.

Bebieron juntos.

Pero no hablaron.

Poco había cambiado en Alessandro. Hasta la delicada red de líneas que surcaban la superficie de su piel era lo que había sido siempre: un sutil velo a través del cual se distinguía el brillo atemporal.

Llevaba una bata de lana gris, con su cabello castaño suelto hasta los hombros. Cada movimiento de sus delicadas manos hacía revivir un gran número de impresiones acalladas y angustiosas.

—Te agradezco mucho que hayas venido —dijo Alessandro—. Catrina me hizo jurar que no te abordaría.

Tonio asintió al oír aquello. Dios sabía cuántas veces le había dicho a Catrina que no quería ver a nadie de Venecia.

—He venido a verte con un objetivo muy concreto —dijo Tonio, pero fue como si lo dijera la voz de otra persona. En su interior, pensaba: «¿Qué ves cuándo me miras? ¿Ves estos brazos largos, esta estatura que casi raya en lo grotesco? ¿Ves...?» No pudo continuar.

Alessandro le prestaba una respetuosa atención.

—No ha sido únicamente el afecto lo que me ha traído hasta aquí —prosiguió Tonio—, aunque eso sólo hubiera bastado. Pero quiero saber cómo te encuentras. Admito que podría haber sufrido esa inmensa pérdida sin volver a verte nunca más, porque me hubiera ahorrado mucho sufrimiento.

—¿Entonces? —preguntó Alessandro tras asentir—. Dime, ¿qué debo contarte, cómo puedo ayudarte?

—No debes decirle nunca a nadie que te lo he preguntado, pero dime: ¿son los *bravi* de mi hermano Carlo los mismos hombres que le servían la última vez que estuve en Venecia?

Alessandro se quedó callado unos instantes. Luego respondió:

—Esos hombres desaparecieron después de tu partida. Los inquisidores del estado los buscaron por todas
partes. Ahora tiene otros *bravi*, gente peligrosa...

Tonio asintió con rostro inexpresivo.

Ahora sabía que sus suposiciones eran ciertas. Aquellos hombres habían huido para salvar sus vidas. Italia se
los había tragado. Tal vez algún día, en algún lugar, vis-
lumbraría una de esas caras, y aprovecharía la oportunidad en cuanto se presentase. Sin embargo, tampoco les
concedía mayor importancia. No sería de extrañar que
Carlo hubiera encontrado una manera de silenciarlos para
siempre.

En aquellos momentos sólo era Carlo quien lo esperaba.

—¿Qué más quieres que te cuente? —quiso saber
Alessandro.

Después de una pausa, Tonio dijo:

—Háblame de mi madre. Catrina me contó en una de
sus cartas que Marianna estaba enferma.

—Está enferma, Tonio, muy enferma. Dos hijos en
tres años, y la reciente pérdida de un tercero.

Tonio suspiró y sacudió la cabeza.

—Tu hermano es tan imprudente e impulsivo en esto
como en todo lo demás. No obstante se trata de la vieja
enfermedad de tu madre, Tonio. —Alessandro bajó la voz
hasta convertirla en un murmullo—. Éste es el principal
problema. Ya sabes cómo es ella.

Tonio desvió la mirada y agachó un poco la cabeza.
Después de una larga pausa, preguntó:

—¿Pero es que él no la ha hecho feliz? —El tono de su
voz era desesperado.

—Tan feliz como cualquiera podría hacerla, durante
un tiempo —contestó Alessandro. Estudió a Tonio. Parecía sopesar el doble filo de la pregunta.

—Ella llora por ti, Tonio. Nunca ha dejado de hacerlo. Cuando supo que ibas a actuar en Roma, la posibilidad
de verte se convirtió en su obsesión. Uno de sus solemnes
encargos es llevarle la partitura de la obra y hacerle un de-
tallado relato de todo lo que he visto. —Esbozó una leve

sonrisa. Entonces, en un tono apenas audible añadió—:
Tu madre atraviesa una situación insostenible.

Tonio absorbió aquellas palabras en silencio, sin mirar a Alessandro.

Cuando habló lo hizo con voz tensa y forzada.

—¿Y mi hermano? —preguntó—. ¿Le es fiel?

—Ha vivido tanto como cuatro hombres a la vez
—dijo Alessandro. Su rostro se endureció—. Se ha dedicado con tesón a la vida pública, pero debido a sus deseos
insaciables son pocos los que lo admiran en privado.

—¿Ella lo sabe?

—No lo creo —respondió Alessandro—. Él se muestra muy atento con tu madre, pero parece no saciarse nunca de mujeres, ni de apuestas, ni de vino...

—Y esas mujeres... —dijo Tonio con voz monótona,
al tiempo que sus dedos tocaban las manos de Alessandro—, háblame de ellas, ¿de qué tipo son?

La pregunta cogió por sorpresa a Alessandro. Nunca
lo había considerado.

—De todo tipo. —Se encogió de hombros—. Las mejores cortesanas, por descontado, viudas aburridas, de vez
en cuando incluso doncellas, sobre todo si son bonitas y
fáciles de seducir. Lo único que le importa es que sean bellas y que su relación no conlleve ningún escándalo.

Estudió el rostro de Tonio, intentando adivinar cómo
podía afectarle todo aquello.

—Sin embargo siempre se muestra prudente y discre-
to. Para tu madre, él es todo su mundo... Aunque no puede darle lo único que ella quiere..., su hijo Tonio.

El rostro de Alessandro se tiñó de tristeza.

—¿Todavía lo ama? —preguntó Tonio con un hilo de
voz.

—Sí —respondió Alessandro—, pero ¿cuándo ha tenido voluntad propia? Y te aseguro que ha habido ocasiones, en estos últimos meses, en que habría sido capaz de
dejar la casa a pie para venir a verte si no la hubieran retenido por la fuerza.

Tonio sacudió la cabeza. De repente se descubrió realizando una serie de pequeños movimientos involunta-

rios, no podía resistir todo aquello, hacía esfuerzos por no dar rienda suelta a las lágrimas. Luego se recostó en la silla y bebió el vino que Alessandro le había ofrecido.

Cuando alzó la mirada, tenía los ojos enrojecidos, inexpresivos y fatigados. Abrió la mano en un gesto de impotencia.

Alessandro lo observaba y de manera impulsiva lo tomó por el hombro.

—Escúchame —le dijo—. ¡Está muy bien protegido! Día y noche, dentro de la casa y fuera de ella, cuatro *bravi* lo siguen a todas partes.

—Lo sé —confirmó Tonio con una amarga y torcida sonrisa—. Lo sé...

—Tonio, si mandaras a alguien contra él, fracasaría y sólo conseguiría despertar sus recelos. Además, ahora se habla mucho de ti en Venecia. Y después del estreno de anoche, se hablará mucho más. Márchate de Italia, Tonio, espera tu oportunidad.

Tonio esbozó otra leve y amarga sonrisa.

—Entonces, ¿tú nunca le creíste? —preguntó en voz baja.

La expresión de Alessandro adquirió tal violencia que durante unos instantes no pareció él mismo, y su boca se torció en una mueca despectiva. En un tono teñido de sombría ironía dijo:

—¿Cómo puedes preguntarlo? —Se acercó a Tonio—. Si pudiera, lo mataría con mis propias manos.

—No —susurró Tonio, sacudiendo la cabeza—. Déjamelo a mí.

Alesandro volvió a sentarse, movió levemente la copa en sentido circular para hacer girar su contenido, la alzó y dio un sorbo. Entonces dijo:

—Date tiempo, Tonio, date tiempo, y por el amor de Dios, ve con cuidado. No le entregues tu vida. Ya te ha arrebatado parte de ella.

Tonio sonrió de nuevo, tomó la mano de Alessandro y se la apretó con dulzura para tranquilizarlo.

—Estaré contigo —aseguró Alessandro— siempre que me necesites.

Entre ellos se hizo un largo silencio, relajado y cómplice, como si fueran dos viejos amigos que no tuvieran necesidad de decir nada. Durante un rato, Tonio pareció perdido en sus recuerdos.

Finalmente, su rostro resplandeció y se suavizó. Un cierto destello de bienestar volvió a animar su expresión.

—Ahora —dijo—, quiero saber cómo estás y qué has hecho durante todo este tiempo. ¿Todavía cantas en San Marco? Dime, ¿qué pensaste anoche de tu antiguo discípulo?

Una hora más tarde se puso en pie para marcharse. Las lágrimas volvieron a sus ojos y deseó que el abrazo de despedida fuera breve.

Pero cuando sus ojos se encontraban por última vez, pareció que a Tonio se le revelaban todos los sentimientos que en el pasado había albergado hacia aquella persona a quien tanto quería, la ignorante superioridad de ese muchacho que había considerado a Alessandro menos que un hombre, y el sufrimiento acumulado sobre esas antiguas reflexiones. Todo eso volvió a Tonio en el umbral de la puerta.

Advirtió el auténtico alcance del tácito vínculo que entre ellos se había establecido; ambos eran de la misma raza, pero ninguno de ellos lo diría.

—Nos veremos de nuevo —dijo Tonio con voz insegura. Y tan inseguro estaba también de las palabras que acababa de pronunciar que le echó los brazos al cuello y lo abrazó unos instantes antes de volverse para marcharse a toda prisa.

Era casi mediodía. Tendría que dormir, pero no podía conciliar el sueño. Pasó ante la casa del cardenal, como si ni siquiera reconociese las puertas, y se encontró finalmente en una de las muchas iglesias romanas que no conocía, en la que las sombras compartían espacio con la luz y el aroma de cientos de velas.

Unos santos pintados lo miraban desde lo alto en santuarios de oro, unas mujeres vestidas de negro avanzaban en silencio hacia la cuna distante donde el Niño Jesús abría los brazos.

Al reconocer los altares laterales, encontró un santo al que no había visto nunca. Se arrodilló en la penumbra, delante del pequeño altar, y luego se tumbó boca abajo, hundió la cabeza entre los brazos y lloró desconsoladamente, incapaz de contenerse incluso ante aquellas amables romanas que se habían arrodillado junto a él y no cesaban de susurrarle palabras de ánimo.

17

Durante la semana siguiente, Guido y Tonio vivieron y respiraron ópera con una intensidad hasta entonces desconocida. Se pasaban el día corrigiendo los puntos débiles de la noche anterior. Guido añadía cambios en el acompañamiento y le daba a Tonio instrucciones de una sutilidad impensable en el pasado. La *signora* Bianchi abrió costuras, estrechó faldas, cosió nuevos encajes y abalorios. Paolo siempre estaba a punto para cualquier recado.

Bettichino se superó a sí mismo con trinos y notas altas mientras que Tonio mejoró todos y cada uno de sus ardides. En los *duetti*, sus voces creaban una belleza singular, sin parangón en la memoria de los espectadores, y el teatro, que se quedaba en silencio una y otra vez debido a aquellos destellos de esplendor, rápidamente estallaba en gritos y bravos. Siempre que caía el telón se desataba una ovación atronadora. La flor y nata de la sociedad romana se congregaba en las primeras filas. Los extranjeros se inflaban de comida y juegos de cartas, y en cada representación se agotaban las localidades, incluso antes de que Ruggerio abriera las puertas.

Todas las noches Guido se abría paso por los pasillos

de los camerinos, empujado por la multitud, mientras a su lado agentes artísticos le hacían ofertas para las temporadas operísticas de Dresde, Nápoles o Madrid.

A los camerinos llegaban flores, cajas de rapé, cartas atadas con lazos. Los cocheros esperaban las respuestas. El apenado conde di Stefano asentía una y otra vez con paciencia cuando el maestro insistía con firmeza en que Tonio no estaba todavía libre para sumergirse en el torbellino social. Por fin, después de la séptima representación triunfal, Guido se sentó con la *signora* Bianchi en aquel camerino repleto de objetos, e hicieron una lista de las invitaciones que Tonio tenía que atender primero.

Podía ver al conde Raffaele di Stefano siempre que le apeteciera. Aquella misma noche, si quería.

Guido ya no tenía dudas. Su alumno había superado todas las pruebas concebibles. Había recibido ofertas de los mejores teatros del mundo. Por primera vez, Guido había creído la promesa de Ruggerio de que la obra se representaría durante todo el carnaval.

No obstante, Guido, cansado como estaba, se no sintió del todo exultante hasta la mañana siguiente, a primera hora, cuando se despertó y encontró a Tonio junto a su cama, mirando por la ventana abierta.

La noche anterior el conde di Stefano se había llevado a Tonio casi por la fuerza. Se habían peleado, se habían reconciliado y luego se habían marchado juntos. Aunque la devoción de di Stefano alarmó un tanto a Guido, también la encontró divertida.

Él, libre de la condesa, que había regresado a Nápoles, había pasado cuatro horas deliciosas con un joven eunuco palermitano de piel morena. Guido había segurado al chico, que se llamaba Marcello, que su voz tenía calidad suficiente como para aspirar a pequeños papeles.

Luego hicieron el amor de una forma lenta, suave y deliciosa, y el joven se reveló como un maestro en el arte de la sensualidad. Su piel tenía el aroma del pan recién hecho, y era uno de esos pocos eunucos que poseían unos pequeños pechos redondos tan encantadores y sugerentes como los de una mujer.

Después, había agradecido las monedas que Guido le había puesto en la mano. Tras suplicar que le dejara entrar en las bambalinas, había prometido que se compraría una levita nueva con el dinero que Guido le había dado.

Guido, al ver que aquellos deliciosos encuentros se repetían cada noche, intentaba tomárselo de una forma que no lo alterara y pensar con raciocinio.

En aquellos instantes empezaba a clarear y una fría luz invernal se coló por la habitación como si fuera vapor. Tonio se volvió y se acercó a él.

Guido se frotó los ojos. Tonio parecía estar cubierto por diminutos puntos de luz. Entonces advirtió que eran gotas de lluvia: Tonio parecía una aparición, con la luz destellando en su chaqueta de terciopelo dorado, en los volantes blancos del cuello y en su desordenado cabello negro. Cuando se sentó junto a Guido, se le veía pletórico de vibrante energía, como si no hubiera dormido en toda la noche.

Guido se sentó y abrió los brazos. Sintió los labios de Tonio rozándole la frente, los párpados, y luego aquel profundo y familiar beso.

En aquel momento, Tonio le parecía espléndido y casi milagroso, y entonces le oyó decir en voz baja:

—Lo hemos conseguido, ¿verdad que sí, Guido? Lo hemos conseguido.

Guido permaneció en silencio, mirándolo, mientras disfrutaba de la deliciosa caricia del aire matinal, totalmente impregnado del olor a lluvia. Entonces lo asaltó un extraño pensamiento, fortuito, hermoso: aquel viento invernal tan limpio lo transportaba muy lejos de la decadencia de la ciudad, a los montes abiertos de Calabria, donde había nacido. Atrapado en aquel momento, con toda su vida ante él, el pasado, el presente, enmudeció. Había trabajado tanto, estaba tan cansado... Y su mente estaba tan poco acostumbrada a aquella felicidad...

Sabía, sin embargo, que respondía a Tonio con los ojos.

—Ahora podemos hacerlo, ¿no? —prosiguió Tonio—. Si queremos, podemos construirnos una vida para nosotros. Lo tenemos todo aquí.

—¿Si queremos, Tonio? —preguntó Guido.

La habitación estaba fría. Guido se descubrió mirando por la ventana el cielo. Las nubes grises de lluvia eran densas, con un volumen sólido y luminoso, casi plateado.

—¿Por qué lo planteas sólo como una posibilidad? —insistió en voz baja.

En el rostro de Tonio se dibujó una tristeza indescriptible. Sus ojos negros estaban entornados, y había tal brillo en su expresión que Guido sintió un inevitable dolor: nunca podría fundirse del todo con Tonio y formar parte de esa belleza para siempre.

—Después iremos a Florencia —dijo Guido, tomándole las manos—. Y de ahí, quién sabe adónde iremos. Dresde, Londres incluso. ¡Podemos ir adonde queramos!

Lo recorría un temblor del que Tonio se contagiaba. Tonio asintió. Aquel momento era demasiado perfecto para que perdurara. Guido se lo agradecía en silencio.

Tonio se hallaba sumido en sus pensamientos, la inmovilidad que se había adueñado de él lo mantenía apartado de Guido, que sólo podía asistir al espectáculo ofrecido por su juventud y su fulgor.

Y al mirarlo recordó una imagen de Tonio que había visto recientemente, una imagen exquisita pintada en porcelana y que le había causado esa misma sensación misteriosa y sobrecogedora.

Una leve excitación se apoderó de Guido. Casi con ternura, lo cual no era habitual en él, besó a Tonio; luego apoyó los pies en el frío suelo y cruzó en silencio la habitación en dirección a los papeles que se amontonaban en el escritorio. Buscó el pequeño retrato de porcelana. Era ovalado, enmarcado en filigrana de oro, aunque en aquella oscuridad no alcanzaba a distinguirlo. Vaciló, miró hacia la tenue figura que estaba junto a la cama, se acercó a Tonio y le puso el retrato en las manos.

—Hace días que me lo dio para que te lo entregara —explicó y no se detuvo a analizar el placer que le producía llevar a cabo su petición.

Tonio lo miró; el cabello, despeinado, se le había soltado del lazo y le ocultaba el rostro.

—Ha logrado captar tu expresión a la perfección, ¿no te parece? Y eso que lo ha hecho de memoria. —Guido sacudió la cabeza.

Tonio contempló la pequeña imagen, el rostro blanco, los ojos negros, que resplandecía como una pequeña llama en la palma de su mano.

—Se enfadará conmigo por haberme olvidado de dártelo hasta ahora —dijo Guido. Pero no lo había olvidado. Había esperado sólo el momento adecuado en el que, por fin, todo estuviera sereno y callado, aunque no entendía por qué le provocaba aquella íntima satisfacción.

—¿Y cómo le va? —preguntó Tonio en un susurro. Su voz había sonado como si contuviera el aliento en vez de soltarlo al hablar—. Sola en Roma, pintando cuadros...

—Tiene mucho éxito —sonrió Guido—. Aunque últimamente ha pasado demasiado tiempo en la Ópera.

Guido vio que Tonio bajaba la vista y la posaba en el retrato. Cada vez que caía el telón, Tonio alzaba los ojos hacia el palco de Christina y le dirigía una leve y elegante reverencia. Ella, inclinada sobre la barandilla, lo miraba agitando las manos en un aplauso.

—Pero ¿cómo está? —insistió Tonio—. ¿No se ocupa nadie de ella? ¿La condesa no...? Quiero decir...

Guido esperó un momento, luego se volvió y se dirigió al escritorio. Se sentó y miró hacia la ventana. El cielo cobraba esplendor y cambiaba de aspecto, vacío de estrellas y con la huella del primer brillo de sol invernal.

—¿No tiene familia que se preocupe por ella? —preguntó Tonio en voz baja—. ¿Qué pensarían si supieran que ha enviado este regalo a un...? —Se interrumpió de nuevo, para coger el pequeño retrato entre las dos manos como si fuera muy frágil.

Guido no pudo contener una sonrisa.

—Tonio —dijo en voz baja—, Christina es una joven independiente, y vive su vida igual que hacemos nosotros. —Y con un tono aún más dulce añadió—: ¿Tendré que pedirte de nuevo que te alejes de mí?

SEXTA PARTE

1

Después de saludar por última vez, Tonio se abrió camino entre la sofocante multitud que se agolpaba entre las bambalinas hasta su camerino. Ordenó a la *signora* Bianchi que despidiera al cochero de Raffaele con amables disculpas y se cambió de ropa.

Había mandado la nota a Christina al terminar el segundo acto y el resto de la actuación le había parecido un calvario.

Cuando por fin cayó el telón, Paolo le entregó la respuesta.

Sin embargo no la abrió hasta que estuvo vestido del todo, aunque todavía tenía el pelo enmarañado.

La Piazza di Spagna, el *palazzo* Sanfredo, en mi estudio de pintura del ático.

Por unos momentos fue incapaz de reaccionar. Guido llegaba con noticias recientes sobre la temporada de Pascua en Florencia, e insistía en que debían actuar en todas las mansiones importantes de Italia antes de partir hacia el extranjero.

—Es preciso que les demos una respuesta enseguida —concluyó Guido, mostrando el papel que tenía en la mano.

—Pero ¿por qué? ¿Qué prisa hay? —preguntó Tonio en un susurro.

Entró la *signora* Bianchi, quien tuvo dificultades para cerrar la puerta a sus espaldas.

—Tienes que salir aunque sólo sea unos minutos —dijo ella como cada noche.

—... porque estamos hablando de Pascua y cuando terminemos aquí sólo faltarán cuarenta días. ¡Florencia, Tonio! —exclamó Guido.

—Sí, de acuerdo, Guido, ya hablaremos de ello, por supuesto —asintió Tonio vacilante, al tiempo que intentaba peinarse en vano.

¿Había doblado la nota y se la había puesto en el bolsillo? Guido se servía un vaso de vino.

Entonces entró Paolo, ruborizado, y se apoyó con afectado alivio contra la puerta.

—¡Sal un instante, Tonio! —insistió la *signora* Bianchi—. ¡Termina con esto de una vez! —Y con un leve empujón lo llevó hacia el gentío.

¿Por qué le resultaba tan difícil? Por lo visto, todos querían tocarlo, hablar con él, tomarlo de la mano y decirle lo mucho que significaba para ellos. Sentía que no podía defraudarles. Así que sonrió, saludó, habló, y cuando regresó al camerino estaba tan frenético que le arrebató a Guido el vaso de vino de las manos y se lo bebió de un trago.

Llegaron los regalos habituales, grandes ramos de flores de invernadero, y la *signora* Bianchi le murmuró al oído que los hombres del conde di Stefano estaban fuera.

—Maldita sea —dijo. Tocaba la nota de Christina en el bolsillo. No tenía firma, pero la sacó de repente y, ante las miradas atónitas de Guido, Paolo y la *signora* Bianchi, la quemó con la llama de la vela.

—Espera —dijo ella mientras Tonio se disponía a marcharse—. ¿Qué te traes entre manos? Dínoslo antes de irte.

—¿Para qué? ¿Cambiarían algo las cosas? —preguntó airado; sin embargo al vislumbrar la sonrisa furtiva en el rostro de Guido, la fingida superioridad ante su pasión infantil, contuvo la rabia en silencio.

En cuanto llegó al pasillo reconoció a los hombres de Raffaele. Se trataba de sus sirvientes, los *bravi* del conde.

—*Signore*, su excelencia desea...

—Sí, pero esta noche no, no es posible —se apresuró a decir Tonio camino de la calle.

Por unos instantes temió que los hombres no le dejaran pasar, pero antes de que pudiera coger la espada o cometer cualquier locura, se negó de nuevo con aire imperturbable. Los *bravi* no esperaban aquello y, confundidos, no osaron obligarlo a que subiera al carruaje que aguardaba fuera.

No obstante, mientras entraba en su vehículo, observó que habían montado en sus caballos, y después de decirle al conductor que lo llevara a la Piazza di Spagna, urdió un pequeño plan.

Al avistar el *palazzo* Sanfredo, el coche redujo la marcha. Dos callejones después de la entrada, con el coche rozando los muros de las casas, Tonio se apeó, cerró deprisa la puerta y permaneció quieto en la oscuridad viendo pasar a los *bravi* del conde.

Había llegado el momento.

Se coló por la puerta principal del *palazzo* y al ver una antorcha encendida se detuvo y miró hacia lo alto. La escalera parecía una calle, tan descuidada, tan fría. Al mirarla, vació su mente de todo pensamiento. Sabía qué ideas lo hubieran asaltado de haberlo permitido: que desde hacía tres años, no, cuatro, aquélla era la única mujer que había tenido entre sus brazos. Y que no podía evitar lo que el destino había dispuesto, aunque en realidad no supiera cómo podía terminar.

Llegado cierto punto, se dijo a sí mismo en un murmullo casi inarticulado que aquella noche sería definitiva: no la encontraría hermosa, no la encontraría dulce y por fin se vería libre de ella.

Sin embargo, no se movió.

La llegada de dos caballeros ingleses hablando en su lengua lo pilló desprevenido. Ambos se apresuraron a saludarlo cordialmente. Parecían asombrados ante su estatura, aunque ellos superaban la altura media de los italianos. Se sintió humillado. Lo miraban porque les resultaba repugnante, estaba seguro, y observó con frialdad cómo subían las escaleras.

Se le ocurrió que si allí hubiese habido un espejo y se hubiera mirado, habría reconocido al niño excesivamente crecido que a menudo veía, o tal vez, habría encontrado un monstruo. Se sumergió en aquellos pensamientos y fue presa de una tristeza que lo debilitaba. Resolvió que aquella noche le hubiera resultado más fácil pasarla con el conde que con aquella muchacha que, despreciada por él, dejaría de abordarlo.

Cuando apoyó el pie en el primer escalón y empezó a subir estaba algo desconcertado.

La puerta que daba a su estudio estaba abierta, y lo primero que vio fue el firmamento, la negrura absoluta del cielo y las estrellas titilantes.

La habitación era amplia; estaba vacía y a oscuras. Los grandes ventanales eran más altos que él. A su derecha distinguió una ancha claraboya de vidrio en el techo inclinado que acercaba todavía más aquella estancia a la noche.

Sus pasos sonaban huecos y, por un momento, casi perdió el equilibrio, como si el cielo que lo rodeaba en aquel pequeño pináculo en medio de Roma se moviese sobre un barco escorado.

Las estrellas brillaban prodigiosas.

Distinguía las constelaciones con una claridad magnífica y respiró hondo el aire fresco que llegaba de todas partes. Luego se volvió muy despacio bajo el cielo y de pronto se sintió insignificante y muy libre, como si no tuviera nada que perder en el mundo.

En aquel instante los objetos de la habitación empezaron a revelarse: una mesa, sillas, pinturas en sus caballetes con oscuras figuras esbozadas que se recortaban contra la blancura de los lienzos, y abundantes botellas y tarros. De repente, el olor de la trementina se sobrepuso al de los óleos de la pintora, más dulce y profundo.

Entonces distinguió a Christina, envuelta en las sombras, ante las ventanas más distantes, con la cabeza cubierta por una amplia capucha.

El miedo lo atenazó con una fuerza arrasadora y desconocida. Lo acosaron todas las dudas que había imaginado: ¿qué le diría, cómo empezarían, qué iba a pasar entre ambos, por qué estaban los dos allí?

Las piernas le temblaban, y al amparo de la oscuridad agachó la cabeza. La pena tomaba posesión de aquella habitación elevada y abierta, la pena escalaba hasta ella y extinguía la noche misma. La inocencia de aquella chica lo desarmaba y el recuerdo de su belleza formó en su mente una entidad casi etérea.

Aunque, en realidad, era una silueta oscura y silenciosa la que se le acercaba, y en aquel lugar vacío resonó la voz de ella que lo llamaba.

—Tonio —dijo, como si ya los vinculase cierta intimidad, y él se descubrió rozándose el labio mientras ella hablaba en voz baja y tono dulce.

Contempló su rostro bajo la capucha, y era esa misma capucha la que añadía un toque de terror a la escena, porque le recordaba a aquellos frailes que siempre acompañaban a los condenados al cadalso. Extendió el brazo, y acortó la distancia que los separaba. Retiró la capucha hacia abajo.

Ella no se apartó, ¡no tenía miedo! Ni siquiera cuando los dedos de Tonio se enredaron en las ondas rígidas de su pelo, separando las hebras pegadas hasta dejarlas en la parte posterior de su cabeza. Ella se acercó.

De repente, se puso de puntillas y entregó a Tonio todo su cuerpo joven bajo la túnica de lana fina y encaje, y él notó la cremosa suavidad de su pequeño mentón, unos labios tan inocentes e inexpertos que carecían de dureza, y entonces sintió que la ternura de Christina se disolvía de repente como si su cuerpo hubiera sido poseído por el deseo más palpitante.

El deseo también lo invadió a él, y se extendió por todos sus miembros, mientras su boca abandonaba los labios de ella, recorría su cuello y se posaba en la redondez de sus pechos.

Se detuvo, apretando la cabeza con tanta fuerza que podría haberle hecho daño. Luego hundió el rostro entre sus cabellos, los alzó con las manos e incluso en aquella penumbra admiró los dorados destellos de sus mechas. Acarició los pequeños rizos que le caían sobre la frente y volvió a detenerse, suspirando.

Ella retrocedió, lo tomó de la mano y lo condujo a otra habitación.

Sus dedos le parecían un tesoro inapreciable y extraño, cubiertos por aquella carne tierna y líquida. Le cogió la mano y se la llevó a la boca.

Frente a él había una cama, situada en la pared opuesta, rodeada de muebles protegidos por lienzos blancos. Parecía como si nadie utilizara aquella estancia.

—Velas —le susurró—. Luz.

Ella se quedó inmóvil, sin comprender. Luego sacudió negativamente la cabeza.

—Por favor, déjame verte —susurró él. La hizo poner de puntillas y la sostuvo en vilo hasta que sus ojos quedaron frente a frente. El cabello de la muchacha cayó hacia delante, en un intento de ocultarlos por unos instantes; él sintió un temblor que le recorría el cuerpo y los ligeros estremecimientos de ella.

La tomó por el hombro y casi sin darse cuenta, echó el pestillo de la puerta. Encontró un pequeño candelabro, lo llevó hasta la cama y cerró por completo sus cortinas de terciopelo verde que despedían un olor a polvo limpio. A medida que encendía una cerilla y acercaba la llama a una vela, y luego a otra y a una tercera, la luz fue llenando aquella pequeña estancia de cortinajes y suavidad. Ella se arrodilló ante Tonio. Su rostro era una maravilla de hermosos contrastes, sus ojos de aquel azul profundo orlados de pestañas oscuras, que estaban mojadas como si hubiera estado llorando, sus labios de un rosa virginal que no conocían el maquillaje. Para su sorpresa, Tonio descubrió que el vestido que llevaba bajo la capa negra era aquella encantadora seda violeta que teñía sus mejillas de un brillo etéreo y daba a sus redondos pechos una blancura casi imposible que resplandecía por encima de los volantes del corpiño. El color violeta bañaba su figura y formaba pálidas sombras en sus mejillas recubiertas por una delicada pelusa blanca.

Aunque Tonio absorbía todo aquello al mismo tiempo, era la expresión de Christina lo que le llegaba al alma, le aterrorizaba y le aceleraba sus ya rápidas palpitaciones, porque en la carne que allí moraba percibía un espíritu tan acerado y fiero como el suyo propio. Ella no le tenía miedo, estaba extasiada, y su actitud era resuelta. Cogió el candelabro, se lo acercó a Tonio y le imploró con la mirada que apagara las velas.

—No... —susurró él. Extendió el brazo y dudó. Quería acariciarle el rostro, pero cuánto más fácil resultaba tocarle el resto del cuerpo en la oscuridad. Notó el leve y pálido vello y la suavidad de su piel le provocó un gesto casi de dolor. El rostro de Christina había perdido toda compostura, las cejas oscuras y fruncidas se alargaron como toques de pincel sobre sus radiantes ojos que se llenaron de lágrimas y se empañaron e intensificaron su color azul.

Tonio apagó las velas, corrió las cortinas en la penumbra de la habitación, se volvió hacia ella y quiso tomarla en sus brazos, aunque ella retrocedió, intimidada por su apremio. Tonio le arrancó la seda y los volantes y sus pechos quedaron al descubierto.

Christina soltó un pequeño gemido. Se debatió contra él y Tonio la cogió de nuevo y la inmovilizó con un beso mientras notaba sus dientes tras los labios y la suavidad ardiente de la carne por encima de su labio superior. La obligó a contraer el rostro, a ladearlo de modo que no era ya una boca lo que besaba sino un pequeño portal viviente, húmedo y maleable...

Dejó caer su ropa, tumbó a la muchacha sobre la cama, y se colocó encima de ella, entre sus piernas abiertas, con la cabeza apoyada en sus pechos.

La pasión lo enardecía, estimulada por la visión y el aroma de Christina, y cuando le besó los pechos, primero un pezón y luego el otro, sintió que se ponía tensa bajo él. Tonio levantó las rodillas y tiró de ella hacia arriba para, de momento, mantenerla a salvo de su pasión.

El cabello le caía sobre los hombros desnudos, la frente era una piedra caliente contra su mejilla, y la calidez de sus pechos henchidos se derretía contra él. Eran todos sus sueños hechos realidad, y era dulzura, dulzura y anhelo, eso era ella, e incapaz de provocarla, de poseerla en todos sus secretos recovecos como una flor que se abriera pétalo a pétalo entre sus dedos decidió hacerla suya en aquel mismo instante.

Ella se puso rígida y él la tranquilizó con rápidos besos al tiempo que aproximaba la mano al húmedo vello que se escondía entre sus piernas.

Cuando ella soltó un pequeño grito asustado, él se incorporó y esperó, esperó, acariciando aquella carne secreta y sintiendo que se hacía más plena, mientras su aroma incitador le inundaba el cerebro.

Ella lo abrazó, se sumergió en él y cuando por fin alzó las caderas, Tonio la penetró. Al sentir la resistencia de aquel obstáculo, se enardeció y ya no controló su cuerpo. Fue entonces, al borde del éxtasis, cuando sintió la barrera de la inocencia de Christina y ya no pudo contener el estallido de su pasión.

Ella lloraba. Abrazada a él, lloraba, y se apartaba del rostro las mechas mojadas de cabello. Tonio se sentó en la cama, la acunó y admiró su menudo cuerpo doblado bajo la cascada de sus cabellos. Quiso tomarla por el rostro, seguro de que moriría si ella rechazaba su caricia.

—No quería hacerte daño... —le susurró—. Yo no sabía que...

Pero su pequeña boca se abrió a él tan ansiosa como antes.

Su cuerpo desnudo, inerte, era un conjunto de sombras fragantes entregado a él, y en la sábana despuntaba la mancha oscura de la sangre virginal.

Aunque reanudó sus tiernos argumentos y la consoló, envolviéndola con palabras y besos, su propia voz le sonó distante, casi ajena a él. Estaba simple y locamente enamorado de ella. Christina le pertenecía. La visión de la sangre en las sábanas ahuyentaba de su mente cualquier otro pensamiento racional. Ella era suya, no había pertenecido a ningún otro hombre. A Tonio lo asaltaron la locura y el ansia, sintió que la trayectoria de su vida sufría una sacudida y se oscurecía como una pequeña carretera que se curvara hacia el norte tras un terremoto, y un intenso terror se apoderó de él, junto a la necesidad absolutamente ciega de darle placer, al igual que le había sucedido en aquellas primera noches confusas con el cardenal hacía sólo unos meses.

¡Unos meses! Parecían años. Bajo la batuta del tiempo aquellas noches se habían vuelto tan distantes y espectrales como Venecia.

La deseaba de nuevo. Le demostraría tal dulzura y habilidad que el dolor se alejaría como la sangre que le manchaba las piernas. Le besaría allí y seguiría por la sedosa piel de sus muslos, debajo de sus brazos y bajo la solidez de sus pechos blancos. No le daría lo que cualquier hombre podía darle, sino todos los secretos dictados por su paciencia y su arte, el incienso y el vino de todas aquellas otras noches pasadas absorbiendo amor sólo por amor, cuando todavía no había encontrado eso tan precioso, esa compañera que temblaba, vulnerable, entre sus brazos.

Misterio, misterio, musitó, y el corazón comenzó a latirle de nuevo con fuerza.

2

A las diez de la mañana se despertó en su cama del *palazzo* y enseguida comenzó a practicar con Paolo en una serie de difíciles dúos. Luego se puso su chaqueta favorita de terciopelo gris, la levita de brocado y un encaje blanco como la nieve; finalmente se ciñó la espada más grande que tenía antes de dirigirse a toda prisa a Via del Corso, donde su carruaje se encontró con el de Christina. Tonio se introdujo en el vehículo de ella con la mayor discreción posible.

Christina era toda una visión, y se sentó a su lado. La besó con brusquedad y la hubiese poseído allí mismo en el carruaje de haber podido convencerla.

Sus cabellos estaban calientes y fragantes por el sol de la mañana, y cuando desvió un poco la mirada, sus pestañas hicieron que sus ojos aparecieran aún más hermosos y de un azul más translúcido. Tonio le tocó el borde de las pestañas con las yemas de los dedos y se rindió ante el encanto de su exuberante labio inferior.

Pero no podía permitir que la tristeza volviera a vencerlo, y cuando sintió que la melancolía se apoderaba de él, dejó de besarla y se limitó a abrazarla. Luego se la sentó sobre el regazo y la acunó con el brazo derecho. Su melena se derramaba sobre él como una fuente de oro, y su rostro adquirió aquella asombrosa expresión de seriedad e inocencia prodigiosamente combinadas. Por primera vez, la llamó por su nombre.

—Christina —dijo, intentando en broma pronunciarlo como los ingleses, haciéndolo sonar como un bloque sólido, con el ceño fruncido, aunque no lo consiguió y lo dijo como un italiano, con la lengua en la parte frontal de la boca de forma que todo el aire circulaba entre las sílabas: sonó como una canción.

Ella rió jovial.

—No le habrás contado a nadie que pasé la noche contigo, ¿verdad? —preguntó Tonio de repente.

—No, ¿por qué tendría que hacerlo? —preguntó ella a su vez.

El pequeño temblor de su voz exigía un respeto tan vehementemente que lo hipnotizaba. Le resultaba casi imposible prestar atención a sus palabras.

—Eres joven e inexperta y es obvio que no conoces el mundo —continuó él—. No voy a permitir que sufras. No podría soportarlo. Además, no cuidas de ti misma.

—¿Vas a dejarme tan pronto?

La pregunta lo dejó atónito y no supo si su rostro traicionaba sus sentimientos, porque no podía concentrarse en nada salvo en la proximidad de ella, en el cuerpo que sostenía entre los brazos.

—Entonces te ahuyentaré para siempre de una vez por todas —dijo Christina—. Permíteme que te cuente lo poco que me importa el mundo.

—Hummm. —Intentaba escucharla con toda su atención, pero ella resultaba tan apetitosa y la vivacidad con que pronunciaba las palabras tan deliciosa... Por su determinación deducía que se trataba de un ser humano y no de una criatura voluptuosa, aunque a buen seguro no era humana, ninguna persona podía poseer tanta belleza.

No, eso era una estupidez. Toda ella era cautivadora y, sin embargo, demostraba poseer una inteligencia clara y valiente.

—No me importa lo que los demás quieran de mí —explicó—. He estado casada, he sido obediente. Acaté todas las órdenes.

—Pero tu marido era demasiado viejo como para recordar sus derechos o privilegios —replicó Tonio—. Aún eres joven, has heredado su fortuna y puedes volver a casarte.

—No voy a volver a casarme —dijo, entornando un poco los ojos mientras el sol centelleaba en las hojas de los árboles—. ¿Por qué dices eso? —preguntó con sincera curiosidad—. ¿Por qué te resulta tan difícil comprender que quiero ser libre y pintar, tener mi estudio y llevar la vida que me apetezca?

—Eso es lo que dices ahora —apuntó él—, pero dentro de un tiempo tal vez cambies de parecer y nada te puede perjudicar más que la indiscreción.

—No. —Ella le rozó los labios con los dedos—. Esto no es indiscreción —aseguró—. Te quiero. Siempre te he querido. Te amo desde la primera vez que te vi, hace ya años. Y tú lo sabías.

—No —replicó él, sacudiendo la cabeza—. Amabas lo que veías en el escenario, en el coro...

—Te amaba a ti, Tonio —lo interrumpió ella, casi riendo—, y te amo ahora. Y no hay indiscreción alguna en amarte, y tampoco me importaría si la hubiera.

Tonio se inclinó hacia delante para besarla, sin poder evitar creer en sus palabras mientras la dulzura de su juventud e inocencia se transformaba mediante un proceso alquímico en un sentimiento más fuerte y hermoso.

—Tengo miedo por ti —dijo él—. No te comprendo del todo.

—Pero ¿qué hay que comprender? —le susurró ella al oído—. Durante todos esos años en Nápoles, ¿no advertiste mi tristeza mientras me espiabas por el rabillo del ojo? Siempre me estabas observando. —Lo besó y apoyó la cabeza contra la suya—. ¿Qué puedo contarte de mi vida? Que pinto desde el alba al atardecer, que pinto de noche, casi sin luz. Que sueño con que me hagan encargos para pintar frescos en las más importantes iglesias. También he descubierto que lo que más me interesa es pintar rostros, de ricos y de pobres, los rostros de quienes me están poniendo de moda y de aquellos con quienes me cruzo en la calle. ¿Es eso tan difícil de entender? ¿Tan inaceptable te resulta esa vida?

Sus manos no podían dejar de tocarla, acariciarla, apartar sus pequeños rizos dorados para que cayeran otra vez sobre su frente.

—¿Sabes qué soy? —preguntó con una bella sonrisa—. He experimentado tanta felicidad en la Piazza di Spagna que me he convertido en una estúpida.

Él rió; sin embargo su expresión cambió de inmediato y se concentró en aquella palabra.

—Una estúpida —repitió en un susurro.

—Sí, una completa idiota. —Frunció el ceño—. Quiero decir exactamente que cuando me despierto pienso en pintar, y cuando me acuesto pienso en pintar, y el único problema para mí reside en contar con las suficientes horas al día para...

Tonio comprendió. En sus peores momentos, cuando no podía dejar de pensar en Carlo y en Venecia, cuando parecía que los propios muros del *palazzo* Treschi se desmoronaban sobre él y la luz era la de Venecia, anhelaba aquella simplicidad de la que hablaba Christina. Y de no haber sido por sus recuerdos, la habría logrado. Guido la había conseguido, una simplicidad divina porque la música era la pasión que lo consumía, su trabajo, sus sueños. Y en aquellos últimos siete días en los que Guido había trabajado noche y día más allá del límite de la fatiga, su rostro, a causa de esa simplicidad, se había vuelto completamente inexpresivo.

—Si no fuera por el amor y la soledad —decía ella con voz distante y conmovida—, mi vida, tal como es, sería un regalo de Dios.

—Entonces, ¿es amor lo único que necesitas? —preguntó él—. ¿Es amor lo único que necesitas para que tu existencia sea un regalo de Dios?

Ella se incorporó, le pasó los brazos alrededor del cuello y la luz centelleó a sus espaldas, dorada y verde; luego se oscureció. Tonio cerró los ojos, abrazó su cuerpo menudo y suave, y supo que si antes había conocido aquella felicidad, la había olvidado. Comprendió que nunca más olvidaría esta sensación, sin importar qué le deparara el futuro.

La mañana avanzaba hacia el mediodía y ellos se movían ligeros y presurosos.

Visitaron unas cuantas tiendas en busca de viejas pinturas por las que Christina regateó con la misma determinación que un hombre. Conocía a algunos de los propietarios y en algunos casos la estaban esperando. Se abría camino confiada entre una barahúnda de tesoros polvorientos, como si momentáneamente olvidara que Tonio seguía a su lado.

Él se sentía muy cómodo en aquellos oscuros y abarrotados lugares. Examinó manuscritos antiguos, mapas, espadas. Encontró unas partituras de Vivaldi y otras más antiguas que compró de inmediato.

Pero casi todo el tiempo se dedicó a contemplar a Christina con humilde fascinación mientras los vendedores regateaban para acabar cediendo la mercancía al precio que ella quería. Adquirió fragmentos de una escultura romana, la cual Tonio y el cochero envolvieron con esmero en sábanas viejas y colocaron en el carro, ya que ella anunció que quería pintar a partir de esos modelos. Compró retratos, agrietados y oscurecidos, pródigos en exuberantes y vivos detalles.

Su simple compañía constituía todo un placer. El control que ejercía de sí misma lo excitaba, y sin darse cuenta; amó aquel sentido de la vida de Christina, tan completo, la escuchó hablar de sus tesoros, de cómo debía perfeccionar las manos y los pies, sus estudios, de que requerían flores y cortinajes, de cómo una cosa era buena y la otra carecía de valor.

Tonio experimentó aquella prodigiosa sensación de conocerla y haber estado siempre con ella, disfrutando de su apacible compañía, y sin embargo era una persona por completo desconocida para él, de modo que cada gesto, cada movimiento de su cabello rubio, lo asombraban.

El coche salió de Roma en dirección sur a través de un campo sembrado de ruinas, con un gran acueducto devorado por la maleza y, desperdigadas, las columnas erectas de un antiguo templo. Ella hablaba en voz baja de la belleza de Italia, de que se había convertido en el paisaje de sus sueños desde el momento que lo había descubierto, y de su esposo, siempre tan atento, que la había llevado a todas partes, dejándola pintar y dibujar a su antojo.

Durante unos instantes, Tonio supo dónde se encontraban, no lejos de la villa de la condesa; pero luego siguieron más hacia el sur, en dirección al mar, y enseguida recorrieron una larga avenida de álamos desnudos que alzaban sus aguzadas ramas al cielo azul.

Ante ellos apareció una casa que extendía su larga fachada rectangular a derecha e izquierda, con la superficie jaspeada por el paso del tiempo y profundas grietas. Toda la pintura ocre que antaño la había cubierto aparecía apagada y desconchada en algunos puntos moviéndose como los pétalos de una flor. Sin embargo brillaba bajo el intenso sol y los postigos daban paso a la oscuridad a medida que se aproximaban. Christina tomó a Tonio de la mano y lo condujo hacia la puerta abierta.

Las hojas secas cubrían las baldosas, y cuando unas gallinas pequeñas y veloces se apresuraron a esconderse se oyeron unos crujidos, y también se oían los balidos de los corderos, que sonaban huecos y fantasmagóricos bajo aquellos techos altos; aquí y allá había montones de paja apilados contra las paredes pintadas, y un reguero de agua, que la lluvia había convertido en cascada, discurría por los murales hasta los restos de unos muebles viejos.

—¿De quién es esta casa? —le preguntó Tonio. Ella caminaba delante de él; su estatura le daba un aire majestuoso con la falda recogida por encima de los tobillos y el cabello que le caía en ondas hasta la cintura.

Tonio se quedó inmóvil. Casi temblando, contempló aquella decadencia, cuya visión lo hizo retroceder en los años hasta cierto momento soleado en Venecia en el que había estado en habitaciones vacías como aquéllas, con la pandereta en la mano, y la música creció rítmica y violentamente durante un momento, para apagarse al cerrar los ojos y sentir el sol en los párpados con su disolvente calidez.

El aire se agitaba a su alrededor. No sentía pena ni lamentaba nada. Y cuando abrió los ojos de nuevo, vio el día que tallaba haces de luz a través de las ventanas, y la tierra alzándose e inclinándose en la distancia, y le pareció que aquel lugar era como el gran esqueleto de una casa abierta a la lluvia y a la brisa y al olor de la hierba y a todo lo que crecía en la tierra.

Ella lo llamaba con una seña desde la escaleras.

—Es mi casa —dijo mientras Tonio la seguía y ella apoyaba la mano en su brazo—. Vengo cuando me apetece. ¿No le das tu aprobación? —Lo miró con una expresión de inocencia y vulnerabilidad—. Puedo ir por toda Europa pintando, puedo hacer retratos en cualquier lado, y quizá pintar incluso los murales de mis sueños en las grandes iglesias, pero siempre puedo volver aquí, a esta casa, mi hogar.

Él la siguió por las escaleras hasta llegar a un gran salón que dominaba la campiña de abajo. La hierba crecía tan alta como el trigo ondeando bajo la celosía gris de los álamos. Las nubes bajas estaban teñidas de oro.

Christina se detuvo ante él, muy quieta, el rostro redondeado y menudo y unas mejillas tan suaves que Tonio tuvo deseos de tomarle la cara entre las manos.

En aquel momento sentía la vitalidad de Christina, la había sentido con toda intensidad, aunque hacía sólo unos instantes que ella había hablado de sueños. Y en aquel instante comprendió que a su alrededor todo eran hombres y mujeres, una gran sociedad de seres que desconocían por completo aquella vitalidad, aquellos sueños. Guido sí los conocía, por supuesto, Bettichino también, todos los que trabajaban y vivían para la música los conocían. Y Christina los conocía.

Eso era lo que la diferenciaba de las marquesas, de las condesas, de los condes, de todas aquellas figuras elegantemente ataviadas y arregladas del público que cada noche lo aplaudía y alentaba. Y estuvo a punto de comprenderla, comprender lo que decía, lo que hacía, su energía diáfana y el hecho de que siempre pareciera tan solitaria, incluso cuando la había visto bailar, hacía años, en aquellos salones abarrotados de gente.

Tonio la observaba, miraba aquellos ojos turbados que se oscurecían.

Se preguntó qué había creído que sería Christina para él, ¿una belleza carnal que le ayudaría a recuperar la fuerza perdida? Y allí estaba ella, aquella envoltura de la idea que de ella se había forjado: banal y hermosa y fuera de su alcance, abierta para revelarse en su estremecedora entereza. Y entonces, al descubrir en su rostro una expresión que él interpretó como tristeza, ¿por qué tenía que ser tristeza?, la atrajo hacia él y la tomó entre sus brazos.

Le cogió la cara con las manos, le apartó el cabello de los ojos, y se le abrió por completo al tiempo que ella se rendía. Hicieron el amor en un lecho de heno, y se entregaron mutuamente todo su calor.

Soñó con la nieve.

No había visto la nieve desde que saliera de Venecia, y nunca una nieve tan densa que lo cubría todo como un manto blanco, una nieve que borraba los contornos. Sin embargo, soñó que se despertaba en aquel mismo lugar y encontraba la tierra oculta bajo esa nieve, pura y blanca hasta donde alcanzaban sus ojos. Los álamos desnudos destellaban por la escarcha y la nieve brillaba en sus ramas. Unos copos suaves, ingrávidos y magníficos caían sobre el mundo y entraban por aquellas ventanas rotas, por lo que hasta el suelo que lo rodeaba estaba alfombrado de una blancura asombrosa.

Christina estaba con él, aunque no lo bastante cerca para poder tocarla. Advirtió que en la pared opuesta había cientos de imágenes dibujadas, unas imágenes que no había visto hasta entonces: arcángeles de inmensas alas y espadas de fuego llevando a los condenados al infierno, y unos santos que miraban al cielo con rostros contraídos de sufrimiento. Unos trazos negros habían creado la ilusión de que en esos momentos parecieran rebosantes de vida. Como si la mano de Christina los hubiera liberado de la pared en la que permanecían cautivos. Vio sus ceños fruncidos, las nubes por encima de sus cabezas, elevándose en el cielo, mientras abajo las llamas saltaban para consumir a los pecadores vencidos.

La inmensidad de aquella pintura lo aterrorizó, y el cuerpo pequeño de Christina ante ella, con el cabello que le caía hasta la cintura, la falda ondulándose mientras iba de un sitio a otro, con la mano extendida para borrar lo que parecía inevitable e inmutable.

Pero cuando se volvió, se dio cuenta de que también había sido alcanzaba por la nieve, que entraba por la ventana para salpicarle la falda con brillantes partículas, los pechos, la curva de los hombros. Su cabello relucía con los copos y se onduló despacio hasta cubrirlos a ambos.

¿Qué significaba aquella nieve que caía en un lugar inverosímil? Incluso dormido, necesitaba desesperadamente conocer la respuesta. ¿Por qué aquella paz extraordinaria, aquella belleza resplandeciente? Y entonces, mirando el terreno que serpenteaba bajo un cielo perlado, creyó por un momento que no se hallaba en Italia, sino muy lejos de todo lo que amaba y temía y significaba algo para él:

Venecia. Carlo, el lento avance de su vida hacia el caos. ¡Nada de eso existía! Estaba sobre la faz de la Tierra, no en un lugar concreto. La nevada se hizo más densa y los copos más gruesos, blancos y deslumbrantes.

Mientras permanecía allí, de pie, sintió los brazos de Christina alrededor de su cuerpo, sintió las miradas de los santos y los ángeles desde la pared, y la amó, y supo que ya no tenía nada que temer de ella.

Despertó.

El sol le abrasaba la cara, estaba tumbado solo sobre la paja, y la noche estaba a punto de caer. Permaneció tumbado un buen rato, sin moverse, ni siquiera para ir a buscarla. Despacio, a través de las sombras, distinguió un gran dibujo que cubría la pared, tal y como había visto en su sueño, y a buen seguro antes de dormirse, aunque no lo recordaba. Y ella también estaba allí, de pie ante él.

3

Todas las noches, después de que cayera el telón por última vez, se apeaba de su carruaje en Via del Corso y se metía en la maraña de calles enfangadas hasta llegar a la Piazza de Spagna para encontrarse con ella en secreto, ya que los *bravi* de Raffaele seguían al acecho.

Una vieja sirvienta, ajada y morena, rondaba siempre por la casa, merodeando por las estancias, quitando el polvo, afanada en ordenar cosas sin sentido. Sus ojillos miraban con desdén a Tonio, con la palabra «hombre» reflejada en ellos como un insulto, y él, al verla, debía hacer esfuerzos para contener la ira. Pero Christina se deslizaba por entre los tonos brumosos de la habitación, se acercaba a Tonio y lo tranquilizaba. Para ella los besos de Tonio eran como una droga, los recibía con los ojos entornados, y se fundía en ellos para que se prolongaran al máximo antes de suplicarle que posara.

Tonio temblaba. Ese amor lo atormentaba. Toda la emoción del escenario se condensaba para enfurecerlo y desesperarlo.

El estudio se llenó enseguida de velas. Los altos ventanales se convirtieron en espejos por obra de la creciente luz. Christina lo acomodó frente a ella, sacó un papel, lo clavó en una tabla y empezó su retrato al pastel, que enseguida coloreó al tiempo que sus dedos se teñían de distintos tonos.

El rítmico roce de la tiza lo adormecía mientras a su alrededor lo escrudiñaban rostros pintados, exuberantes, magníficos, apasionados hombres y mujeres a quienes conocía, otros de tamaño mítico que se recortaban contra cielos plúmbeos y nubes tan reales que parecían encontrarse en el límite de un movimiento predecible. En un marco lejano, el cardenal Calvino se alzaba sobre él, vibrante, inconfundible, plasmado con tal fuerza que provocaba en Tonio una vaga turbación.

El talento de Christina estaba más allá de toda duda. Sus figuras robustas, familiares o extrañas, lo cercaron con irreprimible vigor.

Ella trabajaba en el centro de todo aquello. Los cabellos cobraban vida y se ondulaban bajo la luz. A Tonio se le antojaba cada vez más peculiar. Se preguntó si se enfadaría en caso de poder leerle los pensamientos. Se veía tan exótica en aquel sitio como una paloma blanca que hubiese descendido de alguna cima encumbrada para posarse y revolotear a un ritmo preciso sobre un clavicémbalo. Era muy sensual, la personificación del deseo. ¿Cómo podía aquella forma contener inteligencia, talento, fuerza de voluntad? Lo seducía hasta lo impensable.

Casi en trance, para avivar aún más su dulce tormento, la imaginó leyendo libros, algo que sin duda hacía todos los días, o escribiendo tratados de filosofía, una disciplina que seguramente dominaba. De repente, fijó la vista en su mano, que trabajaba con ahínco, cubierta de tiza de colores, rompiendo en dos cada una de ellas y convirtiendo en un pequeño desastre su caja de pasteles. Necesitaba libertad para aplicar los colores con pequeños toques frenéticos. Su cara resplandecía, imbuída en su tarea, mientras él la contemplaba aburrido, deseoso de poseerla.

Pero ya tendrían tiempo de sobras para entregarse al amor.

Él temía el momento siguiente, cuando el dolor lo abrasara.

Lo asaltó el vago recuerdo de haber estado en un espléndido lugar lleno de música que de repente se detenía, y hacía que el miedo se apoderara de él. Parecía música de Vivaldi. Los acelerados violines de *Las cuatro estaciones*. Y sintió el vacío del aire cuando terminó.

Por fin el retrato quedó terminado. Había pasado diez días esclavo de ella, entregado exclusivamente a la ópera y a Christina.

Faltaba muy poco para el amanecer; ella se lo mostró y él contuvo una exclamación.

En aquella miniatura esmaltada que había enviado a Guido había plasmado una inocencia dulce, pero en aquel retrato Tonio captó una oscuridad, una actitud meditabunda, incluso una frialdad que él no era consciente de transmitir.

Como no quería decepcionarla, murmuró frases sencillas, pero lo dejó a un lado, se acercó a ella y se sentó junto al banco de madera para quitarle la tiza de los dedos.

Amarla, amarla, eso era lo único que podía pensar o sentir, lo único para lo que aún le quedaba voluntad, y una vez más la poseyó, asombrado ante la tenue membrana que separaba la crueldad de la pasión irresistible.

Amar a alguien de ese modo era pertenecerle. Toda libertad seguía el camino de la razón y la felicidad escogía para sí misma un lugar adecuado, un momento adecuado. La mantuvo contra sí, incapaz de hablar, y sus huesos blandos y cálidos, apretados contra su cuerpo, le contaron sólo los secretos más terribles.

Amor, amor, tenerla a ella.

La llevó a la cama, depositó su cuerpo sobre el lecho, dispuesto a perderse de nuevo en ella.

Entonces llegó ese instante de unión que tan a menudo había vivido con Guido en el pasado, cuando el cuerpo encontraba por fin reposo y sólo deseaba su compañía.

La mesa estaba dispuesta, las velas encendidas. Ella se puso una bata que le dejaba los hombros al descubierto y lo llevó hasta allí, donde la vieja criada había servido vino y platos de pasta humeante. Cenaron ternera asada y pan caliente, y cuando dieron cuenta de todo, la tomó en su regazo y ambos, cerrando los ojos, iniciaron un pequeño juego de caricias y besos, cuyas reglas quedaron reducidas a que mientras él acariciaba a ciegas los huesos de su pequeño rostro, ella hacía lo mismo con él, y mientras acariciaba sus delicados hombros ella lo imitaba hasta conocer todas las partes de sus respectivos cuerpos.

Tonio empezó a reír, y como si él le hubiera dado permiso, ella dejó estallar su risa de niña mientras comparaban todos los rincones de sus cuerpos. Él palpó su sedoso labio inferior, su abdomen liso y redondo, y la parte posterior de sus rodillas. La tomó en brazos y la acomodó de nuevo entre las sábanas para explorar las grietas más húmedas, aquellos pliegues suaves como plumas, aquellas partes cálidas y palpitantes más íntimas, mientras la mañana se alzaba tras las ventanas.

Había amanecido. El sol entraba a raudales. Tonio se sentó junto a la ventana, con las manos cruzadas sobre el alféizar, y se extrañó al pensar en Domenico, en Raffaele, en el cardenal Calvino. El recuerdo de aquellos hombres todavía le causaba dolor, y algo parecido al sentimiento producido por el brío de los violines.

Los había amado a todos, eso era lo más asombroso, porque en aquel sereno instante no quedaba ya nada de aquellos amores que pudiera atormentarlo. Guido, lo amaba más que nunca, pero era un amor pleno y apacible que ya no requería de la pasión.

¿Y aquél?

Lo enloquecía. Y la paz apenas vislumbrada en su sueño de nieve se le escapaba.

Miró a Christina.

Estaba profundamente dormida en su cama. Se sintió esposo, hermano, padre. Quería llevársela de allí, lejos, muy lejos, pero ¿adónde? ¿A algún lugar donde nevase? ¿O de regreso a aquella villa, donde podrían vivir juntos para siempre? Una terrible fatalidad se cernió sobre él. ¿Cuál era el significado de todo ello? ¿Qué había deseado verdaderamente? No era libre para amar a nadie, ni siquiera para amar la vida misma.

Sabía que si no se alejaba de Christina de inmediato, la perdería para siempre, aunque al sentir su infinito poder sobre él sólo tuvo fuerzas para llorar. O tumbarse de nuevo junto a ella y limitarse a abrazarla.

Ella podría permitirse cualquier crueldad, tanto era el amor que él le profesaba. Y entonces se dio cuenta de que en ninguna de sus relaciones había tenido miedo, ni siquiera con Guido. En cambio ahora tenía miedo de ella, la temía, y no sabía por qué, sólo aquello daba la medida de su capacidad para herirlo.

Pero Christina nunca le haría daño. La conocía, conocía su lado oscuro. Percibía que en su interior brotaba una bondad sencilla e inmensa que él anhelaba con toda su alma.

Avanzó deprisa hacia la cama, pasó los brazos bajo Christina y la sostuvo hasta que despacio, muy despacio, los ojos de ella se abrieron y lo miró.

—¿Me quieres? —preguntó Tonio entre susurros—. ¿Me quieres?

Sus ojos se agrandaron, se enternecieron y se llenaron de tristeza al verlo tan desvalido, y Tonio se sintió a su entera merced.

—¡Sí! —respondió, y lo dijo como si acabara de descubrir sus propios sentimientos.

Unos días después, una tarde en la que media Roma parecía haberse reunido en su estudio, con el sol colándose por los ventanales desnudos, mientras hombres y mujeres charlaban, bebían vino o té inglés, y leían periódicos ingleses, ella se inclinó sobre el caballete, con la mejilla manchada de tiza, y el cabello descuidadamente sujeto con un lazo violeta. En aquel preciso instante, Tonio, que procuraba pasar desapercibido la miró y comprendió que le pertenecía por completo. Qué estúpido eres, Tonio, pensó, así sólo aumentas tu dolor, aunque en realidad, ni siquiera había sido una decisión.

4

Guido sabía que ocurría algo y era consciente de que Christina no tenía nada que ver con ello.

El carnaval romano se les había echado encima, la ópera llevaba varias semanas de representaciones triunfales y, sin embargo, Tonio se negaba todavía a hablar de futuros compromisos. Por más que Guido insistiese, Tonio le rogaba que lo dejase en paz.

Afirmaba estar cansado, distraído, alegaba que tenía que ir al estudio de Christina, que como esa tarde ambos iban a ser recibidos por una electora, le era imposible pensar en nada más.

Todo un sinfín de excusas. Y de vez en cuando, si Guido sorprendía a Tonio en el camerino del teatro, su rostro se crispaba y adquiría aquella frialdad que siempre le había provocado una punzada de mudo terror mientras Tonio decía enfadado:

—¡Ahora no puedo pensar en eso! ¿Aún no tienes bastante?

—¿Bastante? Pero si sólo es el principio, Tonio —respondía Guido.

Al principio Guido se decía a sí mismo que la causa era Christina.

A fin de cuentas, nunca había visto a Tonio así, tan completamente entregado a una relación amorosa.

Sin embargo, cuando Guido decidió ir a ver a Christina una tarde en la que Tonio se encontraba en una recepción que no podía eludir, se sorprendió al oír las negativas de la joven.

Ella no tenía nada que ver con el hecho de que Tonio se negase a cantar en Florencia durante la Pascua. En realidad, ni había oído hablar de tal posibilidad.

—Estoy dispuesta a seguirlo a todas partes, Guido —le aseguró—. Yo puedo pintar aquí o en cualquier otro sitio. Sólo necesito el caballete, las pinturas, las telas y los pinceles, y eso puedo llevármelo conmigo a cualquier rincón del mundo —bajó la voz—, siempre que él esté a mi lado.

Sus últimos invitados acababan de despedirse. Las criadas retiraban los vasos de vino y las tazas de té. Y ella, con las mangas prendidas con alfileres en lo alto, trabajaba en sus óleos y pinturas. Frente a ella había recipientes de cristal con escarlata, vermellón y ocre.

—¿Por qué, Guido? —preguntó apartándose el cabello del rostro—. ¿Por qué no quiere hablar del futuro? —Parecía temer la respuesta de Guido—. ¿Por qué insiste en mantener nuestra relación en secreto y se esfuerza por que todo el mundo crea que sólo somos amigos? Ya le he dicho que si pudiera hacer las cosas a mi modo, viviríamos juntos. Guido, todos los que nos conocen bien saben que es mi amante, pero ¿sabes qué dijo? De eso no hace mucho, era muy tarde, y había bebido mucho vino. Dijo que no albergaba ninguna duda de que, pese a todo lo que habías hecho por él, a ti te había beneficiado el haberle conocido, que no te causaría ningún perjuicio. Sus palabras fueron: «Después de esto, el viento hinchará las velas.» Pero añadió que yo no quedaría en buena posición si acababa con mi reputación y que no me perjudicaría por nada del mundo. ¿Por qué habla de abandonarme, Guido? Hasta esa noche, temía que fueses tú quien le pedía que renunciase a mí.

Guido advirtió que ella lo miraba fijamente, le imploraba, y aunque aumentó la presión con que le tomaba la mano, no podía satisfacerla. Contempló los tejados que se divisaban desde los ventanales sin cortinas y sintió frío por haberse cruzado de nuevo con el viejo enemigo, con el viejo terror.

A Christina no le dijo nada más, salvo que hablaría con Tonio, y luego, tras rozarle la mejilla con los labios, se dispuso a marcharse.

Olvidó su tricornio y bajó las huecas escaleras para salir a la abarrotada Piazza di Spagna. Entonces, se dirigió despacio hacia el Tíber, con la cabeza gacha y las manos detrás de la espalda.

Roma lo atrapó en sus sinuosas callejas, lo llevó de una plaza irregular a otra. Lo condujo ante estatuas gigantescas y fuentes relucientes, mientras su mente se encogía ante su perfección sólo para crecer de nuevo con la plenitud del conocimiento.

Horas más tarde, caminaba sin rumbo por el suelo multicolor de la plaza de San Pedro, pasando junto a las majestuosas tumbas de los papas. Le sonreían esqueletos de piedra esculpidos con tanto detalle que se dirían recién descubiertos. La multitud, compuesta por fieles de todo el mundo que atestaba la plaza, lo empujaba en todas direcciones.

Sabía lo que le ocurría a Tonio. Lo había sabido antes de hablar con Christina, pero tenía que estar seguro.

La imagen volvió a él, se implantó en su mente, menos imaginativa y literal, con la locuacidad del maestro Cavalla: Tonio se estaba desgarrando lentamente.

Era la batalla de aquellos dos seres que ya había presenciado: uno que anhelaba la vida y el otro que no podía seguir existiendo sin la esperanza de la venganza.

En aquellos momentos en que Christina tiraba de su mitad más brillante, en que la ópera lo colmaba de tantas bendiciones y promesas, el ser oscuro, asustado, pugnaba por destruir al enamorado porque temía ir perdiendo terreno hasta desaparecer por completo.

Guido no lo comprendía del todo. No era una imagen

fácil para su mente. Intuía que cuanto más le daba a Tonio la vida, más consciente era de que no podía disfrutarla plenamente hasta que hubiera solucionado aquel viejo asunto pendiente.

Guido se sintió solo en medio de aquel gentío que entraba en la mayor iglesia del mundo. Sabía que no podía hacer nada.

—No puedo... —susurró, oyendo con claridad sus palabras por encima de la multitud de sonidos que lo rodeaba—. No puedo vivir sin ti. —Los intensos haces de luz solar le nublaron la vista. Nadie reparaba en él, que hablaba solo y permanecía inmóvil—. Mi amor, mi vida, mi voz —susurró—. Sin ti, no hay viento que hinche las velas. No hay nada.

Aquel mal presagio lo asaltó cuando se dirigían hacia Roma; la pérdida de su joven y fiel amante no era nada comparado con el abismo que se abría ante él, cada vez más profundo.

Llegó el carnaval. Las noches se volvieron más apacibles. El público se mostraba enloquecido. La condesa había regresado y cada noche organizaba bailes en su villa.

Guido abandonó todos sus proyectos para la temporada de primavera. Sin embargo, no dijo nada a los agentes de Florencia. Ojalá pudiera obligar a Tonio a un compromiso más... Tonio nunca faltaría a su palabra y eso le daría tiempo. Ésa era su obsesión: el tiempo.

Pero un día, a primera hora de la tarde, mientras Guido escribía un nuevo dúo para que Bettichino y Tonio practicaran cuando se aburrieran, uno de los ayudantes principales del cardenal le anunció que el *signore* Giacomo Lisani, de Venecia, se encontraba allí para ver a Tonio.

—¿Quién es? —preguntó Guido malhumorado. Tonio había salido con Christina al carnaval.

En cuanto vio al joven rubio, lo reconoció. Hacía

años, se había presentado en Nápoles por Nochebuena para visitar a Tonio.

Era su primo, el hijo de la mujer que tan a menudo le escribía. Llevaba consigo un pequeño baúl, una especie de cofre, y quería entregárselo a Tonio personalmente.

Se decepcionó al saber que no podría verlo de inmediato. Cuando Guido se identificó, el primo de Tonio empezó a contarle lo ocurrido.

La madre de Tonio había muerto hacía un par de semanas, tras una larga enfermedad.

—Tengo que comunicárselo yo mismo, ¿comprende?

No consiguieron localizar a Tonio y Guido no quería que se enterara antes de la representación de aquella noche.

Era ya más de medianoche cuando aquel joven veneciano, que había vuelto a la casa del cardenal con el cofre, le dio el mensaje de la forma más directa que pudo, intentando causarle el menor dolor posible.

La expresión en el rostro de Tonio fue algo que Guido deseó no volver a ver nunca más.

Después de besar a su primo y llevarse el cofre a la habitación, lo abrió y miró su contenido. Luego comunicó a Guido que le apetecía salir.

—Déjame ir contigo, o que te acompañe a casa de Christina. No te conviene sobrellevar este dolor tú solo.

Tonio lo miró un prolongado instante como si aquellas palabras lo asombrasen y Guido sintió el peso de todas las experiencias que lo separaban de Tonio. En aquella vida oscura, en aquella vida secreta de Tonio, vinculada a las personas que había conocido y amado en Venecia, no dejaba cabida para nadie más.

—Por favor —suplicó Guido, con la boca seca y las manos temblorosas.

—Guido, si me quieres déjame solo. —Aun así, desprendía amabilidad, y esbozó una media sonrisa y extendió la mano para tranquilizar a Guido, que se quedó contemplando en silencio cómo se marchaba.

El cardenal subió a la habitación enseguida.

Guido se encontraba solo, mirando los objetos que Tonio había depositado en la mesa para que todo el mundo los viera.

Mientras Guido los examinaba con atención, lo invadió tal sentimiento de desolación que se quedó sin palabras.

El cofre estaba lleno.

Había partituras, sobre todo piezas de Vivaldi, en unos viejos volúmenes que llevaban escrito el nombre de Marianna Treschi con caligrafía infantil. También había libros, cuentos de hadas franceses, e historias de dioses griegos y héroes de las que se leen a los niños.

Pero lo que más sobrecogió a Guido y le provocó un agudo dolor fueron la ropa y los efectos personales del pequeño.

Había un traje de cristianar blanco, que debió de pertenecer a Tonio, y media docena de diminutos vestiditos, todos ellos en perfecto estado, con los correspondientes zapatos y guantes.

Por último estaban los retratos, miniaturas esmaltadas y una pintura muy fiel del muchacho de exquisitos ojos negros que Tonio había sido.

Mientras contemplaba aquellos objetos, Guido advirtió que constituían esas reliquias que otros atesoraban, pero que rara vez uno mismo guardaba.

Las habían sacado de los lugares donde las habían guardado, las habían embalado y enviado a Roma como prueba irrefutable de que en la casa de los Treschi ya no quedaba nadie que amara al joven que allí había vivido. Era como si todos los que habían compartido esa otra vida con Tonio hubiesen muerto.

El cardenal preguntó con un hilo de voz si había algo que él pudiera hacer. Había ordenado a sus ayudantes que se retiraran; se le veía paciente y caritativo, pendiente de un músico que lo había dejado esperando en la puerta como si fuera un criado.

Guido alzó la vista y lo miró. Murmuró excusas respetuosas por toda aquella confusión, e intentó adivinar en qué medida aquel hombre se interesaba por Tonio, y hasta dónde alcanzaba su poder.

Estudió al cardenal mientras éste observaba aquellos tesoros.

—La madre de Tonio ha muerto —dijo Guido en voz baja. Pero detrás de aquellas sencillas palabras se escondía la sospecha de que Marianna Treschi, a la que Guido nunca había conocido, bien podía ser la última barrera que se interponía entre Tonio y su inevitable viaje a Venecia.

5

El carnaval romano estaba a punto de terminar y con él las últimas y más frenéticas noches de la temporada operística. Desde el alba al anochecer, la estrecha Via del Corso estaba repleta de juerguistas disfrazados, y a cada lado de la calle se habían levantado estrados, abarrotados de espectadores enmascarados. Los carruajes de las grandes familias, de ostentosa decoración, avanzaban por la calzada, cargados de indios, sultanes, dioses y diosas. La gran carroza de los Lamberti había elegido como tema el nacimiento de Venus en la espuma, representado por la propia condesa, adornada con guirnaldas de flores ante una gran concha de pasta de papel. Detrás iban otros carruajes que avanzaban lentamente, mientras sus ocupantes enmascarados arrojaban una lluvia de almendras azucaradas. Las calles estaban invadidas por hombres vestidos de mujer, mujeres vestidas de hombre y toda clase de personajes anónimos disfrazados que desfilaban ataviados de príncipes, marineros o grandes personajes de la *commedia*. Los motivos de siempre, la misma locura.

Tonio, enmascarado, con un largo *tabarro* negro que ocultaba su vestimenta, caminaba junto a Christina, que llevaba el cabello echado hacia atrás como un hombre y cubría su cuerpo menudo con el atuendo de un oficial militar.

Corrían de un lado a otro, y Tonio levantaba el brazo de vez en cuando para protegerla de un diluvio de confeti, al tiempo que se agachaban y se levantaban para ver las bufonadas de un polichinela que interpretaba una obra desenfrenada. En algunos momentos escapaban para besarse, recobrar el aliento o abrazarse furtivamente ante la puerta de una iglesia.

A medida que el día declinaba hacia el atardecer, la multitud se dispersaba por fin para presenciar el emocionante clímax final del desfile: quince caballos que serían llevados primero desde la Piazza del Popolo hasta la Piazza Venecia y otra vez de regreso, antes de ser soltados en la primera para que se precipitaran en libertad hacia la segunda. Era un espectáculo temerario y que entrañaba un peligro excitante, el sonido de las pezuñas, los inevitables tropezones de la multitud, los animales llegando en tropel a la Piazza Venecia, donde se anunciaría el ganador.

Luego, cuando por fin se puso el sol, la gente se quitó las máscaras, la calle se vació y el gentío buscó diversión en otra parte: los bailes que se celebraban por toda la ciudad, o el teatro, su mayor deleite.

El público de la Ópera estaba enfervorizado. Aunque las máscaras habían desaparecido, todavía se veían disfraces, sobre todo el largo y holgado *tabarro*. Había mujeres encantadoramente convertidas en apuestos militares, disfrutando de toda la libertad que les permitían los pantalones, mientras los seguidores enfrentados de Bettichino y Tonio intentaban superarse en desvarío los unos a los otros.

Parecía imposible que los palcos resistiesen todo el peso que soportaban y el teatro vibraba con los generosos aplausos, los gritos de bravo, los pateos, las ovaciones.

Finalmente, todos se fueron a casa, Tonio y Christina abrazados, para levantarse de nuevo al amanecer y continuar la fiesta.

Había momentos en que, en medio de la avalancha de gente, Tonio se quedaba quieto, con los ojos cerrados y, balanceándose de puntillas, imaginaba que se hallaba en la Piazza San Marco. Allí, los muros cercanos desaparecían, el cielo se abría ante él y los mosaicos dorados resplandecían como grandes ojos inmóviles por encima de la multitud. Casi podía oler el mar.

Su madre estaba con él, y también Alessandro. Era aquel primer carnaval glorioso en el que por fin habían disfrutado de la libertad, y el mundo se les antojaba un prodigio, repleto de maravillas exquisitas. Oyó la risa de Marianna, sintió incluso la caricia de sus manos; entonces recuperó intactos todos los recuerdos de su madre, inmunes al dolor posterior. Habían tenido una vida juntos y esa certeza vencería al tiempo.

Le hubiera gustado creer que estaba junto a él, que de alguna manera Marianna lo sabía y lo comprendía todo.

Si algo lo atormentaba en aquellos días de amargo y secreto pesar era no haber podido hablar otra vez con ella, sentarse a su lado, cogerle las manos, decirle lo mucho que la quería, y asegurarle que no había estado en sus manos el cambiar el curso de los acontecimientos.

Su madre le parecía tan impotente en la muerte como durante su vida.

Sin embargo, cuando Tonio abrió los ojos a la ciudad de Roma, a las chicas romanas que hacían cosquillas a quienes no llevaban máscara, a los hombres disfrazados de abogados que reprendían a la multitud, y los más malvados de todos, los jóvenes vestidos de mujeres que desnudaban sus pechos, enseñaban las piernas y se ofrecían a los viandantes, cuando vio toda aquella vida desatada a su alrededor, admitió lo que siempre había sabido: que en realidad no había querido despedirse de ella. En sus sueños de venganza o de justicia más desaforados jamás había imaginado siquiera una palabra dirigida a ella, una mano extendida, una muestra de afecto. En una borrosa visión, la había imaginado más bien vestida de viuda, llorando entre sus hijos huérfanos a su esposo, el único esposo al que realmente había conocido, asesinado, arrebatado de su lado.

Se había visto libre de aquel destino. No iba vestida de viuda, dormía en su ataúd, y era Carlo quien lloraba por ella. «Sufre como un loco —había escrito Catrina—. Está fuera de sí y jura dedicarse por completo al cuidado de los niños. Aunque trabaja con ahínco, y ha prometido que será un padre y una madre para los pequeños, está tan acongojado que sale a cualquier hora de los Oficios del Estado para vagar como un demente por la *piazza*.»

Christina le apretaba la mano.

La muchedumbre empujaba desde todos los ángulos, y durante unos momentos luchó por no perder el equilibrio. Vio de nuevo a su madre en el ataúd y se preguntó cómo la habrían vestido. ¿Le habrían puesto aquellas hermosas perlas blancas que Andrea le había regalado? Imaginó la procesión del funeral en la que dominaría el color escarlata, desplazándose sobre las olas rizadas, el rojo de la muerte flameando sobre las góndolas negras, y el mar que se encrespaba mientras los leves sollozos de las plañideras se disolvían en la brisa salada.

El amor y la tristeza competían en el rostro de Christina.

Se puso de puntillas y le pasó el brazo por el cuello. Estaba rebosante de vida, se mostraba muy cariñosa, y con sus labios intentaba, dulcemente, hacerlo volver a ella.

Corrieron por Via Condotti. Subieron a toda prisa las escaleras del estudio de la Piazza di Spagna.

Tras tomar grandes tragos de vino de la misma botella, corrieron las gruesas cortinas de la cama e hicieron el amor con ansia febril.

Después, tumbados el uno junto al otro, oyeron el distante bullicio de la multitud, justo debajo del estudio, una risa peculiar que parecía trepar por los muros de piedra y desaparecer al llegar al techo.

—Dime qué te ocurre —le pidió ella—. ¿En qué piensas?

—En que estoy vivo. —Suspiró—. En que estoy vivo y soy muy feliz.

—Ven —dijo ella, levantándose de repente. Tiró de él para sacarlo de la cálida cama y le puso la camisa sobre los hombros—. Todavía nos queda una hora antes de que de-

bas marcharte al teatro. Si nos damos prisa, veremos la carrera.

—Una hora es poco tiempo —sonrió él mientras intentaba retenerla en la cama.

—Y esta noche —añadió Christina tras besarlo una,
dos, tres veces—, iremos a casa de la condesa y bailarás
conmigo. Nunca hemos bailado juntos, pese a todas las
fiestas a las que asistimos juntos en Nápoles...

Al ver que Tonio no se movía, Christina lo vistió
como si se tratara de un niño y le abrochó los botones de
perlas con manos diestras.

—¿Te pondrás el vestido violeta? —le preguntó al
oído—. Si te pones el vestido violeta, bailaré contigo.

Por primera vez en mucho tiempo se emborrachó y
sabía que la embriaguez no era buena compañera de la
tristeza. ¿Qué había dicho Catrina? ¿Que Carlo vagaba
por la *piazza* como un loco, con el vino como único compañero?

La habitación estaba atestada de gente y de colores
que se arremolinaban; la música marcaba un ritmo frenético y él bailaba.

Bailaba; hacía muchos años que no lo había hecho y,
como por arte de magia, recordó todos los viejos pasos.
Cada vez que veía el rostro extasiado de Christina, se inclinaba para robarle un beso y creyó hallarse de vuelta en
Nápoles, reviviendo aquellos momentos en que tanto la
había deseado.

Pero se trataba de Venecia, de la magnífica casa de Catrina, o era aquel verano de hacía tanto tiempo junto al
Brenta.

De repente, toda su vida cobró la forma de un gran
círculo, y allí estaba él, bailando sin cesar, volviéndose y
saludando al ritmo vivaz del minuet, y aquellos a quienes
amaba estaban junto a él.

Allí estaban Guido y su amante Marcello, aquel hermoso eunuco de Palermo, y la condesa, y Bettichino rodeado por sus admiradores.

Cuando Tonio había entrado en la sala, todas las cabezas se habían girado hacia él, había oído los murmullos: «Tonio, ése es Tonio.»

La música flotaba en el aire y cuando los bailarines se separaron, enseguida le pasaron un vaso que al instante vació.

Al parecer, Christina lo reclamaba para bailar la cuadrilla, pero Tonio la besó con delicadeza y le dijo que prefería mirar cómo bailaba ella.

No sabía a ciencia cierta en qué momento intuyó que estallaría el conflicto con Guido, ni siquiera cuándo lo había visto acercarse.

Desde su llegada había percibido algo extraño en él. Lo abrazó e intentó animarlo y hacerlo sonreír, aunque él no tenía ningunas ganas.

Guido estaba preocupado, y había mucha urgencia en su voz al insistir en que fuera el propio Tonio quien comunicara a la condesa que no irían a Florencia.

¿Qué no irían a Florencia?

¿Cuándo habían tomado esa decisión? Los contornos de las cosas se difuminaron en una intensa oscuridad y durante un largo instante le fue imposible seguir fingiendo que se encontraba en Nápoles o Venecia. Estaba en Roma, y la temporada de ópera había casi finalizado, y su madre había muerto, y era trasladada sobre el mar hasta tierra firme donde la enterrarían, y Carlo vagaba por la Piazza San Marco esperándolo.

Guido tenía el rostro sombrío y abotargado mientras mascullaba con insistencia: «Sí, díselo a la condesa, díselo, dile por qué no podemos ir a Florencia.»

Y en aquel momento, muy a su pesar, Tonio sintió un perverso regocijo.

—No vamos a ir —susurró—, no vamos a ir.

Guido se lo llevó a un pasillo mal iluminado. Paredes recién pintadas, paneles de brocado en tono frambuesa, la flor de lis en oro y una puerta que se abría...

La voz de Guido lanzaba amenazas y acusaciones, acusaciones terribles.

—¿Y qué haremos después? —preguntó Guido—.

Muy bien, si no vamos a Florencia, en otoño podemos viajar a Milán, por supuesto. Nos han ofrecido un contrato en Milán y otro en Bolonia.

Si no se contenía, diría algo espantoso y definitivo, surgido de las tinieblas en las que se había mantenido al acecho.

La condesa estaba allí, su rostro redondo se veía tan avejentado... Se recogió la falda con una mano mientras que con la otra le daba a Guido unas cariñosas palmadas en la espalda.

—¿No quieres ir a ningún sitio? Contéstame, contéstame, no tienes ningún derecho a hacerme esto. —Guido estaba descorazonado.

«No fuerces el desenlace, no me obligues a decirlo porque cuando lo haga no recordaré las palabras.» El regocijo crecía. Se sentía al borde de una pendiente muy pronunciada. Si daba los primeros pasos, no podría controlar el descenso.

—Tú lo sabes, siempre lo has sabido. —¿Era Tonio quien decía aquello?—. Tú estabas allí, mi amigo más querido y verdadero, mi único hermano en este mundo, tú estabas allí y lo viste con tus propios ojos. No era uno de esos niños lavaditos y repeinados que desfilaban hacia el conservatorio como los capones camino del mercado, Guido...

—Y entonces volviste tu rabia contra mí por el papel que yo desempeñé en todo aquello. Yo fui la herramienta de tu hermano, y tú lo sabes.

La condesa había rodeado con el brazo la cintura de Guido e intentaba tranquilizarlo en vano. Y lejos, él lloraba, no puedo vivir sin ti, Tonio, no puedo vivir sin ti...

Pero una gran frialdad se había apoderado de Tonio, y todo se volvió remoto, triste, inevitable. Intentó decir: «Tú no tuviste la culpa. No fuiste más que una pieza del juego.»

Guido explicaba que en San Marco, en un café, unos hombres le habían advertido que debía llevarse el chico a Nápoles.

—No hables más —intervino la condesa.

—Fue culpa mía. Yo pude haberlo evitado. ¡Vuelve tu venganza contra mí!

Ella lo obligó a retroceder y apartó a Tonio, mientras esa voz seguía desgranando tantos terribles secretos en un tono cada vez más siniestro. El viejo argumento, mandar asesinos pagados, él no tenía por qué ensuciarse las manos, ¿no sabía que tenía amigos que llevarían a cabo esa misión gustosos? Pero di la palabra. Y entonces ella lo llevó hasta un extremo de la sala. Había salido la luna, el jardín resplandecía y más allá del jardín distinguió las ventanas del salón de baile que acababan de dejar, y se preguntó si Christina estaría allí. En su mente la vio bailando con Alessandro.

—Estoy vivo —susurró.

—Querido mío —dijo la condesa.

Guido lloraba.

—Él siempre supo que llegaría un momento en que seguiría adelante solo. Yo no lo dejaría marchar si no estuviera preparado —decía Guido a la condesa—. En Milán lo contratarán igual sin mí. Y tú lo sabes...

—Pero, niño radiante, ya sabes lo que ocurrirá si vas ahora a Venecia. —La condesa sacudía la cabeza—. ¿Qué puedo hacer para disuadirte de este desatino?

Todo estaba dicho. Todo estaba hecho. Lo que había permanecido largo tiempo agazapado en la oscuridad era ya libre y se desbocaba sin freno alguno.

De nuevo se apoderó de él aquel regocijo. Ir a Venecia. Hacerlo. Dejar que ocurriera. Se acabó la espera. No más odio y amargura, se acabó ver cómo la vida brilla a tu alrededor y es hermosa a pesar de esta oscuridad, de esta impenetrable penumbra.

Guido se había abalanzado sobre él y la condesa, con toda la fuerza de su pequeño cuerpo, consiguió que se apartara. El rostro de Guido estaba contraído por la furia.

—¿Cómo puedes hacerme esto? —lloraba—. Dime, ¿cómo puedes? Si yo sólo fui un peón en manos de tu hermano, ¿por qué te saqué de la ciudad? ¿Por qué te saqué de allí cuando estabas herido y destrozado?

La condesa, en su afán de calmarlo, levantó la voz.

—Dime que hubieras preferido que te dejara morir allí, si te hubiese dejado allí te habrían matado, dime que hubieras deseado que esto, nada de esto hubiese llegado a ocurrir.

—No, calla... —La condesa alzó las manos.

Entonces, aquel regocijo se desató transformado en ira. Se volvió hacia Guido y oyó su propia voz, clara y tajante que decía:

—¡Tú sabes por qué, lo sabes mejor que nadie! El hombre que me hizo esto todavía está vivo y no ha recibido castigo alguno. Dime, ¿puedo considerarme un hombre si lo tolero? ¿Soy un hombre?

De repente se sintió flaquear.

Fue dando tumbos por el jardín.

En la puerta del salón de baile, si el criado no lo hubiese sujetado por el brazo, se habría caído.

—Quiero ir a casa... —dijo. Christina, con el rostro surcado de lágrimas, asintió con un gesto.

Era por la mañana.

Tenía la sensación de que Guido y él habían estado discutiendo toda la noche. Y aquellas frías habitaciones semejaban más un terrible campo de batalla que sus dormitorios.

En algún lugar, tras aquellas paredes, Christina lo esperaba. Despierta, ya vestida, tal vez sentada junto a la ventana, con la barbilla apoyada en los nudillos, mirando la Piazza di Spagna.

Sin embargo, Tonio estaba sentado solo, inmóvil, al otro lado del vacío que formaba aquella habitación. Se contempló en un espejo polvoriento, un espectro de cara pálida tan inexpresivo que parecía un demonio con rostro de ángel. Todo había cambiado.

Paolo lloraba.

Paolo lo había oído todo y se había acercado a él, que lo había despreciado con su silencio.

Oculto entre las sombras, Paolo lloraba desconsolado. Y sus sollozos, que ascendían y descendían, resonaban como si recorriera los pasillos de un caserón en ruinas en el que Tonio caminaba apoyado contra la pared, arrastrando los pies descalzos, llenos de polvo, y las lágrimas le manchaban el rostro. Al atravesar el umbral de la puerta, veía a su madre inclinada sobre el alféizar de la ventana. Impotencia, terror, un nudo en la garganta mientras tiraba de su falda, y aquel llanto que cada vez sonaba más fuerte. Y justo cuando ella se volvía, él se tapaba los ojos para no ver su rostro. Se sintió caer. Su cabeza golpeó las paredes y los escalones de mármol. No podía parar. Sus gritos se elevaron y ella, con el vestido ondulándose al bajar, cogió aquellos gritos y se los llevó hacia arriba transformados en chillidos cada vez más agudos.

Se puso en pie. Se detuvo en el centro de la habitación, mirando aquel espejo oscuro. ¿Me quieres?, susurró sin mover los labios, y observó que los ojos de Christina se abrían casi impulsados por un resorte, como los ojos de las muñecas, y su boca, reluciente, formaba una palabra.

—¡Sí!

Paolo estaba junto a él. El muchacho era una fuerza repentina contra él que le hizo tambalearse. Oía llorar a Paolo desde muy lejos. Las manos de Paolo tiraban de él hasta que cerró sus largos dedos sobre ellas, se las sacó de encima y las cogió con fuerza al tiempo que empezaba a caminar hacia el espejo.

¿Por qué no me lo advertiste?, dijo a su reflejo, aquel gigante con un *tabarro* veneciano negro y de rostro tan blanco, que llevaba un muchacho abrazado a él, con la cabeza gacha y las manos aferradas a la tela negra como si no pudieran desprenderse de ella. ¿Por qué no me advertiste que el plazo se acababa? ¿Que casi había llegado a su fin?

Y entonces, tirando de Paolo, avanzó con torpeza hacia la cama, se desplomó sobre las almohadas. Paolo se acurrucó junto a él, y el llanto del muchacho se incorporó a su sueño.

6

Cuando llegó al teatro el cansancio no lo había abandonado. Había llevado a Paolo a un pequeño café en el que ambos habían comido en exceso. Se sentía aturdido y el mundo vibraba a su alrededor. Los colores se desangraban bajo la lluvia que ahuyentaba a los enmascarados. Paolo se negó a comer si Tonio no lo hacía, y Tonio le dio demasiado vino.

Le resultaba casi imposible cantar. Sabía, sin embargo, que nada se lo impediría.

Y tan pronto como oyó a la multitud gritando y pateando, cuando vislumbró a Bettichino ya maquillado, su cuerpo transmutado en un orgulloso andamio de seda y armadura, la emoción habitual acudió en su rescate junto con su fuerza de voluntad.

Cuidó más que nunca su vestuario, realzó su cara con maquillaje blanco con la misma sutileza y arte del que Bettichino hacía gala, y cuando por fin apareció bajo los focos, era de nuevo el Tonio de siempre, y con su voz sólo pugnó un poco al principio para luego dejarla brotar en toda su intensidad. Percibía la excitación del carnaval entre el público, la adivinaba en sus ásperos y cariñosos gritos de bravo. Por un momento procuró contemplar con imparcialidad aquel teatro que se ponía en pie ante él, el oscuro vacío de sus rostros, y supo que aquélla era una noche de riesgos, trampas que permitirían a la imaginación alzar el vuelo.

Christina fue a los camerinos después del primer acto. Era la primera vez que lo veía tan de cerca vestido de mujer, y Tonio se puso una máscara de pedrería antes de dejarla entrar. No le sorprendió descubrir que su aspecto la seducía.

Al mirarlo, o al mirar a aquella mujer vestida de terciopelo ciruela y satén blanco, Christina contuvo una exclamación.

—Ven aquí, querida mía —dijo él en un tierno susurro sólo para sobresaltarla. Ella era un oficial del ejército con charreteras y pantalones ceñidos. Y mientras se aproximaba a él cobró el aspecto de un muchacho tímido, casi temeroso, y alzó la mano para tocarle el rostro. Él le sonreía, el espejo le devolvía la imagen de ambos, y después de acomodarse en una silla y extender las faldas a su alrededor, la sentó en su regazo. Vio las tirantes arrugas angulares que formaba el tejido de los pantalones entre las piernas y quiso acariciarlas. No obstante, se contentó con la seda de su cuello blanco.

Ella alzó la copa de vino y se lo dio a probar, luego lo besó con vehemencia, y él la giró despacio para poder contemplar la escena en el espejo. Aquella mujer alta y maquillada, con una máscara de gato adornada de lentejuelas, abrazada al joven de rostro exquisito sentado en su regazo.

Ella se volvió y recorrió con los dedos el contorno de su rostro. Le quitó la máscara y al ver los ojos pintados de Tonio a duras penas contuvo otra exclamación.

—Me asusta, *signore* —susurró él en aquel mismo tono femenino y misterioso, y ella, cuyo cuello se estremecía con una leve palpitación, fingió atacarlo.

Metió su pequeña mano por debajo de la camisa, acarició la desnudez bajo ella y al encontrar el pene erecto lo agarró con crueldad.

—Cuidado, querida —murmuró él entre dientes—, no vayamos a estropear lo que queda.

Ella rió sorprendida, luego se apretó contra él mientras soltaba un suspiro y se quedó inmóvil. Tonio nunca le había dicho nada parecido, nunca había aludido a su condición con tanta ligereza, y en aquellos momentos la miraba con indulgencia, como si se tratara de una chiquilla.

—Te quiero —musitó ella.

Tonio cerró los ojos. El espejo había desaparecido, y con él sus disfraces, o al menos eso le parecía. Y de nuevo se sumió en sus pensamientos recordando lo mucho que le gustaba de pequeño ser invisible en la oscuridad. Cuando la volvió a mirar, ella ya no veía pintura, ni peluca ni terciopelo ni satén, sólo a él, y era como si sus cuerpos se hubieran fundido en esas tinieblas.

—¿Qué te ocurre? ¿En qué piensas cuando me miras de ese modo?

Tonio sacudió la cabeza, sonrió, la besó. Y en el espejo vio la imagen resplandeciente de ellos dos, perdidos en sus disfraces, pero formando una pareja perfecta.

Aquella noche, tan pronto llegaron al estudio, supo de inmediato que Guido había hablado con Christina.

Ella estaba dispuesta a dejarlo todo para acompañarle a Florencia en Pascua. Podía terminar los cuadros que tenía entre manos antes del final de la cuaresma, seguro que él podría esperarla hasta entonces, de ese modo harían el viaje juntos.

Ella caminaba deprisa por el estudio, asegurando que podía acabar a tiempo ese cuadro y que aquel otro estaba casi terminado. Necesitaba tan poco para viajar... Había comprado un maletín de piel nuevo para sus pinturas, planeaba hacer esbozos de las iglesias de Florencia, nunca había estado en Florencia, ¿lo sabía? Se arrancó la cinta del cabello en el momento preciso y éste se desparramó por su espalda.

Tonio se sentía más ágil y en cierto modo ingrávido, como siempre le ocurría después de la representación; su ropa masculina resultaba extremadamente ligera comparada con aquella armadura griega y aquellas faldas. Ella seguía vestida de chico, aunque llevaba suelto su hermoso cabello rubio maíz lo que la hacía parecerse a un paje o un ángel de alguna pintura antigua. Él la miraba sin pronunciar palabra, deseando que Guido no le hubiera dicho nada, aunque al mismo tiempo le había facilitado las cosas. Aquellas últimas noches con ella... aquellas últimas noches... ¿Qué había esperado Tonio que fuesen?

Mientras la contemplaba lo invadía el deseo y ella no daba muestras de tristeza ni de miedo.

Le hizo una seña para que lo siguiera al dormitorio, y de repente, ella se le echó a los brazos y permitió que la levantara en vilo y la condujera hasta la cama.

—Ganímedes —le susurró Tonio y percibió su voluptuosidad a través de los pantalones y bajo la dura pechera de su chaqueta.

Al igual que le sucediera en el café con Paolo, se sintió adormilado y sin embargo desesperadamente vivo, y dondequiera que posara los ojos lo cegaban los colores. Sintió la textura de las sábanas entre los dedos, la húmeda y cálida piel de los muslos de ella. Una luz azulada procedente de las velas bañaba sus hombros, y al abrazarla se preguntó cuánto tiempo podría retrasarlo. ¿Cuándo llegaría aquel dolor terrible y agudo?

Después de que Tonio venciera su resistencia con amor, Christina encendió de nuevo las velas. Sirvió vino para ambos y comenzó a hablar.

—Marcharé contigo a cualquier lugar del mundo —dijo—. Pintaré a las damas de Dresde y de Londres. En Moscú pintaré a los nobles rusos, pintaré reyes y reinas. Piénsalo, Tonio, todas las iglesias, los museos, los castillos de los países germánicos con su multitud de torres y almenas en lo alto de las montañas. ¿Has visto alguna vez esas catedrales del norte tan llenas de vitrales? Imagínatelo, una iglesia de piedra en vez de mármol, con arcos estrechos y muy altos, que se elevan hasta el cielo, y fragmentos de colores brillantes formando ángeles y santos. Piensa en ello, Tonio, San Petersburgo en invierno, una ciudad nueva construida siguiendo el modelo de Venecia y cubierta por una hermosa capa de nieve blanca...

En su voz no había desesperación, pero sus ojos tenían un brillo de ensoñación, y sin responderle le apretó la mano para instarla a que continuase.

En realidad Guido no le había arrebatado aquellas últimas horas de felicidad. Aquella nítida comprensión encerraba una belleza tan misteriosa...

—Iremos a todas partes los cuatro —decía ella—. Tú, Guido, Paolo y yo. Compraremos un gran carruaje y nos llevaremos a esa malvada *signora* Bianchi. Guido tal vez quiera traerse al bello Marcello. Y en todas las ciudades nos alojaremos en los lugares más suntuosos. Comeremos juntos, nos pelearemos juntos e iremos al teatro juntos, y yo pintaré durante el día y tú cantarás por la noche. Y si un sitio nos gusta más que otro, nos quedaremos y de vez en cuando nos escaparemos al campo para estar solos, lejos de todo, y a medida que pase el tiempo nos amaremos más y nos conoceremos mejor. Piénsalo, Tonio.

—Debería haberme fugado a la Ópera —murmuró él.

Ella se inclinó hacia delante, las rubias cejas fruncidas en profundo desconcierto, y cuando comprendió que no repetiría lo que había dicho, lo besó en los labios.

—Acondicionaremos la villa que te mostré hace un mes y ésa será nuestra casa. Volveremos a ella cuando nos cansemos de andar por el extranjero, Italia vibrará a nuestro alrededor. ¿Tanto te cuesta imaginártelo? Guido escribirá sonatas por las noches, y Paolo crecerá y será un gran cantante. Debutará en Roma.

»Permaneceremos juntos ocurra lo que ocurra, nos tendremos como apoyo, formaremos una gran familia, un clan. Lo he soñado miles de veces —afirmó ella—. Y si la vida ha hecho que se cumplieran mis sueños de niña trayéndote hasta mí, esto también puede hacerse realidad.

»¿Qué le dijiste a Paolo cuando te lo llevaste de Nápoles? —Christina hizo una pausa y lo miró fijamente—. El propio Paolo me lo ha contado: le dijiste que todo puede ocurrir, que todo es posible, incluso cuando menos lo esperas. Su vida es ahora un cuento de hadas en el que hay palacios, riquezas y la música nunca cesa. Tonio, todo es posible, todo puede ocurrir, tú mismo lo dijiste.

—Inocencia —dijo Tonio.

Se inclinó y la besó. Le acarició el rostro, maravillado una vez más por aquella pelusa inconcebiblemente suave y casi invisible que le cubría las mejillas, y le tocó el labio con la punta del dedo. Nunca estaría más hermosa que entonces.

—No, inocencia no —protestó ella—. Tonio, es nuestra elección.

—Escúchame, preciosa —le espetó casi enfadado, con un tono de voz algo más dura de lo que deseaba—, nos queremos profundamente, pero tú nunca has conocido el amor de los hombres, no conoces su fuerza, sus necesidades, su ardor. Hablas de las catedrales del norte, de piedra y vitrales, de diferentes clases de belleza. Pues bien, con los hombres sucede lo mismo, es una forma de amar diferente. Con el tiempo advertirás que la vida encierra secretos para ti en los actos más insignificantes, secretos que otros dan por sentado, como la fuerza propia de un hombre. ¿No ves, en definitiva, que eso es de lo que nos han privado a ambos, que eso es lo que me quitaron a mí?

»¿Cómo crees que me siento al saber que no puedo darte lo que cualquier bracero podría darte, el milagro de la vida dentro de ti, un niño en el que se fundiera todo nuestro amor? Y por más que protestes y ahora jures que me quieres, ¿cómo sabes que no llegará un día en que veas exactamente lo que soy?

Se dio cuenta de que la estaba asustando. La sujetaba por los hombros, que se le antojaron frágiles y exquisitos. Le temblaban los labios, y las lágrimas que acudían a sus ojos los hacían brillar casi incandescentes.

—No sabes lo que eres —objetó ella—. De otro modo, no me hablarías así.

—No estoy hablando de respetabilidad —replicó él—. Te creo cuando dices que no te importa el matrimonio, que no te importa que hablen de ti y te critiquen por amar a un cantante eunuco. Me has convencido de que tienes valor suficiente para vivir de espaldas a la sociedad, pero no sabes qué se siente al abrazar a un hombre, ¿y crees que podré soportar la mirada de tus ojos cuando te hayas cansado de mí y estés ya dispuesta a amar a otro?

—¿Qué tiene de malo buscar en ti una dulzura insólita en los hombres? —dijo ella—. ¿Tan extraño te parece que prefiera tu fuego a otro fuego que pueda consumirme? ¿No ves cómo sería nuestra vida juntos? ¿Por qué habría de querer lo que cualquiera puede darme si te tengo a ti? Después de ti, ¿qué importancia tendría lo demás? ¿Cuál sería su valor? Tú eres Tonio Treschi, posees el talento y la grandeza que otros luchan en vano por conseguir. Oh, me enojas, me provocas para que te hiera porque no me crees. Y tampoco crees en un futuro juntos. Tomas esta decisión por los dos y yo nunca podré perdonártelo. ¿Comprendes? Te has entregado a mí tan poco tiempo... ¡Nunca te lo perdonaré!

Christina estaba inclinada sobre él, sus pechos desnudos tras un velo de cabello rubio, las manos cubriéndole el rostro. Sus sollozos eran cortos y ahogados y su cuerpo se convulsionaba. Tonio quiso acariciarla, consolarla, suplicarle que dejase de llorar, pero se sentía demasiado enojado, demasiado desgraciado.

—Eres despiadada —le dijo de repente. Y cuando ella lo miró, con la cara surcada de lágrimas e hinchada, él añadió—: Eres despiadada con el chico que fui y con el hombre que pude haber sido. Eres despiadada porque no ves que cada vez que te tomo entre mis brazos sé cómo hubiera sido si...

Ella le puso una mano sobre los labios. Él la miró perplejo y le apartó la mano.

—No. —Christina sacudió la cabeza y añadió—: Nunca nos hubiéramos conocido. Y te juro por lo más sagrado que tus enemigos son mis enemigos y quien te hace daño me lo hace a mí también, pero tú no sólo hablas de venganza. ¡Hablas de muerte! Guido lo sabe, yo lo sé. ¿Y por qué? Porque él debe saberlo, ¿no es cierto? Debe saber que eres tú quien va a matarlo por lo que te hizo. ¡Debe saber que vas a ser tú quien lo haga!

—Exacto —dijo Tonio en voz baja—. Exacto. Lo has explicado mejor y de una manera más simple que yo.

Mucho después de creerla dormida, secas ya las lágrimas, sus piernas calientes y húmedas entrelazadas con las suyas, la apoyó con suavidad en la almohada y salió al estudio. Se sentó junto a la ventana y admiró la gran extensión de diminutas estrellas. Las nubes de lluvia se habían alejado con un viento veloz, y la ciudad brillaba, limpia y hermosa bajo un creciente de luna. Miles de luces diminutas centelleaban en los balcones y ventanas, por las rendijas de los postigos rotos, en todas las callejuelas que se abrían a sus pies bajo los tejados relucientes.

Se preguntó si con el paso de los años Christina llegaría a comprender. Si en aquel momento retrocedía, estaría perdido para siempre, y ¿cómo viviría con aquella debilidad, con aquel espantoso fracaso de haber dejado que Carlo le arrancara y destruyera su vida y siguiera adelante forjándose una existencia a su medida?

Vio su casa de Venecia. Vio a una esposa espectral a quien nunca había conocido, vio una legión de hijos no nacidos. Vio las luces bañando el canal y el *palazzo* brillar y desvanecerse fundiéndose lentamente en las aguas. ¿Por qué me hicieron esto? Sintió deseos de decirlo a gritos, y entonces la sintió junto a él, a su lado.

Había apoyado la cabeza contra su costado. Tonio contempló sus ojos. Su vida carecía de sentido. Debía haber cometido alguna acción terrible o aquello no le hubiese ocurrido. No a Tonio Treschi, que había nacido con tan grandes augurios.

Pensamientos descabellados.

El horror del mundo estribaba en que millares de males caían sobre personas inocentes y nadie era castigado, y junto a la gran promesa no había sino dolor y deseo. Niños mutilados para formar un coro de serafines; su canto era un grito al cielo que el cielo no escuchaba.

Y él, una pieza más en aquel cruel juego, por el azar glorioso que le aguardaba en las callejuelas de Venecia. Había cantado con todo su corazón en las noches de invierno bajo estrellas como aquéllas.

¿Y si fuera posible lo que ella decía? La miró en la oscuridad, la pequeña curva de su cabeza, sus hombros desnudos por encima de la colcha que le cubría los pechos, y cuando alzó los ojos hacia él, Tonio vio el blanco inmaculado de su frente y la extraña configuración de su rostro.

¿Y si fuera posible que de alguna forma, en el margen centelleante del mundo, pudieran vivir y amarse y mandar al infierno todo aquello que les había sido dado a los demás?

—Te quiero —dijo Tonio. Y casi me has hecho creerlo, pensó. ¿Cómo podría dejarla? ¿Cómo podría dejar a Guido? ¿Cómo podría despedirse de sí mismo?

—Pero ¿cuándo te irás? —preguntó ella—. Si ya has tomado la decisión de hacerlo y nada puede detenerte...

Tonio sacudió la cabeza. Deseaba que ella no dijese nada más. No estaba resignada, no, todavía no, y no soportaba oírla fingir que lo estaba. La noche siguiente era la última representación de la ópera en Roma. Al menos les quedaba eso.

7

Fue después de la última carrera. Los caballos habían cargado contra el gentío, habían pasado por encima de algunos espectadores y los habían arrastrado con las pezuñas. El aire se llenó de chillidos aunque nada detenía su raudo avance hacia la Piazza Venecia. Los heridos y los muertos eran retirados. Tonio, en lo alto de la tarima de los espectadores, abrazaba a Christina, mirando hacia la *piazza* donde lanzaban unas grandes telas sobre las cabezas de los enloquecidos animales.

La oscuridad se posaba lenta sobre los tejados. Iba a comenzar la gran ceremonia de clausura del carnaval en las horas que precedían a la Cuaresma: los *moccoli*.

Por todas partes ardían las llamas de las velas.

Aparecían en las ventanas de la estrecha calle, en lo alto de los carruajes, de los postes, y en las manos de mujeres, hombres y niños sentados a las puertas de las casas, hasta que la ciudad entera brilló con el tenue centelleo de miles y miles de llamas. Tonio se apresuró a encender su vela con la del hombre que tenía al lado y tocó con ella el extremo de la de Christina al tiempo que un susurro crecía hasta estallar entre la muchedumbre: «*Sia ammazzato chi non porta moccolo.*» Muera quien no lleve una vela.

De pronto, una oscura figura se precipitó hacia delante y apagó la vela de Christina mientras ésta intentaba protegerla con la mano. «*Sia ammazzata la signorina.*» Tonio se la prendió otra vez enseguida, luchando por mantener su llama fuera del alcance del mismo tunante que, con otro gran soplido apagó la vela de otro hombre con la misma maldición: «*Sia ammazzato il signore.*»

La calle era un mar de rostros tenuemente iluminados, cada uno de ellos protegiendo su llama al tiempo que intentaba apagar otra. Muera quien no lleve una vela, muera, muera...

Tonio tomó a Christina de la mano y bajaron de la tarima, soplando de vez en cuando sobre alguna llama vulnerable, al tiempo que quienes los rodeaban intentaban vengarse, y tras escabullirse hasta el grueso de la multitud cogió por el hombro a Christina, soñando con alguna calle lateral donde pudieran recuperar el aliento y reanudar los juegos amorosos con que se habían acosado el uno al otro durante todo el día en medio de vasos de vino, risas y una alegría casi desesperada.

Aquella noche la ópera sería breve, terminaría hacia medianoche, el momento que marcaría el inicio del Miércoles de Ceniza, y en aquellos instantes en la mente de Tonio no había lugar para otra cosa que no fuera el cielo estrellado que se extendía sobre sus cabezas y aquel gran océano de tiernas llamas y susurros que lo rodeaba. Muere, muere, muere. Su vela se había apagado, al igual que la de Christina, quien, jadeante, se abría paso a empujones y codazos. Tonio la abrazó y le abrió la boca con la suya, sin importarle que las llamas se hubieran extinguido. El gentío los levantaba casi en el aire, los arrastraba, era como estar dentro del mar con los pies en la arena, sacudidos por las olas que a la vez los sostenían.

—Déme fuego. —Christina se volvió hacia un hombre alto que había a su lado y luego prendió la vela de Tonio.

Su pequeño rostro tenía un halo misterioso, iluminado desde abajo, y aquellos suaves mechones de cabello estaban encendidos de oro. Apoyó la cabeza en el pecho de Tonio, con la candela contra él de forma que sus manos protegieran el fuego.

Llegó la hora de marcharse. La multitud empezó a dispersarse, los niños seguían soplando las velas de sus padres y los provocaban con la misma maldición, los padres los recriminaban y la locura disminuía y se trasladaba a los callejones laterales. Tonio se quedó inmóvil, en silencio, no quería perderse aquel último latido del carnaval, ni siquiera comparable a los postreros instantes de éxtasis en el teatro.

Las ventanas estaban aún iluminadas, sobre la calle colgaban farolas y los carruajes pasaban derramando su luz.

—Nos queda muy poco tiempo, Tonio... —susurró Christina. Era tan fácil tomarle la mano en contra de su voluntad... Ella tiraba de Tonio, pero él no se movía. Se puso de puntillas y le acercó la mano a la nuca—. Estás soñando, Tonio.

—Sí —musitó—. En una vida eterna.

Entonces la siguió hacia Via Condotti. Ella casi bailaba ante él, arrastrándolo como si su largo brazo fuera una correa.

Un niño se abalanzó contra él gritando «Sia ammazatto...» y Tonio levantó el brazo con una sonrisa de desafío y salvó la llama.

Lo que ocurrió a continuación sucedió tan deprisa que después no pudo reconstruirlo. De repente advirtió que una figura se alzaba ante él con el rostro contraído en una mueca.

—¡Muere!

Christina lo soltó y él perdió el equilibrio, cayó hacia atrás mientras ella chillaba.

Cuando sintió el acero frío de otro cuchillo en la nuca sacó el puñal.

Lo empujó hacia arriba de modo que se arañó la mejilla, y lo clavó hacia delante repetidas veces en la figura que intentaba arrinconarlo contra el muro.

Justo cuando aquel peso se desplomaba sobre él, notó otra presencia a sus espaldas, y el repentino cierre del garrote alrededor del cuello.

Se debatió presa del terror con la mano izquierda, intentando agarrar el rostro que tenía detrás de la cabeza, mientras que con la mano derecha hundía el arma en el abdomen del hombre.

La noche se llenó de gritos y patadas. Christina chillaba pero él se asfixiaba y la cuerda le cortaba la carne. De pronto alguien se la quitó.

Se giró y se lanzó contra su atacante cuando un hombre lo cogió por ambos brazos y le gritó:

—¡Estamos a su servicio, *signore*!

Lo miró fijamente. Era un hombre al que no había visto nunca y tras él estaban los *bravi* de Raffaele, esos hombres que llevaban semanas siguiéndolo, y sostenían a Christina con la intención de protegerla. A sus pies estaba el cuerpo del hombre al que había apuñalado.

Jadeante, se apoyó contra la pared como un animal acorralado, incrédulo, desconfiado, intentando comprender qué ocurría.

—Estamos al servicio del cardenal Calvino —le informó el hombre.

Y los *bravi* de Raffaele no lo habían atacado aunque también se hallaban allí.

La muchedumbre los rodeó con sus cientos de llamas y, de manera gradual, Tonio entendió lo que había sucedido: todos aquellos hombres habían salido en su defensa.

Miró al hombre muerto.

Se acercaron unos niños pequeños que retrocedieron entre un coro de exclamaciones, sin dejar de rodear con las manos sus preciadas llamas.

—Tiene que marcharse de aquí, *signore* —dijo el *bravi* y los hombres de Raffaele asintieron—. Tal vez lo aguarden más enemigos.

Mientras se lo llevaban, uno de los *bravi* se agachó junto al muerto y le abrió la chaqueta.

8

Se sentó en un extremo de la habitación. El cardenal Calvino estaba pálido de ira.

Había mandado llamar al conde Raffaele di Stefano, para agradecerle la ayuda que sus hombres habían prestado a Tonio y Christina, a quien habían llevado sana y salva a casa de la condesa.

A Raffaele le preocupaba que los asaltantes de Tonio se hubieran acercado tanto.

Pero ¿quiénes eran esos asaltantes? Ambos hombres se volvieron hacia Tonio, que sacudió la cabeza y les aseguró que sabía lo mismo que ellos.

Ambos eran matones venecianos. Llevaban pasaporte veneciano, moneda veneciana. Los *bravi* del cardenal habían abatido a uno de ellos, Tonio había matado al otro.

—¿Quién quiere matarte en el Véneto? —preguntó Raffaele, clavando sus ojillos negros y pequeños en Tonio. El rostro inexpresivo de Tonio lo impacientaba.

Tonio sacudió la cabeza de nuevo.

Era un milagro que hubiera conseguido llegar al teatro y haber salido al escenario. Su perfecta interpretación era el resultado de una costumbre y una técnica a las que nunca había otorgado suficiente valor.

Había experimentado una sensación cercana a la euforia, la misma euforia que sintiera cuando abriera su corazón a Guido dos días antes, una euforia que lo tranquilizaba, que lo fortalecía y que el maquillaje y el vestuario habían ocultado por completo.

En aquellos momentos se obligaba a permanecer callado e inmóvil. Sin embargo, no podía olvidar el corte en la garganta y se preguntaba cuán profundo hubiera tenido que ser para quitarle la voz, para arrebatarle la vida.

También le habían puesto un cuchillo en la garganta. Un cuchillo y un garrote en la garganta.

Alzó los ojos y los clavó en Guido, que observaba lo que ocurría con el mismo horror y desconcierto que los demás.

El suyo era el típico semblante de los italianos del sur, aquella expresión de absoluta ignorancia que no se revelaba ante nadie sino ante sí misma.

Cuatro *bravi* protegerían a Marc Antonio Treschi a partir de aquel momento, decidió el cardenal. Con su tacto habitual, y por consideración, a pesar de la ira que aún lo agitaba, se abstuvo de preguntarle a Raffaele por qué estaban allí sus hombres. Los *bravi* del cardenal hablaban con ellos como si los conocieran, como si su presencia no les supusiera sorpresa alguna.

¿Y si ninguno de ellos hubiera estado allí? Tonio entornó los ojos y desvió la mirada mientras Raffaele se inclinaba para besar el anillo del cardenal.

Tonio sintió de nuevo el corte de la garganta. Raffaele se marchaba. Los *bravi* montarían guardia en el pasillo de la casa.

—Márchate, Guido —le pidió Tonio en un susurro.

El cardenal y él se quedaron por fin solos.

—Mi señor —le preguntó Tonio—. ¿Me concederíais otro favor después de tantos otros? ¿Podemos ir solos a vuestra capilla? ¿Querríais confesarme?

9

Recorrieron los pasillos en silencio y al abrir la puerta les llegó el aire cálido del interior. Las velas ardían ante las efigies de mármol y las puertas de oro del sagrario, que despedían un leve resplandor sobre la blancura inmaculada de los lienzos del altar.

El cardenal avanzó hasta la primera fila de sillas de madera tallada que había ante el reclinatorio de la comunión, se sentó y le pidió a Tonio que hiciera lo propio en la silla contigua. No necesitaban utilizar el confesionario. La cabeza agachada del cardenal y su perfil macilento le indicaron que podía comenzar en cuanto estuviera listo.

—Mi señor, lo que voy a deciros será secreto de confesión; nadie más debe saberlo.

—¿Por qué me recuerdas mis obligaciones, Marc Antonio? —preguntó el cardenal con el ceño fruncido. Alzó la mano derecha y lo bendijo.

—Porque no pido absolución, mi señor, tal vez busco algo de justicia, que el cielo me escuche. No sé lo que busco, pero debo deciros que quien mandó a esos hombres para que me mataran es mi propio padre, al que todo el mundo cree mi hermano.

Lo contó todo con fluidez, deprisa, como si los años hubiesen borrado los detalles triviales y hubieran conservado sólo lo más importante. El rostro del cardenal se contrajo de dolor y concentración. Sus párpados cerrados eran lisos y redondos sobre los ojos y de vez en cuando sacudía la cabeza en un silencio elocuente.

—La atrocidad cometida contra mí hubiera movido a otros a la venganza hace mucho tiempo —susurró Tonio—, pero ahora sé que era mi felicidad la que me hacía eludir mi deber. No he detestado mi vida, me he entregado a ella. Mi voz no sólo era un don que Dios me había dado, era mi alegría, y todos los que me rodeaban pasaron a formar parte de esa alegría, aunque también había deseo y pasión. No puedo negarlo. Pero he vivido, y a veces me he sentido como un vaso de agua iluminado por el sol con la luz estallando en él hasta que el agua se evaporaba para convertirse en esa misma luz.

»Pero ¿cómo iba yo a matarlo? ¿Cómo iba a dejar viuda de nuevo a mi madre y huérfanos a sus hijos? ¿Cómo podía llevar oscuridad y muerte a aquella casa? ¿Y cómo iba a alzar la mano contra él si es mi padre y por amor a mi madre me había dado la vida? ¿Cómo podía hacer todo eso cuando, a excepción del odio que me ataba a él, he conocido una felicidad y una dicha que nunca había experimentado durante mi infancia?

»Por esa razón, fui retrasando la acción. Esperé a que tuviera dos hijos, no uno, esperé a que mi madre descansara por fin en paz. E incluso entonces, cuando ante mí no se alzaba ningún obstáculo, cuando ya había cumplido mi deber con todos los que amaba y nada se interponía en mi camino, era mi felicidad y el miedo a perderla lo que me frenaba. Y más concretamente, mi señor, era esa misma felicidad la que me hacía sentir culpable de tener que matarlo. ¿Por qué debía morir si yo tenía el mundo, el amor y todo lo que un hombre puede desear? Éstas son las preguntas que me he estado haciendo.

»Hasta hoy mismo, he dudado, debatiéndose entre mi conciencia y mi deber, entre los argumentos que he dado a los demás y los que me he dado a mí mismo.

»Pero, mirad, él mismo ha sido quien se ha perdido. Ha mandado a sus sicarios a matarme. Ahora puede hacerlo. Mi madre está muerta y enterrada, y cuatro años se interponen entre él y los motivos obvios que habrían confirmado su sentencia de muerte si lo hubiera hecho antes, cuando para él era tan importante mi lealtad hacia mi casa, hacia mi nombre, e incluso hacia él, el último miembro de la estirpe.

»¡Y al enviar esos hombres para aniquilarme, ha querido apagar la llama de esa misma vida que me está tentando para que me olvide de él, esa vida que me susurra al oído: ¡Olvídalo, déjalo vivir!

»Pero no puedo olvidarlo. No me ha dejado otra opción. Tengo que ir a matarlo, y no hay razón alguna que me impida hacerlo y regresar con los que amo y que me están esperando. Decidme que al destruir a ese hombre que hoy ha intentado matarme no voy a destruirme a mí mismo.

—Pero, Marc Antonio, ¿cómo puedes destruirlo sin echar a perder tu propia vida? —preguntó el cardenal.

—Claro que puedo, mi señor —respondió Tonio con serena convicción—. Hace tiempo que he ideado un plan para hacerlo caer en mis manos sin que suponga un gran riesgo para mí.

El cardenal sopesó aquellas palabras en silencio. Sus ojos se contrajeron mientras miraba el lejano sagrario.

—Oh, qué poco sabía de ti, qué poco sabía de tu sufrimiento...

—En mi mente se ha formado una imagen —prosiguió Tonio—. Me ha acosado toda la noche. Es esa vieja historia que se cuenta tanto a niños como a mayores sobre el gran conquistador Alejandro, al que cuando le regalaron el nudo gordiano, lo cortó con la espada. Porque eso era lo que había en mi interior, un auténtico nudo gordiano por mis ansias de vida y a la vez la certeza de que no podría vivir plenamente hasta que destruyese a mi padre y de ese modo buscarme mi propia ruina. Bueno, él ha cortado el nudo gordiano con los cuchillos de sus sicarios. Y esta noche, mientras otros creían que yo sonreía o hablaba, o incluso cantaba en el escenario, pensaba en lo absurda que me había parecido siempre esa vieja leyenda. ¿Qué sabiduría implica cortar un rompecabezas que mentes más brillantes no habían podido resolver? ¡Qué trágico y bárbaro error! Pero ésa es la manera de obrar de los hombres, mi señor, cortar, y tal vez seamos sólo nosotros, los que no somos hombres, los que contemplamos la sabiduría del bien y del mal bajo una luz más clara, los que quedamos paralizados ante su visión.

»Si pudiera, pasaría el tiempo con eunucos, mujeres, niños y santos, que evitan la vulgaridad de las espadas, pero no puedo, no soy libre. Él viene a buscarme. Me recuerda que la virilidad no puede ser eliminada de forma tan sencilla sino que todavía puedo hacer acopio de ella en mis entrañas para enfrentarme a él. Es lo que siempre he creído: no soy un hombre y sin embargo sí lo soy y no puedo vivir de ninguna de las dos maneras mientras él siga impune.

—Hay un camino para salir de esta encrucijada. —El cardenal se había vuelto por fin hacia él—. No puedes alzar una mano contra tu padre sin sufrir por ello. Tú mismo lo has reconocido. No necesito citarte las Sagradas Escrituras. No obstante, tu padre ha intentado matarte porque te teme. Al oír hablar de tus éxitos en el escenario, de tu fama, de tu destreza con la espada, de los hombres poderosos con los que has entablado amistad, no puede sino creer que tienes la intención de enfrentarte a él.

»Así pues, debes ir a Venecia. Haz que caiga en tu poder. Mandaré hombres contigo, los míos o los del conde

Di Steffano, como prefieras. Y entonces, si quieres, enfréntate a él. Conténtate con ver lo mucho que ha sufrido durante estos cuatro años por el daño que te hizo, y después déjalo marchar. Así tendrá la certeza de que nunca le harás ningún daño y tú también quedarás satisfecho. El nudo gordiano no se desatará pero tampoco habrá necesidad de utilizar la espada.

»Todo esto no te lo digo como sacerdote o como confesor. Te lo digo como una persona horrorizada por lo mucho que has sufrido y perdido y también ganado a pesar de todo. Dios nunca me ha sometido a pruebas tan terribles como a ti. Y cuando decepcioné a mi Dios, tú te mostraste amable conmigo en mi pecado, no te regodeaste en mi debilidad ni te aprovechaste de ella.

»Sigue mi consejo. El hombre que te ha dejado vivir tanto tiempo en realidad no quiere matarte. Lo que busca por encima de todo es tu perdón. Y sólo cuando lo tengas de rodillas ante ti podrás convencerle de que cuentas con la fuerza necesaria para otorgárselo.

—¿Yo tengo esa fuerza? —preguntó Tonio.

—Cuando conozcas su auténtica magnitud, que la hace superar a todas las demás, la poseerás, serás el hombre que quieres ser. Y tu padre será testigo permanente de ello.

Cuando Tonio entró, Guido seguía despierto. Estaba sentado ante su escritorio, en la penumbra, y entonces le llegaron los leves sonidos de alguien que tomaba una taza, bebía su contenido y volvía a dejarla en la mesa casi en silencio.

Paolo dormía hecho un ovillo en mitad de la cama de Guido, y la luna le iluminaba el rostro manchado de lágrimas y los cabellos despeinados. No se había desnudado y el frío le hacía cubrirse el cuerpo con los brazos.

Tonio tomó la colcha plegada y la extendió sobre él, lo tapó hasta la barbilla y se inclinó para besarlo.

—¿Tú también lloras por mí? —preguntó, volviéndose hacia Guido.

—Tal vez —respondió éste—. Tal vez por ti, por mí, y por Paolo. Y también por Christina.

Tonio se acercó al escritorio. Se detuvo junto a éste y se quedó mirando el rostro de Guido que se revelaba en la oscuridad.

—¿Podrás tener una ópera terminada para Pascua? —le preguntó.

Guido asintió vacilante.

—¿Y el empresario de Florencia? ¿Está aquí todavía?

De nuevo, Guido asintió titubeante.

—Entonces ve a verlo y arréglalo todo. Alquila un carruaje en el que quepáis todos vosotros: Christina, Paolo, la *signora* Bianchi. Ve a Florencia y busca casa. Te prometo que si no vuelvo antes, el domingo de Pascua me reuniré contigo antes de que se abran las puertas del teatro.

SÉPTIMA PARTE

1

Incluso tras aquel velo de lluvia levemente racheada, Venecia resultaba demasiado hermosa para tratarse de una ciudad real; era más bien un sueño de ciudad, que desafiaba a la razón, con sus antiguos palacios deslizándose en la agitada superficie de las aguas plomizas para formar un inmenso y glorioso espejismo. El sol se abría paso entre las nubes desgarradas de bordes plateados, los mástiles de los barcos se erguían y parecían querer alcanzar a las gaviotas que remontaban el vuelo, los estandartes ondeaban al viento como explosiones de color en el cielo radiante.

El viento fustigaba el lienzo de agua que cubría la *piazetta*. Y detrás estaba la campana del Campanile, prisionera en su tañido espectral que la hacía parecer el sueño de sí misma, al igual que sucediera con los agudos chillidos de las gaviotas.

De los pórticos de los Oficios del Estado emergía aquel antiguo y sacrosanto espectáculo del Senado de la Serenísima: túnicas escarlatas arrastrándose por las húmedas calles, pelucas blancas arrancadas por el viento, hasta que el desfile llegaba al borde del agua, y uno a uno, aquellos hombres se marchaban en aquellas bruñidas barcazas funerarias de color negro azabache hacia la avenida que conservaba intacto todo su esplendor, el Gran Canal.

¿Nunca dejaría de maravillarle, de asolar su corazón y su pensamiento? ¿O era simplemente que aquellos quince años de amargo exilio en Istanbul habían acrecentado de tal forma su avidez que aquel espectáculo nunca le bastaría? Siempre hechicera, siempre misteriosa, y siempre cruel, su ciudad, Venecia, el sueño que se hacía realidad una y otra vez.

Carlo se llevó el coñac a los labios. Sintió que el licor le quemaba en la garganta. Se le enturbió la vista momentáneamente, y cuando se le aclaró el viento le escoció en los ojos. Las gaviotas se elevaban hacia el firmamento.

Dio media vuelta, casi perdió el equilibrio. Distinguió a sus hombres de confianza, sus *bravi*, sombras en un extremo de la *piazza*, que se acercaban, temerosos de ayudarle, dispuestos a intervenir si se caía.

Carlo sonrió. Sostuvo el cuello de la botella y luego bebió un gran trago. La multitud se convirtió en una indolente masa de color reflejada en el agua, tan anodina como la lluvia que había terminado por disolverse en una bruma silenciosa.

—Por ti —susurró al aire que lo rodeaba, al cielo, a aquel prodigio sólido y evanescente—, por ti lo sacrifico todo: mi sangre, mi sudor, mi conciencia. —Cerró los ojos y escuchó el viento. Dejó que le helase la piel en aquella deliciosa ebriedad, más allá del dolor, más allá de la pena—. Por ti, yo asesino —musitó—, por ti, yo mato.

Abrió los ojos. Todos aquellos nobles de túnicas escarlata habían desaparecido. Y por un instante, imaginó complacido que uno a uno se ahogaban en el agua.

—Volvamos a casa, excelencia.

Se volvió. Era Federico, el audaz, el que se jactaba de ser sirviente y bravo a la vez, y de nuevo se llevó el coñac a los labios y lo paladeó antes de haber tomado la decisión de beber.

—Enseguida, enseguida... —Quería hablar pero un velo de lágrimas le distorsionaba la visión; habitaciones vacías, la cama de ella vacía, sus vestidos todavía en los colgadores y el perfume que persistía levemente—. El tiempo no cura nada —dijo en voz alta—. ¡Ni su muerte, ni su pérdida, ni que en su agonía pronunciara el nombre de Tonio!

—¡*Signore*! —Federico señaló con la mirada una figura oscura, ridícula en su repentino retroceso, uno de aquellos abominables e inevitables espías del estado.

—Denúnciame —rió Carlo—. ¿Lo harás? «Está borracho en la plaza porque su esposa es pasto de los gusanos.» —Apartó a Federico con la palma de la mano.

La multitud aumentaba, cobraba vida, y se arremolinaba aquí y allá para volverse compacta al poco rato. La lluvia, racheada por el viento, caía sobre sus párpados y sus labios, estirados en una sonrisa que sensibilizaba todo su rostro. Caminó hacia un lado y dio otro trago.

—Tiempo —dijo en voz alta con aquel atrevimiento que sólo da la borrachera; cuando la vida no te da nada, pensó—. Y la borrachera —susurró— no te da nada, sólo de vez en cuando la fuerza necesaria para contemplar esta visión, esta belleza, el significado de todo.

Las nubes de lluvia, surcadas de plata, los mosaicos de oro titilando, moviéndose. ¿Había tenido ella alguna vez esa visión durante sus borracheras clandestinas, cuando le arrebataba el vino de las manos y él le suplicaba que no lo hiciera? «Marianna, no bebas, quiero que estés conmigo, no bebas.» Inconsciente, en la cama, ¿habría soñado alguna vez?

—¡Excelencia! —le dijo el *bravo* Federico.

—¡Déjame en paz!

El coñac le provocaba un calor exquisito, semejaba fuego líquido. Se imaginó disolviéndose en él, en su calor que le daba vida, y el aire gélido que le rodeaba no podía alcanzarlo, y se le ocurrió que aquella belleza se manifestaba en toda su grandeza sólo cuando uno estaba más allá del dolor.

La lluvia caía fresca y oblicua, chapoteando sobre la superficie de agua que se extendía ente él y produciendo un intenso sonido sibilante.

—Bueno, él estará contigo muy pronto, amor mío —murmuró con los labios fruncidos en una mueca—, estará pronto a tu lado y juntos yaceréis en el gran lecho de la tierra.

¡Qué obsesión se había apoderado de ella al final! «Iré a verlo, ¿comprendes? Iré a verlo, no puedes retenerme aquí como si fuera una prisionera. Está en Roma y pienso ir a verlo!» Y él había respondido: «Oh, querida, pero si no podrías ni encontrar los zapatos, ni el peine.»

—Síííí, pronto os reuniréis. —Las palabras surgieron de él con un gran suspiro—. Y entonces podré respirar de nuevo.

Carlo cerró los ojos para que cuando los abriera de nuevo pudiera admirar otra vez aquella belleza: el sol convertido en un estallido repentino de plata y las torres doradas elevándose sobre los destellantes mosaicos.

—Muerte, y todos mis errores del pasado corregidos, muerte, y basta de Tonio, Tonio el eunuco, Tonio el cantante —musitó—. En su lecho de muerte te llamó, ¿verdad? ¡Pronunció tu nombre!

Bebió más licor y sintió un estremecimiento que le provocó placer. Con la lengua apuró el último resto del líquido en los labios.

—Entonces sabrás cómo he pagado por todo, cómo he sufrido, cómo cada minuto de vida que te he regalado me ha costado una fortuna, hasta el punto de que ya no tengo más que darte, mi hijo bastardo, mi rival indómito e ineludible. ¡Morirás, morirás para que yo pueda volver a vivir!

El viento fustigó hacia atrás su cabello peinado con descuido, le abrasó las orejas y atravesó incluso el fino tejido de su levita mientras agitaba su largo *tabarro* negro.

Sin embargo, incluso mientras escuchaba de nuevo, en un intento por combatir la visión de aquella habitación de muerte que lo había acosado en las últimas semanas, vio avanzar hacia él la figura muy real de una mujer vestida de luto a la que había visto muchas veces en las calles, en la *riva*, a lo largo de aquellos ebrios, tempestuosos y amargos días.

Entornó los ojos y ladeó la cabeza.

Las faldas ondulaban despacio sobre el agua centelleante, no parecía moverse por un impulso físico sino por la fuerza de su propia mente, febril y acongojada.

—Y tú formas parte de ello, querida mía —susurró, amando el sonido de la voz en su cabeza, aunque nadie se fijaba en él ni en la botella abierta que sostenía—. ¿Lo sabías? Formas parte de ello, tú, la que no tiene nombre ni rostro, y sin embargo es hermosa, y como si esa belleza no bastara, surges del centro mismo de todo, vestida de muerte, avanzando siempre hacia mí como si fuéramos amantes, tú y yo, muerte...

La *piazza* osciló fugazmente.

Era el milagro obrado por el coñac, el vino y su sufrimiento. El momento perfecto en el que todo es soportable: sí, Tonio debe morir, no hay alternativa, ¡no puedo hacer otra cosa! Y que se disuelva en poesía, si lo desea, el pájaro cantor, el cantante, ¡mi hijo eunuco! ¡Mi largo brazo llega a Roma y te coge por la garganta y te hace enmudecer para siempre, y entonces, entonces yo podré respirar!

Los *bravi* caminaban por la arcada, sin alejarse nunca demasiado.

Quiso sonreír de nuevo, sentir la sonrisa. La *piazza*, con aquel brillo destellante, estaba a punto de estallar en un resplandor informe.

No obstante otro sentimiento lo amenazaba, una imagen distorsionada, algo que diluía aquel delicioso placer y le ofrecía a cambio el sabor de... ¿De qué? Algo semejante a un grito seco en una boca abierta.

Bebió coñac. ¿Era la mujer, alguna cosa en el movimiento de sus faldas, el viento pegando el velo a su rostro de forma que se adivinaba su forma bajo él, lo que le provocaba un leve pánico que le hacía apurar el coñac aprisa?

Avanzaba hacia él y también lo había hecho antes en la *piazetta*, y antes de eso en la *riva*.

¿Se trataba quizá de una cortesana vestida de negro por la Cuaresma? Avanzaba tan decidida... Se diría que entre todo el gentío lo hubiera escogido a él. ¡Sí! Lo buscaba, no había duda. ¿Dónde estaban sus damas, sus criadas? ¿Se deslizarían con sigilo en el margen de las cosas, como hacían sus hombres?

Durante unos instantes saboreó aquella idea, sí, ella lo buscaba. Detrás de ese velo negro la mujer había visto su sonrisa, la veía en aquellos instantes.

—¡Lo quiero! ¡Lo quiero todo! —Clavó las mandíbulas en sus palabras—. Y quiero apartar de mí este sufrimiento. ¿Harías el favor de acercarte y decirme que ha muerto?

Abrió mucho los ojos; aquella figura no era humana, sino un espectro cuya misión era abordarlo y consolarlo. No podía dejar de admirar el tenue óvalo de su pálido rostro, y el movimiento de sus blancas manos bajo el flotante velo vaporoso.

Ella se volvió de repente, le dio la espalda, pero continuaba en su avance. ¡No! Era tan extraordinario que él inclinó la cabeza hacia delante y contrajo de nuevo los ojos para ver mejor.

La mujer retrocedía, dejando aquellas capas de gasa desplegarse ante su rostro, y las faldas ondulando a su alrededor.

Caminaba hacia atrás sin perder nunca el paso, como haría un hombre bajo aquel viento para arreglarse la levita, y entonces se volvió de nuevo hacia él.

Carlo rió en voz baja, moderadamente. Nunca en su vida había visto hacer aquello a una mujer.

Cuando se volvió, sus ropas parecían más holgadas y siguió avanzando con la misma misteriosa ingravidez. Carlo notó un agudo dolor en el costado.

Exhaló un silbido.

Cortesana estúpida y ciega, viuda, seas lo que seas, pensó, con una malevolencia que se filtraba por sus poros como si algún rincón oscuro hubiera sido agitado de pronto para que el veneno se extendiera. ¿Qué sabes tú de todo lo que te rodea y del porqué formas parte de ello, belleza, belleza, por más desagradables, banales y repulsivos que sean tus pensamientos?

La botella estaba vacía.

No pensaba dejarla caer y sin embargo se hizo añicos a sus pies, sobre las piedras mojadas. La fina superficie del agua se rizó levemente y los fragmentos brillaron antes de quedar inmóviles. Los pisó. Le gustó el sonido de cristales aplastados.

—¡Traedme otra! —gritó. Una de las sombras que veía por el rabillo del ojo se acercó.

—*Signore*. —Le dio la botella—. Tendríamos que volver a casa.

—¡Ahhhh! —Abrió la botella—. Los hombres, amigo mío, son condescendientes con los que sufrimos, ¿y no tengo hoy el mismo motivo de sufrimiento que los días anteriores? —Miró de soslayo a Federico—. Mientras nosotros estamos aquí, él se está pudriendo, y todas esas mujeres que enloquecían con su voz lo lloran y sus ricos y poderosos amigos de Roma y Nápoles hacen guardia ahora en su capilla ardiente.

—*Signore*, se lo ruego...

Sacudió la cabeza. De nuevo aquella habitación invadida por la enfermedad y ... ¿Qué era? Un horror que casi podía saborear le impregnaba la lengua. Ella se sentó de repente. ¡Tonio!

Puso la mano en el pecho de Federico y lo apartó de un empujón.

Bebió a grandes tragos, despacio, en pos de la tristeza, de esa luminosa e insondable emoción que carecía de turbulencias.

Y ella, la mujer vestida de negro, ¿adónde había ido?

Carlo se volvió sobre los talones, y al verla a menos de diez pasos de él descubrió que había vuelto la cabeza para mirarlo justo en el mismo instante en que él lo hacía.

Sí, eso era lo que había ocurrido.

Ella lo miraba desde la oscuridad. Carlo la despreciaba y aunque notaba sus ojos brillantes de deseo, le dedicó una lenta sonrisa de admiración. Siempre la misma insolencia, esa coquetería, ese juego del gato y el ratón mientras el dolor golpeaba incesante. Tú crees que te deseo, que te quiero hacer mía, te beberé como si fueras vino, y te abandonaré antes de que sepas siquiera lo que te ha sucedido. Pero ¡ella! Ése era el amor que el tiempo no tocaba. «¡Tonio!», y no pronunció ninguna palabra hasta que murió.

Bebió el coñac demasiado aprisa, se le derramó por la barbilla y le mojó la ropa.

Alguien lo había saludado, le había hecho una reverencia, y se había alejado a toda prisa al ver el estado en que se encontraba. Pero ellos podían perdonar, todo el mundo perdonaba. Su esposa había muerto, sus hijos lloraban por ella. En algún lugar, unos novecientos kilómetros más al sur, aquella desgracia, aquel viejo escándalo. «Pobre senador Carlo —deben comentar—, cuánto tiene que haber sufrido.»

Algo más. Federico junto a él. Miró a la mujer vestida de negro. Era obvio que intentaba seducirlo.

—Te he dicho que me dejes en paz.

—Ya ha llegado y no hay nada, *signore*.

—¿Qué? No te oigo.

—El paquete, *signore*, no había...

Graciosa prostituta felina, había algo inequívocamente elegante y distinguido en ella, en el balanceo de su vestido, y en la forma en que se inclinaba con el viento. La deseaba, la deseaba, y cuando aquello terminara, se arrodillaría en el confesionario:

—Lo maté, no tenía alternativa, no... —Se volvió para ver mejor a Federico—. ¿Qué decías?

—En el paquete no había nada, *signore*. Ningún mensaje. —Bajó la voz hasta convertirla en un murmullo y añadió—: No hay ningún mensaje de Roma.

—Bueno, pues ya lo habrá.

Se incorporó. La espera continúa, y también la culpa. No, la culpa no, sólo el malestar, la tensión, la sensación de ahogo.

Al fin y al cabo, el mensaje le provocaba pánico. Cuando él se había cuestionado su integridad, le aseguraron que le darían una prueba de su trabajo. «¿Ah, sí? ¿Y qué prueba sería esa? ¿Su cabeza dentro de un saco manchado de sangre?», les había preguntado.

Se había reído, e incluso ellos, asesinos a sueldo, se habían quedado estupefactos, aunque intentaban disimularlo tras unos rostros que parecían haber sido toscamente tallados en madera. Nunca pulidos. «No es necesaria ninguna prueba. Sólo tenéis que hacerlo. Enseguida me llegará noticia de ello.»

Tonio Treschi, el cantante, así lo llamaban todos, incluso se atrevían a llamarlo así delante de su hermano. ¡Tonio Treschi, el cantante!

Hacía años, otros matones le habían dicho que le llevarían la prueba y cuando le pusieron delante aquel revoltijo de vísceras y sangre pegadas a la gasa seca, había levantado una silla en el aire para ahuyentar a los sicarios gritando: «¡Alejaos de mí, alejaos!»

—Excelencia —le decía Federico.

—No pienso a ir a casa todavía.

—Excelencia, no ha llegado ningún mensaje y eso significa que cabe la posibilidad de que...

—¿Qué posibilidad?

—Que hayan fracasado.

Sólo un amago de exasperación en Federico, y un aire de ansiedad. Miró hacia la *piazza* y sus ojos acariciaron ciegamente a la mujer vestida de luto que había aparecido de nuevo. No la ves. Yo sí. Carlo sonrió.

—¿Fracasado? —Soltó una carcajada de burla—. Pero si es un maldito eunuco, ¡por el amor de Dios! Podrían estrangularlo con las manos desnudas.

Alzó la botella y le dio a Federico aquel empujón casi amistoso para que no entorpeciera aquella visión perfecta. Sí, ella estaba otra vez allí.

—Muy bien, hermosa, acércate —dijo entre dientes y dio otro rápido trago a la botella.

Aquél fue un trago largo, y le limpió la boca y los ojos. La lluvia caía en silencio, ingrávida, formando un remolino de plata.

La bebida hizo brotar un calor sensual en su pecho. No se quitó la botella de la boca.

En sus últimos días, Marianna corría de un lado a otro abriendo armarios y cajones.

—Dámelo, no tienes ningún derecho a quitármelo. No podrás mantenerme encerrada en esta casa.

Las advertencias del viejo doctor: «Se matará.» Y finalmente Nina corriendo por los pasillos. «No habla. No se mueve.» Llorando, llorando.

Ella supo que iba a morir cuatro horas antes. Abrió los ojos y dijo: «Carlo, me muero.»

—¡No te dejaré morir, Marianna! —había insistido él, y mucho después se había despertado porque la había oído agitarse y la había visto con los ojos abiertos, diciendo:

—¡Tonio!

Fue su última palabra, Tonio, Tonio y Tonio.

—Volvamos a casa, *signore*. Si no se ha hecho correctamente, corremos el peligro de que...

—¿De qué? Fueron a retorcerle el pescuezo a un capón. Si no lo han hecho, ya lo harán. No quiero hablar más de este asunto. Aléjate de mí...

¡Tonio Treschi, el cantante!, se mofó.

—En el paquete tendría que haber un mensaje.

—¡Sí, y una prueba! —replicó—. Una prueba.

Su cabeza en un saco manchado de sangre. ¡Aléjate de mí, aléjate de mí!

Ella nunca había dejado de preguntarle: «Tú no lo hiciste, ¿verdad? ¿Verdad que no?» Carlo lo había negado miles de veces, miles de veces en esos primeros días en los que todos iban a por él como aves de rapiña dispuestos a devorarlo. Tras las puertas cerradas, ella se aferraba a él, con las manos convertidas en garras. «Mi hijo, mi único hijo, nuestro hijo. Tú no lo hiciste, ¿verdad?»

—Así que ahora lo dices. —Rió hasta hartarse—. Claro que no, querida. ¿Cómo podría hacer yo algo así? Él mismo lo ha hecho en su desesperación. —Y entonces el rostro de ella se suavizaba, al menos durante un rato, y la tomaba en sus brazos y le creía.

—No es bueno sufrir tanto.

—¿Quién ha dicho eso?

Se volvió demasiado deprisa, y vio dos figuras que retrocedían, con las pesadas túnicas negras de los patricios, las pelucas blancas, sus miradas implacables y siempre vigilantes.

Federico estaba lejos, muy lejos, observándolo desde la arcada, y con él estaban los demás. Cuatro buenos puñales y musculatura suficiente para protegerlo contra todo, excepto la demencia, la amargura, la muerte de Marianna, excepto interminables y terribles años sin ella, años y años...

Una lánguida soledad se apoderó de él. La deseaba. Mi

Marianna, cómo describirlo, sus lágrimas cuando la sostenía entre sus brazos, sus gritos pidiendo vino, y aquellos
días de borrachera en que lo acusaba, con los labios tensos,
mostrando unos dientes blanquísimos.

—¿No ves que estoy contigo? —le había dicho—.
Nosotros estamos juntos y ellos se han ido, y nunca más
podrán separarnos, estás tan hermosa como siempre. ¡No,
no apartes los ojos de mí, Marianna, mírame!

Y durante un corto intervalo, la inevitable dulzura, el
deseo.

—Sé que tú no has podido hacerlo. A mi Tonio, no,
no. Y sé que él es feliz, ¿verdad? Tú no lo has hecho... y él
es feliz.

—No, querida mía, mi tesoro —le había respondido—. Si yo fuese el culpable, él me habría acusado. Has
visto los documentos que él mismo ha firmado. ¿Qué ganaría con no acusarme?

Sólo tiempo necesario para planear mi muerte, eso ganaba, ah, pero primero mis hijos, mis hijos para la casa de
los Treschi, oh, sí, todo por nuestro linaje, incluso su silencio. ¡Tonio el cantante, Tonio el espadachín, Tonio
Treschi!

¿Cuando cesarán las habladurías?

«Te aseguro que los napolitanos le tienen pavor, hacen cualquier cosa para no cruzarse con él. Vieron su furor incontenible cuando el joven toscano lo insultaba. Le
cortó el cuello. Y aquella pelea en la taberna, acuchilló al
otro chico; es uno de esos eunucos peligrosos, muy peligrosos...»

¿Dónde está mi prostituta vestida de luto?, pensó de
repente, mi hermosa dama de la muerte, mi cortesana que
pasea sola y con tanto descaro por la *piazza*. Concentra
tus pensamientos en los vivos, olvídate de los muertos, los
muertos, los muertos.

Sí, carne viva, carne ardiente bajo toda esa oscuridad.
Más te vale que seas hermosa, más te vale que merezcas
cada moneda que pague por ti. Pero ¿dónde estaba?

El agua, mientras el viento levantaba la lluvia de su superficie, se había transformado una vez más en un espejo

bruñido. Y en ese espejo vio una forma voluminosa y oscura que se le acercaba. No, se había detenido ante él.

—Ah.

Carlo sonrió, mirando el reflejo.

«Así que mi pequeña puta descarada y encantadora, vestida de negro ha quedado convertida en esto.»

Pero la única palabra que formaron sus labios fue:

—Hermosa.

¿Es que no se daba cuenta ella?

¿Y si me levanto y le aparto el velo? No te atreverás a engañarme, ¿verdad que no? No, tú eres hermosa, ¿verdad que sí? Y tienes una sonrisa afectada, y eres simple, y no sabes hablar. Mucho regateo disfrazado de coquetería, y tú absolutamente convencida de que te deseo. Bueno, en todos estos años nunca he querido a nadie salvo a una mujer, una mujer hermosa y desquiciada. «¡Tonio!» Y ella murió en mis brazos.

Aquella mujer anónima vestida de luto estaba tan cerca que podía ver los orillos bordados de su velo. Hilo de seda negro. Flores de Cuaresma, cuentas de azabache.

Y entonces un movimiento blanco bajo el velo, sus manos desnudas.

Su rostro, su rostro, muéstrame el rostro.

Ella se quedó quieta, inalcanzable, mucho más lejana de lo que le había parecido, y entonces Carlo miró su reflejo en el agua. ¡Debe tratarse de una mujer muy alta! ¿O acaso aquella imagen en el agua era engañosa? Dejemos que se aleje; él no la seguiría, no con todo aquel coñac y toda aquella desesperación. Casi alzó la mano en busca de Federico.

Sin embargo, ella no retrocedió.

Su cabeza, debajo de aquel largo velo, se movió con suavidad hacia un lado, y en aquel ademán le ofreció su cuerpo esbelto, y cualquier pensamiento vago y sentimental que Carlo albergara se desvaneció de súbito con un gesto: sí.

—Sí, querida mía —susurró, como si a aquella distancia ella pudiese oírlo.

Llegó más gente; un pequeño grupo de hombres con

ropajes negros que surcaban el viento se interpusieron entre él y la desconocida sin darse cuenta. Pero entonces él fijó los ojos en la sinuosa y tentadora figura que lo miraba con intensidad tras aquel velo de luto.

Justo cuando temía haberla perdido de vista, la vislumbró por encima del hombre que estaba ante ella, mientras el velo subía sobre sus manos blancas y luego sobre su rostro.

Se quedó desconcertado durante unos instantes.

Ella se alejó. No había bebido tanto como para sufrir alucinaciones. ¡Era hermosa! Tan hermosa como todo lo que la rodeaba. Ella lo sabía, y había avanzado hacia él. Había aparecido como si fuera él quien la hubiera conjurado, sin dudar ni un solo instante. Su rostro era el de un magnífico maniquí, una muñeca de tamaño natural.

Toda ella parecía de porcelana, y ¡aquellos ojos!

En aquellos momentos era él quien la seguía, y la lluvia se arremolinaba en una luz plateada. Él, con los ojos entornados y temblando, intentaba verla de nuevo, ver aquel rostro otra vez sobre sus hombros. Sí, tras ella, tras ella.

Ella lo llamó con una seña descarada y elegante al mismo tiempo.

Oh, todo aquello resultaba extraño y delicioso, y la necesitaba con tal desesperación... Había vencido el dolor aunque sólo fuera momentáneamente.

Ella caminaba cada vez más deprisa.

Cuando llegó al borde del canal que tenía delante, se volvió.

El velo cayó despacio.

Bien, muy bien. Él pasó por delante y la desconocida se quedó varios pasos detrás de él. Sus faldas casi rozaban el agua. Deseó poder ver cómo la respiración le henchía el pecho.

—Tan audaz como hermosa —le dijo, aunque ella estaba aún demasiado lejos para oírlo. Se volvió y con un gesto llamó al gondolero.

Comprobó que sus hombres se agrupaban tras él. Federico se acercaba.

Dio media vuelta y bajó a toda prisa. Con pasos torpes y pesados subió a la embarcación, que se balanceó bajo su peso y estuvo a punto de lanzarlo a la *felze* cerrada en la que ella se encontraba.

Mientras se acomodaba en el asiento, sintió el roce del tafetán de su vestido.

La barca se movió. El hedor del canal le invadió las fosas nasales. Ella se puso en pie ante él, respirando bajo aquellos magníficos cortinajes.

Durante un momento, lo único que pudo hacer fue recobrar el aliento.

El corazón le martilleaba, tenía el cuerpo bañado en sudor, era el precio que debía pagar por su ansiedad. Pero ya era suya, aunque apenas podía verla a la luz de las cortinas abiertas.

—Quiero verlo —dijo, luchando con el inquietante dolor que sentía en el pecho—. Quiero verlo...

—¿Qué es lo que quieres ver? —preguntó ella en un susurro, con la voz grave, ronca y serena.

Hablaba veneciano, sí, veneciano. ¡Cuánto había deseado que fuera así! Carlo rió entre dientes.

—¡Esto! —Se volvió hacia ella y le arrancó el velo—. ¡Tu rostro!

Y cayó hacia delante sobre ella, con la boca abierta cubriendo la de ella. La empujó contra los cojines, hasta que su cuerpo se puso tenso. La mujer alzó las manos para apartarlo.

—¿Qué haces? —Carlo se incorporó relamiéndose los labios. Miró fijamente aquellos ojos negros que no eran más que un destello en las tinieblas—. ¿Crees que puedes jugar conmigo?

Ella tenía una singular expresión de asombro. Ni un amago de coquetería herida, ni temor fingido. Se limitaba a mirarlo fascinada, lo observaba como se observa a los objetos inanimados. En aquella penumbra, su hermosura estaba más allá de cualquier comparación.

Una belleza imposible. Buscó algún defecto, la inevitable decepción, pero le parecía tan hermosa, al menos en aquel instante, que le pareció conocer aquella belleza desde siempre. En algún rincón de su alma había susurrado al dios del amor con insolencia y lujuria: «Dame esto, esto es lo que quiero.» Y allí estaba, y todo los rasgos de aquel rostro le resultaban familiares. Sus ojos tan negros y orlados de largas pestañas; la piel tersa, tirante sobre los pómulos, y aquella gran boca exquisita y voluptuosa.

Le acarició la piel. ¡Ah! Retiró los dedos y luego le tocó las cejas negras, y los pómulos, y la boca.

—¿Tienes frío? —preguntó en un murmullo—. ¡Quiero que me beses de verdad! —Sus palabras sonaron como un gemido que brotara de su interior y tras tomarle el rostro con ambas manos, la echó hacia atrás y le chupó la boca con fuerza, se la soltó y se la chupó de nuevo.

Ella dudaba. Durante un segundo su cuerpo se tensó y luego, con una deliberación que lo dejó atónito, se entregó a él, sus labios se suavizaron y su cuerpo se relajó. A pesar de la ebriedad, Carlo sintió la primera punzada de deseo entre las piernas.

Rió y se retrepó en los cojines. La luz destellaba incolora y mortecina en la abertura que dejaban las cortinas, y el rostro de ella se veía demasiado blanco para ser humano; sin embargo lo era, sí, eso lo había saboreado.

—¿Su precio, *signora*? —Se volvió hacia ella y la atrajo hacia sí hasta que su cabello empolvado de blanco le rozó las mejillas. La mujer bajó la vista y Carlo notó sus pestañas en las mejillas—. ¿Cuál es el precio? ¿Cuánto quiere?

—¿Qué quiere decir? —preguntó con aquella voz profunda y ronca, en un tono que le provocó a Carlo un pequeño espasmo en la garganta.

—Ya sabes a qué me refiero, querida... —balbuceó—. Cuánto debo pagar por el placer de desnudarte. Una belleza como la tuya precisa un tributo —añadió, rozándole las mejillas con los labios.

—Desaprovechas lo que podrías saborear —dijo ella alzando una mano—. Para ti no hay precio.

Se hallaban en una habitación.

Habían subido unas empinadas escaleras húmedas arriba y más arriba. A él no le había gustado aquel lugar tan abandonado. Había ratas por doquier, las oía, pero sus besos eran tan deliciosos... Y esa piel, por esa piel sería capaz de matar.

Ella había insistido para que comiese, y después del coñac, el vino le resultaba insulso.

Conocía, sin embargo, el barrio donde se encontraban y las casas de los alrededores; muchas de ellas habían sido un cálido dormitorio en el que había estado con una cortesana que le gustaba bastante. Pero aquella casa...

La luz de las velas lo deslumbraba. La mesa rebosaba de comida ya fría, y a lo lejos destacaba la cabecera de una cama de la que colgaban con descuido unas cortinas bordadas con hilos de oro. El calor que desprendía aquel gran fuego resultaba excesivo.

—Hace demasiado calor —dijo él. La desconocida había cerrado todos los postigos. Un detalle preocupaba a Carlo, o tal vez más de uno: que hubiera tantas telarañas en el techo, y que el lugar fuera tan húmedo y desvencijado.

Sin embargo, estaba rodeado de objetos lujosos, las copas, la vajilla de plata; había algo en todo aquello que le recordaba a un decorado, cuando uno está sentado tan cerca del escenario que puede ver las alfardas del techo y los bastidores.

Pero algo más lo inquietaba, algo concreto. ¿Qué era? Eran... eran sus manos.

—Caramba, si son enormes —susurró. Y al oír el sonido de su propia voz y ver aquellos larguísimos dedos blancos, su estupor se disipó para dar paso a la ansiedad, y advirtió que en los vapores del alcohol se habían perdido fragmentos de lo ocurrido aquella tarde.

¿Qué había dicho la mujer? No recordaba haberse apeado de la góndola.

—¿Demasiado calor? —preguntó ella en un susurro. Aquella misma voz ronca que le hacía desear acariciarle la garganta.

Cuando su visión se aclaró, la vio casi por primera vez. No sus manos, sino toda ella. Si en algún otro momento la había visto, no podía recordarlo, y rendido a la costumbre imaginó que sus hombres andarían cerca.

Pero allí estaba. Estudiaba su silueta borrosa, parpadeando de vez en cuando, pugnando contra el abotargamiento que le producía la borrachera, al tiempo que alzaba la taza. El borgoña era delicioso aunque suave.

—Espero que no te moleste, querida —dijo mientras descorchaba la botella que tenía en la mano.

—No haces más que repetir lo mismo. —La mujer sonrió. Su voz era un jadeo que surgía desde lo más hondo de ella misma. ¿Cuándo había oído una voz así en una mujer?

Llevaba una peluca francesa con perlas engarzadas en los bucles y unos pulcros rizos blancos le caían hasta los hombros. Oh, era tan joven... Mucho más joven de lo que había imaginado cuando estaban en la góndola, donde le había parecido atemporal, venida de otra época, e inconfundiblemente veneciana, aunque no sabía por qué.

—Una niña —le dijo con dulzura. La cabeza caía de repente hacia delante y le hacía tomar conciencia de sus límites, aunque en un intento por recuperar la dignidad la enderezó de nuevo. Los labios de la mujer no eran rosados ni rojos, sino de un intenso color natural. No, no se había maquillado. En la góndola habría saboreado y olido los afeites. Ella no era más que una visión, y aquellos ojos que lo miraban fijamente.

Y el vestido, con su ceñida banda bordada sobre el pecho. Sintió deseos de deslizar la mano entre los senos y soltar aquella cinta apretada para liberarlos.

—¿Por qué has tardado tanto tiempo en venir a mí? —Carlo dejó escapar una risa traviesa.

Sin embargo, el rostro de la mujer se transformó repentinamente.

Como si todo él se hubiera movido a la vez. Había ocurrido tan deprisa que Carlo no estaba seguro de su percepción. Ella se recostaba, y aquella boca amplia y voluptuosa se abría en una sonrisa que fruncía los extremos de sus ojos negros.

—Esperaba el momento adecuado —respondió ella.

—Sí, el momento adecuado —repitió Carlo. Oh, si tú supieras, si tú supieras. Tenía a su esposa entre los brazos y cada vez que abrazaba a otra mujer estrechaba más a su esposa contra sí, para luego descubrir, en un momento de horror, que no era Marianna, no era nadie, sólo era... sólo era aquella prostituta.

Mejor alejar estas ideas. Mejor no pensar en nada.

Alargó el brazo y deslizó la vela hacia su derecha.

—Para verte mejor, mi querida niña —dijo, burlándose del cuento infantil francés.

Rió y apoyó la cabeza contra el alto y grueso respaldo de la silla de roble.

Pero cuando ella se inclinó hacia delante, apoyando los codos en la mesa y la luz iluminó su rostro, se sintió repentinamente conmocionado e irguió un poco los hombros.

—¿Me tienes miedo? —preguntó ella.

Él no respondió. Era absurdo tenerle miedo. Una leve crueldad se iba adueñando de él y le recordaba que ella acabaría por decepcionarlo, que tras aquella expresión misteriosa descubriría sólo coquetería, tal vez vulgaridad, y a buen seguro codicia. De pronto se sintió cansado, sumamente cansado. La habitación estaba demasiado cerrada. Se imaginó metiéndose en su propia cama, notó el cuerpo de Marianna junto al suyo. Despacio y con amargura pensó: «Ella está en la tumba.»

Además estaba demasiado borracho, estaba a punto de marearse, no tenía que haber llegado tan lejos.

—¿Por qué estás tan triste? —preguntó ella con aquel ronroneo de voz. Parecía esperar una respuesta, y algo en ella inspiraba respeto... ¿Qué era? Su hermosura poseía fuerza. Quizás ella podía... Sin embargo, eso era lo que siempre había creído al principio, y luego ¿cuál era el final? La pugna entre las sábanas, en la que se permitiría alguna pequeña licencia con ella, y luego todo aquel regateo sembrado de amenazas. Estaba demasiado borracho para soportar todo aquello, demasiado.

—Tengo que irme... —dijo, y pronunció las palabras con desgana. Se llevaría su bolsa, si aún la tenía. Su *tabarro*, ¿qué había hecho con él? Estaba en el suelo, a sus pies. Si lo que pretendía era robarle, demostraba ser una perfecta estúpida. Esa mujer era más lista que todo eso.

Su cara se le antojó... demasiado ancha. Inusualmente ancha. Sin embargo, aquellos ojos negros seguían hipnotizándolo. Ella jugueteaba con el cabello blanco de sus sienes y Carlo le contempló las manos. Qué frente tan exquisita, subía recta hacia aquella costosa peluca francesa. Pero qué manos tan grandes para una mujer tan hermosa, unas manos demasiado grandes para cualquier mujer, y esos ojos. De repente se sintió confundido, a la deriva, una sensación que asoció con la góndola, aunque no tenía nada que ver con el agua.

Le pareció que la habitación se movía como si se hallaran inmóviles en una angosta barca.

—Tengo que irme... Tengo que acostarme.

Vio que ella se ponía en pie.

Parecía subir, subir y subir.

—Pero... pero no es posible —farfulló él.

—¿Qué no es posible? —preguntó la desconocida en un susurro. Estaba de pie junto a él y Carlo podía oler su perfume, que no era tanto la esencia francesa como su frescura, su dulzura, su juventud. Sostenía algo en las manos. Una especie de lazo negro; ¿de qué era? De cuero, un cinturón con una hebilla.

—Que... que seas tan alta —respondió. Ella había alzado el lazo por encima de su cabeza.

—¿Ahora te das cuenta? —preguntó sonriendo.

¡Exquisita!

Sospechaba que le sería fácil enamorarse de ella. ¿Puedes creerlo? Amarla. Había en ella cierta sustancia indefinible, no sólo el misterio previsible y su inevitable núcleo de vulgaridad, sino algo mucho más fiero.

—¿Qué estás haciendo? —le preguntó—. ¿Qué... qué tienes en las manos?

Aquellas manos no parecían humanas.

Había dejado caer el cinturón de cuero sobre él. Extraordinario. Miró hacia abajo y vio que le inmovilizaba los brazos y el pecho.

—¿Qué me has hecho? —le preguntó.

Entonces, al intentar moverse, se dio cuenta.

Ella había pasado también el cinturón por el respaldo

de la silla, y lo había tensado de tal manera que no se podía mover, sólo levantar un poco los antebrazos. Aquello resultaba de lo más extraño.

—No —dijo Carlo con una sonrisa. Alzó los antebrazos y estuvo a punto de derramar el licor. De pronto, dio una sacudida hacia delante.

Era imposible. La silla, un mueble grande y pesado, permanecía inmóvil.

—No —dijo de nuevo con una fría sonrisa—. Esto no me gusta. —Y como si regañara a un niño pequeño, sacudió la cabeza.

Ella se había colocado a su espalda, Carlo no la veía. Intentó levantar el cinturón con la mano derecha, pero estaba demasiado apretado.

Lo tomó con ambas manos, cruzó los brazos, el coñac cayó sobre la mesa y le mojó los dedos, que forcejeaban en vano con el cuero. Desde atrás, alguien sujetaba el cinturón en su sitio.

Ella apareció junto a su hombro derecho.

—¿No te gusta? —le preguntó.

De nuevo le dedicó una fría sonrisa. Cuando aquella insensatez tocase a su fin, cuando la hubiera desnudado, le taparía la boca con la mano y le haría pagar por ello. No sería nada demasiado cruel, sólo una lección, y se vio a sí mismo deslizando los dedos entre aquella banda plana bordada para desatarla.

—Quítame esto, querida —dijo con frialdad, con una voz grave e imperiosa—. Quítamelo ahora mismo.

Vio aquella amplia mano colgando ante él, con unos dedos desusadamente largos y delgados y blancos. Hasta los anillos eran demasiado grandes, adornados con rubíes y esmeraldas. Debía de tratarse de una mujer muy rica: rubíes, esmeraldas y aquellas diminutas perlas.

De repente, torció la mano derecha, la agarró por la muñeca y la sentó en su regazo.

—No me gusta —le dijo al oído—. Y si no sueltas ahora mismo la hebilla, te romperé tu precioso cuello.

—Oh, no serías capaz, ¿verdad que no? —preguntó ella sin el más leve asomo de temor.

En él se estaba produciendo una transformación alquímica. Mientras la miraba, mientras contemplaba aquel rostro perfecto, su mente se aclaraba, y sin embargo su cuerpo seguía bajo los efectos del alcohol. Un dolor sordo le latía en la frente. Tenía los brazos atados con tanta fuerza que con la mano izquierda no podía llegar al cuello. Pero si era necesario le rompería el brazo y la violaría y así terminaría todo. Estaba demasiado bebido para todo eso. No tenía que haber ido a esa casa.

—Desátame el cinturón —le dijo—. Te lo ordeno.

Ella lo miró a los ojos sin responder y su expresión se dulcificó. La sintió moverse en su regazo y en ese mismo instante vio que en el centro de sus ojos negros brillaba un leve destello azul profundo. El rostro de la desconocida tapaba la luz que tenía a sus espaldas. Se hallaban tan cerca que Carlo percibía la fragancia de su aliento. Era fresco, inmaculado, y despertó en él una pasión que hubiera existido igualmente de haberse tratado de una persona común, porque era deliciosa, encantadoramente joven.

Durante un momento sólo vio su cuerpo. Ella le rozó los labios con los suyos y Carlo cerró los ojos. Sus mano se aflojó en la muñeca de ella, que no se movió, y el beso le provocó un espasmo de deseo que elevó su pasión hasta una cima en la que todo lo demás carecía de importancia.

Entonces se movió, volviendo la cabeza en el respaldo de la silla.

—Quítame el cinturón —le pidió con dulzura—. Vamos, te deseo, te deseo... —susurró—. No creo que seas una mujer tan estúpida como para provocarme de este modo.

—Pero si yo no soy una mujer —musitó ella, justo antes de que él la hiciera callar cubriéndole la boca con la suya.

—Hummmm. —Frunció el ceño. En aquella broma había algo trágico, terrible y disonante. El placer que Carlo experimentaba era confuso, en pugna con su borrachera, y advertía vagamente que ella había puesto de nuevo las manos en el reposabrazos de la silla y que con sus palmas blancas presionaba las suyas contra la madera. Amable, juguetona, su tacto lo hechizaba, aunque resultaba extraño.

—¿No eres una mujer? —En la textura de su piel había algo sobrenatural. Se le antojaba tan suave, tan tersa... y sin embargo no...—. Entonces, ¿qué eres? —susurró, al tiempo que sus labios formaban una sonrisa mientras la besaba.

—Soy Tonio —dijo ella en un leve jadeo—, tu hijo. Tonio.

Carlo abrió los ojos, su cuerpo se convulsionó con violentos y dolorosos espasmos, incluso antes de que pudiera razonar. Un sonido metálico estalló en su cabeza mientras pugnaba por alejarlo y retenerlo a la vez, agarrarlo, apartarlo, al tiempo que un bronco rugido surgía de su garganta.

Había desaparecido. Estaba ante él, alzándose sobre él y mirándolo desde arriba. Y en un instante lo comprendió todo, el disfraz, lo que estaba ocurriendo, y la rabia se apoderó de él.

Pateó contra el suelo, agitó los brazos amarrados al tiempo que sacudía la cabeza de un lado a otro.

—¡Federico! ¡Federico! —gritó mientras pugnaba y se debatía. Siguió aullando sin palabras, intentando clavar los talones en las piedras. De repente, cuando comprendió que la silla no se movería, que estaba indefenso, que no podía hacer nada, permaneció completamente inmóvil.

Ella lo miraba, sonriendo.

Carlo volvió la cabeza hacia un lado y la miró con los ojos desencajados. Entonces ella se echó a reír, una risa grave, ronca, abrasadora y sensual como su voz.

—¿Quieres besarme de nuevo, padre? —susurró. Y aquel hermoso rostro, aquel rostro blanco y perfecto se quedó fijo en una bella y serena sonrisa.

Carlo le escupió en la cara.

Con los dientes apretados, las manos abiertas como si pretendiera cogerla con los dedos, le escupió de nuevo.

Entonces se desplomó hacia atrás, con la cabeza nuevamente ladeada, y lo entendió todo con asombrosa claridad.

El escenario, los interminables elogios de su belleza y

su talento, el que Tonio personificara a la mujer perfecta bajo los focos, y aquellas manos, esas manos horrendas y terribles, y la piel...

Sintió que una náusea le ascendía desde el estómago. Apretó los dientes y se concentró en luchar contra el pánico que le atenazaba, no iba a debatirse. No le daría esa satisfacción.

Ella. ¡Ella! Cerró los ojos y se estremeció. Lo acometió el vómito, se lo tragó y tembló. Cuando abrió los ojos de nuevo, era Tonio quien sostenía la gran peluca francesa de perlas y cabello blanco en las manos.

La sonrisa había desaparecido de su rostro. Sus ojos eran vidriosos, grandes, parecían asombrados.

Se quitó el corpiño negro como si fuera una armadura. Las faldas, desatadas, cayeron al suelo.

Y allí, con la arrugada camisa blanca y los pantalones, el cabello mojado y despeinado, se alzaba un gigantesco hombre felino. En la cintura llevaba un puñal cuyo mango tenía piedras engarzadas. Emergió de aquel precioso tafetán y se ciñó el puñal con una de sus largas manos.

Carlo tragó saliva. Notó un rancio sabor en la boca y el silencio se cernió sobre ellos como la vibración de un fino alambre.

Se miraron largo tiempo, aquel diablo de ojos fríos con cara de ángel y Carlo, que en aquellos momentos soltó una desagradable y ahogada carcajada.

Se pasó la lengua por los labios.

Secos, doloridos, se le había formado una grieta en medio del labio inferior y sintió el sabor de la sangre.

—Mis hombres... —dijo.

—Están demasiado lejos. No te oyen.

—Vendrán...

—Tardarán mucho, mucho tiempo.

Y de pronto, volvieron a él aquellos pasos que subían cada vez más.

—En algún sitio corre agua, la oigo, el canal se ha desbordado.

Y ella, la zorra, el monstruo, el demonio, había respondido:

—No importa. Aquí no vive nadie.

No, en aquella casa no lo oiría nadie, aquella casona en ruinas que se derrumbaba.

En esa misma habitación en la que ardía un fuego, se había acercado a las ventanas en busca de aire y con sus propios ojos había comprobado que no podía ver la calle ni a sus hombres esperando, vigilando, sino, cuatro pisos más abajo, el pozo oscuro de un patio interior. Se hallaban en el centro mismo del edificio, y ella se lo había mostrado minuciosamente.

Oh, plan perfecto, diabólicamente ingenioso.

Estaba empapado en sudor. Aquellos imbéciles a los que había pagado para que lo asesinaran... El sudor le corría por la espalda y bajó los brazos. Tenía las manos húmedas y resbaladizas aunque no había hecho nada con ellas, salvo abrirlas y cerrarlas, abrirlas y cerrarlas, en un intento por combatir el pánico, aquel impulso de lucha innato, aun cuando sabía que la pesada silla de roble no se movería ni un centímetro.

¿Cuántas veces le había dicho a Federico que se alejara mientras estuviera con mujeres, que no lo molestara durante sus aventuras?

La representación había sido hermosa, y no se trataba de ninguna ópera. Y él que había dicho: «Es un eunuco, pueden estrangularlo con las manos desnudas.»

Observó a Tonio sentarse a la mesa frente a él, con la camisa blanca abierta en el cuello. La luz jugaba con los huesos de su cara. Todos sus movimientos sugerían los de un enorme felino, una pantera, traspasados de una gracia misteriosa.

Lo invadió el odio, un odio peligroso, que se aferraba a aquella cara, a aquellos rasgos perfectos y a todos los detalles que alcanzaba a ver, todo aquello que siempre había sabido y sufrido al oír hablar de Tonio, el cantante, Tonio, la prostituta ante los focos; Tonio, el joven hermoso, el famoso; el niño criado por Andrea con mimos e indulgencia hacía tantos años, mientras en Istanbul él bramaba y se debatía; Tonio, que lo tiene todo; Tonio, al que nunca había escapado ni por un momento; Tonio, Tonio y Tonio, cuyo nombre había ella gritado en su lecho de muerte. Tonio, que en esos momentos lo tenía prisionero, pese al cuchillo y a esas extremidades largas y débiles de eunuco, pese a los *bravi* y todas sus precauciones. Había vencido y lo tenía cautivo.

Si no soltaba un gran alarido, aquel odio acabaría enloqueciéndolo.

Pero pensaba, pensaba. Lo que necesitaban sus *bravi* era tiempo. Tiempo para darse cuenta de que aquella casa estaba vacía, demasiado oscura, tiempo para empezar a recorrerla.

—¿Por qué no me has matado? —preguntó de pronto, debatiéndose contra la correa, al tiempo que cerraba los puños en el aire—. ¿Por qué no lo hiciste en la góndola? ¿Por qué no me has matado?

—¿De una manera apresurada y furtiva? —preguntó de nuevo con aquel susurro ronco ya familiar—. ¿Y sin más explicaciones? ¿De la misma forma que me atacaron tus hombres en Roma?

Carlo contrajo los ojos.

Tiempo, necesitaba tiempo. Federico tenía buen olfato para el peligro. Se daría cuenta de que algo ocurría. Estaba a la puerta de esa casa.

—Quiero vino —dijo Carlo. Sus ojos se movieron hacia la mesa, hacia el cuchillo con el mango de marfil clavado en el pollo, lejos de su alcance, los vasos, la botella de coñac junto a ellos—. ¡Quiero vino! —Su voz se debilitó—. Qué Dios te maldiga; si no me has matado en la góndola, al menos dame un poco de vino.

Tonio lo estudiaba como si dispusiera de todo el tiempo del mundo.

Entonces con uno de esos brazos increíblemente largos, le acercó la copa a Carlo.

—Toma, padre —dijo.

Carlo la levantó pero tuvo que inclinar la cabeza para beber. Sorbió el vino, escupió el primer trago para quitarse el sabor rancio de la boca y mientras alzaba la cabeza sintió un aturdimiento tan intenso que la cabeza se le inclinó involuntariamente hacia un lado.

Apuró la taza.

—Dame más —pidió. Ese cuchillo estaba demasiado lejos. Aun en el caso de que hubiera podido volcar aquella mesa, que pesaba más que la silla a la que estaba atado, no hubiese podido coger el cuchillo a tiempo.

Tonio cogió la botella.

Federico advertiría que pasaba algo raro. Se acercaría a la puerta. La puerta, la puerta.

Al subir aquellas escaleras delante de Tonio, había oído un fuerte ruido que resonaba en aquel recinto como el estallido de un cañón, y por su mente pasó la idea de que una mujer no tenía la fuerza suficiente para echar un cerrojo tan grande y ruidoso.

Aquello no detendría a sus hombres.

—¿Por qué no lo has hecho? —preguntó con la copa en las manos—. ¿Por qué no me has matado todavía?

—Porque quería hablar contigo —respondió Tonio en un murmullo—. Quería saber por qué intentaste matarme. —Su rostro, hasta entonces impasible, se tiñó de una leve emoción—. ¿Por qué mandaste asesinos a Roma si yo en cuatro años no te he hecho daño ni te he pedido nada? ¿Fue mi madre la que te frenó?

—Ya sabes por qué los mandé —afirmó Carlo—. ¿Cuánto más pensabas esperar para venir a por mí? —Su rostro estaba encendido y empapado y se lamió el sudor salado que le llegaba a los labios—. ¡Todo lo que hacías indicaba que pensabas volver! Pediste que te enviaran las espadas de mi padre, te has pasado la vida en salones de esgrima; cuando todavía no llevabas seis meses en Nápoles, mataste a otro eunuco, y al año siguiente casi mandaste a un joven toscano a la tumba. ¡Todo el mundo te temía!

»¿Y tus amigos? ¿Tus poderosos amigos? Me harté de oír hablar de ellos. Los Lamberti, el cardenal Calvino, di Stefano de Florencia. Incluso te atreviste a utilizar mi apellido para salir al escenario, como si me arrojaras un guante a la cara. Tu único propósito en esta vida ha sido atormentarme. Toda tu trayectoria ha sido un filo que cada vez se acercaba más a mi garganta.

Se reclinó en la silla. Su pecho era una masa de dolor

pero, oh, qué bien sentaba decirlo por fin en voz alta, notar que las palabras brotaban de él en una riada incontrolable de veneno e ira.

—¿Qué pensabas? ¿Que lo iba a negar? —Miró la figura silenciosa que tenía delante, aquellas manos blancas y largas, aquellas garras que jugaban con el mango de hueso del cuchillo—. Una vez te di la vida, pensando que la llevarías aferrada entre las piernas y correrías con ella, pero me has puesto en ridículo. Dios mío, no ha pasado un solo día sin que haya oído hablar de ti, sin que me haya visto obligado a hablar de ti, a negar esto y aquello, a jurar inocencia y fingir lágrimas, y decir trivialidades y frases de resignación, mentiras sin fin. Me has puesto en ridículo. ¡Yo, el sentimental, temeroso de derramar tu sangre!

—¡Cuidado con lo que dices, padre! —dijo Tonio en un susurro de asombro—. ¡Eres un necio!

Carlo rió, una carcajada seca y melancólica que le provocó un agudo pinchazo en la cabeza.

Bebió vino maquinalmente y su mano pugnó por coger la botella, vio cómo se deslizaba hacia delante, y el líquido salpicaba la taza.

—¿Necio, yo? —Rió una y otra vez—. Si quieres ver arrepentimiento, si quieres que te suplique, te llevarás una decepción. Coge la espada, esa famosa espada tuya, que a buen seguro tienes escondida en algún sitio, y utilízala. ¡Derrama la sangre de tu padre! ¡Demuéstrame la misma crueldad que yo he empleado contigo!

Los grandes tragos de borgoña lo tranquilizaron por un momento y borraron la pena y la sequedad de aquella risa que acompañaba a sus palabras.

Quiso secarse la boca con la mano. Era un suplicio no poder tocarse la boca.

Dejó que el vino le cayera por encima del labio y se estremeció de nuevo por el pánico, aquel impulso que lo impulsaba a debatirse en vano.

—¡Yo no quería mandar esos hombres a Roma! —exclamó—. ¡No tenía alternativa! Si todo hubiera sido distinto, si hubieran venido a contarme que habías crecido sumiso e inseguro, temeroso de tu sombra... He conocido eunucos así: Beppo, ese viejo despreciable; o el escurridizo Alessandro, pese a toda su insolencia, un ser sin ningún espíritu. De los capados de ese tipo no hay nada que temer, pero tú... A ti la castración no te ha causado el mismo efecto. Eras demasiado fuerte, demasiado hermoso, habías heredado el temple de mi padre y tal vez ya eras demasiado mayor. Siempre, siempre oía hablar de ti, era como si durmieras en mi misma cama, como si vivieras y respiraras bajo mi techo. ¿Qué podía hacer? ¡Dímelo! ¡No me quedaba otra salida!

A través de la bruma de las velas encendidas, vio el rostro distante aún colmado de asombro, pero parecía más remoto, más apenado.

—No te quedaba otra salida —repitió Tonio casi con amargura—. ¿Y si hubieras venido a Roma? ¿Y si nos hubiésemos encontrado y hubiéramos hablado como hacemos ahora?

—¿Hablar, yo? —preguntó Carlo con repugnancia—. ¿Para qué? ¿Para pedirte perdón por haberte capado? —Casi se burló—. Una y otra vez te pedí que te rindieras a mí, ¡hijo bastardo! Y tú te negaste. Tú mismo te has buscado ese destino. Fue decisión tuya, no mía.

—¿Cómo puedes creer eso? —preguntó Tonio.

—¡No tenía otra salida! —bramó Carlo—. Te lo he dicho y lo repito, no tenía otra salida. Y malditos sean los hombres a quienes mandé contra ti, eso fue una estupidez. Si te incitaron a venir, mucho mejor, porque lo hubieras hecho de todos modos, y lo sabes, y te aseguro que no tenía más remedio que hacerlo.

Se le nubló la vista, pero, oh, el rostro, incluso en aquellos momentos, era tan hermoso, demoníaco, qué ironía, y la juventud, la juventud, eso era lo que más lamentaba de todo.

De nuevo veía el borde de la copa. El vino volvió a derramársele por la barbilla. Cogió la botella.

—Encontrarme contigo, hablar contigo. —Suspiró, resollante, con los ojos entornados.

Pero ¿qué estaba haciendo? ¿Qué estaba diciendo?

Sus ojos se movieron hacia el alto techo, la gran bóveda oscura que temblaba levemente con las llamas de las velas, donde vivían las arañas, y la lluvia, que se filtraba, brillaba en pequeñas gotas a través de las finas grietas.

Lo que necesitaba era tiempo, tiempo para que oscureciera, y todo lo que había dicho, lo que había brotado de él, todo el veneno de aquellas viejas heridas...

Sin embargo, cuando notó que el vino invadía cálidamente su cuerpo y una fatiga inmensa y dulce se apoderaba de él, no le importó.

Lo que le importaba era la injusticia de todo aquello, una injusticia implacable y brutal que se había prolongado durante años. Mentiras y acusaciones que nunca tocaban a su fin, y por todo eso había pagado. Y tanto que había pagado. Ése era el misterio que encerraba: cada vez que lo había intentado le había costado tan caro que al final no merecía la pena. Oh, ¿le había sido permitido disfrutar de algo que no le hubiera costado juventud, sangre e interminables disputas? ¿Cuándo había hallado un poco de comprensión, algún momento en que pudiera confiar en la imparcialidad de un juez?

—¿Qué sabes tú de eso? —dijo—. De todos aquellos años en Istanbul, lejos de ella, mientras a ti te mimaban y te consentían, y luego volver a casa y que ella me acusara, sí, me acusara. Nunca me creyó, ¿sabes? Siempre era Tonio y sólo Tonio. Le supliqué miles de veces que dejara el vino, recurrí a médicos y enfermeras para que la examinaran y la cuidaran. ¿Hubo algo que no le diera? Joyas, la moda de París, criadas que la servían, las mejores institutrices para nuestros hijos. ¡Todo se lo di! ¡Pero lo único que ella quería era a Tonio y el vino, y fue el vino lo que la llevó a la tumba, y en su lecho de muerte preguntó por ti!

Contempló a Tonio. ¿Qué era esa expresión en su rostro? ¿Incredulidad? ¿Dolor inesperado? No lo sabía, no le importaba.

—Saber eso debe producirte placer, sin duda —dijo con amargura al tiempo que se inclinaba otra vez hacia delante. La cabeza le pesaba demasiado, dejó que el vino fresco y claro se le desparramara en la boca—. Y sus últimos días... ¿Sabes qué me dijo? Que la había destrozado, que la había llevado a la locura y a la bebida, y que le había quitado a su hijo, su único consuelo. ¡Eso fue lo que me dijo!

—Y claro, tú no la creíste, ¿verdad? —preguntó Tonio con un hilo de voz.

—¿Creerla? Después de todo lo que sufrí por ella. —Carlo notó que la correa se le clavaba en el cuerpo causándole un agudo dolor, y recostándose hacia atrás sujetó la botella con ambas manos—. ¡Después de todo lo que hice por ella! Desterrado por amor a ella, ¿y quién, después de todos aquellos años en Istanbul, y ella casada con mi padre, hubiera vuelto a quererla?

»Pero yo la amaba, y era una pasión que duró quince años para ser destruida. ¿Cómo? No fue el tiempo, te lo aseguro, ni mi padre, sino tú. Dijo tu nombre, y murió. Al final ya ni siquiera miraba a nuestros hijos...

Su voz se quebró. Se quedó asombrado al escuchar su sonido, y si hubiera podido, habría hundido la cabeza entre los brazos.

Aquella esclavitud era insoportable, pero habría sido peor si hubiera luchado y hubiese fracasado, se dijo con desespero, sentado, inmóvil. Las manos se esforzaban por alcanzar su rostro, apenas podía soportar el peso de la cabeza.

—Me preguntas si la creí. ¿Qué derecho tienes a preguntarme nada? ¿Qué derecho tienes a juzgarme?

Cogió la botella de coñac y la vació deprisa en la copa. Lo bebió y sintió el calor más fuerte y agudo del licor, delicioso. La habitación pareció temblar bajo sus pies, y su cuerpo se convulsionaba, llegando incluso a poner los ojos en blanco. Ante él se alzaba una imagen, una imagen que lo atormentaba: la de su joven y hermosa Marianna la primera vez que la había sacado del convento; cuando habían ido a sus aposentos, ella había advertido que él no quería casarse y había empezado a gritar.

Temblaba, recordando sólo sus palabras apresuradas al consolarla, y asegurarle que lo único que necesitaba era tiempo, tiempo para convencer a su padre. «Soy su único hijo, ¿comprendes? Tiene que ceder ante mí.»

Pero no era eso lo que quería entonces. Estaba al borde del delirio, y le recorrió cierta sensación experimentada durante los años anteriores a aquéllos, cuando su madre estaba viva, y todos sus hermanos, y la vida era fácil, llena de esperanza y amor. Entre él y su padre no había obstáculos insalvables, nada que no pudiera enmendar, que no pudiera corregir. Sin embargo, todo eso se lo habían arrebatado con crueldad, del mismo modo que le habían arrebatado a Marianna, le habían arrebatado la juventud, y en esos instantes se dio cuenta de que sus recuerdos más nítidos estaban traspasados de lucha y amargura, y que borraban todo lo demás.

Carlo gimió. Miró la mesa de la cena. Tenía una vaga idea de dónde se encontraba y de que era Tonio quien lo retenía allí. La correa se le clavaba, y ladeando la cabeza intentó ver con claridad, recordar de nuevo que lo único que necesitaba era tiempo.

Las velas ardían bajas, y el fuego del hogar era un montón de cenizas fulgurantes. Aquella mañana, cuando había acudido borracho al Broglio, jurando que se casaría con ella con o sin su consentimiento, su padre se había plantado ante él con aquel espantoso semblante. «¡Te atreves a desafiarme!» Y ella lloraba en la cama de aquel sucio albergue. «¿Qué me has hecho, Dios mío?»

Emitió un sonido, un gemido.

Con un sobresalto advirtió que la habitación estaba más oscura y era enorme, y Tonio, ante él, lo miraba todavía inexpresivo a excepción de la dura línea de su boca.

Su cabello negro se veía más suave y le caía sobre el rostro de una manera más natural. ¿Qué parecía? Incluso después de la castración existía ese parecido asombroso, sí, como una docena de retratos pintados muchos años atrás cuando estaban todos juntos, sus hermanos y él, y su madre, pero ¡aquél era Tonio!

Se sintió invadido de nuevo por la náusea.

—Tú... —gritó con el cuerpo tembloroso—, tú que me tienes preso aquí, tú que me juzgas. ¿Es a esto a lo que has venido? ¿A juzgarme? Tú, el mimado. —Rió, con aquella risa que brotaba de nuevo, una risa grave, profunda y seca que parecía llevarse consigo las palabras—. El elegido de mi padre, el cantante, sí, el gran cantante, la celebridad de Roma, siempre rodeado de mujeres que arrojan flores a su carruaje, y la realeza que lo recibe, Tonio, con su bolsa rebosando de oro, y el cardenal Calvino, idolatrándolo y satisfaciéndole todos los deseos...

En el rostro de Tonio brilló un breve centelleo de intensa emoción.

—Sí, sí. —Rió con esa risa seca y grave—. ¿Crees que no sé el execrable destino al que de manera tan precipitada e impulsiva te condené? ¿Crees que no he oído hablar de tus amantes, tus devotos seguidores, tus amigos? ¿Hay alguna puerta que no se te haya abierto? ¿Algo que desearas y que te haya sido negado? Eunuco. Dios del cielo, ¿qué te cortaron para que hayas puesto un asedio a todas las camas de Roma tan fiero como el de las hordas bárbaras?

»Y vuelves aquí, rico, joven, bendecido por los dioses; en tu monstruosidad llegas a seducir a tu propio padre, y ahora pretendes juzgarme. ¡Preguntarme el por qué de mis acciones!

Descansó y sus dedos intentaron en vano secarse los labios. Aún quedaba un trago de coñac en la copa y la apuró.

—Dime. —Se inclinó de nuevo hacia delante, con la cabeza que le colgaba hacia un lado—. ¿Renunciarías a todo eso si te devolvieran lo que te quitaron? ¿Renunciarías a todo eso por la vida que yo he vivido desde entonces? —Contempló a Tonio con mirada desenfocada—. Piensa antes de contestar. ¿Tengo que contarte cómo ha sido? Con mi esposa llorando sin cesar por su hijo perdido, y tu prima, tu querida prima Catrina, una auténtica harpía, clavándome las garras cada vez más hondo, acechando el más leve desliz. Y esos viejos senadores e inquisidores, sus partidarios, buitres, ¡eso es lo que son, vigilándome por el rabillo del ojo!

»No, ahora estoy hablando de Venecia, de la vida de deberes y obligaciones que te robé con tanta crueldad, Tonio, el cantante, Tonio, la celebridad, Tonio, el *castrato*. Escúchame.

Suavizó el tono de voz como si fuese a confiar un secreto, sus palabras eran febriles.

—Para empezar, un gran *palazzo* enmohecido, que devora mi fortuna debido a sus infinitas habitaciones, paredes que se desmoronan, cimientos podridos, como una esponja de mar gigante que te chupa todo lo que le das y siempre quiere más; a fin de cuentas un emblema más de la república, de ese gran gobierno que todos los días de tu vida te cita en los Oficios del Estado, y allí tienes que hacer reverencias, sonreír, regatear, mentir, suplicar y presidir el incensante e interminable parloteo cacofónico que constituye el día a día de esta orgullosa ciudad sin imperio, sin destino, sin esperanza. Inquisidores del estado y espías y rúbricas y tradición y pompa hasta el paroxismo, y con el dinero de tu bolsillo pagas cada espectáculo, día festivo, aniversario, celebración y nueva extravagancia.

»Y después de eso, cuando finalmente te ves libre de esas pesadas túnicas, y de murmurar sandeces, con los pies llagados y los músculos de la cara doloridos de tanto disimular, entonces, cuando por fin eres libre para perder tu dinero por enésima vez en el Ridotto, o dormir con la misma cortesana o la misma tabernera o la misma adúltera con la que te has peleado siete veces la semana anterior, los espías del estado se pegan a tus talones, tus enemigos siempre juzgándote, tu conducta siempre examinada con rigor, y entonces ya cansado de todo ello, harto, desbordado, te vuelves y miras a tu alrededor, de un extremo a otro de esta estrecha isla, adviertes que a la mañana siguiente todo empezará otra vez. ¡Y has venido a juzgarme!

»¿Quieres recuperarlo? ¿Lo quieres a cambio de la ópera, lo quieres a cambio de tu muchachita inglesa de la Piazza di Spagna, quieres renunciar a esa voz incomparable que te ha convertido en un dios entre los hombres, para poder volver aquí y no ser más que uno de los mil nobles codiciosos que luchan denodadamente por los pocos cargos costosos y rutinarios de esta república que se ha reducido a las paredes que rodean la *piazza*?

Estalló en una risa grave, con ímpetu propio, reconfortante como las palabras, un desbordamiento que no podía controlarse.

—Quédate con esa casa maldita y hedionda. Quédate con ese gobierno maldito y hediondo. Quédatelo todo y...

Titubeó.

Calló.

Miró al frente y por un momento le pareció que su mente se vaciaba, y el impulso de energía que lo había animado se había disipado, dejándolo débil y exhausto.

Su mente intentaba comprender algo, pero no sabía qué.

Salvo que en todo aquello había un hilo conductor. Y que si cogía el hilo y lo seguía hacia atrás en el laberinto de sus desvaríos, a buen seguro llegaría de nuevo a la *piazza*, bajo la lluvia, y a ese momento, a ese momento sublime en el que las gaviotas alzaban el vuelo y los estandartes ondeaban al viento. Vio aquella tristeza radiante, cabal y completa, a una gran distancia de él, y ese momento en el que había experimentado resignación y esperanza y cierta gratitud gloriosa porque durante un instante todo había cobrado sentido. Si Tonio estuviera muerto, muerto y enterrado, entonces él podría respirar.

Carlo miró a su hijo. Le parecía que llevaban una eternidad juntos en aquella habitación.

Las velas chisporroteaban y el fuego casi se había extinguido; sin embargo el aire seguía siendo tan caliente como una sustancia dañina, y la cabeza, cómo le dolía la cabeza.

No obstante algo iba mal.

Algo en su mente iba terriblemente mal, Algo fallaba, porque todas aquellas excusas no eran simple mentiras, no eran subterfugios para ganar tiempo a fin de que llegaran sus hombres. Aquello era algo que lo consumía, algo que tenía la fuerza y el brillo de la verdad. Ojalá no hubiera sido verdad, ojalá lo que había estado describiendo no hubiera sido su vida...

Tonio tenía el rostro contraído, aquella belleza juvenil no tanto borrada como transformada en algo más exuberante y complejo que la inocencia, un alma ardiendo dentro de la hechicera, la seductora.

Pero a Carlo todo aquello había dejado de importarle.

Miraba el caos en que se había convertido su mente. Y el horror que lo acechaba, el horror que había saboreado en la *piazza*, el horror que él había conjurado, algo que subía en espiral desde su boca como un grito seco.

Desesperado, quiso explicar algo, algo que nunca había sido comprendido. ¿Cuándo había querido él asesinar, castrar? ¿Cuándo había querido siquiera luchar como se había visto obligado a hacer?

El silencio de Tonio lo consumía. Su inmovilidad lo aterrorizaba, y entonces, como si con su silencio no hubiese conseguido retrasarlo por más tiempo, vio que Tonio se levantaba.

Miró los brazos largos y delgados que cogían esos atuendos negros, el corpiño, las faldas, la peluca sembrada de perlas diminutas.

Y mientras lo observaba horrorizado, Tonio lo tiró todo al hogar donde se consumían las últimas ascuas.

Una llama se elevó ante las ennegrecidas baldosas mientras Tonio movía el fuego con el atizador, y el gran hueco de la peluca se llenaba de humo.

Sus perlas brillaron en la luz, y entonces empezó a desintegrarse, al tiempo que en ella surgían pequeñas llamas. Mientras se encogía, emitió un crujido, como una boca comprimida por ambos lados. Y el tafetán negro que había debajo ardió con una gran llamarada.

—Pero ¿por qué quemas todo eso? —se oyó preguntar Carlo. Se lamió de nuevo los labios secos. La botella estaba vacía, la copa estaba vacía...

En toda su vida no había conocido el temor que sentía en aquellos momentos. Tenía que decir algo, tenía que comenzar otra vez, debía encontrar alguna manera de demorar el final. Retrasarlo hasta que sus hombres lo encontraran, pero no podía librarse de aquel miedo...

—Me impulsaron a hacerlo —susurró con un hilo de voz que sólo oía él mismo—, me impulsaron a hacerlo, a un precio que... ¿qué valor tenía entonces? ¿Qué valor? —Sacudió la cabeza. Aquellas palabras no estaban dirigidas a Tonio, sino a sí mismo.

Sin embargo Tonio lo había oído.

Tonio tenía el atizador en la mano. Su extremo brillaba con un resplandor rojo en la penumbra, y con aquella gracia lenta y felina que lo caracterizaba, se acercó a Carlo, con el atizador pegado al costado.

—Te has dejado una cosa, padre —dijo, y su voz sonó tranquila y fría, parecía estar hablando ceremoniosamente con un amigo—. Me has hablado de una esposa que te decepcionó, del gobierno que te sangra y te oprime, de los espías que te persiguen, de mi prima que siempre te acusa, me has hablado de todo lo que te atormenta y que convierte tu existencia en una letanía de desdichas, pero no me has hablado de tus hijos.

—Mis hijos... —Carlo entornó los ojos.

—Tus hijos —repitió Tonio—, los jóvenes Treschi, mis hermanos. Y ellos ¿qué te hacen, padre? Aun siendo niños, ¿cómo te atormentan? ¿Qué injusticia cometen contigo? ¿No te dejan dormir por las noches con su llanto? ¿Te roban tu bien merecido sueño?

Carlo balbuceó.

—Vamos, padre —prosiguió Tonio en un murmullo—. Si todo lo demás te abruma con obligaciones y esclavitud, a buen seguro ellos se la merecen. Tú, padre, hace cuatro años rompiste la trayectoria de mi vida.

Carlo miró hacia delante. Entonces sacudió la cabeza titubeante, se incorporó, alzó los hombros y clavó los pies en el suelo.

—Mis hijos... —dijo—. ¡Mis hijos... mis hijos crecerán y te perseguirán y me vengarán! —gritó.

—No, padre —replicó Tonio. Se volvió y con un simple movimiento tiró el atizador al fuego—. Si mueres aquí —susurró—, tus hijos nunca sabrán qué te ocurrió.

—Eso es una mentira infame. Crecerán deseando tu muerte, esperando el día en que...

—No, padre. Serán criados por los Lisani y nunca les hablarán mucho de nosotros ni de nuestro viejo feudo.

—Mentiras, mentiras... Mis hombres no descansarán hasta...

—Tus hombres huirán de esta ciudad como ratas cuando sepan que no han sido capaces de protegerte.

—Los inquisidores del estado te prenderán y...

—Si supieran que estoy aquí, ya me habrían arrestado —replicó Tonio en voz baja—, y a los ojos de muchos de ellos tú te marchaste de la *piazza* en compañía de una furcia.

Carlo alzó la vista, incapaz de hablar.

—Si mueres aquí, nadie sabrá lo ocurrido, padre. —Tonio suspiró.

Se volvió, cruzó la habitación a grandes pasos y abrió un armario barnizado de oscuro.

Carlo lo observaba petrificado, mientras él, con aquellos gestos sencillos y elegantes sacaba una anticuada levita y se la ponía, y luego una espada que se ciñó en la cadera. Luego se echó una capa sobre los hombros, y se la sujetó al cuello al tiempo que unos grandes pliegues de lana negra caían hasta el suelo.

Aquellos dedos largos alzaron la capucha de la capa y el rostro blanco de Tonio resplandeció bajo el oscuro triángulo de tela.

Carlo se debatió. Su cuerpo se estremecía, apretaba los dientes por el esfuerzo, y con todo su peso intentó volcar la silla hacia atrás. Todo fue en vano.

La figura se acercó, la capa negra ondulaba con el mismo ritmo misterioso de las faldas negras en la *piazza*. Tonio miró la cena abandonada y arrancó el cuchillo del pollo.

Los ojos de Carlo, vidriosos por las lágrimas de ira, no titubearon. Todavía no se había terminado, pero si por un instante pensaba que así era, empezaría a chillar enloquecido, no podía acabar así, no podía acabar con la misma injusticia, y su mente vibraba de odio contra Tonio y de terrible arrepentimiento por no haberlo matado mucho antes.

—¿Sabes lo que siempre pensé que haría cuando llegase este momento? —preguntó Tonio. Alzó el cuchillo ante Carlo y la grasa del pollo brilló en la luz cada vez más tenue.

Carlo se encogió en la silla.

—Siempre pensé que al final decidiría llevarme tus

ojos —susurró Tonio alzando el cuchillo despacio—, para que tú, que has amado como yo nunca he podido amar, tú que has engendrado unos hijos que yo nunca podré engendrar, fueras excluido de la vida del mismo modo en que lo fui yo, por más que haya seguido viviendo.

La mirada vidriosa de Carlo se desbordó y las lágrimas corrieron por sus mejillas. Sin embargo, su boca conspiraba en silencio al tiempo que miraba a Tonio con ira. Y tras hacer acopio de toda su saliva, le escupió.

Los ojos de Tonio se ensancharon.

Con un gesto casi involuntario, se limpió el salivazo con el borde de la capa.

—Eres muy valiente, ¿eh, padre? —dijo Tonio—. Cuánto coraje en un solo hombre... Hace años, me dijiste que yo tenía valor. ¿Lo recuerdas? Pero ¿es el coraje lo que te mueve a desafiarme ahora que tengo sobre ti el poder de la vida y la muerte? ¿Es el coraje el que te dicta que no agaches la cabeza ni por tus hijos, ni por Venecia, ni por la vida misma?

»¿O se trata de algo mucho más brutal que el coraje, mucho más ruin? ¿No son el orgullo y el egoísmo los que te han convertido en un esclavo de tu voluntad desenfrenada, de modo que todo el que se oponga a ella se convierte en tu enemigo mortal, sea cual sea la razón?

Tonio se acercó y su voz era más vehemente.

—¿No fue egoísmo, orgullo, deseo desenfrenado lo que te llevó a sacar a mi madre del convento que la cobijaba para destruirla y hacerle perder la razón cuando hubiese podido tener una docena de pretendientes, y casarse una docena de veces, feliz y contenta? Ella era la mejor de la Pietà, su voz era una leyenda. ¡Pero tú tenías que hacerla tuya, fuera o no fuera tu esposa!

»¿Y no fue egoísmo y orgullo y deseo desenfrenado lo que te llevó a desafiar a tu padre, amenazando con la extinción de una familia que había perdurado un milenio antes de que tú nacieras?

»Y cuando volviste a casa y descubriste que aún se te perseguía por esos delitos, ¿qué otra cosa hiciste sino intentar apoderarte de lo que pudieras presa del orgullo, el egoísmo y la obstinación, aunque eso implicara crueldad, traición y mentiras? "Ríndete a mí", dijiste, y cuando no accedí, me hiciste capar, me sacaste de mi tierra natal y me separaste de aquellos a los que conocía y amaba. Proscrito de Venecia antes que acusarte, degradado antes que verte castigado y poner mi casa en peligro, y ahora resulta que todo eso por lo que me mutilaste y me agraviaste no eran más que persecuciones, obligaciones, vejaciones.

»¡Dios mío! Un linaje casi ha desaparecido por tu culpa, una mujer a la que destrozaste y volviste loca, un hijo castrado y aniquilado... ¿Y te atreves a quejarte de acusaciones y sospechas? ¿Te atreves a decir que te viste obligado a mentir? ¿Quién demonios te consideras para que tu orgullo, tu egoísmo y tu lujuria exijan ese precio?

—¡Te odio! —gritó Carlo—. ¡Maldito seas! ¡Ojalá te hubiera matado! ¡Si pudiera, te mataría ahora mismo!

—Sí, te creo —replicó Tonio con voz débil y temblorosa—. Y me dirías de nuevo que en esto, como en todo lo demás, no has tenido otra alternativa.

—Sí, sí, sí, y otra vez sí.

Tonio calló. Todavía temblaba por la vehemencia de sus palabras. Intentó tranquilizarse, dejar que el silencio se llevara toda la rabia que había estallado. Miró fijamente a Carlo, pero su expresión anterior iba desapareciendo para dar paso a la inocencia.

—Y ahora no me dejarás más remedio, ¿verdad? —preguntó Tonio—. Comprendes que debo matarte, en este mismo instante, aunque el instinto me mueva a salvarte, aun en contra de tu propia voluntad.

El rostro de Carlo, petrificado por la furia, experimentó una leve alteración.

—No quiero matarte —aseguró Tonio en un susurro—. Pese a todo tu odio, tu temeridad, tu infinita maldad, no quiero matarte. Y no porque me inspires compasión, hombre ruin donde los haya, sino por motivos que nunca has respetado y jamás has comprendido.

Hizo una pausa para recobrar el aliento. El brillo del fuego se reflejaba en su rostro terso.

—Porque eres hijo de Andrea —dijo despacio, como

si las fuerzas lo abandonaran—, porque eres carne de mi carne y sangre de mi sangre, porque eres un Treschi, el amo y señor de la casa de mi padre. Porque tienes a tu cargo a mis hermanos pequeños, a los que no quiero dejar huérfanos, y porque, pese a todas tus amargas quejas, llevas nuestro apellido en el gobierno de Venecia.

»Por todo eso voy a dejarte vivir, todo eso es lo que me ha hecho venir hasta aquí para no matarte, y porque por muy doloroso que resulte eres mi padre, mi padre, y no quiero manchar mis manos con tu sangre.

Tonio calló de nuevo. Mantuvo el cuchillo en alto, y sus ojos se volvieron más distantes y oscuros. Un cansancio insoportable, una repugnancia repentina acabaron por vencerle.

Carlo lo percibió con aguda penetración, aunque su rostro denotaba burla, dispuesto a no rendirse.

—Y finalmente —musitó Tonio— porque no voy a permitir que me obligues a hacerlo, no voy a ofender a Dios con un parricidio, alegando como tú que no tenía otra salida.

»Pero ¿comprendes mis palabras? ¿Aceptas que existe una voluntad que está más allá de tu obstinación, de tu orgullo? ¿No hay manera de desatar este nudo de venganza, injusticia y sangre?

Carlo echó la cabeza hacia un lado y miró a Tonio de soslayo. El odio que sentía por él latía en su interior al mismo ritmo que su corazón.

—Estoy harto de odiarte —susurró Tonio—. Harto de temerte. Para mí no eres más que una violenta tormenta que lleva mi barca indefensa a la deriva. Nunca recuperaré lo que he perdido, pero no quiero más disputas contigo, ni más odio ni más rencor.

»Dime, padre, aunque tus súplicas fueran innecesarias, ¿me creerás si te digo que lo único que espero de ti es una promesa? Después de esto, no volverás a atentar contra mi vida, te dejaré aquí sano y salvo. Me marcharé de Venecia como vine, y nunca te infligiré ningún daño ni a ti ni a tus seres queridos. Si ahora no me crees, lo harás en el momento en que me marche; pero para eso, padre, tienes que doblegar tu espíritu, aunque sea mínimamente. Tienes que darme tu palabra.

»Por eso he venido, por eso no te maté antes. ¡Quiero que todo termine entre nosotros! Quiero que vuelvas a tu casa, junto a mis hermanos pequeños. ¡Quiero que me lo prometas!

Carlo lo miró con el ceño fruncido y luego, con una voz grave y gutural, murmuró:

—Me estás engañando.

Un espasmo agudo atravesó el rostro de Tonio. Luego recuperó la serenidad de aquella expresión liberada de toda maldad. Bajó los ojos.

—Por el amor de Dios, padre —susurró—. ¡Por la vida misma!

Carlo lo observaba. Su visión era clara, dolorosamente clara, a pesar de la oscuridad que reinaba en la habitación, y sintió un odio tan acerbo por la tenebrosa figura que estaba ante él que pocas cosas más tenían cabida en su mente.

Vio el cuchillo moverse en sus manos. Tonio lo hizo girar con destreza y lo sostuvo de tal manera que el mango quedara al alcance de Carlo.

—Tu promesa, padre. Tu vida por mi vida, ahora y para siempre. ¡Dilo! —le exigió Tonio—. ¡Dilo para que te crea!

Carlo asintió despacio.

—Dilo, padre —susurró Tonio.

—Te prometo... te prometo que nunca volveré a atentar contra tu vida —murmuró.

Y el estupor lo hizo enmudecer cuando vio que Tonio le tendía el cuchillo.

—Tómalo —le dijo—. Corta tú mismo la correa. Liberémonos mutuamente de una vez por todas.

Carlo cogió el cuchillo e inmediatamente cortó la tira de cuero por debajo de su brazo izquierdo.

La correa chasqueó con fuerza sobre el pecho de Carlo y los brazos le quedaron libres. Se puso en pie despacio, con el cuchillo en la mano.

Tonio había retrocedido algunos pasos, aunque sus

movimientos eran lentos. La larga capa flotaba a su alrededor, el fuego brillaba en sus extremos y encendía sus ojos negros.

Los ojos de Carlo se ensancharon despacio. Si pudiera ver qué había bajo esos pliegues de lana negra que cubrían completamente aquella figura, si pudiera calibrar mejor la expresión de su rostro, pero toda su capacidad de razonamiento sucumbía ante ese odio que había alimentado durante aquella larga tarde en que Tonio lo había retenido allí a la fuerza. Tonio, al que detestaba y al que tendría que haber matado hacía mucho, mucho tiempo. Tonio, el eunuco, que lo había puesto en ridículo de la manera más inconcebible.

Y en un último acto de desafío, dejó que sus ojos se movieran despacio y de manera elocuente, de arriba abajo, sobre la figura que tenía delante, al tiempo que sus labios dibujaban una mueca de auténtico desdén.

En un instante se precipitó hacia delante enarbolando el cuchillo y con la mano izquierda agarró la lana negra en busca del débil brazo que había debajo.

Pero la alta figura negra y embozada se apartó de él como si fuera una ilusión, con un gesto tan rápido que ni siquiera lo vio, y al volverse oyó el sonido metálico de la espada de Tonio. Un fino surco de luz selló la grieta de oscuridad que se abría entre ambos y a Carlo le estalló el pecho de dolor.

El cuchillo cayó al suelo.

Alargó los dedos para coger el filo del espadín, el destello de luz que lo sesgaba, y al intentar hablar su boca se llenó de un líquido caliente que se derramó a borbotones sobre la barbilla.

¡No se ha terminado! ¡No se ha terminado! Pero su voz se había perdido en un espantoso gorgoteo.

Mientras caía, con la oscuridad que se alzaba en torno a él, y su mente era presa de un terror absoluto, en los ojos de Tonio vio un destello que se quebraba y se desvanecía, y contempló su rostro afligido antes de que recobrara de nuevo aquella expresión de inocencia.

2

Tonio permaneció dos horas con Carlo en la habitación.

El cuerpo de Carlo se enfrió y la luz acabó extinguiéndose, las velas se consumieron y los carbones quedaron reducidos a cenizas en el hogar. Tonio pensó en tapar a Carlo con su *tabarro*, en cruzarle las manos sobre el pecho, pero no lo hizo, y cuando la habitación estuvo por completo a oscuras, se puso en pie y se marchó de la casa en silencio.

Tonio no advirtió si alguien lo veía salir por la puerta lateral. No oyó pasos siguiéndole por aquellas calles que tan bien conocía. Ninguna sombra lo acechó mientras cruzaba la inmensa plaza vacía.

Cuando llegó a las puertas de San Marco y las encontró cerradas, se quedó como aturdido, incapaz de comprender durante unos momentos por qué no podía entrar.

Al final se apoyó en las columnas del pórtico y miró hacia el cielo negro, más allá de la vaga silueta del Campanile.

En los Oficios del Estado sólo ardían unas pocas luces aisladas. De vez en cuando, los cafés de la *piazza* abrían sus puertas a la lluvia. Y los que corrían contra el viento no reparaban en él.

Pronto se le helaron las manos y el rostro. Sin embargo, no se movió, y la lluvia racheada fue empapándole la ropa.

La noche avanzaba. El reloj daba la hora una y otra vez. Los cafés apagaron las luces, y hasta los mendigos abandonaron las arcadas. A su alrededor, la ciudad se disponía a dormir.

Los únicos indicios de civilización eran el tañido de la campana y el brillo incierto de unas antorchas distantes.

Le parecía que la aflicción y el frío eran una sola sensación. Y no creía en la rectitud de una única acción. Se esforzó en imaginar a los que amaba, en sentir su presencia. No bastaba con decir sus nombres como si fueran una plegaria. Se imaginó con el cardenal Calvino en un lugar tranquilo y seguro en el que intentaba explicarle lo que había ocurrido.

Pero sólo eran sueños.

Estaba solo y había matado a su padre.

Si podía seguir adelante, sería sólo para soportar aquella carga toda la vida. Nunca le contaría a nadie lo que había sucedido. Nunca pediría a nadie la absolución o el perdón.

Y finalmente, cuando el alba despuntó, se puso la capucha para ocultar su cara y se alejó de la *piazza*.

Miró por última vez aquellos edificios monumentales que antaño le parecieran el límite del mundo, y volvió la espalda a Venecia para siempre.

3

Durante días viajó hacia el sur en dirección a Florencia. Todavía era invierno y una fina capa de escarcha cubría los campos. Sin embargo, no soportaba la compañía de otras personas en los carruajes de la posta. En cada parada tomaba un caballo de silla, y mientras caminaba con él por el margen de la carretera, a menudo lo sorprendía la noche lejos de cualquier lugar en el que poder refugiarse.

Cuando llegó a la ciudad de Bolonia, iba a pie. Llevaba la capa manchada de barro, las botas gastadas del camino, y de no ser por la espada, hubiese parecido un pordiosero.

Vagó por las calles y los ruidos lo irritaban. Había comido tan poco que se sentía mareado y los sentidos lo traicionaban.

Cuando llegó de nuevo al campo, supo que no podía seguir adelante. Llamó a la puerta de un monasterio y entregó la mitad del dinero que poseía al abad.

Agradeció que lo acostaran. Le sirvieron caldo y vino,

y se llevaron las botas y la ropa para remendarlas. Al otro lado de la ventana se extendía un pequeño jardín bañado por el sol, y antes de cerrar los ojos preguntó qué día era y cuánto faltaba para el domingo de Pascua.

Una cosa era segura: tenía que encontrarse con Guido y Christina antes del domingo de Pascua.

Los días se convirtieron en semanas.

Tonio yacía en la cama contemplando el jardín. Le evocaba otros tiempos en que había sido feliz, con el sol destellando en los senderos de baldosas o reflejándose de repente en el agua de una pequeña fuente. El claustro estaba envuelto en sombras matizadas, pero no recordaba nada con claridad. Tenía la mente vacía.

Deseó que no fuera Cuaresma para no tener que oír los cantos de los monjes.

Cuando llegaba la noche y se quedaba a solas en aquella habitación, experimentaba una desdicha tan profunda que le parecía que cada año de su vida significaría únicamente una mayor capacidad de sufrimiento. Veía a su madre en el lecho, durmiendo ebria, y era como si ella hubiese conocido algún secreto revelador.

En él no se produjo ningún cambio, al menos en apariencia. Sin embargo, su apetito fue mejorando. Pronto empezó a levantarse temprano para asistir a misa con los frailes. Se encontró pensando en Guido y Christina con más frecuencia.

¿Habrían tenido un buen viaje desde Roma? ¿Estaba Paolo preocupado por él? Esperaba que Marcello, el cantante siciliano, hubiera ido con ellos, y por supuesto no podían haberse marchado sin la *signora* Bianchi.

A veces, más que pensar en ellos los imaginaba. Los veía cenando juntos, hablando entre sí. Le preocupaba no saber dónde estaban. ¿Habían alquilado una villa en el campo con una terraza donde poder sentarse después de cenar? ¿O se hallaban en pleno corazón de la ciudad, en alguna bulliciosa calle cerca del teatro y los palacios de los Medici?

Por fin, una mañana, sin previo aviso, se vistió, se calzó las botas, se ciñó la espada, y con la capa sobre el brazo fue a despedirse del abad.

En el jardín, los monjes cortaban las ramas jóvenes de las palmeras y las ponían en una carretilla de madera. Se enteró de que era el Viernes de Dolores, la fiesta de los Siete Dolores de la Virgen. Faltaban sólo doce días para el estreno de la ópera.

Cuando llegó a la casa de postas, estaba hambriento. Comió una sustanciosa comida y se entretuvo observando con insólito interés las idas y venidas de los otros viajeros. Entonces alquiló el mejor caballo que encontró y emprendió el camino hacia Florencia.

Fue justo antes del amanecer, en la población de Fiesole, donde vio el primer cartel de la ópera.

Era Domingo de Ramos y las viejas y los braceros salían de la misa del alba. Llevaban sus palmas bendecidas, y las puertas abiertas de la catedral proyectaba una luz amarillenta y cálida sobre las piedras que tenían delante.

Tonio iba a caballo por la *piazza* cuando en un muro mojado por la lluvia vio su nombre escrito en letras grandes: «*SIGNORE* TONIO TRESCHI.»

Fue como una aparición. Una excitación incontenible se apoderó de él, y sintiéndose estúpido al mismo tiempo se acercó a leer el arrugado papel.

Con unas elegantes cenefas rojas y doradas, anunciaba la representación de *Xerxes* el Domingo de Pascua en el Teatro di Via della Pergola de Florencia. Incluso aparecía el nombre de Guido escrito en letras pequeñas. También había un retrato de Tonio, un grabado oval en el que salía muy favorecido, y unos cuantos versos floridos en elogio de su voz.

Caminó tirando del caballo arriba y abajo, luego apoyó una mano en la pared. No podía apartar los ojos del cartel.

Entonces, al primer hombre que pasó le preguntó si la ciudad quedaba muy lejos.

—Suba la colina y la verá —fue su respuesta.

Cuando llegó a la cumbre, el cielo era todavía de un azul intenso y estaba colmado de diminutas estrellas. Ante él se extendía la ciudad de Florencia en su valle. A través de la niebla vio sus campanarios, cientos de luces que titilaban, y el cauce inmóvil del Arno. Le pareció tan hermosa como el belén durmiente de las pinturas de Navidad.

Y mientras contemplaba una de aquellas torres lejanas, advirtió que nunca en su vida había gozado de un momento como aquél.

Cuando esperaba entre bastidores, en el teatro de Roma, la noche del debut, tal vez había experimentado algo parecido a aquella creciente emoción. O muchos años atrás quizás, en Venecia, en su recorrido por el canal durante la festividad de la Senza.

Pero no se recreó mucho tiempo en aquellos recuerdos.

Antes del alba gozaría de la compañía de Guido y Christina. Y por primera vez estarían juntos de verdad.

Este libro no hubiera podido escribirse sin una gran labor de investigación, y me siento profundamente en deuda no sólo con los muchos escritores de la época, sino también con los autores de numerosas obras eruditas y populares sobre la ópera, los *castrati*, el siglo XVIII, el arte, la música italiana y las ciudades de Nápoles, Roma y Venecia.

Además, fue necesario consultar abundante material que describiera las características físicas de los eunucos. En este aspecto, quiero agradecer especialmente al doctor Robert Owen la ayuda que me prestó cuando tuve que abrirme camino en las aguas pantanosas de la literatura médica para documentarme sobre el tema.

También quiero dar las gracias a Anne-Marie Bates, que me procuró una grabación de Alessandro Moreschi, el último *castrato*, que cantó en el coro de la Capilla Sixtina, y el único del que existen grabaciones.

Los principales personajes de la obra son ficticios, y aunque he puesto el mayor empeño en retratar a los castrados y su época con la mayor precisión, me he tomado ciertas libertades en lo referente a la descripción de personas y momentos. Nicolino, Farinelli y Caffarelli fueron famosos *castrati* reales; sin embargo, la apariencia física de Caffarelli en el libro es inventada.

Los métodos de enseñanza de Guido están basados en *Early History of Singing*, de W. J. Henderson, y debo asumir la responsabilidad de su simplificación y de cualquier inexactitud.

«Baroque Venice, Música de Grabrieli, Bassano y Monteverdi», grabado por la DECCA en 1972, con las notas donde se describe la visita de Jean Baptiste Duval a San Marco en 1607, me inspiró la primera experiencia musical de Tonio en dicha iglesia.

El jardín del amor, de Alessandro Scarlatti (Catherine Gayer, soprano, como Adonis, y Brigitte Fassbaender, contralto, como Venus), de Deutsche Grammophon, 1964, me inspiró el dueto de Tonio con la condesa en Nápoles, y ésta es en realidad la única parte del libro en la que se ha hecho una recreación musical.

Achille en Sciro de Metastasio, el libreto que Guido elige para el debut de Tonio en Roma, está descrito con todo detalle por Vernon Lee en sus incomparables *Studies in the 18th Century in Italy*.

En la actualidad existen grabaciones de óperas barrocas que fueron muy famosas durante ese período. Sin embargo, para una comprensión auténtica de la música quiero animar al lector a que busque grabaciones en las que las cantantes desempeñan los papeles de los antiguos castrados. Éstos eran verdaderos sopranos y contraltos. La interpretación de los contratenores o los falsetistas masculinos no da una idea real de la belleza de sus voces.

OTROS TÍTULOS DE LA COLECCIÓN

El imán y la brújula

JUAN RAMÓN BIEDMA

En la Sevilla de 1926, Éctor Mena es requerido para recuperar dos películas tipo snuff que constituyen una trilogía filmada catorce años atrás. Los responsables eran siete jóvenes transgresores, admiradores de cualquier forma de malditismo en el arte y pertenecientes a lo más alto de la sociedad de la época, hasta el punto de que la Casa Real está interesada en su recuperación. En su búsqueda Éctor recibe la ayuda de Piancastelli, un individuo enigmático capaz de extraños prodigios, así como de Séptima, sobrina de uno de los miembros del grupo de realizadores de las películas. El recorrido que se hace por el Madrid de los años veinte, mientras se reconstruye la vida de cada integrante del grupo, muestra el cambio en el país y nos enfrenta a los bandos que han terminado por hacer de las películas una cuestión de estado. En paralelo vemos a Jacinto Ortega, un aparente monstruo que se dedica a degollar niños para extraer su sangre...

La semilla del diablo

IRA LEVIN

Rosemary Woodhouse y su marido, Guy, un actor poco reconocido que lucha por abrirse camino en su carrera, se mudan a un edificio de apartamentos neoyorquino, el Bramford, signado por una fama ominosa y habitado por ancianos. Roman y Minnie Castavet, vecinos de los Woodhouse, acuden a darles la bienvenida e intentan, por todos los medios, establecer relación con ellos. Rosemary se muestra renuente a frecuentarlos, no sólo porque los considera extraños sino también por los misteriosos ruidos procedentes de su apartamento. Guy, sin embargo, parece sentirse encantado con los Castavet.

Poco después de que su marido haya conseguido un importante papel en Broadway, Rosemary queda embarazada, y los Castavet empiezan a mostrarse especialmente interesados por su salud. Mientras se siente cada vez más enferma y aislada, Rosemary comienza a sospechar que los Castavet y sus amistades no son lo que parecen...

El exorcista

WILLIAM PETER BLATTY

Basada en un hecho real, ocurrido en la década de los cuarenta del siglo pasado, la protagonista es una niña de apenas once años que sufre terribles transformaciones, sobre todo en su comportamiento. Ni médicos, ni científicos ni psicólogos son capaces de hallar la causa de tal estado y paulatinamente todo se va decantando hacia la hipótesis de que la niña está poseída por el demonio.

Publicada en 1971, *El exorcista* es una de las novelas más sobrecogedoras y terroríficas jamás escritas, y ha dado origen a una saga cinematográfica y una serie de televisión.

El parque Gorki

MARTIN CRUZ SMITH

Moscú, años ochenta. Al frente de la Unión Soviética se encuentra Leonid Breznev, un integrante de la vieja guardia que ha suprimido las tímidas reformas liberalizadoras de Kruschev. Los moscovitas carecen de libertad e intentan sobrevivir como pueden, y los funcionarios sacan provecho de las ventajas de que gozan. La dirigencia, rica y corrupta, está decidida a erradicar cualquier clase de iniciativa individual, en especial si procede de sus propias filas.

Arkady Renko es un investigador de la milicia de Moscú, hijo de un héroe de la Segunda Guerra mundial y con un matrimonio en problemas, que se esfuerza por hacer su trabajo a pesar de las intromisiones del KGB. La aparición de tres cadáveres, desfigurados y sin huellas dactilares, bajo la nieve del parque Gorki supondrá un desafío para Renko, pues cualquier descubrimiento que incomode al gobierno significará el fin de la investigación.

El honor del samurái

TAKASHI MATSUOKA

En 1861 Japón se ha visto forzado a abrir las puertas a Occidente, con el consecuente choque entre ambas culturas. En el puerto de Edo se reúnen barcos extranjeros en busca de oportunidades en esas tierras; uno de ellos transporta a un grupo de americanos cuyo objetivo es llevar la palabra de Dios al pueblo nipón. Para dos de estos misioneros, sin embargo, el viaje supone algo más: la joven Emily Gibson desea dejar atrás un pasado incómodo e iniciar una nueva vida; Matthew Stark tiene algo que ocultar bajo su pacífica apariencia. El destino de ambos se cruza con el de Genji, un joven samurái heredero del clan Akaoka. Su amistad con los foráneos despierta el recelo de otros clanes, que declararán la guerra abierta a Genji. Ayudado por sus dos nuevos amigos y su amante, la geisha Heiko, éste defenderá su posición sorteando intrigas y traiciones.

El último hombre bueno

A. J. KAZINSKI

¿Y si el futuro de la humanidad reposara sobre treinta y seis hombres?

Según la leyenda, siempre habrá treinta y seis hombres buenos en la tierra para protegernos si todo lo demás falla. Sin ellos, la humanidad se extinguiría. De pronto, alguien empieza a asesinar a esos hombres con una rabia casi divina.

El detective Niels Bentzon es el agente destinado a evitar la siguiente muerte. Para ello, deberá encontrar y proteger a un hombre en concreto. Por suerte, tras veinte años como policía, Bentzon sabe ver el Mal en cada persona con la que se cruza...